El cielo de tus días

AF196959

Crimen y Misterio

Greta Alonso
El cielo de tus días

Planeta

La lectura abre horizontes, iguala oportunidades y construye una sociedad mejor.
La propiedad intelectual es clave en la creación de contenidos culturales porque sostiene
el ecosistema de quienes escriben y de nuestras librerías.
Al comprar este libro estarás contribuyendo a mantener dicho ecosistema vivo y
en crecimiento.
En **Grupo Planeta** agradecemos que nos ayudes a apoyar así la autonomía creativa
de autoras y autores para que puedan seguir desempeñando su labor.
Dirígete a CEDRO (Centro Español de Derechos Reprográficos) si necesitas fotocopiar
o escanear algún fragmento de esta obra. Puedes contactar con CEDRO a través de la
web www.conlicencia.com o por teléfono en el 91 702 19 70 / 93 272 04 47

Diseño de la cubierta: Booket / Área Editorial Grupo Planeta
Imagen de la cubierta: © Silas Manhood / Trevillion Images
Mapa del interior: © Isa Loureiro
Primera edición en esta presentación en Colección Booket: enero de 2023

Depósito legal: B. 20.922-2022
ISBN: 978-84-08-26744-7
Impresión y encuadernación: Liberdúplex, S. L.
Printed in Spain - Impreso en España

Biografía

Greta Alonso es el seudónimo de una autora que nació en los ochenta cerca del Cantábrico. Ejerce un trabajo relacionado con su formación en ingeniería, actividad que ha desarrollado en diferentes campos y empresas del sector. Ha escrito cuentos, novelas cortas y relatos. En la actualidad vive en el norte de España, y compagina sus tareas profesionales con su pasión por el cine, la escritura y el deporte. *El cielo de tus días* fue su primera novela y *La dama y la muerte*, publicada en 2023, es la segunda.

@gretaalonsowrites

No debería escribirse más que cuando se deja un jirón de la propia carne en el tintero.

LEV TOLSTÓI

La chica corría escaleras abajo, consultaba la hora y revisaba el bolso sin detenerse. Sus pisadas sonaban con fuerza, y alcanzó la calle aliviada, como si huyera de algo. Aún era de día, apenas las ocho, pero no había un alma en el barrio.

Viento sur. Agosto en Bilbao.

Su mirada azul brillaba encendida, casi hiriente, y se puso las gafas de sol sin aflojar el ritmo. Podía hacerlo, iba a conseguirlo.

Enfiló la parada de bus sin mirar atrás. Nunca miraba atrás.

Mientras lo esperaba, estudió su reflejo en el cristal de la marquesina: vestido blanco suelto, melena larga y rubia recogida en una coleta. Estaba muy nerviosa, y volvió a repasar el contenido del bolso. Al confirmar que lo llevaba todo, sintió un desahogo absurdo, y sonrió.

El autobús no llegaba.

Dio unos pasos, se soltó el pelo. Y al volver la vista hacia el parque, ahí estaba. Mirándola. Su aliento se interrumpió. Negó resignada y cruzó la calzada rumbo a su encuentro.

PRIMERA PARTE

—

8 AL 24 DE ABRIL DE 2016

Después de todo, el camino equivocado siempre conduce a alguna parte.

GEORGE BERNARD SHAW

1

ÁLEX

Bilbao, 8 de abril, viernes

Uno sabe cuándo va a tener un día de mierda. Lo intuye al despertar, sin salir de la cama; lo siente a oscuras, tras los párpados cerrados, al tomar conciencia de sí mismo envuelto entre las sábanas.

Aquel iba a ser un día de mierda.

El resquicio del tragaluz ya filtraba claridad, la habitación estaba en penumbra, y a mi lado percibía la respiración suave de María, aún dormida. Algo me incomodaba en el estómago, una especie de cosquilleo ridículo que me hizo tumbarme de costado. Mentalmente, repasé la agenda de la jornada, suspiré, volví a cambiar de postura y decidí levantarme. Abandoné la habitación, sigiloso, y me lavé la cara con agua fría, salpicando el suelo. Al verlo, María murmuraría que estaba cansada y aburrida. Se podría haber realizado una autopsia en aquel cuarto de baño sin temor a contaminar las pruebas. Todo lucía brillante, inmaculadamente limpio.

Suspiré de nuevo, frente al espejo, mirándome a los ojos; cerré el grifo y me senté en el borde de la bañera.

Sin siquiera ver la calle, sin abrir una ventana, supe que soplaba el sur, porque los ojos ya me ardían, algo me taladraba por dentro, y di a tope la ducha mientras me quitaba la camiseta, el calzoncillo, y los apartaba de una patada. Me recorrió un escalofrío bajo el chorro gélido. Cerré los ojos con fuerza. Ese viernes el viento sur me acecharía implacable.

Olvidé mi ropa sobre las baldosas. No recuerdo haber borrado las salpicaduras de la mampara. Tenía prisa por desayunar, me preparé una tortilla de claras y un café de cápsula con regusto a plástico, como cada mañana. El matiz estaba en que aquel día no era como cada día; esas cosas se huelen, y todo olía distinto.

Divisé la acera desde el ventanal, no había peatones, pero el tráfico era intenso. Una luz obscena azotaba las fachadas, el pavimento grisáceo. Todos sabemos que ese es el mejor momento del día, las siete de la mañana; difícilmente superable a lo largo de la jornada. A esas horas, la probabilidad de que venga alguien a tocarte los huevos es mínima, así que disfrutas del café a tu aire aunque sepa a rayos, en Babia, sin pensar en nada.

Camiseta, vaquero, botas y moto. Me largué como quien huye de un incendio, por si a María se le ocurría madrugar y empezaba a machacar con si la quería o no. No puede ser normal esto de evitar un encuentro, acudir al trabajo temprano para escapar de la persona con quien se supone que debes compartirlo todo. *Todo*. La mera pretensión era absurda. Los semáforos funcionaban a destajo, y me detuve siete veces antes de llegar. Tardé veinte minutos en atravesar la ciudad, en traspasar las puertas de comisaría, pero puede decirse que, pese a la sensación de desastre, tuve suerte en el trayecto porque no pensé en Alicia más que una vez.

Alicia. Llegué a abominar su nombre, me negué a pronunciarlo, pero no era fácil. Basta que pretendas evitar lo que sea para que ese algo te mortifique. A veces era un camión, de esos de gran tonelaje: los dueños rotulan un nombre, lo serigrafían en los laterales o encima de la cabina. El número de vehículos en que se lee «Alicia» es superior al resto. En otras ocasiones era una película: la actriz se llamaba Alicia, o la protagonista. Cruzaba frente al escaparate de una librería y mis ojos se detenían en ese título, el de Lewis Carroll. Hacía años de aquello, pero no podía olvidarla. Unos ojos como los suyos, ese modo de caminar, una frase que pronunció. Alicia surgía en todas partes, pero no era tangible en ninguna, y en las últimas horas su imagen me asediaba. Estaba a punto de estallar.

Aparqué la moto en mi plaza, dando gracias por que aún no se hubiera inventado una máquina para leer mentes ajenas; al menos, que se supiera. Nadie habría sospechado lo que me bullía en la cabeza, la idea que orbitaba frenética como una peonza desbocada. Sonreí. Si existiera ese artilugio, ese escáner cerebral, María lo emplearía conmigo —quienes se aman lo comparten todo— y temblaría impactada. Qué ironía, que uno viva una vida sin vivirla en realidad...

Muchas mañanas me asaltaba un impulso, la tentación obscena de no detener la moto, de continuar sin parar. El setenta por ciento de mis pensamientos eran negativos, pero sabía enmascararlos, por eso entré en el edificio y saludé a todo el mundo; di los buenos días con el casco bajo el brazo y paso firme. Los rostros de cada jornada. Un comentario, unos documentos, esa inspectora que reclama tu atención y te acompaña al despacho. «Aquí lo tenemos —pensé—. Lo que me estaba oliendo desde antes de amanecer.» Ocurrió aquel viernes, Natalia Herreros tenía algo que anunciarme, y yo nunca le digo no a Natalia. Porque aprovecha el tiempo, porque es competente, porque me vuelve loco, en el sentido figurado. Y me estaría colgando de ella de no ser por el berenjenal en que había convertido mi vida. Natalia me gustaba, me ponía nervioso, pero lo disimulaba; como todo lo demás. La trataba con tanta indiferencia como era capaz de fingir. La invitaba a sentarse frente a mí, la escuchaba, asentía. Me preguntaba, una vez más, por qué María no era así; por qué no llevaba la cara lavada, ni iba al grano cuando hablaba. Belleza natural sin atrezo. Su mirada me atravesaba, y de no estar tan perdido me habría percatado de que también yo la alteraba a ella; conectar a su cráneo esa máquina que nadie ha inventado habría arrojado un resultado tan asombroso como el mío.

El aire acondicionado silbaba furioso cuando desplegó unos planos e inspiró hondo.

—Me duele mucho la cabeza. Sería mejor que lo leyeras todo.

Abrí un cajón del escritorio y le tendí un sobrecito de Espidifen. Lo rasgó mientras me daba las gracias y sonreí cuando se lo volcó en la boca. Bebió del botellín de agua.

—Normalmente se disuelve y luego se toma.

—Yo no soy normal —zanjó.

Mantuvo la vista clavada en los papeles. No solía ser tan tajante, la migraña tenía que ser fuerte. Le temblaron las manos cuando enroscó el tapón de la botella. Se colocó el pelo detrás de las orejas, carraspeó con suavidad y soltó la bomba:

—Fue ayer por la tarde, tú ya te habías ido y...

—Me convocaron en el juzgado, me reuní con el juez por lo de la redada de Salas.

—Bien —cortó Natalia impaciente—. A eso de las cinco llegué a casa. —Sostuvo el botellín, casi se aferró a él, pero esta vez no lo abrió. Me miró fijamente y suspiró—. Alguien dejó esto en mi buzón.

Un sobre grande, en papel manila. Su nombre y el mío, en letras mayúsculas, con rotulador negro.

—Te llamé por teléfono. No respondías, así que lo abrí.

Me invitó a comprobar el contenido. Me puse en pie, tenso, y sostuve el sobre mientras ella bebía sin ganas.

El envío era anónimo. Ni siquiera se había sellado, y dentro había una bolsa de pruebas, transparente, de las nuestras. En su interior, la foto de una chica, con nueve palabras en el reverso: «Esta era ella. Este, su pelo. Yo, su asesino». No necesitaba más explicaciones.

—Es demasiado cabello —continuó Natalia observándome—. Diría que se trata de una coleta entera. De alguien con el pelo bastante largo.

Tragué saliva. Una coleta entera. Sentí un latigazo, presión en el pecho. Estaba apretando los puños y tuve ganas de gritar.

—¿Lo sabe alguien más? —logré murmurar.

—Quería que fueras el primero. Va dirigido a nosotros.

Su pelo, su cabello, en la bolsa de plástico. Lo había acariciado tantas veces... Alejé la vista, clavé la mirada en los ojos de Natalia y volví a sentarme, esta vez junto a ella.

—¿Estás bien? —preguntó.

—Es de Alicia —concluí.

En realidad, no tenía por qué serlo. La chica de la foto era Alicia, cierto; tal y como yo la había conocido. Sus ojos, sus labios, la piel de porcelana de los diecisiete años. Pero aquello no implicaba que el cabello fuera suyo...

Natalia tardó un segundo en reaccionar, y cuando lo hizo, replicó exactamente lo que cabría esperar de una investigadora curtida.

—Puede que no lo sea. Es cabello cortado. No se pueden realizar pruebas de ADN. Necesitaríamos filos con bulbo piloso.

—Cuando la mataron tenía la melena larga. Es su cabello, no cabe duda.

—Pero...

—Se lo debieron de cortar esa noche. Quizá aún estuviera viva. Y ahora... aparece en tu buzón, ¿quince años después?

Natalia se encogió de hombros. Sí, era irracional, me oía a mí mismo y sonaba disparatado. Aquel sobre podía ser fruto de una

16

broma macabra, del intento burdo de jugar con la Policía. Pero en aquel momento yo no atendía a razones. Mi certeza era visceral, fruto del sentir funesto que me agitaba hacía horas. Y justo por eso, era aún más fuerte; aquello alimentaba la sospecha que me había acechado desde el año 2001: en lo que respectaba a la muerte de Alicia, quedaban cabos sueltos.

Yo había estado loco, loco de atar por ella. Los medios de comunicación se hicieron eco del caso. La chica de Bilbao, la muchacha asesinada. Fue un crimen vergonzante, pero un tipo acabó en prisión.

Mis manos, curiosas, recorrían la bolsa. Me moría de ganas de abrirla, de deslizar las hebras radiantes entre los dedos; olerlas, saber si quedaba algo suyo. Pero no debía contaminar pruebas. En eso se había convertido su cabello, en una prueba pericial. ¿Una prueba de qué? Eso aún no lo sabía.

—Rossi cumple condena, él no pudo dejar el sobre —apuntó Natalia.

Ennio Rossi. Hasta para ser asesino se requiere un nombre atractivo...

Asentí. Ese imbécil no habría sido capaz de acabar con ella del modo en que se hizo. Tenía que haber alguien más.

Natalia recorrió mi despacho, reflexiva.

Yo no pude resistirme. Abrí la bolsa, introduje los dedos y extraje el mechón. Acaricié con deleite los filos ambarinos. Cabello muerto, brillante.

Natalia se detuvo, se apoyó en la pared y me observó sin pronunciar palabra. Acerqué el mechón y aspiré su aroma. Cabello inerte. Cerré los ojos. Cabello de Alicia, que ya no olía a nada.

La mañana fue un calvario; me sumí en recuerdos lejanos, crudos y dolorosos. A las dos salí a comer con Natalia, que me esperaba junto a los árboles del aparcamiento. El sol era abrasador, ella tenía a tope el aire acondicionado, y puso música suave: *Smooth operator*, de Sade. Seguía con migraña y estaba cansada, pero poseía un don, una extraña cualidad que admiro: saber cuándo hay que hablar y cuándo no.

Arrancó mientras me abrochaba el cinturón de seguridad. Conducía bien, asía el volante desde arriba, con una sola mano;

tenía muñecas finas, brazos frágiles, pero proyectaba una fuerza insospechada. Los acordes musicales fluían, recosté la cabeza. Ninguno de los dos articuló palabra mientras atravesamos el desierto de asfalto. Cuatro peatones perdidos, calor sofocante. Mi teléfono vibró y eché un ojo a la pantalla: «María». La llamaría más tarde.

Natalia ni siquiera me consultó dónde quería comer, porque sabía que me daba igual, que ninguno de los dos teníamos hambre. Éramos especialistas en comportarnos con normalidad en situaciones extraordinarias.

El restaurante estaba abarrotado, esperamos en la barra, pedimos dos cañas y Natalia se dejó caer en un taburete mientras yo ojeaba el *Marca,* desganado.

—¿Cómo va tu cabeza?

—Mejor.

Cualquiera lo diría... Las yemas de sus dedos recorrían la superficie del vaso dibujando surcos sobre gotas minúsculas.

—¿Es por el calor? ¿Por el viento sur? —pregunté sin levantar la mirada.

—Es por todo.

Asentí. La observé. Tenía ojeras, había dormido mal, quizá ni siquiera lo había hecho. Desvió la vista, volvió a trazar figuras sobre el vaho.

—Y yo que pensé que estaba jodido.

Sonrió.

—¿Me vas a explicar qué te ocurre? —zanjé.

Se encogió de hombros y doblé el periódico.

—Nada, Álex, en realidad nada. Será el calor.

El calor, el frío, la lluvia; siempre hallamos la disculpa. Natalia era una persona excepcional atrapada en una vida mediocre.

—¿Es por el ascenso? No sé, Natalia... ¿Qué dice Tomás?

Rio sin ganas.

—Tomás no dice nada —replicó—. Tomás ve partidos de fútbol y se rasca los huevos agotado mientras yo barajo la idea de hacer cursos en el extranjero, de retomar la tesis. Eso es lo que hace Tomás; desgastar el sofá después de matarse trabajando.

Ahora fui yo quien rio. También sin ganas.

—Qué dura eres...

—¿Qué harías tú en mi lugar?

Volví a mirarla; nunca podía hacerlo durante demasiado tiempo.

—Lárgate, Natalia. Vete. No sé lo que tienes que hacer con Tomás, ahí no voy a entrar... Pero aquí no pintas nada, tu talento está desaprovechado.

Tomó un sorbo de cerveza.

—Y como no vas a hacerme ni caso, cambiaremos de tema. Hablemos de cosas normales, como hace la gente corriente...

—Hablemos del anónimo. Del mechón de pelo y la foto. Sé que te está atormentando.

Iba a responder cuando el teléfono volvió a sonar: «María». Le hice un gesto a Natalia y salí a la calle.

María y yo nos casábamos en verano y hacía unos meses que la boda monopolizaba cada minuto de su existencia. Había mucho que organizar: invitaciones, fotos, el viaje de los cojones. Al final sí iba a ser un día memorable, marcaría un antes y un después. Tras el evento ya no tendría que elegir entre papel rosado o envejecido, ni me vería obligado a elaborar una estúpida lista de asistentes. Con suerte, María volvería a ser la de antes; la mujer razonable y pragmática que me hizo aferrar la realidad después de lo de Alicia...

Demasiados años juntos. Llegó el momento de dar el paso, su momento, protagonista por un día ante trescientos invitados. Sugerí algo sencillo, una ceremonia civil, pero María soñaba con vestir de blanco y quiso formalizar el trámite como Dios manda; porque no merecía menos. Cierto, merecía aquello y más; le debía parte de mi cordura, de mi presente. Yo había transigido, y ahora tenía la oreja pegada al auricular.

Mientras escuchaba a María, observaba a Natalia a través de la cristalera. Sentada en la barra, sostenía el botellín en la mano y hacía gala de esa elegancia natural que despliegan ciertas personas. Pensativa, con la cabeza ladeada, imaginando con toda probabilidad al parásito de Tomás.

—Total, que las invitaciones no son rosa palo sino color crema.

—Ya —respondí—. ¿Y hay mucha diferencia?

María resopló al otro lado de la línea.

—¿Que si hay mucha diferencia? No son como las elegimos. Se trata de *nuestra* boda, pero eso a ti te da igual...

Sabía lo que debía replicar: «A mí me importas tú». Era la respuesta correcta, la salida de emergencia útil para todo. Pero aquel era un día de mierda que ya no tenía remedio, así que me dejé arrastrar por mi temperamento.

—Mira, María... Hoy no estoy para chorradas, tengo mucho trabajo. Ningún invitado va a hacerle una colorimetría a la cartulina.

Colgó. Lo de la colorimetría había rozado la burla. Yo me sentí culpable y volví a entrar al bar.

Manteles de hilo blanco, ventiladores de aspas y buena comida casera. El dueño del local supo preservarlo de decoradores con ínfulas; los platos se servían sin alharacas, menú de quince euros con postre casero.

Natalia eligió la sopa de pescado, y me pareció un disparate con el sur que hacía. No recuerdo qué pedí, pero me sentí medianamente bien por primera vez aquel día. Puede que estuviéramos pensando lo mismo, que nuestras miradas mantuvieran, furtivas, una charla paralela; la verdaderamente importante.

—Las invitaciones de boda son color crema en vez de rosa palo.

Me observó con el cuchillo en la mano sin hacer comentarios.

—Mañana iré a probarme el traje —seguí.

—¿Y el traje es crema o rosa palo?

Sonreí.

—Te hace mucha gracia el tema de mi boda, ¿no?

Negó apuntándome con el cuchillo.

—Yo no organizaría semejante circo para celebrar algo tan personal, pero respeto a quienes lo hacéis.

Es fascinante lo respetuosos y tolerantes que somos todos hoy en día.

—Además, en el fondo te da igual. Es otro asunto el que te inquieta. Es Alicia.

Al pronunciar su nombre desvió la mirada. Yo no respondí.

—Nunca me has contado su historia —continuó Natalia—. Solo conozco retazos.

La historia de Alicia yacía oculta bajo siete llaves. Pero la irrupción del sobre en la rutina de abril me volvió a enfrentar al abismo. Natalia posó su mirada en la mía, y comencé a revivir su relato, a desgranar una porción de lo ocurrido quince años antes, cuando despertar cada mañana aún merecía la pena.

2

NATALIA

Bilbao, 8 de abril, viernes

Pasé esa tarde en la hemeroteca investigando sobre el caso que atormentaba a Álex desde hacía tres lustros. Alicia López Torre, diecisiete años de edad, desaparecida el sábado 11 de agosto de 2001. Sus padres habían interpuesto una denuncia, y con ella se activó el protocolo de búsqueda. Cuando se solicitaron refuerzos a Madrid ya habían dado con su ropa en el monte Buciero, en Cantabria: unos excursionistas hallaron prendas ensangrentadas.

La sangre era suya, sangre de Alicia. Rastros de lucha, arbustos aplastados. Jirones de cabello, una cuerda con trazas de piel. ¿Fue estrangulada? ¿Apuñalada? El lance debió ser feroz. Había otro perfil sanguíneo, y los análisis arrojaron concordancia con el ADN de un joven industrial italiano, fichado en su país por delito económico. Ennio Rossi. Resultó que conocía a la víctima, y carecía de coartada.

¿Y el cadáver de Alicia? Allí no lo encontraron. Días más tarde, se descubrieron parte de sus restos descuartizados en una de las empresas de Rossi. El presunto asesino se proclamaba inocente, pero aparecía con la chica en unas grabaciones. Fue declarado culpable, y se cerró el caso. No había móvil del crimen, ni cómplices, no había más que un sobre en mi buzón.

Llegué a casa a las seis y me topé con un montón de ropa sucia, la nevera vacía y la cama sin hacer. Tomás no estaba, y fue un verdadero alivio.

Mi pelo estaba lacio, pegajoso; secuelas de una dura jornada. La cortina de la ducha olía a perro mojado y no quedaba jabón. El piso daba pena, lo alquilamos a desgana; nos podíamos permitir algo mejor, pero nunca llegaba el momento.

A veces fantaseaba con la idea de largarme, de salir de allí dando un portazo brutal que hiciera temblar las paredes. Al dejar atrás el portal escucharía un estruendo, el del edificio derrumbándose a mi espalda. Planeaba muchas cosas, pero nunca hacía nada. Lo llaman «abulia».

Viernes. Quedaban dos días para el lunes. No podría soportarlo, menos aún con semejante canícula. Pronto cumpliría treinta y cuatro, ostentaba un buen cargo en la Policía, el supuesto trabajo envidiable, pero me había estancado. Como el agua, que se encharca y huele mal. Convivía con un hombre del que había estado enamorada, pero de eso hacía siglos, y ahora me producía pereza, ganas de llorar. Trabajaba como un mulo, le costaba hablar. A veces creía que le entristecía su rutina. Otras, pensaba que estaba en su lugar, satisfecho con su carga.

Me hallaba al límite, así que me rocié el cuello con perfume del caro, del que compro cuando toco fondo, y me puse unas bragas de seda, de las que elijo cuando quiero cambios. No llevaba sujetador, hacía demasiado calor.

Sabía que estaba buena, no soy una supermodelo, tampoco una tía del montón. Y aquel había sido un día difícil incluso para mí, así que opté por el vestido azul, el de verano, aunque estuviéramos en abril. Y me maquillé como a mí me gusta, sin que se note.

Estudié el espejo del baño tachonado de salpicaduras, y el lavabo repleto de pelos. Me pinté las pestañas de rímel; no lucía pendientes, colorete, no me hacían falta. Tengo unos ojos color tabaco rubio, de esos que parecen transparentes cuando la claridad es intensa. Y día tras día, no cesaba de preguntarme por qué, por qué, por qué Álex no se fijaba en mí.

Alejé esas cavilaciones tan rápido como pude, las lancé lejos, no debía pensar bobadas, solo me hacían daño. Y lo recordé de nuevo, a Álex, aspirando el aroma del cabello dorado.

Alicia. Había observado sus fotos, todo estaba en los archivos, esos archivos que le nublaban el juicio. Alicia sí pudo haber sido una supermodelo. Me pregunté si María sabría que existió, si intuiría siquiera que una beldad de rostro delicado murió asesinada antes de cumplir los dieciocho... Me intrigaba si sospecharía que hubo una chica de mirada azul con la que Álex quizá aún soñara cada noche. Y cada día; mientras conducía, mientras comía, mientras follaba con ella.

Aposté a que María no lo sabía; según Álex, era demasiado práctica para preocuparse por asuntos que no se pudieran pesar ni medir. Es posible que esas cosas ni siquiera debieran nombrarse. Él, de hecho, jamás se refería a ello. Reflexioné mientras aplicaba crema hidratante sobre mi piel; pensé en su historia, en la de Álex y Alicia. Evoqué su tono ronco, ese matiz doloroso en su voz preciosa mientras me lo relataba en el restaurante... Su mirada brillante, sus manos fuertes, inquietas, diseccionando el pasado.

Álex llevaba años solicitando la reapertura del caso, pero nunca nadie lo escuchó. No hasta ahora, en que el hallazgo del buzón podía darnos motivos. Era policía, no era mala en mi trabajo, y siempre supe que en su paranoia cabía un punto de lucidez; que su obcecación con el cómplice abrigaba un matiz de verdad.

La migraña había remitido y analicé mis facciones. Me acerqué a la cocina, abrí la nevera, saqué un yogur. Me lo comí de pie, apoyada en la pared, mientras contemplaba la pila de cacharros, las salpicaduras en la encimera; sillas descolocadas, moscas cojoneras sobrevolando el desastre. Aceleré el ritmo y estuve a punto de atragantarme. Debía marcharme. Ya, antes de que Tomás regresara, antes de verlo y confirmar que no me apetecía. No me apetecía Tomás. Me largué y ni siquiera esperé al ascensor, bajé las escaleras como una centella y salí en tromba del portal. Al alcanzar la calle respiré, inundé de aire los pulmones y comencé a caminar con el sol a mi espalda.

Cuando la vida da un vuelco, uno mira atrás y busca el momento en que todo cambió. Dónde queda el punto de inflexión. Aquella noche, aquel día, fue el del giro. Ane no bebía, solo lo hacía Sandra y debió haberme extrañado. Pero estaba demasiado centrada en mis tribulaciones.

Nos conocíamos desde el instituto, y no hay amistades como esas. Me senté junto a ellas, animada por la charla fácil, hasta que Ane, inesperadamente, nos comunicó que estaba embarazada. De cuatro meses. Y se casaba. Sentí una emoción intensa, humedad en los ojos. Ella estaba como siempre, pero ya no era la misma.

En la mesa, digerida la noticia, les confesé mi dilema. Tuve que reunir todo el aplomo que hallé para no mencionar a Álex y ocultar el peso que había tenido en mi decisión. Al referirme a mi posible ascenso, a mi paso a Homicidios, Sandra y Ane abrieron cuatro ojos como platos.

—Dos años en Madrid, posibilidades de trabajar en Europa después, ¿y lo has rechazado?

En realidad no lo había rechazado, aún no lo había hecho, pero había tomado una decisión. No me podía marchar, debía quedarme.

—¿Te quedas por Tomás? Pero si Tomás se pasa el día viajando.

—No sé si quiero mudarme a Madrid.

—¿Que no lo sabes? ¿Qué tienes aquí? Llevas siete años en esa comisaría. El mundo no va a acabarse porque te largues dos.

Clara y directa, así era Ane.

—¿Y qué dice tu jefe?

—¿Mi jefe? ¿Qué jefe?

—Tu jefe, ese que está tan bueno, el de la novia adinerada.

—¿Álex?

¿Álex? Como si yo tuviera más de un jefe que estuviera bueno...

—Álex considera que debería irme.

—¿Y Tomás? ¿Qué dice Tomás?

Tomás ni siquiera me había escuchado al preguntarle. Debía ser muy importante lo que echaban en la tele en ese momento.

—¿Sería conveniente para tu carrera? ¿De cara a acabar tu tesis?

Asentí mientras pinchaba el pescado, luego suspiré y las vi a las dos, a Sandra y a Ane, taladrándome con la mirada. Les parecía inconcebible que osara rechazar propuestas de aquel calibre. Me arrastraba como en una jaula y aquella oportunidad era mi única salida. Pero iba a rechazarla. No, no era por Tomás.

Me observaron cautelosas, esperando el contraataque.

—Huir no es la solución a mis problemas. Habrá más ocasiones.

—¿De veras lo crees? —preguntó Sandra—. Yo no esperaría tanto.

Me encogí de hombros, volví a escarbar en el plato. Se me deslizó un lagrimón por el rostro. Me lo sequé con la mano.

—Lo siento —susurré.

—No debes engañarte, Natalia. Eres una tía brillante, y debes ser honesta, admitir por qué te quedas.

No eran idiotas, sabían que había más.

No iba borracha cuando llegamos a la discoteca. Había bebido, pero estaba bien. Bailamos, nos reímos.

En el ambiente bullía una inquietante sensación de finitud. Ninguna lo verbalizó, pero entre nosotras flotaba la idea del cambio; aquella podía ser la última noche de fiesta, la última noche de perfume caro. Ane daría a luz, y las cenas, las copas, serían parte del pasado. ¿Qué me quedaría entonces?

Tomé otro chupito. No sé qué hora era cuando decidí ir al baño. Subí las escaleras, me retoqué los labios, los ojos, y volví a bajar decidida. Me aproximé a la barra y lo vi reflejado en uno de los espejos de las columnas.

Me estaba mirando, me observaba fijamente y pensé que no era él, porque jamás me lo había cruzado en una discoteca. Conocía detalles de su vida, él me los relataba, pero podía haber inventado todos y cada uno de ellos. ¿Quién era Álex cuando abandonaba el rol de inspector Brul, jefe de la Judicial de Bilbao? En esta ciudad no había muchos lugares a los que acudir un viernes noche; lo extraño era no habernos encontrado antes.

—¿Qué haces aquí? Pensé que los ratos libres los volcabas en la tesis. Enclaustrada en bibliotecas.

—Todos tenemos un lado oscuro —murmuré sonriendo.

Álex acababa de materializarse a mi lado y se lo presenté a mis amigas.

—Este es mi jefe.

Se hicieron las suecas, como si jamás hubieran oído hablar de él. Álex nos presentó a su hermano, Néstor, y yo fingí que Álex nunca me había hecho partícipe de sus mil peripecias.

El tipo pasaba de los cincuenta, olía a perfume caro, caro de verdad, y parecía dispuesto a echarme el lazo a la primera de cambio; pero Álex se plantó entre nosotros y noté su mirada vidriosa. Había bebido. No estaba borracho, pero tampoco iba bien.

Al agarrar el vaso me percaté de mi nerviosismo. Me temblaba el pulso, y era ridículo: por Dios, pasaba con ese hombre horas y horas al día. Trabajaba con él, comía con él, sabía de él más que de casi nadie. Y ahora me alteraba el ritmo cardíaco y no sabía qué decir, de qué hablar, y él tampoco articulaba palabra. Mis amigas charlaban con Néstor, y Álex y yo bebíamos en silencio, sin fijar la vista en ningún sitio.

Vestía camisa blanca, olía a chicle de menta y también parecía inquieto. De pronto lo supe, lo detecté de algún modo: yo lo estaba perturbando.

Néstor se acercó a nosotros.

—¿Qué opinas de los vasos de balón?

Analicé la copa en mi mano. ¿A qué venía esa pregunta?

—Prefería los de tubo —sentencié.

Néstor rio a carcajadas, rojo como un pimiento, celebrando mi respuesta.

—¿Ves? Los de tubo, esos eran los buenos —susurró—. Es una conspiración del Gobierno.

Néstor estaba borracho, pero no pude evitar cuestionar la responsabilidad del Gobierno en la desaparición de los vasos de antes.

—Es muy sencillo, Natalia. Estás tan tranquilo en tu casa, y en la tele anuncian un coche. Y el tipo del anuncio es cojonudo y lleva una rubia al lado. Así que vas y lo compras. No lo necesitas, pero ansías lo que tiene el tío.

—Néstor, las estás agobiando —interrumpió Álex.

—Tienes que echarle gasolina —siguió Néstor ignorando a su hermano—. Cambiarle el aceite, las pastillas de freno, la ITV. ¡Más pasta! Luego traes un crío al mundo, y otro más tarde; pañales, zapatillas de deporte, clases de esquí...

Néstor peroraba sin tomar aliento, balanceando su copa con despecho.

—Total, que primero te manipulan y luego te joden. Te hacen creer que necesitas toda la basura que producen, y cuando pasas por el aro, te fiscalizan. Conocen tu móvil, tus contraseñas, saben lo que compras y a qué hora.

Álex negaba sin dar crédito.

—Néstor, vale ya. Estás diciendo estupideces, pareces un chalado.

—¿Yo un chalado? Tú mismo lo has dicho: que pronto controlarán nuestros pensamientos, que inventarán una máquina para enchufarla a la cabeza.

Néstor se tambaleó vociferante, apuntando a Álex con el dedo.

—Estar aquí ahora es parte de vuestro trabajo. Idearon todo esto para que el ciudadano desfogue y no destruya el sistema.

Bebió con suficiencia, con la mirada perdida entre el gentío. Álex se frotaba los ojos, incapaz de contenerlo.

—¿Y cómo sabes todo eso? —preguntó Ane, divertida.

—Porque investigo, observo y estudio mi entorno.

Néstor suspiró, nos dio la espalda con gesto resignado y le pidió otra copa a la camarera, que abarrotó de hielos su vaso de balón. Álex negó de nuevo, harto, y Sandra pagó más chupitos; cinco sobre la barra. Me incliné hacia Álex, la música era atronadora y elevé la voz para hacerme oír.

—¿Y María?

Jamás habría formulado una pregunta tan estúpida de no haber estado tan inquieta.

—Esta noche me ha soltado la correa —bromeó—. Tenía una cena, así que he aprovechado para sacar a pasear a mi hermano.

Néstor le ofrecía una tarjeta de visita a la camarera, que la tomó desganada y se deshizo de ella lanzándola al cubo de los botellines vacíos.

—Hace unos años la escena habría sido al revés. Néstor arrasaba con las mujeres, poseía eso que atrae a las personas.

—Dinero.

—Me refiero al carisma.

—Apuesto a que lo perdió el mismo día en que malogró su fortuna.

Ahora fue Álex quien se acercó.

—¿Se te pasó la migraña de esta mañana?

Asentí sin mirarlo, sosteniendo el chupito que Ane me tendía. Toparse conmigo en la discoteca después de aquello decía muy poco de mí. Era mi superior directo, no debía olvidarlo.

—Me tendría que haber callado lo de Alicia —sentenció solemne.

—Olvida el caso esta noche, Álex. Has bebido demasiado...

—También tú.

—Estoy acostumbrada.

Clavó su mirada en la mía.

—Sigo pensando que estás tocada. No sé cuántas copas llevas, pero no eres la de siempre.

Néstor se tambaleaba con un chupito en la mano.

—Si sigues así, acabarás como mi hermano —me susurró Álex al oído—. Noches de juerga y desenfreno; discotecas, copas, drogas. Y de ahí...

La conversación era absurda, un diálogo etílico, una clase magistral de gestión del disimulo y el equilibrio. Alguien me había pisado. Ane proponía un brindis. Doblé la rodilla, apoyándome en

Álex sin ser consciente. Era cierto, estaba más tocada de lo que había creído.

—Es la primera vez que te veo vestida así.

—No es el atuendo adecuado para ir a comisaría.

—No veo por qué no.

—Porque no.

—Pues te sienta genial.

—Gracias. También es la primera vez que te veo sin correa.

Lanzó una carcajada que parecía sincera, inclinando hacia atrás la cabeza. Volvió a acercarse, iba a añadir algo, pero no lo hizo.

—Iba a soltar un disparate —admitió—. Todavía controlo lo que digo.

Yo también controlaba lo que oía, y estaba asistiendo a algo inaudito. La actitud de Álex era insólita y destrozaba mis esquemas. Desvié la mirada, resuelta a frenar aquello; fuera lo que fuera *aquello*. Al hacerlo me fijé en Ane y me pregunté qué hacía tomando chupitos. En medio del barullo quise prevenirla, pero sorbía un zumo de piña, dulce y empalagante. Las luces atravesaban mis pupilas, y aún sentía el vaso, diminuto y frío, en la mano izquierda; la derecha descansaba sobre el brazo de Álex. No la aparté, a él no pareció importarle, puede que ni siquiera se hubiera percatado; estaría pensando en Alicia.

Se dirigió a la camarera. Yo lo observé esperando que le ofreciese una tarjeta, pero solo pedía otra ronda. Intenté enfocar la vista, aún podía recuperar el aplomo.

—Voy al baño.

Los dejé allí a todos y me aproximé a la barra por el extremo opuesto. Pedí una tónica que tomé en dos tragos. Y supe que ahora tenía ventaja, porque ellos seguían bebiendo y yo ya había parado.

Cuando regresé, charlaban como personas civilizadas, aunque en ese punto tuve claro que estaban pasados de vueltas.

Néstor sacó más tarjetas y las repartió entre nosotras como si fueran caramelos. Álex volvió a acercarse.

—Necesito hablar contigo, Natalia. A solas.

Y entonces nos despedimos y abandonamos la discoteca.

El alcohol no le afectaba, lo supe al pisar el asfalto. Estaba perfectamente sobrio, y supuse que esa correa con que María lo sujetaba se soltaba con más frecuencia de lo que ella creía. Aceras desiertas, temperatura agradable; las farolas vomitaban luz anaranjada. Noche de verano en Bilbao, con varios meses de adelanto. El refresco me despejó, pero no caminaba como hubiera querido hacerlo, más por cansancio que por otra causa... Llevaba veinte horas despierta. Al menos no estaba tan mal como para hacer una estupidez, o decirla, pero sí para pensarla, para lucubrar bobadas sin freno ni sentido.

—¿Estás bien?

—Muy bien.

—Mejor después de la tónica, ¿no?

—¿Cómo sabes que he tomado una tónica? —Negué mientras me abrazaba a mí misma. Inquieta, intrigada, un poco inestable; y muy cansada...

—Te he visto pedirla.

Él siempre lo sabía todo, menos lo que de veras importaba.

—¿De qué quieres hablar?

—Quiero reabrir el caso.

Reí. Así que era eso. Me había sacado de la discoteca para hablar de esa mierda. Sentía ganas de llorar, pero la risa me pudo, se me torció el tobillo y estuve cerca de caer al suelo.

—Nos sentaremos en alguna parte —decidió sin soltarme el codo.

—No voy a sentarme. Quiero ir a casa, a dormir. El caso no lo podrías reabrir ni aunque te enviaran un vídeo con la grabación del puto asesinato.

—Joder, qué mal hablas, Natalia.

—Hablo como mereces. Solo tienes un mechón de pelo, una foto y nueve palabras.

—Tengo mucho más que eso.

—Cierto. También tienes corazonadas absurdas, y una buena dosis de alcohol en sangre.

—Rossi nunca admitió el crimen, fue un cabeza de turco —machacó—. No tenía motivos para matarla; eran amigos. Los restos del cuerpo. ¿Dónde están? La investigación se cerró en falso en menos de seis meses. No se hallaron pruebas, solo indicios...

—Dame un solo motivo para creer que ese pelo es suyo. Tú, que te jactas de ser el tipo más racional del mundo.

No supo responder a eso; y a su modo, claudicó.

—Vamos a una cafetería —resolvió— a tomar un zumo o algo, que se te pase la medio borrachera que llevas.

Bufé desesperada. Nos detuvimos en un paso de peatones y observé su perfil serio, sus rasgos firmes, su mentón. Suspiré y me miró. Luego suspiró él.

—Lo siento, Natalia. Te acompaño a casa, no es el lugar ni el momento...

No lo era; ni mi lugar ni mi momento. Me dolían los pies, los botines me rozaban, y por segunda vez esa noche me golpeó una ráfaga de furia. Me asaltó una certidumbre obscena: todo el mundo prosperaba, obtenía de la vida aquello que vino a buscar; todos menos yo. Nada peor que compadecerse de una misma...

Y de nuevo, una lágrima traidora se deslizó por mi mejilla justo cuando el semáforo cambiaba al verde. Finalmente acabé como no hubiera querido hacerlo, perdiendo los papeles ante una de las pocas personas a las que aún apreciaba y respetaba.

Nunca cruzamos la calle, porque Álex volvió a disculparse, en susurros, como si al hacerlo en voz alta fuera a despertar a media ciudad. Y me abrazó. Olía genial, como deben oler las cosas que jamás conseguiremos; aquello que observamos desde lejos, mientras nos mordemos las uñas derrotados. Me abrazó como se abraza a una hermana. Así que me sentí peor y me odié como nunca. Me negaba a ser ese tipo de mujer, la que llora para que un hombre la consuele, por eso lo aparté y me sequé los ojos como pude, con el dorso de la mano, emborronando el maquillaje, dándole la espalda. No sé qué hizo él mientras tanto. Puede que consultara el móvil, aburrido, que estudiara las probabilidades de lluvia para ese fin de semana. Quizá siguiera pensando en Alicia y en el modo más rápido de reabrir el caso. Se me pasó rápido, y al tranquilizarme le pedí disculpas, pero él quiso saber qué me ocurría.

—Nada.

—Nadie llora porque no le ocurra nada.

—He bebido mucho... —lo afirmé tan seria que estuve a punto de creérmelo.

Asintió sin convicción.

—Mi mejor amiga va a ser madre, y yo me he estancado —apostillé.

Ahora fue él quien bufó.

—Te estás obcecando y lo ves todo negro... Mañana te sentirás mejor. Te acerco a casa. —Volvió a agarrarme del codo y comenzamos a caminar.

—Vivo demasiado lejos, tardaríamos mucho.

—No iremos a pie, sacaré la moto.

—¿Puedes conducir?

—Claro que puedo conducir. Vivo aquí al lado, cojo las llaves y ya está.

—Llamaré un taxi.

—No llamarás un taxi estando así mientras yo pueda dejarte en casa.

¿«Así», cómo? ¿Con los ojos como un mapache? ¿Con las piernas temblorosas?

Su edificio se hallaba cerca, y empezó a hablar de gilipolleces. Aquel era un barrio de postín y no le pegaba. Aceras inmaculadas y árboles recios, comercios lujosos y pulcras vías paralelas.

—¿Subes?

—Me quedo aquí, te espero en el portal.

—María quiere conocerte. Podría presentártela —afirmó sin mirarme.

Seguro que sí. Apostaba a que ni siquiera sabía de mi existencia.

—Pues como me conozca esta noche, se va a llevar una impresión brutal.

—Bajo en dos minutos.

Me senté en un sillón, hice tiempo distraída. Recosté la cabeza pensando en Ane y sonreí sin darme cuenta; qué suerte tendría ese crío. Yo era una inmadura, ni siquiera me había planteado el asunto de los hijos.

Frente al portal se detuvo un cochazo y reparé en sus ocupantes. Él, repeinado; como un gatito lamido. Camisa blanca con cuello alzado y afeitado perfecto; más apurado y habría parecido una chica. Ella, corte de pelo estilo *boho* y mechas de salón de belleza, de esas que lucen actrices y presentadoras. Una joven disfrazada de señora. Labios *nude* y cejas arregladas, joyas de Suárez y sonrisa comedida.

Se fundieron en un morreo que duró demasiado para su aspecto de niños bien, ese morreo de los primeros encuentros. Al apartarse, sellaron el asunto con un piquito asustado, casi casto, y ella abandonó el coche. Manicura francesa, perfume asfixiante... Bolso de Celine, americana a juego y vestido estampado en empachosas flores amarillas. Hacía falta esmerarse para ir tan impostada.

Le di las buenas noches cuando atravesó el portal. Respondió educada, dibujando una sonrisa de pega, y se internó en el ascensor en el preciso instante en que el gatito relamido aceleraba el bólido y se perdía en la noche.

Aún transcurrieron unos minutos antes de que Álex volviera, con las llaves de la moto y dos cascos bajo el brazo. Tomamos el ascensor al garaje.

—Lo siento, acabo de cruzarme con María, llegaba ahora.

Tragué saliva. ¿María? Tenía que decir algo, pronto, lo que fuera; no podía continuar callada. Álex analizaba el móvil buscando Dios sabe qué.

—La vi en el portal, es muy elegante —solté.

Él se puso el casco y me tendió el mío.

—Qué mal mientes, Natalia.

No añadí más, no aludí al vestido, a las mechas, ni al morreo.

Cuando nos detuvimos frente a mi edificio, se quitó el casco. Yo ya me había despedido con frugalidad; le daba la espalda, me largaba a toda pastilla para meterme en la cama helada. Pero Álex me agarró la muñeca, me pidió que esperara. Muy serio, sin atisbo de piedad.

—Mañana a las ocho te quiero en mi despacho.

—Es sábado. No estoy de guardia.

—Me da igual.

3

ÁLEX

Bilbao, 9 de abril, sábado

Seguía soplando el sur, pero la jornada pintaba mejor; peor que la anterior ya no podía serlo. A un día de mierda le había sucedido una noche de pena, rematada por una bronca monumental con María. Había pasado la noche despierto, pero me encontraba bien, lúcido y sereno. María me condenó al sofá, y consumí el tiempo que le sobró a la madrugada jugando a la Play partida tras partida, hasta que el sol empezó a asomar. No desayuné en casa, me largué como cada mañana, pero mucho antes. Café con pincho de tortilla en la barra de un bar cualquiera, de esos que no había en mi barrio. Sentado en un taburete, mientras el telediario de las siete desgranaba las noticias, me sentí mejor de lo que lo había estado en semanas.

Montañas de papeles sepultaban la mesa del despacho: documentos, informes, denuncias. Me los sabía de memoria, trabajaba en aquello a diario.

Sobre una de las pilas yacía el expediente del caso Alicia. Aún no lo había tocado, pero habría sido capaz de recitarlo línea por línea. Y casi podía sentir esa foto, provocadora e hiriente, como si respirara entre las cuartillas. Una imagen de Alicia en Lanzarote, cinco meses antes de morir asesinada. En la cubierta del velero, con su bikini blanco; cabello largo, por la cintura, ojos azules taladrando la celulosa del papel; la misma mirada que la de la foto del buzón. El pelo, su pelo; estaba convencido, el cabello del sobre era suyo. Pero me estaba volviendo loco, porque sin bulbo piloso los análisis no son viables. Mi certidumbre no era suficiente para probar nada, y allí se trabaja con hechos; yo mismo solía recalcarlo. Así que daba vueltas y mortificaba con el asunto a los técnicos de la Científica. Necesitaba algo que respaldara mi intención de reabrir el caso.

Consulté la hora en el reloj de pulsera. Ocho y cuarto, Natalia llegaba tarde y era la persona más puntual que conocía. Puede que tuviera resaca, pero eso no la disculpaba. La recordé temblorosa, en el ascensor, mientras bajábamos al garaje; con la mirada perdida. Aquellas notas de desamparo me habían impresionado. Quizá hubiera descubierto a la verdadera inspectora Herreros; su fragilidad, su rabia al mostrar sin quererlo ese punto vulnerable.

Ocho y veinte. Me puse en pie. Tenía que llamar a Néstor, lo aparqué en la discoteca sin apenas despedirme —mal hecho, mi hermano era especialista en meterse en líos, y no debía permitirse más errores—, y pudo haber acabado en cualquier parte. Como yo, que también podía haber terminado en cualquier sitio. Había realizado auténticos esfuerzos por no huir con Natalia a donde fuera, a hacer algo de lo que me estaría arrepintiendo. Y para ser honestos, aquella pugna por controlar mis impulsos no la mantuve por María, sino por un motivo elevado que no era capaz de expresar.

Después de dejar a Natalia en su casa, María me recibió con semblante torcido. Solté las llaves sobre el mueble del recibidor, y lanzó la primera estocada; se incorporó, me apuntó con el dedo y susurró:

—¿Te estás follando a esa tía?

«No por falta de ganas», pensé. María aún calzaba los tacones, y echaba humo. Los quince minutos que tardé en regresar le bastaron para cocinar una suerte de película escabrosa.

—Solo he ido a acercarla a su barrio.

—¿Me tomas por imbécil? Podía haber cogido un taxi.

Yo estaba bloqueado. Eran las tantas y no supe ofrecer una respuesta coherente. Mi silencio fue peor que cualquier réplica.

—Pensé que salías con tu hermano —reiteró mientras se aproximaba—. ¿Y vienes con estas pintas? Apestas a whisky y a golfa; apareces con esa..., con esa tipa. ¿Te la has tirado en los baños de alguna discoteca?

Sentí vergüenza ajena al verle perder los papeles; semejantes términos nunca formaron parte de su vocabulario. Había olvidado su templanza, la dignidad de que hacía alarde, y tenía que estar al límite.

—¡¡No me la he tirado!! —estallé—. Trabajamos juntos. No podría mirarla a la cara cada mañana.

—¿No podrías mirarla? ¿Y a mí? ¿A mí podrías mirarme?

No respondí, consciente de mi falta de tacto. Mis palabras habían brotado descontroladas, ya no podía corregirlas.

—Mientras me ilusiono con la idea de formar una familia, tú andas por ahí con esa clase de chicas.

—¿A qué clase de chicas te refieres?

—A *esas* que tanto te gustan —matizó.

—Tú no sabes el tipo de chicas que me gustan; no tienes ni idea. Natalia es la mejor inspectora de la brigada.

—¿Natalia? ¿Esa es la famosa Natalia? ¿La que resuelve casos y piensa tres veces más rápido que el resto? Yo te diré lo que es esa mujer en realidad...

—Me voy a la cama.

Me acompañó taconeando y me palmeó la espalda, provocándome; con una suavidad que quemaba.

—¿Habías quedado con ella, Álex? ¿Has aprovechado para follar con una tía que ni siquiera necesita sujetador?

Negué asqueado. No la reconocía. No nos reconocía.

—El sujetador se lo quité yo —murmuré—. Antes de empotrármela contra una pared, mientras ella gemía y se le emborronaba el maquillaje...

—Eres un hijo de puta —susurró.

—Tú me haces serlo. Me das pena.

—Tú sí que das pena. No sabes lo que tienes, una mujer como yo, que te quiere y te cuida. Te lo estoy dando todo. Y tú te vas alejando.

Después de aquello, el portazo. María se fue a la habitación, selló su sarcófago. En circunstancias normales me habría largado a que me diera el aire. Un número de circo más. Pero estaba agotado. Así que apestando a whisky y a golfa, sin siquiera cambiarme de ropa, me tendí en la alfombra a jugar partidas. Durante unas horas pude evadirme; en realidad lo necesitaba. Percibía sonidos en nuestro cuarto. María lanzando sus zapatos, los grifos del baño y los golpeteos de los frascos de crema. Me pregunté qué ocurriría si por una sola noche abandonara esa monserga de sérums y mascarillas; puede que su cara se desmoronase, que envejeciera una década cada mañana. Habría conocido a la verdadera María. Sin imposturas.

Volví al presente, a sentarme en la silla del despacho, y tomé el informe de Alicia.

Lo abrí por el final para evitar su imagen. Pruebas, atestados periciales, grabaciones de cámaras de seguridad, declaraciones de sus padres y de su amiga Erika. Instantáneas de su cuarto, de su ropa, de sus libros de clase. Y en la primera página, el velero: la escena que capturé aquella tarde memorable, atracados en Lanzarote, tras hacer el amor en cubierta. Dientes blancos como perlas, pequeños y alineados. Labios húmedos y suaves. Esa mirada, en la que jamás volvería a perderme.

Estaba a punto de extraer el mechón de cabello, pero llamaron a la puerta.

Ocho y media. Natalia, media hora tarde, rostro pálido, pupilas dilatadas y esquivas. Labios perfectos, sensuales... Dio los buenos días y se sentó frente a mí como siempre lo hacía. Pero sin ganas, sin fijar su vista en la mía. Vaqueros desgastados y americana blanca, sin maquillar, como era habitual; poniéndome nervioso, como de costumbre. Traía un apósito gigantesco en la barbilla.

—¿Qué te ha pasado?

—Iba con prisa y resbalé en la ducha. Vengo del hospital.

Al fin pudo mirarme a los ojos, y volví a descubrir su fuerza tras ese iris brillante; como un caramelo dorado con sabor a miel. Sonreí, me devolvió la sonrisa.

—No está siendo tu mejor semana, ¿eh?

—Bueno, podía haber sido peor. Hay quien se mata por un traumatismo...

No pude responder a eso, era tan cierto como exagerado.

—¿Tienes resaca?

—Prefiero olvidar lo de anoche. Esa no era yo.

Me crucé de brazos, me recliné. Mi atención se centró en el apósito.

—Natalia... Si necesitas hablar...

—No necesito hablar.

—¿Ya no te sientes estancada? —No debí seguir por ahí, fue un golpe bajo.

—Creo que me estoy explicando con claridad. —Ladeó la cabeza, muy seria, y adoptó un tono reflexivo, aunque firme—. Iría a Madrid si quisiera; acabaría la tesis si pusiera empeño y tendría un hijo si se terciara. Cualquiera puede hacerlo, incluso los gatos lo hacen, engendran auténticas camadas y...

Me incorporé y me acerqué a ella interrumpiendo su manifiesto:

—Estás estancada —le dije—, lo estás por seguir aquí, malgastando aptitudes, con un jefe mediocre y compañeros pasables.

—¿Quieres que me vaya? ¿Que me largue? Dilo claro.

—Has de ser tú quien decida —respondí bajando la voz.

—Ni he pedido tus consejos, ni voy a diseccionar contigo los motivos de lo de anoche, porque no habría querido derrumbarme delante de ti.

Hizo una pausa, tomó aire, con pesar, mientras elegía sus palabras. Se levantó.

—No necesito que hagas de padre, ni de amigo ni de psicólogo —añadió—. Pero puedes ejercer de jefe; ya va siendo hora. Si pretendes largarme, solo tienes que cursar la petición. Solicita que me saquen de tu equipo.

—Natalia, siéntate.

—¿Me lo sugieres o me lo ordenas?

—¡¡Te lo ordeno!! ¡Siéntate de una puta vez!

Estallé. Había conseguido sacarme de mis casillas. Se desplomó con desgana, capituló cruzando las piernas, trazando rayas en la suela de su bota con un lápiz del cero que sacó de la americana. Barajé el modo de continuar. Cuando quería, sabía ser difícil. Relajé el tono.

—Eres la mejor investigadora que tengo. Perderte en mi equipo sería ruinoso. Pero para ti... implicaría crecer.

«Qué cínico», debió de pensar; los dos lo pensamos. Sonrió con desprecio olvidando los puntos bajo el apósito.

—Nunca te había visto como anoche —repetí vencido, consciente de la ambigüedad de esa sentencia.

Suspiró sin responder, y supe que había vuelto a arrastrarla al borde del llanto. Un llanto que yo no quería provocar, porque se odiaría un poco más. Así que solté que debía salir, que urgía arreglar un asunto. La dejé sola en el despacho, un tiempo muerto para rebajar tensión.

Sus opciones en Madrid eran mejores, eso era indiscutible. ¿Había otros motivos para empujarla a marcharse? ¿Otras razones que me negaba a admitir?

Cuando regresé, Natalia ojeaba el expediente del caso Alicia. Con aparente desgana, con ávido interés. Tomé asiento, hice un par de llamadas. Ella golpeaba las cuartillas con el lápiz, suave, rítmicamente. Cogió un folio de mi mesa y comenzó a hacer anotaciones. Mientras tanto, yo resolvía cuestiones que me eran indiferentes.

Colgué, y se detuvo en la primera página, la de la foto. Estudiaba el rostro de Alicia con una calma inusitada.

—¿Se la hiciste tú?

Asentí. Natalia era intuitiva, y el modo en que Alicia observaba el objetivo no dejaba lugar a dudas: sus ojos destilaban el matiz del que ama.

—Acababais de acostaros.

No era una pregunta, y no respondí.

—Era preciosa —convino—. Debe de ser imposible enamorarse después de conocer a alguien así.

Viniendo de otra persona, el comentario habría estado fuera de lugar; pero en sus labios no resultó inapropiado. Y era cierto, no había vuelto a enamorarme.

—Vas a reabrir el caso.

—Voy a hacerlo, Natalia.

—Pero no puedes. Estarías invadiendo competencias de la Ertzaintza.

—Tú sí podrías. Ocurrió en Cantabria, llegó a intervenir la UDEV.

Y además tenía que irse, debía largarse pronto para que pudiéramos conservar nuestra salud mental.

—Debes llevarlo tú —insistí—. Eres metódica, organizada, competente... Llegarías al fondo de la cuestión.

—Pensé que lo del traslado lo sugerías por mi propio bien —replicó. Se cruzó de brazos, como si prefiriera no abundar en eso—. Este informe es una basura —continuó—. ¿Quién lo redactó?

—Pinedo, de Madrid. Homicidios.

—Pinedo era bueno, no firmaba este tipo de chapuzas. Es incomprensible.

Tampoco yo lo entendía, pero no era imparcial cuando se trataba de aquello.

Natalia continuó repasando el dosier, y recordé sin quererlo el cabreo de María, sus palabras venenosas. Tomaba notas a lápiz, esta vez con más fuerza, más rápido, como si conociera el terreno que debía batir.

—Hay líneas de investigación sin explorar... —murmuró.

—¿Por ejemplo?

Se puso en pie abstraída. No sonreía cuando respondió, ya camino de la puerta, con el informe bajo el brazo:

—Por ejemplo... tú; tu entorno.

—¿Yo?

—Tú, Álex, tú. Nadie sospechó de ti, nadie te investigó ni pinchó tu teléfono... Cualquiera habría comenzado por ahí, por el tío que le sacaba fotos a Alicia después de hacer el amor.

¿Pensaba que tuve que ver con su muerte? ¿Después de impulsar la apertura del caso? Iba a replicar, pero no me dio tiempo a hacerlo.

—Cursa esa petición de traslado... Me voy a Homicidios y quiero dirigir la investigación. Habla con quien tengas que hacerlo, que me la adjudiquen.

—¿Es lo que quieres?

—No sé si lo quiero, Álex. Pero es lo que voy a hacer.

Nos miramos en silencio.

—¿Comemos juntos? —añadió ya con la mano en el picaporte.

Era sábado, ninguno estaba de guardia, y Natalia podía irse a casa. También yo podía hacerlo.

—Reserva donde prefieras —convine—. A las dos paso por tu despacho.

Faltaba un buen rato para las dos; aquel informe sobre la mesa solo iba a causarme quebraderos de cabeza. No podría evitar ojearlo, repasar las indagaciones baldías del jefe de Homicidios dirigidas desde Madrid a medida que morían meses borrosos sin Alicia.

Negué mientras pensaba en el inspector Pinedo. Y en los malditos telediarios, que habían vomitado la misma retahíla un día tras otro. Entrevistas a los vecinos, a sus compañeros de instituto; reporteros asaltando a su familia, en la calle, micrófono en mano. Parte de sus restos desaparecidos... Había sido nauseabundo, y aquel expediente oficial valía menos que el papel en que se había impreso; apenas recogía una sombra de la realidad. Todo era fruto de la mendacidad: un código de disimulos y trucos cosméticos adoptados por la sociedad para no aniquilarse en su propia mugre.

Asesinaron a Alicia, pero ningún periodista hizo guardia frente a mi casa. Y Natalia estaba en lo cierto: eso no era normal.

Volví a sentarme, sepulté el informe en el cajón y comencé a cumplimentar el formulario de traslado de Natalia. Hacerlo era otro error, pero cada vez me resultaba más difícil mirarla a los ojos. Uno de los dos tenía que irse, y no podía ser yo.

Al sostener el teléfono golpeé la taza con el codo. Cayó al suelo, se rompió en pedazos y confirmé que no bastaría con una charla telefónica. Néstor y yo íbamos a compartir una conversación de verdad, de las serias, de las que le hacían moderar la voz, inclinarse susurrando, agitar un pie, perturbado, y agachar las orejas.

4

NATALIA

Bilbao, 11 de abril, lunes

Intenté contactar con los padres de Alicia; quería empezar por ahí, pero no estaban en su domicilio. La madre había sufrido un aparatoso accidente doméstico y había ingresado en el hospital. Señalé una fecha en la agenda, lunes 18 de abril; para entonces, esperaba que hubiera recibido el alta.

Cada tarde corría al buzón en busca de sobres llenos de pruebas, pero no hubo más fotos ni más mechones de pelo. ¿Quién lo había dejado allí? No hallamos huellas. Podía tratarse de una llamada de atención, pero si el cabello fuera de Alicia, el asunto se complicaría. ¿Quién se lo había cortado? ¿En qué momento lo hizo? ¿La noche del asesinato? Sin folículo era imposible extraer ADN, pero disponíamos de nueve palabras escritas a mano. Contacté con los peritos caligráficos; necesitaba contrastar la letra, comparar los grafismos del anónimo con los de Rossi, en prisión. Con los de los padres de Alicia, con los de sus amigas... Conocía de sobra la letra de Álex, pero también requerí su cotejo, porque llevaba tiempo repitiendo que hubo un cómplice, pero nadie se implica en un crimen y se delata quince años más tarde. ¿Pudo ser él, dejó allí aquel sobre para impulsar la apertura del caso? No lo creía, pero debía sondear todas las opciones.

Quienquiera que fuese conocía mi dirección, y eso no me hacía gracia. Me acechaba la impresión de estar siendo observada.

Ese lunes puse la mesa del salón, ideal para dos. Mantel y platos elegantes, con cubiertos nuevos y copas talladas. Compré vino del bueno y metí un pollo en el horno; no solía frecuentar la cocina, prefería rodearme de papeles, pero aquella noche todo era diferente. Me sentía ilusionada hasta el absurdo, entusiasmada por una decisión que ni siquiera tomé yo, prácticamente impuesta por Álex. Tanteé con cuidado el vendaje, con la mirada fija en el pollo, tras el cristal del horno. Paladeé el vino recién descorchado.

Me iba a Madrid.

No podía continuar mendigando la atención de Tomás. Harta de esperar; a que acabara esta obra o aquella, aguardando su regreso de un viaje para que al traspasar la puerta, agotado, se fuera a acostar sin verme. ¿Un toque de atención?

Encogí las piernas desnudas y me puse en la piel de María, ¿cómo era posible que le fuera infiel a un hombre como Álex? Por Dios, si lo tenía todo. Inteligente y sensible, sensato y atractivo. En mi mente, como un fogonazo, surgió la imagen de Kevin Costner en *El guardaespaldas,* con Whitney Houston en brazos. Me incorporé resoplando; Whitney estaba muerta, hallada sin vida en la bañera antes de cumplir los cincuenta.

Ruido en la cerradura, Tomás llegaba; con maletín de cuero, zapatos gigantes y mirada exánime. Sonrió al verme. Cada día parecía un poco más encorvado, el trabajo lo consumía. Me saludó con un «hola» desvaído, me besó en la frente y preguntó qué se celebraba mientras se derrumbaba en una silla.

Seguía siendo guapo, pero había perdido la chispa; una versión polvorienta del tipo del que me enamoré, el reflejo apagado del joven ingeniero que pretendía cambiar el mundo. El mundo lo cambió a él, y al advertir sus ojeras me sentí culpable por pensar así.

Tomás había sido brillante. Hoy, el brillo no era más que un tenue resplandor rojizo. Arrastraba sueño atrasado, acumulaba horas de despacho inclinado sobre la mesa de proyectos; días atrapado en aviones, en aeropuertos sin alma. Nuestra relación era cómoda: no discutíamos, no quedaba energía para ello. Me había acostumbrado a hacer mi vida, a salir pronto y llegar tarde, a comer con Álex y a cenar sola. Dormía en una esquina de la cama y a veces me costaba adivinar su respiración en mitad de la madrugada...

Apenas nos comunicábamos, hacía meses que no nos acostábamos, y sin embargo lo quería tanto... Sentí unas ganas inmensas de abrazarlo allí, sentado, con su camisa arrugada y su sonrisa ingenua. Pero no lo hice, porque sabía que se levantaría impulsado por resortes ocultos, huiría como un cohete a darse una ducha, a poner la televisión o a rematar un proyecto. Lo observé sintiéndome extrañamente joven, como si él fuera un anciano.

Había viajado a Estocolmo el sábado de madrugada, pero no me preguntó por mi fin de semana; era posible, casi seguro, que no se hubiera percatado de mi ausencia en la noche del viernes, porque su mente estaba desbordada por el acero de sus vigas. Él no sabía nada de chupitos, de vestidos azules, de resacas mortales o resbalones en la ducha. Él jugaba en otra liga, la de los tipos importantes que manejan el mundo desde su programa de cálculo de estructuras.

—El viernes por la noche salí.

—¿Qué te ha pasado en la barbilla?

Vaya, solo había tardado quince minutos en darse cuenta.

—Resbalé en la ducha. Y ya no tenemos cortina.

—Deberías poner la alfombrilla —comentó distraído mientras se dirigía al baño.

El trabajo de Tomás no terminaba al llegar a casa. Era tarde y urgía organizar las catorce horas de la jornada venidera. Si quedaba tiempo libre, se derrumbaba frente al televisor para devorar la vida condensada en un bombardeo de luz y ruido.

Cuando regresó al salón el pollo ya estaba en la fuente. El ambiente era acogedor, y yo era apetecible, porque todo estaba estudiado al detalle. Encendí un par de lámparas, y él se sentó frente a mí en pijama; sin reloj, sin corbata, sin prisas.

Había adelgazado. Era fuerte, pero no estaba cachas; no tenía un minuto para hacer ejercicio y nunca había pisado un gimnasio. Eso era para chulos de playa, vividores del cuento y, a ciertas edades, el culto al cuerpo era irrelevante. Malcomía en cualquier sitio y aquel pollo al horno, supongo, era lo más nutritivo con que se había topado en semanas.

Ya empuñaba el mando a distancia para activar la caja mortífera.

—El viernes estuve con Ane y Sandra —expliqué retomando el hilo—. Y nos encontramos a Álex con su hermano.

—¿Álex, tu jefe?

Cortaba el pollo y desviaba la vista alternativamente hacia el televisor.

—Estuvimos tomando algo juntos.

—¿Qué? Oye, Natalia, el pollo es muy tierno y el vino parece bueno.

Me encogí de hombros. El vino era fantástico, pero el pollo estaba correoso.

—Ane está embarazada.

—¿De mucho? —preguntó sin mirarme, al tiempo que volvía a cambiar de canal.

—De quince meses —respondí a propósito.

—Dirás quince semanas.

Esta vez me había escuchado, me miró. Sonreí.

—Solo toma chupitos de zumo, no pudo beber una gota de alcohol.

—Supongo que estamos en esa edad, ¿no, Natalia?

—¿En qué edad?

—En la de tener críos y tomar zumo.

Esperé a que continuara, pero por lo visto eso era todo lo que iba a declarar sobre el tema.

—¿Y nosotros? —pregunté.

—Nosotros, ¿qué?

—Nosotros, ¿en qué edad estamos?

Solté los cubiertos y lo escruté mientras masticaba el pollo con dificultad mal disimulada. Afirmar que la carne estaba correosa era decir poco. Sonrió bobaliconamente mirando la tele. Una famosilla lanzaba proyectiles incandescentes sobre una ruleta; lo hacía en un formato de máxima audiencia en medio de un barullo ensordecedor; el presentador, dos cabezas más abajo, la animaba a continuar.

—Este es el programa que está causando el descenso de natalidad del país —sentencié apoyada en el respaldo.

—Es el programa más visto del día.

—Tomás, la gente vería cualquier cosa con tal de evitar conversaciones serias. Podrían poner un burro dando vueltas alrededor de un palo y aun así...

Volvió a mirarme.

—¿Quieres tener una conversación seria, Natalia? ¿Es por lo de Ane?

No supe qué responder. Ahora fui yo quien clavó los ojos en la pantalla, en el presentador, que se frotaba las manos y daba paso a un lanzador de cuchillos disfrazado de pingüino.

—¿Quieres hablar de eso? ¿De tener hijos? —insistió.

La mujer se encajaba las tetas en el corpiño, y una sintonía machacona inundaba la estancia.

—No me interesan los hijos —solté.

—Ya.

—Ya, ¿qué?

—Que te has currado esta cena y el vino, y has sacado el tema a colación porque le estás dando vueltas al asunto. Las tías sois así...

—¿Cómo «así»?

—Pues eso, el reloj biológico y tal... Es natural, Natalia.

Resoplé.

—No me parece mal tener hijos —siguió—. Es más, me parece lo normal, puede que sea lo que debamos hacer ahora... Dices que te sientes sola, que trabajo mucho...

Aparté el plato. Tomás cambiaba de canal. Negué y me amarré el pelo. De pronto me sentía asfixiada.

—No quiero tener hijos, Tomás.

—Podemos casarnos antes.

—No me has entendido. Me paso el día trabajando, y tú, el día y la noche.

—Saldríamos adelante, otra gente lo hace.

Su tono fue cortante, frío. Vaya, Tomás iba despertando, aquel podía ser el inicio de una discusión. Tras el barbecho mortal que nos asolaba, era justo lo que necesitábamos: liberar tensiones.

—Yo no soy otra gente —convine—. No quiero un hijo, no me apetece, aún no me lo he planteado. Puede que nunca lo quiera.

—Pues ya tenemos una edad.

—¿Una edad? ¿Una edad para qué?

—Los años pasan, la gente va sentando cabeza.

—¿A qué le llamas tú sentar cabeza, Tomás?

Me crucé de brazos. Él bajó el sonido de la tele y me miró por fin a los ojos mientras escogía sus palabras escrupulosamente.

—A asumir compromisos... Lo que hace todo el mundo —afirmó.

—Estás un poco obsesionado con la gente, y con todo el mundo. Olvida todo eso, piensa en nosotros, en Tomás y en Natalia.

—Sí, ¿qué problema hay?

—Unos cuantos. Para concebir un niño hay que mantener relaciones sexuales.

Suspiró derrotado.

—Natalia... Sabes que acabo exhausto, yo no me puedo pasar el día retozando. Mi trabajo no es como el tuyo.

Claro, mi trabajo era una playa paradisíaca atestada de tumbonas.

—Ahora gano una pasta, iré ascendiendo, delegaré, pasaremos juntos más tiempo... Podrías solicitar una excedencia. Dos, tres años, para criar al bebé.

¿Una excedencia? No podía creerlo.

—¿No me estás escuchando, Tomás? Me moriría si dejara la comisaría. Mi vida con un bebé sería la ruina total.

Me analizó muy serio y se encogió de hombros vencido, como si hubiera proferido una terrible blasfemia.

—Natalia, ¿te estás oyendo?

Rompí a llorar, y él me acarició la mano al otro lado de la mesa. Luego se puso en pie y me abrazó. Por segunda vez en unos días, yo lloraba y un tío me consolaba abrumado; pero esta vez no fui capaz de pararlo, el torrente arrastraba todo lo que hallaba a su paso.

Alguien había apagado la tele, puede que se hubiera fundido, saturada. Noté el estómago revuelto. Tomás olía a jabón, a vino, y me besaba el cabello. Yo hipaba disgustada y supe que me quería, pero jamás iba a comprenderme, porque no era más que un misterio insondable con el que debía bregar.

—No quiero tener hijos —insistí apartándolo—. No necesito otro piso, no ambiciono nada de lo que tiene la gente, ni los demás.

—¿Y a qué aspiras, Natalia? ¿A bailar por ahí cada viernes como una niña de quince años? ¿A enloquecer con tu tesis eterna sobre la mente criminal?

Sorbí los mocos. Era exactamente lo que pretendía: hacer todas esas cosas, y me habría gustado llevarlas a cabo con él, pero hablábamos lenguas distintas.

—La vida es esto, Natalia: es madrugar día tras día. Estar cansado, formar un hogar...

Negué sin responder. Aquello no era un hogar, aquello era un sarcófago, y el pollo se había enfriado.

—Eres una inmadura.

Y no lo expresó con rabia, no sonó a reproche. Lo soltó con lástima. Me levanté de la silla, cogí el plato y eché los restos de cena a la basura. Luego me fui a la habitación y comencé a desnudarme como un autómata.

Tomás vino tras de mí, me observó apoyado en el marco de la puerta mientras yo me soltaba el pelo, mientras me deshacía de la camiseta y del sujetador. Me puse el camisón y me metí en la cama hecha un ovillo, deseando que acabara el día, la semana y el mes;

esperando poder largarme. Aunque nadie huye de sí mismo por mucho que se aleje.

—Te quiero muchísimo, Natalia.

Se tumbó pegado a mí, haciendo la cucharita.

—Pronto me nombrarán jefe de equipo, pasaré tiempo contigo...

Empezó a acariciarme y quise explicarle que ya no importaba que lo hicieran jefe, o ministro, porque era un hombre narcotizado por la costumbre. Y sin embargo, percibía su olor y me sentí arropada. Me sentí bien.

—Tomás, he solicitado un traslado. —Su aliento húmedo me acariciaba la nuca; su calor en mi espalda, un resplandor azulado colándose por la ventana desnuda—. ¿Me has oído?

—¿Dejas el centro? Todo es más dinámico que en los barrios.

—No cambio de zona. Salgo de la Judicial, me traslado a Homicidios, a Madrid, a la UDEV.

Detuvo la respiración, se apartó. Casi podía percibir el chirrido de los engranajes de su cerebro, un cerebro mecánico y cuadriculado. Sí, era difícil ingresar en la Unidad de Delincuencia Especializada y Violenta, y dentro de la UDEV, aún lo era más acceder a la Brigada de Homicidios y Desaparecidos. ¿Cómo era posible que Natalia lo hubiese conseguido? ¿Que Natalia se hubiese atrevido?

—¿Madrid? —Se incorporó alarmado—. ¿Por qué Madrid?

—Porque no hay UDEV en Bilbao.

—Está la Judicial.

—Lo sé, trabajo en ella.

—Y creía que te gustaba.

Me giré, no quería darle la espalda mientras se lo explicaba. Me topé con un gesto inquieto..., algo se alteró en su tono. Estaba asustado.

—Y me gusta. Pero es una gran oportunidad...

No me dejó terminar.

—¿Una gran oportunidad? ¿De qué? ¿De complicarse la vida?

—La oportunidad de aprender, de acabar mi tesis y verla publicada. Necesito crecer. Ese es mi concepto de madurar, estas son mis metas.

—¿Vas a dejar Bilbao? —replicó ignorando mis palabras—. Te encanta Bilbao, no puedes hacer eso.

Había unos aparatos llamados «coches», otros llamados «aviones», capaces de transportar seres humanos de un lugar a otro en cuestión de horas.

—Natalia..., qué perdida estás.

En eso estábamos de acuerdo.

—Y lo peor es que es culpa mía. Quizá te esté ofreciendo tan poco, que cambiar sea la única alternativa que te quede.

Se incorporó, masculló que iba a recoger la cocina y yo estiré las piernas entre las sábanas heladas mientras imaginaba otra versión de mí misma: lo que estaría haciendo la Natalia a la que, como dijo Tomás, le hubieran ofrecido más. Puede que hubiese cientos de universos paralelos y en uno de ellos, en ese instante, mi otro yo disfrutara de una excedencia y se hallara en su sofá viendo el programa de máxima audiencia, fantaseando con la idea de rellenar el pollo con naranjas en vez de con limones. Esa Natalia debía de existir en la solución a alguna ecuación cuántica.

Los faros de los coches, en la calle, dibujaban fogonazos desvaídos en las paredes blancas. Se oía cacharreo en la cocina, Tomás colocaba las sillas mientras manejaba sus pensamientos, aparcados por una noche los proyectos y los puentes.

Cuando regresó volvió a abrazarme, acercó sus pies a los míos, gélidos, y se aferró a mi cintura preocupado.

—¿Tu traslado supone el fin de esto? ¿De nuestra vida juntos?

Tenía un nudo en la garganta, lo intuía en cada sílaba pronunciada.

—No, si no quieres.

—¿Tú quieres?

—No, Tomás. Pero este cambio nos conviene.

—¿Dices que nos vemos poco y te vas? Debimos hablarlo antes —lamentó.

—¿Antes? ¿Cuándo? ¿El fin de semana, que estabas de viaje? ¿O la tarde en que te lo comenté y dijiste que hiciera lo que me pareciese?

Suspiró mientras me acariciaba el vientre bajo el camisón. Me besó el cuello y apoyó la frente en mi espalda.

—¿Hay algo que pueda hacer para que cambies de idea?

Ni siquiera respondí y esa fue mi respuesta. Sus manos avanzaron hasta mis bragas, y rogué por que me dejara en paz, por que se quedara dormido o abandonara la cama para ultimar bocetos. Solo quería descansar.

—Se habrán llevado un buen disgusto en comisaría.

Nadie lo sabía aún, solo Álex, y había sido el instigador de mi huida.

—Están deseando que me largue.

—Joder, Natalia... No sé qué haré sin ti.

«Lo mismo que has hecho hasta ahora —pensé—: dar ponencias, preparar el maletín y dibujar planos de sol a sol. Comer, dormir y ver la tele sin pestañear.»

Me besó en la coronilla y pasó la noche en vela abrazado a mí, mientras yo soñaba con Kevin Costner bajando de un avión.

Bilbao, 11 de abril, lunes

Mi hermano aludía a Silvester Stallone, que en los ochenta interpretaba a un inquieto boxeador de boca torcida y pupilas brillantes.

—Ya no graban pelis como aquella. Ahora todo son aviones y bichos de colores con espadas láser.

—No es para tanto, Néstor.

—Quedan cuatro actores miserables, y solo trabajan en comedias blanditas... Rocky boxeaba y engullía claras de huevo.

Me encogí de hombros, él resopló dispuesto a continuar:

—¿Cuánto hace que no ves un buen mastín? ¿Y los pastores alemanes? Cuando salgo, solo veo pitbulls enanos.

Néstor se apoyó en la barra y le echó un vistazo a su iPhone. Tecleaba con frenesí, como si aquel cacharro fuera la prolongación de su brazo. Pronto, la evolución de las especies daría otra vuelta de tuerca: los humanos nacerían con un sistema operativo incrustado en el cogote.

Se agitaba como un maníaco, y observé su perfil, en otro tiempo afilado. Había envejecido, menos pelo y más papada; le sudaban la frente y la nariz bulbosa. Empecé a comprender por qué había cambiado su viejo Mercedes por aquel bólido deportivo con mandíbulas de acero... Hablando de pitbulls: un coche, un perro, modos legítimos de mostrar poderío.

—La camarera te ha sonreído —murmuró mi hermano sin despegar la vista de la pantalla.

—Suele ocurrirme.

Néstor fingió una carcajada.

—Está buena, Álex.

—El labio superior es más grueso que el inferior. Se ha operado y lleva pestañas postizas.

—Si solo fueran las pestañas...

Negué. Tomamos asiento en la mesa que nos habían preparado.

—¿Qué tal los niños? —pregunté con desgana.

—Con su madre. —Néstor resopló—. La muy golfa reclama un dineral. Quiero la custodia compartida.

—Nunca pasaste demasiado tiempo con ellos.

—¡Porque he trabajado como un burro para que tuvieran de todo! —bramó.

Observé el iPhone en su mano derecha, el Rolex de oro en la izquierda.

—Y para pagar esta mierda. —Estrujó la corbata de Hermès como si quisiera estrangularse con ella—. Y el teléfono de los cojones, y los zapatos de firma, y colegios bilingües...

Néstor cogió carrerilla, rojo como un pimiento; le brillaba la calva y despotricaba contra los bancos, contra los políticos, contra los *gin-tonic* de diseño. «Hasta las camareras son de pega», rumió entre dientes.

Rebasar los cincuenta le sentó como un tiro, y todos los males del mundo pendían sobre su cabeza como una siniestra espada de Damocles.

—La vida te engaña, te tritura —resolló con un último aliento. Tomó aire, un trago, y volvió a la carga exponiendo su sobaquera sudada en medio de aspavientos—. Primero lo de Hacienda y demás, y ahora este puto divorcio.

—Los matrimonios se rompen... Néstor, a Rocío le pusiste más cuernos que un saco de caracoles.

Cuando se lo proponía sabía actuar. Ojos de cordero degollado y voz temblorosa.

—Ella es la madre de mis hijos, compartíamos un proyecto, y lo ha jodido todo. ¿Porque eché un par de polvos por ahí? ¡Siempre me reprochaba que no estuviera en casa! A lo mejor prefería un vago rascándose las pelotas en el sofá... —La vena de su frente latía con violencia—. Tengo necesidades que ella no podía cubrir.

—Una mujer no es suficiente; no para ti. Te ha largado por putero, y pronto la verás con otro.

Néstor rio.

—No creo que dé con un palurdo que la aguante. —Tensó los

labios con la copa en la mano, analizando sus uñas con fingido interés; inquieto, rígido.

—Empieza a retomar tu vida, reflota tu empresa... No me das pena.

Pero sí me daba pena, y mucha. Sentía lástima al comprobar lo cruel que es el tiempo con las personas brillantes. Porque mi hermano fue brillante, un tío emprendedor y decidido que fundó una de las compañías más potentes del país. Minska surgió sin esfuerzo en su mente depredadora. Nació como una pequeña sociedad limitada y se expandió al amparo de su genio voraz; de la nada, sin ayuda ni respaldo externo. A veces costaba creerlo.

En la cima de su carrera, el vicio lo arrastró al fango. Juego, mujeres y cocaína. Se rodeó de una corte de palmeros que le reía las gracias y medraba a su sombra, parásitos organizando juergas, vaciando botellas de Dom Pérignon en la piscina. Coches de carreras, viajes a Miami, dos aeroplanos, relojes suizos... El resultado fue una palabra de cinco letras. «Ruina». Aún no había llegado, pero se la esperaba pronto.

La vida no perdona a quienes triunfan. Minska se hallaba al borde del concurso de acreedores y se mantenía tambaleante con las migajas del imperio: un par de agencias de viajes, seis discotecas en Ibiza y la estrella de la corona, el casino de la Castellana. Los yates, los relojes y las fincas se evaporaron con los amigos. Era todo lo que le quedaba. Eso y su vicio por las tragaperras, las putas caras y los tres gramos de coca al día. Jornadas eternas sintiendo la corbata alrededor del pescuezo, revisando papeleos, tecleando con saña hasta que los números bailaban en su mente, otrora prodigiosa. Las drogas hicieron de su cerebro una masa informe en que bullían rumiaciones, impulsos suicidas y ansias por gastar dinero; mucho dinero. Ganas de echar unos cartones de bingo, de colarse entre las piernas de alguna rusa por cien euros la hora. A veces bebía como un cosaco, siempre licores caros; apostaba con el iPhone, perdía miles de euros y podía olvidarse de comer, cenar, ducharse. Pasaba semanas sin dormir; una raya tras otra, una mujer tras otra, un día tras otro. Sin freno. Ojos inyectados en sangre, pupilas dilatadas y su eterno temblor de piernas.

Entonces perdió a Rocío, el último asidero. Ruina y soledad. Y luego llegó lo demás...

—No me das pena —repetí.

—Está con otro, ¿verdad? —machacó—. Puede que lo estuviera antes de dejarme. El mono no suelta una rama hasta haber agarrado otra.

Rio con cinismo. En su mirada se palpaba una rabia profunda, pero pretendía simular indiferencia. El camarero nos tomó nota.

Lo pensé bien antes de abordar el asunto. Carraspeé, Néstor apartó la vista de la pantalla y me preguntó si quería otra copa.

—En realidad, necesito tratar un tema serio —admití—. Aunque sería mejor hacerlo en un lugar más tranquilo.

Sonrió pícaro.

—¿Fue eso lo que le sugeriste a Natalia? ¿Cuando os largasteis de la discoteca el viernes?

Había sabido de antemano que Néstor aludiría al tema; era un enredador, y le fascinaba todo lo que tuviera que ver con mujeres.

—¿No vas a responder? —insistió ladino.

—¿Qué quieres saber, Néstor?

—¿Te la tiraste?

Era la segunda persona que formulaba esa pregunta.

—No me la tiré. Fin de la conversación.

—Te pone mucho, ¿eh?

Resoplé antes de apurar la copa.

—Soy su jefe, voy a casarme, ella tiene pareja. No hay más.

—Ni lo va a haber —sentenció irónico.

Jugueteó con su Zippo de platino y me examinó con mirada torva. Era un viejo zorro, y no, no iba a cambiar de tema hasta haber escarbado suficiente. Tenía que ensuciarse las uñas, hurgar en la mugre hasta quedar tranquilo.

—No tiene pinta de tener pareja —sostuvo.

—Algunas personas con pareja están más solas que estando solas —apunté.

Guardó el móvil en el bolsillo interior de la americana y se acodó en la mesa sin mirarme.

—Qué profundo, Álex. Me cayó muy bien. Chicas guapas, muy guapas, sin tanta pompa como las hay por ahí... Sin tetas de pega, voces impostadas ni gestos teatrales.

—Y lo dices tú, que te has metido bótox tres veces.

Se puso serio, casi solemne, y lanzó su sentencia con gravedad:

—Álex... Eres el jefe de esa tía, ¿no? Pues despídela.

—Es la mejor de la brigada, no tengo motivos para apartarla del grupo.

Y sin embargo, acababa de hacerlo.

—Sí los tienes. Y aún no lo sabes, porque esas cosas solo se perciben desde fuera. Y la gente empieza a notarlo. Aléjate del fruto prohibido...

—Qué bíblico.

—Bíblico o no, sé lo que me digo; la otra noche saltaban chispas... Sí, bobito, sí, chispas; cada vez que ella te miraba, al acercarte a su orejita... —Néstor ya no conversaba, canturreaba—. Si sucede algo y la sangre llega al río, María buscará un abogado. Hasta el forro de las pelotas te va a arrancar. —Apuró la copa y miró hacia otro lado, como si aquella conversación nunca se hubiera producido—. Espero que me hagas caso —concluyó fúnebre.

¿Hacerle caso? Como si yo no supiera lo de las putas chispas.

Observé un sobre en la mesa. Era de mi hermano, estaba lacrado, y Néstor lo señaló; comentó algo de un plazo, algo de Hacienda. Rogué por que no retomara su diatriba contra el Gobierno. Se le estaba subiendo el vino, y consulté el reloj agobiado. Trajeron los chuletones. Néstor ya enarbolaba el cuchillo.

—Quería hablarte de Alicia —murmuré.

Alicia. Sentí una pequeña descarga en algún lugar de mi pecho, como si el nombrarla volviera a hacerla real. Néstor alzó la mirada sin dejar de masticar, negó sin responder, volvió a analizar el plato.

—Como no empieces, se te va a enfriar —masculló entre dientes.

—Vamos a reabrir el caso.

Se atragantó, tosió, enganchó la copa. Yo seguí hablando.

—Hay nuevas pruebas.

—Espera, espera... —interrumpió con la boca llena—. ¿«Vamos a reabrir el caso»? No entiendo ese «vamos». Tú no puedes hacerlo, estás implicado emocionalmente. ¿Eso no lo mueven en Madrid?

—Lo llevarán en Homicidios.

Me estaba poniendo nervioso, no podía hablar de Alicia sin titubear. Néstor era consciente, me conocía demasiado, pero no hacía nada por mejorar la situación.

—¿Y yo qué tengo que ver? —terció.

—Tú la conocías bien.

—Y tú.

—Tu conocimiento complementa el mío. Para ella fuiste un mentor.

—Así le fue...

—Néstor, necesito saber más, saberlo todo de ella. Sobre su barrio, sus viajes, su trabajo en aquella agencia.

Mi hermano posó los cubiertos y me observó contrariado.

—Es curioso —apuntó—. Hasta hoy, habías eludido el asunto. Alicia ha sido un tabú. ¿Por qué ahora?

—Pruebas —recalqué—. Algo ha cambiado —añadí.

—¿Ha cambiado algo? ¿O has cambiado tú? Álex... Se podría decir que a Alicia la mató la sociedad.

—Néstor...

—La mataron sus padres, las cabronas de sus amigas, los de la agencia de modelos. También yo la maté.

—Vale, déjalo, no se puede hablar contigo.

Sonrió con amargura.

—Pero principalmente la mataste tú. Sí, tú, Álex, tú que ahora tiemblas al nombrarla.

Apreté las mandíbulas, traté de dominarme. Siguió, inclinado hacia mí, desahogando su ira contenida.

—Yo no soy ningún santo, pero jamás he tratado a una mujer como tú la trataste a ella. ¿Y ahora, Álex? ¿Te has erigido en defensor de su causa? Un poco tarde, bobito.

—Vete a tomar por culo, Néstor.

—No te gustan las verdades, ¿eh? De lo que ocurrió aquella noche, tú eres el máximo responsable.

Tragué saliva sin pestañear. El chuletón estaba intacto, Néstor me retaba con semblante pétreo.

—Crecer es un fraude, y te has acordado de ella.

—Nunca he dejado de pensar en ella.

—¡Y una mierda!

Néstor se incorporó colérico, hecho una furia, con los ojos a punto de salirse de sus órbitas. La copa rodó sobre el mantel dejando un reguero rojo y se estrelló contra el suelo en un estallido. Cesaron las risas, murió el murmullo en la sala, el tintineo de los cubiertos; de fondo, la música de ambiente. Todo el restaurante estudiaba a mi hermano, que temblaba apoyado en la mesa con el rostro congestionado. Una vena palpitaba en su sien, pupilas dilatadas, le faltaba poco para abalanzarse sobre mí.

—Con ella todo era intenso —recalcó bronco—. Pero esta es la vida que quisiste, y es la que tienes. No hagas como si te importara.

No había bebido tanto como él, así que me moderé. Néstor volvió a sentarse, y la cháchara regresó al local mientras yo cortaba mi primer trozo de carne, sin mirarlo, en silencio. Quizá, solo quizá, tuviera parte de razón.

—¿Cuáles son las pruebas? —preguntó de pronto.

—Una foto y un mechón de pelo. En el buzón de Natalia Herreros.

Deliberadamente, omití la anotación en el reverso de la imagen.

—¿Es su cabello?

—No lo sabemos, no hay raíces, está cortado.

—Cualquiera puede hacerse con un mechón de cabello rubio, meterlo en un buzón...

—Néstor, podría ser su pelo.

—Y también podrían ser barbas de camello. ¡Joder!

—Quizá se lo cortaran esa noche; tenía el pelo muy largo cuando la mataron.

Volvió a alzar su mirada de cíclope.

—Sé cómo tenía el pelo.

Lo tenía muy rubio, suave, y solía trenzarlo cuando tomaba el sol, cuando cerraba los ojos sobre la cubierta del barco, empapada en mar y salitre. Flexionaba las piernas, las gotas de agua se deslizaban por su piel, y su pecho oscilaba al respirar. Yo también sabía cómo tenía el pelo, y recordaba su olor y su tacto. Suspiré mientras Néstor me estudiaba, intrigado.

Se llevó el tenedor a la boca sin dejar de analizarme y presentí otro de sus discursos mediocres, pero no añadió más, solo miró al vacío mientras masticaba y negaba con la cabeza, como si mantuviera una pugna consigo mismo.

—Ennio está a punto de cumplir su pena. Deja la cárcel a finales de julio. Esto podría guardar relación con su salida...

—Es posible —murmuré—. Pero también podría apuntar a la complicidad de terceras personas. Voy más allá, quizá Ennio sea inocente.

—Álex, Ennio se la cargó sin ayuda. A veces, las cosas son lo que parecen.

—No quieres que investigue. ¿Tienes algo que ocultar?

Néstor tenía muchas cosas, pero ninguna que ocultar; ese era el problema, que su boca era muy grande. Volvió a bajar la voz, a tratarme como a un imbécil:

—Álex, no lo olvides: si no la hubiese matado Ennio, yo sería el primer interesado en ver al asesino entre rejas. Reflexiona, a lo mejor tienes que dejar de jugar a policías.

—Soy policía.

—Pues ten sentido común. Tus emociones te ciegan. —Se zampó el último bocado y le hizo un gesto al camarero, que se acercó a la mesa raudo y veloz.

—¿Tomarán postre los caballeros?

Los caballeros no estaban para fiestas. Néstor pidió la cuenta, y el camarero lo celebró secretamente: la copa estrellada, las voces de mi hermano y sus aspavientos le estaban espantando la clientela.

—Caballeros... —musitó Néstor entre dientes—. Hasta los camareros se ríen de nosotros. Los hombres ya no van a caballo, yo ni siquiera sabría montar en burro, cojones.

Solo quería largarme y no me disputé con Néstor el pago de la cena. Le permití que soltara un billete como si quemara, con indiferencia y soberbia, mientras me ponía la chamarra y consultaba la pantalla del móvil.

—Se te olvida la propina —dije.

—¿A ti te dejan propina los cacos que van a comisaría?

Lo ignoré, saqué unas monedas y las lancé sobre la bandeja.

Salimos, y se detuvo en una parada de taxis. Yo seguí caminando sin despedirme, bajo la lluvia. A la mierda Néstor, a la mierda el caso, a la mierda todo.

Sentí una extraña liberación y me embargó una calma silenciosa que se esfumó al oír pasos a mi espalda. Alguien se aproximaba, el camarero me alcanzó jadeante, enarbolando los documentos de Néstor olvidados sobre la mesa. Sostuve el sobre liviano, sin cerrar, y antes de reanudar mi camino vibró el teléfono. «María.» Me tentó la idea de estrellar el cacharro, pero pulsé en «aceptar llamada».

—Cariño, ¿tardarás mucho? Me voy a dormir, y sin ti se me enfrían los pies.

Mientras barajaba una respuesta coherente, con el auricular en la oreja, y sin ser consciente de lo que hacía, extraje unas cartulinas del sobre. Varias fotografías. Lo hice mecánicamente, supe que no estaba bien.

—Enseguida llego.

De refilón, en una de las instantáneas creí reconocer un rostro, y no, no me equivocaba: era su imagen, la misma que llevaba en comisaría desde el viernes. Alicia. En el sobre de Néstor.

6

NATALIA

Bilbao, 15 de abril, viernes

El día amaneció gris, húmedo; abril volvía a su ser y Bilbao recobraba su esencia. Desperté con Tomás pegado a mi espalda, abrazándome. Ya era raro que no hubiese madrugado, extraordinario que me tocara; murmuró algo cuando dejé la cama.

Hui a la ducha, aún sin cortina, y recordé el resbalón de la semana anterior; luego me vestí veloz. Vaqueros, camiseta y americana, botines de entretiempo y desinfectante en los puntos. Algo de rímel, línea de ojos, cabello suelto y una imagen ajena a la Natalia que habitaba en mi interior. Me veía bien, pero me sentía peor que nunca.

La cocina apestaba a repollo. Daba a un patio, era oscura y siempre olía así. El tufo merodeaba entre los tendales y se colaba por los resquicios. Repasé la jornada mientras abría la nevera. Hacía meses que planificábamos el desmantelamiento de una red internacional de evasión de impuestos y aquel viernes lluvioso pondría en marcha los registros. Álex y yo le daríamos carpetazo a un caso intrincado en que habíamos trabajado juntos durante días eternos. Sentí una nostalgia vaga; era el fin de una época.

Tomás entró en escena cuando la tetera, furiosa, empezaba a silbar. Iba en pijama, sin prisas ni carreras, sin trajes ni carpetas. Un Tomás desconocido. Se derrumbó en la silla y me preguntó si tendría mucho trabajo. Llevaba tiempo sin interesarse, hacía siglos que no se sentaba a desayunar. Jamás me lo había cruzado a esas horas por casa, y bajo ninguna circunstancia en pijama. Le hablé del registro que planeaba.

—¿Y tú? —musité sin interés.

—Tengo que rematar un proyecto, vamos mal de tiempo, pero he pensado que podríamos comer juntos.

¿Comer juntos? ¿Desde cuándo? Ni siquiera compartíamos mesa los domingos: yo visitaba a mis padres y él revisaba trabajo atrasado.

—¿Qué me dices? —insistió.

—Nunca comemos juntos —repliqué.

—Igual va siendo hora de empezar a hacerlo.

Colmé las tazas y tomé asiento frente a él. Estaba despeinado, encogido. Aún no se había afeitado, pero el pijama era nuevo, y no le sentaba mal.

—Puedes pasar por comisaría a las dos —concedí.

Se levantó y me besó. Supuse que se iría a la ducha, pero sacó unas galletas del armario y volvió a acomodarse.

—¿Va bien tu libro?

¿Mi libro? ¿Mi tesis doctoral? Era la primera vez que aludía a mi ensayo sobre psicopatología criminal, y no, no iba bien. Había perdido la disciplina para investigar, recorrer bibliotecas y revolver archivos; y a él le importaba muy poco, pero intentaba ser amable, así que sostuve que avanzaba a buen ritmo. En realidad, todo va bien si nos paramos a pensarlo. Solo hay que creérselo. En el peor de los casos, el mundo seguirá girando.

Otra novedad, fui yo quien se largó a trabajar mientras él se quedaba en casa. Fui yo quien salió por la puerta con los bríos de una ráfaga de aire mientras él apuraba el té bajo la luz azul del fluorescente.

Aún no eran las ocho, pero ya era de día y la herida latía. Me puse al volante mientras repetía entre dientes mi propósito principal: evitar a Tomás y a Álex, eludir conversaciones incómodas y preparar la mudanza inminente; apenas faltaban diez días. Enchufé la música a tope, *West End Girls,* de Pet Shop Boys, mientras rodaba por la ciudad. Harta de esos rostros, de esas calles, de edificios recios y farolas tristes. Había nacido allí, amé esas alamedas, pero todo fluía; las personas y sus vidas.

En el vestuario vacío, pantalón y sudadera negros. Pistola reglamentaria, botas y pasamontañas. Mi equipo estaba a punto a la hora convenida, y enfilamos hacia los furgones antes de que apareciera Álex. No le iba a hacer gracia mi toma de mando, me estaba saltando el protocolo, pero no iba a sermonearme si la maniobra culminaba bien. Y no sería de otro modo.

Mis compañeros charlaban, pero yo no atendía; habíamos trabajado duro, todo estaba apuntalado, y me vi tan convencida del éxito de la operación que me entretuve imaginando mi nuevo piso en Madrid. Iba a renovar el vestuario, retomaría la tesis, me asignarían decenas de casos; nada de estafadores, de ladrones de guante blanco. Criminales de verdad. Personalidades retorcidas que incluir en mi tesis.

Volví a aterrizar cuando el furgón se detuvo y salimos por las puertas correderas con los pasamontañas y las pistolas. Nos colamos por el portal y trotamos escaleras arriba como un ejército disciplinado, ascendiendo en espiral por peldaños gruesos de mármol pálido.

La puerta estaba abierta, y nos anunciamos mostrando la orden judicial. Un despacho antiguo, gigantesco, con columnas cinceladas y techos altos. Luz natural, alfombras densas que engullían nuestras botas de batalla. Valiosos archivadores de persiana, altos y robustos, soberbios ante nosotros, inofensivas hormigas disfrazadas de soldadito. Parecíamos los malos de la película; hube de recordarme que éramos los buenos.

Unos señores de corbata nos aguardaban de brazos cruzados. No los habíamos sorprendido, lo leí en sus ojos. Miradas cargadas de significado, tosecillas divertidas, consultas casuales a la pantalla del móvil: nos estaban esperando.

Julio Salas dirigía el bufete, un tiburón de las finanzas que fue medrando a la sombra de su clientela y supo moverse cuando moverse era importante. Rondaba los setenta, pero se manejaba como un crío de veinte y mostraba una fortaleza apabullante. Llevaba la cara estirada, y lucía un bronceado cetrino y sospechoso. Demasiado pelo. Demasiado negro. Se negaba a envejecer. En sus manos se hallaban las mayores fortunas de la ciudad. Se había especializado en crear empresas pantalla para ocultarle dinero al fisco, y aunque había estado convencida de que el registro culminaría con su encierro, recordé que jamás había pisado la cárcel. Capté su suficiencia, su gesto desenvuelto, y asumí que esta vez tampoco lo haría.

¿A quién tendrían en nómina? ¿Quién les habría desvelado nuestra jugada? Me lo pregunté mientras me retiraba el pasamontañas, cabreada, acechando a mi alrededor como un animal enjaulado. Llevábamos meses preparando aquello y esos tipos se nos iban a escurrir entre los dedos.

—Inspectora Herreros —me dirigí a Salas mostrando la placa mientras pisoteaba su alfombra de lana merina.

—Doctor Salas. Encantado de conocerla —me tendió la mano con una sonrisa siniestra; y le ofrecí la orden judicial.

No la cogió, sabía lo que implicaba. El juez que la rubricó no era más que un parásito molesto que le daría un cariz divertido a aquella mañana lluviosa. En su lugar abrió los brazos como si nos diera la bienvenida, sin borrar la sonrisa burlona, rotando sobre sí mismo ante la mofa de sus compinches.

—Todo suyo, señorita.

—Inspectora —le corregí, pero él siguió hablando sin acusarlo.

—Pueden empezar a trabajar, hay que ganarse el pan.

Aquel tipo ganaba algo más que pan en aquel sitio. El registro duró cuatro horas; unas horas tan inútiles como turbadoras, sometidos al escrutinio de los flamantes abogados.

Rechazamos el café que nos ofrecieron. A media mañana, una empresa de *catering* descargó un arsenal de sándwiches de salmón, de jamón ibérico, de caviar con queso azul... Me moría de hambre, pero rehusé probar bocado. Algunos policías hicieron auténticos esfuerzos para no abalanzarse sobre las bandejas, debían de sentirse muy humillados para resistir semejante tentación. Mantuvimos el tipo como numantinos mientras Salas calibraba nuestros movimientos con mirada lobuna. En un par de ocasiones detuvo su merodeo y sonrió sin venir a cuento, como si acabara de recordar un chiste. Tuvo la poca vergüenza de descorchar un Vega Sicilia y bebérselo con sus socios mientras uno de los policías mascullaba a mi lado que el precio de la botella superaba su salario.

—Será hijo de puta.

Iba en el sueldo, nos pagaban por aquello, por bregar con sinvergüenzas. Habían abandonado la sutilidad de las primeras horas y reían a carcajadas, recostados sobre sus escritorios. Seis tipos en la cima de su carrera, impunes, al otro lado de la línea invisible que separa a señores de lacayos.

Clasificamos centenares de papeles y cargamos con ellos hasta colmar el furgón. Sudaba dentro de mi uniforme de asalto, las botas me rozaban los talones, y la cicatriz fresca de la barbilla latía frenética.

Julio Salas me observaba con curiosidad, sin siquiera disimularlo, y me dirigí a él para reclamarle la llave de uno de sus archivadores.

—La llave se ha perdido. Ese archivador tendrá que abrirlo a patadas, señorita.

Ya me estaba hartando con el «señorita» de los huevos, pero no entré al trapo. Me moría de ganas por reventar el mueble, por ganarme el pan de aquel día gestando una hazaña para los anales de la brigada. Ordené a los oficiales que cargaran el archivador; hicieron falta cinco hombres. En comisaría disponíamos de medios para abrirlo. El secretario tomó nota. Las pupilas sagaces del abogado siguieron la trayectoria del mueble, como si hubiera esperado esa maniobra.

—Roble americano —aclaró malicioso tras chasquear la lengua. Me preguntó quién era mi superior.

—Alejandro Brul.

Como si no lo supiera. Sabía quién era Brul, quién era el juez, cuál su delito y los documentos que nos concernían.

—Aún me impacta la presencia de mujeres en la Policía. ¿Qué requisitos se precisan para ingresar en el Cuerpo? ¿Se exige el bachillerato?

Debí responder que era licenciada en Psicología, con dos másteres y tres idiomas. Pero se habría reído en mi cara.

—Las bases para el acceso se publican en el *BOE* —manifesté—. Puede consultarlas desde cualquier equipo informático con acceso a Internet. —Medí mis palabras; uno debe ser cauto al tratar con picapleitos.

—Se las tendrá que ver con tipos difíciles. Y parece culta, inteligente. No lo entiendo, la verdad. Tanto talento derrochado... —No borraba la sonrisa de su rictus—. ¿Tiene usted hijos?

Continué vaciando carpetas como si no lo hubiera escuchado.

—Yo tengo tres hijas. Y ocho nietos. Mis hijas son empresarias, emprendedoras; sus maridos también. Créame, si una de mis hijas hubiera querido ser policía, la habría ingresado en un sanatorio psiquiátrico.

Maldije al doctor, que modulaba la voz como un ventrílocuo.

—Mis padres celebraron mi plaza cuando la obtuve —precisé.

Asintió pensativo. Mundos distintos.

—Lo siento si la he ofendido... ¿Le compensa, inspectora? ¿Le satisface su trabajo?

Aguardó mi respuesta. El tío era un cabrón, pero supo darme donde más dolía. ¿Que si me compensaba? En aquel momento solo quería arrancarme las botas, darme una ducha y comerme un buen plato de lentejas. El registro había terminado, y estaba harta de morderme la lengua.

—Dele recuerdos al inspector Brul —murmuró—. Somos viejos conocidos.

—Buenos días, doctor.

Hasta nunca.

Ya en el furgón, resoplidos y caras largas, una mañana perdida. Y ahora habría que escuchar a Álex, soportar su bronca con estoicismo, su mirada furiosa y su voz grave.

Descargamos las cajas en el depósito y chocamos las manos como imbéciles que éramos. El equipo en pleno cruzamos la calle hasta la cafetería, aún con los uniformes de asalto, y ahogamos las penas en una orgía de cafés cargados, pulgas de jamón y esponjosos pinchos de tortilla. Nadie me culpaba, nos habíamos ceñido al protocolo. Habían temido que me liara a patadas con el archivador cerrado, y rompimos en carcajadas.

Regresamos a comisaría. Necesitaba una ducha tanto como respirar, pero ese lujo tendría que postergarse. El jefe Brul demandaba su informe del registro, y lo quería ya.

—¿Qué ha pasado?

Me senté frente a él, sudada, despeinada, con la dignidad rota; desgranando al detalle los pormenores de mi fracaso mientras él me escuchaba sin interrumpir, con su camisa impecable y el Bic bailando en la mano. Arremangado. Álex mostrando el antebrazo trabajado en el gimnasio, oliendo a chicle de menta y a perfume para tíos macizos. Quería irme ya. La situación era insoportable.

—Y al final el doctor Salas me dio recuerdos para ti. Por lo visto sois viejos conocidos.

Asintió muy serio. Le incomodó mi frase, tanto como para ponerse en pie y empezar a recorrer su despacho.

—No entiendo por qué decidiste realizar hoy el registro.

Ahí estaba, había tardado en soltarlo. «Porque no quiero verte», pensé.

—¿Ahora vas a largarme un sermón?

—No, no, Natalia. Es una observación. Sin más.

Me rogó que felicitara al equipo, que bastante había aguantado.

—Yo no habría tenido paciencia para soportar esos comentarios —admitió.

No, Álex habría estallado. La poca paciencia que conservaba se le estaba agotando, por eso me enviaba a Madrid. Álex habría reventado el archivador; luego le habrían abierto un expediente, pero más tarde lo habría arreglado, porque él siempre salía a flote. Estaba donde tenía que estar, y a pesar de arranques puntuales y heroicidades esporádicas, era calculador y metódico.

Me despedí, iba hacia la puerta, reclamó mi atención de nuevo cuando ya agarraba el picaporte.

—Sé cómo tienes que sentirte, Natalia, pero habéis hecho un buen trabajo.

—Gracias.

—¿Nos vemos a las dos?

—Lo siento, he quedado a comer con Tomás.

Tomás. Me había olvidado de Tomás, que estaba conmigo en modo pegatina. A Álex no le importó, y si lo hizo, supo disimularlo.

Escapé por fin y me metí en la ducha del vestuario. Cerré los ojos, suspiré con fuerza mientras el agua se deslizaba por mi espalda sudada; apoyada en las baldosas de la pared mientras el torrente se escurría por el desagüe. Me costó recuperar la compostura, y cuando lo logré abandoné el cubículo y volví a vestir la ropa de calle. Me sentía mucho mejor. Una ducha equivale a varias horas de sueño.

Ya en mi despacho, me dejé caer en la silla y cerré los ojos. Aquel era mi refugio. Pasaba mucho tiempo entre aquellas paredes estudiando casos en silencio. En cuestión de dos semanas le asignarían ese espacio a otra persona, a un inspector recién salido del horno, que aterrizaría con cara de sorpresa y se toparía con montañas de documentos escrupulosamente ordenados. Mi vida era un caos, pero mi oficina aún parecía una cuadrícula trazada con tiralíneas; un reducto donde las piezas encajaban con precisión.

Extraje un espejo del cajón de la mesa, me pinté la línea de ojos. Luego me incorporé y me acerqué a la ventana. Seguía lloviendo, y la luz plomiza se reflejaba en los charcos.

Tomás me esperaba en la entrada, pero no estaba solo, se había tropezado con Álex cuando salía a comer y charlaban animadamente. ¿De qué podían hablar dos tipos tan diferentes? Las comparaciones son odiosas, pero inevitables. La imagen saludable que desprendía Álex contrastaba con el aspecto derrotado de Tomás, con su rostro marchito y su sonrisa lánguida. Álex, sin embargo, parecía más taciturno; asentía serio y escuchaba.

Habría pagado por saber qué decían, aunque era probable que me hubieran defraudado.

Cuando bajé a la calle, Álex se despidió sin apenas mirarme. Se iba a almorzar a casa, arrancó la moto y se perdió en la llovizna. Tomás consultaba el teléfono y me explicaba que había hecho malabares para escaparse a comer conmigo. Se refirió a dos presentaciones, a una reunión, a no sé qué proyecto que iba atrasado. En el coche, cambió la sintonía de radio: quitó mi música, plantó noticias y me preguntó dónde comía habitualmente, así que tuve que aclararle que solía hacerlo con Álex. Que un día elegía él y otro yo.

—Se tendrá que ir acostumbrando a comer solo ahora que te vas —murmuró incisivo.

No creí que pasara muchos días comiendo solo, pronto encontraría a alguien con quien invertir la hora del almuerzo, aunque para pensar en Alicia sería mucho más cómodo remover un plato en silencio.

Apenas abrí la boca en las dos horas que compartimos. Tomás tenía planes, compraría un piso estupendo frente a la ría y lo iba a demoler para rehabilitarlo. Muchos metros cuadrados, ventanales por doquier, vistas despejadas. Suelos de roble canadiense, domótica, mucha domótica. Lo iban a ascender, elegiría sus proyectos, iba a ser dueño de su tiempo. Haríamos un viaje a Japón; veinte días, sabía que lo estaba deseando. Le daríamos un vuelco a nuestra rutina y cuando yo regresara de Madrid, en un par de meses, todo sería distinto. Él se encargaría de que lo fuera. Recibiría un premio muy reconocido, y su nombre empezaría a sonar, tan fuerte que nos reventarían los tímpanos. Sus superiores estaban encantados, había logrado hacerse imprescindible; en realidad, nada funcionaba sin él al timón, y los mandamases lo sabían. Me pregunté si ese gesto encorvado, esos hombros caídos no se deberían precisamente a los cientos de palmadas que recibía cada día.

Detalló cómo serían los azulejos hidráulicos de la cocina, la grifería de los tres baños para dos pelagatos tristes. Me sonó todo a cháchara hueca. No lo interrumpí. Disfruté del marmitako, del pulpo y el arroz con leche, que buena falta me hacían después de aquella mañana.

Lo noté satisfecho al despedirnos: había expuesto su oferta, convencido de que no me hallaría en condiciones de rechazarla. Comer caliente tras meses de bazofia precocinada también pudo ser la causa de su euforia. Me plantó un morreo en el aparcamiento de comisaría. Me gustó y lo estudié mientras caminaba hacia su Mercedes de ingeniero triunfador con un aplomo envidiable. Algunas mujeres matarían por un hombre así, por un tipo al que exprimir que financiara pisazos sin dar mucha guerra. ¿Cabían motivos reales para finiquitar la relación? No. Tomás era trabajador, amable, inteligente. Buena persona. Me daba mi espacio y conservaba un punto atractivo. Negué confusa.

Regresé a mi despacho y comencé a redactar el acta del registro a Salas. Debía hacer tiempo hasta las seis, a esa hora llegarían los técnicos que abrirían el archivador sellado. A las cinco recibí un *mail*. Los peritos caligráficos habían cotejado la letra del anónimo en mi buzón:

«Esta era ella. Este, su pelo. Yo, su asesino».

El trazo no correspondía a Rossi. Tampoco a los padres de Alicia o a sus amigas. Ni al inspector Alejandro Brul. Aún debían estudiar la tinta y el papel.

Vía muerta. Dudé unos instantes. Se me ocurrió una idea y tomé notas.

Agarré los cascos y volví al vestuario. En menos de diez minutos boxeaba frente al saco, con la música a tope y la mente en blanco. *Talk*, de Coldplay, a todo volumen. Imaginé Madrid, visualicé un ático. Mi tesis encuadernada, lista para ver la luz. Todo iba a cambiar, lo resolví mientras liberaba adrenalina. Debí haber abierto el archivador a patadas. Ojalá fuera todo tan fácil como calarse unos guantes y lanzar golpes siguiendo las notas, mientras el mundo se desvanece; dejándose arrastrar por la voz rota de Chris Martin.

7

ÁLEX

Bilbao, 15 de abril, viernes

Minutos antes de encender las sierras llegó un aviso de Patrimonio: el mueble de Julio Salas era valioso, una joya del siglo XVII. Nos prohibieron dañarlo y ofrecieron como alternativa someterlo a rayos X en Madrid. Rechacé esa opción y ahora sostenía un lance conmigo mismo. Puede que debiera arriesgarme y pulverizar la madera maciza, pasarme por el forro al abogado y a los funcionarios de Patrimonio. Después pediría disculpas y alegaría enajenación, como hacía todo el mundo al enfrentarse a una condena.

Cenábamos con amigos; con amigos de María, animales sociales empachados de ego. Había acudido a desgana, y ella actuaba como si la discusión de hacía días nunca hubiera acontecido. Pero lo prefería así, aquel ambiente aséptico era cómodo. En la mesa, ante el auditorio, me llamaba amor y cariño entonando un recital sin fin sobre la boda.

Nunca, bajo ningún concepto, volvería a mencionar a Natalia. Para nosotros como pareja ella dejó de existir. Pero existía para mí, Natalia y su cabello oscuro, recogido en una cola de caballo mientras boxeaba en el gimnasio esa tarde. Existían sus hombros bien torneados y su cuello esbelto. No era fuerte, sus brazos eran delicados, pero su técnica era buena. Natalia me estaba evitando; era innegable que lo hacía, y también empezaba a ser lógico.

Me había topado a Tomás en el aparcamiento: un perro apaleado a la espera de un chusco de pan. Estaba claro, Natalia le había anunciado su traslado inminente, y después de años sin recordar que tenía novia, se citó con ella a comer. A burro muerto, la cebada al rabo. Tomás no habría sabido leer en sus ojos color miel el cabreo provocado por Salas. Yo la habría hecho reír antes de llegar al postre... Me había jodido comer solo, debía reconocerlo. Los viernes elegía ella, y solíamos tomar marmitako. Ingresaría otro inspector en la brigada, un recién titulado alérgico a la calle, y tendría que acostumbrarme a trabajar sin ella, a comer sin ella, a tomar decisiones sin consultar su opinión. Al menos cesarían los comentarios maliciosos de algunos compañeros, insinuaciones que por otro lado me importaban tres cojones.

Aterricé en el presente y analicé a María; era el centro de atención, la charla giraba en torno a ella. Las flores, el vestido, la luna de miel. Yo me había desentendido del asunto, el tipo que cortaba el jamón pintaría en esa boda bastante más que yo mismo.

Esa tarde, al llegar a casa, me había soltado lo de la cena; y me había hecho sacar el coche para recorrer trescientos metros solo porque estrenaba peinado y un par de Valentinos horrendos más valiosos que mi pellejo.

—¿No te has afeitado todavía? Pareces un bandolero. Todos van afeitados.

«Todos» eran los maridos de sus amigas. Mi silencio la disuadió de insistir. Iríamos en coche, pero sin afeitar. Mientras se arreglaba, hablaba de lirios, mucho mejores que las rosas para decorar la iglesia.

Un whisky mientras veía a Bruce Willis en *El último hombre* habría sido la opción perfecta. Un sillón, jazz de fondo y la tormenta.

Hice un esfuerzo titánico por vencer mi tedio; socializar no es más que un ejercicio de voluntad. Me senté entre los varones, en la zona de la mesa reservada a tal efecto. ¿Mezclarse? Un sacrilegio. Ellas hablaban de sus cosas, nosotros de las que se suponían nuestras. No me interesaba el fútbol, así que desconecté mientras despachaban sobre los últimos partidos del Athletic.

Debía haber un modo de abrir el archivador, de profanarlo sin causar daños. ¿Y si detuviera a Salas? Podía hacerlo, plantarlo frente a mí hasta sacarlo de sus casillas, como hacía en los viejos tiempos. Denunciaría vejaciones; no podría partirle la nariz, ni tenerlo a pan y agua un mes. La gente culpa a la Policía del estado de las cosas, pero nuestro margen de acción es reducido. Y a mí, últimamente, me habían domesticado.

Julio Salas... Me revolví incómodo al recordarlo; tenía que resurgir ahora, cuando las novedades hacían viable la reapertura del caso de Alicia.

María reía, gesticulaba, modulaba la voz para enfatizar sus explicaciones. Reparé en su peinado; era el de siempre, pero últimamente me parecía acartonado. Julio Salas habría internado a su hija en un psiquiátrico de haber querido ser policía; negué mientras pensaba en las hijas de Salas, íntimas de María con las que era habitual coincidir. Quedaban cuatro sillas libres, aún faltaban dos parejas... Quizá una de ellas fueran Begoña y Pelayín, pero estaba cantado, serían parejas; en ese círculo social ni dios andaba desparejado, las cifras impares alteran la simetría. Más les valía sobreponerse a crisis, ruinas y amor acabado, porque allí no cabían problemas, todo yacía bajo la alfombra, sepultado, y no existían zapatos ni coches; fueron reemplazados por Valentinos y Lexus. Las arrugas se borraban a golpe de talonario, y todo era superficial: las conversaciones, las miradas, los apuros. La vida real palpitaba al otro lado.

Aquella reunión se había programado ese mismo día, y todo cobró sentido cuando Begoña Salas y el lerdo de Pelayo se materializaron al otro lado del salón. La cena, lo supe, era consecuencia directa del registro de la mañana. Parecían idiotas, memos inofensivos, pero no lo eran.

Mil operaciones de estética, todas las mechas rubias del mundo, masajes y maquillaje profesional; nada habría disimulado el rostro caballuno de la hija de Julio Salas. Los pendientes de perla, la melenita de frígida, y el pánfilo de Pelayo a su lado no mejoraban la situación. No había cumplido los treinta y ya se movía despacio, como si le fallaran las pilas; hablaba bajito, sonreía perezosa, comía como un pajarito. Hablaba de «papá» y «mamá» como si todos los demás fuéramos hermanos suyos. Julio Salas podía dormir tranquilo, aquella noche y todas las noches de su vida, porque una hija como aquella jamás se plantearía ingresar en el Cuerpo.

María le aseguró a Begoña que estaba preciosa, que aquellos pitillos habían sido un acierto. Y me pregunté si sería cómplice de esa encerrona, como lo era de los pitillos de las pelotas. La carrera de María como *personal shopper* pasaba por un bache.

Begoña me plantó dos besos y se apoltronó a mi lado, tal y como había esperado; nunca se cortaba, paseaba su mirada por mi pecho y humedecía los labios. Se aferró a mi antebrazo como si fuera a caerse.

Sabía a lo que venía, y ella sabía que yo lo sabía. Se me estaban hinchando las narices, así que no me anduve por las ramas. Sí, Begoña, esta mañana registramos el despacho de papá; nos hemos colado en su bufete con pistolas y con placas. Pero papá no irá a la cárcel, sus espaldas están cubiertas.

—Está muy disgustado, Álex. No esperaba que le confiscaran el archivador —lamentó con semblante agónico.

Las conversaciones continuaban en la mesa, pero nos escuchaban. A nadie le interesaba nada que no fuera nuestra charla. Tomó un sorbito de agua y se acomodó en la silla. Aludió a problemas cardíacos y volvió a acariciar mi antebrazo, como si calmara a la bestia.

—¡Con todo lo que hemos hecho por esta ciudad! —siguió—. Ha sido un mecenas. No lo merecemos. Ni el asedio de la prensa ni el vuestro...

Me contuve, tratando de moderar el tono.

—Hacemos nuestro trabajo, Begoña. Eso no es asediar.

—No creas que pretendo interferir... —Se llevó la mano al pecho como si le hubieran lanzado un dardo—. Simplemente sugiero que controles a tu gente.

—Mi gente sabe lo que hace —sostuve firme.

Sonrió condescendiente con un deje de amargura. Estaba siendo demasiado comedido.

—Perdona que discrepe, Álex. Se nos criminaliza por tener lo que tenemos. No ha sido un registro, ha sido un asalto.

Hasta ahí podíamos llegar.

—Pongo la mano en el fuego por mi equipo. Se han ceñido al protocolo escrupulosamente.

La mesa atendía a nuestro sano intercambio de pareceres, podía detectarlo en sus risas fingidas.

—Papá se plantea denunciar a esa inspectora. Denunciar este atropello.

—Nosotros también tomaremos medidas, pero no voy a discutirlo contigo; no es el lugar ni el momento.

—Quería advertirte.

—¿Advertirme? Tus advertencias suenan a amenazas.

Negó abrumada, escandalizada.

—¡No, Álex, para nada! Con todo lo que te aprecio... —Sus ojos se llenaron de lágrimas, desolada ante mis conclusiones maliciosas—. Papá te conoce hace tiempo. Le gustaría hablarlo en privado. Resolver la situación. ¿Podrías reunirte con él?

—Quizá lo cite a declarar.

Puede que lo detuviera. Lo haría salir esposado de su mansión de Las Arenas y lo retendría setenta y dos horas.

—Eso solo empeoraría las cosas. Quiere proponerte algo.

—No voy a reunirme con tu padre si no es en comisaría, con cámaras y micrófonos. No voy a jugarme el puesto por el capricho de un cacique pomposo.

Begoña rompió a llorar y se formó un tumulto en la mesa. Yo me levanté, habían copado mi límite. Me largué como había llegado, salí de la sala con los puños apretados y la ira incendiando mis pupilas.

María se precipitó tras mis pasos. Es lo que se espera de una buena esposa, que siga a su marido. Se aferró a mi brazo bajo el paraguas oscuro. Solo rogué que no hablara, que no pronunciara palabra en lo que restaba de noche. Pero no iba a ser así; había atacado a un miembro de la jauría, y aquella gente no abandonaba locales abarrotados. Ellos tragaban bilis, cerraban acuerdos con serenidad, y a sus reuniones no acudían tipos sin afeitar.

Se zafó de mí en el ascensor del aparcamiento, cuando nadie podía vernos. Sus Valentinos estaban empapados. No sé qué le cabreaba más, si mi estallido colérico o el hecho de comprobar que el agua moja.

—Su padre planea ofrecerte un cargo en su empresa. El puesto de director de Seguridad —subrayó. Se sentía humillada, pero mantenía la compostura, siempre. Rígida y comedida.

—Ya tengo un cargo en la Policía.

—Es una pasta.

Una pasta, todo se reducía a eso. Me gustaba mi trabajo, ella lo sabía.

—¿Cómo pudiste llamarlo cacique? No daba crédito a lo que oía.

Detuve el ascensor y la observé en silencio; su mirada era dura, insondable.

—¿Por qué estás conmigo, María?

No iba a responder, no permitiría que la pelota cayera en su tejado. En aquel grupo, ella era la nota original, la *personal shopper* que se enamora del tipo duro. Fue excitante para una veinteañera. Hasta que llegó la hora de la convención social. Tocaba maquillar los rasgos discordantes: un puesto en la empresa de Salas, o en cualquier lugar acorde a lo esperado.

—No voy a cambiar, María, nunca seré uno de esos eunucos de la mesa.

Volvió a poner el ascensor en marcha.

—Nos odias, ¿verdad?

—Eso que ha urdido Begoña es delito. Soy una autoridad policial. ¿No lo entiendes?

Me llamó paranoico, subí al coche dando un portazo y arranqué. Haberlo sacado del garaje para trescientos putos metros era de locos; todo lo era. María se sentó a mi lado, tensa e inquieta.

—No sabía lo del registro, Álex. Me siento tan utilizada como tú. Y lo lamento mucho —claudicó.

Metí marcha atrás y resolví prolongar la condena al ostracismo hasta el domingo. Podría relajarme bajo la ducha mientras ella se iba a la cama. Dormiría en el sofá, y en unos días aquello no habría sucedido. Una muesca más en la culata del revólver.

Dediqué lo que le sobró al viernes a un libro de Wolfe, y a *Casablanca*, donde Bogart, oportunamente, pronunciaba la frase favorita de Néstor: «De todos los bares del mundo, ella tuvo que venir al mío». Yo no tenía bar, y de haberlo tenido, ella, quienquiera que fuese, habría acabado en cualquier otro tugurio.

Sábado apático. Primeras horas en el gimnasio, golpeando el saco de boxeo; vueltas y vueltas al asunto de las fotos en el sobre de Néstor, al archivador de Salas. Mentiría si dijera que no pensé en Alicia de un modo compulsivo, pero algo había cambiado. Natalia se iba, y el vacío que sentía preconizaba la llegada de tiempos duros. Por eso acudí a comisaría, aunque fuera sábado: porque sabía que ella estaría de guardia hasta las dos. Cerraba la mochila a punto de salir de casa, cuando María hizo acto de presencia.

—Veo que sigues obsesionado con ella.

La contemplé paralizado. La foto de Alicia en su mano. Jamás lo habría esperado, que husmeara en mis papeles e hiciera alarde de ello.

—Es material policial.

Me lanzó el sobre de Néstor, dio la vuelta y regresó a la cama.

En comisaría convoqué una reunión para el lunes. Había un topo, alguien filtraba información, echaría uno de mis sermones, como decía Natalia. A eso de la una le pedí que pasara por mi despacho y entró con las Converse viejas y el cabello recogido. Carraspeé nervioso, la invité a tomar asiento. Dejaba Bilbao el próximo domingo. A ver a quién recurriría entonces para solventar problemas como aquel.

Le pregunté cómo iba la guardia, y se encogió de hombros mientras apartaba la vista. Estudié su perfil griego. La recordé golpeando el saco. El negro le sentaba bien. Pitillos y jersey fino. Nunca he reparado en cómo visten las mujeres, ¿en qué me estaba convirtiendo? Volvió a mirarme y suspiré mientras revolvía mis papeles.

—Hace días que preparo la mudanza —comentó. Se puso en pie y caminó hacia la ventana—. Estoy cargando la ropa en cajas, y los libros... Tengo muchos libros.

Más que una mudanza era una huida. Aún estaba a tiempo de hacer trizas los formularios, los impresos que la alejarían de Bilbao.

—Me los llevaré todos —reiteró—. Los necesito conmigo. —Contemplaba la lluvia mientras se explicaba inquieta—. Viviré por Alonso Martínez. Un ático pequeño, en una azotea, luminoso. Tendrá terraza y la llenaré de flores. También plantaré un limonero.

Alquilar en esa zona con un sueldo de inspectora no parecía factible. Pero sonaba demasiado bien para contradecirla.

—Voy a retomar la tesis, impartiré clases como asociada en la facultad. —Me miró de nuevo, sus ojos me atravesaban—. Ya no podrás explicarme cómo calarme los guantes.

—Ya no nos cruzaremos frente al saco. —Mi voz surgió demasiado grave; su volumen, demasiado bajo.

No me la tropezaría en ninguno de los lugares en que solía hacerlo. Tendría que boxear solo, con lo fácil que era seguir su ritmo...

—¿Y Tomás?

Volvió a sentarse. ¿Tomás? Tomás no tenía que ver con el ático del limonero. Tomás pertenecía al viejo Bilbao, igual que yo; ya éramos parte de su pasado.

Pude añadir tanto, que callé. El aire pesaba demasiado, aquello que no decíamos valía más que nuestra estúpida conversación. Fui demasiado brusco, zanjé aquello de golpe: abrí la mochila, extraje el sobre de Néstor, se lo tendí.

—¿Y todas estas fotos? —preguntó.

Además de la imagen de Alicia, había otras fotografías. Veinte reproducciones antiguas, en blanco y negro, todas en paisaje nevado; al fondo, dos picos y una torre almenada. En cada estampa, una gigantesca caja de madera; y en cada caja, un código numérico y una palabra en pintura roja: «Reprobus».

¿Qué significaba aquello? Le dije que no lo sabía.

—Las fotos son de tu hermano, pídele explicaciones.

—Lo hice. Le envié un mensaje la misma noche en que las olvidó. No ha respondido.

—Alicia y él eran uña y carne, ¿no?

—Se hicieron inseparables cuando lo dejamos —admití.

—¿Tuvo que ver en vuestra ruptura?

—No lo sé, Natalia.

Silencio incómodo. No escarbó en esa herida y permitió que la costra siguiera secando.

—Puede que la foto sea un recuerdo. Sin más. Si él la quería tanto... —Dejó la frase en suspenso.

—¿Y las de las cajas en la nieve? —seguí.

—¿Crees que Néstor... oculta algo? Es tu hermano.

—Todo el mundo oculta algo.

Ella sabía mejor que nadie lo que pueden esconder las apariencias. Tomó la lupa de mi mesa y analizó las fotos mientras me incorporaba.

—Quería comentarte otro asunto.

Asintió sin dejar de observar las instantáneas.

—Voy a abrir el archivador de Salas. Anoche asistí a una cena y me encontré en la mesa a su hija. A Begoña Salas.

Me referí a la oferta: jefe de Seguridad en su empresa. Le describí la puesta en escena, los detalles. Natalia negó indignada.

—Álex, ¿sabías que ella estaría allí?

—No soy imbécil, no se me ocurriría reunirme con la hija del hombre al que hemos registrado esa misma mañana. En un restaurante abarrotado, un viernes por la noche...

—¿Qué hiciste?

—Largarme.

Natalia negó de nuevo.

—Es una guarrada, pero no puedes saltarte una orden de Patrimonio.

Me acerqué a ella, estaba furiosa, el asunto le cabreaba tanto como a mí.

—Sé que me van a suspender —admití—. No me importa. Hay que plantarles cara, se creen seres superiores. Si hubieras oído a Begoña...

—Existen millones de Begoñas Salas, cientos de organizaciones como la de su padre. Supondrá una mancha en tu expediente. Perderás la jefatura.

Y más de uno estaría encantado, pero eso no iba a suceder.

—No van a poder conmigo. Conservaré el puesto.

Ella me observaba como si estuviera tarado, pero no pudo contradecirme. Sabía que no era la primera vez que salía airoso de un lío como aquel. Su mente iba a mil por hora, lo leía en sus ojos. Lanzó el siguiente gancho:

—¿De qué conoces a Salas?

Buena pregunta.

—Llevaba los negocios de Néstor. Fue su abogado —resumí.

—No lo creo. Hay más.

A eso respondí mirándola fijamente:

—Salas no guarda relación con lo de Alicia.

—Pareces muy seguro de todo lo que dices. Supongo que a Begoña también la conocías de antes, ¿o era la primera vez que cenabas con ella?

Moverse en el círculo de Begoña Salas no era algo de lo que uno pudiera alardear ante personas como Natalia. Leí una nota de desprecio en su mirada y aborrecí verme así en sus ojos.

—No entiendo cómo tratas con esa gente —declaró.

—Los detesto. Su prepotencia, su sectarismo; acudo por María. Conservo mis propias amistades, ese no es mi mundo.

—Sí lo es, Álex. Vais a casaros.

Me acerqué a la ventana y le di la espalda. Oírlo era peor que pensarlo.

—Lo siento —susurró—. No debí decir eso.

—No pasa nada. Tienes razón.

La tenía, y aun así volvió a disculparse, mientras mi vista vagaba por el cielo gris.

—No debí expresarlo así, ha sido un ataque personal... —Dejó morir la frase.

Concluyó la conversación agitando el sobre en la mano. Se acercó a la puerta y la contemplé de nuevo. La imaginé vestida para el registro, vaciando ficheros mientras Salas campaba a sus anchas. Me hervía la sangre.

—Voy a abrir ese archivador —zanjé—. Está decidido.

8

NATALIA

Bilbao, 16 de abril, sábado

Abrí los ojos. Me había quedado dormida en el sofá, y eso no era habitual. Estaba desnuda, y Tomás me había cubierto con una manta. Sentí la cabeza entumecida, el cuerpo cansado; contemplé mi ropa desperdigada por el suelo. Habíamos hecho el amor. Varias veces. Después de meses sin tocarnos, nos habíamos devorado como salvajes en cuanto regresé de la guardia. La tele seguía encendida, los anuncios se sucedían. La apagué con el mando y consulté la hora: seis y diez. Había quedado con las chicas a las ocho.

Percibí el chasquido del teclado del ordenador. Tomás debía de andar por casa. Estaba satisfecha, no lo podía negar; me gustó verlo excitado, comprobar que aún corría sangre por sus venas. Lo de aquella tarde fue sexo puro, como el de las primeras veces, ese que el compromiso aún no ha contaminado, cuando el ansia y el instinto son los protagonistas.

Caminé envuelta en la manta, despeinada, destemplada. Recogí las bragas del suelo, el jersey, miré alrededor. El piso ya era deprimente de por sí, verlo sembrado de cajas, listas para mi mudanza, lo hacía insoportablemente gris.

Me acerqué a la puerta del *zulo*, del despacho de Tomás. El cuartucho, atestado de archivadores, daba a un patio fúnebre. Allí lo encontré, encorvado sobre el teclado, con los ojos miopes clavados en la pantalla. Con el cabello revuelto y una taza de café. Trazaba líneas en el programa. Un puente, una estructura moderna. Le anuncié que había quedado.

—Pensé que íbamos a pasar más tiempo juntos —replicó. Se cruzó de brazos, hizo girar la silla y me escrutó molesto.

No recordaba que hubiéramos acordado introducir ese cambio. Que yo supiera, la única novedad era mi solicitud de traslado. Eso, y el polvo del sofá.

Me había acostumbrado a aquel letargo, era cómodo. Su ofrecimiento llegaba con retraso, como llegan muchas cosas, cuando ya se dan por perdidas. Suspiré. Podía iniciar una discusión, pero no me apetecía, y opté por darle la razón como a los tontos; le planté un beso en la coronilla y salí de allí.

Cerré los ojos bajo la ducha evocando cómo me habían hecho estremecer sus embestidas rítmicas. ¿De qué modo lograría él soportar la vida que llevábamos? Recordé al hermano de Álex, sus filípicas contra el Gobierno, y sonreí mientras me secaba. Quizá fuera el Gobierno quien patrocinara el auge de autómatas como Tomás; ruedecitas dentadas de una maquinaria precisa.

La noche sería templada y me puse un vestido de manga francesa a media rodilla, rojo, con vuelo, y los botines negros. Melena recogida en una cola de caballo, chupa de cuero.

—Vaya pintas... ¿Vas a un concierto de Metallica? —Tomás opinó sin mirarme cuando crucé por delante del zulo. Ser consciente de otra presencia humana en la vivienda suponía un avance—. ¿También va Ane?

—Claro.

—¿No estaba embarazada?

Estaba embarazada, ¿qué tenía que ver una cosa con la otra? Volví a acercarme a su mesa, el puente de la pantalla rotaba sobre sí mismo.

—¿Nunca te has planteado montar tu propio negocio? —pregunté.

Sonrió con suficiencia. No respondió.

—¿Qué te hace tanta gracia? ¿He dicho un disparate?

—Prácticamente sí. Es muy complicado, todo serían quebraderos de cabeza.

—¿Más de los que tienes ahora?

Tomás era un genio. Las empresas invertían muchos recursos en erradicar de su mente ideas ambiciosas. Abandonó el despacho para despedirme; me besó en los labios, se demoró más de lo habitual. Agarró mi cintura mientras me acompañaba a la puerta.

—Si regresas pronto, repetimos lo del sofá —me susurró al oído.

Me acodé en la barra con un Martini mientras contemplaba mi reflejo. Me vi bien. Cuando aparecieron mis amigas tomé conciencia de cuánto las echaría en falta.

—Será niña, me lo confirmaron ayer —comentó Ane refiriéndose al embarazo.

—A los niños los pierdes —replicó Sandra—. Los acaparan las nueras.

Cacareaban sin piedad. Yo intentaba seguir la charla, pero no era fácil.

—¡Que se coja él el permiso! —clamaba Ane indignada—. Yo defiendo la igualdad en la crianza.

—¡Pero no sois iguales, Ane! Tú mereces ese permiso, tú eres la madre.

Sin quererlo, recordé unos informes sobre la datación del anónimo. La foto de Alicia era antigua; se había revelado hacía más de una década. Pero la cromatografía mostraba que la tinta del texto era reciente; se había redactado hacía menos de noventa días. Lo confirmaron los investigadores de la Universidad del País Vasco, que habían empleado el método Datink.

Me pregunté qué escondía el archivador. Después del quinto trago admití un punto de lucidez en la idea de Álex. El mueble debía abrirse pese a la orden de Patrimonio. Había que destrozarlo y asumir la sanción. Le envié un wasap mientras mis amigas prolongaban su parloteo: «Lo he estado pensando, abramos el archivador de Salas». No tardó diez segundos en responder, y lo hizo en dos palabras: «¿Puedo llamarte?».

—Ahora vuelvo, chicas. Salgo a hablar por teléfono.

Lo llamé yo. Descolgó al primer tono.

—¿Tú tampoco te lo quitas de la cabeza? —soltó al otro lado de la línea.

Expuse mis razonamientos, escuchó sin interrumpir: Salas se reía de nosotros y eso era intolerable; habíamos trabajado demasiado para dejarlo pasar.

—¿Has bebido? —preguntó cuando acabé.

Dejé caer que estaba en Colombo, con mis amigas, y quiso saber a dónde iríamos más tarde. Pestañeé muy rápido, estudié el contenido del vaso mientras construía una respuesta creíble. Suspiré.

—He quedado con Tomás después de la cena. —Ese suspiro había sobrado.

Tardaba demasiado en contestar y cuando lo hizo fue para zanjar la conversación. Sabía que lo estaba evitando.

Regresé al local y dejé el vaso en la barra, decidida a no beber más. Hacía gilipolleces con cinco tragos, no quería imaginar el panorama si comenzaba a beber en serio. Apagué el teléfono.

—¿Tú qué opinas, Natalia? ¿No crees que hay que promover la igualdad?

Ni siquiera sabía de qué hablaban. ¿Igualdad? Yo no creería en la igualdad hasta que no viera un hombre pariendo.

Más tarde, acomodadas en una terraza, les anuncié que me iba a Madrid. Se lo relaté atropelladamente. Ane se quedó sin palabras. ¿Dejar Bilbao? La imbécil de Natalia no debía marcharse, Natalia siempre estaba disponible, era lo más parecido al 112.

—El otro día no lo tenías claro, estabas hecha un lío. No sé si es razonable.

Fueron ellas quienes me habían animado a solicitar el traslado. Pero lo hicieron creyendo que jamás me iría.

—¡No lo haces por tu carrera profesional! Natalia, huyes de tus problemas. Si no estás bien con Tomás, asúmelo y rompe. Da el paso de una vez.

—Todos os mudáis de un sitio a otro; os casáis, tenéis hijos...

—No te equivoques, Natalia. ¡Yo no voy a tener esta hija porque mi marido pase de mí!

Tragué saliva y crucé las piernas. Al dejar el vaso sobre la mesa, casi lo parto del golpe.

—No estoy hablando de ti. Tu embarazo no es el centro del universo.

Se llevó las manos al vientre, y lamenté haber dicho aquello. Mi lengua era más rápida que mi cabeza y eso solo les sucede a los idiotas. Sandra intentó mediar, pero era inútil, la noche se había ido a pique. El silencio se hizo denso, Ane tomaba zumo a sorbitos con la vista perdida, taciturna y ofendida. Sandra me aniquilaba con la mirada a la espera de algún dato más para retomar su hostigamiento.

—No hay vuelta atrás —concluí.

Negaron al unísono. Ane volvió al ataque.

—¿Y tu jefe? ¿Qué opina tu jefe?

Mi jefe me dio el último empujón, el que me hizo falta para impulsarme al vacío.

—Apuesto a que te anima a irte...

78

Asentí con desgana, e intercambiaron una mirada cargada de munición. Me negué a reconocer ante ellas lo que no era capaz de reconocerme a mí misma. Aquella conversación era un callejón sin salida. Si algo se les daba bien era hablar de frivolidades, y rogué que idearan alguna gracia que nos hiciera estallar en carcajadas.

—Aunque dejes Bilbao vendrás a mi boda, ¿no? —preguntó Ane.

—Me mudo a Madrid, no al Congo. Y una de las investigaciones que dirijo me vinculará a esta ciudad.

Abrieron los ojos como platos. Homicidios genera fascinación. ¿Era un caso conocido? ¿Podía hablar de ello? No lo habría hecho en otras circunstancias, pero el ambiente era tan tenso que opté por quebrar mi norma.

—Alicia López Torre —concedí reclinándome—. ¿Recordáis el caso?

Claro que lo recordaban. Sí, el sumario se había cerrado, alguien cumplía condena. La investigación iba a retomarse, no les aclaré por qué, simplemente lo anuncié esperando su sorpresa. Pero fui yo quien se quedó atónita.

—Yo la conocí. —Ane lo dejó caer mientras Sandra pedía otra copa. ¿Ane conoció a Alicia? Jugueteó con la alianza mientras se explicaba—: Fue unos meses antes de que la mataran. Fran hacía su residencia en el hospital de Cruces y la atendió en una guardia. Sufría una crisis de ansiedad.

¿Y Ane? ¿Qué papel jugaba ella en la ecuación?

—Semanas más tarde nos la encontramos en un restaurante, y se acercó a darle las gracias; cuando pedimos la cuenta resultó que estaba saldada, nos había invitado Alicia.

Nos observó enigmática. En Bilbao era habitual toparse a gente conocida. Pero que una chica de diecisiete años le pagara la cena a su médico resultaba chocante.

—Me puse celosa —confesó enrojeciendo—. La tía era impresionante, nos la cruzamos más veces, y siempre nos saludaba. Solía ir bien acompañada.

—¿Cómo de acompañada?

—Acompañada por gente con dinero y posición.

Me crucé de brazos tratando de ocultar mi desconcierto. Nada de aquello constaba en el informe, ni había aparecido en los periódicos. ¿Por qué?

—Oí que era una eminencia. Muy inteligente —intervino Sandra.

Ane susurró como si desvelara un secreto de Estado:

—Una tarde me la encontré en Loewe y me dio recuerdos para Fran. Era perfecta, y según mi marido, un portento en los estudios. Iba a empezar Medicina. A los pocos meses la mataron.

Todo un caudal de datos; Alicia iba con gente de dinero. ¿De qué gente estábamos hablando? ¿Qué quería decir eso? La prensa se explayó a gusto con los orígenes humildes de la víctima, pero no recordaba la menor alusión a su éxito como estudiante. Ane me observó intrigada. Sabía que me estaba conteniendo, que había algo más; la información me quemaba.

—Alicia fue novia de Álex —descubrí.

Me miraron extrañadas. ¿De Álex? ¿De mi jefe?

—Ya habían roto cuando la mataron. Es todo cuanto sé —añadí esquiva antes de declarar impulsivamente—: Eso, y que sigue enamorado de ella.

—No me extraña, tenías que haber visto a Alicia... Nada que ver con el caimán con el que va a casarse.

Rieron a mandíbula batiente.

—¿También conoces a María?

Ane asintió desganada. Claro que conocía a María; era la *personal shopper* de su jefa. Superficial y aburrida.

—No pinta nada con Álex —aseguró.

Alguna virtud tendría... Llevaban un tiempo conviviendo, y eso no era trivial.

—Ella le pone los cuernos —seguí.

Les relaté la escena que presencié. El morreo de María con el pijeras del deportivo.

—Se lo habrás contado a Álex.

No podía hacer eso, aquella no era mi guerra, y era improbable que me creyera.

—¿No se lo has contado? ¿Lo ves todos los días y te has callado algo así?

Él me lo habría revelado de haber estado en mi lugar. Comencé a morderme las uñas, molesta, mientras las observaba alternativamente.

—Quizá solo fuera un desliz puntual —argumenté indecisa.

Sandra negaba entre risas.

—Mira que eres inocente, Natalia; no eres más tonta porque no entrenas.

—Es curioso —apuntó Ane—, la gente siempre comete deslices a su favor.

Sandra asentía sin pestañear.

—Natalia, ¿tú andarías con otros si él fuera tu pareja?

Miré a Sandra sin verla. Recordé a Álex con la camisa remangada, sus antebrazos, su torso. Si Álex fuera mi pareja, ni siquiera estaría allí, sentada con ellas. Esa era la verdad.

—A algunos hombres les conviene una chica insulsa, neutra —declaró Ane—. Les resulta más cómodo. Y si mataron a su ex, lo veo aún más comprensible.

Nos despedimos a las tres de la mañana prometiendo quedar antes de mi partida; me abrazaron como se abraza a un enfermo terminal. Por Dios, solo me iba a Madrid...

Activé el teléfono en el portal. Cinco llamadas perdidas. Álex. Introduje la llave en la cerradura mientras volvía a apagar el móvil y entré en casa a oscuras. Tropecé, perdí el equilibrio y caí a lo largo en mitad del pasillo. Antepuse las manos para amortiguar el golpe, pero fue en balde. Lancé un grito, se encendió una luz, Tomás apareció adormilado.

—Natalia, qué desastre... —Se agachó junto a mí—. ¿No sabes salir sin beber?

9

ÁLEX

Bilbao, 18 de abril, lunes

Pese al enfado, pasamos el domingo repartiendo invitaciones de boda. Parecíamos un par de vendedores a domicilio; endomingados, sonrientes y felices. El lunes llegó como un bálsamo reparador. Estar en comisaría, aferrado a horarios y trámites, me infundía una cómoda sensación de seguridad.

El comisario me llamó al orden: aquella mañana, nada más llegar, había profanado el archivador de Salas y pagaría caro el órdago. La idea maduró durante días, y el sábado, tras una breve charla telefónica con Natalia, tomé la decisión.

Néstor volvía a dar señales de vida, dejó un mensaje en mi buzón de voz: «Pásate hoy, es importante». Supuse que al fin me ofrecería algún tipo de explicación sobre Alicia. Así que a eso de las cuatro abandoné mi despacho con la mochila y el casco. El jaleo de la brigada me asaltó por sorpresa: todo el turno de tarde aplaudiendo a mi paso. Serios, solemnes, en pie. Esa misma mañana Salas había interpuesto una denuncia contra Natalia; juzgaba sus derechos vulnerados durante el registro. Muchos de quienes me vitoreaban habían participado en la redada, tragaron bilis en aquel bufete de abogados. Destrozar el fondo del archivador con el hacha del equipo contra incendios fue lo mínimo que pude brindarles como superior directo.

Arranqué la moto y atravesé la ciudad contemplando los edificios, las avenidas elegantes, los reflejos del cielo atardecido en la cubierta metálica del Guggenheim. Crucé el Nervión y tomé la A-8, que bordea el Cantábrico. Por el camino me detuve a comprar pasteles. La cárcel de Santoña se alzaba imponente a los pies del monte Buciero, de espaldas al mar. Que el Estado mantuviera semejante fuerte en aquel entorno privilegiado resultaba, cuando menos, llamativo.

El funcionario de Prisiones de la garita me reconoció al verme. Mi hermano había agotado sus seis días de permisos acumulados y, de nuevo entre rejas, me esperaba para consumir el último vis a vis del mes.

—¿Suele recibir visitas? —pregunté.

—Hace tiempo que no viene su mujer... Pero veo a menudo a la otra, a la morena. Ángela.

¿Ángela? Quizá tuviera una prostituta en nómina... El funcionario me devolvió la documentación, y un compañero me guio a través de corredores grises contaminados por luz artificial. Todo estaba limpio, pero parecía sucio. Néstor me aguardaba sentado en el cuarto austero. Cabizbajo, leía junto a la ventana que daba al patio, tragando los últimos rayos de sol vespertino. Una mesa de formica, dos sillas de hierro, una cama sin cabecero y un pequeño aseo. Había que echarle ganas para ponerse a tono en esa sala cuando uno ha follado en los mejores hoteles del mundo.

Mantenía la dignidad. Su atuendo no era muy distinto del que hacía gala en Bilbao durante los permisos. Pantalones chinos de marca, camisa blanca de marca, mocasines náuticos de marca. Cabello engominado, el poco que le quedaba. Eché en falta el Rolex, lo custodiaba en el banco. No mostraba buen color, estaba cetrino, supuse que se debía a los fluorescentes, y viéndolo de esa facha me pregunté cómo había sobrevivido a esa cárcel durante los tres últimos años. Cumplía condena por practicar las mismas tácticas de fraude fiscal que tan bien manejaba el cabrón de Julio Salas, y no había muchos presos como él en la institución; la mayoría eran cacos de poca monta, hombres curtidos por la vida que vestían chándal de táctel. Herederos de la pobreza de sus estirpes.

Se levantó al verme entrar, preguntó por nuestro padre y le rogó al funcionario que pusiera música clásica. No hizo alusión a nuestro último encuentro, a la caótica cena que acabó en disputa hacía una semana. Me invitó a tomar asiento, y lo hice mientras estudiaba la portada de la novela. *Kafka en la orilla*. Néstor, tan práctico para unas cosas y tan abstracto para otras...

—Estoy escribiendo un libro. Cuando me quedo en blanco, leo a Murakami.

Era lo que me faltaba por oír. ¿Sobre qué podría escribir mi hermano? Sobre dinero negro, casinos y conspiraciones gubernamentales... También estaba curtido en lances dialécticos, traiciones y estafas. Quizá pretendiera detallar sus opiniones desquiciantes sobre todo aquello acerca de lo que se puede opinar.

—¿De qué trata?

Volvió a sentarse frente a mí, me acribilló con la mirada. Aposté a que no iba a responder.

—En el libro hablo de Alicia.

Le pedí los primeros capítulos, y replicó que antes les prendería fuego. Le pregunté para qué me había llamado, me estaba hinchando las pelotas.

—En primer lugar, mi enhorabuena por lo de esta mañana. Le has echado huevos al cargarte el mueble.

Las noticias volaban.

—Segundo punto. —Se cuadró frente a mí, como si recitara un discurso memorizado—. Mi abogado se encuentra reunido con Salas. Va a retirar la denuncia que interpuso contra la inspectora Herreros. Podéis dormir tranquilos.

Me crucé de brazos intentando disimular mi asombro.

—Iba a dormir tranquilo, Néstor. Esa denuncia no tiene recorrido, el registro fue correcto y...

Negó con soberbia. Salas era poderoso, se cargaría a Natalia sin esfuerzo.

—Yo sé cosas de Salas. Y resulta que la inspectora me ha caído bien. Así que hemos negociado una serie de acuerdos —remató.

¿Qué tramaba? El archivador, la denuncia. ¿Cómo podía estar tan bien informado tras los muros del penal de El Dueso? Los ojos del gato en la portada me sondeaban inquisidores. Quise volver al asunto de Alicia.

—¿Aparezco yo en tu libro?

—No sales muy bien parado, pero sí, apareces.

Tampoco esperaba que hiciera un héroe de mí.

—¿Mereció la pena? —preguntó.

—¿El qué?

—Reventar ese archivador. ¿Había algo dentro del mueble?

—Lo había y mereció la pena; pero es secreto de sumario.

Jugueteó con el libro de Murakami. Tenía mala cara, como si fuera a sincopar de pronto, y entonces lo confirmé: no eran los fluorescentes. En el archivador solo había hallado un documento, un sobre en papel mostaza con un nombre caligrafiado: «Confidencial. A la atención de Natalia Herreros». Me había quedado de piedra. Alucinado. ¿Por qué ella?

La inspectora Herreros se había tomado libre ese lunes. Asuntos personales. Supuse que se trataría de la mudanza. En otras circunstancias la habría telefoneado, pero no quería pecar de pelma. Cinco llamadas en la noche del sábado, a las que no había respondido, fueron suficientes para mi ego malogrado.

El sobre esperaba su regreso custodiado en mi caja fuerte. Aún estaba sellado, pero había resuelto abrirlo esa tarde; al fin y al cabo, yo era el inspector jefe, y Natalia seguía sin dar señales de vida.

Néstor jugueteaba con el cordón del paquete de pasteles.

—Me lo he montado bien aquí, en la cárcel. Soy fuerte, un superviviente.

Se puso en pie. Me estaba arrepintiendo de haber acudido hasta allí, todas esas bobadas me las podía haber recitado por teléfono.

—Hoy me he sentido orgulloso de ti —apostilló—. Cuando me contaron lo del archivador ascendiste puestos en mi escalafón.

Pretendía elogiarme, y no supe qué me disgustaba más: su elogio, su burla o su desacuerdo frontal. Empezó a hablar del núcleo duro. Pisaba terreno pantanoso, era cuestión de minutos que sacara a colación sus disparatadas teorías de la conspiración.

—¿Sabes qué es la espiral del silencio, bobito? No creo que leas mucho sobre esas cosas, a ti solo te interesan las gilipolleces. Una socióloga, una tal Noelle-Neumann, diseñó un experimento: pretendía estudiar la opinión pública como modo de control social.

No respondí.

—Una persona orquesta una mentira y todo el mundo la apoya sabiendo que lo es. La mentira se instaura en la sociedad y pasa a ser la opinión dominante, aunque sea falaz.

—¿A dónde quieres llegar, Néstor? No sé para qué me has llamado.

—Las personas temen el aislamiento. Así que tratan de sondear cuál es la idea dominante para seguirla y ser parte del rebaño. Pero la espiral no es invencible, se detiene al toparse con el núcleo duro. —Continuó desbarrando mientras paseaba por la sala, proclamando que yo había dinamitado la espiral—. Debes ser cuidadoso, bobito. Yo estoy más curtido y tengo poco que perder. He sido expulsado del sistema; por no tener, ya no tengo cuentas bancarias. Custodio mis bienes en una caja fuerte.

—No tienes cuentas bancarias, pero sí página de Facebook. Y sociedades pantalla y fantasma... Deberías cambiar esa camisa por una capa de Superman —zanjé.

—Prefiero que te mantengas al margen —sentenció—. ¿Me has oído?

—Te oigo, pero no te entiendo.

Probó un pastel de chocolate. Respondió con la boca llena:

—Trata de conservar tu puesto en la Policía, no malgastes tus opciones. —Se relamió y cogió otro—. Todo rico tiene su pobre. Yo he sido una herramienta para los poderosos, me han utilizado.

Néstor no era el paradigma de pobre, precisamente. Aunque en el mundo en que se manejó durante años quizá solo fuera un peón.

—¿Ese libro que escribes tiene algo que ver con los rollos que me largas?

—Alicia fue víctima de la espiral.

Engulló el segundo pastel, volvió a sentarse, no iba a darle el gusto de preguntar por ella de nuevo.

—¿Qué quieres de mí?

—Esas fotos, las que encontraste en mi sobre, son material para la novela.

Le había enviado un mensaje preguntando por las cajas de las imágenes, las de la nieve, pero él no había respondido; y ahora tampoco lo haría. Jugaba conmigo.

—Quería hablarte de otro asunto... ¿Cómo estás con María?

Sonreí y lo miré a los ojos; no esperaba aquel giro. ¿Que cómo estaba con María? Muy bien. Todo era fabuloso, María y yo estábamos de puta madre y le íbamos a poner la guinda al pastel con una boda de cuento de hadas.

Mi mutismo lo inquietaba, así que intervino de nuevo:

—Es normal tener dudas antes de la boda, bobito.

Le mantuve la mirada en silencio.

—¿A dónde vais de viaje de novios?

—Haremos un crucero.

—Detestas los cruceros.

Pasar diez días encerrado en un casino flotante no era una de mis aspiraciones vitales.

—Y desaparece mucha gente en esos barcos.

—¿Caen por la borda? —ironicé.

—Los empujan.

Sonrió. Negué intrigado.

—¿Temes que María me lance al océano?

—Temo que *tú* la lances a ella. Ese matrimonio no tiene futuro... Cancela esa boda.

—¿Puedo saber por qué?

—Porque sí.

Era un argumento de mucho peso. Resoplé y me crucé de brazos.

—Tú me presentaste a María —le recordé.

Fue él quien cebó el anzuelo con el que ella me pescó.

—Y te vino muy bien —machacó—. Te ofrecí una alternativa inmejorable para optar por un camino adulto y responsable.

«Adulto y responsable» sonaba a «rastrero e interesado» en su boca. El matiz de su voz no dejaba lugar a dudas. Nos contemplamos desafiantes en mitad del cuartucho. Anochecía, cada vez había menos luz, sonaba Berlioz. Néstor esperaba mi réplica.

—A ti también te convino —seguí—. Estabas ansioso por que dejara a Alicia.

—La decisión fue tuya, no lo olvides.

Había colmado mi paciencia. No tenía más que hablar. Pulsé el timbre y esperé al funcionario de espaldas a mi hermano, que continuaba hablando.

—Hay una ruta a pie por los acantilados, alrededor del monte. La recorren decenas de personas cada día; acuden al faro del Caballo, en la cara este del Buciero. Cuando culminan una de las curvas observan el patio de la cárcel. Fingen otear el mar, pero nos estudian a nosotros, a los presos, nos diseccionan como a piojos bajo el microscopio. Yo también los analizo a ellos. Me pregunto si sabrán a dónde se dirigen. ¿Tú sabes hacia dónde te diriges, Álex?

Claro que lo sabía; iba a atravesar los corredores para salir del penal y arrancar la moto. Luego, en casa, me olvidaría de Néstor por una buena temporada.

—No voy a cancelar la boda.

Volví a pulsar el timbre; frenético, con la vena latiéndome en la sien.

—Álex... Esta mañana ha estado aquí mi abogado. Hemos diseñado una estrategia de cara a mi defensa. Sabes quién es mi abogado, ¿verdad?

Sabía quién era su abogado. Un perdedor que tenía el cielo ganado.

—María te es infiel. Está liada con otro. Mi abogado coincidió con ella en un vuelo; intercambiaba arrumacos con un tipo que iba a su lado.

Ni siquiera me giré a mirarlo. Seguí aguardando al funcionario.

—No he conocido una relación con más intermitencias que la vuestra —repetía Néstor—. Empezaste a desgana, rompiste unos años... ¿Nueve? ¿Diez? Lo retomaste aburrido... Ya no te llena, ella fue un parche. María percibe el desgaste, y no le interesa ese pájaro, es una aventurilla de poca monta.

Oí pasos en el corredor, el vigilante llegaba. Tenía que salir de allí antes de estallar y agarrarlo por el pescuezo.

—Pero, en cualquier caso, ¿se puede confiar en una mujer así? —zanjó.

El funcionario abría la puerta desde el otro lado. No me iba a ir sin replicar, sin responder a su ataque rastrero.

—¿Y en mí se puede confiar, Néstor? ¿Hace falta que te recuerde que me seguí acostando con Alicia hasta el final? Llevaba tiempo saliendo con María. ¿Hay alguien en quien se pueda confiar?

Lo dejé con la palabra en la boca y dos pasteles intactos.

La moto me esperaba; ya era de noche, una brisa fresca llegaba desde el mar. A lo lejos brillaban luces tenebrosas, las de los barcos que salían a faenar. El Buciero era una masa umbría. Un sendero bordeaba los muros del penal y se perdía en la espesura del bosque.

Recordé a María refiriéndose a las flores, al convite, al vestido de novia. Su mirada cargada de ilusión. Me había desentendido de la boda, estaba desganado... En realidad, era yo quien tenía un lío; con cualquier cosa que no fuera ella. Era yo quien dudaba, quien cuestionaba aquella historia cada vez que me enfrentaba a la foto de Alicia, cada vez que me cruzaba con la mirada de Natalia. Néstor era injusto. También yo lo estaba siendo.

10

NATALIA

Bilbao, 19 de abril, martes

El listado de tareas de mi libreta se desplegaba como una carta náutica:

> Anónimo en el buzón: ¿quién y por qué lo envía?, ¿el pelo es de Alicia?
> Ennio: visitarlo en la cárcel de Burgos, ¿vinculación con la víctima? ¿Dónde están los restos que faltan? ¿Por qué un descuartizamiento?
> Néstor: relación con Alicia. ¿Qué hay en las cajas «Reprobus»?
> Álex: entorno en 2001, ruptura y causas.
> Informe de Pinedo: pormenores del crimen y sus circunstancias.
> Padres de Alicia.

Teóricamente, me tomé libre el lunes. En la práctica, me dirigí al hospital dispuesta a tachar, al menos, el último de los apuntes.

Carmen Torre, la madre de Alicia, aún no había recibido el alta; había sufrido una caída aparatosa que le había fracturado varios huesos y la tenían medicada hasta el tuétano. Al entrar en la habitación me topé con un rostro amoratado, observé su cabeza vendada y supe que no sacaría mucho en claro. Su marido, Jesús López, estaba flaco, consumido, necesitaba un buen afeitado; era probable que llevara días pegado a aquella cama de hospital, preocupado por su mujer.

Después de presentarme tomé asiento, abrí mi cuaderno y pronuncié el nombre de Alicia. ¿Cómo era?

—Nuestra niña murió hace años. ¿Por qué nos preguntan ahora?

Se iba a retomar el caso. No di más explicaciones, no les hablé del cabello, de la foto con la frase al dorso, ni de la idea del cómplice de Rossi.

—Alicia era estudiosa. Era ordenada. Una buena hija. Esa bestia la descuartizó.

No pude arrancarle más. Planteé lo mismo de otro modo, y respondió igual con otros términos.

—¿Frecuentaba malas compañías?

—Salía con muchachas del barrio. Crías nobles.

Su mutismo resultaba enervante. Jesús contestaba a desgana, y la mujer parecía sedada, arrastraba las palabras como si pesaran quintales. Les hice relatarme los hechos, revivir esa tarde de sábado, la de su desaparición. Y liquidaron el asunto en tres frases.

—Alicia salió a las ocho, iba al centro. Nunca volvió. Unas cámaras la grabaron en un coche con el tipo que la troceó en el bosque.

—¿Tenía pareja Alicia?

—Estaba centrada en los estudios.

—¿Conocieron ustedes a Alejandro Brul?

—Nunca nos habló de él. La Policía dijo que habían sido novios, pero eran cosas de chiquillos. Ella se comía los libros.

Jesús cogió el mando de la tele y cambió de canal mientras su mujer negaba.

—Debería ir a la cárcel a interrogar al asesino. Que explique lo que hizo con los restos que faltan. Si los vendió a una secta para misas negras, como decían algunos. Queremos enterrar a la niña. Con nosotros pierde el tiempo.

El martes amaneció soleado. Resolví tomármelo libre, como el día anterior. El subinspector Cortés me telefoneó a primera hora, e inició el relato de las últimas novedades: Salas me había denunciado, más tarde retiró la demanda. Pero había más, el archivador llevaba abierto desde el lunes y dentro solo había un sobre a mi nombre. El jefe Brul lo custodiaba en su caja fuerte. ¿Es que no me había informado?

Negué al teléfono. No, Álex no había dado señales de vida. Cualquier otro día él mismo me habría descrito la hazaña; preocupado por mi ausencia, habríamos charlado un buen rato al aparato o me habría buscado esa tarde para boxear. Los dos lo hacíamos, toparnos como por azar frente al saco; en la brigada o en el gimnasio, junto a la Ribera.

Tomás voló a Berlín, y desayuné sola en la cocina; sostuve el móvil tentada de llamar a Álex, de preguntarle por aquello, pero no lo hice, quizá por orgullo. Salí de casa poco antes de las diez y me dirigí al Casco Viejo bordeando la ría. Siempre es un lujo patear Bilbao a esas horas, cuando las calles relucen nuevas, cuando el aire es puro y la luz más blanca.

Llegué al asador de mi hermano Aitor. El negocio bullía, el establecimiento era un clásico. Olía a café y tostadas, a eso que uno echa en falta cuando camina bajo una tormenta.

Aitor se inclinó sobre las vitrinas y me estampó dos besos. ¿Novedades? Ni una sola. Lo de siempre: «El asador genera gastos», repetía. Los proveedores, los recibos, la Seguridad Social y los módulos del IVA. Una hipoteca inabarcable y dos préstamos personales. Antes de que me diera cuenta me había pedido quinientos euros para acabar el mes. Suspiré.

—Con lo bien que estás tú sin problemas —resolvió.

De eso nadie sabía más que yo, la niña mimada de la diosa Fortuna.

Los años desempleado, las depresiones de su mujer, los embates del devenir no fueron óbice para engendrar tres hijos antes de los treinta, para adquirir un chalé en la mejor zona de Getxo y cambiar de coche con frecuencia. Porque, al final, siempre se sale adelante.

Le hablé de la Brigada de Homicidios, de mi tesis y la mudanza. Estaba sorprendido, no lo comprendía. ¿Dejar Bilbao? Menudo disparate.

Apuré el café. Iba a abundar en detalles cuando vi entrar a mi madre con mis sobrinos, que empezaron a driblar las mesas. A su paso, la jauría volcó una silla y un cenicero de cristal se hizo añicos. Mi madre, rauda, se aproximó a Izan, que rodaba por el suelo desbocado, y le arreó dos azotes. Luego se sentó a mi lado y lanzó la primera perdigonada:

—¡La hija pródiga! Parece que no quieras nada con nosotros.

Negué. Allí todos iban en *pack*, como los yogures. Mi madre me barría con la mirada, estudiando mi vestido, mi peinado.

—Nos vemos tan poco, hija...

—Estuve en casa el domingo —apunté—, hace dos días.

Hizo como si no me hubiera escuchado y pidió un café. Yo me agitaba inquieta, y ella hablaba de mi padre, de lo insoportable que estaba desde que lo habían jubilado. Luego soltó un buen rollo acerca de Charity, la mujer de mi hermano Jon, que vivía en Múnich.

—Ahora han comprado un perro. Qué manera de despilfarrar dinero, estando nosotros como estamos. Y el pobre Aitor...

«Pobre» y «Aitor» eran dos palabras que solían pronunciarse juntas. Me puso la cabeza como un bombo, ese disco ya lo había escuchado.

Mis sobrinos golpeaban un taburete, y Aitor consultaba su iPhone ajeno a la escena. Me puse en pie decidida mientras ella removía el café con tal fuerza que estuvo cerca de centrifugarlo. Lancé la bomba sin contemplaciones: me mudaba a Madrid.

—Si ya tienes un puestazo en la Policía. Si eres la mandamás. ¿Qué harán sin ti en comisaría?

—No lo sé. Tendrán que declarar Euskadi zona catastrófica.

Llegué a mi garito preferido, en la calle Ledesma, tomé asiento y contemplé las botellas de la barra, su fulgor verdoso. No tenía Espidifen, Álex no se hallaba cerca con su dosis de ibuprofeno, así que decidí arriesgarme, rogar por que el latido sigiloso en mis sienes no mutara en una migraña de las gordas. Mi familia siempre me ponía en el disparadero.

Me había citado con un viejo compañero de la facultad de Psicología. Teo Lama se había especializado en Grafología, y le había enviado el anónimo para que elaborara un perfil psicológico. ¿Se podía deducir la clase de persona que había manuscrito aquellas palabras?

Teo venía con su carpeta, con su traje de chaqueta y su pantalón de pinzas. Siempre me había parecido un viejo prematuro, y pese a estar operado de miopía seguía llevando gafas. Puro postureo.

La grafología no es una ciencia como tal, pero sostiene que la personalidad y sus matices subconscientes brotan en actos mecánicos como la escritura.

—He estado estudiando el manuscrito —comenzó Teo—. El trazo no es simple; está plagado de filigranas y artificios. Te enfrentas a alguien complicado. Las letras son elevadas; la zona superior se estira. Eso indica afán de poder, de sentirse superior.

Lo observé con escepticismo. Hube de recordarme que esa disciplina no estaba aceptada judicialmente.

—La letra es estrecha. Tensa y cerrada. Eso se traduce en ausencia de empatía. También capto velocidad. Ello muestra impaciencia, ausencia de dominio del impulso. Y el trazo pastoso suele reflejar fuertes instintos sexuales.

Me crucé de brazos. Teo estaba soltando, exactamente, lo que Álex habría deseado oír.

—¿Eres consciente, Teo? Estás describiendo a un psicópata.

—Lo sé, Natalia. Hacía tiempo que no me topaba con algo tan evidente. Acojona, la verdad.

—Esto ha aparecido en mi buzón —repliqué.

—Pues ándate con cuidado.

Camino de casa me interrumpió una llamada. Era Álex. Sentí una absurda satisfacción al oírlo. Fue al grano sin vacilaciones.

—Necesito saber si vas a tomarte libre el resto de la semana. Para organizar al personal.

No me preguntó dónde estaba, ni si iba a comer sola; no mencionó lo del archivo de Salas, ni mostró interés por mi mudanza. Se estaba comportando como un jefe. Nunca lo había considerado un amigo y, sin embargo, ahora temí haberlo perdido como tal. ¿Qué había ocurrido? ¿Fue mi negativa del sábado?

Necesitaba hablar con él, borrar el barullo en mi cabeza; era martes, habríamos comido chipirones en Larruzz. Cualquier otro día le habría relatado el encuentro familiar, y él me habría escuchado para ayudarme a relativizarlo. Pero él solo era una voz gélida. Cuando cortamos la comunicación analicé mis palabras, mis expresiones en las últimas charlas. Había sido mi culpa, siempre lo era. ¿Cómo se malogró hasta ese punto aquella mañana prometedora?

Cerca de Deusto me planteé cómo me mantendría a flote. Sin compartir con Álex silencios, mantel, reflexiones ni paranoias. Hasta ese punto era más que un jefe. En ese momento lo fue todo y me ahogué en un vértigo intenso.

Tendría que haberle revelado lo de María, lo que vi en su portal. Él lo habría hecho en mi lugar. Tardé media hora en llegar, y cuando entré en casa corrí al baño a por un analgésico. Vomité el desayuno, cerré las persianas, me desnudé y me metí en la cama.

Tirité brevemente. Para mí se había acabado aquel día. Me quedé dormida, y cuando desperté ya eran las ocho. El dolor de cabeza se había transformado en un zumbido leve, y estaba hambrienta.

Me puse mallas, zapatillas de deporte, una camiseta térmica. Seguía disgustada, pero nada me parecía tan grave como antes. Cogí las llaves, un botellín de agua y salí a la calle. Golondrinas, risas infantiles, tráfico, luz. Me dirigí a comisaría, veloz, rumbo al atardecer anaranjado; y en menos de media hora saludé al turno de tarde.

El despacho de Álex estaba vacío. No era lo habitual, y nunca lo habría admitido en público, pero gozaba de su confianza hasta el punto de conocer la clave de su caja fuerte. Además, contaba con su permiso para abrirla. Allí estaba el sobre a mi nombre.

11

ÁLEX

Bilbao, 23 de abril, sábado

La edad de la inocencia, de Edith Wharton. Pedí que lo envolvieran para regalo y respiré hondo. El Casco Viejo estaba abarrotado, ya anochecía. Un enjambre recorría las calles, gente en bares y comercios, invadiendo el teatro Arriaga.

Una cena, nos despedíamos de Natalia; unas quince personas. Una semana lánguida, una semana triste, no habíamos comido juntos; yo la evitaba, ella me rehuía, su mente estaba en Madrid, la mía vagaba errante. La había observado mientras desmantelaba su despacho. Había logrado contenerme, evité cruzármela, hablarle, dejé de mirarla. Iba a hacer bien las cosas.

Caminé con el libro bajo el brazo, callejeé. No quise arreglarme demasiado, y sin embargo lo hice. No debí acudir a la cena, pero estaba allí. Odiaba a mi hermano, y me moría de ganas por hacerle otra visita, por verle tragar pasteles y escuchar sus sandeces. Vivía aferrado a una cuerda elástica: por más que me alejara, regresaba impulsado con fuerza.

Llegué al bar a las ocho, ya había compañeros en la calle. Saludos, unos zuritos, algunas reflexiones sobre el expediente que me habían abierto. «¿Qué será de nosotros si te cesan en la jefatura?» Natalia se retrasaba, quizá no viniera, a lo mejor decidió adelantar su marcha. No haría acto de presencia, y entonces cenaría tranquilo, bebería tanto como quisiera sin temor a acabar desbordado. Libre, al fin.

Pero Natalia apareció. La percibí antes de verla, acompañada por dos policías jóvenes recién tituladas. Sonriente y liviana; ni rastro del pesar de hacía unas semanas, porque irse había supuesto tomar la mejor decisión. Por alguna estúpida razón había esperado a la inspectora deshecha del registro a Salas, pero Natalia deslumbraba tanto que me quemaron los ojos y, mientras se aproximaba, tuve que centrarme en el chiste que contaba Cortés.

—La abuela se ha subido a un árbol.

Todos rompieron en sonoras carcajadas. La noche iba a ser larga.

Cuando repartieron saludos, ella ni siquiera me miró. Me ignoró sin más, pero yo no pude hacerlo. Me arrepentí de no haberme quedado en casa, mientras mi vista incontrolable repasaba su fantástico culo embutido en un vaquero tobillero. Sandalias de cuero, camiseta a rayas de manga corta. Sentí no haberme ido al cine, o a la cama, o a ver al Athletic con los gilipollas de los amigos de María. Lo lamenté cuando intuí su perfume, al captar la fuerza de su mirada; me odié al imaginar la suavidad de su cabello brillante. Oscuro.

Estaba sonriendo, reparé en su perfil y no acerté a clasificarla en el baremo del necio de mi hermano: ¿chica guapa, tía buena o colega? Encajaba en cualquiera de las tres categorías. Aquello no podía estar pasando, tenía que reubicarla en el lugar en que, con mucho esfuerzo, había logrado confinarla durante años: la única persona con quien era capaz de comunicarme sin articular palabra. Había alcanzado el punto de no retorno.

Desvié la atención. A mi lado, Nico Puente; apenas superaba los veinticinco y había llegado hacía unos meses. Con casi dos metros de estatura, cuerpo cincelado en el gimnasio y sonrisa de anuncio. «Demasiado artificial», señaló Natalia con desgana al verlo el primer día. Gabriela y Arancha, que acababan de cumplir los veinte, lo proclamaron «guapo oficial» sin importarles demasiado que se depilara más que ellas mismas. Cuchicheaban a su lado, pero a él no le interesaban; era evidente. Eran unas crías, también lo era él, yo era poco más joven cuando conocí a Alicia. Pero aquello era diferente. Alicia no lanzaba anzuelos; disparaba con pulso certero. Esas dos jugaban en otra liga.

Cuando llegamos al restaurante recordé la importancia de dar con la ubicación adecuada en una mesa para quince; se corre peligro de compartir mantel con el paliza del grupo. Nico, consciente de cómo lo mosconeaban, se sentó a mi lado.

Natalia se hallaba en el punto más alejado de mí. Tan apartada como pudo, atractiva e inaccesible, mientras Cortés juraba, vociferando, que solicitaría un traslado si me suspendían; la marcha de la inspectora Herreros le iba a costar una hernia, y no quería añadir mi cese a tamaño disgusto. El alcohol corría como la pólvora: risas, anécdotas, disparates. Eran muy bestias.

Nico hablaba poco —para un policía recién salido de la Academia resulta violento cenar junto al inspector jefe—, aunque se soltó a mitad del primer plato. Había nacido en Huesca y pretendía alcanzar mi puesto en menos de diez años. Atendí al relato de su vida mientras mi mirada traidora escapaba hasta la otra punta del mantel. Natalia reía, charlaba, escuchaba con interés las sandeces que le largaban los borrachos de la brigada. Se estaba moderando, ni siquiera había terminado la primera copa de vino. «Yo ya voy por la tercera», pensé mientras Nico me explicaba cómo había preparado las pruebas físicas de la oposición. El tío era guapo de cojones, había que reconocerlo, y aun siendo un crío, tenía más dedos de frente que la mitad de esa mesa. A sus padres casi les dio un síncope cuando les anunció su ingreso en la Policía. En el segundo plato, confesó no haber vuelto a acostarse con nadie desde que lo dejó su novia; se había centrado en sus dietas, en su gimnasio, realizó algún trabajo como modelo. Disimuladamente le señalé a Arancha y Gabriela, y él negó riendo. No eran su tipo. Lo analicé divertido mientras recordaba una frase de un libro de Auster: «A veces el alcohol alimenta más que la comida». Me dijo que él buscaba a la mujer de su vida.

Yo creí haberla encontrado y perdido quince años antes, pero empezaba a dudar. ¿Qué habría sido de lo mío con Alicia si no la hubieran matado? Hacía días que apenas pensaba en ella, y eso me hacía cuestionar unos sentimientos que había juzgado firmes.

—En este país desaparecen cien personas al año. ¿Lo sabías?

Claro que lo sabía; era policía, todos sabíamos esas cosas.

—Y hay mil trescientas desapariciones sin resolver —apostilló.

—¿Conoces el caso de Alicia López? —lo corté. El vino también había soltado mi lengua.

Nico dudaba y recordó que hablaba con el jefe. Aún no le había dado tanto al frasco como para no ponderar sus palabras antes de pronunciarlas.

—Oí hablar de ella en comisaría. La inspectora Herreros interrogó al asesino esta semana.

—Ennio Rossi nunca admitió su crimen —murmuré.

Aparté la copa y nos sumimos en un breve silencio. Nico escarbaba en el plato mientras Arancha, alborozada, le lanzaba migas de pan. Él la ignoraba.

—A veces, cuando estaba en la Academia, regresaba a Jaca haciendo autostop —prosiguió—. Me recordaba a las pelis americanas, las de la Ruta 66. Una tarde me cogió un tío con un tráiler de productos químicos. —Se recostó en la silla y acarició la superficie de la copa. Estaba cómodo, y aquello que iba a relatarme lo estaba quemando por dentro—. El conductor rondaba los cincuenta, era fuerte, con barba, ojos azules... ¿Sabes quién es Kurt Russell?

Sabía quién era Kurt Russell, por Dios. Nico había alcanzado un estado que solo podía calificarse como borrachera verborreica, pero logró captar mi interés de un modo inesperado.

—La cabina olía de un modo extraño. Olía a fruta pasada. No sé cómo explicarlo. ¡Plátanos podridos! Kurt se interesó por mi edad, mi procedencia... Total, que le conté mi vida. Le solté un buen rollo.

A Natalia, en la otra punta de la mesa, le sonaba el teléfono. Abandonó su silla y dejó la sala. Nico seguía hablando y me pregunté cuánto iba a durar aquella epopeya; ni Ulises regresando a Ítaca...

—De pronto, va y suelta si no huele raro. Respondí que no, que olía normal. Y Kurt, que sí, que debía de ser el contenido de la cisterna; y preferí no saber qué llevaba. —Sonrió de un modo siniestro.

—¿Llevaba muertos? —aposté.

—Cargaba el barco en Algeciras y subía hasta Reus. Atravesaba la Península con un tanque repleto de cadáveres que se habrían desintegrado en ácido al final del viaje.

Me crucé de brazos. Muy serio.

—¿No me crees?

Creía que cada pueblo tiene su tonto, y cada comisaría, un policía ingenuo que se traga el primer cuento que le largan.

—¿Y si lo hubiera detenido la Guardia Civil en un control rutinario?

—La Guardia Civil no hace abrir contenedores de salfumán.

¿Un camión trasegando muertos, disueltos al final del trayecto? Kurt debía pasar muchas horas al volante, aburrido y hastiado. Por suerte se topó con un chaval medio bobo que hacía autostop.

—¿Por qué me has contado esta historia? —pregunté sin mirarlo.

—La gente habla en comisaría... Dicen que Ennio Rossi se dedicaba a algo así. Que era químico y tenía empresas. He oído rumores...

Negué, lo hice callar con un gesto. Nico estaba pálido, se le había revuelto el estómago con su propia historia. Salimos a tomar el aire y les lancé una mirada asesina a Arancha y a Gabriela, que se cuadraron avergonzadas.

En la terraza, Nico se derrumbó en una silla, con la cabeza entre las manos. Yo también me había pasado con la bebida y me apoyé en la pared mientras consultaba el teléfono. Un mensaje de María desde París: «Todo genial. Te quiero».

Natalia se aproximaba desde la otra esquina de la calle. Se despedía de su interlocutor, sonriente. «Yo también a ti», leí en sus labios. Puede que su relación con Tomás estuviera menos tocada de lo que yo creía. Fresca como una lechuga, ni una maldita copa de alcohol en sangre. Al llegar junto a nosotros, saludó brevemente. No pude morderme la lengua.

—¿Durante cuánto tiempo vas a seguir ignorándome?

No hablé yo, lo hizo el vino. O quizá fuera yo más que nunca. Pero no había bebido tanto como para que ella lo notara.

Negó sin detenerse; iba a ser capaz de pasar de largo, de regresar a la mesa sin dirigirme un vistazo. Sus ojos volaron hacia Nico, encorvado sobre sí mismo. Se sentó junto a él, le preguntó si se encontraba mal.

—Estoy de puta madre, inspectora. ¿No me ve? —gorjeó irónico.

Natalia le pidió una manzanilla mientras yo la analizaba con mirada torva, desafiante. Mi teléfono sonó; inoportunamente. Ni siquiera comprobé quién era.

—Tenemos que hablar antes de tu marcha —solté de pronto—. Acerca del contenido del archivador de Salas.

—Había un sobre a mi nombre.

—Eso ya lo sé.

—Claro que lo sabes. Ya lo habías abierto. ¿Te crees que soy boba?

Por supuesto que lo había abierto, lo había hecho el lunes, a última hora, nada más regresar de El Dueso. Ella no era boba, y yo tampoco.

—Me voy mañana por la tarde —añadió.

—¿Te acompaña Tomás?

—Me voy sola.

Le iba a preguntar por qué iba sola. Cruzó por mi mente la fugaz y estúpida idea de ofrecerle ayuda con la mudanza.

—Llevas toda la semana evitándome —seguí.

—¿No es lo que quieres?

—No es lo que quiero.

El camarero salió con la manzanilla. Se topó con dos idiotas aniquilándose con la mirada. Natalia apartó sus ojos de los míos y le ordenó a Nico que sorbiera el mejunje.

—Natalia, tenemos que hablar —reiteré.

—Sí, lo sé, del archivador...

—No. Tenemos que hablar de cosas que no son el archivador.

Hablar ya no era suficiente. De repente lo veía tan claro que sentí vértigo.

—Hemos reabierto el caso —subrayó—. ¿No es lo que pretendías? Ya está todo hablado.

—No, no está nada hablado —repliqué. No me estaba refiriendo al caso, y ella lo sabía—. Ese es el problema, que nunca hemos hablado.

Volvió a mirarme.

—No nos ha hecho falta. Los dos sabíamos lo que estaba ocurriendo; los dos lo hemos visto venir. Tú sugeriste que me fuera, y yo me marcho mañana. Fin de la historia.

Podía ser dura si se lo proponía, y no solía serlo conmigo. Aunque tenía razón, yo había orquestado su salida y era tarde para hablar; o quizá no lo fuera, la tenía a menos de un metro, sentada allí mismo.

—Esta semana ha sido un infierno —seguí.

—¿Sí? ¿Mucho lío con los preparativos de la boda? —ironizó.

—Me la sopla la boda. Nunca debí solicitar tu traslado.

Leí un rayo de decepción en sus pupilas y supe de pronto que estaba siendo rastrero. No era el momento de airear verdades que quemaban por dentro. Pese a no estar jugando con ella, lo parecía. Se puso en pie. Estaba nerviosa, pero simulaba un temple que ninguno de los dos mantendría estando juntos.

A Nico la manzanilla le provocó una arcada y vomitó sobre el empedrado, salpicando las sandalias de Natalia. Ella lo observó como si acabara de percatarse de su presencia.

—Vuelvo a la mesa. Creo que Nico debería irse a casa.

Y me dejó junto al poli cachas, que resollaba como un pez sacado del agua. Nico vivía cerca, en un apartamento de mala muerte del Casco Viejo; así que le anuncié a la brigada que regresaría en un rato y lo acompañé. Después de lo que acababa de soltarle a Natalia, no podía permitir que se fuera sin una aclaración.

No encajaba la llave, a Nico le temblaba el pulso; se la arranqué de la mano y abrí la puerta de madera carcomida. Olía a brócoli, a cerrado, a humedad. La buhardilla era vieja, pero él había intentado darle un toque moderno. Nico se derrumbó en su cama deshecha sin siquiera desnudarse, apestando a vómito. La habitación era fría, desangelada. Un póster de Miranda Kerr, en bikini, era toda la decoración que se había permitido. Iba a largarme sin más, pero sentí lástima por él, que estaba como en la canción de La Fuga, más solo que la luna en una ciudad hostil. En su pequeña cocina americana hallé ingredientes para preparar un cóctel contra la resaca. Dos plátanos, un pepino, ibuprofeno y tónica. Lo introduje en la batidora y le acerqué la pócima a la cama. Se lo tomó sin rechistar, como si fuera un crío pequeño. Volvió a recostarse agónico.

—Inspector... No te has creído mi historia, ¿verdad?

—Es que hoy no estoy para historias —respondí cansado.

Había vuelto a llamarme inspector. Me despedí de Nico en cuanto pude y bajé las escaleras de dos en dos. En menos de quince minutos crucé el Nervión y me planté en la discoteca de siempre, la favorita de Néstor. Maldije mi suerte y me dirigí al grupo; una tropa de borrachos fuera de lugar. No me costó localizar a Natalia, me aproximé a ella y capté su atención.

—Necesito hablar contigo antes de que te vayas.

Sostenía un vaso de balón y respondió algo que no entendí. Negué. Agarré su mano libre y la arrastré a la salida. Opuso resistencia, pero me siguió, más sorprendida que molesta. El segurata de la puerta nos recordó que estaba prohibido sacar bebidas alcohólicas.

—Solo es una tónica —apunté convencido de que lo era.

Seguía sujetando su mano en la calle; no la solté, y ella tampoco lo hizo.

—¿Te has propuesto joderme la vida? —lanzó agobiada.

No me había propuesto nada, todo surgía de modo improvisado, por eso era un desastre.

—Natalia... Solo necesito hablar contigo.

Mirada esquiva, vidriosa. Estaba mal.

—Te vas a arrepentir de cada palabra que pronuncies —susurró cáustica—. No sabes lo que quieres. Y yo tampoco lo sé.

Desvió la vista. Suspiré.

—¿Y si nos vemos mañana? —propuse a la desesperada—. Comamos juntos, luego podrás irte a Madrid. Necesito estar como antes.

—¿Como antes de qué? ¿De que confesaras que te la suda la boda?

—Actuaremos como siempre, como si esta noche nunca hubiera sucedido.

Meció la copa en su mano.

—Está bien. Pero ahora te irás.

Estaba asustada, consciente de lo peligroso que era en ese momento. Me llevé su mano a los labios y la besé. Aquella noche nunca habría sucedido, pero marcó un antes y un después.

12

NATALIA

Bilbao, 24 de abril, domingo

Una mesa repleta de documentos. Dos cafés y papeleo por doquier. El archivador contenía un triste sobre, pero estábamos desbordados. ¿A qué venían tantas trabas para abrir el mueble cuando solo contenía material dirigido a mí? Habíamos subestimado al abogado, nos había manejado como a marionetas, y presumiendo que Álex destrozaría el archivador había resuelto matar dos pájaros de un tiro. Para la «señorita», la información. Para el inspector jefe, un más que probable expediente disciplinario.

En el sobre de Salas, centenares de justificantes de transferencias bancarias entre Néstor Brul y un tal Ibán Suárez. Ningún importe era inferior a mil euros, y el concepto siempre el mismo: «Servicio». Néstor abonaba un servicio sistemáticamente, mes a mes. Podía seguir los pensamientos de Álex, sus dudas, que eran las mías. ¿Quién era Ibán Suárez? ¿Un empresario? ¿Un político? ¿De qué modo obtuvo Salas esos comprobantes? Simple, había trabajado para Néstor. ¿Por qué me los puso en bandeja?

Llovía en la calle, la cortina de agua manchaba la atmósfera triste de la sobremesa de domingo y me recosté en la silla mientras le daba un sorbo al café, sin leche ni azúcar. Eran las tres de la tarde, pronto me iría a Madrid en un coche cargado de cajas. Examiné a Álex, inclinado sobre los impresos, estudiándolos minucioso. Y recordé la noche anterior, la noche que nunca existió. Evoqué el calor de sus labios en el dorso de mi mano, su fuerza al arrastrarme fuera de la discoteca, su mirada feroz. ¿Qué había ocurrido para que comenzara a comportarse de ese modo? Mi vida era un caos, pero aún era capaz de controlar ciertos impulsos autodestructivos, y me negaba a convertirme en su error. Al marcharse cuando se lo pedí mostró un mínimo de decencia. ¿Y ahora? Había cumplido su palabra, allí estaba, como siempre...

Habíamos vuelto al punto de partida, al de la tensión latente. Lo delataba algún suspiro, alguna mirada; anotaba algo en su libreta. Tomé otro sorbo de café y volví a contemplar la calle. Aquella madrugada apenas dormí, la pasé de copas con la brigada, y a las diez de la mañana me despertó una llamada de Tomás: no llegaría a tiempo para despedirse. Lo imaginé derrumbado en el suelo de algún aeropuerto, tecleando en su *tablet,* frenético, con un refresco en el regazo. Quise sentir rabia. Solo sentí lástima.

Álex. Cuando llegué ya me estaba esperando, ojeaba un diario deportivo apoyado en la barra. Tenso al principio, cauto después, en menos de media hora estábamos como siempre, y en un día como aquel era lo mejor que podía ocurrirme.

—Ya te dije que Salas fue abogado de Néstor, le llevaba los negocios y no creo que acabaran bien. Ahora intenta inculparlo, intenta ampliar su condena y, de paso, me putea. Estos justificantes son pruebas documentales de algún tipo de chantaje, de pago, de...

—De servicio —cerré.

Solo había que tirar del hilo, descubrir qué le debía Néstor a aquel tipo, Ibán Suárez.

—Las transferencias comenzaron tiempo atrás.

Hacía catorce años del primero de los ingresos, y ese era otro de los motivos por los que no podía desentenderme; hacía quince años del asesinato de Alicia. Demasiada casualidad.

—¿Te parece descabellado, Natalia?

No me lo parecía, pero era improbable que Néstor tardara tres lustros en saldar deudas con un sicario. Y Álex era consciente, no esperaba mi confirmación, simplemente pensaba en voz alta:

—Supongo que has investigado. Sabrás quién es Ibán Suárez.

Ibán Suárez era un reputado neurólogo vasco, y se lo expliqué mientras él lo anotaba. Cuarenta y siete años, casado, dos hijos. Residía en Madrid, aunque pasaba largas temporadas en la casa familiar de Donosti. Su pasado era intachable.

—¿Qué vínculo mantendría Néstor con alguien así?

—Se lo puedes preguntar a él.

Álex negó incómodo, se estiró en la silla. Luego recordó que su café se enfriaba y dio un sorbo.

—Hemos tenido un desencuentro —aclaró—. Esta vez se ha pasado.

—También se lo podrías preguntar a Salas.

—O a Ibán Suárez —añadió—. Pero empiezo a estar muy harto... —Se cruzó de brazos antes de continuar—: Si me suspendieran, me harían un favor.

—No se puede vivir sin trabajar —razoné.

—Se puede matar a cualquiera, nadie es imprescindible y se puede vivir sin trabajar. Pero no me refería a eso. La comisaría, sin ti, no será igual.

Él mismo acababa de asegurar que nadie era imprescindible. Y lo veía venir...

—Recuerda que me he citado contigo con una condición.

—Tranquila, no voy a seguir por ahí.

Un silencio inoportuno barrió la mesa. Me vi jugueteando con el azucarillo cerrado mientras Álex revolvía los papeles, azorado.

—¿Cuánto hace que te obsesionaste con Alicia?

Abandonó los documentos, me miró turbado.

—Nunca la había olvidado, pero el día del anónimo me desperté pensando en ella.

—Es extraño. ¿Conoces el motivo?

—¿La boda? ¿Mis dudas?

Asentí. Álex carraspeó y se disculpó al tiempo que se ponía de pie. Tenía que ir al baño.

No estaba siendo fácil mantener las formas, mucho menos en un día como aquel. Me aterrorizaba irme, de repente amaba cada piedra en cada esquina, cada gota de lluvia suicida. Deseé que el café no acabara, que la sobremesa fuera eterna; pero solo era el preludio de una despedida.

Álex regresó, volvió a tomar asiento y, como si me leyera la mente, preguntó si me inquietaba mi marcha; ¿cómo me sentía?

—Hago lo correcto.

—¿Qué tal se lo han tomado en tu casa?

Le expliqué las reticencias familiares.

—¿Por qué no me lo habías contado?

—No hemos hablado en toda la semana.

Para él no era fácil comprenderme, su madre falleció cuando tenía siete años; no sabía lo que era luchar por defender su espacio. Quizá hubiera ansiado una jaula en vez de tanta libertad.

—¿Te asusta Madrid? —preguntó de pronto.

—Me asusta todo.

Volví a sostener la taza, que ya estaba vacía. Álex me acarició los dedos y apuntó que lo sentía. Que sentía mucho cómo había acabado todo; y yo negué con un nudo en la garganta. Tuvo tacto suficiente para tragarse sus palabras, y yo retiré la mano.

—Allí estarás bien, y pienso que al final, tarde o temprano, las personas acaban solas. Es bueno ejercitarse en el manejo del tiempo sobrante.

Era un demagogo. Él estaba en su ciudad, y al atardecer saldría a pasear por la orilla de su ría, iluminada por la luna de su querido Bilbao. Dormiría en su cama, y a la mañana siguiente lo esperarían su mesa de despacho y los compañeros de siempre.

En lugar de responder, estudié la pantalla del teléfono. Pronóstico de lluvias en Bilbao, sol rabioso en Madrid, tres mensajes de una cadena hotelera y un wasap de mis amigas: «Te echaremos de menos, guapísima». El «guapísima» era lo más cierto de aquel mensaje de mierda. Cuando levanté la vista, Álex aún me miraba, y supe que urgía añadir algo; mover reina antes del jaque.

—Esta semana fui a Burgos. —Suspiró consciente de mi maniobra de distracción—. Visité a Ennio en la cárcel. Se ciñe a su declaración inicial, al milímetro: Alicia y él eran amigos. Se citaron esa tarde, tomaron algo por Santoña. Luego se despidieron.

—¿Y las grabaciones de las cámaras? Ella iba en su coche, se dirigían al bosque. Además, se halló sangre en la maleza, junto a la ropa de ella. Y parte de los restos despedazados en terrenos de su empresa.

—Ennio sostiene que es inocente, un cabeza de turco.

—Acércate al penal de El Dueso, Natalia. Mantén una charla con Néstor.

—Está en mi lista de tareas pendientes. Quizá fuera él quien dejara el sobre en mi buzón, para impulsar la reapertura del caso. Además, conocía a Ennio.

—Puede que haya mucho más que eso.

—No es la primera vez que insinúas lo que creo que insinúas...

Álex se encogió de hombros, negándose a verbalizar la idea que flotaba en el aire.

—Consideras a Néstor sospechoso del crimen. ¿Por qué iba a matarla?

—Para inculpar a Ennio. Fueron socios, hubo un conflicto,

quemaron los puentes. Desconozco los pormenores, pero mi hermano salió beneficiado de la imputación de Rossi: se hizo con acciones de sus empresas a precio de saldo.

No tenía fundamento, era un motivo pobre traído por los pelos. ¿Asesinar a Alicia para incriminar a Ennio? ¿Por qué no acabar con el propio Ennio?

—Hay otro móvil mucho más sólido. El pasional. —Álex, pese a lo embarazoso del tema, logró explicarse—: Néstor hizo lo imposible porque Alicia y yo rompiéramos. En su momento supuse que era por mi bien.

—¿Piensas que estaban liados?

—Nunca lo he creído, pero Néstor jugó sucio. —Álex inspiró hondo antes de retomar su argumento—: Juega sucio en general. Manipula, estafa, roba. Soy su hermano, no debería hacer eso conmigo.

Introduje en el sobre los documentos. Se lo tendí a Álex. Lo sostuvo, siguió hablando:

—Cuando murió mi madre, mi padre y él se ocuparon de mí. Néstor ya había cumplido los veinte. Mi padre era muy mayor, no era un hombre cariñoso... Néstor tampoco lo es; en realidad, no he tenido referentes emocionales. Debería estar por ahí pegando tiros.

—Y matando gatos.

Sonreímos.

—Sin embargo, fue mejor que un padre. Algunas personas alucinan cuando saben de mi historia, sienten lástima, pero no hay nada que lamentar. Nunca he necesitado más de lo que tuve, y creo que se lo debo a él. Néstor y mi padre me ofrecieron una infancia aceptable.

—¿Feliz?

—No me gusta hablar de infancias felices. ¿Tu infancia fue feliz?

—¿No lo son todas?

—No. No lo son todas. Y no has respondido a mi pregunta.

Ni iba a hacerlo. La infancia está sobrevalorada, y los traumas infantiles, de moda.

—Estamos hablando de ti —zanjé.

Podíamos pasar días diseccionando el concepto de felicidad, pero no era esa la cuestión. ¿Fue Néstor capaz de cometer un crimen?

—Néstor me hizo fuerte, me educó como supo. Pero Alicia enloquecía a los tíos, pudo volver a Néstor del revés. Deberías oírle hablar de ella; se le cae la baba.

Ya le había oído a él hablar de ella, así que me podía imaginar a Néstor o a cualquiera haciéndolo. Las campanas dieron la hora. Consulté el reloj y resolví que debía irme. Álex suspiró y abandonamos la mesa. Se empeñó en pagar la comida, así que lo esperé en la calle, bajo el entoldado, contemplando la piedra mojada y las farolas lánguidas. Me puse el impermeable y al salir nos miramos sin saber qué decir.

—Te acercaré hasta casa, Natalia.

—Tengo paraguas.

—¿Y qué vas a hacer cuando llegues a Madrid? ¿Descargarás todo tú sola? Tardarás horas. ¿Y dónde vas a aparcar?

Me encogí de hombros. No tenía idea de lo que haría al llegar a Madrid, pero sí tenía vivienda, y eso me tranquilizaba: mi hermano Jon regentaba uno de los fondos de inversión más punteros de Europa, que poseía un edificio de apartamentos en la capital. La compañía ponía los pisos vacíos a disposición de los altos ejecutivos y de sus familias, y Jon me había cedido un ático cerca de Alonso Martínez. Yo había insistido en pagarle una renta; en realidad, era irrisoria.

Caminamos hacia el coche de Álex. Cuando arrancó el motor mi mirada se perdió en el exterior. Él conducía despacio, demasiado para mi gusto, y para el suyo también, nunca circulaba a esa velocidad. Fue un error citarnos, debí haberme largado antes, habría evitado esa situación. Mi malestar se palpaba, y algo en su gesto me hizo confirmar que aún no lo había soltado todo.

—Quiero acompañarte a Madrid.

Se disparó mi ritmo cardíaco.

—Vamos juntos —añadió—, te ayudo a descargar cajas, a subirlas al piso. Regresaré a Bilbao mañana; hoy dormiré en tu sofá.

No era una sugerencia, lo estaba dando por hecho. Su tono era firme, estaba decidido y simplemente me informaba.

—No es buena idea.

—Dormiré en el suelo, Natalia. No ocurrirá nada, te lo juro. No es justo que te vayas así, tú sola.

La oferta era tan tentadora como suicida. ¿Por qué me veía obligada a responder lo contrario de lo que quería? Detuvo el coche en un semáforo, lo miré.

—No, Álex. No.

Se estaba conteniendo, aceleró y volví a contemplar el exterior. Al parar frente al portal le di las gracias. Evité el contacto visual, aunque no abandoné el coche. El agua arreciaba, pero detuvo los limpiaparabrisas y el repicar de las gotas marcó el compás de una despedida que nunca debió producirse.

—Nos veremos pronto —murmuré.

No respondió.

—Adiós, Álex.

Iba a abrir la puerta cuando me agarró la muñeca con urgencia.

—Dime que esto no termina aquí —logró articular.

Me encogí de hombros sin saber qué responder; no cabía réplica. Capté su mirada vidriosa y me zafé como pude. Salí del coche sin volver la vista, esperando oírle arrancar. Pero debió hacerlo cuando yo estaba en casa, al tomar conciencia de que mi huida era tan real como el cielo plomizo que nos aplastaba.

Esa tarde no pensé más en él; mi mente lo hizo a un lado en una gestión adecuada de energía. Kilómetros por delante, cajas que descargar, un mundo por descubrir. Activé el piloto automático y tomé la autopista media hora después.

Conduje como una autómata, con U2 de fondo. Bono desgarraba el silencio clamando que se iba a un lugar donde las calles no tenían nombre. No atendía a la letra, y por un motivo que desconozco acabé pensando en Alicia, en su perfección física, en su afán por estudiar Medicina. «Una eminencia», había resumido Sandra. Luego recordé a sus padres en el cuarto del hospital, la frialdad con que me habían tratado. Hablaron de misas negras. Se me escapaba algo, un detalle; la historia hacía agua por más vueltas que le diera. No me encajaba la chica, ni el culpable, ni me cuadraba el relato. Aquello apestaba. Repasé mi última conversación con Álex, sus comentarios respecto a Néstor, y me propuse currarme a fondo mi primer trabajo en Homicidios; comenzaría por Pinedo, me reuniría con él para revisar su informe.

Dejó de llover en Miranda de Ebro. Estaba sedienta, pero avancé sin detenerme; hipnotizada por la línea discontinua en blanco cegador. El cambio de paisaje fue demoledor, del verde al amarillo, y unos kilómetros más tarde el cielo ya destilaba un azul insultante.

Madrid. Estuve dando vueltas por el centro en busca de un lugar donde aparcar, y cuando al fin lo conseguí noté las piernas agarrotadas. Bajé, me apoyé en la carrocería. Olía diferente; las ciudades tienen olor y en Madrid flotaba un aroma denso a días eternos. El encanto de la zona era innegable. Pero le faltaba algo; le faltaba ser mía.

Repasé la numeración de los portales y logré ubicarme. Sin tener claro qué hacer con las cajas, sin fuerza ni ganas para arrastrarlas hasta el piso, decidí cargar con lo justo: mi neceser, el bolso y la mochila.

Me pesaba el corazón, el portal era enorme; maderas nobles, lámparas de vidrio soplado y ascensor de forja y cristal. Última planta, un ático a oscuras, ambiente cerrado. Atravesé el recibidor y me topé con un salón amplio. Recorrí el pasillo. Dos habitaciones, una pequeña, la otra mayor.

Solté mis escasas pertenencias y comencé a abrir contraventanas. Era una vivienda acogedora, reformada, de techos altos y elegantes muebles de diseño. La impresión debió ser buena, pero me escurrí hasta el suelo con la espalda pegada a la pared; sin comprender por qué debía dormir en aquella jaula. Sin entender quién me había condenado ni por qué. Un silencio sepulcral, un espacio excesivo; sobraban metros, sobraban horas. ¿Qué iba a hacer con el resto de mi vida? De anochecida, volví a incorporarme y encendí las luces. Me duché y saqué el pijama de la mochila. Me tumbé en el colchón desnudo de la habitación grande; sin cenar, porque el hambre se había esfumado, como todo lo demás. No había sábanas ni mantas, pero solo quería dormir, que aquel domingo muriera y naciera un día nuevo, que todo mostrara otra luz.

Creo que fue justo entonces; decidí romper con Tomás. ¿Cómo? ¿Cuándo? Aquello no funcionaba, llevaba tiempo engañándome. Lo quería, sí, del mismo modo que a Jon o a un amigo de siempre; aquello ya estaba muerto, y el cimiento del pasado no sostenía el presente. Cerré los ojos y el teléfono vibró con insistencia tres o cuatro veces. Era Álex, pero no respondí, porque escuchar su voz en aquel momento habría colmado el vaso. Vibró unos minutos más tarde, entró un correo electrónico y pensé que sería suyo. Ni siquiera lo miré. Me sumí en un duermevela espeso y sin sueños.

Desperté a la mañana siguiente, cuando las primeras notas de luz se filtraron por las rendijas de las contraventanas. Durante tres segundos me sentí bien. Luego lo recordé todo, y la garra silenciosa volvió a atenazarme el estómago. Por suerte, no comenzaría a trabajar hasta el martes.

Me incorporé en busca del teléfono y abrí el correo electrónico.

Un mensaje de Tomás, dos de Linkedin y uno inesperado.

Remitente: «El asesino». Asunto: «Alicia».

—

SEGUNDA PARTE

7 DE MAYO - 2 DE AGOSTO DE 2016

> A los que corren en un laberinto
> su misma velocidad les confunde.
>
> SÉNECA

Bilbao, 7 de mayo, sábado

De: El asesino
Enviado: domingo, 24 de abril de 2016, 23:57
Para: Alejandro Brul Briand
Asunto: Alicia - I

Cuando Alicia dejó el instituto, él ya la esperaba. Conducía un Dodge negro y la observaba tras gafas ahumadas. Una voluta de humo azulado se deslizaba a través de la ventanilla abierta. Alicia caminaba despacio, bajo la lluvia; sus playeras de lona estaban empapadas, aún le quedaba un buen trecho hasta llegar a su casa.

Tenía que ser ella; de todas las chicas que habían salido del patio solo podía ser la rubia, la de la trenza. Llamaba la atención, destacaba clamorosamente.

Alicia se internó en el parque, él arrancó y dio una vuelta a la manzana. Detuvo el Dodge frente a los columpios y se apeó con un paraguas. Se acercó y le preguntó si era ella. Lo era. Le llamó la atención la pureza de su mirada, su frente limpia, los dientes, blancos como perlas. Aquel era el rostro más bello que había visto en su vida. Se presentó como Néstor, a secas, y Alicia titubeó cuando la invitó al coche. Antes debía pasar por casa, coger su ropa y el pasaporte. Caminaron juntos hacia el vehículo, bajo el paraguas. Alicia se acomodó en el asiento del copiloto, y él le preguntó si lo había hecho más veces. Nunca, esa era la primera. Parecía nerviosa, y él saboreó su incertidumbre.

La acercó a su barrio miserable. Quiso saber por qué caminaba cada día hasta la otra punta de la ciudad para ir al instituto y ella comentó que el de su zona tenía un nivel pésimo. Él le preguntó qué pensaba estudiar, ella respondió Medicina. Cuando corrió hacia el portal, él observó sus piernas de alambre, su cuerpo delicado. Diecisiete años, todavía era menor de edad. Al regresar, aún vestía el pantalón corto y calzaba las zapatillas húmedas, pero llevaba un impermeable y una mochila naranja.

Alicia dejó claro que ella solo iba a hacer bulto, a dar conversación y dejarse ver en bikini; que era modelo, no *escort*. Néstor lo confirmó, todo era muy simple: si le apetecía acostarse con alguien podía hacerlo, pero no le pagarían más; las putas ya estaban contratadas. A las cinco de la tarde embarcaron rumbo a Niza.

Hacía dos semanas de la entrada del mensaje; lo había recibido la noche de la marcha de Natalia, desde la cuenta elasesinodealicia@gmail.com, y no podía dejar de leerlo.

Aparté el teléfono, me puse en pie, seguí a lo mío durante media hora. Con la última patada solté un grito. El saco se tambaleó y resoplé mientras me arrancaba los guantes de boxeo. Había quemado suficiente adrenalina y podría largarme tranquilo; tampoco ese día me liaría a hostias con nadie. Diez de la mañana, sol rabioso. La moto me esperaba frente a la ría: un café rápido y enfilé la A-8. Siempre había preferido viajar a Donosti por la carretera vieja, pero era sábado, y el tráfico denso.

Los padres de Suárez vivían frente a la bahía de La Concha en un inmenso palacete amurallado. Aparqué la moto junto al portón de acero y llamé al interfono, ajeno al paisaje. Una cámara de vídeo me apuntó desde el muro y enseguida apareció un tipo de mediana edad: sienes plateadas, camisa blanca, pantalones chinos. Me tendió la mano. Ibán Suárez, habíamos hablado por teléfono.

No era rancio, tampoco encajaba en el prototipo de intelectual. Atlético, atractivo, en forma. Educado pero frío, cortés pero distante. Detecté una brecha entre nosotros, y no realizó ningún esfuerzo por salvarla. Le repugnaba aquella situación, la presencia de la Policía en su pequeño paraíso del norte. Inspector jefe, de paisano, en visita informal, sí; pero no dejaba de ser un careo, una mancha impertinente en el paisaje estático de su mundo.

Caben dos modos de lograr semejante patrimonio: una idea revolucionaria o una estafa sobresaliente. Ninguna de las dos podía achacársele a Suárez; aquellos bienes se habían ido macerando a lo largo de generaciones. Yo estaba habituado a tratar con tipos como aquel, dirigía una brigada curtida en delitos económicos.

Tomamos asiento en un porche frente al Cantábrico. En la mesa había café, sobaos y zumo. Una empleada de hogar colmó las tazas. Celebré haberme reventado golpeando un saco; estaba tranquilo y expuse el asunto mientras desplegaba sobre la mesa las facturas que Salas había recopilado para Natalia. ¿Qué era aquello? ¿Por qué recibía ingresos del señor Néstor Brul?

Era obvio, Ibán Suárez había planeado su respuesta después de mi llamada; clavó sus ojos en los míos y se cuadró antes de contestar:

—Como sabrá, soy médico. Ejerzo como neurólogo, pero también me he especializado en Psiquiatría. Dirijo una clínica privada en Madrid.

Brazos fuertes, cuello ancho, pasaba horas en el gimnasio, y su voz era firme, segura; gesticulaba enfatizando unas palabras que, fieles a su dueño, brotaban disciplinadas mientras me medía desafiante, como a un adversario con quien partirse la cara. Algo se alteró en mi cerebro reptiliano. ¿Qué estaba protegiendo aquel tipo?

No intervine. Me remangué y observé el mar antes de volver a mirarlo.

—Néstor Brul es uno de mis pacientes —añadió—. Hace más de una década que trato a su hermano.

Conocía el parentesco que me unía a Néstor, y me percaté de mi error. Debí haber enviado a Cortés o a cualquier otro miembro de la brigada. Fue ahí, justo entonces, cuando perdí el control de la conversación.

—Esas transferencias son los pagos por sus servicios médicos —apunté. Suárez asintió—. Pero no me podrá detallar en qué se funda el tratamiento porque estaría violando la confidencialidad médico paciente.

Tomó un sobao, lo estudió como si acabara de caer del cielo y su presencia revistiera más importancia que nuestra charla.

—Telefoneé al señor Brul hace unas horas —aclaró—. Le comuniqué que había contactado conmigo... Suele referirse a usted.

—¿Habla con él a menudo?

—A diario. Lo asisto por Skype.

Un cuento chino. ¿Qué clase de profesional atiende a sus pacientes por Skype? Negué, construí mi réplica antes de pronunciarla, y al hacerlo sonó de pena:

—¿Le pidió permiso a Néstor para revelarme todo esto? No creo que él aceptara...

—El señor Brul no mostró inconveniente en que compartiera con usted su diagnóstico. —Suárez se encogió de hombros y dibujó un amago de sonrisa—. Sufre un trastorno de personalidad múltiple. Su patología se ha agravado a raíz del ingreso en prisión.

Personalidad múltiple. Era para reír tres días seguidos. La personalidad de Néstor era una y bien conocida: una personalidad correosa que daba asco. Mi hermano estaba como un cencerro, pero no padecía ningún trastorno de ninguna clase. Néstor era un estafador, un corrupto, esa era la única diagnosis.

—Y usted lo trata —ironicé—. Lo somete a una terapia que tiene un coste medio de... dos mil, tres mil euros al mes. ¿Es así?

—Me ha entendido perfectamente.

—¿También lo visita en la cárcel? ¿Ha recibido allí alguna sesión del tratamiento?

—Nunca.

Yo mismo lo había comprobado: Ibán Suárez jamás había pisado El Dueso.

Un terapeuta..., me habría gustado saber lo que opinaba Néstor de los terapeutas. Se habría cagado en todos ellos. Calibré la situación, el mejor modo de hacerle ver que no creía media palabra. Aquellos pagos apestaban a chanchullo.

—¿Lo está usted chantajeando?

—Ya se lo he explicado. El señor Brul salda mis honorarios cada mes...

—¿Y Hacienda? ¿Está al tanto?

Se cruzó de brazos. Carraspeó. Tomé un sorbo de café, a la espera.

—¿Qué quiere decir?

—Que usted declarará esos ingresos periódicos por sus servicios médicos.

—Por supuesto.

—Sabe que puedo comprobarlo...

No respondió. Mantuvo la mirada impasible sin añadir nada.

—¿Está seguro de que no necesita a su abogado?

—Puedo probar todo lo que le digo. —Chasqueó sus nudillos como si calentara para saltar a la lona—. Su hermano le ha ocultado su dolencia —concluyó más calmado—, sucede en ocasiones. Los pacientes deciden no involucrar a la familia.

—La terapia es costosa... —señalé una de las facturas.

—Soy el mejor.

También yo lo era en lo mío. Su soberbia me empachaba, y dejé caer una pregunta más. Sin pensarlo, sin medir el alcance de unas palabras que surgieron espontáneas.

—¿Conoció usted a Alicia López?

Pensé que diría que no. O que sí, que le sonaba el nombre, que recordaba haber leído algún titular en prensa. Algo varió en su mirada, en su tono muscular. Se tensó como un cable eléctrico y reconocí aquellos síntomas al haberlos sentido en mi piel. Su voz se agravó y respondió segundos más tarde:

—Sé quién es —musitó.

—Los pagos comenzaron un año después de que ella muriera —añadí.

Suárez se frotó los ojos. Tomó aire, inquieto.

—Sí, cuando la mataron —puntualizó—. El señor Brul mostró los primeros signos de su patología tras el asesinato. Existe cierta carga genética en los pacientes que sufren la afección, pero suele desencadenarse ante un acontecimiento traumático.

Estaba todo meditado, planificado al detalle.

—¿Néstor le ha hablado de Alicia?

—Lo hace continuamente.

Suárez mentía, pero no era un sicario, no podía ser artífice de la desaparición.

—¿Usted la conoció?

—Ya me ha hecho esa pregunta.

—Pero no ha respondido. Admite que mi hermano le habla de ella. ¿La conoció, la vio alguna vez? ¿Trató con ella?

—Nunca.

Mentía de nuevo, y lo hacía mal. No estaba acostumbrado a preguntas lanzadas como dardos.

—Cuando he mencionado a Alicia se ha alterado.

—No tengo más que decirle. —Hizo amago de incorporarse.

—¿Tuvo que ver con su crimen?

Suárez se levantó ultrajado. Daba la charla por finalizada. Yo ya no podía parar, había perdido el control. Crucé mi Rubicón particular, estaba cagándola y lo supe cuando la asistenta volvió a salir al porche. Aterricé de nuevo y fui consciente de mi ofuscación. Me puse en pie, le di las gracias mientras me escrutaba hostil. Asustado. Esa era la palabra.

Frente al puerto de Donosti, media hora más tarde, telefoneé a Natalia. El buzón de voz saltaba tres de cada cuatro veces. Entonces tomaba la determinación de borrar su registro de la agenda, pero mis propósitos no eran firmes.

Esta vez hubo suerte, descolgó al quinto pitido, escuché su voz lejana. No le dije «hola» ni le pregunté cómo estaba; habría respondido con monosílabos, como venía haciendo desde su marcha. No tenía la menor idea de cómo le iba en Madrid.

—Estoy en Donosti —expuse—. Vengo de hablar con Suárez. El caso de las facturas no le compete a ninguna Brigada de Delitos Económicos, es tuyo.

Ella estaba en la calle, en un parque. Algún claxon, risas.

—Explícate, Álex —respondió sin aliento.

¿Habría salido a correr? El Retiro, tenía que ser el Retiro.

—Mantiene que Néstor es su paciente, que lo atiende hace años. Trastorno de la personalidad. Esas transferencias son un cobro de honorarios.

—Menudo embuste. No se sostiene.

—Le pregunté si conocía a Alicia, y le cambió la cara. Empezó a ponerse nervioso, temblaba.

—Sí... Todo eso me suena.

Primer golpe. Aquel iba a ser uno de esos días que se echan a perder antes de las tres de la tarde.

—Suárez conoció a Alicia —proseguí—. Él lo niega, pero la conoció. Lo sé.

—¿Lo sabes? ¿Por qué lo sabes?

Lo había intuido, lo había olido.

—Puede que solo hayas visto lo que has querido ver —añadió—. ¿Fuiste solo?

Cerré los ojos. No podía mentirle.

—Sí, he venido solo.

—Néstor es tu hermano, Alicia fue tu novia. ¿Y te presentas tú solo en casa de Suárez para tomarle declaración?

—Ha sido un careo informal.

No respondió. Se oyó el ladrido de un perro. Pasaron unos segundos.

—¿Te has vuelto loco, Álex? Jamás hemos trabajado así, nunca hemos hecho las cosas tan rematadamente mal. Si Suárez se enterase de que Néstor es tu hermano...

Chasqueé la lengua mientras observaba a los piragüistas en la bahía. Qué fácil parecía mantener el rumbo, el equilibrio y la mente fría.

—Suárez ya sabía que Néstor es mi hermano —sentencié.

Se rio al otro lado de la línea, una risa dura y seca. La imaginé en pantalón corto, con el ceño fruncido y negando frustrada. Esperé el chaparrón. Nada la cabreaba tanto como tener que enfrentarse a un inepto.

—No me extraña que vayan a suspenderte —murmuró.

Segundo golpe. No repliqué. Ninguno de los dos articuló palabra durante unos instantes.

—Sé que no lo he hecho bien —admití—. Esas facturas tienen que ver con Alicia, y esto forma parte de tu caso. —Quería explicarme, que comprendiera hasta qué punto estaba convencido de lo que había percibido—. Natalia, hace años que trabajamos juntos. Nunca me has cuestionado, confía en mí.

—Es que no te reconozco, cometes errores de manual. Tú no funcionas así, siempre has sido el mejor.

Me aposté cuánto tardaría en colgar después de darle mi réplica:

—Es que antes éramos un equipo.

La oí suspirar. Luego añadió que se haría cargo del asunto y pidió que le enviara un informe. Concluyó que tenía prisa y le pregunté cómo estaba.

—Genial, Álex. Todo bien. Tengo que dejarte. Ya hablaremos.

Sí, ya hablaríamos. ¿Cuándo?

El corte de la llamada me sentó como una patada en los huevos, y paseé a mi alrededor con el casco bajo el brazo. Eran las dos de la tarde y no sabía qué hacer. Me dejé arrastrar por la inercia, caminé hacia la parte vieja de Donosti. Natalia estaba en lo cierto, era un milagro que aún no me hubieran suspendido: me movía por impulsos y estaba perdiendo el control. El boxeo ya no era suficiente, nada lo era en realidad, y me sentía como una bomba de relojería. A veces salía con las patrullas, dirigía algún registro, pero no era como antes. Natalia se llevó el expediente de Alicia, ya no me mortificaba contemplando su foto en el barco, pero se llevó algo más con ella, algo intangible y sin nombre. Su puerta estaba cerrada, pronto retirarían su placa. La gente me preguntaba; a mí, precisamente, que había orquestado su destierro: «*¿Qué sabes de Natalia?*». Sabía que la hice marcharse, y que aquello fue cruel e injusto.

Aquel día ni siquiera comí, no tenía hambre. Tomé otro café y volví a leer el *mail* del asesino. Pensé en Néstor, nadie más que él podía atesorar tanta información sobre aquel episodio lejano. Me apetecía hablar con él; no del caso ni de Suárez: necesitaba echarme unas risas mientras lanzaba pestes sobre los perros con bozal, o sin bozal, o lo que fuera que tocara aquel día. Pero no iba a rebajarme a visitarlo, y fui consciente de lo contradictorios que eran mis sentimientos hacia él. Mi hermano encarnaba todo lo que más aborrecía, pero lo envolvía un aura magnética.

Para salvar aquel día de mierda decidí visitar a mi padre en la residencia de ancianos. Llegué a Bilbao a las cinco, y cuando me senté a su lado me dio una palmada en la espalda, con esa fuerza insólita que lo caracterizaba.

Mi padre nació antes de la guerra y trabajó como un mulo, como se trabajaba entonces. Enviudó dos veces, pero no lloraba por las esquinas, ni se hizo una capa con la bandera de sus avatares. Mi padre era lo más parecido al papel de lija de cuarenta. Nunca me quedó muy claro si solo era respetado o también temido; en su mirada había algo que forzaba a apartar la vista. No hablaba mucho, pero al hacerlo la gente escuchaba. Quizá fuera la gravedad de su tono, la firmeza en sus gestos. Perdió a su segunda mujer, mi madre, y se había ocupado de mí desde los siete años. Compartió la responsabilidad con Néstor, que ya andaba en los veinte, y con sus viajes, sus negocios y su mundo por montera delegó en mi padre el ochenta por ciento del tiempo. Aquel hombre me había criado, y me habló de las lentejas rellenas de gusano de la posguerra; del sepulturero del pueblo, que destrozó las sábanas de su mujer para cubrir el rostro de los fusilados antes de enterrarlos. En casa, la leche se calentaba en un cazo, y la cama con bolsas de agua. Nunca me preguntó por los deberes ni por las notas: «Tienes que estudiar para no ser un zopenco». Eso fue todo lo que me inculcó, y yo le hice caso; nadie se atrevía a contradecirlo. Cuando rompía un pantalón, me cosía un parche; si crecía, añadía un empalme. Mi padre hacía cocidos, y yo lo ayudaba a pelar patatas. Pero no sabía preparar lasaña, ni croquetas, ni chipirones; eso eran chorradas, y mi padre era Bruce Willis en su *Jungla de cristal*. Era austero: decía lo que tenía que decir y callaba de lo contrario. Era mi hermano, al visitar Bilbao, quien me proveía de Bollycaos, me inscribía en cursos de inglés o me compraba ropa de crío normal. Íbamos al McDonalds y me preguntaba si me hacía pajas. Néstor y mi padre. Se complementaban tan bien que podían haber educado a toda una generación.

Nunca es fácil ser hijo, pero lo es aún menos si tu padre es anciano; eso te marca.

Andrés Brul se había casado dos veces; de su primer matrimonio había nacido Néstor. Luego enviudó. Conoció a mi madre el año en que cumplió cincuenta, y había oído decir que estuvo loco por ella; una joven ingeniera natural del sur de Francia.

Yo llegué tarde, cuando nadie me esperaba, aunque fui bien recibido; con una ilusión desbordada. Néstor lo repetía hasta hartarse: «Padre bebía los vientos por aquella mujer, y tú siempre serás el hijo favorito. A ti te trata distinto».

Mi hermano lo llamaba padre. Yo lo llamaba *aita* y solía tutearlo.

Cuando llegué aquella tarde, revisaba un libro de arte.

—*Aita*, ¿ya has jodido las zapatillas que te traje?

Se las había llevado hacía días y había abierto un agujero lateral para sacar el dedo gordo. La pezuña asomaba embutida en un calcetín sobre el reposapiés de la silla de ruedas a la que llevaba ligado dos décadas.

—Así sientan mejor.

«Sientan cojonudas», pensé. Igualito que los Valentinos de María... Le gustaba que fuera a visitarlo, pero en realidad no me hacía ni puto caso. Continuaba leyendo como si nada y, sin dirigirme la mirada, iniciaba un interrogatorio digno de la inspectora Herreros:

—¿Cuándo sale tu hermano de la cárcel? —Me lo preguntaba cada vez que iba.

—Se ha aclimatado, ha hecho amistad con los presos.

—Los estará desvalijando a todos...

Sí, saqueaba a los presos y nos jodía a los demás.

—¿Y cuándo te casas?

—En julio —respondí.

—En julio... ¿No será el 18? Ese día empezó la guerra.

Primera noticia, la guerra había empezado un 18 de julio. Añadió algo del Gobierno, de las pensiones; los muy cabrones las habían congelado.

—Cualquier día nos las quitan —aseguró—. Se va a *pinar* otra guerra.

Esa expresión solo se la había oído a él.

—No se va a pinar ninguna guerra. Ya nos están sangrando bastante sin necesidad de que nos matemos. ¿A qué hora meriendas?

Se encogió de hombros.

—¿Y cómo vas con los yihadistas? —preguntó—. ¿Ya has detenido alguno?

—En Bilbao no hay de eso.

—Y ahorrarás algo, ¿no?

—Lo que tú me enseñaste: si ganas tres, guarda uno.

Asintió satisfecho, y me puse en pie.

—Puede que me envíen a casa sancionado —anuncié, avergonzado, de pronto.

—¿Qué hiciste?

—Perdí los nervios. Aún me ocurre en ocasiones. ¿Recuerdas hace años, en la escuela, cuando le partí la raqueta en la espalda a un compañero?

—Lo recuerdo —murmuró—. Intentaron expulsarte, pero los puse firmes. Me reuní con la directora del colegio, me sugirió que te enviara a un psicólogo.

Lo observé pensativo. Me pregunté cómo habría logrado convencer a la directora de su error, cómo ejercía su voluntad de ese modo. Solía venir gente a casa; personas de mirada huidiza con problemas de los gordos. Hablaban con mi padre frente a la vieja mesa de roble, y él los escuchaba imperturbable. Siempre había creído que eran clientes del anticuario, pero recordando el episodio de la raqueta, supe que hubo más. Le pedían consejo. Quizá yo también lo necesitara.

Tras un rato de charla saqué la película que llevaba en la mochila.

—¿Una del chino? —preguntó.

El chino era Jackie Chan. Esta vez tocaba *Tango y Cash,* con Kurt Russell. El subconsciente me había traicionado después del relato de Nico. Le ofrecí café, cerré las persianas, y a mitad de la cinta hizo un comentario. Era extraño, mi padre nunca interrumpía una sesión de cine.

—Ayer llamó tu hermano.

Me incliné y detuve el vídeo. ¿Néstor?

—Está preocupado por ti —murmuró—. Dice que pasas una mala racha. Que es por la novia que tuviste. La rubia aquella.

La rubia aquella...

—*Aita...* De aquella rubia ya ni me acuerdo. Son cosas de Néstor.

14

NATALIA

Madrid, 11 de mayo, miércoles

El mechón de cabello del buzón contenía material genético. Era cabello cortado, pero Álex insistió tanto que los técnicos volvieron a estudiarlo y hallaron una decena de pelos con raíz. Él estaba en lo cierto, su ADN se correspondía con el de Alicia. La chica de la foto era la víctima, y según la grafología, la anotación era de un psicópata.

No quería hablarlo con Álex, pero había empezado a seguirle la pista a su hermano. A estas alturas ya había logrado confirmar que Ibán Suárez había declarado escrupulosamente todas y cada una de las sumas recibidas de Néstor Brul. Aquellas transferencias podían significar cualquier cosa, pero eran legales, honorarios profesionales. Aun así, telefoneé a Julio Salas, que, con absoluta desfachatez, negó haber dejado en el mueble ningún documento a mi nombre. Era yo quien había registrado su despacho, quien había confiscado el archivador y su contenido: expedientes privados del bufete y sus clientes. Desconocía las pretensiones del abogado, pero aquellos pagos no parecían mostrar nexos con lo que de veras me concernía: el caso Alicia.

Soñaba con las fotografías del sobre de Néstor, las de las cajas. Desperdigué copias por doquier, como si el simple hecho de hacerlo me fuera a revelar su significado. La torre, dos picos, hielo gélido. Tampoco sabía si guardaban relación con el caso Alicia.

Sobre el escritorio se hallaba el mensaje. Remitente: «El asesino». Lo había leído tantas veces que me lo sabía de memoria, y de ser cierto el episodio, alguien pretendía ayudarme. ¿Quién? Barajé la opción de responder, pero preferí esperar, quizá llegaran más *mails*. Tampoco le comenté nada a Álex. Era yo quien llevaba la investigación, y su vinculación con la víctima era unívoca.

Hemeroteca. Decenas de fotocopias de publicaciones en prensa desde agosto de 2001, el día siguiente a la desaparición de Alicia. Rumores sensacionalistas, pistas falsas, suposiciones.

Dirigía tres casos más: dos asesinatos por violencia de género y un crimen de ancianas. Homicidios era absorbente. Se trabajaba rápido, se dormía poco. Yo dormía poco, quería estar a la altura, demostrar que merecía el puesto. Nueva oficina, nuevos procedimientos. Hostilidad. Yo era la advenediza, la de Bilbao, la psicóloga que va de lista y viene a impartir lecciones. Algunos temían por su silla y percibí la competencia; aún no formaba parte de aquella manada. Las instalaciones eran viejas, montones de archivadores atestados de papeles colmando baldas, sobre las mesas y las sillas. Poco espacio, un laberinto de rostros y nombres. Aquel era un terreno masculino, testosterona en el aire enrarecido. Demasiados casos, uno tras otro, entraban sin pausa. Todo era un caos, la gente se mataba en cada esquina, a cada instante. El nuestro es un país homicida: se recurre a la violencia con una frecuencia preocupante y se alardea de ello; para algunos la violencia rezuma atractivo. Homicidios y Desaparecidos. Las personas también desaparecían, como los bolis en los sofás, como horquillas y pinzas de la ropa.

Mantenía la sana costumbre de abandonar el edificio para comer. Lo hacía sola, repasando notas. Alicia empezaba a obsesionarme, y de todas las pistas que cabía seguir hubo una que creí esencial. Conocerla. Saber cómo había respirado, cómo había pensado, quién había sido.

Consulté el reloj de nuevo y dejé el cubículo; allí ni siquiera tenía despacho. Saqué un café de la máquina y me despedí de mis compañeros. No recibí respuesta. Salí a la calle y caminé hacia la boca de metro.

La cita con Pinedo era a las siete en el Círculo de Bellas Artes, y aún había tiempo por delante. Tomé la línea 8, luego la 4 hasta mi barrio. Madrid bullía, me acerqué a un quiosco y compré *El Correo*. En el portal, extraje dos paquetes del buzón; olvidé abrirlos al entrar en casa y me preparé un sándwich mientras hojeaba el periódico. A aquella hora de la tarde la luz se derramaba a raudales. Me desplomé en el sofá, había dedicado el fin de semana a decorar la vivienda y el resultado era espectacular; empezaba a ser un hogar, mis libros abarrotaban la estantería y mis pinturas ya cubrían las paredes. Plantas naturales, el sillón junto al ventanal, mi ordenador nuevo en la mesa. Salí a la terraza a otear tejados y escuchar los sonidos de la tarde en la capital. Las alegrías guineanas florecían, pequeños arbustos de lavanda y tomillo, decenas de semilleros con tomates cherri, cebollino y albahaca; solo faltaba el limonero, lo colocaría junto a las tumbonas. Me di una ducha, me cambié de ropa, seria pero informal. Vaquero tobillero desgastado, deportivas blancas y americana *nude*. Bloc de notas, lápiz afilado y un esbozo de cuestiones esenciales. Me recogí el pelo y puse rumbo a la cafetería del Círculo.

Sentado frente a mí con un vaso de whisky, el inspector Pinedo observaba el informe que tenía sobre la mesa; pidió permiso para repasarlo, se recostó en la silla y contemplé el extremo de su muñón pálido, asomando por la manga izquierda de una camisa impoluta. ¿Dónde estaría la mano? Había oído maravillas sobre él —ahora jubilado, rondando los setenta, de ojos astutos y calvo como una bola de billar—, pero solo podía juzgarlo por el sumario mediocre que le había tendido: un trabajo de treinta páginas plagado de lagunas e imprecisiones. Pinedo negaba contrariado mientras pasaba hojas con urgencia.

—Este expediente está incompleto. ¿De dónde lo has sacado?

Me lo había facilitado Brul. Y la copia de los archivos de Homicidios era idéntica.

—Este no es el original —concluyó—, no es el que yo elaboré.

Pinedo abrió su carpeta y sacó dos bloques de cuartillas encuadernadas en canutillo.

—Este es el documento. Yo no cerré el procedimiento. Un accidente de tráfico me apartó de las investigaciones tres meses después del crimen. —Tomó aire—. Alguien extrajo mi trabajo de la brigada. Por suerte, guardo una copia de los casos especiales.

—¿Especiales?

—Casos oscuros, con cabos sueltos. Inspectora, ¿por qué has retomado el asunto?

—Alguien dejó un mechón de cabello de la víctima en mi buzón. Con un anónimo.

Compartí algunas reflexiones mientras él asentía. Luego tomó la palabra:

—Todo está aquí —señaló su informe, el auténtico, y contuve el impulso de diseccionarlo—. El lunes 13 de agosto de 2001, los padres de Alicia interpusieron una denuncia en una comisaría de Bilbao. Desconocían el paradero de su hija desde el sábado día 11. Se activó el protocolo de búsqueda. La chica era menor de edad y nunca había dado problemas, los padres hablaban maravillas.

Abrí mi libreta. Todo aquello concordaba con lo que ellos mismos me habían desvelado en el hospital.

—Un par de días después se halló su ropa empapada en sangre, ya reseca. Un vestido blanco, un sostén, unas bragas... Cuando la Científica se personó, descubrió un peine, un pintalabios, un manojo de llaves, un monedero con cien mil pesetas y su documento de identidad, una caja de condones precintada y dos pares de medias en su envoltorio. Nada más.

Tomaba notas con mi lápiz del cero mientras Pinedo retrataba las primeras pesquisas.

—En los rastros sanguíneos descubrimos trazas de otro individuo, y restos de semen en su ropa interior. La Comisaría General de la Científica envió los perfiles genéticos de las muestras. Pertenecían a sujetos distintos, la sangre y el semen eran de personas diferentes.

Primera noticia, había semen en la ropa de la víctima. En lugar de mostrar mi sorpresa, avancé en el asunto de la identificación.

—¿Emplearon el sistema CODIS?

—Sí. Comparamos los perfiles de los fluidos con los de la Policía Nacional, la Guardia Civil, los Mossos, la Ertzaintza. Los restos orgánicos en la ropa de Alicia no pertenecían a ningún delincuente fichado.

Asentí. Los datos de los bancos de ADN son intercambiables entre países.

—Resultó que el perfil sanguíneo pertenecía a un ciudadano italiano amigo de la víctima, fundador de empresas de química base.

—Ennio Rossi. Leí que la descuartizó.

—E intentó destruir sus restos con ácido sulfúrico. Una carnicería.

Volví a pensar en su bolso, que no había aparecido entonces. El cepillo del pelo, los condones, las llaves... Una no carga con esas chucherías si no es en un bolso.

—Peinamos la zona con perros. Localizamos su reloj cerca del faro del Pescador. El cristal estaba partido; las agujas señalaban la una y media. Rossi lo admitió, estuvo con ella esa noche, eran buenos amigos. Decenas de testigos los vieron juntos por Santoña, paseando. Él asegura que se despidieron a la una de la madrugada.

Ennio Rossi jamás asumió la autoría del crimen. «Una trampa», repetía.

—Al año de su asesinato se halló el bolso —continuó Pinedo—. En el Nervión, con un teléfono dentro.

Un dato nuevo que añadir al de las llaves y a lo del semen. El falso informe rezaba que la sangre era de Ennio, pero ni una sola alusión a otros restos orgánicos, al reloj partido o al llavero.

Pinedo saboreaba el whisky y yo ojeaba fotos del expediente: un Rolex de acero; un bolso de Gucci empapado, podrido; un teléfono arcaico sobre la mesa de pruebas.

—¿Qué cerraduras abrían las llaves?

—Cinco de ellas eran del piso de sus padres: el portal, el buzón, la puerta de la casa, una pequeña caja de caudales y un candado. Nunca supimos la correspondencia del resto.

Tomé nota.

—El dinero..., bueno, es una cifra elevada para una adolescente. Había oído comentar que era modelo —murmuré al pensar en el *mail* del asesino.

Pinedo asintió. Alicia era modelo, y muy cotizada, según su agencia. Aún había más.

—A la una de la madrugada, las cámaras del penal registraron el paso del vehículo de Rossi. Él declaró que a esa hora ya se había despedido de Alicia, pero en las grabaciones va a su lado, en el coche, rumbo al faro del Pescador por la carretera que bordea el monte Buciero.

Pinedo me mostró los fotogramas borrosos. El perfil de Alicia en la noche del 11 de agosto. Su cabello claro, su rostro aniñado.

—A las dos de la madrugada el turismo vuelve a surgir en la cinta de regreso al pueblo. Esta vez Rossi va solo, quizá cargara el cadáver en el maletero.

—¿Y la ropa? ¿Por qué no ocultó la ropa ensangrentada?

Pinedo se encogió de hombros y pidió otro whisky con un gesto hábil mientras yo le sacaba punta al lápiz.

—Teníamos testigos, los vieron juntos por el pueblo. El testimonio gráfico de la cinta del muro del penal. Su ADN en la ropa de la víctima, sangre de Rossi y los restos de la chica. El italiano fue declarado culpable de asesinato, condenado a veinte años de prisión. Las pruebas incriminatorias eran contundentes.

Contundentes, sí, pero esos veinte años se iban a quedar en quince, porque Instituciones Penitenciarias ya había confirmado que probablemente se concedería a Rossi el tercer grado. En un par de meses volvería a la calle, y me pregunté qué pensarían al respecto Álex y los padres de Alicia.

—El juez no tuvo dudas —insistía Pinedo.

—¿Y tú?

No respondió. Examinó las fotos como si no me hubiera escuchado.

—¿Móvil del crimen? —añadí.

Pinedo se cruzó de brazos.

—El semen no era suyo —reiteré.

—Según Rossi, solo eran amigos. Pongamos que él va drogado, suben al monte y la fuerza... Forcejean, le pega. Al final la mata.

—Carga con el cadáver. ¿Y lo va troceando? ¿Teniendo el mar a diez metros?

—El cadáver habría flotado. Él es italiano, de la provincia de Enna, en Sicilia. Se habló de la *lupara bianca.*

Pinedo se quedó a la espera de mi pregunta: «¿Qué es la *lupara bianca?*». La mafia hace desaparecer los restos de sus víctimas. Literalmente. Los desintegran hasta borrar su rastro.

—Descuartizó el cuerpo, lo ocultó en algún sitio y, poco a poco, lo desenterraba y lo iba disolviendo con sulfúrico diluido en agua, para acelerar el proceso. Era químico, disponía de medios, y en un pequeño depósito hallamos distintas «secciones», por decirlo así: el torso, las piernas... Apenas llevaban unas horas sumergidas y pudimos identificar sus tejidos.

—No se recuperó el cuerpo completo.

Pinedo se encogió de hombros.

—Sus padres hablaron de misas negras —abundé.

—Se dijeron muchas gilipolleces. Que si el corazón, que si los ojos... La prensa tiene que vender periódicos. Rossi no tuvo tiempo de desenterrar todos los trozos. Lo trincamos y nunca localizamos los restos que faltaban.

Los informes de Pinedo eran extensos, precisos, documentados.

—¿Hasta qué hora se consultaron las grabaciones?

—Hasta el miércoles día 15, cuando los senderistas descubrieron la ropa.

Asentí. Pinedo continuó después de beber medio whisky de un trago.

—Interrogué a sus padres. Aquel sábado, Alicia salió de casa a las ocho de la tarde; iba al centro. No sabemos dónde estuvo, lo que hizo entre las ocho y las once, cuando se encontró con Rossi en Santoña. Horas en blanco.

—¿Cuándo advirtieron que había desaparecido?

—El domingo por la mañana. No dieron parte hasta el lunes. Raro. Su versión de los hechos fue variando. En la primera denuncia se habló de un secuestro en el propio domicilio.

Negué confusa. No era eso lo que me habían dicho en el hospital...

—En su declaración inicial, Carmen Torre sostuvo que su hija volvió a casa esa noche y se encerró a estudiar. Habló de un rapto en el piso. Luego varió su alegato: Alicia salió a las ocho y nunca regresó.

Pinedo se cruzó de brazos.

—En el instituto mencionaron a un exnovio. Alicia estaba centrada en los estudios, pero había conocido a un chico.

Según el informe, ese chico había acudido a esperarla a la salida en alguna ocasión.

—Alejandro Brul. Tu jefe en la Judicial.

Asentí.

—Interrogamos a Brul y se decretó su ingreso inmediato en prisión.

Solté el lápiz como si quemara. Pinedo fue consciente de mi sorpresa; el vaso bailaba en su mano mientras estudiaba mi reacción.

—¿No te lo había contado?

Negué muda. Sobrecogida.

—El semen de las bragas era suyo —añadió—. Estuvo con ella esa noche. Él juró hasta la extenuación que llevaba meses sin verla, que alguien manipuló las pruebas para inculparlo.

—¿Tenía coartada?

—No.

No podía creerlo. Que Álex me ocultara aquello después de adjudicarme el caso rozaba la burla. Me derrumbé en la silla.

—¿Cuánto tiempo pasó entre rejas? —me oí murmurar.

—Tres meses en prisión preventiva, pero salió limpio. Más o menos cuando yo dejé el caso. Había semen en la ropa de la víctima, pero uno no mata a una mujer por acostarse con ella...

Había abandonado mis notas y contemplaba a Pinedo anonadada.

—¿Cuántas veces lo interrogaste?

—Siete. Los careos fueron duros. Álex era un chico normal. Aún convivía con su padre anciano, había acabado los estudios de Arquitectura. Era cierto, Alicia y él habían roto, hacía meses que nadie los veía juntos.

Que nadie los hubiera visto no probaba que él dijera la verdad. Pinedo retomó su reflexión:

—Ennio la mató, pero Brul sabe más de lo que declaró en su momento. ¿Le tendieron una trampa con lo del semen? Nunca lo creí, aunque después de constatar que había desaparecido mi informe... ¿Tampoco están las pruebas?

Negué. En el depósito de la unidad no localicé uno solo de los objetos de la escena del crimen. Todo se había evaporado.

—En su día hice copia de las llaves.

Me tendió una bolsa con un llavero. Su vaso estaba vacío, y se cruzó de brazos.

—Brul estaba hundido —murmuró pensativo—. Iba de duro, pero se hallaba inmerso en una profunda fase de duelo.

—¿Y Néstor? ¿Sabe si Néstor conoció a la víctima? —pregunté con urgencia, pensando de nuevo en el *mail* del asesino.

Negó y consultó la hora en su reloj.

—Nunca tiré de ese hilo. El accidente me apartó del caso.

Le agradecí su interés, dimos la charla por finalizada. Me entregó los informes, me estrechó la mano y añadió algo más: me pidió que fuera con cuidado.

De vuelta a casa, crucé un semáforo en rojo frente al edificio Metrópolis, y estuvo a punto de atropellarme un coche. Pegó un frenazo, y me quedé paralizada por la impresión. Tardé veinte minutos en alcanzar mi portal y lo atravesé como una ráfaga. Tomé el ascensor, y al salir, al introducir la llave en la cerradura, noté que me temblaba el pulso. Estaba frenética. Irrumpí en el ático encendiendo luces, lancé el maletín sobre la mesa y busqué el número de Álex en el registro telefónico, pero no lo llamé. Suspiré hondo al imaginarlo en Bilbao, cenando con María, tranquilo y satisfecho. Sentí una punzada y entré en la cocina.

Tras una cena ligera, ya duchada y en camisón, mis ojos volaron hacia los paquetes que recogí a primera hora de la tarde, aún sin abrir.

El primero procedía de una librería de Urueña y era una edición en piel de *Psicología de las multitudes,* de Le Bon; lo había pedido hacía unos días. El segundo envío no llevaba remitente y venía de Bilbao. Otro libro. *La edad de la inocencia.* Adjuntaba una tarjeta: «Lo olvidé en casa de Nico la noche de tu despedida. Nada volverá a ser como antes, lo he fastidiado todo. Pero debes saber que me tienes aquí; cuando quieras, para lo que quieras. Siempre. Álex».

Había leído esa novela, conocía el final. Comprendía por qué había elegido ese título y no otro. Alejandro Brul era el tipo más rastrero con que me había topado en la vida; cobarde y manipulador. Mi primer impulso fue destrozar el libro, hacerlo pedazos. Pero, al sostenerlo, mi cabreo, de dimensiones épicas tras la charla con Pinedo, mutó en una tristeza honda. Me senté a contemplar la portada y, por primera vez, empecé a dudar de la sinceridad de Álex.

15

ÁLEX

La tarde fue un desastre, hacía días que dedicaba cada minuto libre a las fotografías de las cajas en la nieve. Debí haberme desentendido, aquel no era mi caso, era de Homicidios, y la jugada de Salas había dejado patente que tanto él como Néstor intentaban arrastrarme al fango de su lucha personal. Pero era superior a mis fuerzas.

Tecleaba frente al ordenador cuando apareció María con un picardías y sandalias de tacón kilométrico. Quería hacer el amor. Aquello no era habitual, pero últimamente se había obsesionado con la edad. ¿Y si fuera tarde para tener hijos? Mi padre me había engendrado a los cincuenta y tres; no había prisa. Pensé en Robert de Niro, que tuvo un hijo a los sesenta y ocho años. Llevábamos tiempo discutiéndolo, yo no lo tenía claro, pero ella en esa ocasión comentó algo de la ovulación y tomó asiento sobre mis rodillas. Dejé a un lado mi trabajo, no me apetecía follar, no tenía ganas de nada que no fuera golpear un saco, mucho menos de dejarla embarazada. Resolví echar un polvo rápido y pasar a otra cosa confiando en la providencia. Quizá me sintiera mejor y todo empezara a encauzarse.

Acaricié sus pechos. Nos besamos, la tumbé sobre la mesa y me desabrochó la camisa con delicadeza antes de manipular la cremallera de mi bragueta y comenzar a tocarme. No solía tomar la iniciativa, en la cama era pasiva, y aun así me costó excitarme; no estaba centrado, le seguía dando vueltas al asunto de la foto, a lo del *mail*, al destierro de Natalia. Suspiré con fuerza y alejé su imagen. Los pezones de María apuntaban al techo, pertinaces, y los miré sin pestañear para evitar dispersarme. «No cierres los ojos

—me repetía—, no cierres los ojos», murmuraba para mis adentros clavando en su piel mis pupilas.

Ni siquiera vi llegar el gatillazo, el primero de mi vida. María me contempló sobrecogida. Se incorporó digna mientras yo le pedía disculpas: la primavera, la boda, la jefatura en la Judicial...

—¿Te estás tirando a otra? ¿Es eso?

Celos. Una nueva faceta a la que aún me estaba habituando; como a otras que iban surgiendo. ¿Quién era María? ¿La de antes? ¿La que me hacía la vida fácil? ¿La de ahora? Quizá fuera yo el problema; atento, de pronto, a cada aspecto negativo de su carácter.

Horas más tarde fuimos a cenar a casa de sus padres. María se había aclarado las mechas, había ido al solárium, estaba más delgada, y me di cuenta de pronto, como si hiciera siglos que no la mirara. Mis suegros sorbían consomé como si aquello les fuera ajeno. Ella aludía a diseñadores emergentes, a barrios y tiendas. Y yo la examinaba como si acabara de conocerla en aquella mesa de comedor.

¿Qué habría sido de ella de no haber nacido allí? Si su familia hubiera sido la mía, o la de otro pintamonas cualquiera. Evalué sus aptitudes. Además de lucirse, sabía hacer poco. Vivía en una burbuja de cenas, inauguraciones, vestidos y zapatos; ignoraba lo que ocurría en el mundo. O al menos lo fingía bien.

Su padre la observaba y asentía. Pero le estaba hartando, así que la cortó sin contemplaciones y me preguntó cómo me iba en comisaría. «Muy bien», respondí. En realidad le importaba poco mi trabajo, yo le era tan indiferente como me lo era él a mí. Un hombre ocupado con un pesado fardo en los hombros: dirigir una de las mayores conserveras de la región.

—Habría que privatizar la Policía —sentenció—. Cada quien debería financiar su seguridad, la educación de sus hijos y la asistencia médica.

Yo no le hacía ni puto caso. Sin quererlo, de pronto, pensaba en la autoría del *mail* del asesino; me sonaba a Néstor, que coprotagonizaba la escena. ¿Y Natalia? Una semana sin saber de ella, desde la entrevista a Suárez. Consulté la hora. Quizá estuviese leyendo el libro que le envié.

—Con mi sudor, con mis impuestos, mantengo a tres familias de vagos a quienes ni siquiera conozco —siguió el padre de María.

Lo observé con gravedad. María acarició su brazo.

—*Aita*, no te acalores.

—¿Que no me acalore? ¿Sabes de dónde sale el sueldo de Alejandro? De mis impuestos, de ahí sale.

Ya me estaba hinchando las pelotas, y eso que no había atendido ni a la mitad de lo que había dicho. María estudiaba la pantalla del móvil. Su madre, mientras tanto, anunciaba que descorcharía otra botella.

—El Gobierno me obliga a pagar impuestos para donarle a mi hija una casa. ¡Una casa que es mía, lograda con mi trabajo!

La puta casa de Las Arenas a la que nos mudaríamos en otoño. Un villorrio deprimente alejado del mundo civilizado en que pudrirnos como momias. Otro foco de inéditas peloteras de las gordas, cada vez más frecuentes.

—La mayor parte de la gente acomodada ha heredado sus bienes —maticé—. No ha hecho grandes méritos.

—¿Y cómo gestionamos el patrimonio según tú? ¿Lo repartimos entre mangantes, madres solteras y parados?

Suspiré.

—Mientras se herede la riqueza, se heredará la pobreza.

—La pobreza no se hereda. Todo el mundo dispone de oportunidades.

—Papá tiene razón —replicó María sin despegar la mirada del teléfono—. El problema es la falta de emprendimiento.

Sonreí. Aquello sí que tenía gracia.

—María, es muy fácil emprender cuando papá sufraga la aventura.

Alzó la vista alarmada, claramente aludida.

—Me he currado todo lo que tengo, si lo dices por mí.

Era lo que me quedaba por oír.

—María, no se puede decir que vivas de los beneficios de tu empresa.

—Porque está arrancando —explicó.

—Lleva arrancando seis años.

Se estaba encendiendo. Me crucé de brazos y la escruté.

—Sufres algún tipo de complejo —continuó picada—. ¿Envidias mi negocio?

—¿Qué clase de negocio es ese en que se pierde más dinero del que se gana?

El tono había subido, comenzaban a saturarme la cena y la conversación.

—¿Dices que me quieres? ¿Cómo puedes querer a una persona a la que no admiras? —Golpeó la mesa con la servilleta bordada.

Bajé el tono, el volumen de mi voz.

—María, estás sacando las cosas de contexto.

—Me estás faltando al respeto.

Su madre acarició su mano, y la observé desde mi posición sin articular palabra. Me puse en pie, pedí disculpas a sus padres, que me estudiaban sobrecogidos. Di las buenas noches y me largué.

Entré en el piso, dejé las llaves sobre la mesa y dudé. Me planteé la disyuntiva con seriedad. Quizá fuera la hora, el momento de dar carpetazo. ¿Una crisis pasajera?

Quince años de intermitencias. Empezamos por inercia, Alicia era demasiado y María me lo puso fácil; sumisa, ingenua, despreocupada... No era nada importante, y la dejé tras el crimen. Una década a mi aire. Pero mantuvimos el contacto: algún café, alguna cena. María estaba ahí. Siempre. Quizá fingiendo, ofreciéndome exactamente lo que yo necesitaba entonces: una relación de baja intensidad y una cara amable.

Habíamos vuelto hacía unos años. Llevábamos dos conviviendo. ¿Por qué no? Y ahora veía el modo en que lo habíamos forzado; el amor no se pacta. Todo se desmoronaba; su careta y mi autoengaño. Edificamos con humo, y estábamos a años luz.

Me senté frente al ordenador y cerré los ojos, cansado. Recordé el gatillazo. Y la gloriosa figura del culo de Natalia que solía evocar para ponerme a tono. Volví a contemplar las imágenes: cajas «Reprobus». Por enésima vez, bajo el flexo, desafiantes. El paisaje al fondo.

Abrí el buscador. «Picos + torreón.» El rastreo me devolvió centenares de fotografías carentes de significado. «Picos + iglesia + torre.» Nada a lo que agarrarse. «Pueblo + picos + invierno.» El programa me remitió a una página, y descargué un listado de pueblos invernales con encanto: O Cebreiro, en Lugo; Santa Marina de Valdeón, León; Sotres, Asturias; Roncesvalles, Navarra; Bronchales, Teruel; Aínsa, Huesca; Potes, Cantabria; Morella, Castellón; Viella, Lérida; Sallent de Gállego, Huesca.

Localicé estampas de todos los lugares de la lista, las diseccioné escrupuloso.

A las dos de la madrugada di con la ubicación. Allí, frente a mis ojos, el torreón almenado de las fotos de Néstor.

Torre del Infantado, en Picos de Europa.

El pueblo se llamaba Potes y estaba a menos de tres horas. Consulté un mapa de carreteras y tomé notas en mi cuaderno. Agarré el teléfono, introduje la N en la agenda. Natalia. Me contuve, era tarde. Aún estaría despierta, pero no podría llamarla ni aunque fueran las once de la mañana; no quería hacerlo. Abandoné la mesa y me acerqué a la ventana.

El ordenador y el teléfono pitaron al unísono. Acababa de entrar un correo.

De: El Asesino
Enviado: domingo, 15 de mayo de 2016, 2:10
Para: Alejandro Brul Briand
Asunto: Alicia - II

Néstor escrutaba a las chicas. No era fácil decidirse, habían contratado a las mejores para su despedida de soltero. Quince hombres, veinte mujeres. Estaba anocheciendo, el Mediterráneo lanzaba destellos anaranjados. Se quitó las gafas de sol. Copas y risas, chapoteos y carne. Mucha carne, tersa y jugosa. Puede que comenzara con alguna *escort*, para ir calentando, pero le interesaban más las modelos; nunca le motivaron las empresas fáciles. Se incorporó en la cama balinesa con un whisky en la mano. Recorrió el jardín. Álex charlaba con dos *invitadas*, y Néstor sonrió: alterarle el pulso a su hermano le hacía sentir satisfecho. Álex había acudido porque era su despedida, detestaba aquellas orgías. ¿Sexo? ¿Drogas? Él jugaba en otra liga, parecía incómodo y aclaró su posición nada más aterrizar: no tenía intención de acostarse con nadie, pagar por un orgasmo no era lo suyo; le faltó añadir que aquello le parecía deplorable. Néstor rio, tenían algo en común después de todo: las putas eran para los demás, ellos eran cazadores. «Las de la pulserita blanca son modelos —le explicó—. Con esas lo tienes crudo, solo cobran por dejarse ver.»

Néstor fue al baño y se metió dos rayas de coca. Luego saludó a uno de sus socios en los Estados Unidos, a un par de peces gordos. Volvió a localizar a Álex, sentado en la hierba, junto a la piscina. Hablaba con la chica de la trenza, Alicia. Estudiaba sus dedos, ágiles, mientras ella, nerviosa, despegaba la etiqueta del botellín. El lazo de raso blanco brillaba en su muñeca pálida. Sin apartar su mirada de la escena, Néstor le dio un trago a la copa.

Un chasquido en la cerradura; María había regresado. Atravesó el pasillo, se acercó a la puerta del despacho, ¿estaba despierto? Minimicé la ventana en la pantalla. Era evidente que lo estaba. Me preguntó qué me ocurría, no entendía por qué me comportaba así, parecía violento y asqueado. Ella me amaba, apostilló. Me besó en la coronilla, añadió un «te quiero» apagado y se fue a la habitación. Maximicé la ventana de nuevo.

Néstor supo que acertó al elegirla e hizo una apuesta consigo mismo: Alicia brillaba, llamaba la atención, pero Álex tendría que conformarse con mirarla a los ojitos, porque era una pobre cría. Se alejó ufano y se perdió en el jardín.

A las diez de la mañana estaba en pie. Saldrían a navegar antes del mediodía y revisó el listado de tripulantes: doce elegidos. Incluyó a Álex, le aportaría lustre a una cubierta atestada de millonarios barrigones. Invadió la *suite* de su hermano, entró sin llamar, lo imaginó dormido entre sábanas revueltas, y así lo encontró, de medio lado, abrazado al cuerpo de Alicia. Cubriendo su piel desnuda con unos brazos de acero. Ella soñaba a su lado, con el cabello desparramado sobre las almohadas.

16

NATALIA

Madrid, 19 de mayo, jueves

Un diario. Según el informe de Pinedo, Alicia escribía un diario, pero nunca apareció. «De tapas rojas», garabateé en mis apuntes.

La Alicia que presentaba el segundo *mail* del asesino era un ser indefenso, una suerte de Caperucita moderna que se cuela en las fauces del lobo. Quise dar con la pauta, seguir el hilo de los acontecimientos. ¿Cómo pudo acabar así la muchacha de la trenza? La chica inocente de las zapatillas mojadas era la misma que desaparecía meses después. Despega la etiqueta del botellín mientras conversa con el chico guapo, y es asesinada en un monte lejano. Me estaba perdiendo algo, conocía el principio y el fin, ignoraba lo más relevante.

«¿Quién envió los correos? —anoté—. ¿Quién tiene el diario?»

Seguía pensando en Néstor, sabía que podía hacerlo incluso desde la cárcel, pero no debía descartar a Álex. En vista de los acontecimientos, no podía descartar a nadie.

Volví a leer el segundo mensaje. Esta vez sí había contestado; había redactado un texto breve, conciso: «Seas quien seas, creo que intentas ayudar. ¿Podríamos reunirnos de modo confidencial?».

Ya hacía cuatro días, y la respuesta seguía siendo un vasto silencio.

Me dolía la cabeza y me incorporé descalza para buscar analgésicos, pero no hubo modo de encontrarlos. Tomás los cambió de sitio, vino a Madrid a pasar el fin de semana y volvió a asaltarme esa asfixia... Invadió mi espacio. Fui cobarde, no supe cómo abordarlo: quería acabar con lo nuestro. Cuando regresó a Bilbao sentí alivio. Cerré la puerta a su espalda y me sumí en un silencio precioso.

Huraño, cansado. Yo proponía planes para llenar el vacío, y él volvía a recordarme el esfuerzo que había hecho. Su mente estaba en sus planos; la mía enfrascada en el caso, en la tesis, en el curso de verano. Salimos a pasear, parecíamos extraños. Tomás me pesaba. Nada más llegar se agenció el mando de la tele, el sonido estaba a tope; le molestaba la luz, cerró los postigos. Desperdigó su ropa por la habitación, impecable, viciando el aire nuevo.

No lo soportaba; el mero hecho de admitirlo me perturbaba.

Aprovechó su visita para cenar con un viejo compañero de la facultad: Miguel, Miki, ingeniero en Telefónica, que llegó con su mujer. Tomás me arrastró con él, y acudí al restaurante sin ganas. En la mesa, Tomás aludía a empresas, a materiales, a contratos y certificaciones. Aquello era un órdago, un alarde del prestigioso ámbito en que se manejaba. Yo no entendía la mitad de los términos que empleaba, pero captaba el tono en su voz, el matiz autoritario; consciente de que sus palabras sonaban a asunto importante. Tomás y su amigo se referían a un puente inmenso, a una estructura innovadora que se estaba proyectando en Queensland.

—¿Cómo lo haréis cuando Tomás viaje a Australia? ¿Irás con él?

¿Que si iría con él? Solo pensaba en dejarlo, en el modo en que lo haría.

A media cena, Tomás se dirigió a mí. Para preguntar, como quien no quiere la cosa, si no estaría bebiendo demasiado. Lo observé atónita.

—No necesito tu tutela —repliqué cortante.

Ni siquiera había agotado la primera copa de vino. Tomás estaba dolido; el fin de semana en Madrid le restaba horas a sus proyectos faraónicos. El tal Miki trató de rebajar tensiones y me preguntó por mi trabajo. ¿Cómo era un día en Homicidios? Acababan de percatarse de que en la mesa cenábamos cuatro. Miki y él no estaban solos.

Homicidios era absorbente, resumí, pero apenas pude ampliar la respuesta.

—Natalia ha ingresado en la UDEV por capricho —interrumpió Tomás—. Si su trabajo la absorbe es porque quiere.

Esa sí que era buena.

—Hay que trabajar duro mientras se es joven —repuse irónica—. ¿No es lo que dices siempre?

—Hay que trabajar duro —proclamó Tomás vehemente—. La empresa nos compensa.

—Os putean sin clemencia y os pagan una miseria.

Tomás sonrió mordaz.

—Con el tiempo subiré peldaños —aseguró.

—Con el tiempo estarás muerto.

La pareja rio divertida. Tomás negó jactancioso.

—Qué zen, Natalia. Qué bonito. Disfrutemos la existencia, alimentémonos del aire. A ver si lo comprendes, no se puede vivir sin trabajar.

Recordé a Álex. Lo parafraseé triunfal:

—Se puede matar a cualquiera, nadie es imprescindible, y se puede vivir sin trabajar.

Me observó unos instantes.

—¿Le damos a las frasecitas? Ahí va la mía. Elizabeth Taylor, *La gata sobre el tejado de zinc:* «Se puede ser joven sin dinero, pero no se puede ser viejo sin ello». —Elevó el tono de voz, la vena en su sien palpitaba—. Y soy imprescindible. La empresa se iría al garete si no fuera por mí.

Me mordí la lengua, y me ignoró el resto de la noche. Estudié a Tomás a conciencia, al Tomás orgulloso y altivo; nada que ver con el hombre lánguido que vegetaba por casa.

Monosílabos de regreso al barrio, en el ascensor, en el ático. Encendió la televisión nada más atravesar la puerta y comenzó a zapear sin cambiarse de ropa. Me largué a la cama, me quedé dormida, y volví a despertarme al intuir su silueta en la penumbra. Se tumbó junto a mí y empezó a acariciarme.

—Me has puesto muy cachondo esta noche, durante la cena.

Lo dudaba. Le había sacado de sus casillas, que no era lo mismo. Lo aparté, porque era un sinsentido. No pareció importarle, se durmió pronto, y yo me desvelé. Minutos más tarde vi entrar el *mail* del asesino, sentada en mi mesa. Aquel fue mi sábado de gloria.

Ya era jueves y seguía atascada. Estaba en la misma mesa, con las mismas notas, meciéndome en la silla giratoria.

Álex me telefoneó el domingo, pero dejé sonar el aparato como si aquello no fuera conmigo. Desde la charla con Pinedo, dudaba de él y estaba hecha un lío. Demasiadas incógnitas. Los fotogramas del vídeo del penal de El Dueso, el mismo en que se hallaba Néstor, me levantaron dolor de cabeza: se admitió sin vacilaciones que la rubia que viajaba con Ennio era Alicia. Pero no tenía por qué serlo, no dieron con restos biológicos en su coche. ¿Cómo transportó el cadáver? ¿Y el bolso de Alicia? ¿Por qué apareció en el Nervión?

La coleta. Decenas de pelos con raíz en un mechón cortado. ¿Se arrancaron de modo deliberado? ¿Después de asesinarla y antes de sumergirla en ácido? ¿Quién lo hizo? ¿Por qué ahora?

La última cuestión se refería a Álex, a su ingreso en prisión. Recurrí a la ley para despejar mis dudas. ¿Puede acceder al Cuerpo un individuo que pasa trece semanas en la cárcel? Aquello tuvo carácter preventivo, no había cumplido condena porque no fue declarado culpable, y sin pena no hay antecedentes. Y aun así, alguien sospechó de él hasta el punto de encarcelarlo. ¿Cómo fueron esos meses? ¿Quién fue aquel Álex?

Salí a la terraza y fijé la vista en luces lejanas. Me senté en la tumbona tiritando bajo el cielo estrellado de Madrid; estrellas desvaídas de brillo mortecino. Era tarde, tenía que madrugar, pero el caso seguía danzando en mi cabeza.

Mis músculos se relajaban, pero me sobresalté de pronto; había sonado el timbre. Nadie llama a esas horas si no es por algo urgente. Me incorporé y atravesé las estancias envuelta en una manta. Observé por la mirilla y abrí atónita.

—¿Qué haces aquí?

Tomás en el rellano, pálido, ojeroso, despeinado; con la camisa arrugada por fuera del pantalón. Madrugada del jueves, el viernes era laborable. Dejó caer su bolsa, encendí las luces y me observó inquieto.

—Di algo, Tomás, ¿qué ha ocurrido?

Se derrumbó en el sofá con la vista fija en la orquídea de la mesa.

—Que estabas en lo cierto.

Tenía que referirse a nuestro intercambio de pareceres el sábado en la cena.

—¿Has dejado el trabajo?

Negó, sostuvo un vaso de whisky vacío, el mismo que yo había apurado hacía unas horas, y jugueteó con él sin mirarme.

—Un ERE. Me han despedido.

Me senté frente a él apartando la manta.

—El director general me reclamó esta tarde —explicó—. Soy un iluso, Natalia, creí que iba a anunciarme el ascenso. Y me suelta que no pueden asumir mi renovación.

—Han fichado a alguien más joven, ¿no? Alguien que haga tu trabajo por menos dinero.

Nada que me sorprendiera. Hacía meses que Tomás no veía un telediario, había vegetado en el limbo y despertó esa tarde a golpe de finiquito.

—Yo mismo entrevisté a mi sustituto, un chaval fantástico. —Suspiró y negó con la cabeza—. Ha sido mi ayudante hasta hoy.

Tomé aire agotada.

—¿Y qué haces aquí? —repetí.

La pregunta se disparó sola, se pronunció sin filtro, apenas me percaté de lo mal que había sonado. Tomás me miró a los ojos por primera vez esa noche.

—¿A dónde querías que fuera? Cuando llegué a casa, en Bilbao, sentí como si me cayera el techo encima.

Extrajo la liquidación del bolsillo, me la tendió. Observé la cifra.

—¿Te van a largar con esta miseria? ¿Esto es legal?

Se encogió de hombros. Qué sabía él, si solo conjugaba el verbo «trabajar». Sentí pena, parecía un perro apaleado. El vaso vacío aún danzaba en sus manos, y le di la espalda para tomar la botella. Llené su vaso, me dio las gracias, se lo llevó a los labios y suspiró.

—Tomás, con tu experiencia... conseguirás otro empleo.

—¿Para que me exploten cinco, diez años? Nadie va a valorarme.

—¿Y qué vas a hacer? ¿Montar tu propia empresa?

—Vamos a vivir.

«¿Vamos?» Me revolví inquieta, el yo se transformó en nosotros. El yo de los proyectos, de los viajes, de los contratos. Observé la carta de despido sobre la mesa.

—Quiero hacer un viaje, ese viaje a Japón del que hablas. Me mudaré aquí, patearemos juntos Madrid, nunca he estado en el Prado...

¿El Prado? Yo ya lo conocía de memoria y el viaje a Japón ya se había organizado; que él no lo supiera era otro asunto. Había conducido durante horas, estaba confuso, y pensé que no era momento de plantarle los pies en la tierra.

—He reflexionado en la carretera, ahora soy consciente de que eres lo más importante. Debería estar celebrando mi cese.

Negué. La noche estaba siendo demasiado larga.

—Tomás, si telefonearan para comunicarte la readmisión, perderías el culo. Correrías al coche para hacer el camino de vuelta y llegar a tiempo de recibir la palmada mañanera del viernes.

—Eso no ocurrirá.

Ahí radicaba el problema, en que eso no ocurriría. Después de condenarme al ostracismo durante meses, Tomás iba a engullirme.

—Nunca he sido lo primero —añadí—. Tú mismo lo has reconocido, hasta esta noche no lo he sido.

—Porque he estado ciego.

—¿Y qué pasa conmigo? ¿Qué ocurriría cuando era yo quien llegaba al piso y lo encontraba vacío? ¿Cuando era a mí a quien se le caía el cielo encima?

—El techo.

—El techo, o el cielo, o lo que sea, Tomás. Soy las sobras de...

—¿Cómo puedes decir eso? He cometido errores, no lo voy a negar. Pero nunca he dejado de quererte. Te admiro, me encantas: cómo hablas, cómo te mueves. Ahora mismo te estoy viendo ahí sentada, con el pelo suelto y ese camisón y... Ojalá estuvieras en mi cabeza para entender lo que me haces sentir.

Tenía más que suficiente con estar en una cabeza, en la mía. Lo imaginé organizando mis cajones, preparando el desayuno en mi cocina. Sentí un nudo en el estómago, no podría soportarlo.

—Me voy a dormir, Tomás. Mañana hablaremos. No tendrás un analgésico, ¿verdad?

Se incorporó con un suspiro y extrajo de su bolsa de viaje mi caja de comprimidos; al fin conocía su paradero. Abrí el sobre y me lo vacié en la boca. Bebí del vaso de whisky para hacerlo pasar.

—Eso no se toma con whisky —murmuró.

Ni siquiera respondí. Me iba a la cama. Cerré la cristalera y apagué el flexo mientras Tomás me seguía con la mirada. Tenso y pensativo.

—¿Quieres que me marche, Natalia?

Tragué saliva, un regusto a menta y alcohol recorrió mi esófago.

—Ya no quiero esto. Llega tarde. Me he habituado a estar sola.

Se llevó las manos a la cabeza.

—Llevas aquí unas semanas, no te puedes haber acostumbrado a nada.

—Llevo sola mucho tiempo. Ya estaba sola en Bilbao. Ni siquiera...

—Sí, lo sé —levantó la voz—, ni siquiera nos acostábamos. ¿No te cansas de repetirlo? —Golpeó la mesa con el puño—. ¿Esperabas a esto para darme la estocada final?

—No dramatices...

—Claro que dramatizo. Si he sido tan malo, si estabas tan a disgusto, ¿por qué no me dejaste? ¿Lo haces ahora?

—Teníamos problemas, pero te quería —admití.

—Eres una hipócrita.

Tomás se incorporó; el vaso rodó por el suelo. Cogió la bolsa y se dirigió al vestíbulo. Temblaba iracundo, se iba. No sé en qué momento rompió a llorar. Tomás estaba llorando, nunca lo había hecho antes, y me interpuse entre su cuerpo y la puerta.

—Tomás, vamos a hablarlo, no te marches así.

—Me estás echando. Dímelo claro, admite que no me quieres, Natalia.

—Es que sí te quiero.

Dejó caer la bolsa y nos abrazamos. Percibí su calor. Olía al Tomás de siempre, al de hacía años. Pero yo ya no era la misma, mi piel mudó en el camino.

Me apartó. Se secó los ojos, sin mirarme, y añadió que lo sentía.

—Regresaré a Bilbao mañana, a primera hora.

—Será mejor que nos demos una tregua; un tiempo, a ver qué pasa.

Asintió con mirada vidriosa. Lo esperé en la cama mientras se duchaba y parecía más tranquilo cuando se zambulló entre las sábanas, pero el nudo continuaba atenazándole la garganta. También yo lo notaba, un amasijo de culpa tenso y doloroso, en el fondo de mi esófago.

—Natalia, necesito saberlo... ¿Hay alguien más?

Lo contemplé en silencio con la sien sobre la almohada.

—¿Has conocido a alguien aquí, en Madrid? —reiteró—. ¿Hay otro tío?

Me llamó la atención que repitiera lo mismo de tres formas distintas.

—Ya lo has visto, mi cama está vacía.

—Sé que no hay nadie en tu cama. ¿Y en tu cabeza?

Lo miré fijamente.

—No, Tomás. No hay nadie.

Él se incorporó, como si esperara más.

—Jamás he estado con otro mientras estaba contigo —añadí.

Era cierto, pero no era eso lo que me estaba preguntando.

—Voy a recuperarte, Natalia. Lo sé.

Fue lo último que escuché esa noche antes de quedarme dormida dándole la espalda.

17

ÁLEX

Bilbao, 23 de mayo, lunes

Una de la tarde. Al fin llegaba el informe del laboratorio, aunque estaba seguro de que en Homicidios recibieron mucho antes los datos: no cabía duda, el cabello del sobre pertenecía a Alicia, y quien lo hubiera dejado en el buzón de Natalia pretendía que lo supiéramos.

Descolgué el auricular para llamarla, pero volví a bloquearme. No respondería, identificaría el número de comisaría. Suspiré irritado mientras recordaba a la Alicia retratada por el segundo *mail* del asesino, la de aquella noche en Niza. Sin apenas conocerla, hice el amor con la chica de la trenza. Fue tierno y excitante, la quise nada más verla con el botellín de cerveza en la mano. Hubo muchos testigos de esa escena, pero solo Néstor nos encontró en la cama. Era él, no podía ser otro quien enviara los mensajes. Había intentado rastrear el origen, pero la IP estaba cifrada. Estuve tentado de responder: «¿Por qué haces esto, Néstor? ¿Quieres acabar de desquiciarme?». Me contuve. No iba a entrar en su juego, pero la idea calaba y me iba minando: había querido a Alicia, luego dejé de quererla y ahora me sentía culpable.

Lunes de sur. Era la hora de comer, y de haber estado Natalia habríamos ido a Larruzz. Pero Natalia no estaba, así que comería solo, en cualquier sitio. Volví a descolgar el teléfono y esta vez no dudé. No marqué su número personal: Brigada de Homicidios, Madrid. Recorrí el despacho.

—Anatómico Forense —mentí—. Necesito hablar con la inspectora Herreros.

Enseguida escuché la voz de Natalia. Contuve la respiración.

—Soy Brul. Tenemos que hablar del caso.

Recordaba cómo nos habíamos despedido y en parte la comprendía, pero aquello era absurdo. Cerré los ojos y confié en que no colgara. La imaginé en su mesa, impecable; camiseta blanca, cabello recogido, un lápiz del cero bailando en sus dedos.

—Iba a salir a comer —la escuché—. Me están esperando. En un rato te llamo.

«Me están esperando.» Menos de un mes en Madrid y ya había encontrado compañeros de mesa... No me llamaría en un rato, no me llamaría nunca.

—No he contactado a título personal —anuncié—. He telefoneado al despacho de la inspectora Herreros, no a tu móvil. Hablas con el jefe de la Judicial de Bilbao. No puedes colgar como si nada.

Contundente, agresivo.

—Eres un hijo de puta.

Lo que me faltaba por oír.

—Basta, Natalia —levanté la voz sin quererlo—. ¿Estás mal de la cabeza?

Percibí un estampido al otro lado del auricular, quizá descargara su frustración a patadas contra la mesa.

—¿Sabes lo que he descubierto, Álex?

—Lo que sé es que me llega la información con retraso, que el cabello es de Alicia y no he tenido constancia. Debiste llamarme.

—¿Información? ¿Me hablas de información? ¿Precisamente tú? Entrevisté a Pinedo hace días. Horas de charla... ¿Sabes de lo que te hablo?

Iba a replicar, pero comprendí de pronto. Cerré los ojos, noqueado. Mis meses en prisión, los noventa días de penumbra.

—Joder, Natalia... Lo siento...

—No te he pedido que me digas que lo sientes. Estoy cansada de oírlo.

Me derrumbé en la silla, la hice girar hasta enfrentarla a la ventana. El sol fundía las calles y Natalia estaba furiosa, pero prefería esa actitud al silencio de las últimas semanas. Tragué con dificultad, aquello no iba a ser fácil.

—No pretendía ocultártelo. Al salir me esforcé por borrarlo de mi memoria. Solo eso. —Suspiré—. Estuve en la cárcel. Tres meses, prisión preventiva. —Hice una pausa. Admitirlo a esas alturas equivalía a no decir nada; debía apostar algo más—. Fui sospechoso.

Temían que destruyera pruebas y el juez decretó mi ingreso en la cárcel. ¿Sigues ahí?

—Sigo aquí.

Supe por su tono que estaba harta. Más tranquila, pero harta. Continué hablando, relajé el tono, moderé el volumen mientras despachaba la confesión completa. La imaginé de nuevo, recostada en su silla, con la cabeza del lápiz en la sien.

—No tenía coartada —añadí.

Recordé a Pinedo golpeando la mesa con el puño durante los interrogatorios.

—Hay más, Natalia. —Me demoré antes de seguir—: Hallaron semen en la ropa interior de Alicia. Y era mío.

Mi semen en sus bragas, su cuerpo mutilado; ropa entre los árboles, empapada en sangre. Su cabello cortado y Alicia muerta. Por mi culpa.

—¿Por qué no me lo contaste?

Había estado a punto de hacerlo. Decenas de veces.

—Verse implicado en eso no es algo de lo que uno se sienta orgulloso...

—Pero a mí, Álex, a mí. Pensé que confiabas en mí.

—Confío en ti. Créeme, más que en nadie.

Y era cierto, pero era tarde para arreglarlo.

—Necesitaba esa información —apuntó—. Cuando Pinedo me lo dijo, yo... ¿sabes cómo me sentí?

Se había sentido como una imbécil, pero el único imbécil era yo. Me puse en pie esperando a que siguiera. Expulsé todo el aire y volví a murmurar que lo sentía; que lo lamentaba mucho. Pero ella colgó. Al instante, mi móvil empezó a vibrar. Natalia, desde su número personal, en la pantalla.

—No quería seguir por la línea de la Policía —explicó—. Graban las llamadas y no confío en nadie.

Caminaba por Madrid, ruido de ciudad. Su actitud rozaba la paranoia, pero no la cuestioné.

—¿De dónde salió el informe que me pasaste? —añadió sin dar tregua.

—Ya estaba en la Judicial cuando tomé las riendas de la jefatura.

—Pues era falso.

—Lo enviaron desde Homicidios... No había motivos para desconfiar.

Natalia estaba en lo cierto, en ese dosier no se decía una palabra de lo del semen ni de mi ingreso en prisión.

—¿No te extrañó todo eso?

Me estaba interrogando como a un caco de barrio, pero la conclusión era clara: existía otro informe, el auténtico. Pinedo guardaba la copia y ahí constaba todo.

—Tus declaraciones, Álex. Letra por letra.

Sabía a dónde quería llegar, lo que estaba pensando antes de disparar, como un tiro seco, la siguiente cuestión:

—¿Quién hizo desaparecer ese informe?

—Se custodiaba en Homicidios. Tus nuevos compañeros podrían saberlo.

No quiso captar la ironía.

—¿Por qué alteraron su versión los padres de Alicia?

Mi memoria estaba desenfocada, aquellos meses fueron penosos. Alicia asesinada, yo en prisión; una bruma grisácea emborronó cada uno de los días que sucedieron al 11 de agosto. Quise morir cada minuto de cada hora. Fue mi hermano quien tomó el timón. Un nudo atenazaba mi estómago y ni siquiera pude responder.

—Natalia, no puedo explicar esto por teléfono, pero tengo que hablar de ello. ¿Vendrás este fin de semana?

Silencio. De haber sido un no rotundo, habría sido inmediato.

—No sé si quiero volver a verte, Álex.

Suspiré con impotencia.

—Debo colgar. Está entrando una llamada urgente. Te llamaré. —Cortó la comunicación y me quedé paralizado con el móvil en la mano.

No pude decirle lo de las fotografías en la nieve, ni me dio opción a confesarle que detestaba a Pinedo, que aborrecía a aquel hombre de mirada siniestra. Aprendí mucho de él, aquellos interrogatorios fueron la mejor escuela para un futuro inspector jefe. Empleaba sus tácticas siempre que me enfrentaba a un sospechoso, evocaba su mirada gélida, allá por 2001, sus gestos, su tono cáustico. Pinedo era un buen policía, pero no pudo sacarme más que lo que quise ofrecerle. Y no me gustaba. Era algo visceral que no sabía expresar con palabras.

La cárcel. En mi memoria, sepultadas, se hallaban trece semanas de reclusión. Aprendí a evitar las imágenes, los recuerdos del penal de A Lama, en Pontevedra, pero de nuevo, de pronto, me invadían furtivos, como un torrente indómito.

Tomé asiento frente al ordenador y le envié un correo a Natalia. En él desgranaba los resultados de mi viaje a Potes tras el rastro de unas fotos antiguas; las de las cajas.

Una villa medieval perdida entre montañas a tres horas de distancia. Accedí al valle por un desfiladero y allí exploré calles de piedra. El aire era puro, la luz intensa y las montañas se alzaban cercando el perímetro del pueblo. Pregunté en bares y comercios, y di con la respuesta en la residencia de ancianos: muchos lugareños de edad elevada recordaban a un grupo de personas que se había reunido cada primavera, año tras año durante décadas. ¿Con qué fin? Lo ignoraban, pero estaban relacionados con un almacén cercano, en Turieno. De las instalaciones, cada día, habían entrado y salido cajas. Y todas llevaban aquella inscripción idéntica a la de las fotos: «Reprobus».

El grupo se alojaba en una casa de las inmediaciones, nadie sabía en cuál. Pasaban allí una semana, hablaban un idioma extraño. No había nombres, procedencias, ni más datos que los que perduraban en la memoria de esas gentes. Los forasteros llegaban, días más tarde se iban. Apenas se dejaban ver, pero cuando lo hacían se reunían con el cura, con el alcalde y la Guardia Civil. Los encuentros se interrumpieron a finales de los setenta. Aquellos hombres se esfumaron, arrollados por el devenir de los tiempos. Su imagen se fue difuminando, el almacén quedó abandonado y cesó el trasiego de cajas.

Cerré el *mail* a Natalia con «un fuerte abrazo» y volví a la calle. Fui a pie a Deusto, recorrí alamedas vacías pintadas de luz amarilla, buscando sombra bajo las cornisas y pensando en Néstor: él era el nexo entre esas fotos antiguas y la de Alicia. Estaba de permiso y necesitaba verlo.

Mi hermano me recibió con la cara embadurnada en crema y un cigarro en los labios. Camiseta de tirantes, calzoncillos, calcetines con chanclas. Ni siquiera bromeé, le di las buenas tardes y pasé al salón. Tenía a tope el aire, las cortinas de par en par enmarcando el Nervión, sus puentes y el Guggenheim. Olía a café recién hecho, a cera depilatoria, a dinero ganado a espuertas. Me desmoroné en el sofá kilométrico y observé las pinturas de las paredes. Ahí calculé otro millón.

—¿Quieres un whisky, una ginebra...?

—Un café está bien.

Se encogió de hombros y abandonó la estancia. Me levanté del sofá y lo seguí. Su cocina era tan grande como el piso del *aita;* nunca hasta entonces me pareció tan inmensa. Extrajo una lata del armario y colmó el filtro de la cafetera italiana. Estuve tentado de preguntarle por los *mails* del asesino. Me contuve y volví a recordar a Alicia aquella noche de Niza.

Estudié sus gestos cruzado de brazos. Enroscó la pieza de la cafetera y le dio una calada al cigarro. Tomé asiento mientras él manipulaba la vitrocerámica. La mascarilla endurecida agrietaba su cara.

—¿Qué te ha pasado, bobito? —preguntó como si tal cosa, sin siquiera mirarme.

Era evidente, me había sucedido algo, pero ni yo mismo sabía el qué.

—No estás bien, ¿eh? —siguió—. Eres transparente, te conozco como si te hubiera parido.

—Casi. Fuiste mi padre y mi madre.

No había ironía en mi réplica. Suspiré con un nudo en la garganta, a punto de echarme a llorar. Hacía años que no lloraba. Néstor me estudiaba apoyado en la encimera, con un trapo sobre el hombro. Dio una última calada antes de aplastar el cigarro en la pila; sin miramientos, con una brutalidad absurda.

—Estás jodido, ¿eh?

Me propinó una palmada en la espalda y se sentó a mi lado en la barra. Esperaría a que fuera yo quien hablara. Sus habilidades sociales eran, después de todo, mucho mejores que las de cualquiera.

—A las nueve cojo un tren a Madrid —declaró ufano—. Regresaré a El Dueso el domingo. Me he quedado sin gerente en El Principado, el casino de la Castellana.

Asentí desganado. Me recitó las dificultades para dar con un buen sustituto. La cafetera borboteaba y Néstor la apartó de la vitro. Fuimos al salón y aprovechó para servirse ginebra con medio limón exprimido. Encendió otro cigarro.

—¿Por qué no te lavas la cara, Néstor? La mascarilla ya está seca.

Se largó con el vaso en la mano y regresó al rato. Las chanclas producían un chasquido espantoso sobre el suelo de roble macizo.

—No te agobies, bobito. —Me dio un apretón en el hombro antes volver a sentarse—. Es el viento sur. Mañana estarás mejor.

—No es el sur, Néstor.

—Lo tienes todo: juventud, atractivo, cultura. Puedes lograr lo que quieras. ¿Me has oído? Ojalá pudieras observarte desde fuera.

Tenía que verme bien jodido para estar soltando tanta lisonja.

—Néstor, sé que estás indignado conmigo. Por lo de Alicia. Solo quiero que sepas que yo no la maté.

Me observó ceñudo, soltó una calada de humo rosado.

—Lo sé, Álex. Nunca sospeché de ti.

—Jamás me preguntaste si estuve con ella esa noche.

—Ni lo voy a hacer ahora —sostuvo—. No es asunto mío con quién te acuestes. Sé que no la mataste y eso me basta.

Le di un trago al café antes de seguir:

—¿Cuánto sabes? ¿Hasta dónde llegaste? —No respondió—. ¿Cómo me sacaste de la cárcel?

Néstor le pegó un lingotazo a la ginebra antes de volver a mirarme.

—Álex... Para mí eres más hijo que mis propios hijos. Hice lo que tenía que hacer.

—¿Apartaste a Pinedo del caso? ¿Provocaste su accidente?

Se incorporó con el vaso en una mano y el cigarro en la otra.

—Álex, se te está yendo la cabeza... ¿Crees que soy Pablo Escobar? —Rompió en carcajadas—. Pinedo le daba al tinto. No tuve que ver con eso.

—Pero lo presionaste.

Negó y cambió de tema.

—Puede que no lo recuerdes, estabas ido —murmuró reflexivo—. Las pasaste putas en el penal. Te agredieron al llegar.

—Lo recuerdo —atajé.

—Los presos detestan a los asesinos de mujeres... Luego empezaron a temerte, sabías defenderte. Sufrías una depresión de caballo. ¿Pretendías que me quedara de brazos cruzados?

—No creo que estuviera tan mal.

—Qué sabrás tú, bobito. No tienes idea de nada.

Se incorporó, me dio la espalda, y aposté cuántos segundos tardaría en sacar un nuevo tema que rebajara el tono de la charla.

—¿Cómo te va por comisaría? —improvisó.

—En unos días me suspenden.

—¿Y la inspectora Herreros? ¿Qué tal sin ella? —Intuí un matiz socarrón en su pregunta—. Me han dicho que está en Homicidios —siguió Néstor, aún de espaldas—. Ha detenido al mataviejas de Chamberí.

—No he oído nada.

—También ha resuelto lo de la desaparición del empresario sevillano.

—¿Tienes contactos en Homicidios? —tanteé.

—Tengo contactos en todas partes, como debe ser.

Natalia. Dos casos resueltos en menos de un mes. Me habría impresionado de no haberla conocido como lo hacía. Néstor redobló su asedio:

—¿No te ha telefoneado para contártelo?

—Seguí tu consejo, la saqué de mi vida. Yo organicé su salida de la Judicial. Para que luego digas que no te escucho.

Se lo pensó antes de replicar. Volvió a tomar asiento frente a mí.

—Estás hecho polvo, Álex. No sé si fue un buen consejo.

—No lo fue. Te lo puedo asegurar. —Fui yo quien se incorporó entonces. Tenía que desahogarme—. No dejo de pensar en ella.

—Díselo.

—No responde a mis llamadas.

—No es una chica fácil. Tendrás que secuestrarla. —Sonrió—. Unas cuerdas, cinta de carrocero... La sientas en una silla, bien amarradita, y se lo explicas. Pero primero aclárate. Para según qué cosas eres un veleta. —Volvió a llenar su copa y me preguntó por la boda.

—María está en Biarritz.

—¿Con el otro? —apuntó.

Le lancé una mirada gélida. Le hablé de la cena con sus padres, de la discusión y los reproches...

—Imagino que en los últimos años has pasado más tiempo con los amigos de María que con los tuyos. Yo me iría agenciando un grupo de divorciados para volver a salir de caza.

—No me gusta cazar.

—Y un huevo, Álex. A todos nos gusta cazar, mantén la licencia al día. —Sonrió—. Me refiero a la caza del conejo.

—Sabía a qué caza te referías.

—Oh, claro, que el señor solo acecha pumas en peligro de extinción, animales exóticos, bellos felinos salvajes... Siempre fuiste un crío tozudo, desde bien pequeño eras muy burro. A padre le costó meterte en vereda.

—En cuanto a lo de burro, tengo a quien salir.

—Te morirás haciendo las cosas al revés, Álex. —Tomó aire—. O no haciéndolas, que es aún peor —remató.

Sabía ponerme las pilas. Me sentía mejor y decidí aceptar esa ginebra. Me la sirvió en vaso de tubo, con su limón y su pimienta. Añadió hielo y resolví aprovechar mi visita.

—Hace unas semanas interrogué a Ibán Suárez.

Néstor puso cara de circunstancias. Se reclinó en el sofá y cruzó las piernas.

—Me relató una historia muy extraña —apunté—. Y pensaría que sois amantes —bromeé—, pero luego lo he descartado. Por cierto, ¿quién es Ángela?

—Una amiga.

Se rascó la cabeza incómodo y carraspeó mientras tomaba otro cigarro y lo encendía con el Zippo. Le había puesto nervioso.

—¿Ahora te haces amigo de tus putas?

—Es mi vida privada. Yo no me meto en la tuya, tú no te metes en la mía.

—Es que sí te metes en la mía —repliqué.

Resopló.

—Volvamos a Suárez. Es mi psicólogo. Ya está. —Iba demasiado rápido, desviaba la mirada jugueteando con el mechero.

—Néstor..., en una ocasión me explicaste lo que opinabas de los psicólogos.

—Que son vendedores de humo —admitió—. Precursores del conformismo. Y ante una crisis vital solo cabe dar un giro, prenderle fuego a todo para regenerar el terreno.

—¿Por qué acudes a uno, entonces?

—Porque sufro un trastorno múltiple de la personalidad.

Sonaba aún más absurdo en su boca que en la de Suárez, y rompí en carcajadas sinceras. Néstor hizo un esfuerzo por contenerse, pero acabó riendo conmigo.

—¿No vas a confesar la verdad?

—Eres poli. Investiga, bobito, así te entretienes y mantienes la mente activa.

Néstor debía prepararse para coger el tren, pero volví a insistir en un viejo asunto pendiente: las imágenes antiguas de las cajas en Liébana.

—Así que has investigado, sabes dónde se tomaron. No pierdas el tiempo, Álex, es material para mi novela.

—Llevabas otra foto en el sobre: la de Alicia. ¿Por qué?

—Porque sí. Alicia no tiene que ver con eso. Ella no es el centro del universo. —Me tendió unas llaves antes de irme—. Esta vivienda está vacía. Puedes quedarte aquí si decides dejar a María.

¿Dejar a María? ¿En qué momento había hablado de dejar a María?

—Eso no va a suceder.

Néstor me desafiaba con el llavero en la mano. Sonrió. Desvié la mirada. Lo cogí y lo guardé en el bolsillo antes de entrar en el ascensor.

18

NATALIA

Bilbao, 24 de mayo, martes

Cinco de la mañana. Sonó el despertador. Tardé en ubicarme, me incorporé, el pelo me cubrió la cara. Acaricié la almohada y recordé que estaba en Bilbao.

Había reservado una habitación para no fumadores, pero las sábanas del hotel olían a tabaco. Aún era de noche, el viento había virado y con él llegó la lluvia. Oía los embates del aire, el chasquido crudo de las gotas en los cristales.

Salí a trompicones de la cama templada y entré en el baño a oscuras. Había dormido tres horas, sentía un abejorro zumbando en mi cabeza. Luces en la madrugada, lluvia barriendo las calles. No era el día apropiado para un rastreo, para cavar junto al Cantábrico.

La información llegó la tarde anterior. Una llamada anónima consignó un mensaje para la inspectora Herreros: los restos ilocalizados de Alicia estaban en el cabo Billano, en Górliz, sepultados en algún punto cercano al faro. Una serie de coordenadas GPS delimitaba el perímetro para dar con el enterramiento. Eso fue todo, un comunicado conciso, pronunciado por una voz modificada electrónicamente.

La ducha fue corta, estaba destemplada. Extraje mi ropa de la bolsa de viaje preparada a toda prisa la tarde anterior en Madrid. Vaquero, botas de agua, camiseta y chubasquero. Ojeras y migraña. Los analgésicos ya no me hacían efecto, y en las últimas semanas había pasado a mayores: triptanos, medicación potente formulada para el dolor extremo. Doblé la dosis recomendada sentada en la cama deshecha mientras pensaba en Álex.

Lo había telefoneado al aterrizar en Bilbao. Aún era responsable de la Judicial, y lo menos que podía hacer era avisarle de la batida. Pese a todo, omití parte de la información: Homicidios enviaría a un responsable desde Madrid; no le aclaré que esa persona era yo.

Cinco y media de la mañana. Nico Puente y el subinspector Cortés aparcaron en la entrada del hotel. No esperaban encontrarse conmigo, buscaban al inspector de Homicidios para acompañarlo a Górliz. Lancé mi mochila al maletero rogándole a Nico que me cediera el volante. Lo hizo encantado.

El zumbido en mi cabeza se apagaba, su eco se desvanecía al compás de las primeras luces, furtivas, entre nubes negruzcas.

Los técnicos de la empresa de georradar nos aguardaban cuando llegamos a la playa vacía. A las seis en punto aparecieron dos forenses del Instituto de Medicina Legal y el secretario. El oleaje era intenso, el viento feroz, y mi vista se perdió en los muros de un edificio cercano al otro lado del aguacero.

—Ahora es un hospital, pero fue un sanatorio para tuberculosos —explicó Cortés siguiendo mi mirada.

Dos patrullas de la Guardia Civil acordonaban la zona. Veinte minutos a pie —cierre del paso rodado por desprendimientos— y un centenar de metros de desnivel nos separaban del cabo Billano. El ascenso fue duro, las nubes bajas, el calzado se hundía en el barro.

Aquello era un sinsentido. La empresa de Rossi estaba en Bilbao, junto a la ría. ¿Por qué iba a enterrar los restos tan lejos de su centro de operaciones? Un golpe de aire destrozó mi paraguas, que se perdió volando al otro lado del abismo. Nico y Cortés intercambiaron una mirada sarcástica. Lluvia, solo era agua. Moja y luego se seca. Me calé la capucha, estudié las coordenadas y supe que estábamos cerca. Tras la cortina de agua se mecía un islote, inmerso en el mar salvaje. El faro se alzaba soberbio, a la izquierda.

Pusimos en marcha el rastreo, se acordonó el terreno.

Un enterramiento deja rastro. Altera la vegetación, brotan plantas distintas. Si la inhumación es reciente, el cadáver se hincha, abomba el terreno. El hundimiento denota estadios posteriores de putrefacción.

—Hay señales.

Calado hasta el tuétano, Nico Puente se inclinaba sobre una oquedad. Estaba en lo cierto: ya se habían empleado pivotes para marcar el sector.

—Esos pivotes son nuestros, son de la Policía. ¿Quién ha estado aquí?

Con el rostro helado y los dedos ardiendo miré en derredor. Advertí el faro e indiqué que comenzaran sin mí, volvía en unos minutos. Caminé hacia allá perdida en los bramidos del oleaje. No habíamos estado atentos, no reparamos en los coches del aparcamiento...

La atalaya se elevaba imponente, a lo lejos. Costaba avanzar contra el viento, pero no fue preciso alcanzar el faro. Madruga tanto como quieras, siempre habrá alguien despierto mientras duermes.

Álex se hallaba de espaldas. Nadie más habría quebrantado el protocolo para señalizar el área por su cuenta. Ni siquiera me oyó acercarme, centrado en lo que fuera que estudiara, acuclillado en el barro. El temporal amortiguó mis pasos. Así, como me encontraba, a menos de cinco metros, podría haberle descerrajado un tiro en la nuca y ni siquiera se habría enterado. Desconocíamos quién llamó a Homicidios, podía ser una trampa organizada por cualquiera.

Se incorporó de repente, sobresaltado. En un mismo gesto sacó la pistola y me apuntó con ella, tan rápido que me dejó helada y llevé la mano al pecho para agarrar la culata de mi arma reglamentaria. Tarde. Su índice en el gatillo, casi pude verlo resbalando bajo el dedo. Intuí el brillo de la punta plomiza, la bala al fondo del cañón, dispuesta a atravesarme.

Me reconoció a tiempo.

Bajó el brazo, me leyó el pánico en los ojos. En los suyos, una mezcla de sorpresa y alivio. Su pistola produjo un chasquido seco al caer en el barro. Había faltado poco.

Me senté en la hierba y acerqué la cabeza a las rodillas. El corazón me latía frenético y no oía la lluvia ni las olas, nada que no fuera mi pulso; ajena a la tormenta, en un lugar estanco donde nada malo ocurría. Durante unos segundos, oscuridad y silencio. Los sonidos regresaron, sigilosos y densos, volvieron la luz y el frío. Álex estaba a mi lado sentado en el suelo. Una bajada de tensión, apenas había desayunado. Tomé la onza que me ofrecía, era chocolate negro, amargaba, y se deshizo en mi boca. Sorbí café de termo en un vaso de plástico. Álex me hizo sostenerlo, repetía que bebiera, con la palma de su mano en mi espalda, sobre el chubasquero mojado.

—He estado a punto de matarte...

Aún estaba grogui, por eso lo estudié así, sin reservas, como si fuera boba. No se había afeitado, sin paraguas ni impermeable, con el pelo mojado y la mirada encendida. Le pedí disculpas, debí haberme hecho notar. Negó. Se aproximó y sostuvo mi nuca; me acarició el cuello bajo la capucha y me besó.

Sentí el calor de su boca, su ansia por devorarme, su olor. Mi corazón volvió a dispararse mientras me recreaba en la suavidad de sus labios, en su fuerza, en él. Deslicé la yema de los dedos, helados, por su espalda, bajo la camiseta. Su piel ardía, sus músculos se tensaban, y me pregunté: «¿Qué haces, Natalia? Él solo te ha besado, saca esas manos de ahí». Estaba perdiendo el control, pararlo era una quimera. Y sin embargo, lo hice. Lo aparté suavemente advirtiendo temblor en mis gestos, en su pulso, mientras el cielo se descargaba sobre nuestros hombros.

—No esperaba verte —susurró confuso—. ¿Cuándo has llegado?

—Anoche.

—¿Cuando me llamaste estabas aquí? ¿En Bilbao?

Asentí. Aún acariciaba mi cuello, iba a besarme de nuevo, lo leí en su mirada sedienta. Recordé quién era, lo que implicaba aquello. Me incorporé cabizbaja y le di otro sorbo al café. Álex recogió su pistola, se levantó resignado. Volví a ponerme la mochila, me ofreció más chocolate, caminamos hacia el grupo.

—Pensé que no vendrías —añadí.

—Y yo pensé que me conocías mejor.

—Se trata de Alicia. Te afecta tanto...

—Por eso estoy aquí, porque se trata de Alicia. No soy un cobarde, pese a lo que puedas pensar.

Yo ya no pensaba nada.

—Vine ayer —explicó más calmado—. Cuando me telefoneaste decidí iniciar el rastreo. Subí con los focos y he trabajado toda la noche.

Estudié los pivotes dispersos por doquier.

—¿Te encuentras bien? —preguntó.

Sí, como nunca. Estaba calada, entumecida, tenía barro hasta en las bragas... Pero me sentía eufórica. El café, el chocolate. Su boca en la mía.

Aún no habían dado las siete cuando los técnicos pusieron en marcha el georradar. Su funcionamiento era simple: emitía perturbaciones electromagnéticas que se reflejaban en anomalías del terreno; el *software* transformaba las ondas rebotadas en una imagen del subsuelo. Saqué la cámara y fui tomando instantáneas del proceso.

Álex dirigía. Había consumido la noche en el monte, aferrado a una obsesión, y destilaba sin embargo una energía imprevista, digna de sus mejores tiempos. Pronto regresaría a Madrid y no volvería a verlo.

A las once sucedió algo: los técnicos hablaban de un punto caliente, había que cavar. Con la ayuda de la Guardia Civil, ocho picos y ocho palas, nos pusimos manos a la obra y en menos de treinta minutos logramos un hoyo profundo. La tierra empezó a blanquear.

—Es cal —subrayé—. Hay que parar, es cal viva.

Casi pude oír cómo Álex tragaba saliva, y lo llevé aparte. Mirada sombría, gesto grave.

—¿Estás seguro de que quieres asistir a esto?

—Tengo que hacerlo —asumió.

Asentí. Telefoneó a la brigada, pidió refuerzos para cerrar la zona mientras yo emplazaba al juez. Regresamos al área excavada, y al advertir restos humanos rogué por que no fuera Alicia. Huesos rosáceos, retazos de ropa, jirones de piel gris. La cal viva deshace los tejidos y evita el olor de los cuerpos putrefactos, pero en aquel caso su efecto fue el opuesto: la arcilla y el agua apagaron la cal, que actuó como una costra protectora.

A las doce apareció el helicóptero de la Policía con el juez. Lo acompañaban los de la Científica. Supe que no era Alicia cuando distinguí un zapato podrido de hombre. Suspiré aliviada. Proseguí con las instantáneas mientras los forenses tomaban notas. Había otro cuerpo en posición fetal, como abrazado al primero. El segundo cadáver. De una mujer esta vez. Volvía a llover y fotografié un zapato, una sandalia con el logo de Gucci.

Álex negaba con la pala en la mano.

—¿Era suyo? —susurré.

—Si lo era, no lo recuerdo.

Cráneo blanquecino, cuencas cargadas de tierra, un vestido que fue oscuro. A Alicia la habían descuartizado, aquel no era su cuerpo.

No localizamos más rastros de materia viva. Nos arrollaba el viento y arreciaba la tormenta. El corazón de Alicia, sus restos despedazados, aún continuaban perdidos.

Estaba cansada para pelear, de modo que respondí que me daba igual; me daba igual quién me acercara al centro de Bilbao. Acabé de copiloto en el coche de Álex y recosté la cabeza mientras él conducía. Me tendió una toalla y puso la calefacción. Había mucho de qué hablar, pero ni siquiera intenté entablar conversación y él tampoco lo hizo. Aquel fue, casi, el mejor momento del día; aunque ya hubiera anochecido.

Detuvo el coche bajo el que fuera mi edificio hasta hacía un mes. Abrí los ojos negando al comprobar dónde estábamos.

—Álex, olvidé decírtelo, me estoy quedando en el hotel frente a la ría.

Me observó extrañado.

—¿Vienes a Bilbao y te alojas en un hotel?

No quería explicarle lo de Tomás. En realidad, no quería hablar de nada.

—Tomás está de viaje —improvisé—, y no me apetecía dormir sola aquí, en este piso asqueroso.

—Has dormido sola en este piso asqueroso la mayoría de las noches de los últimos años... ¿Y tus padres? ¿No podías quedarte en su casa?

—Mis sobrinos rondan siempre por allí, y tengo tanto trabajo... Ni siquiera saben que he venido —confesé.

Arrancó el motor, desganado.

—Todavía eres capaz de sorprenderme, Natalia.

—¿Por qué?

—Porque siempre haces lo contrario de lo que cabría esperar.

Nos observamos en silencio, estacionados frente al portal, y estuve a punto de decirle la verdad: que había roto con Tomás. Me contuve, y él también lo hizo; lo que fuera que iba a añadir murió en sus labios. Metió primera, y en menos de cinco minutos nos hallábamos frente al hotel. Me rogó que llamara a mis padres, que hiciera el favor. Prometí telefonearlos, y de pronto, en un discurso atropellado, me vi hablando de cabos sueltos mientras me abrazaba a la mochila embarrada.

Necesitaba algunos datos, y quedamos al día siguiente en comisaría. Nos despedimos con un «hasta mañana» rápido y aséptico. Corrí a la habitación del hotel. Ducha, medicación, sándwich y cama. No soñé. Cuando sonó el despertador, a las ocho de la mañana de un miércoles luminoso, el mundo tenía otro color. Había regresado el sur barriendo el cielo de nubes.

Elaboré un informe rápido sobre las exhumaciones mientras desayunaba en la habitación del hotel. Más tarde cerré mi bolsa y pedí un taxi.

Cuando llegué al Anatómico, Cortés ya estaba allí. Los forenses iniciaron sus explicaciones; aún era pronto para la autopsia, pero una primera inspección mostraba que los individuos de la fosa rondaban la mediana edad y habían sido enterrados hacía más de una década. ¿Podían ser quince años? Podían ser quince. Muerte violenta, estrangulados con una cuerda, un cordón o una correa. Apuñalamiento previo en ambos casos; marcas de laceraciones por penetración de arma blanca en el omóplato de la mujer, en las costillas del varón.

Efectos personales: anillo de platino con diamantes en el índice izquierdo de la mujer, sin marcas ni grabados; reloj Omega en la muñeca del hombre, con las iniciales L. A. N. Las manecillas se habían detenido a las tres en punto del sábado 3 de noviembre. ¿De qué año? No parecía dañado. ¿Cuánto le dura la pila a un reloj de ese calibre? Anoté la cuestión mientras atendía a las explicaciones.

La ropa estaba podrida; el calzado, en mejor estado. Ella usaba un 38, él un 42: zapatos Tanino Crisci, los mejores del mundo. El traje del hombre, lo que quedaba de él, era de la casa Dior, confeccionado a medida. Gemelos de acero. Ella llevaba un vestido negro, ahora cubierto de herrumbre, de marca indeterminada. Ninguno de los dos portaba documento identificativo. Algo más: una placa de titanio en el hueso cúbito de ella, una rotura lejana.

Telefoneé a Madrid y solicité ayuda. Personas perdidas en Euskadi entre 2000 y 2007. Solo cabía esperar.

A la una de la tarde, Álex me recibió en su despacho. Tardé más de media hora en atravesar las oficinas saludando al personal. Me invitó a tomar asiento y lo hice sin preámbulos, mientras abría el pesado maletín de cuero. Estaba un poco agitada y me fui sosegando al extraer mis cosas. Cogí un caramelo de su mesa, me inicié en el atestado forense mientras jugueteaba con el envoltorio. ¿Qué relación guardaba aquello con el crimen de Alicia? Más allá de la llamada, ninguna. O toda. Era pronto para precisar. Saqué un par de carpetas y miré a Álex a los ojos.

—Este es el auténtico informe de Pinedo —expliqué—. El resto son notas mías. He oído rumores... —Bajé la voz—. Van a suspenderte el viernes.

Se cuadró en su silla imperturbable.

—No quiero el informe. —Me lo devolvió—. Me interesan tus anotaciones.

Me facilitaba mucho las cosas. Álex me ocultaba detalles, centenares de datos. Quizá no fueran de importancia, pero son las pequeñas insignificancias las que marcan la diferencia entre la prueba y el indicio. No estaba dispuesta a mostrar mis cartas, aparcaría a la sombra lo que creyera oportuno; no le iba a ofrecer más de lo que él me aportara a mí.

—Y no van a suspenderme el viernes —subrayó.

Lo miré brevemente antes de exponer mis razonamientos, con el lápiz bailando entre los dedos. Aún no había descartado a Suárez de la investigación. En realidad, no había un solo factor que lo relacionara con el caso Alicia, pero Álex lo había interrogado e insistía en que había un nexo.

—Ibán Suárez residía en Bilbao —recité—. En 2001 pasaba consulta en la calle de los Heros. Necesito saber si trató a Alicia.

—No sé si Suárez la trató, pero los sanitarios de las urgencias de Bilbao la conocían de sobra.

—¿Puedes precisar?

—A veces sufría ansiedad y se autolesionaba —declaró severo.

Vaya... Aquel iba a ser un buen día para sacarle información al inspector Brul.

—¿Se autolesionaba? ¿Por qué motivo?

—En realidad, nunca logré confirmarlo. Era una sospecha. Quizá infundada.

Se mordió el labio, desvié la mirada y tomé nota de aquello. Aunque no habría hecho falta hacerlo, su imagen pronunciando esas palabras se grabó a fuego en mi retina.

—El mechón de Alicia en el sobre —seguí—. Es cortado, pero se hallaron demasiados pelos de raíz. Pensé que era imposible no hacerlo a propósito, probé con unas tijeras... ¿Tomaba alguna medicación que pudiera provocar la pérdida de cabello?

—La píldora. —Voz grave. Tono firme.

—¿Algo más?

—No sé lo que tomaría en los últimos meses. Ya no estábamos juntos.

Se acarició el mentón sin dejar de mirarme y volví a anotar. Pero dejé caer el lápiz. Era absurdo, no necesitaba plasmar por escrito nada de aquello, recordaría cada palabra tal y como había sido pronunciada. Álex me observaba, esperaba la siguiente pregunta.

Me estaba poniendo nerviosa, siempre se movía por el despacho cuando hablábamos. Miraba por la ventana, tomaba un libro del estante, algún objeto del cajón. Pero hoy me estudiaba con gesto impenetrable, como si todo lo demás se hubiera evaporado. Quizá fuera yo quien estuviese haciendo un interrogatorio de aquella conversación informal. Me levanté, cogí otro caramelo.

—¿Conociste a Ennio? —seguí.

Se inclinó sobre la mesa mostrando interés.

—Coincidimos varias veces, era socio de mi hermano, pero nunca me gustó. No me gustaba nadie que se moviera en ese círculo.

—He estado en la hemeroteca... La prensa habló de sacrificios, de misas negras. Él la descuartizó, quizá no estuviera en sus cabales.

—Ennio no es un obseso ni un psicótico. Ennio es calculador y frío. La descuartizó para borrar pruebas, no hay más.

—¿Tenía algo con Alicia?

—No mientras estuvo conmigo. Ella se volvió loca cuando la dejé.

«Cuando la dejaste», pensé. Así que fue él quien rompió... «Ella se volvió loca.» Hacía falta poca vergüenza para expresarlo de ese modo. Se me debió de reflejar el disgusto en la cara porque él quiso aclararlo.

—Es un modo de hablar, Natalia. Alicia lo pasó fatal cuando rompimos.

—Y tras romper con ella, Ennio se convirtió en su confidente... ¿Es eso?

Murmuró que lo ignoraba.

—Ella tenía un diario —continué—. Y no ha aparecido. ¿Lo sabías?

Álex negó, reflexivo. Había más dudas, urgían respuestas, pero aquella conversación estaba pudiendo conmigo. Consulté el reloj: dos de la tarde.

—Si te invito a comer, ¿saldrás corriendo? —preguntó al interpretar mi gesto.

—Comeré contigo encantada. Pero esta vez pago yo.

Volví a cargar los documentos y salimos de su despacho. El calor era sofocante, y mi teléfono sonó de nuevo cuando me abrochaba el cinturón. Era mi madre. No descolgué.

—Supuse que eran las mías las únicas llamadas a las que no respondías —apuntó Álex—. Ahora me quedo más tranquilo.

—La criba de llamadas es una medida defensiva. Cuido mi salud mental, no quiero volverme loca, como Alicia.

—Joder, Natalia, solo era una forma de hablar.

Una forma de hablar que decía muy poco de él.

—Y tú también lo haces —apunté.

—¿El qué?

—Ignorar las llamadas. Te he visto hacerlo mil veces.

—A ti siempre te respondo. Sea la hora que sea, esté donde esté.

No podía replicar a eso porque era cierto. Fuimos al restaurante de los miércoles, y de pronto me encontré frente a él, comiendo con apetito, hablando como si nada. Describí con pasión mi terraza llena de plantas, el salón forrado de libros. Le expliqué cómo estaba organizando los capítulos de la tesis y aportó alguna sugerencia. Iba a clases de pilates y llevaba treinta horas echando de menos mi ático; dos noches de hotel bastaron para mostrarme que había creado un hogar.

—Pareces ilusionada.

Y lo había dejado con Tomás, pero eso no se lo conté. Tampoco le confesé cómo me sentía cada vez que comía sola, en mi despacho, barajando en dónde lo habría hecho de haber estado en Bilbao. Con él. Golpeaba mi saco de boxeo y lo imaginaba a él frente al suyo. Cada tarde de cada día desde que me había ido. Estaba ilusionada, sí, pero también me sentía confusa, triste y cabreada. Lo echaba de menos; tanto que tenerlo allí enfrente casi era doloroso.

El teléfono de Álex vibró. Mi mensaje entró segundos más tarde.

De: El asesino
Enviado: miércoles, 25 de mayo de 2016, 16:12
Para: Natalia Herreros González
Asunto: Alicia - III

Alicia caminaba tres kilómetros para ir al instituto. Programaba el despertador a las siete de la mañana y abandonaba su casa mucho antes de que sus padres se levantaran. Era brillante, sus calificaciones rozaban la excelencia y podría conseguir una beca. La alumna de la última fila, la que toma apuntes sin plantear dudas. A los chicos les parecía misteriosa. A las chicas, soberbia. Los profesores no hablaban de ella, bastante tenían con los alumnos problemáticos. Siempre iba sola. No mostraba inconveniente en hablar si le hablaban, en responder si le preguntaban. Cortés, educada y hermética en lo que respecta a su vida. Fríamente ignorada cuando se organizaban planes en grupo. Respetada en secreto.

Su ropa no era de marca; sus libros, de segunda mano. Nadie acudía a buscarla cuando llovía. Había más alumnos como ella, dos o tres anomalías en cada clase. Siempre los ha habido y siempre los habrá.

En su barrio tenía amigas; ninguna de ellas estudiaba, algunas ya trabajaban, o echaban el día en casa. A veces, cuando no tenía qué hacer, pasaba un rato con ellas. Alicia era diferente; también lo era en su barrio. Un barrio feo, triste, donde todo lucía viejo y herrumbroso.

Cuando volvió de Niza reía más. En una sola mañana intervino tres veces en clase. Dibujaba barquitos en los márgenes de sus cuadernos y canturreaba para sus adentros canciones de Alejandro Sanz. Álex le había pedido su número de teléfono, pero ella no tenía móvil, y no le quiso anotar el de casa. Alicia le dijo dónde estudiaba, para que la buscara si le apetecía verla; él aseguró que le apetecería. No le habló de él a nadie, ni siquiera a sus amigas del barrio.

Aquella tarde llegó hambrienta, pero se enclaustró en la habitación sin probar bocado porque sus padres discutían en la cocina. Habían bebido, se insultaban arrastrando palabras, farfullando disparates sin sentido. Las paredes estaban renegridas, los azulejos viejos, el sofá yacía en el salón con las tripas fuera. Sus padres estaban en paro. Albergaban buenos propósitos, pero carecían de voluntad. La habitación de Alicia contaba con un candado: solo entraba ella. Ocultaba su dinero en una caja de metal, entre la ropa. Guardaba libros y apuntes. Había pintado las paredes, y sus abuelos le regalaron una plancha para la ropa. Su jabón, sus champús, su hilo dental; todo se hallaba en el cuarto, custodiado con celo.

Cuando cesó la refriega, salió y cerró con llave. Al internarse en la cocina se topó con los restos de la batalla. Recogió los platos, colocó la silla; no pudo arreglar la puerta del armario. Cuando se sentó a comer ya eran las cinco. Su madre salió de la nada apestando a vino y preguntó con voz pastosa si se creía mejor que ellos. Alicia no alzó la cabeza; tomó dos cucharadas más antes de quedarse paralizada. «¿Te damos asco?», preguntó arrastrando las eses. Alicia alzó una mirada cargada de desprecio y la clavó en la de la mujer. Carmen farfulló algo de una frutería; le había encontrado un trabajo a Alicia para que ayudara en casa. Alicia negó, posó la cuchara con ceremonia. Se levantó de la silla, fue hacia la puerta abandonando el plato. Debía irse rápido, sabía cómo acababa aquello.

Carmen la agarró por la coleta y tiró de ella hasta hacerla gritar. Le estampó la cabeza contra la pared mientras le preguntaba por qué cerraba el cuarto con llave. Alicia cayó al suelo llevándose la mano a la sien. Había sangre. Intentó incorporarse, pero su madre volvió a engancharla, la empujó contra la silla y le hizo sentarse como si fuera un muñeco. Alicia temblaba. Carmen balbuceó que necesitaban dinero, las cosas estaban mal, eran pobres y ella tenía que ayudarlos. Su padre, apoyado en el marco de la puerta, le sugirió a Carmen que se hiciera con la llave. «La niña la tiene en el bolsillo», masculló. Alicia se envaró, Carmen volvió a sujetarla y le hundió el rostro en el plato de cocido. Alicia pataleó, se ahogaba.

Cuando su madre le permitió tomar aire, al fin, la tiró al suelo. Se lanzó sobre ella y le retorció el brazo. Le arrancó la llave del bolsillo y la insultó. Era un desecho, no era una buena hija. Alicia se incorporó, se tambaleó antes de alcanzar el pasillo. Habían invadido el cuarto y pensó en el dinero de Niza. Aún no lo había ingresado en el banco. Su padre le bloqueó la entrada mientras Carmen revolvía su ropa, desordenaba sus libros, deshacía la cama, furiosa. Se volvió hacia Alicia preguntándole por la pasta. Empleó ese término. Alicia negó, se vio reflejada en el espejo; el pelo chorreante, la sangre en su rostro. El jersey nuevo que le regaló su abuela, desgarrado. Le rogó a su madre, sollozando, que parara de una vez, y Carmen, balanceándose, abrió la ventana y comenzó a lanzar la ropa al vacío. La caja, el dinero, no dejaba de repetirlo. Agarró el flexo del escritorio y lo arrancó del enchufe. Era una mala hija, nunca se cansaría de repetirlo, se avergonzaba de sus padres, de su casa; una desagradecida. «Matarte es poco», añadió. Dirigió el flexo hacia su cara, con fuerza, Alicia giró y el flexo le golpeó en la cabeza. Se derrumbó y todo se fundió a negro. La última palabra que escuchó salía de los labios de su padre: «dinero».

Despertó de noche aterida de frío, en el suelo. Notó las piernas dormidas y se descubrió una herida en la nuca. La caja de caudales se había esfumado, y lloró con rabia. Su ropa estaba en la calle, sucia y mojada. A los pocos días sus padres le pedirían disculpas. Avergonzados y tristes. Su padre lloraría. Carmen se mordería los nudillos, inquieta, y le regalaría a su hija un jersey nuevo. Juraría que dejarían la bebida; que ella, Alicia, era lo más importante. Tenía que entenderlo, estaban enfermos.

Álex aún leía cuando alcé la vista. Él también los recibía; el mensaje que devoraba era idéntico al mío. Me levanté, impresionada. Me negaba a contemplarlo mientras él asimilaba aquello.

Pagué la cuenta y le di tiempo para sobreponerse. Al regresar a la mesa reiteró su intención de acercarme al aeropuerto. Su mirada vagaba perdida, su mente se hallaba lejos. Aquel relato brutal lo había sacudido con fuerza. El trayecto fue silencioso. Cuando dejamos el coche a la entrada de la terminal, concretamos nuestros planes para visitar el Buciero: quería conocer el monte en que aparecieron los efectos personales de Alicia, su sangre. Regresaría a Bilbao en una semana. Álex me pidió que me cuidara. Sostuvo mi mano y la besó. Luego se fue, y supe que aquella tarde golpearía el saco hasta perder la razón.

19

ÁLEX

Bilbao, 27 de mayo, viernes

Siempre lo había intuido. Moretones en la piel de Alicia, quemaduras mal curadas, cicatrices viejas. Yo le preguntaba y ella callaba. Un día habló de autolesiones, de ansiedad y estrés, y yo quise creerlo... Los detalles escabrosos de aquel relato anónimo me destrozaron por dentro. Lo había tenido delante, hacía quince años, y ahora ya era tarde.

Escribí un correo de vuelta: «¿Quién eres? ¿Cómo sabes tanto de Alicia? ¿Tienes su diario? Quiero hablar contigo». No hubo respuesta. ¿Pudieron matarla sus padres?

El viernes se cumplió la predicción de Natalia: los de Asuntos Internos se aposentaron en mi despacho con el guion aprendido. Poza y Ruiz. Rostros amables, hombre y mujer. Psicólogos, especialistas en mentes. Néstor habría sabido tratarlos como merecían.

Iniciaron su discurso con calma y sosiego, intercambiaban el papel protagonista en sincronía perfecta. Empleaban términos elevados: «sostenibilidad», «liderazgo»... No cuestionaban mi actitud, no me juzgaban; me ofrecieron su ayuda. Pura psicología de empresa. Eran burócratas, vendedores de humo que medraban a costa de lavar cerebros, y esa pedagogía no iba a ser útil en mi caso.

Interrumpí cuando escuché suficiente. Les rogué atención.

—Me tomaré una excedencia voluntaria. El 1 de diciembre regresaré a mi puesto y mantendré la jefatura.

Me estudiaron perplejos, no esperaban algo así.

—Durante años, alguien extrajo información de la Judicial —seguí—, y Asuntos Internos lo ha tolerado. Hay un topo.

Demasiado centrados en adoctrinar a policías novatos, en diseñar formularios para calificarnos, para clasificarnos como a plantas: hoja caduca, hoja perenne.

—Pueden abrirme un expediente, colocar en mi silla a algún lameculos de su cuerda. En tres días figurarán en prensa. —Tomé aire. Inicié mi recital—: 15 de abril. El topo de la Judicial informa a Julio Salas del inminente registro de su despacho del centro. Cuando llegan los agentes, él los está esperando. —Abrí mi cajón, lancé sobre la mesa el informe falso del caso Alicia—. Un fraude —expliqué—. El atestado original no se encuentra en el archivo. ¿Quién pilotaba la Judicial hace quince años?

Desviaron la mirada.

—Tampoco aparecen las pruebas —resumí—. El caso se cerró, pero los objetos hallados en el monte se han evaporado. ¿Qué hacía entonces Asuntos Internos? ¿Demasiado ocupados con los cursos de *mindfulness*?

Silencio. Había controlado el volumen de mi voz, y esa templanza no duraría. Mudaron el discurso. Serios y arrogantes, supieron ponerse a mi altura. Ellos también sabían bajar a las cloacas.

—¿Nos está amenazando, Brul?

—Me necesitan, esto les afecta.

Es más sencillo tratar con cacos, con rufianes de medio pelo; las emociones contenidas suponen un intenso desgaste emocional. Dejé mi despacho horas más tarde lamentando no haber vivido unos siglos antes para poder resolver los pleitos a garrotazos como en las obras de Goya. El 1 de junio estaría fuera del Cuerpo. Firmaría mi excedencia voluntaria: seis meses apartado. Quizá no fuera suficiente.

No me dirigí a casa. Salí de copas con Nico Puente.

Viernes noche, calles bulliciosas. Nico preguntó por mi sanción, cauteloso. Debió de leer algo en mis ojos, una furia dormida. La visita de Asuntos Internos me había afectado, y me referí al síndrome de Dunning-Kruger.

—La gente incompetente atribuye sus fracasos a la mala suerte.

Nico asentía impávido con la cerveza en la mano. Pedí un par de pinchos, los planté frente a él, temiendo que el alcohol volviera a hacer de las suyas.

—Te gusta la psicología, ¿no?

Reí. ¿La psicología? Mi opinión sobre la psicología empezaba a parecerse a la de Néstor. A mí me interesaban la arquitectura, la música, los libros...

Nico se trasladaba a Madrid, ocuparía su primer destino tras el periodo de prácticas. Lo imaginé recogiendo sus magras pertenencias del tugurio del Casco Viejo. ¿Qué haría con el póster de Miranda Kerr?

—¿Cuánto puedo tardar en lograr un puesto como el tuyo? Necesito que mis padres se sientan orgullosos.

La cuestión me sorprendió. Por lo directa, por lo inocente.

—No persigas ambiciones de otros.

Empezó a hablar de la mudanza: lo habían destinado a una comisaría de barrio, había alquilado un cuchitril. Allí no conocía a nadie, pero tampoco había hecho amigos en Bilbao. No le importaba, era selectivo y prefería estar solo.

—No tienes motivos para encerrarte como un ermitaño —apunté.

Nico se lo consultó a Herreros, hacía unos días, durante la exhumación de Billano. ¿Qué gimnasio le sugería en Madrid? Acabó inscrito en el mismo en que ella hacía pilates.

—En realidad —aclaró—, voy a meterle fichas a la inspectora.

Posé el zurito en la barra. ¿A Natalia? Sonreí.

—¿Te hace gracia?

¿Estaría bromeando? ¿De qué guindo se había caído?

—Me sorprende —admití—. ¿Meterle fichas? ¿Qué forma es esa de hablar? Ni que fuera un auto de choque...

Sonrió vehemente y se rascó la cabeza.

—Voy a tantear el terreno, me gusta un montón.

Lo estudié atónito, decidí ser honesto. Todo lo honesto que podía ser, dada la situación.

—Lo tienes jodido, Nico. No creo que seas su tipo.

Negó con mirada intensa.

—Le doy cien vueltas al noventa por ciento de los tíos. Y además soy un buen chaval. Responsable, sensato, trabajador... ¿Por qué no iba a tener opciones un tipo de mi pelaje?

Nico era un pibón, eso era innegable, pero Natalia jugaba en otra liga. Aquello era surrealista, por Dios, con la cantidad de mujeres que había por todas partes...

—Es ocho años mayor que tú.

—Eso es una ventaja —replicó.

—Tiene pareja.

—¿Desde cuándo es eso un problema?

Me entró la risa floja. Puede que lo hubiera subestimado.

—Le vomitaste en los pies —añadí.

También para eso halló réplica:

—Y ella se preocupó en pedirme una manzanilla.

Una manzanilla..., como si aquella noche se hubiera percatado siquiera de que Nico Puente existía. ¿Qué maniobra emplearía Natalia para quitárselo de encima? Esperaba que no fuera muy dura.

—Sois amigos, ¿no? —continuó Nico—. ¿Qué opina de mí?

Lo analicé con curiosidad. Hablaba totalmente en serio.

—Nunca hemos hablado de ti, Nico.

—Ya... ¿Y cómo lo hago? Necesito una estrategia.

Desvié la mirada. Tendría que desplegar todo su ingenio, y aun así sería imposible.

—¿No dices nada, Álex?

—¿Para qué? Ya lo dices tú todo.

Cambiamos de garito mientras Nico volvía a la carga, otra vez Kurt Russell. Era increíble, siempre acababa rodeado de majaderos. Al sexto zurito le pregunté qué haría con el póster de Miranda Kerr.

—Pensaba llevarlo a Madrid, pero, si te gusta, te lo regalo.

Tomamos el siguiente en la calle García Rivero, bajo el toldo de una terraza. Aún llovía, la gente charlaba con el móvil en la mano, y de un modo mecánico consulté el mío. Nico reanudó el tanteo, esta vez con pies de plomo:

—¿A qué vas a dedicarte durante estos seis meses?

Los tres meses de reclusión en el penal, quince años atrás, fueron lo más cerca que estuve de no hacer nada en absoluto. ¿Y ahora? ¿En qué iba a emplear mi tiempo? La boda se celebraba el 9 de julio, después llegaría el crucero y luego la mudanza a Las Arenas. Me negaba a consagrar mis días a aquello, y me percaté de pronto: los libros, el gimnasio, las películas... Todo parecía poco.

Sonó mi teléfono, y al comprobar que era Natalia me disculpé y me separé unos pasos. ¿Cómo me había ido con los de Asuntos Internos? Le resumí la jugada mientras recordaba los firmes propósitos que albergaba Nico respecto a ella. Se oían voces al otro lado de la línea, risas; había salido a cenar con viejos compañeros de estudios.

—Hemos identificado los cadáveres de Billano —añadió Natalia.

—¿Quiénes son?

—Ella se llamaba Aurora García. Tenía treinta y dos años, era abogada. Su marido denunció la ausencia en 2001, días después de la desaparición de Alicia. Pero faltó de casa el mismo sábado que ella. El hombre es Lander Abad, cuarenta años, ingeniero de caminos. Mismo día, misma denuncia por desaparición. Nada que los vincule entre sí.

—¿Hipótesis?

Eran muchas y variadas. Habría que interrogar a las familias, escarbar un poco más. Las fechas no dejaban lugar a dudas: los crímenes podían guardar relación con el de Alicia. Charlamos unos minutos. Antes de despedirse articuló la cuestión que esperaba:

—¿Y qué vas a hacer durante estos seis meses?

Pensar en ella. Y morirme de asco. Tendría que idear algo, y tendría que hacerlo rápido. Nos despedimos hasta el jueves; iríamos juntos al monte Buciero.

A la una de la madrugada me saqué a Nico de encima. Le dije que me iba a dormir y lo vi marcharse tambaleante. Necesitaba aire fresco, silencio, sentir la lluvia en la cara. Fui hasta San Mamés y al llegar me pregunté qué hacía merodeando como un sintecho.

De camino a casa por Licenciado Poza, compré algo de comida japonesa. Las calles estaban vacías, y las farolas derramaban luz plomiza sobre las aceras. Demasiado sobrio para lo que había bebido.

Vi a un borracho en un taburete. Hablaba solo. Su rostro se me hizo familiar a medida que me iba acercando: Tomás, el novio de Natalia, en una de las terrazas, con un cubata en la mano. Por su mirada perdida deduje que no era la primera ni la segunda copa que sostenía esa noche. Estaba solo, y hay que estar muy acabado para beber sin compañía.

Me acerqué y él me estrechó la mano sin convicción. Iba desarreglado, sin afeitar, murmuró algo de una banqueta. Me estaba invitando a acompañarlo. Me intrigó verlo así, me senté frente a él haciendo honor a la tradición de departir con borrachos desamparados.

—Hablé con Natalia hace un rato —comenté rompiendo el hielo.

—Sí, yo también —murmuró Tomás—. Anda por ahí, de cena.

En su tono, un matiz despectivo, como si cenar por Madrid fuera equiparable a quemar contenedores. Le ofrecí la bandeja de comida japonesa y negó.

—Eso es veneno —murmuró—. Esos pescados están infestados de anisakis.

Tomó un trago, se restregó los labios con la manga de la chamarra. Le estaba dando al frasco de lo lindo.

—Pensé que estarías en Madrid... Como es viernes...

—¿En Madrid? ¿A qué quieres que vaya a Madrid?

«A ver a tu novia —pensé—. A comerle la boca, a dormir abrazado a ella, calentito, en vez de estar ahí plantado como un chalado.»

—¿No te ha dicho que hemos roto? —añadió.

Vaya... Tomás estaba demasiado absorto para atender a mi gesto de sorpresa. Le pedí un cubata al camarero sin caber en mí de asombro.

—Me despidieron del curro. Fui a Madrid, y ella me soltó que se había acostumbrado a estar sola...

Tomás inició su relato mientras yo lo observaba atónito. Ella lo había dejado, lo había echado de casa, y a él no le quedó otra que regresar a Bilbao con el rabo entre las piernas. Rompió a llorar. Posé la palma de mi mano sobre su espalda.

—Joder, Tomás, lo siento mucho.

Y era cierto, en aquel momento lo sentí por él. Me puse en su pellejo: tenía que ser jodido perder a alguien como ella sin esperarlo siquiera.

—No te habrá visto así...

No respondió. Volvió a aferrarse al cubata, tomó otro trago largo.

—Deja esa copa. Ve a casa, dúchate, duerme y mañana envías unos currículos. No creo que puedas vivir del aire durante mucho tiempo.

—Me mataré si no vuelve conmigo.

—Nadie es imprescindible, Tomás. Ni siquiera ella lo es.

Pagué la bebida, nos pusimos en pie, palmeé su hombro y lloró un poco más. Se explayó relatando las bondades de Natalia. Sus ojos, su sonrisa; cuánto se reía con ella, con su humor afilado. Aquel tipo de cosas solo me ocurrían a mí. Lo interrumpí sin miramientos cuando el inventario de dones de la inspectora tomó un cariz más íntimo. Era una diosa en la cama; fue todo lo que me permití escuchar. Quitármelo de encima no fue tarea fácil. Tenía carrete para rato, y tardé media hora en empaquetarlo en un taxi, borracho perdido como estaba.

Era todo surrealista. Bilbao es pequeño, pero pude regresar a casa por cualquier otra calle. Puta casualidad...

Tardé diez minutos en llegar a mi edificio. Contemplé las llaves; me detuve en seco. Vi una pareja: dos adolescentes devorándose a besos en el portal de enfrente. No habían cumplido los veinte. Saqué el teléfono, comencé a escribir.

> Hoy he visto una pareja besándose. Se comían la boca como si no hubiera un mañana. El tío tenía a la chica inmovilizada contra una pared, y no corría aire entre sus cuerpos. Ella acariciaba su pelo, lo revolvía.
>
> He empezado a pensar en ti. Hace tiempo que no hago otra cosa.

Tecleé su nombre. Inspiré. «Natalia. Enviar.»

Subí a casa. María había regresado y me esperaba despierta en el salón, tumbada en el sofá con la televisión encendida. Se incorporó al verme entrar, despeinada. Me había llamado cien veces, recriminó. ¿Dónde me había metido? Dejé caer las llaves y me senté frente a ella. Relajó el tono, me preguntó si había bebido. Respondí lo que me dio la gana y le expliqué lo que había ocurrido. Mi sanción, la excedencia; no me interrumpió, me permitió hilvanar la historia. Por aquel cubata postrero, tuve la sensación de abandonar mi propio cuerpo, mi conciencia trascendió a la escena y pude vernos desde arriba, sentados en la penumbra; escuchar mi voz, estudiar mis facciones sombrías.

—¿Aceptarás ahora el puesto?

—¿Qué puesto?

—El que te ofreció Begoña.

¿Era todo lo que tenía que decir? La miré sin verla.

—Quiero suspender la boda. No puedo casarme contigo —le aclaré.

Se puso en pie, encendió la luz. Volvió a sentarse frente a mí.

—¿Por qué no podemos casarnos?

—Nunca he estado enamorado de ti.

Se cruzó de brazos, se acomodó y negó.

—Nadie está enamorado de nadie después de cumplir los treinta. ¿Crees que vivimos en un anuncio de perfume?

Estaba todo dicho. Me levanté y me dirigí a la habitación sorprendido por mi aplomo. Abrí el armario, saqué mi maleta. María me siguió sigilosa, se sentó en la cama.

—Tú has visto muchas películas. ¿Vas a montar la escenita de la maleta? ¿Cuál viene luego? ¿La del portazo? No tienes a dónde ir —resumió—, ya me has dejado más veces. Siempre acabamos volviendo.

Néstor, las llaves de su piso de Deusto. El muy cabrón pronosticó el desenlace hacía tiempo.

—Había una pareja besándose ahí enfrente —comenté sin venir a cuento mientras sacaba un montón de jerséis de la balda superior—. Tenías que haberlos visto, María. Puedes asomarte al balcón, sabrás de lo que te hablo.

—Ya sé de lo que me hablas, lo he entendido a la primera. Quieres tirarte a alguna, te has encaprichado de alguien. No hay problema, Álex, fóllatela, prueba con ella todas las posturas que se te ocurran. Desahógate, vete unas semanas. Pero no me jodas la boda. Lo que nosotros tenemos es más importante que un calentón de medio pelo.

Me olvidé de la maleta. Me giré y la miré a la cara.

—¿Qué es lo que tenemos, María? Ni siquiera nos reímos juntos.

—La nuestra es una relación real, adulta. Tíratela, Álex, en serio; no sería la primera vez que miro a otro lado. Siempre he sabido que te seguías acostando con Alicia.

La analicé sorprendido. María negó con astucia. Sabía lo de Alicia desde el principio y jamás lo había soltado; hasta ese momento.

—Esto es diferente —confesé—. No es una fantasía.

—Ya. No tiene que ver con el sexo, pero seguro que es perfecta, que te pone a mil. No te las buscas tuertas. —Se cruzó de brazos—. A ver cómo lo resuelves... No suspenderé la boda, Álex.

—Entonces tienes un problema.

Agarró mi maleta; la tiró al suelo. Se interpuso entre mi cuerpo y el armario.

—¿Quién es? —susurró fuera de sí.

—No la conoces.

—¿Cuánto tardarás en dejarla?

—Ni siquiera pienso liarme con ella.

—Entonces eres más gilipollas de lo que pensaba.

María estaba en lo cierto, no necesitaba maletas para irme, regresaría otro día a por mis cosas. Abandoné la habitación y fui hacia la puerta mientras le decía que lo sentía, que no podía actuar de otro modo. Me fulminó con la mirada.

—¿Crees que no sé lo que sucedió aquella madrugada, Álex? Sé que mataste a Alicia. Te oí salir a las tantas. Tú pensabas que dormía, pero estaba despierta. Ese tal Pinedo me tomó declaración y mentí. Testifiqué que estabas conmigo en el chalé de mis padres. Podría telefonear a la Policía ahora mismo, desvelar toda la verdad. ¿A dónde fuiste esa noche?

20

NATALIA

Bilbao, 1 de junio, miércoles

Dolantina en vena, inyectada en Urgencias a las ocho de la maña-na nada más aterrizar en Bilbao. Me había hecho con unos com-primidos de oxicodona, pero no pensaba tomarlos por muy mal que estuviera. Debía controlar aquello. La inyección me sumió en un estado de ingravidez onírica, densa y placentera. Me había tumbado en la cama del hotel, a oscuras, con el aire acondiciona-do a tope, y el dolor se había evaporado.

Benditos hoteles... Pude quedarme en casa de mis padres, pero habían pasado unos días en Madrid, días con horas cargadas de sugerencias, de injerencias, de reproches velados...

«Natalia..., ya sabes que soy un ave, y me doy cuenta de todo. ¿Tomás y tú habéis roto?», había soltado mi madre.

Hube de admitirlo.

«Si es que era raro que no tuvierais niños...»

Me puse ropa de deporte, salí del hotel y caminé hasta la ría. Luz blanca, coches, pájaros y una excursión de japoneses cargan-do con bolsas del Guggenheim. Me apoyé en un banco, contem-plé el paisaje.

Pensé en Álex, en su mensaje del viernes. Debería borrarlo. Si no lo hacía, me quedaría bizca de tanto leerlo. Se casaba el 9 de julio, y una no debe pensar en hombres casados. Expulsé el aire lentamente, como nos indicaban en pilates.

Decidí caminar hasta el Mercado de la Ribera y rompí a sudar a los quinientos metros, demasiado pronto. Treinta grados, dema-siado calor. Me fundí antes del primer kilómetro. Los pulmones no daban de sí. El pinchazo en el costado, el calambre en los geme-los. Me detuve, me incliné, vomité entre los setos. No me vio nadie, aunque en aquel momento me habría dado igual. Me derrumbé en un banco y cerré los ojos. Una brisa templada me acarició los brazos. Me relajé, me estiré sobre la forja templada y volví a pensar en Alicia; siempre volvía a hacerlo.

A la una de la tarde regresé al hotel y repasé la agenda para esos días. Tres interrogatorios, batida en el Buciero, la boda de Ane. Me sentía mejor y pasé por la Judicial después de comer. Saludé, cargada de papeles, contemplé la puerta de Álex: cerrada. «Inspector jefe Brul.» 1 de junio. Ya estaba fuera del Cuerpo.

A las tres tomé un taxi. Penal de El Dueso, Santoña.

En la garita de entrada solicité el registro de visitas de Néstor. Salvo por un encuentro con Álex, había consumido el resto con una tal Ángela Vega. Anoté el nombre en mi libreta haciendo memoria: la exmujer de Néstor se llamaba Rocío.

Esperaba cualquier cosa de ese individuo y era presa del nerviosismo. No encajaba en ninguno de los perfiles en que yo clasificaba a las personas. No era un caco de mala muerte, ni un tiburón de las finanzas, ni un ricachón pata negra. Era incalificable.

La Unidad de Delincuencia Especializada me había remitido un informe detallado de los delitos que había urdido, de las fechorías que dieron con sus huesos en prisión. Organización criminal, tráfico de estupefacientes y armas, blanqueo de capitales... Aún le quedaban un par de años a la sombra.

También había indagado sobre sus vínculos con Ennio Rossi y había descubierto que, como dijo Álex, acabaron mal. Habían negociado juntos la compra de un *holding* de empresas, pero a la hora de cerrar la adquisición, Rossi traicionó a Brul y se hizo con el cien por cien del capital sin contar con él. Eso había sucedido cinco semanas antes del asesinato de Alicia. Rossi fue condenado, la consecuencia no se hizo esperar: el *holding* acabó al borde del concurso de acreedores, y Néstor se adueñó de él a un precio irrisorio.

Atravesé los controles. Un calor sofocante saturaba el ambiente, un bochorno pegajoso cargado de humedad. Me incomodaba mi ropa, nunca me arreglaba tanto como para no sentirme yo misma, pero aquella tarde no me encontraba a gusto. Americana blanca, vaquero tobillero, camiseta de seda... Demasiado formal para aquel espacio achicharrante. Pretendía mostrar una autoridad que no detentaba, y mi rol no era creíble. Me invadió el impulso de salir corriendo, de asignarle a otro aquella tarea ingrata. Había tomado chupitos con Néstor, y me había estudiado mientras me tambaleaba junto a su hermano, en una discoteca, a las tantas. Aquello no era profesional.

Traspasé la última barrera. Una mesa, dos sillas, un ventanuco. Abrí el maletín, extraje el bloc, mi lápiz, un botellín de agua. Me senté, me recogí el pelo en un gesto mecánico, con la mente vacía y la mirada inquieta.

Un cerrojo, un golpe, un chirrido. Néstor Brul al otro lado de las rejas. Peinado de un modo impecable, vestido como un dandi pese a estar donde estábamos. Me puse en pie, estrechó mi mano: «Inspectora». Me había llamado inspectora sin asomo de burla o ironía, serio y respetuoso. En su mano una pluma Montblanc. Bajo el brazo, una agenda de cuero.

Tomó asiento frente a mí, erguido, formal. Dispuso que sonara Berlioz. Preguntó si estaba cómoda, si necesitaba algo. El aire acondicionado, ¿demasiado fuerte? Estaba perfecto, le di las gracias. Su actitud me facilitó las cosas. Aquel Néstor estaba muy lejos del borracho baboso de la discoteca, lo que no implicaba que fuera a cooperar, pero me hacía sentir segura.

Ninguna alusión a Álex, actuó como si acabáramos de conocernos en aquella sala miserable. Tomé las riendas con aplomo, sostuve el lápiz, decidida, y me referí al caso. Quedaban cabos sueltos, decenas de incógnitas.

¿Cómo había conocido a Alicia? Su respuesta se ajustó al milímetro a la información que ya manejaba, a los datos del correo del asesino: la contrató para hacer bulto en su despedida de soltero, su hermano se enrolló con ella e iniciaron una relación; chico de veinticinco y chica de diecisiete.

—Esos idilios suelen ser más sólidos que los que mantienen los adultos. No están contaminados por intereses —reflexionó Néstor.

Estaban contaminados por intensas descargas hormonales.

—Me establecí en Plentzia después de la boda. Al norte de Bilbao. Estaba muy unido a Álex, y por ende, a Alicia. Era encantadora. Pasaban mucho tiempo con mi mujer y conmigo.

—¿Percibiste algún problema entre ellos? ¿Celos? ¿Malos tratos?

—Álex estaba loco por ella, jamás le habría puesto la mano encima...

Me podía haber ahorrado esa cuestión. Néstor no declararía nada que perjudicara a su hermano. Buscó mi complicidad con la mirada. Asentí. Sí, yo también conocía a Álex.

—Sin embargo —añadió mientras desenroscaba el capuchón de la pluma—, sí tenían desavenencias. Ella era modelo, modelo de lencería. Álex no estaba cómodo.

—¿Puedes concretar? —Lo observé inquisitiva. Néstor desvió la vista.

—Ella asistía a fiestas. La contrataban..., la contratábamos —precisó—. Discutí con mi hermano. Él no quería que le ofreciera trabajo, pero Alicia necesitaba dinero. Sus padres... —Resopló.

Sí, sabía cómo eran sus padres.

—¿La maltrataban?

—Siempre lo sospeché —admitió—. Explotación, chantaje emocional, victimismo. Ella aspiraba a estudiar Medicina, cada billete era un triunfo. Alicia acudía a eventos, a veces pasaba días fuera de Bilbao. Álex se ponía frenético, no lo asimilaba.

—¿Se acostaba con otros hombres?

—No —Néstor fue firme—, nunca. Lo habría sabido, la gente que la contrataba formaba parte de mi círculo. —Apartó la mirada de nuevo.

—¿Ya no pertenecen a tu círculo?

—Soy yo quien está fuera. —Serio, incómodo. Volvió a mirarme. Asentí. Continuó—: Álex es..., es un poco cuadriculado. Él no entendía que era un don nadie...

—¿Qué quieres decir?

—Que él no podía cubrir las ambiciones de Alicia. Álex acababa de montar un estudio de arquitectura e invertía allí su dinero. Alicia ganaba en dos sesiones de fotos lo que él en un mes.

—Entiendo. Se sentía frustrado, impotente...

—Mira, Natalia... —Se interrumpió—. Perdona, ¿te puedo llamar Natalia?

—Por supuesto, Néstor. —Me permití una ligera sonrisa.

—Las mujeres demandan dos rasgos en los hombres. Instintivamente, requieren los mejores genes. Racionalmente, buscan apoyo económico.

Me recosté en la silla. El Néstor de los vasos de tubo acababa de saltar a la palestra.

—Mi hermano Álex posee las claves de dominancia, los buenos

genes. Es un tío fuerte, torso cuadrado, mandíbulas anchas... Un guerrero, un cazador. Pero carecía de medios para garantizarle a Alicia ayuda material. ¿Me has comprendido?

—Sé de qué me hablas.

—En fin, que Alicia intuía que no iría lejos con un chico como él. Otras lo hacen, se embarcan en relaciones románticas. Ella era consciente de lo que se jugaba y continuó ganándose la vida como mejor sabía hacerlo.

Había llegado la hora de afilar las garras, de machacarlo a preguntas.

—¿Tomaba drogas?

—No lo sé.

Mentía.

—Moverse en esas fiestas debía ser duro para ella. He oído que era muy tímida. ¿De dónde sacaba la coca?

—¿Quién dice que tomara coca?

—¿Sabía Álex que eras *tú* quien la abastecía?

—¿Crees que soy idiota? ¿Que declararía algo así de ser cierto?

Alcé la vista del bloc, dejé el lápiz. Había dureza en sus ojos.

—Álex está fuera del Cuerpo —sostuve—. Si le revelara algo de lo que se diga hoy aquí, estaría infringiendo la ley.

Asintió con desgana.

—No sé si se drogaba... —repitió—. No soy un depravado.

—Néstor... No he venido a hacer juicios de valor. Investigo un asesinato.

Revolví mis papeles y continué como si nada. «Coca: creo que miente», anoté.

—¿Te acostaste con ella?

—¿Con Alicia? ¡Jamás!

—¿Lo intentaste?

Se estaba poniendo nervioso. Elevó el tono de voz, colérico:

—¡Nunca! Ella era... Como una hija.

—Una hija a la que proveías cocaína... ¿Se la habrías facilitado a Álex?

—Pero...

—Responde, Néstor. —Abandoné el lápiz, lo miré fijamente.

—No, no le habría suministrado droga a Álex. Él tampoco la habría tomado. Y jamás intenté acostarme con ella, la veía como a una niña...

—Contratabas a esa niña para lucirla en tus fiestas.

—¡Ahora haces un juicio de valor! Y se supone que investigas un asesinato.

Se deshizo de la americana; con garbo, rabioso. Sudaba como un pollo. Suspiró. Lo observé fijamente con el lápiz en la mano.

—Escucha —aclaró rebajando el tono—. Nunca la metería en el mismo orificio en que la hubiera metido mi hermano. ¿Eso lo entiendes?

Néstor Brul la habría metido en cualquier agujero a más de dos grados de temperatura.

—¿Por qué rompieron Álex y Alicia? —No pensaba darle tregua.

Néstor se rascó la cabeza, negó.

—Discutían, ya te he dicho que a él le disgustaba su trabajo. Le reventaba que ella ganara tanto. Álex es un puto machista.

—No lo creo. —Otro juicio de valor. Debí morderme la lengua, estaba allí en calidad de inspectora.

—Lo es, te lo aseguro. Una conocida me pidió que se lo presentara. Estaba loca por él. También buscaba un guerrero cazador... Supongo que la conoces. María.

—¿Se la presentaste tú?

—Sí. María insistió mucho. Los presenté, quedaron a tomar algo... —Se abanicaba con la agenda.

—Y Álex se enamoró de ella —sostuve.

—¿Enamorarse? Eso es mucho decir. María le cuadró, sin más.

—¿Sabía María que Álex tenía novia?

—Sí. No le importó, pensó que la dejaría y acertó.

—¿Coincidieron en alguna ocasión? ¿Llegaron a conocerse Alicia y María?

—No. No que yo sepa. Alicia se quedó hecha polvo cuando Álex la dejó.

—Y empezó a prostituirse.

Esperé. Acababa de soltar un órdago. Otro. Hasta el momento, se nos había presentado a Alicia como una niña modélica, pero yo me olía algo. Néstor dudó unos segundos, y al fin asintió fatigado, confirmando mis sospechas.

—¿Le proporcionabas clientes?

—¡No soy un proxeneta! ¡Yo era su amigo! —A punto de estallar.

Lo estudié de nuevo y volví al ataque, aún sorprendida por mi puntería. Alicia había acabado siendo *escort*...

—¿Quién era su chulo?

—No lo sé.

—¿Y Álex? ¿Se olvidó de ella sin más?

—No. Álex... Bueno, intentó hacer bien las cosas. Con María, quiero decir. Lo intentó al principio, ya sabes, lo que se considera hacerlo bien. ¡El puto cuento chino de siempre!

—Te he entendido, Néstor. ¿Y qué pasó luego? ¿Siguió acostándose con ella?

—Se lo puedes preguntar a él. —Se cruzó de brazos.

Me estaba hinchando las narices.

—Había semen de tu hermano en la ropa de Alicia —subrayé.

Se le salían los ojos de las órbitas, golpeó la mesa con el puño. No me inmuté.

—Eso no implica que se acostaran... —declaró—. Fue una trampa.

—¿Fue una trampa? ¿Urdida por quién? ¿Cómo lo hicieron? ¿Drogaron a Álex con burundanga? ¿Lo obligaron a cascársela?

Néstor me fulminó con la mirada. No respondió.

—¿Crees que estuvo con ella esa noche? —insistí.

—Lo que yo crea es cosa mía.

Me desprendí de la americana, briosa. Estaba despeinada, alterada. Aquel cabrón me estaba haciendo sudar. Mantuve la compostura apretando las mandíbulas.

—¿Crees a Álex capaz de matarla?

—De eso sí estoy seguro: Álex jamás habría matado a Alicia —susurró.

—A veces es violento...

—Poco violento es para lo que tiene uno que aguantar. ¿Tú lo crees, Natalia? ¿Crees que la habría matado?

—Soy yo quien conduce el interrogatorio.

—Ya lo sé, sé que hoy no eres Natalia, que eres la inspectora Herreros. Y como tal te he tratado desde que atravesé esa puerta. Pero te ruego un inciso. ¿Crees que Álex la mató?

No tenía que entrar en su juego. Esperaba mi respuesta, me atravesaba con sus ojos de loco peligroso. ¿Álex? ¿Matar a Alicia?

—Jamás lo habría hecho —negué.

Asintió satisfecho. Se recostó en la silla.

—Pero eso es lo que nosotros suponemos, Néstor. La realidad...

—Sí. La realidad puede ser otra. Lo sé.

Tomé un sorbo de agua del botellín. Néstor se ajustó los gemelos, exhausto.

—Cuando Álex..., cuando Álex estuvo preso, ¿te pusiste en contacto con el inspector Pinedo, de Homicidios?

—Fue él quien contactó conmigo. Me interrogó. Nada que ver con lo que haces tú ahora, por cierto.

—¿Demasiado duro?

—*Tú* eres demasiado dura.

Ignoré el comentario. Según Pinedo, nunca habían hablado.

—¿Intentaste comprarlo?

—¿A Pinedo? Jamás —zanjó—. No sé quién crees que soy.

—Pinedo adquirió un Maserati a las pocas horas de que Álex dejara la cárcel —expliqué—. ¿De dónde sacó el dinero?

—Le tocaría el cupón de los ciegos. Qué sé yo...

La suma para el deportivo había salido de alguna parte, y si Néstor no tuvo que ver, podía ser aún peor.

—Álex se hallaba preso. He investigado, Néstor: la cárcel de A Lama es una de las más peligrosas de Europa. Está masificada, hay muchas reyertas y es la que más muertes no naturales registra cada año. Sé que a los dos días del ingreso de Álex en el penal estuvieron a punto de matarlo de una paliza. Cuando se recuperó, le sacó un ojo a otro recluso y acabó en la celda de castigo.

—Mi hermano se defendió. ¿Querías que se dejara dar por culo?

Continué como si no lo hubiera escuchado:

—¿Ni siquiera lo intentaste, Néstor? Se estaba jugando la vida. ¿No moviste hilos para sacarlo de allí?

—No lo hice. Álex se las supo arreglar desde que era bien pequeño. La verdad es que lo admiro, deberían ponerle una estatua. Pero aquí solo triunfan los ladrones, los palmeros, los politicuelos y los pintamonas.

Lo observé sin interrumpirlo mientras vomitaba su discurso. Enérgico y acalorado.

—Las democracias irán cayendo. ¿No lo has pensado, Natalia? El tiempo hace bien su trabajo, y el poder decisorio del tonto no puede equipararse al del listo; eso no es lógico ni productivo.

Muy interesante. Ya tenía de qué hablar en la próxima reunión familiar. Pero no estábamos allí para debatir modelos de Estado. Me acomodé, lo analicé. El ritmo acelerado de mis preguntas lo estaba derrumbando. Debía seguir así.

—¿Qué puedes decirme de Ennio Rossi?

—Que es un hijo de la gran puta.

—Su imputación te convino. Te apropiaste de sus empresas.

—Me habría convenido mucho más que lo mataran a él, en vez de a Alicia.

—¿Se acostaba con ella?

—Sí. Estaba obsesionado con Alicia. Y el otro cabronazo, Julio Salas, también se la tiraba.

Vaya, aquello era nuevo.

—¿Lo sabe Álex?

—No lo sabe. Y ya habían roto.

Esperé, por el bien de todos, que a la siguiente pregunta no respondiera lo que me estaba temiendo...

—¿Quién llevó la defensa jurídica de Álex?

—Julio Salas.

Me lo había olido. Se acostaba con la víctima y defendía al sospechoso... Qué desastre. Dejé caer el lápiz con un suspiro.

—¿Por qué? —pregunté.

—Porque aún no me había percatado de que era un perro ruin.

—Ya... ¿Te llamó Alicia la noche en que la mataron?

Titubeó. No esperaba esa cuestión; no en ese momento.

—No.

—¿Dónde estabas?

—¿Cuándo?

—Cuando te llamó.

—No me llamó. —Sonrió por primera vez en toda la tarde—. ¿Te refieres a cuando la mataron? Yo estaba en mi casa de Plentzia.

—¿Con tu mujer? —seguí.

—No. Estaba solo. Rocío había ingresado en el hospital. Iba a dar a luz.

—¿Y no la acompañaste?

—Me echó de allí. Se había enterado de una relación extramarital.

—Entonces, no tienes coartada.

—¿Crees que la maté yo?

—No estoy aquí para hacer juicios de valor.

Negó cansado. No iba a darle tregua:

—¿Cuándo supiste que había desaparecido?

—Lo leí en los periódicos —murmuró—. Unos días más tarde, cuando ya habían encontrado su ropa en el Buciero.

—¿Te sorprendió?

—No. —Volvió a recostarse en la silla, intrigado. Había respondido sin pensarlo. Ya no controlaba lo que decía. Se secó la frente con un pañuelo inmaculado—. ¿Qué importancia tiene que aquello me sorprendiera?

—Simple curiosidad... Otra cuestión. Lander Abad. ¿Lo conoces?

—No. No sé quién es.

Aún extrañado por la pregunta anterior me examinaba con perversidad.

—Aurora García.

—No he oído ese nombre en mi vida.

Los cadáveres de Billano.

—Ibán Suárez.

—Es mi terapeuta.

—Ya... ¿Conoció a Alicia?

—No, que yo sepa.

—No te creo. Los pagos que le haces a Suárez tienen que ver con ella.

—No veo cómo —replicó.

—¿Qué interés podía tener Salas en que yo hallara esos recibos? Golpeó la mesa con la palma de la mano.

—¡El interés de joderme a mí! Por su culpa te tengo aquí delante, ahora mismo, preguntándome por ellos.

Me crucé de brazos. Posé el lápiz, cerré el bloc. Antes de hacerlo taché una cuestión que no llegué a plantear: ¿Había algún nexo entre el asesinato de Alicia y las reuniones periódicas de un grupo en Liébana durante décadas? Recibí un *mail* de Álex refiriéndose a aquello, y él parecía darle importancia, pero yo no lo consideré relevante. Sin embargo, había investigado sobre las cajas «Reprobus». Según una leyenda del siglo XIII, ese era el nombre de un gigante de rostro espantoso que se convirtió al cristianismo tras sufrir martirio y mil peripecias. Más tarde fue conocido como san Cristóbal. Seguía sin saber hacia dónde conducía aquello.

Volví a escrutar a Néstor. Estaba despeinado, ansioso, sudoroso. Fuera de sus casillas.

—Te confesaré lo que creo —le dije—. Si te interesa, claro.

Abrió los brazos conciliador. Rendido. Le interesaba.

—Le guardas las espaldas a alguien. Hay algo gordo detrás de todo esto; tan gordo que asusta.

Mantuvo la mirada férrea, el tronco erguido. Intentaba intimidarme. Me puse en pie. Mis piernas entumecidas, mi cabeza embotada. Me estrechó la mano.

—Espero verte pronto en circunstancias más favorables —afirmó.

Le di las gracias. Se alejó, tieso como una vela, y lo vi desaparecer al otro lado del corredor. Recogí mis papeles; mi pulso temblaba. Algo en aquel interrogatorio había hecho que mi composición de lugar se alterara por completo.

21

ÁLEX

Bilbao, 2 de junio, jueves

Estaba fuera del Cuerpo. Me puse en pie a las siete de la mañana. Me negaba a convertirme en uno de esos individuos que vegeta en la cama hasta las once.

En unas horas me había quedado sin empleo, sin pareja, sin casa... Observé la ría desde el ventanal del piso de Néstor. Había dormitado durante años, arrastrado por la inercia de la vida fácil. Ahora disponía de doscientos días con sus horas blancas y diáfanas.

Había dedicado el miércoles a mi pequeña mudanza. No tenía mucha ropa, pero sí libros, discos, papeles acumulados en casa de María. No fue fácil sacar mis cosas, me asaltó al poner los pies en el piso. Por mi parte, estaba todo dicho. Ella no quiso asumirlo, la escena fue lamentable, y volvió a la carga con lo de la noche de agosto de 2001.

—Te oí salir de casa, le mentí a la Policía. Sé que mataste a Alicia.

Extraje el móvil, entré en la agenda, fuera de mis casillas.

—Puedes llamar a este número —le mostré la pantalla—. Inspectora Herreros, Homicidios. Dirige el caso de Alicia. Estará encantada de escuchar lo que quieras revelarle.

María anotó el número de Natalia. Lo hizo con pulso firme. En las malas, conocemos a las personas.

Me asombró mi frialdad. La planté sin mirarla. Dejé esa casa, la vida ficticia en que me había enrolado huyendo de Alicia, de Alicia y de la responsabilidad que cargaba en mis hombros. ¿Amor? ¿Culpa? ¿Lástima? Quizá fuera otra cosa, y en lugar de sentarme a decidirlo, volví a leer el último *mail* y pensé en los borrachos de sus padres, en el asco que me hacían sentir. A veces basta un mal golpe para dejar a alguien sin vida.

Me levanté de la mesa, abrí las ventanas, recogí los restos del desayuno. Boxeé treinta minutos; otros treinta de máquinas y cardio.

Cuando estaba en la ducha sonó el teléfono. Néstor, desde la enfermería del penal. Nada grave, una bajada de tensión. La inspectora Herreros lo había interrogado durante horas.

—Eso tumba a cualquiera —concluyó.

—¿Ha ido a tomarte declaración?

—Ayer por la tarde... ¿No sabías nada, bobito?

Soltó una carcajada al otro lado de la línea.

—Estás atontado, Álex. ¿Ya te han suspendido?

Preguntaba por preguntar, sabía de sobra que estaba fuera del Cuerpo.

—Técnicamente disfruto de una excedencia —aclaré—. Llegué a un acuerdo con los de Asuntos Internos...

—Un acuerdo y mis cojones. Te han largado.

Lo imaginé derrumbado en la camilla, con su camiseta de tirantes y su cara de mafioso. Natalia lo había fundido. Un baño de humildad.

—Te puso contra las cuerdas, ¿eh, Néstor?

—¿A ti también te trata así?

A mí me trataba peor.

—Ya viste que no —me jacté—. Recuerda la noche de la discoteca...

—Recuerdo esa noche, llenaste el suelo de babas. —Tosió ahogado.

Aproveché para meter baza, para cambiar de tercio:

—Néstor... Quería que supieras que estoy viviendo en tu casa.

—O sea, que no hay boda.

Todo encajaba en sus previsiones, continuó despachando como si nada. Me puse en pie y me acerqué a la ventana.

—Tengo que dejarte —atajé—. He quedado a las nueve.

—Pero si estás en el paro. ¿A dónde coño vas a las nueve?

—Al monte Buciero con Natalia.

Silencio. Tardó unos segundos en responder. Calibraba la puntería.

—¿Con Natalia? ¿O con la inspectora Herreros?

Muy astuto.

—Para mí son la misma persona —tercié tajante.

—Ve con cuidado —sugirió—, no lo son. Hay una especie de pugna entre ellas. Natalia siente debilidad por ti, pero llegado el momento seguirá las pautas que le dicte la inspectora. Dirige el caso de tu ex.

—Fui yo quien reabrió ese caso. No hay nada que ocultar.

Elevó el tono de voz.

—¿No estás fuera del Cuerpo? Si te pone, la invitas a cenar o a dar un paseo en moto. Me gusta para ti, mucho. Pero mezclas las cosas.

—Yo también siento debilidad por ella —admití—. Y estamos juntos en esto.

—No, bobito, no. No estáis juntos; ella dirige la investigación, tú eres un sospechoso. Y ahora estás desempleado, ya no eres poli. ¿Sabes lo que dejó caer ayer la inspectora? Que había semen tuyo en la ropa de Alicia. Eso es lo que ronda su cabecita.

Deslicé la palma de mi mano por la frente.

—Néstor, te tengo que dejar.

—Allá tú. Por cierto, mi abogado iba a enviarte una documentación, pero, sabiendo que estás en mi casa, puedes servirte tú mismo. Dejé unas copias sobre la mesa de mi despacho. Lo lees y lo firmas si te apetece. Es importante.

—¿De qué se trata?

—Ya lo verás. Hala, bobito, corre al Buciero. No la hagas esperar.

Cortó la comunicación sin más ceremonias. Tardé en ponerme en marcha. Mi hermano siempre me dejaba sin aliento.

Me dirigí a su despacho y dediqué quince minutos a asimilar el contenido de los documentos, a valorar mis opciones. La decisión fue rápida, no cabía alternativa. Firmé. Néstor sabía qué clase de cebo debía emplear para que yo picara como un imbécil. Como un bobito.

Aparqué junto al hotel a las nueve menos cinco. Natalia estaba allí, en recepción, con las botas de montaña y la mochila roja. Analizaba un mapa gigantesco con un rotulador en la mano. Muy concentrada, levantó la vista cuando me senté frente a ella. Sonrió.

Monte Buciero, un inmenso peñón boscoso en mitad del Cantábrico. El punto más alto rondaba los cuatrocientos metros, y una pista forestal bordeaba el perímetro.

—La carretera solo recorre una porción de la península. Desde el pueblo al faro del Pescador, cerca del penal de El Dueso. El resto de la vuelta cerrada discurre monte a través, sobre el acantilado.

Eran doce kilómetros de recorrido circular, había un buen desnivel. Iniciaríamos la ruta en el pueblo y acabaríamos en la cárcel; poco antes, encontraríamos el otro extremo de la carretera, junto al faro del Pescador.

Ambos sabíamos que era allí donde apareció la ropa de Alicia. Que el coche de Ennio había circulado junto a los muros del presidio. Que probablemente lo había aparcado en el faro para tomar a pie la pista forestal que seguiríamos en sentido contrario.

La estudié mientras se colocaba la mochila sobre los hombros y se dirigía a las puertas giratorias doblando el mapa. Pensativa. Ni siquiera le pregunté por qué había vuelto a quedarse en el hotel. No quería obligarla a idear una excusa, a mentirme de nuevo; no iba a hablarme de su ruptura con Tomás. Mantenía una distancia prudencial, iba con pies de plomo. Tampoco iba a aludir a mi último mensaje, al del beso en el portal. Pero estaba convencido de que lo leyó más de dos veces; y de tres.

—Vas a pasar frío.

Pantalón corto, camiseta de tirantes. Su ropa era apropiada para la ruta, pero no para la moto. María aún tenía mi coche.

—Hace bueno —replicó—. Tú también llevas manga corta.

Saqué mi sudadera de la mochila y se la lancé. La olió. Luego se la puso.

—¿Huele mal? —pregunté riendo.

—Huele a ti.

Enrolló las mangas, le quedaba grande. Nos calamos los cascos, se aferró a mi cintura, arranqué y abandonamos Bilbao.

La A-8 serpenteaba junto a la costa, y la moto volaba. El Cantábrico disparaba aguijones de luz. Cincuenta minutos de viaje. El Buciero apareció de pronto, a lo lejos, inmenso y oscuro. Una península boscosa rodeada de mar. Atravesamos el pueblo hasta el fuerte de San Martín. Era jueves, no había senderistas manchando el paisaje. Aire limpio, luz blanca. Natalia extrajo la pistola. La observé en sus manos.

—¿Te hicieron entregar la tuya? —preguntó siguiendo mi mirada.

Sí, mi arma reglamentaria se hallaba custodiada en la brigada.

—¿Por qué la has traído?

—Estoy de servicio —aclaró.

Se colocó el cinturón bajo la sudadera, encajó la pistola en su funda.

—Te veo con ella y me siento raro. ¿La llevas cargada?

—Lo aprendí de ti: siempre la llevo cargada. Con las trece balas.

Pero nunca se vio obligada a disparar. Natalia reflexionó en voz alta mientras se recogía el pelo; la Brigada Judicial se había quedado en el chasis.

—¿Cómo se las arreglarán sin nosotros?

—Ni lo sé ni me importa —concluí—. El comisario ha puesto a la plantilla en su contra. No debió dejarte ir; ni siquiera se cuestionó por qué lo hacías.

—Sí se lo cuestionó —confirmó Natalia—. Me hizo llamar a su despacho, quería saber si tenía problemas contigo.

Vaya... El comisario Parra andaba más despierto de lo que parecía.

—Le dije que te consideraba buen jefe. Aunque a veces fueras violento.

—No soy violento.

—Parra lo dejó caer. Ya habías reventado el archivador, y quiso saber si asistimos a episodios similares. Intenté quitarle hierro al asunto. —Natalia inspiró hondo antes de seguir—: Luego me ofreció la jefatura.

Lo soltó sin mirarme mientras activaba el GPS, concentrada en apariencia. La contemplé sin dar crédito.

—Estaba dispuesto a colocarme en tu puesto. Parra intentaba liquidarte.

—¿Lo rechazaste?

Era evidente que sí. Ni siquiera respondió.

—¿Por qué no aceptaste?

—No me interesaba el cargo, estoy donde tengo que estar.

Ahí se equivocaba, los dos estábamos fuera de lugar. Contempló el mar señalando Laredo a lo lejos. Daba el asunto por zanjado.

Comenzamos a caminar hacia el sendero, me tendió el protector solar.

—¿De veras piensas que soy violento?

—Soy consciente de los esfuerzos que haces para controlarte.

—Nos han modelado para asumir la violencia como algo negativo.

—¿Y no lo es?

—No justifico la violencia gratuita. Aborrezco el ensañamiento, no apruebo el mal. Creo, sin embargo, que la violencia defensiva es justa.

—¿Y quién decide lo que es defensivo?

—Un individuo está obligado a defenderse; moralmente obligado. Han deslegitimado algo que puede ser ético.

Alcanzamos el sendero de tierra batida. Los acantilados caían a nuestros pies. El monte se elevaba a la izquierda. Caminamos a buen ritmo hacia la cara norte del peñón. Vegetación más frondosa, ambiente sombrío; el sol no lamía esas crestas, no atravesaba las copas de las encinas.

Era fácil estar con Natalia, hasta el punto de no haberle dedicado un solo pensamiento a Alicia ni al tercer *mail* del asesino en las últimas horas. Quiso saber si sospechaba de alguien. ¿Quién era el topo?

—Sospecho de Cortés, del propio Parra... Tampoco me gusta Arancha.

—Es una cría —repuso Natalia.

—Es un bicho —concluí—. Cuando no estaba pegada a Nico te andaba haciendo la pelota a ti. Hay que diferenciar a los aduladores de los auténticos colegas. Jamás te contradecía en nada; y eso es sospechoso.

—¿No concibes que se pueda admirar a una mujer? Néstor tiene razón, eres un machista.

Néstor. Ya tardaba en salir a colación el maníaco de mi hermano.

—Yo te admiro —subrayé—. Más que a cualquiera de mis compañeros varones. ¿Machista? ¿Yo? Joder, soy un verdadero fraude. Machista, violento... ¿Algo más?

Natalia negó entre risas. Le había faltado tiempo para soltar lo del puto machismo.

—Será mejor que me devuelvas la sudadera —decidí—. Seguro que pensaste que era un machista cuando te la presté en el hotel.

—Sé distinguir el machismo de la cortesía. —Natalia se estaba quitando la sudadera.

—Joder, Natalia, estaba bromeando.

—Guárdala. Ya he entrado en calor.

Nos detuvimos, embutí la prenda en la mochila. Natalia consultó el mapa.

—Néstor acabó en la enfermería por tu culpa.

Me miró divertida.

—Él también me provocó un buen dolor de cabeza —aseguró—. Cuando salí de El Dueso fui al hospital de Laredo. Tuvieron que inyectarme Dolantina.

La estudié mientras caminábamos. Vacilé antes de continuar:

—¿Es la primera vez que te inyectan Dolantina?

—Bueno... La segunda o la tercera vez.

—O es la segunda o es la tercera.

O la cuarta o la quinta. De repente, se percató de la importancia de lo que acababa de soltar. Respondió evasiva:

—¿Me estás interrogando, Álex?

—¿Sabes lo que es la Dolantina? ¿Conoces sus efectos?

—Los experimento cada vez que me la inyectan.

Me detuve en mitad de la senda. Dio unos pasos más antes de frenar en seco.

—Puede crear adicción, Natalia.

—¿Quién soporta tanta mierda sin meterse química en vena? Los suicidios se dispararían de no ser por las drogas. Legales o ilegales. ¿Qué me dices del alcohol? Estás exagerando.

—No exagero. Me estoy controlando para no soltar lo que pienso.

—Suéltalo, no te cortes. Pero si te parece continuamos caminando.

No iba a retomar la ruta hasta que no me escuchara.

—Te inyectas por comodidad. Es más fácil desactivar el dolor con pinchazos que enfrentarte a lo que lo provoca.

Reanudamos la marcha sin dirigirnos la palabra. El crujido de los pasos, el trino agudo de los pájaros.

—¿No vas a hablarme en toda la mañana?

—Te crees que lo sabes todo. No eres perfecto.

Sabía que no era perfecto, no hacía falta que ella me lo recordara.

—Eres un inquisidor.

—Y me lo dice la persona que hizo cagarse a un tío en la sala de interrogatorios.

Me entró la risa. Ella intentó contenerse, pero al final también se rio.

—Álex... Estaba mal del estómago.

—No es lo que se cuenta por la brigada... Se cagó de miedo.

Habíamos alcanzado la bifurcación. La senda continuaba de frente, pero a la derecha un cartel señalaba la bajada al faro del Caballo. El lugar más recóndito de la costa, abandonado desde hacía décadas. Setecientos escalones, cincelados en el siglo XIX por los presos de El Dueso, conectaban el sendero con el faro. Cien más descendían hasta el mar.

—¿Bajamos?

Almorzamos antes del descenso. Sacamos el agua, la tortilla. Natalia llevaba sándwiches. El arbolado denso enturbiaba la luz, nubes traidoras invadían el cielo. Volvió a pedirme la sudadera, la temperatura se había desplomado. Era un lujo estar allí, un jueves cualquiera, en mitad de la nada.

—Álex, nunca me has contado por qué te hiciste policía. ¿Lo de Alicia tuvo que ver?

Nunca me lo había planteado. Lo de Alicia me había marcado, pero fue mi padre quien me sugirió ingresar en el Cuerpo, cerrar el estudio de arquitectura.

—No ganaba un solo concurso y le hice caso. Mi padre es un hombre espartano. Austero y metódico. Carece de habilidades sociales, pero todos recurren a él porque sabe resolver problemas.

—¿Qué quieres decir?

—Que cuando mi padre ofrece un consejo, lo hace porque es lo correcto. —A fin de cuentas, él siempre lograba sus propósitos. Si necesitaba algo, iba a por ello; y me lo había inculcado—. Podía ser muy persuasivo... —murmuré.

Natalia me estudió unos instantes. Luego desvió la mirada.

—La tortilla está de muerte —reconoció—, te sale muy bien. ¿Conocías el Buciero?

Asentí.

—¿Viniste con Alicia?

Interrogatorio velado. Comenzaba elogiando mi tortilla para colar una cuestión comprometida.

—He venido unas diez veces —aclaré—. Siempre solo. —Yo también sabía manejar una conversación—. Tu sándwich de pollo con pimientos está fantástico —añadí—. ¿Lo has cocinado en el hotel?

Negó, consciente de mi maniobra de distracción.

—Lo preparé anoche en casa de mis padres. Cené con ellos.

—¿Tomás vuelve a estar de viaje?

—Siempre está de viaje —mintió—. Oye, una duda... —Tomó aire—. Néstor tiene un piso en Deusto, ¿no? Frente al Guggenheim.

Asentí. La veía venir...

—¿Cuánto hace que lo compró? ¿Ya era suyo cuando murió Alicia?

—Lo era. Rocío y él se mudaron a Plentzia después de la boda. ¿Por qué lo preguntas? —No pensaba mentirle, pero tampoco se lo iba a poner fácil. Aquello me divertía—. ¿Te interesa? ¿Buscas piso en Bilbao?

—Bilbao no ofrece nada que me pueda interesar, Álex —suspiró—. Nada de nada.

—¿Te apetece verlo? Es una pasada...

Pretendía intimidarla, pero su contraataque me dejó sin habla.

—¿Sabes si se cambió la cerradura en algún momento?

—¿Puedes precisar, Natalia? ¿Ser un poco más concisa?

Nos miramos en silencio. Se encogió de hombros.

—Da igual. Déjalo. ¿Bajamos al faro?

El piso de Deusto. ¿Qué relación guardaba con el caso? Le di vueltas al asunto mientras recogíamos la basura, mientras nos poníamos en marcha de nuevo. Ella no iba a hablar claro, y yo no preguntaría más. El descenso al faro fue duro, los escalones excavados en la roca eran irregulares, demasiado altos. Natalia se detuvo a medio camino, me rogó que continuara solo; esperaría allí con las mochilas. Estaba pálida; nadie se mete Dolantina por gusto.

Me llevé una toalla, bajé hasta el mar, estaba exhausto. Me zambullí en las aguas cristalinas, con el monte boscoso a mi espalda. Acabaría lloviendo.

Tras mi baño, y una dura subida, retomamos la ruta. Cubrimos el último trecho en silencio, zigzagueando entre árboles diseminados en la pendiente.

—¿A qué altura estamos?

—A unos cien metros. Sujétate a la cuerda.

Súbitamente, un claro en medio el bosque. Natalia se detuvo, activó el GPS.

—Fue aquí. Aquí la asesinaron.

Miré a mi alrededor. Natalia tiritaba mientras sostenía la cámara de fotos, tomaba instantáneas, removía la hojarasca con la puntera de su bota.

—Puede que la mataran en cualquier otra parte. Aquí solo estaban su ropa y la sangre... —murmuré—. En realidad, no sabemos lo que ocurrió.

No sentí nada. Aquel lugar en mitad del monte no me causaba ninguna impresión. Contemplé a Natalia, sus piernas desnudas, su perfil perfecto.

—Nos va a caer la tormenta encima —concluí.

No me había escuchado. Reflexionaba ajena a mi presencia.

—Quizá nada ocurriera como lo recoge el informe...

Ennio Rossi había conducido hasta el faro del Pescador, dejó el coche en el aparcamiento, se internó en el bosque con Alicia, no más de cincuenta metros, y la mató allí mismo, en el punto exacto en que nos hallábamos. Luego, tras cargar su cuerpo en el maletero, las cámaras de El Dueso lo captaron de regreso al mundo civilizado.

—Pudo haber alguien más. Las cámaras no lo grabaron porque no llegó desde El Dueso —subrayó—. Bordeó todo el monte desde el pueblo, como hemos hecho nosotros. —Seguía tomando fotos.

—¿Un cómplice de Ennio? —tanteé.

—Yo no lo llamaría cómplice. Ennio fue el cabeza de turco.

—Era de noche... —repuse—. ¿Ese individuo misterioso arrastró el cuerpo a través del bosque? ¿Por la senda que acabamos de recorrer?

—Quizá esperara a que amaneciera. Rodeó parte del perímetro para evitar las cámaras del penal.

—¿Acarreó un cadáver seis kilómetros? ¿No se encontró con nadie?

—Llevamos cuatro horas caminando y no nos hemos topado un alma.

Cuadraba, era verosímil. Pero algo no encajaba. Se mordía los labios, pensativa, cuando cayeron las primeras gotas. Capturó más instantáneas, estiró la cinta métrica. Le iba dando vueltas a su hipótesis, que era brillante pero vaga. ¿Y la ropa? ¿Por qué se abandonó la ropa de Alicia?

A las dos y media dejamos atrás los muros de El Dueso. A las tres llegamos a Santoña; empapados, desfallecidos. Invadimos un bar abarrotado, pedimos unas raciones, nos despojamos de los impermeables y ocupamos una mesa en cuanto quedó libre. Me perdí unos instantes en su rostro; sin pretenderlo, queriendo evitarlo. Su vista seguía fija en la carta, y desvié la mirada hacia la barra. Jamones, lotería, botellas brillantes de bebidas varias. Volví a estudiarla. Parecía cansada.

—¿Te marchas mañana? —pregunté.

—El sábado se casa Ane. Me quedo hasta el domingo. Ni siquiera tengo vestido...

Cerró la carta resoplando, y pensé en la cancelación de mi boda. Tanteé el terreno. Era el momento, tenía que hacerlo. Nos separábamos en una hora, no podía despedirla en el hotel sin habérselo contado.

—También yo me voy el domingo. Dejo Bilbao —sentencié.

Me observó sorprendida, con interés. Jugueteó con el tenedor mientras me analizaba. Arranqué de nuevo, midiendo mis palabras:

—Voy a dirigir El Principado, el casino de Néstor, en la Castellana.

Cerró los ojos lentamente. Volvió a abrirlos. No dijo nada. Mi vista seguía clavada en su iris color caramelo.

—En Madrid —añadí.

—Sé dónde está la Castellana, Álex.

La había descolocado y me estaba calibrando, intentaba saber por qué lo hacía, por qué me mudaba a Madrid, pero no me lo iba a preguntar, pretendía leerlo en mi rostro.

—¿Y María? —agregó.

Aparté la mirada. Quería hablarle de la ruptura, pero algo me decía que se pondría en pie si lo hacía. Se largaría sin volver la vista. Aún era pronto.

—Néstor paga bien, una pasta. Y es lo único que le importa a María.

—Pensé que aborrecías ese mundo —replicó.

Aborrecía aquel mundo, lo detestaba, pero esa misma mañana, siguiendo las indicaciones de mi hermano, había firmado un contrato que me convertía en el nuevo gerente del casino.

—No puedo pasar seis meses de brazos cruzados —aclaré.

—El trabajo es un sometimiento. No será muy bueno si te pagan por hacerlo. Esas frases son tuyas —recordó.

La observé en silencio. Mantenía una pugna consigo misma. Tardó en resolverla y habló al fin:

—Voy al gimnasio a las ocho. Todas las tardes, a golpear el saco. Podemos ir juntos, si quieres.

—Me encantaría —admití.

Había escampado. Algunas notas de luz atravesaban las gotas de lluvia y se colaban a través de las cristaleras del bar. Suspiré. Natalia acababa de ganarle una batalla a la inspectora Herreros.

22

NATALIA

Bilbao, 5 de junio, domingo

La boda de Ane había resultado mejor de lo esperado; por unas horas logré evadirme. Pero la comida familiar al día siguiente me devolvió a la realidad. Todo empezó como siempre, con mis sobrinos lloriqueando, viendo dibujos en su *tablet*, golpeando el plato con el tenedor... Luego, la reunión degeneró en una discusión de las gordas. Alguien me había visto llegar a mi hotel con un tío; en moto. No estaba bien andar con otros cuando acababa de romper con Tomás.

—¿Quién era ese fulano? —insistía mi hermano Aitor—. ¿Lo conociste en una página de contactos?

Me largué sin acabar la paella. Quedarme, permitir que hurgaran así en mi intimidad, habría supuesto faltarme al respeto a mí misma. Mientras me dirigía al vestíbulo, Aitor disparó la última bala:

—Desde que te fuiste a Madrid eres otra. Abandonas el curro, le das boleta a Tomás... Y dejas de apoyar a la familia.

Ahí radicaba el problema: Aitor había vuelto a pedirme dinero y yo le había cerrado el grifo.

Me había citado con Tomás en un par de horas y decidí hacer tiempo en una cafetería, ojeando la prensa, envuelta en el soniquete de la tragaperras. Un padre de familia frenético le daba a la maquinita sin sonrojo mientras las palabras de Aitor —«Un polvo rápido con un guaperas de gimnasio»— me seguían acosando. Solo habíamos entrado a recepción a por un mapa: Álex me indicó el camino más corto para ir a Guernica a entrevistar al marido de Aurora.

Por no hacerme mala sangre, acabé sacando un dosier de la

maleta. Abrí el informe: exhumaciones, cabo Billano. Aurora García y Lander Abad habían sido ciudadanos ejemplares. El marido de ella me había recibido en su caserío. Abogada con despacho en el centro de Bilbao, madre de una hija.

—Siempre lo supe, no se fue por propia voluntad; adoraba a la niña.

No tenían enemigos. Me entregó un inventario con los últimos casos de Aurora en el bufete. Lo desplegué frente a mí; más de cien expedientes.

Lander Abad. Me entrevisté con su hijo. Lander fue un tipo cordial que trabajaba en su estudio de sol a sol. El muchacho preparó un sumario con sus proyectos por aquellas fechas. ¿Enemigos? ¿Deudas? Nada.

Acabar enterrados en el mismo agujero no podía ser casual; necesitaba hallar el nexo entre ellos, y también con Alicia, pero era tarde y debía irme. Cerré el dosier y salí de la cafetería tras un último vistazo al jugador. Había que ser muy fuerte para no caer en algún tipo de adicción en los tiempos que corrían.

Llegué al portal, a mi viejo portal. Llevaba sin ver a Tomás desde la ruptura en Madrid y me sentía culpable; lo dejé tirado como a un perro. Fue insistente, le debía un café, era lo menos que podía hacer.

Abrió sonriente. Camisa recién planchada, pantalón de vestir. Se había embadurnado el cabello en gomina.

—He pintado las paredes, hice limpieza y arreglé los enchufes.

La casa seguía siendo un agujero de mala muerte, pero lucía un toque de gracia. Café y bizcocho: Tomás había recurrido a una receta de Internet.

—Me he apuntado a un gimnasio y a clases de cocina japonesa.

—Odias el *sushi,* siempre has dicho que es veneno.

—He cambiado, Natalia.

¿En quince días? Nadie cambia en quince días, ni siquiera en quince años. Cabían dos opciones: que Tomás se engañara a sí mismo o que me engañara a mí. Quizá hubiera llorado por las esquinas hasta las cinco menos diez. Me senté en el sofá, sirvió el café y se acomodó mientras hablaba de la cantidad de currículos que había enviado. Aplomo y seguridad. La gomina le sentaba como un tiro, y el bizcocho se me hizo bola entre la lengua y el paladar. Pobre Tomás...

—Voy a comprar un piso junto a la ría.

No me parecía que comprar un piso a las dos semanas de ir al paro fuese un buen negocio. Aquella euforia era tan preocupante como las ideas de suicidio con que se había regodeado en nuestras penosas conversaciones telefónicas.

—Me gustaría conocer tu opinión —siguió—. Voy a luchar por conseguir ese futuro contigo.

Mi futuro no pasaba por allí, divergía diametralmente del suyo.

—Tomás, yo...

—Lo sé, lo sé, no te quiero agobiar. Necesitamos nuestro espacio, crecer por separado.

—Lo hemos dejado, Tomás.

—Sí, Natalia —aceptó malhumorado, alzando la voz—. Nos estamos dando un tiempo hasta que todo se encauce.

Tomé aire.

—No hay nada que encauzar. Hemos roto.

—*Tú* has roto.

—Vale, *yo* he roto. Me alegra que tengas ilusiones y te cuides... Pero debes hacerlo por ti. No me esperes, Tomás. No voy a volver.

Me estudió solemne con los brazos cruzados, sin tocar el café.

—¿Has acabado el discurso, Natalia?

—No sé si he acabado. No hagas esto, no trates de ser otra persona para que me enamore de ti.

—Estoy en todo mi derecho a intentarlo. Te quiero, ¿vale?

Querer, querer, querer. Como si querer lo fuera todo.

—Lo que veo me asusta.

—¡También a mí me asusta lo que veo! Me has dejado tirado, esa es la verdad, solo has pensado en tu carrera.

Del mismo modo que él había pensado en la suya, pero recordárselo no nos llevaría a ninguna parte. Quería zanjar aquello. Tomé un sorbo de café mientras él se desgañitaba.

—No te haces idea; no sabes todo lo que he dejado por ti, los trabajos que he rechazado. Esto que me has hecho es una putada. Hablaste de darnos un tiempo, el otro día dijiste...

—Sé lo que dije en Madrid. Y tú también lo sabes.

—Eres una ingrata. Solo piensas en ti. Ni siquiera quieres hijos... ¿Qué clase de mujer eres? Solo te deseo que lo pases la mitad de mal que yo; no habrá que esperar mucho, porque estás muy sola. —Había perdido los papeles. Me apuntó con el dedo—. Eres un fraude.

Noté un nudo en la garganta.

—No se puede desechar a los demás como si fueran colillas —escupió—. Tú eres responsable de lo que me suceda a partir de ahora. ¿Me oyes? ¿Me estás escuchando? Eres un cáncer.

Me puse en pie. Estaba claro, no me habría ofendido tanto de no creer que tenía parte de razón. Agarré la maleta, colgué la mochila al hombro y me dirigí a la salida. Tomás siguió mi camino, antepuso su brazo, pegó un puñetazo en la puerta.

—Déjame salir, Tomás.

—Primero vas a escucharme. —Me acorraló.

Lo golpeé en el pecho con el puño, histérica.

—¡Quiero irme, no puedes retenerme!

—Hay otro tío. ¿Es eso? Confiésalo, me has jodido la vida y me lo debes.

Intenté apartarlo, pero me agarró por las muñecas. Me hizo girar, me obligó a pegar la espalda a la pared, presionando mis brazos contra ella en alto. Acercó su rostro al mío, noté su aliento. Sentí una rabia inmensa, me había inmovilizado, bloqueaba mis piernas con su cadera. La patada en los huevos iba a tener que esperar...

—¡Tomás! —grité—, mira lo que me estás haciendo.

—Mira lo que me haces *tú* a mí. ¿Hay otro? ¿Cuánto hace que te lo tiras? ¿Te lo follabas aquí, en casa? —Aporreó la pared con el puño, junto a mi cara. Cerré los ojos con fuerza—. ¡Responde!

No podía hablar, me ahogaba en mi propia ira, me convulsionaba espantada. Pero no sentía miedo, solo rabia, la impotencia de verme indefensa, humillada, brazos en alto.

—¿Hay otro? ¡Responde! —gritó en mi oreja.

Una punzada intensa me atravesó la muñeca izquierda. Escuché un gemido, mi propio lamento al sentir dolor. Un pitido en el tímpano.

—Hay otro tío, lo hay —reconocí derrotada.

—Lo dices para que te suelte —murmuró rabioso.

—No, Tomás. Me he enamorado de Álex.

Nunca lo había verbalizado y ahora acababa de escucharme; como si aquella no fuera mi voz. Tomás aporreó la pared, volvió a hacerlo a un milímetro de mi sien. La cólera de los impotentes.

—Repítelo mirándome a los ojos. ¿Cuánto hace que os acostáis?

—No nos hemos acostado —declaré histérica. Lo miré a los ojos inyectados en sangre—. Y te he dejado porque eres un mierda —apostillé—. Él jamás se comportaría así. Te habría dejado en cualquier caso; con o sin Álex.

—Eres una zorra. Podría matarte aquí mismo.

—Y seguiría estando enamorada de él —susurré—, seguiría pensando que eres un mediocre.

—Dame un motivo para no hacerlo, para no estrangularte —masculló.

—Eres patético. Tenía que haberte pegado un tiro cuando aún estaba a tiempo.

Me golpeó en el pómulo, me arreó un bofetón con fuerza. Mi nuca rebotó contra la pared, sentí dolor en la mejilla y se me nubló la vista. Caí de rodillas al suelo. Tomás me había soltado, me observaba asustado, como si fuera consciente de pronto de la línea que había cruzado.

Me incorporé temblorosa, la sangre me goteaba en la camiseta. Respiraba con dificultad. El pitido en el oído, la punzada en el pómulo, en la parte posterior de la cabeza. Me tambaleé aturdida.

—Pégame, Natalia. —Se arrodilló ante mí en el suelo—. Pégame. Una patada, un puñetazo, un tiro.

Agarré otra vez la maleta. Se me volvió a oscurecer la vista, me apoyé donde pude, no quería perder el conocimiento; había sangre, sangre en la pintura blanca. Descorrí el cerrojo, a ciegas, palpé los goznes. Oía a Tomás, decía algo, no lo entendía, ni siquiera lo miré. Abrí la puerta, escuché sus sollozos, sus gritos. Rogaba que lo perdonara, que le disparara, que lo matara. Los sonidos se esfumaron, el pitido lo inundó todo. Volví a caer de rodillas junto al felpudo, me arrastré hasta el otro extremo del descansillo. No veía. Me incorporé a duras penas. Por un motivo que desconozco, no tomé el ascensor; bajé por las escaleras tropezando, cargada con la maleta. Me detuve en el rellano del primer piso, mareada. Me incliné unos segundos, volví a incorporarme.

Salí a la calle, di unos pasos, errática, me llevé las yemas de los dedos a la mejilla. Sangre, la misma sangre que goteaba hasta mis sandalias. Corrí la cremallera de la mochila, me temblaban las manos, tanto que no era capaz de encontrar los pañuelos de papel. Me arrodillé en el suelo, abrí la maleta en mitad de la acera, percibiendo mi respiración acelerada. Nada más. Mi respiración y el pitido. Sentía vergüenza, una inmensa vergüenza. Quería desaparecer, fundirme en el asfalto y esfumarme para siempre. Hurgué entre mi ropa, en mis papeles, estaba manchando mis cosas de sangre. La sudadera de Álex, la que me había prestado en el monte; era su sudadera favorita, la tenía desde los veinte años. «Quédatela, ya me la devolverás.» Sollocé cubriéndome el rostro con las manos. Alguien me preguntó si necesitaba ayuda; el sonido de una voz lejana. Negué. Había encontrado los pañuelos, me limpié la cara, las lágrimas, me soné los mocos. Cerré la maleta y me incorporé. No tenía a dónde ir, ni podía dirigirme así a ningún lugar en que hubiera alguien conocido; prefería morirme antes que verme en otros ojos. Caminé un trecho sin rumbo, arrastrando los pies.

El avión salía a las ocho, lo recordé de pronto; no tomaría ese vuelo. La pistola, debía coger la pistola, regresar y pegarle un tiro. Pero no oía nada, no sabía dónde estaba. Saqué el teléfono del bolsillo de la falda. Recordaba el número de los taxis, y en menos de dos minutos apareció uno. El taxista me preguntó si estaba bien, si quería ir al hospital. Asentí.

Radiografía craneal, facial, de muñeca; timpanometría. Ningún hueso fracturado, leve conmoción cerebral. Crisis de ansiedad, tres puntos en el pómulo, cinco en la cabeza, esguince de muñeca. Humillación. No quise denunciarlo. De repente era yo quien estaba al otro lado de la brecha; yo, la inspectora Herreros, la que había animado a tantas mujeres a acudir a comisaría. Qué patético. Los daños físicos eran lo de menos, Tomás me hizo sentir insignificante. Dejé el hospital al atardecer y regresé al hotel.

Los analgésicos amortiguaron el dolor. Me metí en la ducha. Diez minutos, treinta, cincuenta. Derramé la rabia y las lágrimas. Mi oído volvía a responder, empecé a tomar conciencia de lo sucedido. Me recompuse. A las diez de la noche tragué dos comprimidos de oxicodona, me hice un ovillo en la cama. Había perdido el avión deliberadamente. Álex viajaba en ese vuelo y decidí regresar a Madrid por la mañana. El piloto del teléfono parpadeaba en la oscuridad, un wasap de mi madre: «Hija, perdona a tu hermano, tiene muchos problemas». Lo borré sin responder. Seis llamadas telefónicas de Alejandro Brul. Un mensaje: «Estoy preocupado.

¿Dónde estás? ¿No ibas en el vuelo de las ocho? ¿Qué te ha pasado? Llámame, por favor».

No podía llamarlo, me echaría a llorar al oírlo, y él me lo sacaría todo; acabaría explicándole lo ocurrido. Álex regresaría a Bilbao, se haría con mi pistola, no titubearía antes de pegarle a Tomás un tiro en los huevos. Y me observaría con otros ojos, pensaría que era una pusilánime, una pobre idiota a la que cualquier pelele podía golpear.

«Perdí el avión. Bebí demasiado, la boda se me fue de las manos. Nos vemos pronto.»

Siempre nos quedará la mentira...

Lunes. Bendita oxicodona. Dormí ocho horas del tirón. Había descansado. Amanece, pase lo que pase. Dolor. Agudo e intenso. Rostro hinchado, amoratado, ojo izquierdo enramado. Tomé el vuelo de las nueve y a las doce estaba en mi ático. Madrid. Crucé la puerta como el animal que regresa a la guarida. Arrastré la maleta hasta la cocina y volqué la ropa manchada de sangre reseca en la lavadora. Saqué la pistola de la funda, la observé. Me metí en la bañera después de tomar un comprimido, jurándome que sería el último: lo necesitaba, estaba muy mal. No había vuelto a llorar, pero sentía un vacío inmenso. A las siete de la tarde ya estaba en la cama; puede que tuviera fiebre.

Desperté el martes a las once. Mi rostro aún palpitaba, mi cabeza lanzaba punzadas y me odié como nunca al contemplarme en el espejo. La hinchazón había bajado, el globo ocular recuperó su tono y me sentía mejor. Desayuné con ganas y me permití un comprimido de oxicodona. En mi teléfono, cincuenta y dos llamadas de Tomás. Tendría que cambiar de número. Saqué fuerzas para hacerme un marmitako y me lo comí en la terraza mientras revisaba el dosier de las exhumaciones de Billano. Las letras bailaban, no era capaz de centrarme. A las seis regresó el dolor, pero pude soportarlo. Estuve tentada de llamar a Álex, necesitaba oírlo, pero no lo hice, porque aún no estaba segura de poder ocultarle lo ocurrido. Permanecí despierta hasta las nueve.

Miércoles. Había concertado una entrevista, estuve a punto de anularla, pero era importante. El rostro seguía amoratado, pero la hinchazón había desaparecido y el dolor era soportable. Me puse un vestido negro, unas sandalias planas. Ojos sin brillo, apagados; el apósito era escandaloso y no me apetecía salir a la calle. Había caminado cabizbaja por el aeropuerto de Loiu hacía dos días, por Barajas; estúpidamente convencida de que todo el mundo me observaba. No podría plantarme así en ningún sitio, mucho menos en la cafetería del hotel Urban, a entrevistar a una pija ignorante. Decidí llamarla. No era razonable, pero no podía hacer nada mejor. La cité en mi casa y no puso pegas. María estaba ansiosa, ansiosa por hablar conmigo.

Pasé la mañana estudiando el caso. Dudaba de la intención de aquellos siniestros *mails* anónimos, pero apuntaban claramente a los padres de Alicia: debía visitarlos de nuevo, averiguar si era cierto que la habían maltratado. Lo anoté en la agenda. Después de comer me tumbé en la terraza. Le envié un wasap a Álex: «He estado muy liada, ya te llamaré».

Nunca había tratado con María. La habría interrogado en cualquier caso, porque la situación lo exigía, pero su mensaje me había desconcertado. Llegó media hora tarde.

Abrí la puerta al primer timbrazo y me encontré a una mujer vestida para matar. Zapatos verdes de Aquazzura, poncho amarillo de Versace, minifalda negra de Zara. El bolso, cómo no, Chanel, a juego con los zapatos. Para llamar más la atención solo le habrían faltado luces de Navidad en la cabeza. El maquillaje la avejentaba, su mal gusto a la hora de vestir solo era equiparable al de Álex para elegir pareja. No podía comprenderlo.

La invité a pasar y me introduje en mi papel. Debía olvidar a la imbécil en que me convertí aquel domingo fatídico. Inspectora Herreros, una vez más.

Su cabeza comenzó a maquinar nada más atravesar el portal. No esperaba una vivienda como aquella, organizada y agradable, pero supo disimular; tenía más conchas que un galápago. Mis ojos se clavaron en sus pendientes de perla del tamaño de avellanas. *Personal shopper*. Era para quemarse a lo bonzo.

Estaba incómoda, aquel no era su lugar. Observó mi apósito, el vendaje en mi muñeca. Quiso aparentar desinterés, rechazó el café que le ofrecí y se acomodó en el sofá, digna y aburrida. Sacó un espejito del bolso y se retocó los labios, los ojos. Dejó caer que el martes tomaría un avión a Las Vegas con sus quince mejores amigas llegadas de cada esquina del globo. Aprovechaba su paso por Madrid, el inicio de su despedida de soltera, para relatarme algo que la inquietaba. Puse en marcha el aire acondicionado y, al tomar asiento frente a ella, noté cómo lo hacía: estudiaba mi otra mano, la sana, la derecha. Las marcas violáceas de unos dedos tatuadas en mi piel pálida. Volvió a analizar el apósito y sumó dos más dos. Sentí vergüenza, bochorno. Carraspeé. Desvió la vista y comenzó a hablar:

—Álex me dio tu número, me dijo que llevas el caso. Hace semanas que no pego ojo, necesitaba soltar todo esto...

Repasó mi cabello con la mirada. Se detuvo en las puntas; las había saneado aquel sábado, antes de la boda de Ane, no podían estar abiertas. Acarició su melenita mechada. Era un verdadero bicho.

—Un policía llamado Pinedo me interrogó hace años, cuando mataron a esa chica.

—El inspector jefe Pinedo —intervine—, de Homicidios.

No me miraba a los ojos.

—Le mentí a aquel policía.

—He estudiado tu declaración —sostuve—. Afirmaste que aquella noche, la del 11 de agosto, Álex la pasó contigo en la casa de tus padres.

—En la mansión de Las Arenas —rectificó.

Asentí. En la mansión a la que se iban a mudar tras el bodorrio.

—Mentí por miedo.

—¿Miedo? ¿A quién?

Se encogió de hombros. La examiné intrigada.

—María, debes ser más concisa. ¿Qué le ocultaste a Pinedo?

—Álex estaba obsesionado con Alicia. —Suspiró—. Lo sigue estando. Yo entonces no lo sabía.

Un discurso inconexo, poco claro, hilvanado sin sentido.

—¿Conociste a Alicia?

—Sabía de su existencia, pero ignoraba hasta qué punto fue importante para él. Él la dejó por mí, y estábamos bien. Cuando Pinedo me llamó a declarar, lo entendí todo.

—¿Qué entendiste?

Negó altiva, carraspeó sin mirarme. Me estaba poniendo cardíaca. Jugueteó con el cordón del bolso y lanzó una pregunta retórica.

—¿Y si fuera él quien la mató?

Esperé a que continuara. Tomó aire, un aire que no necesitaba. Traía el guion aprendido, pero era un guion mal armado.

—¿Qué ocurrió esa noche? —Era la pregunta que María esperaba.

—Él llegó a la finca, eran las diez. Yo estaba en la cama, lo oí llorar en la ducha como si el mundo fuera a acabarse. Nunca he vuelto a verlo así.

Tragué saliva.

—¿Qué hizo al salir de la ducha?

—Se fue a leer a la biblioteca de mi padre. Más tarde volvió a irse. A las dos y pico de la madrugada. Se largó con la moto.

—¿No le preguntaste a dónde iba?

—Cuando regresó me hice la dormida.

Era de locos. Se hizo la dormida y no quiso saber nada, ni esa noche ni la siguiente. Tampoco cinco años después, ni diez. ¿A dónde fuiste la madrugada en que mataron a Alicia? La gente prefiere cualquier cosa a la verdad.

—¿Por qué no lo hiciste, María?

—Temía oír la respuesta.

La observé impaciente. Volvía a estudiar mi muñeca amoratada.

—¿Y todo este tiempo has podido vivir con esa incertidumbre? —espeté. No respondió—. ¿Se acostaba con Alicia? ¿Mientras estabais juntos?

—No lo sé...

Nadie sabía nada. Suponían, sospechaban, eso era todo.

—¿Por qué le mentiste a Pinedo?

—Por temor a la verdad —susurró—. Ella lo perseguía, lo agobiaba, no asumía que él rehiciera su vida. Y Álex se hartó.

Negué. Lo de la ducha, lo de la moto, tenía un pase. Que Álex estuviera harto de Alicia no me cabía en la cabeza.

—Ella lo llamaba, y él repetía que lo olvidara.

—¿Intentaste contactar con ella?

—Nunca.

—¿No sentías curiosidad?

Me miró a los ojos por primera vez. No esperaba toparse con mi perfil combativo, pretendía irse de rositas, soltar su lastre y salir limpia.

—Nunca he sentido celos de esa clase de chicas. Álex... busca algo más en una mujer, si es eso lo que insinúas.

—No insinúo nada, solo quiero saber. Antes has dicho que estaba obsesionado con ella.

—Quizá la matara por eso, porque no lo dejaba vivir.

—¿Entonces? ¿Era ella quien estaba obsesionada?

—Era ella. Lo buscaba, lo seguía. Él me adoraba, nunca me ha sido infiel.

Álex no era infiel, solo una pobre víctima del asedio de Alicia. Me habría reído a carcajadas de no haber estado tan rota.

—María, ¿qué opinas de Néstor Brul?

—Lo conocí jugando al golf. Él me presentó a Álex. Es un canalla, merece todo lo que le ocurra. Lo que ya le ocurrió...

—¿A qué te refieres?

—Alguien le envió un anónimo a Rocío, la mujer de Néstor, poco antes de que nacieran los niños. Así descubrió que él le ponía los cuernos.

—¿Quién te habló de ese anónimo?

Enrojeció antes de responder, probablemente avergonzada.

—Oí una conversación privada entre Néstor y Rocío... Discutían, y pensé que el anónimo fue cosa de Alicia.

Imaginé a María escuchando tras las puertas, saboreando vicios ajenos.

—¿Cómo es que pensaste en Alicia? Aseguras que no le dabas importancia. ¿De veras no la conociste? ¿Nunca hablaste con ella?

—Jamás. ¿No se rumoreó que era acompañante de pago? Yo no me mezclo con esa gente. Además, Álex ya la había olvidado.

—Pero lloraba en la ducha por ella... ¿En qué quedamos, María?

Negó efusiva. El aire acondicionado silbaba a tope, pero ella sudaba la gota gorda. Se había metido en un buen berenjenal, aquello la acabaría salpicando.

—¿Tienes coartada para esa noche?

—¿Qué? —Me observó con desprecio, hizo tintinear las pulseras al atusarse las mechas—. No responderé a esa pregunta.

—Asumo, por tanto, que no tienes coartada.

—Pasé toda la noche en la cama. Estaba mal, tenía sueño y...

—Pero no pegaste ojo. Oíste llorar a Álex. Sentiste la puerta cuando salió, el motor al arrancar... ¿A qué hora regresó?

—No lo sé, no miré el reloj.

La conoció, estaba segura, había conocido a Alicia e hizo todo lo posible por romper su relación con Álex. No tenía fuerzas para continuar y cerré el cuaderno dando la conversación por zanjada.

—¿Por qué ahora, María?

Se encogió de hombros.

—He aplazado la boda. He de saber quién es el hombre con el que voy a casarme. Necesito aclarar las cosas antes de dar el sí.

¿Había aplazado la boda? No comprendía nada. La acompañé hasta la puerta. La quería fuera de mi vista.

—Necesito que él quede limpio de sospecha antes de... —Chasqueó la lengua, desvió la mirada. Las palabras le quemaban y tenía que largarlo—: Bueno, estamos intentando tener un bebé —admitió confidente, bajando la voz y sonriendo por primera vez—. Nos hace tanta ilusión...

Me dolió; no pude reprimirme y solté algo que me salió del alma:

—¿Sabe Álex que te acuestas con otros?

Se quedó de piedra, paralizada en el recibidor, con la boca abierta. Yo me crucé de brazos y negué analizándola.

—Porque yo sí lo sé, María. Sé que no eres trigo limpio —maticé—. Y aunque ya no trabajemos juntos, lo sigo apreciando un montón.

—Pues vas a conformarte con eso —replicó ladina—, con apreciarlo de lejos.

Tomó el ascensor con el Chanel bajo el brazo. Cerré la puerta y volví a la sala. Repasé sus declaraciones. Algunas de sus mentiras eran palmarias, pero había algo clamoroso: ¿por qué trataba de inculpar al hombre con quien quería ser madre?

Sería inútil jurarme a mí misma que no volvería a ver a Álex. Golpearía un saco con él, quedaría a comer con él, volvería a reírme con él. Había traspasado el punto de no retorno y la situación era ingobernable, muy superior a mis fuerzas.

Tenía que salir de allí, necesitaba moverme. Preparé la bolsa de deporte, me fui a clase de pilates.

En mitad de la sesión supe que estaba superando el trance. Capaz de mantener el equilibrio con los ojos cerrados, de sostener la postura del héroe y la del guerrero. La hora pasó volando, y al salir, me topé con un rostro conocido. Nico Puente también dejaba el gimnasio. Me saludó animado. ¿Qué me había ocurrido en el pómulo? ¿Y en la mano?

—Bebí demasiado en la boda de una amiga. Sufrí un accidente. Mentira. Tres de cada cuatro palabras lo eran.

Hablamos unos minutos bajo un cielo vespertino plagado de golondrinas. Después de mi domingo de gloria tendría que haber aborrecido a cualquier miembro del género masculino. Todos empezaban bien... Luego llegaban las puñaladas, las mentiras y los reproches. Pero Nico era distinto, inofensivo. Tras ese cuerpo cincelado de gimnasio se escondía un niño desamparado.

Seguía triste, quería ir a casa, envolverme entre las sábanas y dormir unos años. Pero Nico estaba solo, era nuevo en la ciudad e insistió: le apetecía charlar. Nos sentamos en la barra de una cervecería, pedí un té con hielo, me interesé por su nuevo destino. Había alquilado una habitación con otros dos policías, eran sucios y groseros. Sus padres no le hablaban, su novia lo había dejado.

—Siempre me he sentido utilizado por las mujeres.

Me relajé, estaba cómoda. Nico era un buen narrador.

—Me gustaría acceder al Cuerpo de Inspectores por promoción interna.

Nos dieron las nueve, y luego las diez. Debía marcharme, porque me incorporaba al trabajo al día siguiente. Nico decidió acompañarme y fuimos juntos hasta el portal. Me detuve llave en mano frente al portón granate. Cantaba un malvís, y Nico me besó de improviso. Fue suave, inesperado. Acarició mi mejilla sana con el pulgar derecho mientras sostenía mi barbilla con la palma de su mano cálida. Joder, era Nico, le sacaba ocho años... Pero no hice nada. Me dejé besar satisfecha, del mismo modo que ronronea un gato cuando lo rascan. Contacto físico, calor humano. Nico era tierno: no gritaba, ni me insultaba, ni golpeaba la pared amenazando con estrangularme. Además, estaba como un tren.

Deslizó su otra mano hasta mi cintura, acarició mi espalda y sentí un escalofrío. Jamás hubiera imaginado semejante maniobra por su parte.

Subimos a mi casa, nos comimos a besos en el ascensor y me desnudó despacio en el vestíbulo. Sus dedos quemaban. Ni siquiera pensé en lo que hacía. Abandonamos las bolsas del gimnasio; antes, sacó unos condones de la suya. Desnuda, lo guie hasta mi cama, le quité la camiseta, se bajó los pantalones. Veinticinco años, tres horas de gimnasio al día. Completamente depilado. Su olor era desconocido. Me acarició los pechos, los besó, entró en mí con suavidad. Me estremecí y alcancé el clímax de inmediato; volví a hacerlo. Ni siquiera sabía dónde estaba ni con quién, fue todo tan físico que olvidé pensar.

El aguante de Nico me hizo encadenar un orgasmo con otro, perder la noción del tiempo y del lugar, como si me hubiera tomado una caja de comprimidos de oxicodona. Cuando no pudo más, se derrumbó a mi lado.

—Eres cien veces mejor de lo que había imaginado —susurró.

No quise oírlo, no iba a fastidiar aquello con rollos predecibles.

—¿Quieres que me quede, Natalia?

—Prefiero que te vayas, Nico.

Se vistió mientras lo observaba entre las almohadas. Me besó antes de abandonar la habitación.

23

ÁLEX

Madrid, 11 de junio, sábado

Me presenté en casa de Rocío con vino y pasteles. Tras el divorcio se habían mudado a uno de los pisos de mi hermano, frente al Retiro.

Empezaban a pasarme factura los cinco días enclaustrado en el casino, durmiendo en una habitación con baño habilitada junto a la sala de control, sin apenas ver la luz del sol. El aire fresco me sentó bien; no podría mantener ese ritmo durante mucho tiempo.

Rocío abrió la puerta, sonriente. Cincuenta años que pasaban por cuarenta, caftán floreado hasta los pies, abrazo de bienvenida. Iba en silla de ruedas, hacía un año que le habían diagnosticado una enfermedad degenerativa, y ya iba acusando los primeros estragos.

Me acompañó al salón, me ofreció un vermut. La conocía desde que era un niño, su relación con Néstor comenzó hacía siglos y verla así me afectaba. Los primeros síntomas fueron sutiles: calambres musculares, cansancio, pérdida de fuerza... Las pruebas médicas ofrecieron un dictamen unívoco: esclerosis lateral amiotrófica —ELA—, un mal progresivo que deriva en parálisis, pérdida del habla y muerte.

—No hay solución, Álex. Me han dado unos años de vida; y van a ser años terribles.

La contemplé abatido. Se encogió de hombros. No supe qué decir; nunca se sabe en esos casos, y por eso, precisamente, es mejor no decir nada.

—¿Aún no se lo has contado a Néstor?

Negó. Se sirvió un vermut mientras me relataba los pormenores del tratamiento. Puede que ganara tiempo, cada minuto era precioso.

—Debes decírselo a Néstor, Rocío.

Negó de nuevo, no era capaz, no podría hacerlo sin estallar. Cuando conoció el diagnóstico dejó de visitarlo en la cárcel.

—Oigo hablar a otros enfermos, lo han asumido. Me gustaría sentir como ellos, pero no dejo de preguntármelo, ¿por qué a mí?

—Le puede ocurrir a cualquiera.

—Pero me ha ocurrido a mí. —Tomó aire—. ¿Qué culpa tienen mis hijos? Con la de cabrones que hay por ahí... Nunca le he hecho mal a nadie, he ayudado a todo el mundo.

La vida no va a premiarte por tu trayectoria. Le tenía que tocar a ella... A la larga nos toca a todos de un modo u otro. Nadie sale de la rifa sin premio.

—Firmaría un papel si me lo plantaran delante —aseguró vehementemente—. Aceptaría la muerte de cualquiera por pasar más tiempo con mis hijos.

La estudié sin intervenir. Dio un trago y desvió la vista. Luego negó, cerró los ojos como si le escocieran.

—Lo siento, Álex —susurró—, no he debido decir eso.

—Solo estás siendo honesta.

—Y no puedo hablarlo con Néstor. Acabaría culpando a tu hermano: él sí ha mentido y ha hecho daño. Incluso puede que matara a alguien.

Rocío resopló, volvió a pedirme disculpas. Comprendía su incapacidad para enfrentarse a Néstor, que se había comportado con mezquindad. Engaños y traiciones, cuernos y desprecios.

—Me apetecía verte, Álex, no puedo desahogarme así habitualmente.

Acaricié su hombro y volvió a suspirar. Se negaba a perder un segundo más hablando de la puta enfermedad. Quería saber de mí: ¿cómo me iba?, ¿había dejado el Cuerpo?, ¿y la boda?, ¿por qué la había cancelado?

—Me largaron del Cuerpo por saltarme el reglamento. No estaba enamorado, por eso suspendí la boda.

Sonrió sorprendida.

—Eres valiente.

—No he sido tan valiente —aclaré—. Ocurrió algo.

—¿Hay otra chica?

La miré sin confirmarlo.

—Lo había supuesto. ¿Cómo ha sido?

—Dirige la investigación sobre Alicia. Ya sabrás que se ha reabierto el caso.

—¿Te has enamorado de la mujer que investiga el crimen de Alicia?

Asentí. Era hora de empezar a asumirlo, de ponerle nombre a esa sed.

—¿Tanto como para cancelar tu boda?

—Más.

Rocío silbó, embargada por la curiosidad. Y se lo expliqué desde el principio, desde aquella lejana tarde de hacía siete años en que fui nombrado tutor de una joven inspectora en prácticas llamada Natalia Herreros.

—¿Es como con Alicia? ¿Sientes lo mismo?

No era fácil responder a aquello. Lo que me inspiraba Natalia me hacía dudar de lo que había significado Alicia. Y eso no me dejaba en buen lugar.

—El tiempo ha ido distorsionando mis recuerdos, los ha embellecido. Y ya no sé si la quise en realidad. Admitirlo me hace sentir un traidor.

Quería cambiar de tema y Rocío debió de notarlo. ¿Cómo me iba por el casino?

Dedicaba todo el día a resucitar aquel mastodonte, que estaba en números rojos; algunos empleados hicieron de él su cortijo. Traficaban con drogas, sacaban bebida, permitían la entrada a prostitutas. El que fuera lugar de moda para la gente guapa se convirtió en una escombrera de residuos radiactivos. Me había incorporado el lunes y ya había despedido a la mitad de la plantilla. Establecí un horario alternativo, instauré el derecho de admisión, nombré un nuevo jefe de sala. Necesitaba un buen chef. Más control y disciplina. Vigilancia, eventos, cambio de proveedores. Haría de El Principado un local de culto en Madrid.

—No permitas que Néstor te engulla. Ya lo hizo una vez —murmuró Rocío.

—Mantengo los ojos abiertos —declaré.

—Pues coloca un pie en el estribo, por si tienes que huir a galope. No necesitas a tu hermano, vales más que él.

Néstor pagaba bien, mi salario triplicaba la nómina que cobraba en la Policía.

—Tienes que entenderme, Rocío...

—Néstor utiliza a las personas, te utilizó a ti, a mí. Y a tu padre...

¿A mi padre? Rocío negó mientras consultaba la pantalla del teléfono.

—Es una historia triste —explicó—. Hoy estamos de celebración, has venido a Madrid, los chicos se mueren por verte. Ya hablaremos.

No insistí, parecía cansada. Paul y Sofía celebraron mi visita cuando llegaron. Eran fanáticos del baloncesto y me hice con entradas para el partido de esa tarde: Real Madrid contra Bilbao Basket. Sofía componía al piano, Paul pintaba cuadros. Me mostraron sus avances, los últimos trabajos. Néstor podía estar orgulloso, mis sobrinos eran educados y abiertos, curiosos e inteligentes. Suele ocurrir con la enfermedad y los hijos: son una lotería, le tocan a quien menos lo merece.

Llegué al casino a las once, me derrumbé en un sillón, consulté el teléfono y vi una llamada perdida de Natalia, la primera en mucho tiempo. Su actitud me desconcertaba. Después del rastreo de Billano las cosas habían mejorado. Y de pronto, el silencio.

Telefoneé desde la sala de control. Por su voz supe que la había despertado. ¿A las once de la noche? ¿Un sábado? ¿ A una noctámbula como ella?

—¿Estás bien, Natalia?

Aseguró que lo estaba, pero no la creí. Me evitaba desde que perdió el avión del domingo. Natalia no perdía vuelos, llegaba a sus citas con antelación, llevaba una agenda organizada. No insistí porque era hermética y detestaba a los pelmas. Necesitaba espacio, intimidad y horizontes, y la admiraba por ello.

—Me gustaría invitarte a comer —apuntó—. Mañana. Si puedes, claro.

Por supuesto que podía, y de no haber podido habría acudido igualmente. Quedamos a las diez. Iba a ir al Rastro, y no le pareció mal que la acompañara. Colgué pensativo y estudié las pantallas. El derecho de admisión había reducido la afluencia. Me di una ducha y, mientras lo hacía, resolví que debía alquilar un apartamento. Vivir allí no era sano. Me puse el pantalón de vestir, la camisa blanca, recorrí la sala.

A un par de horas del cierre me percaté de la presencia de Pinedo. Lo localicé desde una de las pantallas. Traje y corbata, mirada incisiva, buena estatura. Se movía entre las mesas de póker como si siguiera un rastro. Lo contemplé atónito mientras tomaba asiento en un taburete y le servían un whisky japonés: Hibiki de veintiún años, sin hielo. Me dirigí a uno de los empleados de seguridad: ¿Conocían a ese tipo? Claro que sí, frecuentaba el casino. ¿Solía jugar? No, bebía y cerraba negocios.

Comenzaron a sudarme las palmas de las manos, no quería perder los nervios. Mi asco por Pinedo era visceral, su sola imagen removía recuerdos sombríos: interrogatorios eternos, tono cáustico, preguntas afiladas... «¿Te miraba Alicia a los ojos mientras la estrangulabas?»

Solté todo el aire de golpe. Le pedí al jefe de Seguridad que me lo trajeran allí, a la sala. Pinedo no opuso resistencia, desde los monitores lo vi incorporarse sin prisas, con el vaso en la mano; lo vi seguir al vigilante, altivo, y en menos de dos minutos lo tenía frente a mí. Si le sorprendió encontrarme, supo disimularlo. Le pregunté a quién buscaba, a quién estaba esperando y para qué. Tomó un trago de whisky analizando las pantallas.

—No es asunto tuyo.

—Sí lo es, estás en mi casino.

—Hasta donde yo sé, este casino es de tu hermano. No puedes interrogarme, ya no eres policía.

Me costaba asumirlo, me había convertido en el títere del mafioso de Néstor.

—Tampoco tú lo eres ya —repliqué.

—Pero tengo contactos.

—Me la sudan tus contactos. ¿Vienes a vender droga? ¿A colocar armas?

—Brul... —murmuró siniestro—, mucho cuidado conmigo.

Era lo que me faltaba.

—¿Me amenazas, Pinedo?

—Si estás en la calle es gracias a mí, aunque también será por poco tiempo. Esa inspectora de Bilbao va a enchironarte en breve.

Esa inspectora estaba fuera del casino, de aquel mundo de mierda. Pinedo se mantuvo impasible. Contuve mis impulsos violentos. Llamamos a la Policía y en menos de diez minutos se presentó una pareja. A Pinedo le valieron de poco los contactos de que presumía. Los agentes lo registraron mientras me fulminaba con la mirada. El alijo fue generoso: *speed,* diez tripis, cincuenta gramos de cocaína y quince pastillas de MDMA. El premio gordo se lo llevó el revólver, sujeto al gemelo derecho. Lo esposaron, lo llevaron detenido. Pinedo tuvo más que decir, la última palabra era suya:

—Voy a hundiros la vida, Brul. A ti, a tu hermano y a la princesa.

Me dejó atónito, pero no pensaba cruzarme de brazos. Tomé nota mental: «Hacer un seguimiento a Pinedo, saber cómo respira». Tuve que recordarme a mí mismo, una vez más, que ya no era policía.

De: El asesino
Enviado: domingo, 12 de junio de 2016, 2:11
Para: Alejandro Brul Briand
Asunto: Alicia - IV

Alicia salió del agua y se recostó junto a Néstor frente a la piscina. Lo observó un instante con sus ojos de gato montés antes de susurrar, sin apenas despegar los labios, que le había salido un trabajo, el sábado, en Ibiza; debía ir, le pagaban bien. Néstor abrió los ojos, la escrutó antes de responder a una pregunta que ella nunca formuló. ¿Cuánto necesitaba? Cinco gramos, seis. Néstor desvió la mirada.

Rocío hablaba por teléfono entre los rosales. Álex leía un libro boca abajo, sobre el trampolín. Las gotas de agua recorrían su piel bronceada. Su hermano lo mataría si se enterase, pero no podía negarle eso a Alicia. Lo arreglarían de algún modo, le haría llegar la coca.

Alicia le dio las gracias, se deslizó por el jardín y regresó al agua caminando como una pantera. Se zambulló, braceó hasta llegar a Álex, se tumbó sobre él. Néstor los escudriñaba tras sus gafas de sol; también Rocío lo hacía. Una imagen magnética. Habría sido estúpido apartar la vista, no hay muchas cosas que merezcan ser contempladas. Rocío estudió a su marido. Álex abandonó el libro, flexionó los brazos, se elevó arrastrando a Alicia sobre su espalda; ella rio a carcajadas. Dio media vuelta, empezaron a besarse. Él enroscó los brazos alrededor de la cintura de ella, pegada a su pecho. Se acariciaban el pelo, se besaban, rodaron sobre sus cuerpos, fundidos en uno; se dejaron caer al agua salpicando el pavimento. Néstor ocultó la cámara y Rocío, muy seria, lo sondeó. Tuvo tiempo de tomar cinco instantáneas, de inmortalizar sus cuerpos de revista.

No había pegado ojo, el *mail* me tuvo dando vueltas en la cama hasta que me puse en marcha a las ocho. No dudé de la veracidad del mensaje. Alicia tomaba cocaína, y Néstor se la financiaba. Era sorprendente, pero no inverosímil, y siempre me lo había olido. Repasé las últimas frases, que me dejaron fuera de juego: Néstor fotografiándonos. ¿Qué sentido tenía el relato? Sembrar cizaña, provocarme.

«Si crees que vas a manejarme con tus estúpidas historias, estás muy equivocado. Borraré los mensajes sin leerlos», respondí.

Atravesé las salas oscuras hasta la puerta de atrás del casino y subí corriendo hasta las Torres Kio. De vuelta a mi madriguera recordé a Jack Nicholson en *El resplandor,* vagando solitario por un hotel desértico. Las máquinas apagadas, la barra vacía, una ruleta sin vida. Tenía que buscar piso, aquello era tenebroso. Salí de nuevo a la luz, desayuné en la calle Fortuny y llegué a casa de Natalia a la hora convenida.

Me abrió desde el portero automático, y al entrar la felicité. Cumplía treinta y cuatro.

—¿Te has acordado de mi cumpleaños? Pensé que no lo sabías...

—Siempre me acuerdo de tu cumpleaños.

Y me halagaba que decidiera pasarlo conmigo. Le entregué su regalo y lo observó boquiabierta. ¿Un limonero? Era pequeño, aún no levantaba un palmo. Recorrimos el piso, me mostró el salón, la terraza, sus plantas. La luz blanca de la mañana hacía brillar sus ojos. Me preguntó por el casino. Estaba un poco nervioso y le solté todo el rollo: lo de los despidos, lo de las drogas, el tugurio en que me había metido.

—Has largado a la mitad de la plantilla. ¿Qué ocurre ahora con los derechos de los trabajadores? Reconócelo, Álex, has cambiado de bando.

Le mencioné lo de Pinedo. Ella no daba crédito. ¿Pinedo? ¿En el casino de Néstor?

—Te dije que no me gustaba. Apuesto a que fue él mismo quien extrajo el expediente, quien destruyó las pruebas del caso.

—¿Qué sentido tendría entonces entregarme el informe original?

—No lo sé, Natalia. Pero, si vuelves a citarte con él, lleva el arma cargada. No me fío, puede que lo controle durante una temporada.

—No tienes tiempo de jugar a policías. Quizá solo se saque un sobresueldo de la pensión con las drogas.

Permanecimos en silencio unos segundos contemplando los tejados desde la terraza.

—Cuando estuve en Bilbao, visité la empresa de Rossi —explicó de pronto—. Los restos de Alicia se hallaron en un contenedor para ácidos del tamaño de un microondas. Decenas de empleados tenían acceso al almacén, a los laboratorios, a los vehículos de transporte... Rossi insiste en que le tendieron una trampa.

—Y por lo que veo, lo crees.

—No puedo descartar esa opción. —Se encogió de hombros. Siguió hablando—: Rossi tenía una hermana. La mafia la hizo desaparecer, nunca más se supo de ella. Y en Italia creen que se empleó el mismo método: la *lupara bianca*.

Natalia me miró. Le costaba continuar, elegir los términos.

—Me disgusta decir esto, Álex. No debería hacerlo, pero todo lo que he aprendido sobre la labor policial te lo debo a ti. Con las pruebas de que disponemos hoy, serías uno de los principales sospechosos.

Más claro, imposible. Su sinceridad era lapidaria. Y también de agradecer.

—¿Lo sería? ¿O lo soy?

Negó indecisa, mirándome a los ojos.

—Yo sé que no la mataste.

Aparté la vista. Confiaba en mí más que yo mismo. Me recosté en la barandilla, volví a contemplarla.

—No me gustaría que el... digamos aprecio que sientes por mí interfiriera en tu ejercicio profesional —repliqué—. Si tuvieras que tomar medidas, lo entendería. Eso no va a influir en mi relación contigo.

—Influiría en nuestra relación. No sería tan fácil, Álex.

—Yo haría que lo fuera.

Suspiró. Observé su perfil. Tenía una tirita en el pómulo y se había maquillado. Nunca se maquillaba. Me recordó a la Natalia derrotada del registro a Salas.

—¿Cómo van tus migrañas?

—Estoy mejor.

Respondió rápido, y estuve a punto de preguntarle por María. ¿Habría cumplido su amenaza? ¿La habría telefoneado? Cambió de tema, me invitó a regresar al salón, abrió una carpeta atestada de documentos.

—Di con la conexión entre los cadáveres de Billano. Aurora García trabajó para Lander Abad. Él contrató sus servicios de defensa legal para enfrentarse a una denuncia. Desarrolló un proyecto sin estudio de impacto ambiental. —Y como siempre, Natalia añadiría algo. Una conjetura que se aproximaría a la verdad con precisión milimétrica—: Creo que estaban liados. Aurora se veía con un hombre; me entrevisté con su hermana, se lo confesó meses antes de esfumarse.

—¿Móvil del crimen?

Ni idea. Tampoco era capaz de hallar un nexo entre el asesinato de la pareja y el de Alicia. Desaparecidos en la misma fecha a un centenar de kilómetros de distancia. ¿Quién telefoneó para revelar la ubicación de los cuerpos? Había algo más. Lander tenía un chalé en Santoña, cerca del lugar en que se localizaron los efectos personales de Alicia.

Cuando Natalia fue a calzarse estudié los lomos de sus libros. Muchos de ellos los había leído, pero otros me eran desconocidos. Tratados de neurología, de psicología evolutiva, de psicopatología. Recorrí el salón con la vista, le pregunté por la tesis. Le hablé de Rocío, de su enfermedad, de mis sobrinos. El ático era luminoso, amplio... La empresa de su hermano Jon era propietaria del edificio.

—¿Se alquila algún piso más?

Rio irónica. Desvió la mirada y negó con la cabeza.

—Hay tres áticos vacíos; pero no suelen arrendarlos. Y aunque lo hicieran, lo puedes ir olvidando, Álex.

—Estoy durmiendo en el casino, necesito un apartamento.

Salimos al rellano, cerró la puerta y tomamos el ascensor para bajar al trastero. Silbé alucinado. Paredes cubiertas de espejos, un saco de boxeo.

—Hablaré con tu hermano. Quiero uno de esos áticos libres.

—No podrías pagarlo.

—Ahora dirijo El Principado, Natalia, ya lo creo que puedo.

—¿Serías capaz? —terció picada.

—Lo sería.

Esta vez no rio. Salimos a la calle y caminó junto a mí, reflexiva.

—No me verías el pelo —expliqué—. Trabajo de noche. Intentaría coger el ascensor cuando supiera que no iba a encontrarte.

—Tampoco es eso, Álex. Sabes que no es eso.

Sabía que no era eso, claro que lo sabía. Pero me moría de ganas por compartir algo con ella, aunque fueran solo el portal y los buzones.

—Mañana es lunes, cierra el casino; iré a Bilbao a por la moto. ¿Hay garaje en el edificio?

—Espero que lo estés diciendo en broma —remató.

24

NATALIA

Madrid, 23 de junio, jueves

«Bajo al trastero a boxear. ¿Te vienes?», escribí.

Él no tardó en responder: «Me tengo que ir al casino. ¿Mañana a esta hora?».

«Mañana estaré en Bilbao.»

«¿Cuándo vuelves?»

«El domingo.»

«Cuídate. Hablamos cuando regreses.»

Exactamente, diecinueve segundos de intercambio de wasaps. Compartíamos portal, ascensor y rellano. Pero hacía días que no lo veía. Se había venido a vivir a mi edificio y ahora me evitaba... Era un sinsentido.

Antes de acostarme preparé la maleta. Estudié la cicatriz breve frente al espejo del tocador: un parásito de mil patas, rojizo e hiriente, aferrado a mi mejilla. Iba a eliminarlo con láser, olvidaría aquel episodio.

En mitad de la noche me despertó un estallido. Me incorporé angustiada, deslicé los dedos por el edredón. Estaba en casa, no había golpes, y agazapada en mi cama de Madrid nada malo iba a ocurrirme; además, tenía un arma. Tres y media. El casino ya había cerrado, y al cabo de un rato percibí la puerta del apartamento de enfrente, el chasquido en el cerrojo. Era Álex. ¿No era absurdo mantenerse en guardia?

En el silencio de la madrugada era fácil intuir el panel corredero de su armario, el grifo de la ducha en su baño, que lindaba con el mío. Me dormí de nuevo. Solo volví a abrir los ojos cuando sonó el despertador; como siempre, a destiempo.

Bilbao. Bajo su cielo plomizo pensé en Alicia, en el último *mail* del asesino, que me negaba a comentar con Álex. Dos cuerpos fundidos en uno, derramándose como cera caliente. Barajé responder de nuevo, pero no lo hice. Quien enviara los mensajes no pretendía establecer diálogos, solo jugaba con nosotros, intentaba dirigir nuestra atención. Pese a todo, intuía que el relato era cierto: Alicia consumía cocaína, Néstor le suministraba. ¿Y Rocío?

Apunté una tarea en mi agenda: «Citarme con Rocío Prado, la ex de Néstor». Dudé, quizá no fuera conveniente orientar la investigación en función de esos correos... Recordé el bíceps de Álex, tenso. Pinedo, traficando con drogas. María, en su cama, enroscada como una culebra mientras oía llorar a Álex bajo la ducha. Aurora García, hebras de pelo negro pegadas al cráneo desnudo. Cal viva, polvo blanco, como la coca que tomaba Alicia.

Mi teléfono vibró. Era Nico. Le estaba dando largas: me había acostado con él, pero no quería nada serio. Como diría mi hermano Aitor, un polvo y a correr. Respondí mecánicamente: «Lo siento, Nico, tengo mucho trabajo. Ya nos veremos».

Me negué a añadir que lo llamaría, porque no entraba en mis planes hacerlo. Pasé la mañana en mi antiguo despacho de la Judicial y a las cinco me planté en la barriada. Por la tarde mi mente es más rápida. El taxi me dejó en una calle cualquiera, gris y sucia, de pavimento ajado. Pisos de ventanas pequeñas y tendales infestados de ropa multicolor. Un perro flaco merodeaba cerca de una alcantarilla. Utilitarios junto a las aceras, locales cerrados, portales abiertos de los que brotaba un misterioso tufo a berza y tabaco. Música en el ambiente, reguetón. El edificio no tenía ascensor y subí por una escalerucha de granito. En alguna parte lloraba un bebé desquiciado. Pulsé el timbre y me abrieron de inmediato.

Jennifer me invitó a pasar. El piso olía a perro y a Mimosín. Atravesamos el pasillo, pasamos ante la puerta de la cocina, la del baño, dos habitaciones con las camas deshechas.

Allí, en el sofá cubierto por toallas de playa, había otra mujer. Erika. Dos perros, un gato y tres críos. El programa de máxima audiencia sintonizado en el televisor, a todo trapo. Una tertuliana se desgañitaba en primer plano golpeándose el pecho con frenesí. Tomé asiento en una silla. Jennifer y Erika tenían mi edad, pero aparentaban más de cuarenta. Cabello naranja y rubio, respectivamente, con raíces de dos centímetros. Mallas ajustadas, camisetas de lentejuelas, chanclas. ¿Estaba Erika embarazada? Puede que metiera la pata, mejor no preguntar. Restos de comida en los platos. Un bebé en un capazo y dos niños abducidos por sus teléfonos. Acaricié a un chucho, que se acercó efusivo; el otro se rascaba junto al bebé.

—¡Kevin! Deja en paz a la inspectora, la vas a llenar de pulgas.

El perro se llamaba Kevin, como el actor de *El guardaespaldas*.

—¿Te gustan los perros? —preguntó Erika.

—Más que algunas personas.

Rieron al unísono. A Jennifer le faltaba un diente, quizá se lo saltara de un guantazo algún tío miserable. Me acaricié la cicatriz mientras contemplaba al bebé, que dormía plácidamente, ajeno a los alaridos de la tele.

—¿Cuánto tiempo tiene?

—Cinco meses —respondió Erika.

Ya no estaba embarazada. Puede que le hubieran dejado otra criatura dentro cociéndose a fuego lento.

—¿Tienes hijos? —curioseó Jennifer.

—No, no tengo hijos —respondí al abrir el maletín.

—¿No te gustan los bebés?

Aquel interrogatorio iba por mal camino. Eran ellas quienes preguntaban, y ya me habían puesto entre la espada y la pared.

—Son los padres los que no me gustan.

Volvieron a troncharse divertidas.

—No tendrás problema para encontrar un maromo que te haga un crío.

Jennifer encendió un cigarro y le pasó la cajetilla a Erika. Me ofrecieron uno, lo rechacé. Estudiaban con interés a la histérica del televisor.

—Esta sí que se lo ha montado bien —comentó Erika señalando a la fulana—. Y nosotras aquí, sin curro ni dinero.

Mandaron a un crío a la cocina a por una Coca-Cola y un café para la inspectora. Él protestó, Erika se quitó la chancla y se la estampó en el lomo.

—¡Joder, mamá, todo el día tocando los huevos!

Se largó protestando, pero regresó al rato y dejó unos Tigretones sobre la mesa.

Me puse en marcha. Entrada de rigor, la letanía de siempre: me encontraba allí por el asesinato de Alicia López; en el informe de

2001 figuraban sus nombres y constaba que fueron amigas, que se conocían de siempre. Erika me escrutaba con el cigarro en la mano. Jennifer perdió la mirada, triste y reflexiva.

—Bueno, inspectora...

—Natalia, me podéis llamar Natalia.

—Alicia creció con nosotras, pero era muy lista.

—Era un genio —interrumpió Erika—. Cuando nos enseñaron las tablas de multiplicar, en tercero de EGB, ella ya se las sabía.

—Yo lo dejé en octavo —aclaró Jennifer—. Me casé a los veinte. Y Erika parecido, aunque ella no se casó...

—Pero los críos que tengo son del mismo tío, ¿eh?

Las observé con el lápiz en la mano, no había mucho que anotar. Que los niños de Erika fueran del mismo tipo no aportaría nada nuevo al caso.

—Alicia quería ser médico.

—Habría llegado lejos de no ser por ese hijo de puta.

—Álex —sentenció Jennifer antes de darle un bocado al Tigretón.

Tomé nota. Álex. La mina del lápiz deslizándose sobre la hoja inmaculada. Álex. Repasé la equis. Incluso su nombre contenía una incógnita.

—Habladme de Álex —propuse resignada.

—Venía a buscarla en moto, y dejó de ser cariñosa. Empezó a pasar de nosotras. Hablaba de ganar pasta.

—Alicia se drogaba —sostuvo Erika—. Un día se le cayó una papelina.

—No necesitaba a ese imbécil. Luego se cansó de ella y la plantó, de la noche a la mañana. Se hartó de su chocho.

Era un modo muy gráfico de explicarlo.

—El tío la largó, y Alicia intentó suicidarse.

Me detuve observándola. Le pedí que repitiera eso, y lo hizo. Alicia tomó propofol para quitarse la vida. Anoté mientras negaba para mí misma: nadie me había hablado de aquello, ni siquiera Álex...

—Cuando estaba en el hospital apareció una pija del centro, una rubia de bote con cara de *candao*. Le soltó a Alicia que era la novia nueva de Álex.

Tenía que ser María. Así que me había mentido, sí se habían conocido.

—¿Y qué respondió Alicia?

—Alicia le dijo a esa gallina que se le había quedado un trozo de bocadillo entre las muelas, que si también iba a quedarse con los restos de su merienda.

Jennifer y Erika volvieron a reír a carcajadas. Suspiré ahogando una sonrisa y le di un sorbo al café.

—La pija la amenazó. Le iba a pagar a un sicario lo que valían sus bragas de mercadillo, para que le reventara la cabeza como un melón.

Todo muy explícito. Cuando quería, la cara de *candao* sabía explicarse...

—¿Aún se acostaban Alicia y Álex?

—Claro, estaba loca por él. Y el tío feliz..., dos chochos mejor que uno.

—¿Os lo contó ella? ¿Que seguía con él?

—Él se presentaba en el barrio, de noche, muy tarde, y se colaba en su piso. Como Pedro por su casa. Echaban dos o tres polvos y se esfumaba en la moto.

Me mordí los labios. Demasiada información condensada.

—Empecemos por el principio —propuse—. Alicia aún no sale con Álex. ¿La maltratan sus padres?

—Le reventaron un tímpano; otra vez fue una costilla. Bebían como cosacos. Ella tragaba con todo. Era más buena...

—Y luego se enrolló con Álex. ¿Lo conocía su familia?

—Lo conocía todo el barrio. Al final se la tiraba en su casa.

Y sus padres me aseguraron no conocerlo de nada... Tomé notas apresuradas.

—Y entonces, rompieron —intervine.

—Rompió él. A ella se le cruzaron los cables y empezó a zorrear. Iba con muchos tíos, tíos forrados.

—¿Lo sabían sus padres? ¿Sabían que andaba con hombres por dinero?

—¿Que era puta? Claro que lo sabían, pero se hacían los locos, porque querían pasta. —Erika encendió otro cigarro.

—Y continuaba acostándose con Álex —concreté.

Asintieron.

—A veces lloraba. Decía que esos tíos le hacían cosas espantosas. Y hablaba de Álex; se obsesionó con él, lo llamaba a todas horas. «Ven esta noche», le decía. Y él se hacía de rogar. Pero de madrugada oíamos la moto. La oía todo el mundo.

Joder.

—Llegó a matricularse en Medicina, pero murió ese verano.

Cabizbaja, garabateé el papel. El Álex que describían era el mismo hombre en quien yo solía confiar...

—¿Sabíais que tenía un diario?

—Era un cuaderno de tapas rojas, bien gordo —explicó Erika—. Su madre lo tiró por la ventana y se empapó. Alicia lo secó en mi casa, porque ella no tenía secador de pelo.

—¿Os habló alguna vez de un tipo llamado Néstor?

Recité los nombres de Salas, de Rocío, de Rossi... Solo les sonaba Ennio, porque acabó en la cárcel.

—Tengo una última pregunta... ¿Qué pudo ocurrir?

Se miraron la una a la otra. Titubearon.

—Aquella madrugada Álex vino a buscarla muy tarde, a las cinco o así.

Cerré el bloc. Me crucé de brazos.

—¿Estáis seguras?

Claro que lo estaban.

—Todo el barrio oyó la moto.

Desvié la mirada. Sentí ganas de gritar.

—¿Creéis que la mató?

—Álex era un capullo, pero no de los que matan mujeres. Si no fue el italiano, entonces fueron sus padres. Sucedió algo en casa.

«Sucedió algo en casa.» Pero el luminol no reveló rastros de sangre en el piso, y ellas tampoco supieron precisar. Tan solo era una conjetura. Quizá se largara con Álex y la matara en otro lugar. Pudo llevarla al Buciero, en la moto, abrazada a su cintura, del mismo modo que lo hizo conmigo hacía unos días. La misma ruta con otra chica, quince años antes.

Estaba fuera de juego y les di las gracias antes de ponerme de pie. Los perros, el gato, los niños; tal y como aparecieron, se esfumaron de mis retinas.

Sábado. No era laborable, pero pasé la mañana en el despacho de Bilbao. Regresé a Santoña por la tarde. Llovía a mares, y me interné en el pueblo con mi paraguas y mis katiuskas. Callejeé por zonas peatonales, contemplé escaparates; compré un vestido, unas sandalias, me acerqué al puerto; la mar estaba picada. No podía sacarme a Álex de la cabeza. Alicia intentó suicidarse, y él estuvo en su barrio la noche de la desaparición a las cinco de la madrugada. Puede que sus amigas hubieran oído otra moto, debía ser cauta, controlar mis impulsos...

Di una larga caminata hasta la casa, a los pies del monte Buciero. Aquel chalé, cerrado a cal y canto, perteneció a Lander Abad, el hombre aparecido en Billano. Bordeé el muro de piedras musgosas, llamé al timbre de los vecinos. Me abrió una mujer en bata, con gafas de culo de vaso. Me identifiqué. Debía hacerle unas preguntas.

¿Lander Abad? Claro que lo recordaba. Solía acercarse a Santoña los fines de semana con su amiguita, su querida, también se acordaba de ella: una mujer de bandera. Le mostré la fotografía de Aurora García. Esa, era esa.

—¿Venían con mucha frecuencia?

Asintió. Un día, de repente, dejó de verlos. Le hablé de Alicia. ¿Recordaba el caso? Claro, cómo no iba a recordarlo, la habían matado en el monte.

—Llamé a la Policía cuando encontraron su ropa en el Buciero. Ocurrió algo raro esa noche.

Aquello me interesaba, saqué el bloc. Oí un motor. La mujer de la bata saludó al vecino que acababa de aparcar.

—Mira, Julián, acércate.

El tal Julián se aproximó a la verja. Sesenta años, barriga cervecera. Tomó la palabra sin titubeos. Aquella madrugada alguien llamó a los timbres a eso de las cuatro. Los vecinos estaban en la cama, pero todos entrevieron una figura encapuchada rondando el camino. Nadie abrió la puerta, pero muchos abandonaron sus sábanas para atisbar entre los visillos.

—¿Era un hombre, una mujer?

Lo ignoraban. El tal Julián se rascó el cogote, dubitativo. Le salían tantos pelos de las orejas que dudé que me oyera con claridad.

—La persona esa se dirigió a casa de Lander. ¿Le has hablado a la inspectora de la querida de Lander?

La mujer asintió. ¿Quién no disfruta hablando de las queridas de los demás?

—¿Entró el visitante en la casa? ¿Le abrieron la puerta?

Ni Julián ni la de la bata sabían lo que ocurrió. Pero el coche de Lander estaba en la calle, como si fueran a largarse en cualquier momento, y eso no era habitual porque solían guardarlo en el garaje.

—Pensamos que sería un pedigüeño, o un negro de esos que vendían alfombras por aquella época. No le dimos importancia hasta que salió en la tele lo del crimen. Mi marido fue al cuartelillo, pero ya tenían culpable...

Me había hartado de escuchar que el sistema no funcionaba. Lo que no funcionaba eran las cabezas. ¿Un negro vendiendo alfombras? ¿A las cuatro de la mañana?

Esa noche vacié mi mente y salí a tomar unos zuritos con mis viejas compañeras de brigada. Estrené el vestido que había comprado esa tarde. Las moraduras de las muñecas habían desaparecido, recuperé la manga corta.

Domingo. Hasta la noche no tomaría el avión a Madrid. Esquivé la paella familiar, evité cruzarme con Aitor, repetir el sainete de la última ocasión.

Me cité a comer con mis amigas. Ane se tomaba una excedencia y me preguntaron mi opinión, lo que haría yo en su lugar. Siempre me tenía que acabar poniendo en el lugar de todo el mundo, y empezaba a agotarme la imagen que tenían de mí, de mujer dura que arrasa con todo. Sabían que había roto con Tomás.

—Yo no tengo la culpa de haberme enamorado de otro, la vida es así.

—Todo es fabuloso al principio —machacó Ane—. Pero, en nada, el furor se habrá desinflado. Nos habituamos a las cosas y pierden el brillo y el lustre. Adaptación hedónica.

Allí estaban los padres de la mediocridad: la culpa y el miedo.

—En tu caso, lo de volverse loca por un tío es literal. Con lo lista que eres, preciosa, y atractiva, y vas y te lías con un hombre casado.

—Ni me he liado con Álex ni está casado.

—A ver lo que tarda en pegarte la patada. Ya vendrás llorando...

Madrid. A eso de las diez de la noche aterricé en Barajas. Arrastré la maleta y lo distinguí a lo lejos. Álex me esperaba; una mano en el bolsillo y el paraguas en la otra; estaba sorprendida. ¿Qué hacía allí? Evoqué las declaraciones de Jennifer y Erika. Resolví contenerme, ocultar mis cartas. Llovía, me detuve frente a él y murmuré un «hola» exánime sin saber qué añadir.

—Tenía que hablar contigo, no podía esperar a mañana —confesó.

Fuimos hacia la salida, abrió el paraguas. Preguntó si había cenado. No lo había hecho. Sugirió tomar una hamburguesa. Sentí recelo, lo imaginé campando de madrugada por el barrio de Alicia.

—Quiero preguntarte algo —continuó—. Y te ruego que seas sincera, porque más pronto o más tarde averiguaré la verdad.

Nos detuvimos bajo el aguacero. Lo escuché intrigada.

—¿Qué te hizo Tomás la tarde en que perdiste el avión?

25

ÁLEX

Madrid, 26 de junio, domingo

La cuestión le sentó como un jarro de agua fría. Arrancó su todo-terreno y enfilamos la noche mojada sin articular palabra.

Dos hamburguesas, patatas fritas, un local tranquilo. Desde el ventanal avisté la glorieta mientras Natalia hurgaba en su mochila.

—¿Por qué me has preguntado eso, Álex?

Porque estaba convencido de la respuesta. El sábado quedé con Nico, y se refirió a Natalia. Se la había encontrado una tarde, al salir del gimnasio, con una muñeca vendada y la huella amoratada de unos dedos en la otra. ¿Le pegaba su novio? Até cabos. Las evasivas de Natalia tras el vuelo perdido, jerséis de manga larga en pleno mes de junio. María. También había discutido con María, que pretendía seguir usando mi coche. La telefoneé para arreglar esa mierda, y sacó a Natalia a colación. Se habían visto, aseguró. Natalia le tomó declaración en relación con el caso Alicia.

—Menudo ejemplo la inspectora Herreros —sostuvo venenosa—. Una mujer maltratada al frente de una brigada policial.

No estuvo bien lo que hice, pero habíamos intercambiado llaves de casa —por si hubiera una emergencia— y aproveché su ausencia para registrar su escritorio. Abrí sus cajones, revolví sus papeles hasta dar con un informe médico. La ira me nubló el juicio. Conmoción, lesión en tímpano, esguince, laceraciones en pómulo y nuca...

—¿Qué ocurrió, Natalia?

Reparé en su cicatriz trémula en la mejilla. No quería provocar su llanto, pero necesitaba saberlo. Evitó mi mirada y bajó la voz.

—No me hagas contártelo, Álex.

—Sé que lo habías dejado con Tomás. Sentiste que le debías una, fuiste a su casa, se puso pesado, había bebido y...

—No había bebido —matizó—. Pretendía retomar lo nuestro. —Volvió a tragar saliva—. Le confesé que estaba enamorada de otro y me soltó un bofetón.

Natalia, la persona más íntegra que había conocido. Estudié sus muñecas frágiles, sus pestañas infinitas. Cómo me la coló aquel tipo; sentí lástima por él cuando lo vi borracho. Me hervía la sangre.

—¿No hiciste nada?

Se sentía abochornada, había más pudor que ira en sus razones. Yo estaba en Bilbao esa tarde. ¿Por qué no me llamó? Ni siquiera se lo pregunté, habría preferido morirse antes que mostrarse vulnerable. Dejó marchar el avión, se inventó una excusa y se alejó de mí durante días.

—Y después, ¿te ha estado acosando?

Negó. Se puso en pie, necesitaba ir al baño. Supe que rompería a llorar nada más cerrar la puerta, demasiada tensión contenida. Regresó a los pocos minutos. Llegaron las hamburguesas, cenamos en silencio.

—Álex, te conozco demasiado bien... Déjalo pasar.

—No lo dejaré pasar.

—No necesito que me defiendas. Yo no soy como las demás tías.

No lo era. Por eso, precisamente, no estaba dispuesto a olvidarlo.

—No puedo prometerte nada. Lo siento, Natalia.

Ya en el coche, enfilamos la calle Sagasta hasta Alonso Martínez. Con el intermitente activado, esperando a que se abriera la puerta del garaje, vislumbré un reflejo, y al fijarme vi el rostro de Pinedo apostado junto a un portal con el móvil pegado a la oreja.

—Allí está Pinedo, Natalia. A la izquierda, frente a nuestro edificio.

Metió primera, cruzó el portón, echó el freno de mano y me apeé de un salto.

—Aparca el coche, sube a tu casa. Voy a ir tras él —resolví.

—Álex, ya no eres policía. Eso es ilegal...

En la calle, Pinedo continuaba al habla, observando los ventanales con su cara de lechuza. Tras unos minutos de espera, se iluminó el salón: Natalia acababa de entrar en su piso. Pinedo cortó la comunicación y se alejó a un ritmo frenético. Fuera lo que fuese que buscara allí, perdió el interés al hallar la vivienda ocupada. Telefoneé a Natalia mientras seguía sus pasos, le advertí que activara la alarma, que durmiera con la pistola cerca. Aquel era su caso, recalcó. También fue el mío.

Después de andar un buen rato, Pinedo cruzó Recoletos. Lo controlaba a una distancia prudencial, sin perder de vista su calva reluciente. Llevaba siglos sin hacer un seguimiento, el ascenso a la jefatura me había apartado de la calle, y comencé a lamentarlo. Se internó en el barrio de Salamanca y giró a la izquierda en Serrano. Puede que se dirigiera a su casa, apostaba a que sus trapicheos le habían aportado pingües beneficios; no lo imaginaba en un piso patera de Alcorcón. Volvió a sostener el teléfono, se detuvo frente a un portal, se sentó en un banco. Sacó una bolsa de pipas, el periódico. Era surrealista. Me oculté tras el pilar de un garaje y telefoneé a Natalia de nuevo. Ella tenía acceso a la base de datos de la Policía. Le di la dirección. ¿Quiénes vivían allí? ¿A quién vigilaba Pinedo?

Pasaron los minutos, pasó una hora, dos. Ya no llegaría al casino. Natalia no llamaba. Había visitado a las amigas de Alicia, en Bilbao, y aposté a que no había escuchado nada bueno sobre mí; de ahí el recelo que había percibido. Inquieto, estudié la pantalla del teléfono; apagado. Me había quedado sin batería. Me acaricié el mentón e hice balance del estado de las cosas: punto muerto, un tenso punto muerto. El día menos pensado iba a abalanzarme sobre ella. Hacía auténticos esfuerzos para controlar mis impulsos.

Escruté a Pinedo, harto de esperar, estancado en la misma hoja de periódico. Recordé mis manos, aferradas con firmeza a la cintura de Natalia para corregir su postura frente al saco de boxeo; llevaba el top negro y las mallas ajustadas. Con guantes y gesto reflexivo, pretendiendo controlar el derechazo. Recordé la tarde en que enderecé sus hombros para que irguiera el tronco, y mi mirada se desplazó hasta la curva de su trasero antes de coincidir con la suya en el espejo; se mordía los labios en posición de ataque.

Suspiré tras el pilar. Pinedo dobló el periódico y extrajo una cámara de la mariconera. Una mujer abandonaba el edificio. Cuerpo escultural, cabello largo y tacones de infarto. Tan centrada en su teléfono que no se percató de la presencia del antiguo jefe de Homicidios. Pinedo hizo fotos. Dejé mi escondrijo, agradecí el cambio de escenario. La esperaba un coche y se alejó hacia Velázquez: se disolvió en la noche mientras Pinedo aceleraba el paso. Lo escolté un tramo más; se coló en un taxi y se perdió en las calles oscuras.

Regresé al portal del que salió la mujer y revisé los timbres, pero no había nombres, nada que identificara a los inquilinos del edificio. Aquel no era un barrio cualquiera, y mi vista se cruzó con la del portero, que me escrutaba desde dentro. Imposible entrar a cotejar los buzones. Puse rumbo a casa. Tres de la madrugada.

Llamé al casino desde el fijo, me cercioré de que todo iba bien; triplicamos la caja de hacía un mes. Ojalá fuera todo tan fácil como recuperar un negocio hundido. Natalia estaba despierta, había visto luz en su ventana. Llamé a su timbre y me abrió con un libro en la mano; llevaba un pijama corto y negaba con ironía.

—Me quedé sin batería —aclaré cruzado de brazos.

—Me aleccionaste el primer mes. No se debe realizar un seguimiento sin arma ni cobertura.

Me apoyé en el marco de la puerta. Ella me invitó a pasar, yo preferí no hacerlo. El cabello acariciaba sus hombros desnudos y advertí el brillo de sus ojos, esa chispa conocida: había descubierto algo.

—Pinedo esperaba a una mujer —expliqué—. Morena. Traje de color burdeos, bien cortado, ceñido. Andaba raro, como si le rozaran los zapatos...

—Ibán Suárez es el propietario del tercero, de toda la planta de ese edificio.

Ibán Suárez, aquel tipo estirado al que interrogué en Donosti. El supuesto psiquiatra de mi hermano. ¿Y la mujer? El servicio no sale a esas horas... Suárez estaba casado, tenía dos hijos, aquel piso tenía que ser su domicilio familiar.

—Pondré a dos policías tras Pinedo —decretó Natalia.

—Solicita una orden judicial. Ese tipo fue jefe de Homicidios y conserva los buenos contactos. Si se entera, te buscarán las vueltas.

—Tú has llevado decenas de vigilancias sin orden.

Y estaba fuera del Cuerpo, viviendo a expensas de mi hermano.

—No sigas mi ejemplo. No me ha ido demasiado bien.

—Fuiste mi tutor de prácticas. Siempre sigo tu ejemplo.

Dirigí la mirada al libro, sujeto junto a su pecho en clara actitud defensiva. *Crimen y castigo*. Muy apropiado. Consulté el reloj. Era muy tarde.

—Supongo que tendrás una hipótesis —añadí.

La tenía. Ella gestaba hipótesis mientras yo malgastaba energía echándole sermones.

—Creo que viste a la mujer de Suárez.

—¿Su mujer? ¿Y por qué iba a espiarla Pinedo?

No respondió. Me acechó desafiante.

—Adivina cómo se llama...

La observé sin responder, perdido.

—Se llama Ángela —reveló al fin—. Ángela Vega.

Mi mente ató cabos en cuestión de segundos. Suárez, Néstor, ¿Ángela? ¿La misma Ángela que visitaba a mi hermano en la cárcel?

—La misma —confirmó Natalia—. No sé qué clase de relación puede mantener Néstor con ese matrimonio.

Pinedo los vigilaba, pero también controlaba nuestro edificio y nuestros hábitos.

—¿Tienes algo importante en casa? ¿Algún documento? ¿Pruebas?

Se encogió de hombros.

—Puede que haya tocado algún nodo trascendente.

—¿Sigo siendo sospechoso?

Asintió y se abrazó al libro, absorta en sus pensamientos.

—Tenías que haber oído a las amigas de Alicia... —murmuró.

Tal como imaginaba. Aparté la vista suspirando. Las amigas de Alicia me habían detestado desde el minuto cero.

—Apuesto a que tampoco les gusto a tus amigas.

Negó. Sonreí y me apoyé en la pared.

—Me han puesto a parir, ¿no?

Estaba claro. Di media vuelta. A punto de cerrar la puerta, volvió a llamarme.

—¿Cómo sabías que lo había dejado con Tomás?

Esperaba la pregunta.

—Me lo encontré una noche —respondí—. Me lo contó todo...

—¿Por qué no me lo dijiste?

—Porque tú no me lo dijiste a mí.

Lunes, siete de la mañana. El día amaneció radiante. Ducha y ropa de deporte. Había quedado con Natalia para subir a la sierra con las bicicletas; se tomaba el día libre y el casino no abría. Bajé a la calle

239

a por el periódico y lo leí en la terraza mientras desayunaba. Políticos corruptos y violencia, en todas sus versiones. Me recosté bajo el sol tenue de la mañana y encendí el móvil, sin batería desde la noche anterior. Al hacerlo entraron cinco llamadas de la residencia de mi padre. Me puse en contacto al instante; había sufrido un infarto.

En menos de media hora desmantelé mis planes. Natalia me acercó al aeropuerto, y en el trayecto el teléfono volvió a sonar. María. Me estaba hinchando las pelotas...

—¿Qué quieres ahora? —bramé.

Debí haberle colgado, pero no lo hice, y reveló su rollo sin pudor mientras atendía asombrado en el asiento de copiloto. Si la ruptura era definitiva, su abogada reclamaría la mitad de mis bienes. Habíamos vivido bajo el mismo techo durante dos años. Alzó la voz, yo lo hice también. Se refirió a la boda, a las invitaciones sufragadas por sus padres, al convite de los cojones del que habían adelantado señal. Noté cómo le respondía crispado, fuera de mis casillas, y negué avergonzado. Su abogada alegaría que había parasitado en su piso sin aportar un céntimo. María había olvidado quién financiaba los gastos... Qué engañado había estado. No seguí rebatiendo sus acusaciones, me mordí la lengua porque Natalia conducía a mi lado. Y la escuché sintiendo cómo se inflamaba mi ira; a un ritmo insólito.

—María, será mejor que lo tratemos en Bilbao. Llegaré esta tarde.

Corté la comunicación, harto. El teléfono volvió a sonar. Era Néstor. Nuestro padre había empeorado.

Bilbao. Miércoles lluvioso. Hacía dos días de la operación y mi padre estaba como siempre, mejor que siempre. Me pidió una película del Oeste y le llevé una *tablet*. El Bueno, el Feo y el Malo a todo trapo en la pantalla mientras preguntaba insistente cuándo podría regresar al asilo.

—No es un asilo, es una residencia. Los asilos son para los mendigos, para los pobres y los locos.

No me sorprendió la réplica de Néstor, que antes de despedirse se dirigió a mi padre.

—Padre, me vuelvo a la cárcel. Deme un consejo para sobrellevarlo.

Mi padre despegó la vista de la pantalla. Contestó sin titubeos:

—«El mundo se divide en dos categorías: los que tienen el revólver cargado y los que cavan.» No caves, ese es mi consejo.

Néstor estalló en carcajadas. Luego se largó silbando mientras mi padre elevaba el volumen del aparato.

—¿De dónde has sacado esa frase?

—La ha dicho antes Clint Eastwood.

Lo contemplé anonadado.

—Álex, si muero quiero que me incineréis. Me da igual lo que diga tu hermano.

No mostré interés en saber qué decía mi hermano.

—Néstor opina que es una estafa —aclaró.

—¿Una estafa? ¿Qué clase de estafa puede haber en una incineración?

—Tu hermano está convencido de que ni siquiera encienden el horno. Trocean los cuerpos para venderlos en hamburgueserías.

Alucinante. Lo de Néstor empezaba a ser preocupante.

—¿Cuándo vuelves a Madrid? —murmuró concentrado en la película.

—El viernes.

—¿Y la boda? ¿No era el día 9?

Ahora que la había suspendido se había aprendido la fecha.

—Ya no habrá boda. Rompimos.

Asintió y apartó la vista de la *tablet*. Me sondeó curioso.

—¿Se fue con otro?

—No la quería. Nunca la quise.

La mirada azul de Clint Eastwood traspasaba la pantalla para clavarse en la mía, al otro lado del visor del revólver.

—Se teñía el pelo.

—¿Quién, *aita*? ¿Clint Eastwood?

—María. Se teñía el pelo. En realidad, no era rubia.

—¿Y qué tiene que ver que se tiñera el pelo?

—Que no era de fiar.

Me acerqué a la ventana, me enfrenté al aguacero. ¿Y si fuera todo tan simple?

—¿Y ya tienes otra?

—Me gusta una mujer. No se tiñe el pelo, es inspectora.

—Mal asunto —concluyó.

—¿Tampoco las policías son de fiar?

—Le pegarán un tiro antes de que te enteres. Busca una que

trabaje en un banco o en un supermercado. —Negó desganado, como si el asunto le aburriera—. Será guapa, por lo menos.

Saqué el teléfono del bolsillo, rebusqué en las fotografías. Le mostré una imagen de Natalia en el monte Buciero, de hacía unos días. La estudió unos instantes. Asintió conforme.

—Una tía como Dios manda.

Satisfecho, volvió a centrar su atención en la película. Había un buen montón de álbumes de fotos sobre la mesilla, mi padre solía ojearlos para matar los ratos libres y se los habían hecho llegar desde la residencia; abrí uno al azar y las imágenes me produjeron el efecto de un latigazo. Mi madre de pie, mi madre sentada. Mi madre en su despacho consultando manuales de resistencia de materiales. Lo ignoraba casi todo de ella, pero sabía de quién heredé la pasión por las ciencias exactas. Mi madre a mi lado, en la nieve; el niño con cara de idiota que sonríe a la cámara con una bufanda roja. Y a nuestra espalda, una torre almenada y esos picos escarpados.

Contuve la respiración. Aquel paisaje... Entré en la galería del teléfono mientras mi padre le explicaba a Clint Eastwood cómo debía empuñar la pistola. Le planté delante la imagen de una caja en la nieve, con la torre del Infantado al fondo, en Potes. Al mismo tiempo, señalé la instantánea de su álbum.

—Estas dos fotos se han tomado en el mismo sitio.

—Estoy viendo la película —murmuró.

—Dime que es casualidad, que no tienes nada que ver con estas cajas.

Clavó en mí sus ojos vidriosos, con calma. Sentí un escalofrío. Se acomodó con la vista en la pantalla.

—*Aita,* te estoy hablando.

—No voy a responder —sentenció.

Suspiré, le arranqué la *tablet* de las manos. Señalé la foto de nuevo.

—¿Qué había en esta caja de madera? ¿Y esta palabra? ¿«Reprobus»?

Pulsó el timbre del cabecero, volvió a hacerse con la *tablet* y activó el volumen. La enfermera se presentó en menos de un minuto.

—Mi hijo me está molestando. Me siento fatigado. Pídale que se vaya.

—Joder, *aita*...

La enfermera me rogó que abandonara la habitación. Amablemente. Observé a mi padre una vez más. Me pregunté qué ocultaba.

26

NATALIA

Madrid, 1 de julio, viernes

Alicia intentó suicidarse, y la noche de su desaparición, Álex se plantó en su barrio de madrugada haciendo rugir la moto. ¿Necesitaba más motivos para iniciar la vigilancia? Consulté el teléfono por enésima vez. Volví a ponerme los guantes, los ajusté mientras evaluaba mi perfil en el espejo y golpeé el saco manteniendo la postura, colocando un pie ante el otro. Tenía una buena sudada, pero encadené derechazos durante unos minutos, recuperada ya del esguince. Luego me tumbé con las piernas flexionadas. Había capeado el dolor de cabeza sin oxicodona.

Nico era un tío insistente. Me había enviado un mensaje: «No olvido el calor de tu piel en mis dedos». Yo tampoco olvidaba sus embestidas suaves, la excitación, el orgasmo. Pero el sexo por el sexo nunca me había interesado, y no encontré en Nico nada más que lo que me hizo sentir con los ojos cerrados.

Me incorporé, me arranqué los guantes, sostuve los apuntes que había dejado en el suelo. Aquellas reflexiones manuscritas eran de hacía seis días, yo misma las había garabateado. Pero no reconocía mi propia caligrafía, ¿tanto había cambiado?

Madrugada del 11 al 12 de agosto de 2001: alguien llamó a los timbres de las casas al pie del Buciero. Un encapuchado se aproximó a la vivienda de Lander Abad y Aurora García. Coche en el camino. Sin testigos. Hipótesis:

1. La pareja conocía a Alicia o a su asesino; implicados en el caso.

2. La pareja no guarda relación con Alicia, pero esa noche fue testigo incómodo de la presencia del asesino en la zona. Víctimas colaterales.

Contacté con la Judicial de Bilbao. Cortés al habla. Le enviaría la orden en unos minutos, tenían que organizar un registro en un chalé cercano al Buciero. ¿Qué buscaba? Restos de sangre: el luminol era eficaz incluso quince años después. En unos días viajaría a Santoña para dirigirlo.

Telefoneé a Homicidios para incrementar el tiempo de vigilancia a Pinedo; mismo proceder con el entorno de Ibán Suárez.

Los padres de Alicia. Necesitaba verlos, preguntarles por aquel diario y por los presuntos malos tratos. Ya habían dejado el hospital, pero ingresaron en una clínica de desintoxicación de Cádiz y no hallé un solo hueco en mi agenda. «Averiguar quién les paga el tratamiento», escribí.

Siete de la tarde, debía ponerme en marcha. Cerré el trastero y subí a casa. Conecté el aire acondicionado, me metí en la ducha y perdí media hora frente al armario; con la mitad de ropa en las perchas todo habría sido más fácil. Elegí un vestido blanco, corto, de hilo. Sencillo y fresco. Me calcé las sandalias de cuña, me recogí el cabello con horquillas y me puse un poco de rímel. Brillo de labios, y a la calle. Unas nubecillas siniestras flotaban trémulas. Apostadas a capricho, sigilosas en el cielo azulado.

Dejé el metro en Velázquez y tomé Núñez de Balboa con la cabeza en otra parte. Llevaba dispersa toda la semana, desde que acerqué a Álex al aeropuerto. Aún estaba en Bilbao, quizá no volviera a Madrid. Sentí un hormigueo difuso que me hizo sentir ridícula. Crucé la calle Alcalá con el semáforo en rojo. Vislumbré el reflejo de mis piernas en una cristalera; aún me gustaba a mí misma... Era un consuelo. Pulsé el timbre a la hora convenida y subí hasta la cuarta planta.

Rocío Prado me recibió con la puerta abierta. Era evidente que había enfermado: rostro marchito, expresión triste. Era elegante, pero se iba consumiendo en aquella silla de ruedas. Sonrió amable al estrecharme la mano. No esperaba a alguien como yo, aposté a que pensó en una mujer más seria, con pantalón gris y cabello corto.

—Creí que me enfrentaría a una de esas chicas que intentan parecer hombres para que se respete su trabajo —murmuró.

Mi estadística de casos resueltos mantenía a raya los prejuicios, pero debía esforzarme el doble para cosechar la misma aprobación. Y mi vestido aún resultaba demasiado femenino.

Me invitó a pasar al salón. Desde el ventanal divisé la cara norte del Retiro. ¿Me apetecía algo de beber? Acepté un zumo de naranja.

—Elena, traiga una jarra de zumo —le pidió a la chica del servicio—. Para mí un vermut. Y disponga la mesa para dos. La inspectora y yo cenaremos en un rato.

Rechacé su invitación. Estaba allí en calidad de policía, no era apropiado.

Dibujaba al carboncillo mientras hablábamos y cruzó las piernas con el tablero en el regazo. Seleccionó un lápiz mientras yo sacaba mi bloc. Al otro lado del ventanal el cielo era rosado y proliferaban nubes esponjosas.

—He estado investigando sobre ti. Suelo hacerlo al conocer a alguien... Resuelves decenas de casos, pero este caso no es normal.

El supuesto crimen perfecto que en realidad no lo es tanto; siempre hay un hilo del que tirar.

—Álex se refirió a tu tesis sobre psicología criminal. Debe ser fascinante.

¿Fascinante? Aquella entrada parecía una estrategia para templarme. No debía olvidar con quién trataba, ni el motivo por el que lo hacía. Su comentario me había incomodado. Álex le habló de mí: conocía a esa mujer desde que era un niño, y de desnudar su alma con alguien, lo habría hecho con ella. Quizá supiera de nuestra historia más que yo misma.

—Psicóloga y policía. Es curioso, ¿no?

Tal vez hubiera un motivo para ambas cosas. Pero, si buscaba traumas infantiles, había pinchado en hueso.

—Rocío, voy a plantear preguntas duras.

—Es tu trabajo.

—Sobre aspectos íntimos. ¿Sabes a qué me refiero?

Abandonó el tablero a un lado. Me miró a los ojos con determinación.

—Tengo poco que perder.

Había planificado ese careo a conciencia, pero Rocío volvió a adelantarse:

—Antes de nada, quisiera hablarte de mi matrimonio. Néstor era un hombre turbio. Me atraía más cuanto peor se portaba. No lo entenderías. En mi fuero interno albergaba el absurdo propósito de redimirlo, de hacerlo escorarse. ¿No es el sueño de toda mujer?

Me escrutó con detenimiento antes de avanzar en su relato. Solté el lápiz.

—Yo era un cero a la izquierda, me regalaba las migas de su existencia alocada. Se tiraba semanas sin aparecer, iba con putas, tomaba drogas. A veces era encantador; pasaba unos días en casa comportándose como un buen marido. Pero siempre duraba poco.

—La tríada oscura —resumí—. Psicopatía, narcisismo y maquiavelismo.

—Veo que conoces a Néstor.

Lo conocía. Al Maquiavelo narcisista que acabó en la enfermería del penal después de mi interrogatorio. Al hombre que le suministraba cocaína a una cría.

—Natalia, ¿qué nos ocurre a algunas mujeres? ¿Por qué nos enganchan tipos así?

—La imagen de Néstor es abrumadora. Te sentías segura a su lado.

Dirigió la vista al parque, pensativa. Sostuvo el lápiz en la mano mientras yo vertía zumo en la copa. Estaba fresco y dulce. Me habría encantado consultarle algo. ¿Cómo era Álex a los siete años? ¿Cómo era Álex a los doce, y a los quince, y a los veinte?

—Háblame de Alicia.

Volvió a centrarse. El lápiz cobró vida.

—Todos estábamos enamorados de ella. Era inteligente, curiosa, despierta y educada. Compartimos mucho durante aquellos meses. Los cuatro. Luego la mataron y todo se vino abajo.

—¿Solía aludir a sus padres?

—Nunca se refería a su mundo. Aspiraba a aprender del nuestro. Había sufrido, y eso la hacía atractiva. —Rocío frunció los labios, titubeó y añadió algo más—: Al declarar que nos enamoramos de ella, no lo he hecho en el sentido figurado.

Crucé las piernas, intrigada. Recordé el último *mail* del asesino. Néstor tomando fotos de Alicia.

—¿Tu marido se enamoró de ella?

—Los dos lo hicimos.

«Y no lo ha expresado en el sentido figurado», me repetí a mí misma.

—¿Hasta qué punto?

—Hasta el punto de causar, deliberadamente, su ruptura con Álex.

Tragué saliva.

—Formasteis un trío. ¿Es eso?

—Nuestra relación estaba rota, y Alicia nos volvía locos. Álex y ella tenían problemas. Alicia no necesitaba un chico recién salido del cascarón. Fuimos crueles, pero...

—¿Cómo de crueles?

—Le ofrecíamos trabajos a Alicia. Cenas, viajes, eventos a los que acudir. Tenía que dejarse ver y eso enfurecía a Álex. Provocábamos discusiones.

—Pero Alicia era el amor de su vida...

Sonrió.

—¿Crees que él diría eso si no hubiera ocurrido lo que ocurrió? Para él solo era una chica. Era joven, inmaduro. Créeme, Natalia, si hubiera sido el amor de su vida, Alicia sería hoy la madre de sus hijos.

Su recital era monótono, desapasionado. Hablaba como si rezara.

—Promovisteis su ruptura. Alejasteis a Álex de Alicia. ¿Y luego?

—Mantuve relaciones con ella... Le pagábamos bien —susurró.

Dejé de tomar notas, escuchaba a Rocío con atención.

—¿Y Néstor?

Rocío negó vacilante.

—Néstor nos contemplaba. Alicia reactivó lo nuestro, le imprimió un nuevo impulso. Me enamoré de ella. Y luego me la quitaron.

—¿Se seguía acostando con Álex?

Asintió y soltó el lápiz sobre la tabla como si pesara un quintal; ladeó la cabeza.

—Pobre Alicia... Siempre pensando en él. Ahora soy consciente del daño que le hicimos.

—¿Sabías que intentó suicidarse?

—Aquello fue una llamada de atención para recuperar a Álex. Pero él estaba centrado en su estudio, en sus proyectos, en su nueva pareja. ¿El amor de su vida? No, Natalia, Alicia no era el amor de su vida. —Se cruzó de brazos y me miró fijamente, como queriendo calibrar el impacto de su sentencia—. Había algo tierno en Alicia, un poso inocente que impelía a Néstor a mantenerse al margen. La observaba extasiado cuando yo la desnudaba, cuando la ataba, cuando la hacía gemir de placer.

Bien, vale, no era preciso ser tan explícita. Volví a tomar notas.

—Néstor sentía celos. Se propuso apartarla de mi lado e intentó sumergirla en su mundo. Yo la quería, Natalia, la amaba de veras.

—¿Se lo confesaste?

—Ella era consciente. Alicia perdió la inocencia y me culpaba de su situación, de haber acabado vendiéndose por dinero. —Rocío contuvo las lágrimas, aunque su tono trémulo la delataba—. Ella solo pensaba en Álex. Pero él no se dejó arrastrar, habitaba en un mundo ordinario. Alicia pasaba semanas fuera con mi marido. Me juró que jamás se acostaron.

Di otro sorbo al zumo. Una serpentina tenebrosa danzaba en mis tripas.

—¿Sabe Álex algo de esto?

—¡No, por Dios!

Álex seguía viviendo en el limbo, y todos contribuíamos a que esa situación se prolongara. Se dedicaba a leer sus libros, a golpear su saco, se curraba los casos y el trabajo en el casino; pendiente de su padre, de sus sobrinos... En su ceguera, terminaría por criar al hijo de otro.

—¿Quién la mató, Rocío?

—Eso no puedo decírtelo.

Que no era lo mismo que admitir que no lo supiera.

—Hallaron semen de Álex en su ropa interior —apunté.

—Sí, sospecharon de él, pero Álex no mataría una mosca.

—Es violento —sugerí.

—Álex no ejerce ese tipo de violencia. No se hizo policía por azar; es crítico, es constructivo. Quizá se acostaran esa noche, pero no la mató.

—¿Sospechas de alguien?

—Claro que sospecho de alguien. De mi marido y de sus clientes. Sospecho de sus padres, de sus amigas... —Volvió a sostener el lápiz. Me miró a los ojos y desvié la vista.

—¿Qué opinas de María? —continué.

—Es muy buena actriz. La he tolerado por Álex.

—Amenazó a Alicia.

—No le di importancia cuando Alicia me lo contó.

—¿Qué sentías al saber que Alicia pasaba la noche con un hombre?

—Ira, rabia, dolor. —Dejó caer los párpados y reclinó la cabeza apesadumbrada.

—¿Deseos de matarla?

—Nunca. Yo la quería.

—¿Y Néstor?

248

—Néstor también la quería, lo tenía hipnotizado. Pero no podía tocarla, era incapaz de hacerlo, y eso le hacía sentir impotente. Sufría una extraña ambivalencia y...

—¿Crees que la asesinó?

—Lo he pensado —murmuró siniestra—. Todo sucedió la noche en que nacieron los gemelos.

—Y él no estuvo contigo... —No era una pregunta.

—Habíamos discutido. No quise tenerlo cerca.

—¿Cuándo lo viste de nuevo?

—Días más tarde. Decidí perdonarlo por los niños.

—¿Lo notaste raro?

—Alicia había muerto. Todos lo estábamos.

—¿Creíste que la había matado?

—No recuerdo lo que pensé.

—¿Lo pensaste, Rocío?

—Sí —concedió impávida—. Lo pensé.

—¿Por qué habíais discutido?

—Mi marido andaba con una italiana; contraté un detective, decidí acumular material de cara a un futuro divorcio. Pero no fue esa infidelidad la que me puso en el disparadero...

—Recibiste un anónimo. Citaba a Alicia y a tu marido.

Su lápiz cayó al suelo. Clavó su mirada en la mía como si fuera una daga.

—¿Cómo lo sabes?

—No puedo revelar mi fuente.

Suspiró perturbada. ¿Fingía? Si era una actuación, resultaba creíble.

—Lo saben muy pocas personas. ¿Quién te lo ha dicho?

Negué. No confiaba en su discreción; le pude mencionar la carta a todo aquel que quisiera escucharla.

—¿Aún la conservas?

Puso la silla en marcha, salió del salón en silencio y suspiré aliviada.

Rocío mintió a Álex, lo había manipulado, y él la apreciaba. La deslealtad superaba mis fuerzas. Era pasmosa la facilidad con que se vendían unos a otros, el grado de hipocresía que bullía entre personas que, supuestamente, se habían querido. Volví la vista hacia el parque, comenzaba a llover. Todo se regía por intereses, por apetitos ocultos. Maquillaban sus acciones, justificaban sus maquinaciones bajo una capa de barniz opaco.

A su regreso, Rocío me entregó un sobre impecable. Un sello con la imagen del rey, el matasellos con fecha del 20 de julio de 2001, semanas antes del asesinato de Alicia. No había texto, solo cuatro imágenes. Alicia y Néstor comiendo un helado, abrazados frente a un hotel, caminando de la mano. Y la última, la más sorprendente: Alicia, Néstor y un anciano; Andrés Brul, el hombre del que tantas peripecias me había relatado Álex, su hijo.

Aquellas fotos causaron el efecto esperado. Rocío se sintió herida y rompió con su marido un tiempo. ¿Llegó más allá? Tenía una coartada, el parto era indiscutible, pero pudo pagar a un sicario.

—Fue María, ¿verdad, Natalia? Ella mencionó el anónimo, ella lo envió. Porque odiaba a Alicia y pretendía enfrentarnos.

No respondí, dudaba que María fuera la remitente. Me incorporé, le devolví la carta después de tomarle fotos y guardé el cuaderno en el bolso. Me acompañó a la puerta haciendo rodar su silla y me tendió un paraguas que rechacé. De pronto parecía avergonzada. Se arrepentía de lo que había declarado, pero tenía sus motivos. Yo misma era la prueba: uno no elige de quién se enamora; y ella se encaprichó de Alicia, de una chica indefensa de diecisiete años.

Salí de allí con la mente embotada. Agradecí la lluvia cuando alcancé la calle, el olor a tierra mojada, el vapor flotando, sutil, sobre el asfalto caliente. Consulté el teléfono, sin noticias de Álex. No regresaría a Madrid, no lo haría esa noche, puede que ninguna otra.

No quise volver a casa con aquello percutiendo en la cabeza. Necesitaba aire puro y caminé hacia Alcalá. Los restaurantes repletos, el ambiente festivo. Me estaba mojando, pero no me importó. Bajé hasta Cibeles y vibró el móvil. Nico. Otra vez él. No era honesto utilizarlo. Era oxicodona, anestesia ante la ausencia de Álex.

—Hola, Nico.

Quería verme. Llevaba todo el día imaginando lo que le gustaría hacerme. Cerré los ojos, lo asumí resignada. No es complicado conservar los principios. Lo difícil es mantener la coherencia, actuar conforme a ellos.

—Te espero en mi casa en una hora.

27

ÁLEX

Bilbao, 1 de julio, viernes

Los días en Bilbao me causaron una inmensa sensación de vacío. Problemas con María, con Néstor, con mi padre. Al volver la vista solo oteaba negrura. Un erial calcinado. Hacía quince años que no combatía. Néstor me convenció para plantarme en la velada de boxeo.

—Deberías volver a pelear.

—Ni tengo la edad ni tengo las ganas.

El Bilbao Arena estaba abarrotado, esperábamos la salida de los boxeadores sentados en la grada, sumergidos en la música atronadora. Néstor examinaba el teléfono, lo sostenía en una mano mientras comía palomitas con la otra. Le había preguntado por qué disfrutaba de tantos permisos, y tirando balones fuera, aludió a beneficios penitenciarios por colaborar con la Justicia. No cabía esperar mucho de un sistema judicial que pactaba con tipos como él.

Volvería a Madrid en el vuelo de las once, prolongar la estancia carecía de sentido. Mi padre había regresado a la residencia y se negaba a recibirme. Debía zanjar un asunto antes de tomar el avión y no sabía cómo abordarlo. Néstor era explosivo, y yo había aprendido a controlarme, pero dadas las circunstancias no podía garantizar el dominio de mis impulsos.

—¿Has visto qué tía más buena? —Néstor me mostró el móvil: la fotografía de una mujer en pelotas—. Novia de uno de mis compañeros de El Dueso, *stripper*. Va a presentarme a su hermana.

—¿También es *stripper*?

—No, es ministra... ¿Tú qué crees?

Sudaba como un pollo embutido en la americana; la cadena del reloj le oprimía la muñeca como si fuera un lomo embuchado.

—Tú te estarás poniendo las botas en Madrid. Pero eres discreto, no te gusta alardear... Desde que te instalaste en la capital, ¿cuántas? ¿Cinco?

Negué aburrido.

—Conserva el físico, Álex.

—Supongo que a tu edad el físico es secundario. Se valoran otras virtudes.

—A mi edad importa lo mismo que a los veinte: el turrón. Si estuviera en tu pellejo me tiraría a tres cada noche.

—La última vez que lo intenté ni siquiera pude acabar —confesé.

Abandonó el teléfono en el regazo estudiándome anonadado.

—¿Bromeas, Álex? ¿Un gatillazo?

No bromeaba. María me lo había recordado aquella misma mañana, reunidos con los abogados. Jamás me lo iba a perdonar. Ni el gatillazo ni la cancelación de la boda.

—Te habría compensado casarte con ella —concluyó—. Ahora estaríamos en tu despedida de soltero y esta noche habría mojado.

Reímos de nuevo.

—Néstor..., habrías mojado pagando —repuse.

—Visto lo visto, es preferible pagar. —Néstor tomaba carrerilla para endosarme uno de sus sermones—. Lo del sexo es un verdadero problema —soltó—. Hace unos meses, durante un permiso, iba por la Gran Vía y me fijé en tres chavales. Cruzaron por delante del escaparate de un *sex shop* y no se inmutaron.

—¿Qué querías que hicieran? ¿Aplaudir?

—Joder, Álex, quince años, dieciséis. Iban hipnotizados con los putos teléfonos.

Néstor estaba enfermo, cada día lo veía más claro. Y no me estaba dejando disfrutar del combate. Esquivas, golpes, rugidos...

—Y con la inspectora... ¿Nada?

Negué. Por suerte le entró la tos, le dio un trago a la cerveza rumiando entre dientes y se rascó el tobillo, donde llevaba enganchada la garrapata electrónica con que el Estado lo controlaba.

Recordé el último *mail* del asesino. Respiré hondo y entré a matar.

—Néstor... Tengo que hacerte una pregunta. Tú sabes que Alicia se drogaba, ¿verdad? Que tomaba cocaína.

—Supongo que lo haría —suscribió centrado en el combate.

—¿Quién le suministraba?

—Qué sé yo...

Todo lo atajaba del mismo modo. Él nunca sabía nada.

—Sé que eras tú, Néstor. Tú le financiabas la droga. ¿Por qué lo hacías?

—La inspectora me aseguró que era confidencial, pero le ha faltado tiempo para irte con la historia. ¡Y eso que lo negué!

Natalia lo sabía, claro que lo sabía. Interrogó a Néstor durante horas, desentrañó puntos oscuros que yo no alcanzaba a intuir.

—Mi fuente es otra. Recibo correos anónimos, tratan de Alicia.

Carraspeó abrumado.

—¿No respondes, Néstor? ¿Por qué le pasabas coca?

—Porque sí.

—Debería partirte la cara aquí mismo —bufé.

—Sí, deberías hacerlo. Tu gancho es mucho mejor que el del negro de ahí abajo. ¿Sabes qué, Álex? Alicia habría conseguido esa coca de un modo u otro. Y yo se la proporcionaba sin demandar contrapartidas, para evitar, precisamente, que se vendiera por cuatro gramos. ¿Qué hiciste tú por ella?

Atendí a los movimientos de los boxeadores con las mandíbulas apretadas, con los puños en tensión.

—Me llamaba llorando porque tú no la querías. Estaba sola.

—¿Y la solución era la droga? —repuse—. La cocaína mata.

—También mata el trabajo y aún no se ha ilegalizado. No me vengas con mojigaterías, Álex. A Alicia no la mataron las drogas.

Tomé aire vencido. Mi hermano siempre salía ganando en los lances dialécticos. Volvió a la carga con las palomitas. Yo debía proseguir, ahora no iba a detenerme.

—El otro día comí con Rocío y los niños.

—¿Ya ha estado metiendo cizaña? ¿Qué te ha dicho? ¿Que le era infiel? Menuda novedad.

—Néstor, Rocío está enferma. Le han dado unos años de vida.

Negó pensativo. Posó el cucurucho en el suelo y volvió a sacar el teléfono. Temblaba, se le había alterado el pulso y los ojos le brillaban trémulos. No elegí un buen lugar para soltarlo. Había metido la pata.

—Logré ocultar veinte millones de dólares en Suiza —murmuró con voz rota—. Dinero de sobra para viajar a Houston.

—No es un cáncer, Néstor; es ELA.

Se puso en pie. Se disculpó. Debía irse, era urgente. Me dejó allí plantado. Lo llamé cuando se alejaba, le rogué que se calmara. Pronto se resignaría, esos millones no servían para curar nada.

Madrid. Tomé un taxi hasta el casino, abandonado a su suerte desde el domingo. Revisé las cuentas de las últimas jornadas, me reuní con el jefe de sala. De madrugada fui a casa, y a punto de llegar me topé con Nico Puente. Salía de mi edificio con las manos en los bolsillos. Sonrió al distinguirme.

Me costó reaccionar, trazar una asociación entre los nudos de aquel galimatías. Nico. Mi portal. Una y media de la madrugada. Nico y sus ojos transparentes, sus facciones de niño bonito y el cuerpo de anuncio; metiéndole fichas a Natalia. Y yo me había reído de él...

Se detuvo frente a mí y me palmeó el hombro. Comenzó a hablar del tiempo, hacía una noche de perros. Disparaba las palabras como si fueran dardos, tan agitado que estuvo a punto de atragantarse. No le gustaba alardear de sus conquistas, ni aun siendo del calibre de aquella. Pero yo tenía que saberlo, no le dejaría marchar mientras me quemara la duda.

—Estáis..., ¿estáis liados? ¿Tú y Natalia? —solté.

Evitó mi mirada, respondió bajando la voz:

—Nos hemos acostado dos veces. ¿Eso es estar liados?

Apreté las mandíbulas.

—Y me lo ha dejado claro, solo es sexo, nada más.

—Hay millones de tías, para eso sirve cualquiera.

Medí mis palabras al advertir mi cinismo. Nico perdió la vista en el cielo y liberó todo el aire que llevaba en los pulmones, la tensión acumulada.

—Prácticamente me ha echado de su cama. He intentado charlar un rato y me ha soltado que para eso ya están sus amigas.

Escruté a Nico. Lo había subestimado, no tenía un pelo de tonto. Me hervía la sangre.

—¿Crees que tengo posibilidades?

Lo observé atónito. Me había cansado de mi papel de mentor. Quien da pan a perro ajeno pierde el pan y pierde el perro.

—Ya me parece un milagro que te la hayas calzado —respondí.

—Con el tiempo, a lo mejor...

Todo era posible. La velocidad de la luz en el vacío es el único límite infranqueable.

—Álex, quizá tú podrías... Vosotros sois amigos.

—No, Nico. Natalia y yo nunca hemos sido amigos. Ni lo seremos jamás. Mientras yo ande cerca, lo tienes crudo; apuesto a que no vuelve a cogerte el teléfono. —Le di una palmada en la espalda, fingí una candidez que no sentía mientras me contemplaba estupefacto—. Suerte, Nico. Llámame si te apetece quedar.

Introduje la llave en la cerradura, consciente de lo injusto que era, del tono de mis últimas sentencias, dignas de un crío en plena rabieta. Atravesé el portal y me colé en el ascensor rogando por no encontrármela en los próximos días. No sabría qué hacer, cómo actuar. Estaba cabreado, cabreado de veras, y habría soltado cualquier disparate.

En el rellano de la última planta, imaginé a Nico entre sus piernas y estuve a punto de pulsar su timbre para demandar explicaciones. Pero no tenía derecho a exigirle nada. Me la figuré desnuda entre sábanas revueltas, plácidamente dormida. Exhausta tras el sexo con aquel imbécil imberbe, ajena a mi furia contenida. Ya en casa, dejé la maleta sin deshacer.

Me puse a trabajar. Facturas del casino, gestión de proveedores, planificación de eventos. Me sentí mejor.

Cuando empezó a amanecer relativicé el asunto. Pronto brillaría un sol rabioso. Preparé la comida, regué las plantas. Desayuné y salí a la calle a comprar el periódico; lo iba ojeando por la acera cuando, a punto de entrar al portal, me topé con ella.

Natalia frente a mí. Nos detuvimos en seco, y me fijé en sus ojos, que brillaban de un modo especial; el polvo con Nico debió de provocarle el mismo efecto *flash* que prometen los anuncios de cosméticos. Llevaba un vestido suelto que se ataba al cuello, y su frescura y su atractivo mañaneros casi resultaban ofensivos.

—¿Has vuelto? —preguntó.

—Llegué anoche. —Escuché mi réplica, sonó cortante. Me iba a costar horrores actuar como si nada.

—No sabía si volverías.

Me quité las gafas de sol y la observé anonadado.

—¿Por qué iba a quedarme en Bilbao?

Elevé la voz a punto de perder la compostura. Ella se encogió de hombros. Me estaba analizando, y leí su mente durante un instante. Le intrigaba mi actitud.

—Pensé que era una marcha definitiva. Discutiste con María antes de tomar el vuelo, hablabais sobre la boda y...

La interrumpí sin contemplaciones:

—Frena un momento. ¿Me crees capaz de irme así? ¿Pensabas que iba a largarme sin despedirme, sin aclararte las cosas?

—Lo pensé, sí. Te casas en una semana y...

—No, Natalia. Cancelé la boda hace un mes, a los diez minutos de saber que habías roto con Tomás. Lo hice esa misma noche, y lo hice por ti. —Doblé el periódico y me crucé de brazos.

—Pero María dijo... Ella aplazó la boda, intentabais tener un hijo.

Mi tono, sin pretenderlo, adquirió un cariz agresivo.

—María miente más que habla, deberías saberlo. No se ha pospuesto, se ha suspendido. ¡Yo la he suspendido! ¿Te ha quedado claro? —La apunté con el dedo sin poder contenerme—. ¿Crees que me esfumaría sin más? Debes de quererte muy poco...

Retiró la vista, incómoda. Apreté las mandíbulas tratando de moderarme y bajé el volumen; estábamos en plena calle.

—Natalia..., sé que he hecho mal muchas cosas, pero en ningún caso he jugado contigo. ¿Crees que me vendría a vivir aquí, que dormiría tan cerca de ti si fuera a casarme con otra? No lo haría; contigo no lo haría.

Me atravesó con la mirada antes de lanzar la pregunta del millón:

—Nos oíste anoche, ¿verdad?

¿Que si los oí? ¿Tanto ruido habían hecho? Bastante duro fue imaginarlos como para haberlos escuchado a través de las paredes.

—Me crucé con Nico en el portal —admití—. Salía flotando de puro gozo después de que te lo follaras y lo echaras de una coz de tu cama.

—Álex...

—¡Ni Álex ni hostias! ¿Crees que se puede tratar así a la gente? ¿Que puedes tirarte a Nico como si fuera un pelele de plástico?

—Tampoco lo tuve picando piedra...

Era alucinante. Cómo le daba la vuelta a todo.

—Qué cínica eres.

—¿De veras te preocupa Nico? No te preocupaste tanto cuando le hacías lo mismo a Alicia, en su barrio, cada madrugada.

—Joder, Natalia... ¿Por qué has mencionado a Alicia?

—¡Porque no eres quién para darme lecciones! —exclamó—. Porque te importa una mierda Nico. ¿Nunca te has acostado con alguien de quien no estabas enamorado? ¿Nunca has actuado así?

—Lo hice en los últimos años —señalé con gravedad.

—Y en los últimos años te has mentido. Y me sacaste de la brigada. Sí, Álex... ¡Me largaste para no verme más! Para no tener que afrontarlo.

—No te eché. Tú te fuiste.

—¡Me largaste! Como haces siempre, como hiciste con Alicia. Porque temes enfrentarte a la verdad. Y permaneciste acomodado en tu poltrona.

—¿Y me lo dices tú? ¿Habrías dejado a Tomás si no es por mí?

—No, no lo habría dejado. Gracias, Álex, por abrirme los ojos.

Temblaba. Estábamos gritando, frente a frente, en plena calle. Tal y como anda el mundo nadie parecía sorprenderse; una paloma gris picando mugre del suelo habría causado más expectación. Natalia bajó la mirada. Me fijé en su cuello. Aparté la vista.

—Me obligaste a huir de Bilbao —me recriminó—, pusiste tierra de por medio y luego te arrepentiste, consciente de tu error. No estás en condiciones de juzgarme.

Estaba fuera de sí, y yo lo estaba también. No medía mis palabras, que brotaban descontroladas mientras enarbolaba el periódico. La discusión se nos iba de las manos, ninguno de los dos trazaría un cortafuegos. La mecha prendida recorría el reguero de pólvora.

—Esta mañana me topé con esto en el rellano. —Le lancé a los pies un envoltorio de oxicodona—. Estuviste semanas sin responder al teléfono. Rompiste con Tomás, me lo ocultaste, y has preferido acostarte con el pintamonas de Nico. Sientes pánico cada vez que me acerco, ni siquiera me atreví a revelarte que había dejado a María.

—Querías alejarme de ti —reiteró— y luego te plantaste en Madrid y volviste a colarte en mi vida... Eres voluble, manipulador. ¿Cómo voy a fiarme?

—Como te fías de todo lo que te cuentan. ¿Qué más te han dicho de mí?

—Vete a la mierda, Álex.

—Estás obsesionada con Alicia. Y ahora empiezo a entenderlo:

acabarás como ella, no hay tanta diferencia entre la oxicodona mal administrada y la cocaína.

—Fuiste tú quien hizo que me obsesionara. ¿Recuerdas aquella noche en la discoteca, Álex? Yo estaba con mis amigas, apareciste con tu hermano y me sacaste de allí. Me hiciste llorar de rabia, porque lo que leía en tus ojos no tenía que ver con lo que salía de tu boca. Y estuve a punto de volverme loca creyendo que lo que percibía cada día era un espejismo. Me rogaste que reabriera el caso. Me utilizaste. ¿Y ahora mencionas a Nico? Olvídame.

Dio media vuelta y se alejó calle abajo. Me deshice del periódico, que estaba hecho un guiñapo, y la seguí. Rompió a llorar antes de doblar la esquina, y le supliqué que me escuchara, sintiéndome de pronto desarmado. Algo en su última réplica me hizo cuestionar todo mi hilo argumental. Intenté transmitírselo, pero no quiso escucharme. Me rogó que la dejara sola y la agarré por la muñeca. Se sobresaltó asustada. La solté como si quemara al comprender el episodio que acababa de evocar.

Se detuvo y habló de espaldas, sin mirarme:

—¿Qué vas a hacer ahora, Álex? ¿Me obligarás a confesar lo puta que soy por haberme acostado con Nico? ¿Vas a darme una hostia, como hacéis todos?

Suspiré negando. Sabía que lo había pasado mal. Por su destierro, por mi fingida indiferencia, por la agresión de Tomás. Pero no era consciente de hasta qué punto.

—Yo jamás te haría eso, Natalia. Nunca. Yo te quiero. Hace años que te quiero.

28

NATALIA

Monte Buciero, 4 de julio, lunes

La batalla de Gettysburg tuvo lugar en 1863, en plena guerra de Secesión. Los restos de sangre de dos de sus soldados se revelaron pulverizando en sus uniformes un producto conocido como luminol. La sustancia se oxida en presencia de hierro sanguíneo, que actúa como catalizador, y produce una reacción química luminiscente: irradia una luz azulada, un brillo evanescente que puede fotografiarse.

El reactivo Bluestar revela rastros de sangre en concentraciones de uno entre diez mil, detecta gotas diminutas lavadas con detergente y no interfiere en análisis posteriores de ADN.

—Existe un artículo de Akin, del FBI, muy interesante. Os lo paso, es antiguo, del 2005; trata sobre la interpretación de las manchas sanguíneas.

Lucía tomaba notas y asentía sin quitarme ojo, hilvanando retazos de información mientras yo me calaba los guantes.

—Las manchas con forma de estrella indican la caída de la sangre desde gran altura. Son huellas pasivas.

—¿A qué te refieres con huellas pasivas? —terció Gabriel.

—Se crean cuando hay un goteo o un flujo. En otras ocasiones surgen huellas proyectadas, esas se deben a un impacto.

Me seguían desde esa mañana: dos inspectores en prácticas recién salidos de la Academia; me los habían asignado por sorpresa para que los tutelara. Lucía Moro y Gabriel Alonso. Inteligentes, despiertos, curiosos y eficientes. Los había arrastrado conmigo al pie del monte Buciero para registrar el chalé de Lander Abad.

Habíamos desembarcado en el pueblo a las nueve de la mañana. Dediqué el trayecto a desgranar los matices del caso. Lucía, sagaz, planteó cuestiones esenciales, construyó hipótesis rigurosas. Su presencia me retrotrajo a los albores de mi carrera, a los días en que contaba con un compañero con quien elaborar intrincadas recreaciones de los sucesos.

Repartimos las mascarillas mientras los técnicos disponían los aspersores del producto. Uno de los policías cargaba con la cámara de vídeo.

—Un arma genera una colisión de alta velocidad, gotas minúsculas. Y luego están las marcas transferidas. Imagina que tuvieras una herida en la cabeza. Palpas la sangre, te apoyas en una superficie y dejas una señal.

¿Habría limpiado Tomás los patrones sanguíneos de transferencia estampados por las yemas de mis dedos en las paredes del pasillo?

—Os pasaré el libro de criminalística de Juventino Montiel. Contiene un buen capítulo de hematología forense.

Cortés entró en escena acompañado por dos agentes. Se había acercado desde Bilbao para apoyar el registro. Lo vi aparecer, ufano.

—Se encuentran dos tontos. «¿Qué llevas en esa cesta?», pregunta uno. Y el otro responde: «Si lo adivinas, te doy un racimo». El primer tonto reflexiona: «¡Croquetas!».

A Gabriel le asaltó la risa floja y se cubrió la boca con la mano rehuyendo la mirada. De puro malo, el chiste era bueno. Lucía apartó la vista de sus notas y evaluó al gracioso intrigada. Después de la chirigota, Cortés me plantó dos besos y pasó a relatar las últimas novedades en comisaría.

Con la orden judicial a punto, atravesamos la portilla de la propiedad. El día era soleado, bochornoso, y la jauría de vecinos ya acechaba tras las tapias remachadas con flecos de hierba. Nuestra irrupción había alterado su rutina. Policías de buzo blanco, policías de buzo azul, técnicos con sofisticados artilugios.

—Los vecinos nos están grabando —susurró Lucía a mi lado—, ¿eso es legal?

No lo era, pero me pareció algo anecdótico, inofensivo.

Buscábamos fluidos vitales de Alicia, la prueba de su presencia en el chalé de Lander Abad, algo que vinculara su crimen al de la pareja.

Al atravesar las puertas sentí una corriente difusa. Quizá fuera el abandono, los años de clausura. La atmósfera era narcótica y nos golpeó la vaharada de un tufo picante.

—¿No notáis algo... extraño?

Una penumbra tenue inundaba el recibidor, motas de polvo minúsculas, ingrávidas en el aire, meciéndose caprichosas como luciérnagas efímeras. El Bluestar era potente y funcionaba en condiciones de claridad moderada. La primera ráfaga de luminol reveló un resplandor azulado. Azul en las paredes, en los muebles, en las alfombras; una marea siniestra inundando cada resquicio.

—Hostia...

—La sangre antigua reacciona al compuesto con mayor intensidad que la fresca —murmuró Cortés impactado—. Y ha salpicado cada rincón.

La iridiscencia del producto era fugaz. Tomé fotografías de cada cuadrante.

—Es demasiada sangre. Aquí han matado a varias personas —apuntó el técnico.

Lo escuché convencida de sus palabras. La sangre se había concentrado en el recibidor, la carnicería se produjo junto a la puerta de entrada, y quien fuera artífice de tamaño crimen limpió a conciencia el campo de batalla.

Se recogieron muestras. Los técnicos rasparon superficies, cortaron secciones de alfombra, introdujeron fragmentos en recipientes sellados ante la mirada atenta del secretario judicial.

Iniciamos el registro. Tras la desaparición de Lander, su hijo se había desentendido de la casa. Nunca hizo limpieza, apenas había entrado en dos ocasiones, y todo se hallaba como la noche en que el misterioso visitante pulsó los timbres vecinos.

A las seis de la tarde acabamos el trabajo. Nuestro botín: patrones de fluido biológico y un par de billetes de avión. Agosto de 2001, Bilbao-Roma, primer vuelo del domingo día 12. Lander y Aurora se quedaron en tierra. Su rumbo se escoró sin remedio cuando se interpuso en su camino el encapuchado del Buciero.

Al día siguiente en Madrid, decenas de archivos cubrían la mesa redonda de la sala de reuniones de la UDEV. Había preparado varios montones, bloques de documentación organizada al milímetro; los fui revisando.

Escenario: ¿A qué cerraduras corresponden las llaves del manojo? ¿Por qué se lanza el bolso al Nervión? ¿Dónde están las pruebas desaparecidas? ¿Y los restos de la víctima? ¿Cómo conseguir, quince años más tarde, el registro de llamadas del teléfono de Alicia?

Informe del jefe Pinedo: ¿Quién lo hizo desaparecer?

Cabello en mi buzón, mensajes del asesino: ¿Quién juega con nosotros?

Cadáveres de Billano: ¿Quién llamó? ¿Relación con el crimen de Alicia? ¿Quién visitó a la pareja en su chalé del Buciero la madrugada de 2001?

Ennio Rossi: ¿Cabeza de turco? ¿Era Alicia la mujer del coche en las grabaciones de los muros de prisión?

Néstor Brul: Provocó la ruptura de su hermano. ¿Mantuvo relaciones con la víctima?

María Ribero: ¿Sospechosa?

Rocío Prado: ¿Sospechosa?

Padres de Alicia: ¿Por qué alteran su declaración inicial? ¿Implicados en su muerte?

Salas, Suárez y Pinedo: ¿Guardan relación con el caso, o solo con Néstor y sus negocios?

Álex Brul: ¿Qué oculta?

Lucía y Gabriel atravesaron la puerta de la sala. Enfermizamente puntuales; estos eran de los míos. Parecían agotados, no estaban habituados a aquel ritmo frenético, pero aún había mucha tela que cortar.

—Contamos con varias líneas de investigación. No sabemos si la mató Ennio Rossi, pero, si lo hizo él, el encapuchado era un cómplice.

—Yo cargaría las tintas contra el exnovio de Alicia, Alejandro Brul —discurrió Gabriel cuadrándose.

—Pues lo veo discutible —sostuvo Lucía—. A esa chica se la tiraba medio Bilbao... No se despacha un caso por mera estadística, Gabriel.

Los interrumpí, puse orden al tiempo que me incorporaba:

—Hay otro problema —expuse—. Brul fue mi jefe. Ahora está fuera del Cuerpo, de excedencia, pero mantengo cierto grado de relación personal con él.

Me contemplaron como si esperaran más.

—¿Alejandro Brul es policía?

—Jefe de la Judicial en Bilbao. La cuestión es que no sé si soy todo lo imparcial que debiera, así que vais a ocuparos del caso. Supervisaré vuestro trabajo.

Lucía organizó sus papeles. Volví a sentarme. Ella bajó la voz.

—¿Y sabe Brul que eres tú quien dirige la investigación?

—Fue él quien hizo que se me asignara.

No pronunciaron palabra. Había más, pero no se atrevían a preguntarlo.

—¿Qué ocurre?

Fue Lucía quien volvió a hablar, a punto de atragantarse con el chicle:

—Había algo que nos intrigaba. Habías interrogado a la mayoría de los sospechosos, pero no a Brul.

Titubeé antes de responder, porque estaba incómoda y se notaba:

—No puedo hacerlo —zanjé—. Nuestro vínculo es demasiado fuerte. Todo vuestro, tomadle testimonio cuando creáis oportuno.

Sus miradas volvieron a cruzarse. Me recosté en la silla.

—No lo has interrogado. Pero... habréis tratado del caso, ¿no?

—Sí, lo hemos hecho —concedí.

—¿Nunca te ha detallado lo que ocurrió esa noche? —repuso Gabriel.

—Me ha asegurado que él no lo hizo. ¿Tenéis más dudas?

Miles de dudas. El anónimo del que me habló Rocío. ¿Se lo habría remitido ella misma? El manojo de llaves junto a la ropa de Alicia, en el Buciero, ¿alguna hipótesis sobre las puertas que abrían? Les hablé de los *mails* del asesino y los puse a su disposición. ¿Había comprobado el teléfono de Brul? Él mismo pudo enviarlos...

—Él también los recibe —repliqué.

—¿Cómo lo sabes?

—En alguna ocasión estábamos juntos cuando entró el correo. Y por su semblante... sé que le llegan al tiempo.

Les desconcertaba que Álex y yo no hubiésemos hablado de ellos. Lo entendía, incluso a mí me resultaba extraño, pero no había podido hacerlo. Le estaba ocultando esos *mails,* y admitir que los leía se me hacía equiparable a confesar que lo espiaba.

—Podría fingir —interrumpió Gabriel—. Quizá sea él quien los redacte minutos antes y disimule a la perfección.

Era una posibilidad. El nudo que me atenazaba el estómago se estrechó un poco más. Evoqué las palabras de Teo, el experto en grafología: el anónimo hallado en mi buzón, el que acompañaba al mechón de pelo, era autoría de un perfecto psicópata. Me centré en las cuartillas desplegadas sobre la mesa.

—¿Podemos intervenir sus correos? ¿Sus llamadas? —terció Lucía.

—Con una orden judicial podéis hacer lo que creáis oportuno.

Consulté el reloj, di la reunión por finalizada y abandonamos la sala. Me acerqué al cuarto de baño y tragué un comprimido de oxicodona. ¿Estaba siendo negligente? Yo misma debí solicitar hacía tiempo esa orden judicial a la que hizo alusión Lucía.

Salí del edificio, crucé la calle, tomé un café en el bar. Le di vueltas al asunto, y sin sacar nada en claro, regresé a la sala de juntas.

La segunda reunión comenzó a las once y media. Vicente Galán y Paco Sierra —dos agentes de la UDEV— llevaban semanas siguiendo a Suárez y a Pinedo. Tomaron asiento y expusieron los resultados de sus pesquisas.

Pinedo vigilaba mi vivienda, pero no a mí. Fuera lo que fuera que buscara, se hallaba en el ático.

—¿Custodias en tu piso documentación de los casos? —preguntó Paco.

Siempre lo hacía. A veces trabajaba en casa.

El otro agente había controlado el entorno de Ibán Suárez y confirmó que Pinedo no espiaba al neurólogo, sino a su esposa: Ángela Vega, la morena con tacones afilados, la que visitaba a Néstor Brul en El Dueso. Revisé las imágenes. No eran de gran calidad.

—¿No la conoces? —añadió Vicente.

¿Conocerla? Me fijé en su rostro borroso, no la había visto en mi vida.

—Acudió a la ponencia que impartiste el pasado miércoles en el curso de verano. Parece fascinada por la psicología criminal.

Había contado con más de cien asistentes, no la recordaba, pero el tema me intrigó. ¿Era coincidencia que se hubiera matriculado en las clases? Anoté una frase en mi libreta: «Ángela Vega: repasar listado de inscritos».

Paco carraspeó. Vicente me sondeaba:

—Hay más... Te vigila otro tipo.

Dejó caer un montón de fotos, aunque no les presté atención, porque supe que era Tomás. Solté una bocanada de aire, como si me abrasara las entrañas.

—Es un asunto personal, no tiene que ver con el caso —concluí agotada.

Ocho ojos me taladraban intrigados. Sentí un calor intenso en las mejillas.

—Es mi exnovio.

Lucía silbó. Gabriel negó. Paco asintió como si ya lo imaginara.

—Pues mucho cuidado —advirtió Vicente—. Este me da mala espina. Peor que Pinedo, que la morena y que el asesino del chándal.

—¿Quién es el asesino del chándal? —inquirió Gabriel.

—Uno que dio mucha guerra. —Vicente señaló la imagen de Tomás—. Este pirado sabe a qué hora sales a comer. Y un día te fuiste en moto con Brul y anduvo merodeando hasta que regresaste tres horas más tarde.

—Podemos darle un toque —propuso Paco—. Pegarle un susto, a ver si cambia de aficiones.

Negué. Yo me encargaría de él. Agradecí su trabajo al equipo y regresé a mi cubículo añorando mi despacho de Bilbao, su lluvia tras los cristales.

Las pruebas de ADN de la sangre del chalé del Buciero aún tardaron en llegar. Tres perfiles genéticos: Lander Abad, Aurora García y Alicia López. La fiabilidad del análisis sobrepasaba el 98 por ciento.

Lander y Aurora fueron apuñalados hasta desangrarse. ¿Hipótesis? Nunca tomaron el vuelo a Roma, porque perdieron la vida esa noche. Más tarde, alguien frotó el suelo, fregó las paredes y cargó los cadáveres en el coche de Lander. Los sepultó en tierra oscura, envueltos en cal, a un centenar de kilómetros, en el cabo Billano. ¿Dónde se hallaba el vehículo? También Alicia formaba parte de aquella ecuación tenebrosa. Su sangre salpicando la maleza, su sangre inundando la casa. ¿Cómo llegaron sus restos a aquel depósito de ácido? ¿Quién pulsó los timbres? ¿Alicia, en busca de ayuda? ¿Su verdugo? La ruleta rusa del destino se detuvo implacable frente a aquel chalé en la costa.

Habría sido mejor atisbar por la mirilla, tras los visillos. Esa es la opción acertada. Nunca, bajo ningún concepto, abrir el cerrojo.

29

ÁLEX

Bilbao, 8 de julio, viernes

De: El asesino
Enviado: viernes, 8 de julio de 2016, 7:53
Para: Alejandro Brul Briand
Asunto: Alicia - V

Álex observó a Alicia como si no la reconociera. Acababan de hacer el amor y ella lo soltó sin más: le ofrecían cien mil pesetas por pasar dos días en una villa al sur de Francia dejándose ver en bikini. Él detuvo sus caricias, dejó de besarla y le preguntó por qué; por qué no buscaba un trabajo ordinario. Ella replicó que no iba a conformarse con un destino mediocre, que si prefería una chica corriente las había a patadas. Él contaba con su hermano, con su padre, disponía de herramientas para hacer lo que quisiera. ¿Qué había de ella? Solo anhelaba un futuro. Pero Álex se cerró en banda y le sugirió que le pusiera nombre, que calificara de algún modo aquel trabajo que hacía. ¿Camarera? Las camareras no ganan tanto. ¿Modelo? Las modelos presentan colecciones. Él conocía el término apropiado. No iba a acostarse con nadie, pero lo que ella iba a hacer allá era lo más parecido a lo que hacían las putas. Alicia lo abofeteó, y él la contempló negando, sin inmutarse. La estudió apenado, como si la compadeciera, y le rogó que reflexionara. El estudio de arquitectura comenzaba a despegar, y estaba dispuesto a pagarle la matrícula universitaria, a encargarse de sus gastos. Álex consultó el reloj, se puso en pie, se vistió. Tenía prisa. Luego le sostuvo la mirada y lanzó su órdago. Si Alicia acudía a esa fiesta, no volvería a verlo.

«La libertad es una tentación irresistible.» Oí esa frase en una película de Sorrentino. La libertad, más que una tentación, es una droga. Es fácil ubicar en la misma sentencia términos elevados: amor y libertad. Pero nunca van de la mano, porque nadie da su corazón sin esperar nada a cambio.

El mensaje era cierto palabra por palabra. Describía una conversación privada, pero llegados a ese punto ya no podía fiarme de nadie. Habíamos discutido en casa de Néstor y, allí, las paredes oían. ¿Quién había redactado aquel texto? ¿Le habló Alicia a alguien de aquel episodio? ¿Quién tenía su diario? Solté el móvil derrotado. Aquellos mensajes me estaban minando.

Ahora estaba en Bilbao para enfrentarme a María en vista judicial. Reclamaba la mitad de mis bienes, como si fueran gananciales. No éramos un matrimonio, pero convivimos dos años, y se presentaría como una muchacha insolvente que había acogido en su casa a un gorrón sin escrúpulos. Mientras desayunaba en el piso de Néstor, sonó el teléfono. Era Natalia. Respondí con frialdad, aunque sorprendido, mientras contemplaba el Nervión cerúleo. Desde que discutimos, apenas intercambiamos un par de wasaps.

—Necesito contarte algo —expuso titubeante.

Me puse en pie intrigado, recorrí la cocina pegado al teléfono.

—Debí hacerlo antes. Álex... ¿Recuerdas la noche de la discoteca, en Bilbao? ¿Cuando aún trabajábamos en la Judicial y me acercaste a casa en moto?

—Perfectamente —repliqué.

—Subiste a por los cascos. Yo te esperé en tu portal. Y entonces llegó María.

Me pregunté a dónde quería llegar, por qué aludía a un evento tan lejano.

—La vi besarse con un chico en un coche.

Negué y cerré los ojos. Suspiré. ¿Cuánto hacía de eso?

—De eso hace tres meses —murmuré—. ¿Y desembuchas ahora? —Silencio al otro lado de la línea. Imaginé a Natalia conteniendo la respiración, a la espera de mi estallido—. ¿Por qué no lo has dicho antes? —alcé la voz.

—No lo sé.

—Tres meses. Noventa días con sus horas, sus minutos y sus segundos. ¿Cuántas ocasiones has tenido para soltarlo?

—¿Me habrías creído?

—Sin dudarlo.

Tiré el café por el fregadero sin soltar el móvil, con rabia. Se me había indigestado el desayuno. Primero el *mail* y ahora esto.

—Yo no te lo habría ocultado —apunté.

—Era una situación delicada. María lo habría negado.

Pero yo habría creído a Natalia, porque ella no era como Néstor; ella nunca inventaría algo así. Y me habría ahorrado tantos problemas...

—Espero que puedas emplear esa información de cara a la vista judicial.

Negué sin palabras. La traición de María era lo de menos; casi podía entenderlo, yo había estado a otras cosas. El silencio cómplice de Natalia era lo que me dolía.

—No podías haberlo hecho peor —concluí—. Tengo que dejarte.

Colgué y marqué el número de María sin pensarlo dos veces. No habría vista judicial, le expliqué. Quería alcanzar un acuerdo, sin abogados, los dos solos. Se presentó con retraso, cuarenta minutos tarde. Se había esmerado: peluquería, tiros largos, chapa y pintura. La invité a pasar sin detenerme demasiado en sus farragosas pestañas postizas.

—¿Has recapacitado? —soltó.

La estudié, atónito. Tan cabreado por todo que no pude articular palabra.

—Ya te has cansado de Natalia.

No preguntaba, afirmaba. María sabía que era por ella, por Natalia, por quien había orquestado aquel cisma.

—Sé que te follabas a otro estando conmigo —lancé.

Y luego me eché un farol. Le hablé de un detective, de fotos comprometidas. Lo escupí con prisa antes de que me sangraran los oídos escuchando sus sandeces.

—¿De qué me hablas, Álex?

—Del tiempo perdido tirando hacia delante, como los burros, a golpe de palo y zanahoria. —Y añadí que, si no cancelaba la vista, le haría llegar las pruebas al juez—. Le enviaré las fotos a la mujer del tipo con el que andabas. Porque está casado —improvisé.

Se puso roja. Por lo visto había acertado.

—Qué hijo de puta eres... Podría hundirte si quisiera, denunciarte por maltrato.

—Nunca te he tocado.

—¿Qué más da eso?

Quizá fuera capaz. Capaz de aquello y de más; y, aun así, me seguía chocando ese modo de conducirse.

—Será mejor que te largues. Estoy muy ocupado.

Se irguió iracunda haciendo tintinear su arsenal de pulseras doradas.

—Sí debes estarlo, ocupadísimo. Intentando mantenerte empalmado durante más de cinco segundos. Impotente de mierda.

Dejó el salón taconeando y salió del piso con un portazo. *El portazo*. Respiré aliviado y abrí las ventanas; el tufo de su perfume apestaba.

Saqué la moto del garaje y atravesé Bilbao. Me detuve frente al piso de mi padre. Mi rebelión iba en serio, y a toda máquina me desprendí del casco y enfilé las escaleras hasta el séptimo piso. Saqué las llaves del bolsillo y me sumergí en la marea de episodios de mi niñez. Una vivienda tosca, con mobiliario funcional, ajena a las modas y a la estética. Había mucho de aquello en mí; el apego a los placeres sencillos, a la vida tranquila y la pulcritud. El gusto por el silencio, por el esfuerzo y las cosas bien hechas. Me habría convertido en un ermitaño de no ser por la malsana influencia de Néstor. Gracias a su influjo, me había escorado, sutilmente, hacia el lado oscuro. Porque en el fondo a todos nos atrae el fulgor de las cosas bellas, la efervescencia del amor loco.

Abrí las persianas. Retiré las sábanas, una tras otra, levantando una densa nube de polvo. Descubrí muebles conocidos; el sofá en que veía películas de miedo, la butaca en que leía recostado. En aquella alfombra construía edificios con mis piezas de arquitectura Lego.

Comencé con su cuarto, con la habitación de mi padre. Una vieja cama de forja, crucifijo y mesilla de noche. Un armario ramplón, con las puertas hinchadas, imposible cerrarlo. La ropa olía a naftalina y a compromiso; compromiso con las prendas que se adquieren, porque eran escasas pero eternas. Las fotos de mi madre, diseminadas por doquier, no me detuvieron. «Padre bebía los vientos por ella», recordé en boca de Néstor.

Pañuelos de algodón con iniciales bordadas. A. B. Andrés Brul. Calcetines de lana merina, dos pantalones de pana. Papeles, quería documentos, algo que me iluminara. Me volví loco dando vueltas, abriendo cajones y puertas. No hallé nada digno de mención hasta que di con la lata bajo el fregadero. Una pequeña caja metálica con cerradura. Me había colado en el piso de Natalia y había revuelto su escritorio buscando un informe médico. Me habían largado del Cuerpo por destrozar un archivador a hachazos, y reiteradamente, en siete interrogatorios sucesivos, sostuve una mentira que se perpetuó tres lustros. No iba a frenar ante nada, de modo que saqué el hacha de la despensa y descargué mi ira contra la ridícula lata. Reventó al tercer tajo.

El estruendo fue notable, y llamaron a la puerta antes de poder evaluar el hallazgo. La vecina de enfrente, con muy poco que hacer. Desconecté el timbre. Regresé a la caja y esparcí su contenido por la alfombra.

Fotografías, planos, documentos. Un lápiz de memoria de 512 megas. Aquello sí que era bueno; mi padre, Andrés Brul, usuario de las nuevas tecnologías...

Me arrodillé en el suelo para analizar las instantáneas. Imágenes en blanco y negro de un pasado muy remoto, de la juventud perdida del hombre que me crio. Su nombre no era Andrés. Lo habían bautizado en 1923, en Brul, Asturias: se llamaba Esteban Peral y en 1938, con quince años, ingresó en el fuerte de San Cristóbal, cerca de Pamplona, acusado de rebelión. Ante mis ojos, su número de preso, su ficha y su expediente sellado por un tribunal militar. Esteban Peral se había fugado del penal el 22 de mayo de 1938.

Saqué el móvil del bolsillo, entré en el buscador: «Fuerte de San Cristóbal». La mayor fuga carcelaria de la historia de España planificada por diecisiete presos que se comunicaban empleando el esperanto. De los casi ochocientos fugados, seiscientos fueron detenidos. Doscientos liquidados en el bosque, a tiros. Uno de ellos era mi padre; en teoría, lo habían fusilado hacía casi ocho décadas y ocupaba la inmensa fosa común que aún hoy era el monte Ezkaba. ¿Quién era Andrés Brul? ¿De dónde había salido? ¿Es tan sencillo simular la propia muerte, adquirir una nueva identidad totalmente inventada? Había menores en el fuerte, pero no los inscribían en el Libro de Dependencias.

Revisé las fotos. Fotos del antes, de antes de la fuga. De su juventud y su infancia. Y fotos del después, cuando Esteban se transformó en Andrés. Andrés con más hombres; jóvenes, fuertes, saludables. Mandíbulas cuadradas, miradas nobles. Por las vestimentas, las daté en los años cuarenta. Fotos de grupo en un jardín, en un salón; unos en pie, otros sentados. En alguna de las estampas vi cajas «Reprobus».

Reuniones, encuentros. Mi padre iba envejeciendo, también sus compañeros. Varias instantáneas mostraban el mismo fondo: la torre del Infantado, en Potes.

¿Quiénes eran esos individuos que se congregaban cada año? Hablaban «una lengua extraña», lo averigüé cuando visité el pueblo. ¿Era el esperanto? Mayo de 1940, mayo del 41, mayo del 42... Algunos rostros cambiaban, los protagonistas se iban y pronto hallaban sustituto; alguien más joven pasaba a cubrir la vacante.

Fotos en color. Mayo del 80. Junto a mi padre y al resto de hombres aparecía Néstor, parte del siniestro aquelarre desde el año 85. La última imagen correspondía al año 2010. Siete hombres, dos mujeres. Mi padre, Andrés Brul, triplicaba la edad de sus compañeros.

2010. ¿Por qué no había más fotos? Puede que esas instantáneas estuvieran en otro escondrijo. Volví a agacharme y recogí los papeles. Localicé un estuche de cuero con cremallera. Lo vacié en las baldosas. Un peine, un pintalabios, un manojo de llaves. Monedero vacío, caja de condones sin estrenar y dos pares de medias en su envase.

—Hostia.

Las pruebas desaparecidas de la Judicial.

Las repasé pasmado sin saber qué hacer. Natalia llevaba el caso, debía llamarla, eran los objetos de Alicia que se encontraron en el Buciero. Pero no pude hacerlo. Tomé una bolsa, introduje en ella el hallazgo. Llaves en mano, me acerqué a la puerta del piso. Una de ellas encajaba, coincidía perfectamente con la cerradura de la vivienda. Cerré de un portazo, enfilé las escaleras con el casco bajo el brazo y un objetivo muy claro.

En el rellano de la tercera planta me topé con dos policías. Titubearon al reconocerme. Sus rostros me eran familiares, quizá hubiésemos colaborado en alguna operación.

—Buenos días, Brul... ¿No bajarás del séptimo?

Bajaba del séptimo. Y tenía prisa.

—Nos telefoneó una vecina... Denuncia alboroto.

—Estaba abriendo una caja, habrán sido los hachazos.

Sonrieron incómodos. Los estudié con frialdad; obstruían la escalera, me obstaculizaban el paso. No sé qué leyeron en mis ojos. Fuera lo que fuera, percibí temor en los suyos.

—¿Algún problema? —añadí.

—Nada, Brul. Buenos días.

Se hicieron a un lado. Y recordé a mi padre: acababa de provocar en ellos el mismo efecto que él solía suscitar. Admitirlo me hizo sentir fatal.

Me acerqué a Deusto. Empuñé el manojo de llaves de Alicia y comprobé que una de ellas, la más sofisticada, abría la puerta del piso de Néstor.

Natalia en el Buciero preguntándome por esa vivienda, por la cerradura. ¿Se había sustituido? Acababa de confirmarlo: era la misma de hacía quince años.

Abrí la bolsa de viaje, extraje unos guantes de látex y me los calé. Había abandonado el Cuerpo, pero en los últimos días había realizado más registros que en toda mi carrera. Y sin orden judicial. Estaba traicionando la confianza de personas cercanas. De personas que me ocultaban cosas.

No sabía qué buscaba, pero sí dónde encontrarlo. Deshice la cama de Néstor, abrí cajones. Nada fuera de lo normal. Su vestidor tenía cerrojo, y probé a abrirlo con otra de las llaves de Alicia. La cerradura cedió y contemplé el espacio absorto. Unos treinta metros cuadrados, cama redonda, espejos en el techo. La iluminación era artificial, cálida. Comencé por los cajones de la izquierda sin hallar nada que me sorprendiera. Juguetes eróticos. Mi hermano era buen cliente de las *sex shops*. Una colección de vídeos, otra de vibradores, máscaras... Procedí con las perchas. Un arsenal de trajes, camisas, americanas. Decenas de cajas de zapatos. Deslicé una de las puertas correderas. Ropa de mujer. Un par de abrigos, dos vestidos, zapatos. El resto era lencería. ¿Qué implicaba aquello? ¿Néstor se travestía? No era posible, ciertos aspectos de mi hermano eran incontestables. Palpé bolsillos, dobladillos, recorrí costuras y forros. Un sobre: cien mil euros en billetes de quinientos; me sentí menos culpable por la cifra obscena que cobraba en el casino. Cincuenta mil francos suizos dentro de un zapato, cuatro mil libras en la funda de unas gafas. Néstor era el Banco de España y le regateaba la subida del IPC a la empleada de hogar...

Un segundo sobre. Contenía fotos. Retazos de carne rosada, el testimonio gráfico de variados juegos eróticos organizados en la guarida: solo había mujeres. No identifiqué rostros. Piel en diferentes tonos. Pezones y lenguas, pubis y nalgas. Me sentí incómodo, estaba invadiendo la intimidad de mi hermano y no era leal. Por suerte, estudié un par de fotos más antes de devolverlas al sobre, arrancarme los guantes y preparar mi regreso en moto a Madrid.

Un rostro familiar, una mirada intensa. Había acariciado esa piel, penetrado ese cuerpo. Era Alicia, Alicia con Rocío. Retorciéndose de placer con las piernas abiertas, las muñecas atadas y el cabello suelto. El vientre abultado de Rocío lo dejaba claro. Aquellas fotos eran de 2001. Rocío embarazada, jugando con el cuerpo de Alicia, lamiendo su sexo, arañando su espalda. ¿Y Néstor? Néstor capturó la escena. No cabía duda, porque accidentalmente, o no tanto, detecté su perfil en una de las instantáneas reflejado en el espejo; abriendo el obturador una milésima de segundo; el tiempo idóneo para inmortalizar la escena.

Sentí asco. El mismo asco que me asaltó entonces, cada una de las ocasiones en que me cité con Alicia en el verano de 2001. Y volví a evocarlo, por qué la expulsé de mi vida. Por qué me aferré a María como a un extintor en mitad de un incendio.

30

NATALIA

Madrid, 10 de julio, domingo

Dos palabras pronunciadas con dolor, con rabia, liberando un pesado fardo de emociones atragantadas.

Hacía una semana de la discusión. Álex confesó que me quería, que *él* me quería, y yo no fui capaz de responder. Continué llorando, liberando el torrente infame que me arrasaba por dentro. Sin atreverme a mirarlo a los ojos, sin añadir más reproches. La discusión fue catártica, pero frenó en seco ante su confesión. Aquel hombre que daba voz a sus sentimientos era el mismo que me recibió en su despacho, siete años antes; el mismo tipo seguro de sí que me estrechó la mano y me invitó a tomar asiento. Medio minuto, bastan treinta segundos para decidir hasta dónde llegarías con una persona. Los primeros instantes junto a mi tutor de prácticas me atravesaron como un cañonazo. Durante aquel año en la Judicial aprendí a disparar, a organizar redadas, a solicitar órdenes y ejecutar careos. Álex me había guiado, paciente y metódico, serio y constante. Pero aprendí algo más, una lección hiriente: pasé horas sin dormir, noche tras noche, repasando un gesto suyo, una palabra. Cuando se dirigía a mí variaba el tono de voz, moderaba el volumen, borraba la agresividad con que solía conducirse. ¿Por qué salía a comer conmigo? No lo hacía con nadie más, nunca. Convocaba a la brigada, soltaba una bronca, nos barría con la mirada saltando de un rostro a otro, pero jamás fijaba su vista en la mía, ni por un instante. Lo ascendieron a inspector jefe y solicitó, expresamente, seguir siendo responsable de mis prácticas. Se lo habían autorizado; removió cielo y tierra, y lo supe años más tarde.

Con él bajaba la guardia, dejaba de conducirme con el cuchillo entre los dientes. Era exigente, era duro, pero nunca lo fue conmigo. Siete años viéndolo cada día, compartiendo sobremesa, confidencias y apoyo. Formando un equipo imbatible. Siete años preguntándome por qué, por qué me sentía así cada vez que apartaba su mirada de la mía. Cada vez que me consultaba si iría al gimnasio esa tarde, arañando minutos a mi lado. La duda me aniquilaba. ¿Cuál era el problema? ¿Por qué debía conformarme con las migas del pastel?

Oportunista, astuto, había marcado los tiempos para salirse con la suya, antes y después. Me largó de Bilbao cuando le convino y ahora estaba en Madrid. Porque yo era una pobre imbécil a la que uno proscribe, o reclama a capricho. Afirmaba, rotundo, que jamás jugó conmigo, y la mera construcción de esa sentencia llevaba implícita la idea de poder hacerlo de haberlo pretendido.

Ahora proclamaba que me quería, pero se había esforzado demasiado en convencerme de lo contrario. Después del «te quiero» entonó una disculpa por impulsar mi traslado. Lo hizo de corazón, turbado por mi estallido, consciente de mi desolación al apartarme de su lado. Y al final lo admitió, no se esperaba lo de Nico. Le sentó como una puñalada.

«Natalia... ¿Quieres que me vaya del edificio?»

Muy tocado. Pese a estar de espaldas lo leí en su voz.

«¿Tú quieres irte?»

«No quiero agobiarte. Estar tan cerca ha sido precipitado.»

Le pedí que se quedara. Y él reflexionó unos segundos y volvió a actuar como el inspector jefe que ya no era.

«Necesito una conversación —murmuró—. La hemos evitado durante años, y nos la debemos. Pero no es el momento ni el lugar. No arreglaremos nada con gritos y lágrimas... Hoy solo nos echaríamos cosas en cara.»

Nos perdimos de vista durante días. El viernes entré en su casa. Hacía unas horas que se había ido a Bilbao, y tuve que atender al inspector de gas. Me apoyé en la puerta de su cuarto, y las fotografías de su escritorio me llamaron la atención. Lo vi de niño, con su padre y su hermano; junto a su madre. Nunca se refería a ella. Divisé otra imagen, en blanco y negro, enmarcada en la mesilla de noche. Tánger, 2011. Álex y yo frente a frente. Ninguno de los dos atendía a la cámara, mis ojos escrutaban la lejanía mientras él me contemplaba absorto y me retiraba algo del cabello revuelto. Uniformados, con los trajes oscuros de asalto, satisfechos, agotados tras una de las mayores redadas de tráfico ilegal de coltán, capitaneada por la División de Cooperación Internacional, la Interpol y Naciones Unidas. ¿Quién tomó esa foto? ¿Cómo llegó a sus manos? Era lo último que veía cada noche... No era una imagen de Alicia, era una imagen mía. Nuestra. Casi oculta tras el flexo y los almohadones.

Regresé al presente. Tenía fiebre y sentía un gran malestar. Consulté la hora, Álex ya estaría de vuelta en Madrid y se habría ido al casino. ¿Cuándo volvería a verlo?

Doce de la noche. Salí de casa y enfilé la calle en busca de una farmacia. Mientras lo hacía, tomé conciencia de que algo no cuadraba. El hallazgo en mi buzón se produjo el 7 de abril, pero Álex ya se había obcecado con el caso Alicia antes de que yo le informara. Según él, todo comenzó con la boda; quizá le hiciera remover viejos recuerdos y, resuelto a impulsar la apertura de la investigación, decidiera crear las pruebas. El mechón de pelo y la fotografía del sobre, con la sentencia que exculpaba a Rossi.

Desterré la idea, entré en el establecimiento a por paracetamol; pasaban seis horas de la última dosis. Tenía fiebre, no estaba bien. Sentía punzadas en la boca del estómago. Antes de subir a casa, me detuve en el rellano; había vibrado el móvil. El resplandor azul de la pantalla me abrasó las pupilas, pero comencé a leer.

De: El asesino
Enviado: lunes, 11 de julio de 2016, 00:18
Para: Natalia Herreros González
Asunto: Alicia - VI

Las luces estroboscópicas dibujaban haces en las paredes de la discoteca. Alicia trabajaba a destajo, servía copas sin parar, sin apenas levantar la vista. Abría botellines y sostenía botellas, cobraba consumiciones y atiborraba vasos de hielo. Rondas de chupitos, de cubatas. La música atronadora inundaba el local atestado. Seis días sin saber de Álex. Lo había telefoneado cada tarde. Necesitaba verlo, tocarlo, escuchar su voz, pero Álex no respondía. Llevó a término su amenaza, y Alicia estaba perdida. No se concentraba, no dormía, lloraba a todas horas...

Otra ronda. Cinco cubatas de Bacardí para un grupo de chicas de su edad o poco mayores, que dejaron caer un billete casi a desgana. Alicia sintió una rabia irracional, el deseo imperioso de arrastrarlas de los pelos. No tenían preocupaciones. Iban de fiesta y eran jóvenes. No eran atractivas, tampoco parecían demasiado inteligentes, pero en su caso eso era irrelevante, porque no necesitaban ingeniárselas para pagar la matrícula universitaria. Tenían más de un lápiz de ojos, más de un sujetador bueno, más de un par de pantalones vaqueros... Les sirvió los putos cubatas y distinguió a Álex. De espaldas, al otro lado de la barra, con un grupo de tíos. No la había saludado. Había decidido repudiarla, pero estaba allí; de todas las discotecas a las que pudo acudir esa noche, estaba en la suya. No quería rebajarse, pero era él y era superior a sus fuerzas.

Se aproximó, le habló al oído. Él no se dignó a girarse, mantuvo su postura como si ella no existiera, la ignoró, y Alicia reanudó el trabajo con un nudo en la garganta. Quizá le hiciera caso si le arreara un botellazo en el cogote, si le descargara la cubitera sobre la cabeza. Pero Álex estaba a otras cosas, no quería dramas. Volvió a abordarlo, porque el miedo a perderlo le laceraba el estómago. Esta vez le acarició la espalda, le suplicó que la mirara. Y él lo hizo. Ansia, pánico, desesperación en los ojos de Alicia.

Él le dio una indicación: la esperaba en el baño. Lo dejó caer como si le perdonara la vida, y ella abandonó la barra minutos más tarde. Al llegar se plantó frente a él. Sostenía una copa, y la invitó a pasar al aseo. Se colaron en uno de los cubículos, y ella comenzó a hablar. Álex la interrumpió, no quería justificaciones, y le exigió a Alicia que se quitara la ropa; muy serio, con la mirada vacía. Alicia se deshizo del vestido sin dudarlo. Se desabrochó el sujetador, se bajó las bragas insegura. No la tocó, fue ella quien intentó besarlo, quien se acercó a él, que retiró el rostro y la agarró por los hombros. Le ordenó que se agachara, y ella comprendió qué quería. Nunca le había insinuado nada parecido, pero ella iba a hacerlo, porque estaba loca por él, porque lo necesitaba y no soportaba pasar un día más sin oír su voz.

Álex se apoyó en la puerta, y Alicia, desnuda, se acuclilló vacilante, le bajó la bragueta, acercó su boca y comenzó a lamerlo con suavidad. Lo hacía bien. Álex cerró los ojos, se dejó hacer, se dejó llevar hasta que estalló, hasta que alcanzó el clímax y se tensaron sus músculos; soltó un rugido grave y se derramó en la boca de Alicia. No la miró. Si lo hubiera hecho, habría visto lágrimas en sus ojos, habría percibido el temblor de sus piernas desnudas sobre los tacones. Se subió la cremallera, dio media vuelta y la dejó sin más.

Alicia quiso morirse. Aquel no era el chico que iba a esperarla al instituto, que le leía poemas junto a la piscina de Néstor. Se vistió. Olía a él. Dejó el aseo y se estudió en el espejo del cuarto de baño. Se lavó la cara, secó las lágrimas. Regresó al trabajo rogando por que Álex se acercara a disculparse, pero eso no sucedió. Él seguía allí, de espaldas, y a las cuatro de la madrugada abandonó su punto de apoyo. Se fue. Se fue sin volver la vista; sin despedirse.

—Menudo hijo de puta...

La fiebre subía, me ardían los ojos. Entré en casa y vi que había olvidado activar la alarma. Anduve a oscuras. Estaba helada, saqué un suéter de la cómoda y me dirigí a tientas a la cocina para tomar agua de la nevera.

Tropecé con algo, palpé la pared en busca del interruptor y percibí una sombra en movimiento. Alcé la mano en un gesto reflejo, desvié un impacto dirigido a mi cabeza y sentí el golpe en el hombro izquierdo. Lo esquivé sin saber cómo y pulsé el interruptor cuando se abría la puerta de la calle. El intruso huía en ascensor. Reaccioné bien: el aparato era lento y ganaría tiempo por las escaleras. Una punzada en el hombro. La ignoré e inicié la caza, descendiendo veloz por tramos infinitos de peldaños.

Cuando alcancé el portal divisé al encapuchado de negro con una mochila al hombro. Galopé tras él, calle abajo, a unos metros de distancia. Se alejaba, era más rápido que yo, aunque no importaba. Yo iba más despacio, pero podía correr durante horas si tenía un motivo para hacerlo.

Latidos intensos, un pulso ardiente en los músculos; agotados por la fiebre, por la carrera trepidante. Me estallaban los pulmones, mi cuerpo exigía descanso, pero mi mente era más fuerte y estaba bien entrenada. Oía mis jadeos. Atocha. Cruzamos media ciudad y el tipo perdía fuelle. Sabía que lo detendría. Las distancias se acortaron en la rotonda de Embajadores. Me había aproximado tanto que olía su pánico, consciente de la derrota. Barajé sacar la pistola, descerrajarle un tiro en la rótula. Pero no iba a dispararle, iba a atraparlo.

Un metro, solo debía impulsarme, derribarlo de un empujón.

Me abalancé sobre él y rodamos sobre el asfalto. Un rasponazo en el codo, un golpe en la cadera. Cayó sobre mí y lancé un alarido. Su mirada oscura me traspasaba bajo el pasamontañas, se aferró a mis muñecas. Me había bloqueado, pero no iba a permitir que me dejara inconsciente de un cabezazo en mitad de la nada. Impulsé la rodilla con toda mi fuerza, con la sana intención de reventarle los huevos. Bramó como un animal, me zafé, me coloqué sobre su abdomen, en cuclillas, y perdí el control.

Un golpe, y otro, y otro más sobre la masa inerme, sobre carne esponjosa. Derramé mi ira. Al tomar conciencia de mi actuación me encontré sobre un cuerpo inmóvil. El corazón bombeándome en el pecho como un martillo percutor. ¿Qué había hecho? Saqué el teléfono del bolsillo, le quité a él la capucha. Un rostro sanguinolento, facciones pálidas. Aquel chico no superaba la veintena. Marqué el 061.

—Necesito una ambulancia —sollocé—. Cerca de Embajadores. Soy la inspectora Herreros, de Homicidios. Tengo a un hombre inconsciente... Respira, pero su pulso es débil.

No reconocía mi voz, que brotaba mecánicamente. Tragué saliva, tenía sangre en el labio. Sentía frío, y calor, y un terror apabullante. Sin dejar de estudiar aquel rostro aniñado marqué otro número. Esperé.

—Inspectora Herreros, Homicidios. Envíen una patrulla a Embajadores. He detenido a un encapuchado, había entrado en mi domicilio. Está herido.

Corté la comunicación y me cubrí el rostro con las manos. Rogué por que mantuviera el latido. No podría cargar con una muerte como aquella sobre mi conciencia.

Madrid, 11 de julio, lunes

Una ambulancia, dos coches patrulla. Los avisté al otro extremo de la calzada pasadas las tres de la madrugada en mi camino de vuelta del casino. Había cientos de viviendas, pero sabía que se hallaban frente a mi edificio. Aparqué la moto en la calle, de mala manera, alcancé el portal, estaba abierto y gané tiempo por las escaleras; las subí de tres en tres, y en ese trance imaginé escenarios tan desoladores que me invadió una euforia absurda al descubrir a Natalia en su casa. Muebles fuera de lugar, libros por los suelos, cajones abiertos, descuartizados. Cinco policías de uniforme, dos de la Científica. Natalia se movía en silencio, recorría la terraza al otro lado de lo que fue la cristalera, ahora hecha añicos; de una punta a otra, con la vista perdida. No me vio al llegar, y los agentes me relataron lo sucedido. Alguien había allanado la casa, un encapuchado. Se había colado por la terraza después de reventar el ventanal.

—La inspectora fue tras él hasta Embajadores y allí lo arrestó.

¿Hasta Embajadores? No podía creerlo.

—El ladrón llevaba sus archivos.

Atravesé el salón con cuidado, evitando contaminar las poco probables huellas. Salí a la terraza, y Natalia se detuvo al captar mi presencia. Sintió alivio, quizá aún viera en mí al superior que tomaba el mando cuando todo se desbordaba.

—Lo he matado, Álex. Perdí el control y lo he matado.

Sus pantalones estaban destrozados, y había sangre en su suéter, pero no era suya, era del intruso. Cierto, inexplicable pero cierto: Natalia mandó a aquel chico a la UCI. Lo había golpeado, y era lo único que le preocupaba, el ensañamiento como acto moral. Le eran indiferentes los daños en el ático, el peligro que corrió su vida. Ni siquiera había pensado en las cuentas que tendría que rendir. Había abusado de su fuerza y se iba a jugar el puesto en Homicidios.

Actué con rapidez, retiré la toalla con que envolvía sus manos. Nudillos entumecidos, falanges amoratadas. Cortes, laceraciones. Además, tenía fiebre.

—Debemos ir a Urgencias, tienes los puños destrozados.

No me había escuchado. Le pedí la pistola, la sacó del bolsillo y la introduje en el mío. Oculté la culata bajo la camisa.

Murmuró que tenía frío, que le dolía el hombro, quería irse a la cama. Le examiné la clavícula.

—¿Cómo te hizo esto?

—Intentó golpearme en la cabeza.

—¿Con qué lo hizo?

Lo ignoraba, estaba a oscuras. Tomé nota mentalmente. El intruso allanó la vivienda y trató de golpearle la nuca con un objeto pesado.

—¿Cómo le diste esa paliza? Ni siquiera pesas sesenta kilos.

—Me retuvo contra el asfalto. Creo que reviví lo de Tomás.

Ahí radicaba la clave.

—¿Qué haré si se muere?

—Bicho malo nunca muere. Eso solo les sucede a las personas honestas.

—Pero era un pobre chico.

—¿Un pobre chico? No fuiste tú quien se coló en su piso. Has actuado en legítima defensa.

—Me he ensañado.

No respondí. Ya le explicaría cómo enfrentarse a los de Asuntos Internos, porque le harían una visita y necesitaría reunir artillería. Defenderse salía más caro que dejarse matar.

Repitió que estaba helada y la cubrí con el albornoz. Dejamos a los agentes haciendo su trabajo y salimos de allí. En el ascensor apoyó la sien en mi pecho e insistió en que estaba cansada, en que no le apetecía acudir a esa fiesta. Deliraba. Le confesé que la quería mucho y le acaricié la cabeza mientras hablaba de cosas que yo no entendía. Olía a su perfume, sentí el calor de su aliento, el roce de sus labios en mi cuello susurrando palabras sin sentido. Aquello era lo mejor que me había ocurrido en tiempo; que Natalia se rindiera, que cediera el control y bajara la guardia en aquel ascensor tan lento.

—Álex...

—Dime.

—Tengo mucho miedo.

Urgencias. Le curaron las manos, le bajaron la fiebre. No había fracturas óseas. Tres horas más tarde volvimos a su casa. Eran las seis de la madrugada y la Policía aún estaba allí. No era normal, la Científica no tarda tanto en tomar huellas. Envié a Natalia a su cuarto, yo me ocuparía de todo. En condiciones normales habría protestado, pero esta vez calló. Cerré la puerta a mi espalda y me dirigí al salón. El resplandor frío de un amanecer incipiente acechaba tras las ventanas. Los agentes señalaron un montón de micrófonos sobre la repisa de la chimenea.

—Estaban por todas partes, incluso en la terraza.

Me senté frente a ellos sobre el aparador volcado.

—¿Tuvo tiempo de colocar tantos micros?

—No, el encapuchado no pudo hacerlo. Uno de los cables estaba cubierto de yeso, y la masa había fraguado. No son de hoy. El intruso llevaba guantes, dejó marcas. Pero hay otras huellas.

Pensé en los padres de Natalia. Luego, en Tomás y en Nico.

—Quizá coincidan con alguno de los perfiles del Registro.

Se despidieron tomando nota de que debía ser muy gordo lo que manejaba la inspectora. Recorrí el ático e hice balance. Había salido el sol, los pájaros trinaban, y la luz insolente componía un panorama desolador. El que fuera refugio de Natalia tras su destierro se había convertido en un campo minado.

Entré en su cuarto, con sigilo. Dormía de medio lado, cubierta hasta la barbilla. Sus manos vendadas descansaban sobre la almohada, frente a su rostro. Cerré las contraventanas y recogí su ropa ensangrentada. La eché a la basura, en la cocina, y desayuné en mi casa. No tenía sueño, así que telefoneé a Homicidios. La inspectora Herreros se hallaba indispuesta, no acudiría al trabajo. A eso de las nueve volví a cruzar el rellano y puse manos a la obra: ordené libros, coloqué muebles, llamé a la cristalería. Cerré cajones y borré huellas. A mediodía su piso estaba en orden; y el limonero crecía.

A la una de la tarde regresé a su habitación. Le ardía la frente. Pupilas dilatadas y mirada vidriosa. Aturdida, me preguntó por el chico. ¿Ya había muerto?

—Olvida a ese chico. No va a morirse.

Sorbió caldo con una pajita. Yo la contemplaba y dudaba si sería apropiado plantearle esa cuestión en aquel momento, con semejante cuadro:

—Natalia, los agentes encontraron micros por la casa. ¿Sabías algo de eso?

Negó sorprendida. El termómetro pitó.

—¿Nico Puente? —susurró.

No quería ser yo quien lo verbalizara. Aun con cuarenta de fiebre, habíamos llegado a la misma conclusión.

—¿Quién más ha entrado aquí?

—María, pero estuvo conmigo en todo momento. Y Tomás.

—¿Y Nico? Pensé que lo largaste rápido...

Natalia se frotó los ojos eludiendo mi mirada, incómoda.

—Tuvo que ser la segunda vez. Había tomado oxicodona y me dormí antes de que se fuera.

La analicé con dureza; seguía automedicándose.

—Quizá colocara esos micros bajo coacción. Alguien debió vernos juntos la primera vez. —Se negaba a dudar de Nico. Al menos por el momento.

Acabó el caldo y le tendí el teléfono. Le sugerí que telefoneara a Homicidios. Necesitábamos al informático.

—Me temo que haya un programa espía en tu ordenador, en tu móvil.

El técnico lo confirmó horas más tarde. Hacía días que controlaban su vida...

Pasé media semana rumiando lo de los micros, y el resto pensando en mi padre, en las fotos del vestidor de Néstor. En otras condiciones le habría pedido explicaciones a Rocío; la habría visitado para preguntarle por la clase de relación que mantuvo con Alicia. Pero estaba muy enferma y no pude enfrentarme a ella; tras el ataque, todo quedó suspendido.

Natalia mejoró el martes, y el miércoles regresó al trabajo. El intruso encapuchado despertó el jueves e interpuso una demanda por intento de homicidio. El viernes discutimos; ella me comunicó sus pretensiones: decidió citarse con Nico, exigirle una aclaración. Aquel era su problema, no paraba de repetirlo. Pero yo también me sentía vendido. Alcanzamos un acuerdo, y el sábado nos reunimos con él en un bar de Malasaña.

Nico fue puntual. Lo vimos aparecer al otro lado de la plaza, con porte de macho alfa y mirada transparente. Iba más arreglado de lo normal.

—¿Qué se piensa? ¿Que le vamos a proponer un trío?

Tendría que conformarse con evocar sus dos noches de pasión desenfrenada junto a la inspectora Herreros. Fue ella quien tomó la palabra. Lo invitó a sentarse mientras yo lo taladraba con la vista, sin abrir la boca. No se atrevía a mirarme, pero tampoco era capaz de fijar la atención en Natalia. Le sudaban las manos y carraspeó inquieto antes de preguntar qué queríamos.

—Te lo tienes que imaginar...

—No sé a qué te refieres, Natalia.

—Me refiero a los micros que desperdigaste por mi casa. Después de acostarte conmigo, aprovechando que estaba dormida. —Golpeó la mesa con el puño vendado mientras brotaba ira de sus pupilas.

Me mordí la lengua, aún no iba a inmiscuirme.

—No tienes ni idea, Natalia.

—Pues explícamelo. ¿Eres un depravado? ¿Disfrutas vigilando a las mujeres? ¿O te han pagado por hacerlo, por sacarme información? ¿Sabes cómo llamo yo a los chicos que utilizan su colita para lograr metas profesionales? Los llamo putas.

—Ojo, Natalia.

—Ojo, ¿qué?

—Que primero me acosté contigo y luego me abordaron. Estás metida en algo gordo, tendrías que tener cuidado.

—¿Me estás amenazando?

—Te prevengo. Esa gente va a por ti.

Tomé la palabra. No pude contenerme más.

—¿Qué gente?

—Los de Asuntos Internos.

—¿Qué te ofrecieron?

—No me ofrecieron nada. No tuve alternativa.

—Nico, se me está agotando la paciencia. Dime qué sacaste a cambio.

Natalia intervino de nuevo. Nico negaba con la vista clavada en sus ojos.

—Eres un chapucero, ni siquiera empleaste guantes, has estampado tus huellas por todas partes. Tu carrera tiene los días contados.

—Natalia, por favor... —imploró.

—No quiero parásitos en el Cuerpo. Venderías a cualquiera.

Nico parpadeó desesperado. Acarició los dedos de Natalia buscando contacto visual, apelando a su piedad. Salté como un resorte. Me aferré a su brazo, lo retiré con brutalidad y lo agarré por el cuello de la camisa almidonada. Natalia me rogó calma. Volvíamos a las andadas: poli malo, poli bueno.

—Mírame, Nico. A mí. Deja de mirarla a ella. Ten huevos para mirarme y explicarme quién te lo encargó. Y qué te ofrecieron a cambio.

Volvió a agachar el rostro, respondió entrecortadamente:

—Poza y Ruiz —murmuró Nico—. Los que te abrieron el expediente. Me garantizaron una plaza de inspector en la próxima convocatoria de promoción interna. No pude negarme, Álex...

Lo solté con desprecio. Observé a Natalia. Nos comprendimos sin hablar. Poza y Ruiz, otra vez.

—Lárgate, Nico. No quiero volver a verte —resolvió Natalia.

—Mis padres no me hablan, necesito que se sientan orgullosos.

—Ya la has oído, Nico. Ella no quiere verte, y yo tampoco.

Se puso en pie, acongojado. Fue capaz de ablandar a Natalia y supe que no lo denunciaría. Yo no sentía lástima, solo rabia.

—No sois mejores que yo —afirmó—. Lo que hice estuvo mal, pero vosotros también dejáis mucho que desear como personas. —Apuntó a Natalia con el dedo—. Te era útil en la cama. ¿Te planteaste que quizá me gustaras en serio? Supongo que no. No estás acostumbrada a interesarle en serio a nadie...

Ella negó, exhaló con fuerza, y Nico se giró hacia mí.

—¿Y tú, Álex? Por pura lealtad te confesé que me atraía la inspectora. ¿Sabes lo que respondió, Natalia? —Volvió a dirigirse a ella—. Que no eras para tanto. —Sonrió con amargura.

No tuvimos el valor de interrumpirlo, contuvimos la respiración mientras vomitaba la traca final.

—Os traéis un rollo muy raro; los dos. Me dais pena, lleváis vidas muy vacías. Juzgáis a la gente como si fuerais superiores, pero sois un par de *mataos*.

Dio media vuelta. Lo vimos irse en silencio, hacerse pequeño a lo lejos. Yo estaba avergonzado y capté el pudor mudo de Natalia.

—Tiene parte de razón.

Natalia alzó la vista.

—Tiene toda la razón.

Contemplé a los niños que jugaban en la plaza, a los perros, a las palomas mugrientas. Un crío lloraba a moco tendido; rizos grandes y ojos prominentes. Merodeaba solo mientras los demás chavales le hacían el vacío.

—¿De veras le respondiste eso a Nico? ¿Que yo no era para tanto?

—Sí. Y era exactamente lo contrario de lo que pensaba.

Debí decirle la verdad; hacerle tragar a Nico las fichas que pensaba meterle a Natalia. Vislumbré la foto en mi mesilla de noche, la de la mafia del coltán: Natalia y yo frente a frente, tras la detención de los piratas de la minería congoleña. Quienquiera que tomara la instantánea, de entre los cientos de negativos de la redada, fue capaz de captar mi deseo; la magia de un momento. Mi fascinación por la inspectora resultó ser un secreto a voces, y a Nico no le era ajeno.

—¿Vas a denunciarlo? —añadí.

—No. ¿Y tú?

—Yo tampoco.

Natalia estudiaba al niño, y medí en sus ojos el efecto de las palabras de Nico.

—¿Por qué no somos como los demás? Lo hacemos todo tan difícil...

Cada uno es como es, y tiene que vivir con ello. A nosotros nos había tocado ser un par de *mataos*. La masoquista y el cínico.

—¿Ves a ese crío, Natalia? Se parece a mí cuando era pequeño.

—¿También te apartabas del grupo?

—Sí. Y hace años, en una reunión familiar, me lie a tortas. Quería jugar solo y zurré a unos primos lejanos. Así que llegó mi madre y me arreó un par de azotes. Pidieron helados para todos y me obligaron a comerlo solo. «¿No es lo que quieres, estar aislado? Conseguirás lo que buscas, nunca tendrás amigos.»

—Debió dolerte. Si no, no lo recordarías.

—Intento recordar todo lo que tenga que ver con mi madre.

Algo cambió en la mirada de Natalia.

—Apareció mi padre —seguí—. Se sentó junto a mí y me dijo que él también prefería estar solo, pero que sería más divertido aprender a ser jefe. Hacer que los niños jugaran a lo que yo quisiera.

Nos reunimos en mi terraza, y compartí con Natalia parte de los hallazgos del piso de mi padre. Le hablé de su verdadera identidad, de la huida del fuerte de San Cristóbal, de su presunto fusilamiento.

—«Reprobus», San Cristóbal... Ahora lo entiendo... —Me lo explicó.

Dedujimos que esa inscripción era un modo de evocar su pasado carcelario. Y su apellido, mi apellido, un homenaje a la aldea asturiana en que nació. Le mostré las fotos del grupo, en Liébana, desde el año 1940. Néstor, en las reuniones de los años ochenta. Pero le oculté algo: lo de las pruebas desaparecidas, los objetos personales de Alicia. Su descubrimiento no era tan relevante como averiguar los motivos que empujaron a mi padre a hacerse con ellos. A aquellas alturas, había quedado claro que sabía manejarse en el mundo, y era probable que en su día me creyese culpable del asesinato de Alicia. De algún modo, había movido hilos para sacarme del penal de A Lama, para comprar el informe de Pinedo y eliminar las pruebas de la brigada.

A su manera, me había estado protegiendo, y ahora era yo quien debía protegerlo a él. Pero a Natalia no le habría bastado esa explicación, no se habría quedado de brazos cruzados, habría ido a interrogarlo, y me habría cuestionado a mí. Andrés Brul, mi padre, el hombre que me había criado, dudaba de mis motivos. ¿Cómo no lo iba a hacer ella?

—Hay algo que me inquieta. Van a por ti, Nico tiene razón. Has dado con algo importante, algo que atañe a Ruiz y a Poza.

—¿Y qué hay de ti? Quizá seas tú quien les interese —replicó Natalia indiferente.

Negué. Yo ya estaba fuera de juego.

—Salas se acostaba con Alicia...

—Ya lo sabía —anotó.

—También Rocío mantenía relaciones con ella. Y Néstor las fotografiaba.

No se inmutó. Ojeaba mi informe sin responder.

—¿También lo sabías? —tercié.

—Interrogué a Rocío hace semanas; ella misma me lo relató.

Me recosté en la silla y estudié sus rasgos. ¿Cuánto más sabía? ¿Hasta dónde había llegado? ¿Por qué estaba tan fría conmigo?

—¿Por qué no hablas con tu padre?

—No me dirige la palabra. Y estoy tan impactado... —Desvié la mirada. Decir que estaba impactado era poco—. Quizá todos tengamos un lado oscuro.

—Unos más que otros.

Alzó la vista de las cuartillas y me miró a los ojos. Natalia sabía más, mucho más de lo que yo creía. Se acercaba peligrosamente a los rincones siniestros de mi pasado. Me puse en pie, le di la espalda y me apoyé en la barandilla.

—Has avanzado mucho —reconocí.

—Lo mejor está por llegar.

—¿Sospechas de Rocío? Esa noche daba a luz.

—De Rocío, de María... Amenazó a Alicia.

Las maquinaciones de María eran de corto recorrido. Sabía hacer daño. Pero ¿matar a Alicia?

—Tú ya lo sabías, ¿verdad, Álex?

—¿El qué?

Entendía de sobra lo que me estaba preguntando. Si sabía que María amenazó a Alicia; que se presentó en el hospital después de su intento de suicidio para anunciar que iba a atropellarla con un Hummer o a mandarle un sicario o qué sé yo.

—Le rogué a María que parara —admití—, que se olvidara de Alicia.

—Pero Alicia insistía en llamarte. Te llamaba y te seguía...

Me acosaba. Pero no quería continuar por ahí, aquella conversación acabaría en discusión, revelaría algo, un detalle ridículo que me haría quedar fatal. Y Natalia adjuntaría un motivo más a su catálogo de razones para acreditar las palabras de Nico.

—Deja el caso, Natalia.

—No.

—Bien, planifiquemos tu defensa entonces. Tu careo con Asuntos Internos.

—Estuve cerca de cargarme a un chico. Tú mismo lo advertiste, es incomprensible con mi peso y mi fuerza. Sé lo que hice, por qué lo hice. No tengo nada que ocultar. —Subrayó la última palabra.

Aquello iba por mí. Se incorporó, apartó la silla con desgana y me fulminó con la mirada. Nuestros teléfonos pitaron al unísono. Contemplé sus labios, pensé en cómo sería acariciarlos con los míos. Ella, mientras tanto, volvía a sentarse y consultaba el móvil. Suspiré. Comprobé mi pantalla mecánicamente. *Mail* del asesino. Aún no había leído el sexto mensaje, el del domingo, lo había olvidado con el lío de los micros; y acababa de llegar el séptimo.

Tomé asiento de nuevo, frente a Natalia.

Mail número seis, lo devoré en un minuto. Alicia poniendo copas, yo ignorándola. La felación del baño. Joder. Sentí vergüenza ajena, que era propia en realidad. Iba a enfrentarme al último, a estudiar el séptimo mensaje, cuando Natalia se levantó. Alcé la vista. ¿Qué había ocurrido? ¿Quién le había escrito? Abandonó la terraza y caí en la cuenta. Lo hice de pronto, consciente de golpe de lo que aquello implicaba. Los teléfonos habían sonado al tiempo. ¿Ella también recibía los correos? Entré en el salón.

—Natalia...

Demasiado tarde. Acababa de salir de mi casa.

Volví a coger el móvil, a abrir el sexto *mail*. Comencé a escribir. Iba siendo hora de darle la réplica al remitente, de pasar a la acción.

Has cometido un error en el correo número seis, el de la felación. Donde dices «se acuclilló», deberías decir «se arrodilló». Mi memoria aún es mejor que la tuya; y si no recuerdo mal, te pusiste de rodillas.

NATALIA

Madrid, 26 de julio, martes

Madrid en julio es un infierno. El aire acondicionado no funcionaba y me dedicaba a trabajo burocrático en mi cubículo, pegada al ventilador. Nada más llegar, contacté con la Brigada de Patrimonio. Tras el relato de Álex en torno a la identidad de su padre, había resuelto abrir una nueva línea de investigación. Me parecía demasiado casual que las fotos de las cajas «Reprobus» hubieran aparecido en un sobre junto a la de Alicia, y no perdía nada por solicitar información sobre aquel viejo anticuario de Bilbao.

Había releído mil veces los mensajes del asesino; lo hacía de un modo compulsivo, estaba enganchada a Alicia. Ejercía sobre mí una fascinación enfermiza y me alejaba de Álex al acercarme a ella.

¿Redactaba Rocío los correos? El *mail* de la felación me hizo pensar en ella. Era íntima de Alicia, en sentido literal, y pudo haberle confiado el episodio de la discoteca. ¿Hasta qué punto fue cierta la escena? Barajé preguntarle a Álex, pero descarté la idea. Me puse en pie, agobiada. Me negaba a dirigir la investigación en función de unos textos que bien podían ser invenciones. Alguien jugaba conmigo, con nosotros, sembrando la semilla de la duda. A veces, al mirar a Álex, ya no veía al jefe Brul, solo a un sospechoso.

Ane dio a luz el lunes, semanas antes de lo esperado. Su niña había nacido y yo no estaba cerca. Había cerrado dos casos y esperaba la visita de Asuntos Internos para apretarme las tuercas, porque estuve a punto de matar a un chico.

Pasaba noches en vela. Tenía miedo, un pavor ridículo que me mantenía en tensión. Estaba en peligro, lo sabía. El insomnio me atenazaba hasta que Álex regresaba del casino y solo entonces, al oír girar la cerradura del piso de al lado, bajaba la guardia. Dormía unas horas, luego sonaba el despertador y me ponía en marcha de nuevo. Una mañana más, asquerosamente calurosa, otra jornada inútil. Los días eran baldíos, porque la investigación no avanzaba.

Nueve en punto. Eché un último vistazo al *mail* y me acerqué a la sala de reuniones. Antes pasé por el baño y al contemplarme en el espejo hube de admitir que estaba demasiado delgada. Cincuenta y cuatro kilos. Eso no es mucho cuando te esfuerzas por comer como si tuvieras hambre y reduces el ritmo arrastrada por la desidia. Quizá fuera el abuso de la oxicodona. No advertí ojeras, ni mala cara, me veía mejor que nunca, y por eso, y por la canícula, tragué un comprimido que nadie me había prescrito.

Gabriel y Lucía me esperaban envueltos en una animada charla. Tomé asiento frente a ellos y saqué mi libreta.

—¿De cuánto tiempo disponemos?

—De dos horas —aclaré—. A las once me ha convocado Asuntos Internos.

—¿Estás nerviosa?

Asentí. Decir lo contrario habría sido mentir.

—Agrediste a ese chico, pero te estabas defendiendo.

—Caben muchos modos de defenderse. —Fijé la vista en ellos alternativamente. Las revelaciones de Lucía y Gabriel eran las que más inquietaban—. ¿Qué tenemos? —comencé.

Se miraron. Gabriel arrancó:

—El jueves pasado interrogamos a Brul en su casa.

Primera noticia. Álex no me lo había comentado y había tenido ocasiones para hacerlo. Asentí desconcertada.

—¿Y cómo fue?

—No paró de mentir desde que pusimos en marcha la grabadora —resumió Gabriel.

—¿Sabía que lo estabais grabando?

—Él mismo nos lo sugirió. Parece buen policía —expuso Lucía.

—Ya no es policía —terció Gabriel—. Y total, daba igual grabarlo o no. Mintió descaradamente.

—¿Fue grosero? Espero que fuera correcto.

Rieron al tiempo. Lucía tomó la palabra:

—Nos abrió la puerta en pijama. Le mostramos las placas y aseguró que nos había confundido con testigos de Jehová.

Típico de Álex.

—Lo habíamos despertado. Nos hizo esperar en la terraza hasta que se cambió de ropa.

—Y nos puso un café y bizcocho. Se interesó por nuestras prácticas, preguntó si estábamos contentos en Homicidios. Fue muy correcto.

Había preparado el terreno, los había sabido templar, y ellos, dos polluelos recién salidos del cascarón, se habían dejado embaucar.

—Impone un poco. Es muy serio —añadió Lucía.

—¿Quieres oír la grabación?

Negué. Les rogué que resumieran.

—Nos referimos a su relación con Alicia. Según él, la última ocasión en que la vio con vida fue la mañana en que rompió con ella, cuatro meses antes de su asesinato. Aludimos a su intento de suicidio y admitió haber tenido noticia de aquel particular. Pero no la visitó en el hospital ni la telefoneó.

—Eso es mentira —interrumpí.

—Y luego le preguntamos por el semen, por los restos que se hallaron en la ropa de la víctima. Replicó que fue una trampa. Ahí me puse un poco duro, quise saber cómo era posible que alguien se hiciera con sus fluidos biológicos. Y sostuvo que era una cuestión interesante, que enfocar las investigaciones por ahí era una buena opción.

Era increíble.

—Al consultarle dónde estuvo la noche del 11 de agosto, aseguró que en casa de María Ribero. No se movió de allí.

No había sido grosero, pero se había reído de ellos a la cara. Cuánta razón tenía Nico; nos creíamos superiores.

—Ahora viene lo bueno, Natalia.

—¿Hay más?

Había más. Les habían concedido la orden judicial y pincharon su teléfono.

—Agárrate a la silla, esto es muy fuerte. Brul se comunicó con Ennio Rossi hace unos días. Una llamada desde la prisión de Burgos.

Álex detestaba a Ennio.

—¿De qué hablaron?

—No nos queda claro —apuntó Gabriel—. Se expresaron en clave. Debían de temer que la línea de la cárcel estuviese intervenida.

Y era la de Álex la que lo estaba...

—Rossi sale libre a finales de esta semana. Es como si tramaran algo.

Apoyé los codos en la mesa mientras barajaba una explicación plausible, pero no la hallé. Ennio Rossi descuartizó a Alicia y Álex hablaba con él... Por suerte, había tomado mi dosis matutina de oxicodona.

—¿Qué más tenemos? —los apremié.

—Además de a las llamadas, hemos tenido acceso a los correos que le llegan al móvil, y estabas en lo cierto: también Brul recibe los *mails*. El sábado día 16 respondió.

Gabriel me lanzó el dosier. La réplica de Álex estaba subrayada. La leí y alcé la vista sin dar crédito.

—¿Brul cree que está viva? ¿Que es ella quien envía los mensajes?

Nos contemplamos como tres imbéciles.

—Es absurdo —convino Gabriel—, hay restos de la víctima... Se certificó su muerte. La respuesta de Brul es una provocación. Quien redacte esos correos os está espoleando, y Álex ha entrado en el juego.

Volví a leer la respuesta. Tomé notas en mi cuaderno.

—Él es más listo que eso —concluí—. No ha entrado en el juego, en realidad coloca a quienquiera que escriba los mensajes entre la espada y la pared, y duda que sea el asesino. Pone en tela de juicio el montaje que rodea el crimen. Brul cuestiona el propio asesinato para mostrar su dominio; toma el control y desafía al remitente, lo instiga a que largue más.

—Brul la hizo arrodillarse... —reflexionó Lucía.

La escena del aseo era denigrante, pero lejos de avergonzarse, Álex se regodeaba.

—¿Hay más? —repuse harta.

Claro que había más. Lucía y Gabriel habían abierto la caja de los truenos.

—Esto no va a hacerte ninguna gracia.

Sonreí desganada. Como si el caudal de información ofrecido hasta el momento fuera para morirse de risa...

—Brul ha instituido una especie de brigada particular. Tiene nuevo jefe de Seguridad en el casino.

—Lo sé —asentí—. Ha fichado a Luis Bedia, fue compañero nuestro.

—Pues Brul le ha encargado que vigile a Pinedo. Y esta semana la ha tomado con Poza y Ruiz, de Asuntos Internos. Además, debió darse cuenta de que tu ex, el tal Tomás, te seguía. También va a por él.

—Joder.

¿De quién estábamos hablando? ¿De Vito Corleone? Pronto encontraría una cabeza de caballo entre mis sábanas.

Me puse en pie y paseé entre los ventiladores. Sobraban motivos para detenerlo, para encerrarlo tres días en el calabozo. Pero sería en balde; se dedicaría a leer en silencio, a escuchar música con la vista perdida, maquinando nuevas argucias para fiscalizarlo todo.

—¿Vais a arrestarlo?

Negaron.

—Queremos ver hasta dónde es capaz de llegar.

Eso sí que era bueno. El café, el bizcocho, el aparente interés en sus prácticas. De haber sido testigos de Jehová, los habría hecho renegar de su credo. De Álex no presentía más que la punta del iceberg; de un mastodonte sumergido en fondos abisales. En aguas tenebrosas.

Horas después, tachaba de la agenda la cita con Poza y Ruiz, de Asuntos Internos. No los había tratado en persona, pero Álex me había hablado de ellos: se dedicó a echar pestes durante días, a diseñar estrategias para quitármelos de encima. Estaba fuera de juego, no tenía fuerzas para afrontar una guerra dialéctica.

Aparecieron con retraso, protestando por el horror de aparcar en Madrid. Amables y sonrientes, me invitaron a tomar asiento. La mujer rondaba los cincuenta, era sobria y elegante, y estaba al mando. Ruiz, de la misma edad, iba de padre protector.

Se interesaron por mi situación en Homicidios, alabaron mi trabajo, aludieron a alguno de los casos resueltos. Pretendían que bajara la guardia, pero yo no descansaba, no lo hacía nunca. Conocía esa treta: ganar la confianza del oponente. Poza abrió su portafolio y extrajo seis expedientes. Lo hizo con parsimonia. Todos mis informes eran excelentes, y así me lo hizo saber.

—El comisario de Bilbao. La jefa de Homicidios de Madrid. El comisario de la UDEV. El grupo de inspectores de la Sección de Homicidios. Sus subordinados, los policías de la Brigada de Homicidios. Y Brul, el jefe de la Judicial de Bilbao.

Contemplé los documentos sobre la mesa y conté los segundos. Diez, ni más ni menos, lo tenían cronometrado, eran cabrones profesionales y supieron mantener el suspense antes de hacer pedazos uno de los escritos.

—Este no es válido. Brul está fuera del Cuerpo, y aunque no fuera así...

Dejó la sentencia en el aire. Volvió a introducir sus garras en el archivador, me tendió un sobre y me sugirió que lo abriera. Contenía decenas de fotografías. Álex y yo charlando en una terraza, paseando por la calle...

—¿Qué relación la une al jefe Brul?

Las palabras de Ane me retumbaron en la memoria: «Te va a afectar en lo profesional».

—Lo que se aprecia en las fotos es evidente. Y él ya no es el «jefe Brul». Está fuera del Cuerpo. —Me acomodé en la silla.

—Fuera del Cuerpo temporalmente —rectificó Poza.

—¿Y qué tiene que ver Brul con la denuncia del encapuchado? —tercié.

—El encapuchado al que usted estuvo a punto de matar.

—El encapuchado que allanó mi vivienda para extraer información clasificada de casos policiales. El mismo tipo que intentó golpearme la cabeza con una maceta de doce kilos en el recibidor de mi propio piso.

—De un piso que colinda con el de Brul.

—¿Desde cuándo es delito compartir portal con un hombre? No entiendo este puritanismo...

Les incomodó el término, les fastidió mi honestidad. No esperaban algo así de una persona modelada desde el parvulario para hacer lo correcto; de una mujer metódica, perfeccionista y razonable.

—Profesionales como usted le causan desgaste al Cuerpo —sentenció Poza.

—¿Qué daño le produce al Cuerpo una inspectora que resuelve diez casos en un mes? ¿Debía permitir que ese hombre me matara? Una policía muerta le hace mucho bien al Cuerpo...

—Usted se ensañó. ¿Había consumido drogas?

Le sostuve la mirada sin inmutarme.

—Examine mi informe médico —apunté—. ¿No lo ha leído? Me sometí a un test de alcoholemia a las pocas horas del incidente, a pruebas toxicológicas. Di negativo en treinta sustancias. Tan solo tenía fiebre y había tomado analgésicos.

—Fue Brul quien propuso la realización de estas pruebas, ¿cierto? La acompañó al hospital.

—El informe lo rubrica un médico cualificado. No lo firma Brul.

Poza negó. Ruiz se acomodó tranquilo. Silencio. Dos, tres, cinco segundos.

—Tiene respuesta para todo. ¿No comprende la gravedad del asunto?

—La entiendo perfectamente. Quieren sacarme del Cuerpo.

Sonrieron apaciguadores.

—¿Sacarla del Cuerpo? ¡Ni mucho menos! Solo intentamos ayudarle. Dirige demasiados casos, batalla en demasiados frentes. ¿Está estresada?

—Estoy asqueada. —Apoyé los codos en la mesa. Rocé con la barbilla mis manos enlazadas—. ¿Saben quién le pagó al chico para que entrara en mi domicilio?

—¿Lo sabe usted?

—No. Pero mi casa estaba atestada de micrófonos. —Me mordí la lengua antes de continuar, pero lo solté, porque si me hallaba en esa situación era precisamente por Nico—. Sé quién colocó esos micros, sé por qué lo hizo y quién le envió a hacerlo. Y ustedes saben de qué les estoy hablando.

—Lo que nosotros sabemos es que mantiene una relación con el sospechoso de una de las investigaciones que dirige.

Lo había estado esperando. Ese era el quid de la cuestión.

—Le he asignado el caso de Alicia a los inspectores Moro y Alonso.

—Inspectores en prácticas a los que usted tutela —matizó Ruiz.

—A mi jefa no le ha parecido inapropiado —aclaré—. Y es ella quien toma las decisiones. Ustedes no tienen potestad para...

—Pero sí la tenemos para abrirle un expediente —me interrumpió Poza. Estaba perdiendo la paciencia—. Una suspensión.

—Hagan lo que tengan que hacer —concedí.

—Supondría una mancha en su trayectoria, inspectora. ¿Qué hay de su estancia en las instituciones europeas? Conoce la competencia para optar a esos puestos.

—Si quiero ir a Europa, iré. Suspéndanme; no voy a humillarme.

Me contemplaron atónitos. No habían previsto algo así.

—No sabe lo que está diciendo.

—Le di una paliza a ese chico. Se ha recuperado, y era lo único que me preocupaba. Si pretenden crear un ejército de palmeros, tendrán que ir a buscarlo a otra parte.

Ruiz extrajo el último impreso. Mi sanción: dos meses de cese.

—¿Es su última palabra?

Empuñé un bolígrafo y firmé «No conforme» mientras respondía:

—De mi última palabra tendrán noticia dentro de un tiempo, cuando sea yo quien los interrogue a ustedes.

Cogí mi copia del documento, el bolso, me levanté de la silla y salí de allí. Necesitaba oxígeno. Dejé atrás el edificio, quería llegar a casa para pensar en lo que había ocurrido, porque no lo comprendía. Me habían abierto un expediente cuando solo me había dedicado a trabajar. A trabajar y a ordenar mi vida.

Álex me esperaba frente a la parada de taxis, junto a la moto, con su camiseta gris, la que me volvía loca. Suspiré aliviada y localicé las cámaras de vigilancia en los muros del edificio; no les daría esa satisfacción, no me verían contárselo desde sus monitores.

—Vámonos.

Aun con las gafas puestas percibió mi furia.

—¿Qué ha ocurrido?

—Vamos, por favor. Quiero irme lejos de aquí.

No cuestionó mi ruego. Me solté el pelo, me calé el casco y me senté tras él. Cuando arrancó la moto, me aferré a su cuerpo y apoyé la cabeza en su espalda con los ojos cerrados. Acababa de cargarme mi carrera, había perdido la oportunidad de dedicarme a lo que más me gustaba. Una lágrima traidora recorrió mi mejilla, y el nudo en mi pecho estalló; rompí a llorar mientras Madrid se deslizaba bajo el caucho de las ruedas. La gente iba y venía, los veía perderse a toda velocidad, manchas de colores en los pasos de peatones, por las aceras. Difuminados por lágrimas amargas. Años luchando para acabar así. Apreté los párpados con rabia. Tomamos una curva y me abracé más fuerte.

Nos detuvimos frente al parque. Me apeé con el casco puesto. Fue Álex quien me lo retiró, de pie ante mí.

—¿Te han suspendido?

Asentí hecha un mar de lágrimas, y solo pude cubrirme los ojos rogando porque dejara de mirarme.

—Voy a aparcar la moto. Espérame en aquel banco.

Caminé hacia allí derrotada, arrastrando las sandalias por el suelo de tierra, me senté a la sombra y lloré un poco más. La carrera, las oposiciones, los cursos y las ponencias. Nadie se enfrenta a Asuntos Internos con seis informes positivos. Y todo ello para acabar renovando pasaportes, o mendigando en la parada del metro. Álex siempre les daba limosna a los indigentes, porque uno no sabe cómo va a terminar. «¿Ves ese tipo que bebe del tetrabrik? Apuesto a que ha sido directivo del Ibex», decía. Pasó un hombre barrigón haciendo *footing;* una filipina con uniforme y carricoche; un anciano hablando solo. El sol abrasaba, me amparaba la copa de un árbol.

Álex regresó, se sentó junto a mí y me pidió que le explicara lo que había sucedido. Palabra por palabra, reproduje la conversación. El nudo se fue deshaciendo, las lágrimas se secaron.

—¿Dos meses? No lo mereces —murmuró abatido—, con todo lo que has trabajado...

—Quiero abandonar, dejar la Policía, dedicarme a otra cosa.

—Es lo que pretenden. —Negó—. Saben que han minado tu autoestima.

—Policías corruptos que trafican con droga, a sueldo de las mafias kosovares. ¿Y me suspenden a mí por golpear a ese chico?

Me escrutó pensativo.

—No te han expedientado por golpear a ese chico. Lo han hecho por el caso Alicia. Y por mí. Y eso es recurrible.

Me recosté. Álex se puso en pie.

—Vamos a ir a casa. Luego saldremos de compras a por algo que te guste mucho, algo que no te hubieras permitido cualquier otro día.

—Eso es consumismo.

—A veces funciona. Una dosis de consumismo y de comida basura. Cenaremos una hamburguesa empapada en mostaza y kétchup.

—¿Qué ocurrirá cuando regrese a la brigada?

—Que habrás comprendido que nada es tan malo ni tan bueno como parece al principio. —Hizo una pausa, como si fuera a decir algo de importancia vital—: Tienes dos opciones. Hacer de esto un drama, permitir que te amargue.

Me pregunté cómo podía comprender tan bien lo que sentía.

—La otra opción es aceptarlo. Todo va demasiado rápido. Y nada se ve igual cuando uno se detiene.

Analicé sus palabras, pero no fui capaz de apreciar una nota armoniosa entre tanto acorde desafinado.

Algún lugar de Burgos, 29 de julio, viernes

Le pregunté a Natalia si también ella recibía los correos. Ya no podía rehuirlo más tiempo, cada vez que entablábamos conversación desviaba la mirada y empecé a achacarlo a los *mails*, a la imagen que ofrecían de mí.

—Esos mensajes dicen muy poco de ti —replicó.

Confirmado: los recibía.

Di un sorbo al café mientras contemplaba páramos amarillos al otro lado de la cristalera. Estábamos en un bar de carretera en Burgos, cerca del penal en que Ennio Rossi había consumido los últimos quince años. Su salida de prisión era inminente: tercer grado, y ni siquiera había cumplido tres cuartas partes de la condena. El programa matutino a todo trapo en la tele; tertulianos diseccionando la noticia, subrayando pros y contras del sistema penitenciario. Junto a la barra, familias al inicio de sus vacaciones.

Cuando llegaron los primeros correos del asesino yo aún trabajaba en la Judicial, y el informático había asegurado que procedían de una IP cifrada. En mi fuero interno estaba convencido de la autoría de Néstor, porque solo él sabía tanto de nosotros; de Alicia y de mí. Más tarde pensé en Rocío. Luego supe del diario.

—Álex, ¿es cierto lo que describen los *mails*?

—Hasta donde yo sé, todo es real. Incluido el sexto mensaje.

—Sabía que se refería a eso, que era aquel correo el que decía poco de mí—. No estoy orgulloso de lo que sucedió en el aseo de esa discoteca. Pero tenía veinticinco años, tampoco me parece tan grave.

—Humillaste a Alicia.

—Solo fue un juego sexual. ¿Qué me dices de su actitud? ¿Leíste el quinto correo? Le propuse afrontar sus gastos y prefirió ir a mover el culo delante de unos viejos babosos.

—Intentaba valerse por sí misma. Y aquello no era un juego sexual —repuso—. Fue premeditado, eras consciente del dolor que le causabas.

No respondí, porque era cierto. Quise hacerle daño a Alicia. Natalia me observó con la taza en la mano. Llevaba el pelo suelto, había descansado, sus ojos brillaban. ¿Por qué había que hablar de Alicia si Alicia era el pasado?

—Me equivoqué al meterte en esto, solo intento que te entre en la cabeza.

Tomé otro sorbo de café, me acomodé en el taburete y decidí zanjar el asunto.

—Natalia, el día 5 sales del Cuerpo. ¿Vas a malgastar los meses de suspensión dándole vueltas al caso?

—Eres tú quien se ha referido a los correos —sostuvo.

—Porque a veces me analizas como si fuera un criminal.

—No puedo evitarlo —confesó sin mirarme.

—Si necesitas detalles, consúltame a mí. Te diré la verdad.

—Lo sé.

—¿Y entonces? ¿Por qué enviaste a aquellos dos críos a interrogarme?

—Les mentiste —acusó.

—Sabías que iba a mentirles. ¿Por qué no me interrogaste tú?

La contemplé a la espera de una respuesta, pero sorbió su café sin agregar más. Aquello iba a acabar con lo nuestro antes siquiera de que comenzara. El soniquete de la tragaperras se confundía con la cháchara del televisor, con el tañido de la registradora y el bufido de la cafetera. Natalia fue al cuarto de baño; pedí la cuenta y eché mano al móvil mientras la esperaba.

De: El asesino
Enviado: sábado, 16 de julio de 2016, 19:38
Para: Alejandro Brul Briand
Asunto: Alicia - VII

Néstor se acercó a la mesa. Rocío pidió un combinado. Las gafas de sol cubrían buena parte de su rostro y aun así era fácil deducir que le desagradaba María. Néstor le plantó dos besos y se la presentó a su hermano. María Ribero. Álex la saludó con educación e indiferencia. No la habría contemplado más de dos veces de no haber tomado asiento frente a él, porque estaba ido y pensaba en otras cosas. En su estudio, en las facturas, en los concursos públicos que nunca ganaba. María reía, charlaba, intentaba incluirlo en la conversación. Al fin lo logró. Ella mostró curiosidad por su trabajo, por sus diseños; era arquitecto, ¿no? Su padre había planificado la construcción de un nuevo edificio de oficinas para la conservera y necesitaban algo especial, una estructura moderna. Él la había mirado, al fin. La había escuchado. Al principio por cortesía, luego por interés. Finalmente, extrajo una tarjeta de su cazadora y se la tendió a María. No, no hacía falta tarjeta. ¿Y si se reunieran directamente? Ella concertaría un encuentro con su padre.

Sonó un teléfono; Alicia. Álex se disculpó, se alejó unos metros y respondió desganado. Quería verlo, pero él, a modo de respuesta, sacó a colación la fiesta de hacía dos noches, esa a la que Alicia había acudido. ¿Cómo lo sabía? Él lo sabía todo, siempre, y colgó sin esperar su réplica. Guardó el teléfono, volvió a dirigirse a María, que parloteaba con Néstor aparentando desenvoltura y madurez. Mañana mismo, convino Álex. Se citaría con María y le ofrecería a su padre un buen proyecto.

Aparté la vista de la pantalla y me puse en la piel de Natalia. Interesado y cobarde; las facetas de mi persona que sacaba a relucir el mensaje. No era para estar orgulloso.

Cuando regresó, volvió a la carga:

—La Brigada de Delitos Informáticos es incapaz de localizar el origen de los mensajes —murmuró reflexiva—. El remitente trabaja con una VPN cifrada.

—No es fácil ocultarle una IP a esta gente, son expertos en rastreos virtuales.

—Se envían a través de Tor, un *software* de redireccionamiento en la *dark web,* un sistema que asigna una IP aleatoria a las conexiones de Internet. La IP real queda enmascarada.

—¿Quién está detrás de esos correos? ¿Un *hacker*?

Natalia se encogió de hombros. Néstor no encajaba en ese perfil. Rocío tampoco.

—Álex... El día 10 salgo de viaje. —Cambió de tema sin más, y esperé a que continuara. Perdió la vista entre décimos de lotería, botellas de Soberano y jamones en sus ganchos—. Voy a Japón. Regresaré a Madrid el 1 de septiembre.

—¿Te vas sola?

Asintió. Se iba sola a Japón, veinte días. El casino cerraba la segunda quincena de agosto, podía ir con ella, pero no se lo propuse. Evitaba convertirme en el típico pelma que hace caer a una mujer por agotamiento. Pero también estaba cansado de marear la perdiz, de hablar a medias, disimular y callar. La observé en silencio e inspiré con fuerza.

—Natalia, me vuelves loco.

Contuvo la respiración. No esperaba algo así, aquel giro de repente.

—Me gustas —seguí—. Me gusta todo de ti. Apareces, y es como si alguien encendiera la luz. —Mantuve la mirada—. Pero hay más... Lo descubrí hace meses, la noche en que te pedí que llevaras el caso. Si tú estás mal, yo estoy mal; y eso nunca me había ocurrido.

—Álex, yo...

—No, espera, debo explicártelo. Esa noche, fuera de la discoteca, lo fastidié todo. Pensé que aún era posible poner tierra de por medio. ¿Te acuerdas de aquella otra tarde, en Londres? Hace cinco años, cuando asistimos a los cursos de la Interpol.

—Lo pasamos genial...

—¿Has olvidado lo que me dijiste?

—Había bebido —replicó.

—Y yo, pero lo tengo aquí grabado. —Me apunté la sien con el índice—. Confesaste que lo dejarías todo por mí. Que solo tendría que pedírtelo.

—¿Dije eso?

—Sí, Natalia. En aquel pub de Kensington. ¿Qué respondí?

Ella lo recordaba, estaba seguro, pero se encogió de hombros.

—No respondí nada. Y no hice nada. Porque no eres de esa clase de chicas, te habrías odiado a ti misma. Con otra que me hubiera gustado la mitad habría aprovechado la ocasión. Pero eras tú, eras Natalia.

Y yo era incapaz de contener el torrente que me ahogaba.

—Tenías que notarlo —insistí—. Lo pasaba fatal los viernes. Intentaba entretenerte con algún asunto estúpido; lo hacía de un modo inconsciente, hasta que un día caí en la cuenta.

Los terribles viernes de epifanía, precursores del vacío.

—Y pensaba en ti a todas horas, cuando no debía. Imaginaba cómo sería hacérmelo contigo. Admiración, afinidad, deseo...

—¿Y no viste que yo...?

—Algo había, era evidente, pero no tenías las cosas claras. ¿Me equivoco?

Negó. No me equivocaba.

—No quería convertirme en esa clase de depredador. La noche de tu despedida... Joder, sentí pánico, creí que no volvería a verte.

—Me remangué la camisa, rehuí la mirada, fugazmente, antes de reanudar mi alegato—: Cuando te fuiste a Madrid... —negué— fue insoportable. No salías de mi cabeza —declaré con aplomo—. Detestaba la brigada... Y sabía que estabas mal. Te había sacado de allí...

Me callé. Me acaricié el mentón contemplando el cielo.

—Déjalo, Álex. No hace falta que insistas.

—Sí hace falta. Porque es nuestra vida, y es lo único que importa. Y mereces una respuesta. Te dejé sola. Y todo lo que vino después fue consecuencia de mi mutismo. Las pastillas y tu miedo. La sanción, sobre todo esa sanción.

—Álex, no...

Me crucé de brazos. La examiné retador.

—Y no hace falta que digas nada. Sé leer en tus ojos, Natalia.

Después de eso, el silencio. Pagó, volvimos al coche, tomé el relevo al volante, y seguimos devorando la mañana; atravesando la meseta por la autopista infinita. Enfilamos Bilbao a las dos de la tarde. Estaba nublado, me detuve frente al edificio de mi hermano y saqué los bultos del maletero mientras Natalia se colocaba en el asiento del piloto. Nos despedimos, y puso rumbo a casa de sus padres.

Ni una sola alusión a lo que acababa de revelarle, pero estaba hecho; había mostrado mis cartas, y lo hice a tumba abierta.

Pasé unas horas en el gimnasio. La suspensión de Natalia me indignaba y me sentía responsable. Fui yo quien la metió en aquello y sería yo quien la sacara.

A las seis de la tarde fui a visitar a mi padre. Respondió a mis comentarios con monosílabos, aún estaba enfadado. No aludí a la caja, ni a las llaves, porque temía su respuesta. Estuve a punto de nombrar el fuerte de San Cristóbal, pero tampoco lo hice. Él se refirió a Natalia. ¿Qué tal le iba?

—¿Cómo sabes su nombre?

No respondió. Él preguntó primero, y como en los duelos al sol, quien dispara primero: gana.

—Quiero hablar con ella —terció.

Lo escudriñé boquiabierto.

—¿De qué, si puede saberse? —Pensé en el caso. En los secretos.

—De cosas que a ti no te importan. —Me acribilló con la mirada, taciturno, y reiteró—: Dile que venga a verme.

No me despedí. Salí de allí echando humo, regresé a casa a arreglarme y telefoneé al casino para dar instrucciones. Aún tuve tiempo de planchar dos camisas antes de decantarme por la tercera. Llegué al restaurante con veinte minutos de retraso.

Cortés se jubilaba, le habían organizado una cena, y me recibió con un chiste:

—A mi hijo le hemos puesto gafas. ¡Pues vaya nombre que habéis elegido!

Toda la mesa prorrumpió en carcajadas. Cortés, rojo como un pimiento, celebraba victorioso haber alcanzado la jubilación sin morir de un tiro en la nuca. Saludé a los comensales. Viejos compañeros de trabajo aún sin jefe en la brigada.

—Buenas noches, Herreros.

—Cuánto tiempo, Brul.

La discreción de Natalia rozaba la paranoia. Le planté dos besos a la inspectora, como si no hiciera unas horas que nos habíamos despedido. Y otros dos a la pelota de Arancha, que se había aposentado a su lado.

—¿Cómo fue el viaje de bodas?

El interrogante provenía de Cortés, y recordé de pronto que a finales de julio se me suponía recién llegado de mi crucero por el Adriático.

—Suspendí la boda.

Volvieron a reír a carcajadas creyendo que bromeaba. Tuvieron cabeza suficiente para no hurgar en ese avispero; en realidad, les importaba poco mi estado civil.

Antes del postre, Cortés sugirió que lo acompañara a la calle. Se sentó en el poyo del ventanal y se hizo con la palabra:

—¿Te ha contado Herreros lo de la casa que registramos en el Bucero?

Negué. Los últimos avances del caso estaban vedados para mí.

—Aquello fue una carnicería. Alicia estuvo allí, había sangre suya y también de la pareja que exhumamos en Billano.

—Cortés... No deberías desvelarme esos datos.

—Me ha llegado un rumor —insistió—. Oí que han sancionado a Herreros, que la han expedientado. Supongo que estáis en contacto.

—Solemos vernos —admití.

—¿Su suspensión tiene que ver con el caso?

Afirmé.

—¿Cómo está? —añadió.

Me encogí de hombros. Natalia empezaba a digerirlo.

—También se dice que Bedia entró en el casino de tu hermano. ¿Es cierto?

—Sí, Cortés. No sé a dónde quieres llegar con tanto misterio.

Posó la copa en el suelo. Abrió los ojos; enfatizó su réplica cerrando los puños:

—Os están haciendo la cama. Herreros ha ido demasiado lejos.

—¿Y Bedia? ¿Qué tiene que ver Luis en esto?

—Alertó a Salas del registro de abril: Bedia es el topo.

Suspiré. De ser cierto lo que afirmaba, había puesto al lobo a cuidar a las ovejas.

—Debo hablar con Herreros —zanjó Cortés.

—No es buena idea, no esta noche.

Apuró la copa.

—¿Sabes qué, Brul? No quisiera estar en vuestro pellejo, ya no es como antes. Nos imponen una autocensura insoportable.

Se abrió la puerta del restaurante; la cena había acabado, la brigada dejaba el local tambaleándose. Natalia reía, y al contemplarla me detuve a evaluar mi nivel de autocontrol, que de un modo inexorable se agotaba. Apenas había bebido, pero ya no daba un duro por mí mismo. Mi paciencia estaba colmada y no podría regresar a casa sin rozar esa piel, sin hacer algo más que disimular durante horas.

Surgió la brillante propuesta de ir a tomar unas copas a la maldita discoteca de siempre. Abría todo el año, cada día de la semana, y al atravesar el control de acceso Arancha me interceptó oscilando como un péndulo. Se le había corrido el maquillaje y le apestaba el aliento a cebolla, a vino y a tabaco.

—Nico Puente —farfulló—. ¿Sabes si se ha echado novia?

—No lo sé, Arancha. ¿Por qué no lo telefoneas y se lo preguntas tú?

Cuando vi vía libre me acerqué a Natalia, que charlaba con Cortés con un *gin-tonic* en la mano.

—Deberías darle unas lecciones a tu amiga Arancha. De formas y estilo.

—Ni que yo fuera Lady Di...

Estaba convencido de que lo que bebía era tónica. Qué harto estaba de contenerme. Deslicé la palma de la mano por su cintura, me aproximé a ella y le rocé el cabello con los labios.

—La última vez que coincidimos aquí estuviste a punto de volverme loco —susurré—. Aquello, en comparación con lo que siento ahora, fue anecdótico.

Me escuchaba como si esperara más. Subí mi apuesta sin retirar la mano:

—Llevo toda la noche estudiando tu vestido. Debe estar muy bien confeccionado porque no me queda claro dónde está la cremallera.

—En un costado —respondió.

—¿Derecho o izquierdo?

—Los vestidos de mujer siempre la llevan al izquierdo. —Dejó la copa y me susurró al oído—: El vestido se saca por arriba. Con una cintura tan estrecha no saldría por las caderas.

—Está bien saberlo.

—Puede que también te interese: llevo un sujetador palabra de honor, sin tirantes, de los que se desabrochan por delante.

Una señal elocuente. Reí, una risa nerviosa que me devolvió a la realidad. Visto desde fuera, el jefe Brul le metía fichas a Herreros. No supe darle la réplica y me fui al baño. Al regresar me detuve en la barra para pedir otra copa; iba a necesitarla. Odiaba aquella discoteca más que cualquier otra cosa, pero empecé a tolerarla cuando ella se materializó a mi lado. Posó su mano en mi antebrazo mientras yo recogía el cambio. Luego lo recorrió con los dedos. Se aproximó a mi cuello. Susurró:

—Me estoy cansando de hablar contigo. Hoy solo quiero hacer esto. —Acarició mis labios con la yema del pulgar y luego me besó.

Su boca era suave, y muy tierna, estaba caliente, y me asaltó la misma descarga que me había atravesado en el faro. Sujeté su cintura con fuerza y la empujé contra la barra. No supe colocar las manos, deslicé la izquierda hasta su espalda y rocé el cabello con la otra. Su saliva sabía a limón, y ella olía a ella. A Natalia. A su despacho en Bilbao y a su piso en Madrid.

Me mordió el labio inferior antes de apartarse, de clavar su mirada en la mía una décima de segundo; una mirada salvaje que lo decía todo. Y volvió a acercarse a mi oreja. Jugó con el lóbulo, descendió hasta el cuello, se aferró a mis brazos. Me estaba poniendo a mil y volví a besarla con más intensidad, paladeando cada instante; le acaricié el culo con una mano mientras le sostenía la cabeza en la otra. Había perdido el control, totalmente. Necesitaba arrancarle el vestido allí mismo, hacer resbalar hacia abajo la cremallera del costado izquierdo o destrozarle la tela a tirones. Me moría por desabrocharle el sujetador sin tirantes y asaltar con mi boca cada rincón de su cuerpo, y lo quería ya, porque me estaba asfixiando de tanto quererlo. Debía explicárselo, decirle que urgía marcharse para ir a hacer el amor, a follar o a lo que fuera. Pero no brotaron palabras, porque mi boca estaba ocupada y el corazón galopaba furioso.

Fue ella quien se retiró. Pupilas dilatadas, mejillas encendidas.

—Vayámonos de aquí. Sal tú primero, no quiero ser la comidilla de la brigada. Te veo en media hora.

—No puedo esperar media hora —repliqué.

—En media hora, donde tú me digas.

No era capaz de discurrir con coherencia. Mis manos permanecían soldadas a su cuerpo, y volví a besarla antes de responder:

—Vale. Pide un taxi. A casa de mi hermano.

—¿A casa de Néstor? No es ético, lo estoy investigando...

—También me investigas a mí.

Volvimos con el grupo. No pasó un minuto antes de que me largara; ya no recuerdo qué excusa elaboré, cómo me despedí. La cuestión es que llegué al piso y me di una ducha. El reloj iba despacio y no podía creerlo. Era tan increíble que comencé a dudar, y me percaté de lo mal que había maniobrado. ¿Y si ella no viniera?

Sostuve el teléfono, barajé llamarla. No lo hice. A la una menos diez sonó el timbre del portal y en menos de dos minutos la tenía frente a mí. Nos observamos como si acabáramos de conocernos y la invité a pasar sin tocarla. Necesitaba ir al baño, y me pidió un poco de agua, tenía sed. Hice tiempo en mi cuarto, frente al ventanal, contemplando la ría e inquieto como un crío. Cuando regresó, apagué las luces y se sentó a mi lado sobre la colcha. El resplandor de la ciudad era más que suficiente.

—¿Esta es tu habitación?

—No. Mi habitación está en Madrid.

Sonrió y le sugerí que se pusiera en pie. Deslicé la cremallera por el costado izquierdo y retiré su vestido desde arriba. Natalia temblaba, anhelante, casi tanto como yo. Me deshice de mi camiseta y nos dejamos caer sobre la cama. Empezamos a besarnos con brutalidad, a acariciarnos con pulsión. Su piel ardía, y su contacto con la mía me hacía enloquecer. Había demasiadas ganas y supe que aquello no se resolvería con un polvo ni con dos. Tendría que ocurrir cien veces para saciar el deseo.

El sujetador se desabrochaba por delante, pero creo que lo arranqué de un zarpazo. Absolutamente descontrolado, comencé a lamer sus pezones, a esculpir su cuerpo con los dedos, con la boca; un cuerpo hecho a medida para mí y mis fantasías. No podía ser mejor, y entré en ella con pretendida suavidad, aunque totalmente desbocado. Siete años de preliminares. Estaba húmeda, yo había perdido la cabeza, ni siquiera usamos condón, no tenía condones, ni ganas de hacer otra cosa que no fuera sumergirme en ella, en su excitación. Porque estaba muy excitada. La miré a los ojos y calibré el impacto de mis movimientos. No dejé de contemplarla mientras duró, mientras asía su cabeza con mi mano libre y se iba de placer entre mis brazos. Eran su iris de miel, su rostro perfecto, sus susurros suaves los que percibía. No daba crédito a lo que estaba ocurriendo: hacía el amor con Natalia, y aquello no era comparable a nada de lo ocurrido hasta entonces.

Acabamos en la ducha, gemía en mi oído y rodeaba mi cuerpo con sus muslos mientras la sostenía contra la pared. La ceñía con mis brazos y estallé en pulsos brutales. Eran las cuatro de la madrugada y el vaho velaba el espejo.

Se sentó en la cama envuelta en una toalla, con el cabello empapado y la mirada encendida.

—Debo irme. Les dije a mis padres que volvería a dormir.

—Natalia... Yo no soy Nico Puente. Las cosas conmigo no funcionan así.

—Esto no ha sido comparable a lo de Nico ni de lejos. Pero no puedo quedarme.

La acerqué en coche a su barrio. Yo conducía y Natalia se peinaba; su bolso parecía un bazar. Más tarde regresé al piso. Eufórico. Las sábanas olían a ella: a Natalia y a sexo.

Desperté a las ocho, atravesé la vivienda para hacerme el desayuno y en el pasillo me paré en seco. Olía a tabaco. No era un tabaco cualquiera, era el tabaco de Néstor. Negro. Apestoso.

—No me jodas...

Frente al ventanal se elevaba una voluta de humo. Su origen, los confines del butacón.

—Buenos días, bobito.

De todas las personas del mundo, Néstor era la última a la que quería toparme entonces. Me planté frente a él y le pregunté si estaba de permiso. ¿Más beneficios penitenciarios?

—Regreso a la cárcel en unas horas. Vengo de Barbados.

Barbados, uno de los paraísos fiscales en que ocultaba su fortuna.

—¿Llevas mucho tiempo en casa?

—El suficiente —admitió. Sonrió enigmático, me guiñó el ojo y desvió la vista hacia la ría. Estaba a gusto—. Aterricé anoche, a las diez. Llegué y me fui directo a la cama. A eso de la una de la madrugada sonó el timbre.

—Lo siento si te desperté...

—No me despertaste. Me despertasteis...

Me hice el loco.

—Y no he podido pegar ojo —resumió—. Esta vez no hubo gatillazo, ¿eh?

—Voy a desayunar, Néstor. —Le di la espalda y me alejé.

—No te escabullas... Lo de esta noche me lo tienes que explicar. Perdí la cuenta en el tercero. ¿Y lo de la ducha? Joder. Estuve por grabarlo. Y yo que creí que eras tonto...

Lo dejé hablando solo y me largué a la cocina. No tardó ni medio minuto en materializarse allí, junto a la barra, en bata y chanclas. Se rascó la cabeza y retomó su asedio.

—¿Quién era ella?

—Me la presentaron anoche. No creo que vuelva a llamarla.

Le dio otra calada al cigarro. Sagaz. Me examinó con la vista entornada.

—Jamás te traerías a casa a una desconocida. Tu guarida es sagrada... —Se inclinó sobre la mesa con chulería—. Bobito, reconocí su voz.

—Te estás equivocando.

—De pronto caí en la cuenta. Cuando estabais en la ducha. «Más abajo», decía ella. Y entonces, supe quién era.

Me estaba jodiendo la mañana; volvió a levantarse, inició un soliloquio.

—Eres mi ídolo, Álex. En serio. No te enfades conmigo.

Batí un huevo sin atender, mientras prolongaba el hostigamiento:

—Una bestia en la cama y un caballero en la cocina, que no suelta prenda de sus hazañas. Tendré que sonsacarle a la inspectora la próxima vez que me interrogue.

Me giré iracundo, le sostuve la mirada y se disculpó. Aplastó el cigarro y me palmeó la espalda. Debió notar que me estaba cabreando de veras.

—Me alegro por ti, Álex, en serio. Me alegro mucho. No tanto por ella. Tenerte cerca solo le trae problemas.

Me ofendían sus palabras.

—¿Lo vas a ver esta noche?

—¿De qué me hablas?

—¿En qué mundo vives, Álex? ¿No lees los periódicos?

—Los leo cada mañana.

—Claro, pero hoy estabas muy ocupado olisqueando las sábanas. Ennio sale de presidio en unas horas. Le han concedido el tercer grado.

Sorbí un trago de café, sin apartar la mirada de Néstor, mientras él manejaba su Zippo.

—Le van a limpiar el forro —musitó—. Esta noche lo entrevistan en una basura de programa de máxima audiencia. Asegura que revelará la verdad. Y sé que van a cargárselo.

—¿Eres adivino?

Eché por el fregadero los restos del café y regresé a la habitación. Si me quedaba un minuto más, acabaría preguntándole por las fotos del vestidor; y esta vez la sangre llegaría al río. Prefería guardarme ese as en la manga. Me iba al gimnasio. Néstor me acompañó hasta la puerta y descansó en el marco, midiendo mis movimientos con mirada depredadora.

—Álex... Consigue una coartada para esta noche.

Sonreí harto. Me detuve, me crucé de brazos frente a él.

—Y algo más. La inspectora. Si te importa como creo, sácala del caso.

—Ya lo he intentado.

—Pues vuelve a intentarlo.

—¿Desde cuándo te preocupas tanto por Natalia?

—Eres tú quien me preocupa. Te ha calado hondo, y si le ocurriera algo...

Tomé aire inquieto. Cerré la cremallera de la bolsa y puse rumbo al gimnasio.

Amanece un día glorioso, pero siempre llega alguien y lo jode.

34

NATALIA

Bilbao, 30 de julio, sábado

Desperté a las dos de la tarde en casa de mis padres; hacía siglos que no me levantaba a esas horas. Después de vestirme y asearme me planté en la cocina. Allí estaban, colocando una estantería. Puse mesa para tres: comeríamos solos. Intenté charlar un rato, pero antes de abrir la boca sonó el teléfono. Alguien pretendía venderle algo a mi madre.

—¿Cómo es que llaman un sábado por la tarde?

Mi padre, que sabía ser muy irónico, replicó sin soltar el taladro:

—Nos tienen anotados en rojo: «Llamar a estos tontos, siempre pican».

Repartí las servilletas mientras mi padre redoblaba los martillazos y mi madre parloteaba al otro lado de la puerta.

—Esta noche entrevistan al asesino ese... Al que mató a aquella cría hace años. ¿No llevabas tú ese caso?

Negué. Yo ya no llevaba ningún caso.

—Me han expulsado del Cuerpo.

Le expliqué que el viernes, en Madrid, entregaría mi arma. Me contempló sin dar crédito. Mi madre regresó a la cocina, y antes de poder escaquearme con una excusa barata, resumí lo de mi sanción, avergonzada.

—¿Y qué vas a hacer?

Me senté frente al plato, aún vacío. Jugueteé con la cuchara.

—El día 10 me voy a Japón —anuncié.

—¿Qué se te ha perdido en Japón? —quiso saber mi madre—. ¿Viajas sola?

Iba sola. Empuñé el cuchillo, corté rebanadas de pan; crujía como hojas secas.

—¿Y el chico que te acompañó anoche?

Lo sabían todo, era increíble. Sin redadas ni órdenes de registro.

—¿Estabais cotilleando en la ventana?

—Fue casualidad, cerrábamos la persiana cuando se detuvo el coche abajo... ¿No es el mismo policía que le alquila un ático a Jon? Lo era.

—¿Y no estaba en su piso cuando entró el caco ese a robar? ¿No escuchó nada?

—Trabaja de noche. Dirige un casino.

Aquello era un interrogatorio en toda regla, pero yo no tenía más que aclarar.

—Con qué gente más rara te relacionas. Con la de hombres normales que hay...

Ningún hombre «normal» me habría hecho lo que Álex en la ducha... Sonreí al pensarlo; imaginando su reacción si verbalizara aquella respuesta.

—¿A él también lo expulsaron del Cuerpo? —intervino mi padre.

—Se largó él mismo. La Policía es una especie de organización piramidal; los de abajo se comen marrones de arriba. Detenemos a los delincuentes, pero el trabajo es baldío; en cuatro días salen de nuevo. —Me atusé el cabello, aburrida.

—Y ese chico, ¿cómo se llama?

—Se llama Álex.

—¿Álex? ¿Y ya está? —Reclamaban información. Trapos sucios.

—Alejandro Brul. Inspector jefe Brul. Experto en crimen organizado, huérfano. Supongo que habréis anotado la matrícula...

—Tendrá hijos —apuntó mi madre.

—No tiene hijos. Y está soltero.

—Qué extraño, soltero a estas edades. Sufrirá alguna tara.

Me mordí la lengua.

—Entonces, dejaste a Tomás por él —terció mi padre.

—Aún no había nada entre nosotros —murmuré, sonrojada.

Ese «nada» era muy relativo. Mi madre juzgó maliciosa:

—No sé. Si de verdad le gustaras, no permitiría que fueras sola a Japón.

Cogí el móvil; tenía un mensaje de Álex. Me invitaba a cenar en su casa. Una cena de sábado, con vino del bueno y conversación relajada. «Mi cama aún huele a ti», confesaba al final. Estaba claro, esa noche habría algo más que conversación... Comencé a fantasear. Evoqué a Álex, su excitación. Mis dudas seguían ahí, cada *mail* del asesino era un clamor, una advertencia para alejarme de él. Pero había sucumbido. El ansia era más fuerte, iba a arriesgarme.

«A las nueve estaré allí. El vino lo pongo yo. Y la lencería», respondí.

—¿Qué clase de persona renuncia a una jefatura en la Policía por repartir cartones de bingo? —apostilló mi madre.

Yo apenas la oía. De pronto estaba pensando en que debí haber aprovechado el viaje para interrogar a Andrés Brul. En una de las fotos del anónimo de Rocío aparecía junto a Alicia y aquello me intrigaba. Además, había recibido el informe solicitado a Patrimonio y mostraba datos curiosos. Sin embargo, salía del caso en cinco días y ya no tenía fuerzas para apretarle las tuercas a un señor nonagenario. Que cogiesen el testigo Moro y Alonso.

Abrí la maleta y rebusqué entre mi ropa interior. Nada que me apeteciera lucir esa noche. Decidí salir de compras, y entonces sonó mi teléfono. Número oculto. Una voz entrecortada preguntó por la inspectora Herreros.

—Soy Andrés Brul, el padre de Alejandro. Me gustaría charlar con usted.

Solté todo el aire que almacenaba en los pulmones.

Una mesa redonda. Frente a mí, un anciano correcto y pulcro. Busqué en él algún rasgo que me hiciera evocar a Álex, pero no hallé uno solo, como no fuera la fortaleza de que hacía gala. Me trataba de usted y le pedí que me tuteara, que me llamara Natalia. No había mencionado por qué quería verme, solo que tenía que hablarme de su hijo y de Alicia.

Hacía calor. Junto a nosotros, en otras mesas idénticas, otros ancianos jugaban al dominó. Unas señoras veían la tele y un cuidador regaba las plantas. ¿Cuánto pasaría antes de que yo misma me encontrara en un lugar como ese? Sentada en un rincón, con el portátil, embarcada en mi tesis eterna. Tomé un sorbo de café de máquina y me supo a espaguetis con tomate. Andrés se acomodó en la silla de ruedas.

—Agradezco que hayas venido. Eres más guapa que en las fotos.

—¿Ha visto fotos mías?

—En realidad, solo una. Hace tiempo que no conversaba con una mujer como tú. De girarse a mirarla.

Vaya con el anciano... Me revolví incómoda. Sorbí más café.

—Álex es como un mulo. No he tratado con un crío más tozudo. —Andrés se expresaba con rudeza. Enlazaba una frase tras otra como si lanzara derechazos—. Quiso ser policía, y empezó a despuntar. Luego se fue a Madrid, y reflotó el negocio de su hermano. Por eso te he llamado.

«¿Por qué?», pensé.

—Porque me han dicho que sois iguales —matizó.

—¿Quiere que resuelva algún caso?

—Quiero que dejes de hacerlo —afirmó.

No supe cómo encajarlo. Sostuve la mirada mientras él me estudiaba impávido.

—No entiendo qué quiere decir.

—Me refiero a Alicia —insistió—. Sé que llevas el caso y me gustaría que lo dejaras.

—¿Por qué?

—Porque, si no lo dejas, lo resolverás. Y entonces tendrás un problema.

Mantuve la calma.

—¿Qué clase de problema?

No respondió. Estrelló el matamoscas sobre la mesa; el cadáver del díptero, panza arriba, se grabó en mi retina antes de volver a mirarlo.

—¿Sabe quién asesinó a Alicia?

—Los dos lo sabemos.

—No. Yo no lo sé —repuse—. Y si hablara claro, me ahorraría mucho trabajo.

—Dedícate a otra cosa. Las mujeres como tú no necesitan trabajar. Muchos hombres matarían por ti.

Sí, los hombres declaraban guerras en mi nombre.

—Andrés... ¿Sabe Álex que me ha llamado?

—Álex no atiende a razones.

No era un anciano al uso, no era un hombre corriente. Me enfrentaba a alguien extraordinario, y sin pensarlo dos veces cogí mi móvil y le mostré la copia de la foto, la que acompañaba al anónimo que recibió Rocío en agosto de 2001. Andrés con Alicia y Néstor. La contempló imperturbable.

—¿Tuvo mucho trato con Alicia?

—La vi en un par de ocasiones.

—¿Sabe Álex que se conocieron?

Andrés negó. Clavó su vista en la mía.

—Era una chica fuerte; había sufrido mucho. Me identifico con las personas que sufren —determinó.

—¿La mató usted?

—No tenía motivos para hacerlo, pero he matado a muchas personas.

—Lo imagino... Nadie escapa del fuerte de San Cristóbal sin dejar algún cadáver por el camino.

Serio. Inexpresivo. Si le sorprendió mi comentario, supo disimularlo.

—¿A qué se dedicaba, Andrés? ¿Cuál fue su oficio?

—Dirigía un negocio. Compraventa de antigüedades.

—Ya... Creo que era más que un negocio —apunté—. Digamos, una organización. Diseñada jerárquicamente.

Silencio. Avancé sin dar tregua:

—Nació como algo mediano. Luego creció y los tentáculos de su empresa se fueron dispersando.

—Ahora lo llaman «diversificación» —murmuró—. Todos esos niñatos que estudian en escuelas de negocios utilizan esa estúpida palabra.

—Usted supo diversificar cuando aún no se había acuñado el término.

Se encogió de hombros. Y solté la información que había recabado después de intuir un nexo entre las imágenes de las cajas en la nieve y el caso Alicia.

—Empezaron traficando con obras de arte, ¿verdad? Durante un par de décadas se dedicó a saquear iglesias. Participó en el expolio de la posguerra y se hizo de oro comercializando con tallas y ábsides.

—¿Cómo sabes eso?

—Llevo meses sumergida en el caso. Y he visto fotografías: las fotos del grupo en el valle de Liébana desde 1940. También tuve acceso a otras fotos, las de esas cajas en que se lee «Reprobus»; y me pregunté qué estaría guardando. ¿Cuadros? ¿Imaginería religiosa? ¿Qué había en su interior? Contacté con la Brigada de Patrimonio.

Andrés aplastó otra mosca. Lo hizo con rabia, quizá intentara apabullarme.

—Los de Patrimonio jamás demostraron nada —incidió cortante.

—Se retiró a tiempo —discurrí—. Supo reinventarse; una vez más. Lo del tráfico de arte fue anecdótico en comparación con lo que vino después.

Volvió a beber agua. Algo en él me hizo vislumbrar a Álex. El ansia por revelar la verdad, por soltar lo que llevaba dentro.

—No eres capaz de imaginar el alcance de nuestra estructura.

Me recosté en la silla y sostuve la taza vacía. No quedaba café. Bajé los ojos, algo en los suyos me aterró.

—Ayúdeme a imaginarlo —rogué.

—Somos una multinacional.

—Y usted la dirige desde su silla de ruedas en los salones de la residencia. ¿Me toma el pelo?

Se inclinó sobre la mesa.

—Podría levantarme de esta silla. Ahora mismo.

—¿Por qué no lo hace?

—Porque nadie lo sabe. La información es valiosa.

—¿Y finge ser un anciano inválido?

—Así soy menos vulnerable. Hacer alarde es peligroso.

Decidí seguirle el juego, ver hasta dónde podían llegar sus desvaríos:

—¿A qué se dedican, Andrés? ¿Drogas? ¿Tráfico de armas?

—El tráfico de influencias es mucho más rentable. Estamos en todas partes. En la ONU, en el Consejo Europeo..., en la Interpol...

—¿Y oculta una recortada debajo de la cama? —ironicé.

—El depósito de armas lo tengo en mi palacete de Liébana.

—No puedo creer eso.

—Lo verías con tus propios ojos. Si quisieras.

—Soy policía. ¿Por qué delatarse?

—Porque no lo serás por mucho tiempo: Poza y Ruiz ya están en ello.

Jugueteé con la taza sin disimular mi inquietud. Mi sorpresa, mi asombro paralizante.

—¿De qué conoce a Poza y a Ruiz?

—Mentiría si afirmara que conozco a todos los miembros de la estructura. Solo mantengo comunicación directa con la cúpula. Pero a Poza y a Ruiz los conozco.

Me cuadré en la silla. Tenía que ser una broma.

—¿Pretende que crea que..., que usted...?

«Usted con esas pintas», quise decir. Con ese pantalón viejo y esas zapatillas agujereadas. Con esa silla de ruedas y el matamoscas en la mano. No pude terminar la frase. Andrés sabía lo que bullía en mi cabeza.

—No tuve siempre noventa y tres años. He sido joven.

—Lo he visto en las fotos.

Me estaba agobiando. Me acaricié la frente con ansia, cerré los ojos un instante, incapaz de asimilar lo que me estaba relatando.

—Fue usted quien me sacó de la Policía, ¿verdad? Quien ordenó colocar los micros en mi casa, quien ha estado... jodiéndonos la vida.

Me sostuvo la mirada. Volvió a inclinarse sobre la mesa, a explayarse con calma:

—¿De veras crees que el mundo lo mueven quienes dicen que lo mueven? ¿Los presidentes de las naciones, los cargos de las grandes compañías? Tú no eres tan inocente.

Yo ya sabía que no, que todo se gestionaba en la sombra, pero aquello superaba lo que había imaginado. Y lo que sugerían sus palabras no era creíble.

—Me gustaría contar con tu colaboración —insistió.

—Intenta sobornar a un funcionario público.

Estalló en carcajadas. Parecía más joven, mucho más joven. Su risa era pavorosa, él lo era. Estudié sus manos fuertes, los dedos cortos.

—El veinte por ciento de mis *colaboradores* son empleados públicos. Y tu talento está desaprovechado. Hoy mismo se lo has comentado a tus padres.

—¿Ha colocado micros en casa de mis padres?

—Llevas otro en el teléfono.

—Eso es ilegal.

—Trabajas para una mafia legalizada. Todos los Gobiernos lo son.

Intuía el discurso de Néstor, aunque en Andrés Brul no sonaba a palabras dementes. Sentí vértigo, pero también curiosidad. ¿Qué tenía que ver aquella organización con la muerte de Alicia? Se lo pregunté directamente.

—Deberías olvidarla —respondió.

—¿Y Néstor?

—Néstor es un inútil, un caco con un toque de lustre que se deja arrastrar por el vicio. Su empresa no es más que un tentáculo de la estructura. —Chasqueó la lengua—. La punta de un tentáculo.

—Ese inútil es su hijo. Y usted da muy buenos consejos; todo el mundo se los pide. ¿La mató él? Si fuera así, usted lo sabría. Y lo habría ayudado a salir airoso.

Andrés negó, como si no hubiera escuchado mi razonamiento.

—Álex... ¿Sabe algo? —pregunté.

—Nada. Nunca. Lo mantuve al margen.

Álex, en el limbo.

—¿Por qué me cuenta todo esto? Si es cierto, ¿por qué no seguir ocultándolo?

—Uno no llega a mi situación de golpe. Viví realidades extremas cuando me fugué de San Cristóbal. Me convertí en un animal. Cuesta asumirlo en tiempos de paz, pero esta paz es ficticia. —Silencio. Un segundo. Dos—. Me estoy muriendo. Y ha estallado una guerra fratricida para hacerse con el mando. Pretendo resolver el asunto... antes de irme.

Lo estudié una vez más antes de ponerme en pie, confusa y titubeante. De pronto sentí terror, y lo creí capaz de todo. Contactaría con la Brigada de Delincuencia Especializada. ¿Para decirles qué? No contaba con más pruebas que una historia inverosímil en boca de un anciano, en apariencia inofensivo.

—No es necesario que me acompañe, sé salir sola.

Hizo funcionar su silla, se desplazó junto a mí un palmo más abajo.

—Se han formado dos bandos en la cúpula —continuó—. Por un lado, Néstor. Del otro, un viejo conocido tuyo, según tengo entendido.

—Julio Salas. —No pregunté, afirmaba, con las piezas del rompecabezas al fin encajando en su sitio.

—Sin embargo, yo pienso en otro candidato a sucederme.

Me detuve. Manipuló la palanca para plantarse a mi lado.

—Necesitamos a alguien con la cabeza fría, con inquietudes pero sin ambición —resumió—. Alguien preparado y con don de gentes. Una autoridad integral. Capaz de tomar medidas extremas.

Yo había pasado la noche con la persona que describía.

—Jamás accederá —pronostiqué.

—Hice que no ganara un solo concurso; tuvo que cerrar su estudio de arquitectura y entró en la Policía. Llevo meses controlando vuestros movimientos. Su desembarco en el casino no fue casual, le exigí a Néstor que pusiera al frente a su hermano. Álex jamás accedería, pero empezará a planteárselo si tú lo convences.

—¿Y por qué iba a hacerlo?

—Porque no somos libres, y él es consciente de ello. Rechazarlo no le supondría mucho que ganar, pero sí que perder.

Una amenaza en toda regla.

—Álex es policía. No creo que la gente de su organización trabajara a gusto con un líder salido de la nada —apunté.

—Lo harán si yo lo ordeno. No conozco a nadie más válido que mi hijo.

Antes de darle la espalda, aún tuvo tiempo de insistir:

—Y olvídate de Alicia. Hazme caso.

Lo dejé a los pies de la escalinata. Caminé hasta el coche bajo la luz de la tarde, sintiendo su mirada en la nuca, como si fuera el visor de una recortada. Los pájaros cantaban, la brisa silbaba; todo era tan cotidiano que costaba admitir que aquel episodio hubiera ocurrido realmente.

Arranqué rumbo a casa de mis padres. Al llegar subí al trastero, busqué la caja de herramientas, saqué el martillo y golpeé el teléfono. Lo golpeé con saña hasta reventarlo.

35

ÁLEX

Bilbao, 30 de julio, sábado

Veinte horas resultaron ser demasiadas sin tocarla. Cuando abrí la puerta nos besamos y el simple hecho de hacerlo me activó la sangre. La invité a pasar y nos dirigimos a la cocina. Se sentó frente al ventanal y sacó una botella de vino. Era curioso, después de la noche anterior aún me hacía sentir cohibido, no sabía cómo abordarla. Quise cocinar algo simple, y acabé elaborando un complicado plato de solomillo con piñones que seguía en el horno.

Descorchó la botella —un reserva excelente— y supe que no era una cena cualquiera. Ninguno de los dos lo expresó con palabras, pero, en realidad, estábamos de celebración.

—Te has dejado un dineral en el vino.

—Me he dejado más en lencería —decidió.

La escruté mientras tomaba un sorbo apoyado en la encimera. Calibré mi posición, la suya, calculando cuánto le quedaría al solomillo.

—Si me das diez minutos...

—Te espero en tu habitación.

Abandonó la cocina, y me acerqué al horno. Impaciente.

Quince minutos más tarde me dirigí a mi cuarto. Natalia, frente al ventanal, contemplaba el Nervión plateado, las planchas rosadas del Guggenheim iluminadas por el ocaso. Con la mente muy lejos, en otro lugar. Estaba de espaldas, y rocé su piel desnuda, acercándome.

—¿Hoy dormirás conmigo?

Le besé el cuello antes de que respondiera, porque ella estaba en lo cierto, era un manipulador. Dio media vuelta y me miró a los ojos. También estaba nerviosa. Todo era excitante y extraño.

—Es como si hiciera algo prohibido, como si aún trabajáramos en la Judicial.

Acaricié su cuerpo bajo el camisón de seda. La lencería era fantástica, pero ni siquiera me fijé esa noche.

—Ayer... fue un poco brutal. Estábamos bastante acelerados —susurré.

—¿Y hoy?

La desnudé mientras caía la noche, mientras el solomillo se enfriaba y el vino se oreaba en las copas. Todo fue más lento, más profundo que el día anterior.

Todavía hambrientos, ignorando dónde se hallaba el límite, cuánto tiempo tendría que pasar hasta normalizar aquella anomalía. Me invadía una certeza: la de estar en la piel de otro, disfrutando de algo ajeno. Como si su calor y su deseo fueran efímeros, una suerte de chispazo evanescente.

—Si hubiéramos comenzado por el sexo, todo habría sido más fácil. No habríamos podido pararlo, lo demás habría llegado solo.

Me observó con rubor en las mejillas, desnuda sobre mí, sentada a horcajadas mientras acariciaba mi pecho. Estaba dentro de ella, y comenzó a moverse con suavidad; mecía sus caderas, y yo me aferraba a su cintura. Natalia impuso un ritmo firme, y sentí cómo palpitaba su interior mientras su respiración agitada vibraba en mi oído. La hice rodar y me coloqué sobre ella. Imprimí una cadencia lenta, profunda, tan honda que volvió a estremecerse; su piel se erizó en mis labios. Natalia me pedía más, y su voz disparó mis embestidas. Sus pupilas se dilataban. Nos sincronizamos sin quererlo, como péndulos que oscilan en la misma frecuencia. Me dejé ir.

Pasaron los minutos, en silencio. La ventana estaba abierta, la brisa rozó nuestros cuerpos. El tiempo, que debió haberse detenido, fluía implacable. Recorrí su piel húmeda, cubierta de sudor, con las yemas de los dedos.

—Si no salimos de esta cama volveremos a hacerlo. Será como un bucle.

Natalia se estiró, se apoyó en un codo.

—¿Alguna vez le fuiste infiel a María?

No esperaba aquella cuestión, pero no me pareció inapropiada. Mucho menos después de los mensajes con que la estaban intoxicando.

—Le fui infiel con Alicia. Y en otra ocasión, hace tres años —confesé.

—¿Por qué?

—Sabes por qué. Porque aquello no funcionaba. —Nunca me había acostado con una mujer que me fascinara hasta el punto en que ella lo hacía, pero eso no se lo dije—. A María le fui infiel por hartazgo, y no me sentí culpable —zanjé.

—¿Lo supo?

—No lo creo. Fue algo casual, con una desconocida a la que no volví a ver. Un desahogo. Pudo ocurrir más veces, tuve oportunidades, pero estaba hastiado. ¿Has leído *El paciente inglés*?

Negó.

—En la novela aparece un personaje que se define como un chacal —expliqué—. Es capaz de ayunar hasta dar con lo que busca. A mí me sucede lo mismo.

Un reloj dio las diez. Natalia se colocó boca arriba sonriendo.

—Así que un chacal, ¿eh?

—Tú nunca le fuiste infiel a Tomás.

No era una pregunta, porque sabía la respuesta. Natalia era rigurosa; y lo era, sobre todo, consigo misma.

Nos sentamos a la mesa cuando las primeras gotas de lluvia se estrellaban contra los cristales. Tenía hambre, brindamos por nosotros, y volví a sugerirle que se quedara a dormir. No quiso, no le hacía gracia pasar la noche en casa de Néstor. Pronto volveríamos a Madrid, y no hallaría excusa para acostarse en otro lugar que no fuera mi cama.

Mi teléfono vibró. Lo oí en la lejanía, en algún lugar del salón. También vibró el de Natalia, y nos miramos sin pronunciar palabra. El *mail* número ocho.

—No te gustaría que lo leyera ahora, ¿verdad?

—Sería una pena que lo hicieses —respondí—. Echaría a perder la cena.

—Pero sabes que lo haré más tarde.

—Haz lo que te plazca.

Natalia dejó su asiento. Se acercó a su bolso y sacó el móvil.

—Es el octavo mensaje. No lo revisaré hasta mañana.

—¿Has cambiado de teléfono?

Titubeó antes de sentarse. Tomó otro sorbo de vino, inhaló aire, se recogió el cabello con los dedos y volvió a empuñar los cubiertos.

—No quería hablar de ello, no en este momento. Pero no te lo puedo ocultar. Mi teléfono tenía un micrófono, lo destrocé con un martillo.

—A mí me van más las hachas. Cada cual tiene sus gustos —concedí.

—Esta tarde me he reunido con tu padre. He estado en la residencia.

Me crucé de brazos y dejé escapar un suspiro. ¿Hasta cuándo iba a durar aquello? Natalia iba con pies de plomo, me relataba el episodio como si yo fuera una bomba de relojería que se manipula con precaución. Estaba inquieta, casi tanto como al llegar, y le pedí que se sosegara. La escuché con la copa en el aire, con ojos como platos y bastante escepticismo. ¿Una organización criminal? ¿Una superestructura multinacional? Mi padre había calentado los garbanzos en el mismo cazo durante décadas... ¿De qué estaba hablando?

—Apuesto a que podría levantarse de esa silla si quisiera.

Me eché a reír, era como para hacerlo sin parar durante días.

—No seas ingenua. Natalia..., por Dios.

—Álex, a mí me pareció tan increíble como a ti, pero quizá sea cierto. Los dos hemos visto esas fotos, los documentos. Tu padre logró fugarse de San Cristóbal. Sabía lo de Poza y Ruiz. Reprodujo la conversación que mantuve con mi familia este mediodía.

Tomé un trozo de solomillo y negué con la cabeza. Menuda historia. El niño huérfano, el *aita* francotirador. Pero había más: mi padre me había propuesto como líder de la jerarquía. Negué divertido.

—Joder, Natalia... No te reconozco, en serio.

Volvió a escarbar en el bolso, extrajo un sobre, me tendió una foto. La sostuve mientras jugaba con sus dedos. Alicia con mi padre.

—¿Sabías que tuvieran contacto?

No tenía ni idea. Recapitulé. Nunca los había presentado.

—¿De dónde ha salido esto?

—Lo siento, Álex, eso no te lo voy a decir.

Natalia le había preguntado por Alicia, y mi padre lo confirmó. Se vieron en un par de ocasiones. Esta vez no reí. Intenté encajar esa historia, hacerla verosímil. Pensé en las pruebas del crimen que había encontrado en su casa, bajo el fregadero. Volví a estudiar la foto. Se habían conocido...

—A ver, Natalia. Supongamos que fuera cierto, que dijera la verdad. ¿Cómo se comunica mi padre con su cúpula?

—Tiene un ordenador en su cuarto, en la residencia.

—Es de su cuidadora, pasa con él muchas horas.

—Tu padre podría dictarle los correos... No tuvo dificultades para dar con mi número y citarme.

—¿Y las reuniones? ¿Y la toma de decisiones? ¿Cómo dirige a su gente?

Mi padre había salido de España en el 38, había recorrido el mundo y había vivido en Cuba, en Nueva York, en Moscú... Solía repetir que había frecuentado a personas importantes. Regresó en los sesenta y se estableció en Bilbao. Siguió viajando a menudo; en teoría, adquiría antigüedades. La tienda pudo ser la tapadera. Y las visitas, las visitas de aquellas personas que acudían a pedir favores...

—¿Y la parálisis? ¿De veras te has creído que la finge? —apunté.

—Fingir una parálisis es mucho más fácil que fingir estar tuerto.

Se encogió de hombros. Sonreí. Era muy aguda, pero la explicación de las cosas siempre es más sencilla que lo que pretendemos.

—Natalia..., te ha estado tomando el pelo.

—Según él, tiene un depósito de armas en una propiedad de Liébana. Y tú estuviste en Potes hace meses. ¿Qué me dijiste entonces? ¿Qué sentiste al atravesar el desfiladero del valle?

—Un *déjà vu*.

—Quizá te llevara en alguna ocasión cuando eras niño.

Sí, yo había estado allí, había una foto junto a mi madre que lo acreditaba.

—Todo tiene una causa racional. Natalia, dejar el Cuerpo un par de meses te va a venir bien.

Volvió a tomar asiento y me acribilló con la mirada. Mi comentario la había ofendido. Nunca había cuestionado su trabajo, pero aquello era absurdo, inconcebible. Y tenía que cambiar de tercio, rápido, antes de que la cena se fuera a pique. Mi padre había urdido una trama, pero el único fin era arruinarle a su hijo la mejor noche del año.

—Me has puesto a mil con ese camisón —atajé.

—¿Intentas cambiar de tema?

—Sí. Pero es cierto, estás increíble. No deberían vender esas cosas...

—Claro. A las mujeres solo tendrían que vendernos burkas y estropajos. Y sacaleches después de parir.

—Natalia... No es para ponerse así.

—Me tratas como si fuera idiota.

—Lo que me estás contando no me cabe en la cabeza —apostillé.

—No es la primera vez que damos con algo así. Cuando el potencial de un entramado supera los medios del Estado, cala en las instituciones. Corrompe a policías, políticos, jueces. Sucedió con la mafia calabresa, con la siciliana, con los narcos gallegos en los noventa. Se vuelven impunes, diseñan estructuras de transporte, de gestión y de defensa...

—Olvidas con quién hablas, yo he desmantelado bandas de ese tipo.

—Imagina lo que ocurriría si diez facciones de esta clase, quince grupos criminales, trabajaran bajo el mando de una misma cúpula. Empleando empresas como tapadera.

Preferí no responder. Recursos, medios, redes, corrupción. Nada de lo que decía era incierto. Pero que mi padre encabezara un cártel con capacidad de penetración institucional no podía asumirlo.

Después de cenar encendimos el televisor; programa de máxima audiencia, Ennio Rossi en antena recién salido del presidio. Había envejecido, aunque sus ojos conservaban un azul afilado. Fue atractivo, ahora parecía cansado. La entrevista se emitía en diferido, se había grabado por la mañana en los estudios de la cadena. El presentador le preguntó por la cárcel, por su vida en cautiverio. Ennio se explayó a gusto, encantado de escucharse. Después de una tanda publicitaria llegaron las cuestiones jugosas, las que todos esperábamos. ¿Qué ocurrió esa noche?

Rossi bajó la vista, compungido. Mantenía relaciones con Alicia, admitió. Se obsesionó con ella, y aquella tarde se citaron, estuvieron por ahí de copas. El presentador tiraba del hilo, y el italiano se extendía satisfecho. Después de las copas tomaron el coche, fueron hasta el faro del Pescador. Se internaron en el bosque a pie, buscando intimidad porque querían follar a oscuras. Ennio jugaba duro, y el juego se le fue de madre. No pretendía matarla, solo intentaba excitarse, experimentar. La amarró a un árbol, desnuda, le cubrió los ojos y la amordazó. No fue violento, no la forzó. Ella fue cómplice, tan excitada como él.

—¿Y los padres de Alicia? Es una vergüenza que tengan que oír esto.

—No son mucho mejores que esta alimaña —ratifiqué.

Hubo sexo, sexo duro. En mitad del bosque, a oscuras, nadie podía oírlos. Tomaron cocaína, unas pastillas de éxtasis. El ritmo fue subiendo y Ennio le cubrió la cabeza con una bolsa de plástico. Todo el mundo lo sabe: el sexo mejora en ausencia de oxígeno. Alicia se asustó, le suplicó que parara.

—Estaba amordazada. ¿Cómo le pidió que parara?

—Miente. ¿No lo ves?

Él estaba ciego, el morbo era más fuerte. Apenas la oía e intensificó su apuesta. Usó un cuchillo, deslizó el filo por su piel. Se le fue de las manos, no paraba de repetirlo, porque de pronto, mientras la penetraba sumido en el clímax, había visto sangre. Sin quererlo la había herido. Decidió soltarla, desató las cuerdas. Ella estaba furiosa, a punto de asfixiarse, y lo había golpeado, le arrebató el cuchillo con los ojos vendados. Forcejearon a oscuras, la abofeteó y ella se debatió entre sus manos. Estaban frenéticos ambos. De pronto, Alicia lo había acuchillado, le incrustó el cuchillo en el muslo. Rossi agarró una piedra y la golpeó en la cabeza. Dos veces. Ni una ni tres, solo dos veces.

—Está mintiendo —murmuró Natalia—. Había sangre y una cuerda con restos de piel, pero nadie relataría algo así como él lo está haciendo.

La había matado, no hallaba pulso ni latido, y cargó con su cuerpo hasta el aparcamiento. Lo metió al maletero y condujo hasta Bilbao. La descuartizó en una de sus naves y enterró los restos cerca de la planta de áridos, en los terrenos de la empresa. Pretendía disolver el cadáver, poco a poco, con sulfúrico.

—Alicia salió de allí —murmuró Natalia—. Hallamos más sangre en el chalé de Lander Abad, en el Buciero, mucha más que en la hojarasca.

—Le han pagado para que relate este cuento —repuse—. No tiene nada que perder, ya ha cumplido una pena por asesinato.

Apagué la tele, había tenido bastante. A muchos televidentes les costaría conciliar el sueño: imaginarían las cuerdas, el cuchillo, la bolsa en la cabeza de Alicia. Pero Natalia sospechaba que aquello era un embuste. Y yo lo sabía. Nada de aquello era cierto.

—Cuando lo interrogué en Burgos mantenía que era inocente, un cabeza de turco; que le tendieron una trampa. Me gustaría saber por qué ha variado su versión.

—Te vas a quedar con la duda, Natalia. A estas horas de la noche es posible que esté muerto.

Me estudió sorprendida por el comentario.

—Néstor estaba convencido —aclaré—. Se cargarían hoy mismo a Ennio.

—Álex..., ¿hablaste con él en alguna ocasión? ¿Después de lo de Alicia?

Asentí incómodo. No quería mentirle.

—Hablamos por teléfono —aclaré—. Nunca he creído que él

la matara y pensé que podría ayudarnos, así que contacté con él. Lo que me contó está a años luz de lo que acaba de largar en antena.

Guardó silencio. Esperando.

—Discutieron en el monte. Ella lo hirió en la pierna, él se largó. Alicia estaba viva.

—¿Lo creíste?

—Ya no sé qué creer.

Siendo consciente de que me arrepentiría de lo que iba a hacer a continuación, me puse en pie y salí de allí. Aquella tendría que haber sido nuestra noche. Sin casos, sin mensajes. Pero de pronto quise compartirlo todo con Natalia. La foto de mi padre junto a Alicia había alterado mi composición de lugar, y empecé a dudar. ¿Por qué había ocultado aquellas pruebas periciales bajo el fregadero de su piso de Bilbao? ¿Lo hizo para protegerme? ¿O había más?

Rescaté la bolsa de pruebas del fondo de mi maleta, regresé al salón y la planté frente a Natalia. Reconoció los objetos al instante, y en silencio, me preguntó con la mirada.

—Encontré todo esto en casa de mi padre.

—¿Cuándo?

—Hace tres semanas.

Me escrutó negando.

—Debiste decírmelo antes.

—Pensé que mi padre intentaba protegerme, por eso me lo callé. Pero esta noche he sabido que Alicia y él se conocieron. Y entonces...

Y entonces, como siempre, habíamos acabado hablando del caso.

Natalia no quiso quedarse a dormir. Aquel era el piso de Néstor, lo repitió de nuevo, prefirió volver a casa de sus padres y nos despedimos hasta el día siguiente. En cuanto se fue, abrí el correo electrónico. Debí borrarlo, el octavo mensaje fue otra historia de mierda y me mantuvo en vela toda la noche, inquieto, asqueado. Aquello era insoportable.

De: El asesino
Enviado: sábado, 30 de julio de 2016, 22:24
Para: Alejandro Brul Briand
Asunto: Alicia - VIII

A Alicia le embargó una furia irracional. Marcó su número por tercera vez. Álex llevaba días sin responder. Se hallaba en su habitación, rodeada de cuadernos, de libros y papeles. Tomó la calculadora, como si, a costa de repetir, la cuenta fuera a salirle. Debían el alquiler. Luz y agua. Necesitaba hacerse una endodoncia. La matrícula universitaria rondaría las doscientas mil pesetas. Garabateó «comida» mientras pensaba en el bono de transporte, en el gasto en fotocopias... Lanzó la calculadora contra la pared y sollozó con rabia.

¿Cuánto le darían por la próxima fiesta? Apenas llegaría a cien mil pesetas, y sería dentro de diez días. Se le iba de las manos, y no era capaz de centrarse en los apuntes de Filosofía. Odiaba a Marx; a Marx y a Engels. Mediante el trabajo el hombre transforma la naturaleza y produce medios para satisfacer necesidades. Ella se mataba a trabajar y no avanzaba un solo milímetro. Cogió el móvil, decidió telefonear a Néstor, pero oyó ruido en la cocina. Abrió la puerta y avanzó audaz. Panorama desolador: sus padres dormían la mona derrumbados sobre la mesa. Una botella sin etiqueta, un cenicero atestado, dos masas de carne amorfa.

Se aproximó a la encimera, tomó la olla y la hundió sobre el cráneo de su madre, que soltó un alarido al desplomarse sobre el linóleo. Volcó la silla y, sin medir su fuerza, sin mesura, comenzó a patear su cuerpo inmóvil. Con ira, con fiereza, ciega. Muslos, vientre, espalda. Luego se acercó a su padre, que balbuceaba palabras sin sentido sumido en la nube etílica. Lo golpeó en la cabeza con la tabla de cortar. Él intentó zafarse, inmovilizar la mano de su hija, pero estaba borracho perdido. Aún sosteniendo la tabla, paseó por la cocina. Revisó el desastre y le embargó una calma insólita. Se apoyó en la pared. Meditabunda. Se le había calmado el pulso y posó la tabla en la encimera ennegrecida. Cogió unas galletas y las mordisqueó mientras miraba por la ventana. Luego regresó a su cuarto, como si tuviera, de pronto, todo el tiempo del mundo. Sujetó el teléfono. Cambió la N por la R, llamó a Rocío. Necesitaba dinero. Necesitaba trabajo. Escuchaba el tono de llamada mientras ojeaba el libro de Filosofía, y sus ojos, premonitoriamente, se clavaron en la frase de Hobbes: «Donde no hay ley, no hay injusticia».

36

NATALIA

Bilbao, 31 de julio, domingo

A las cuatro de la madrugada sonó el teléfono. Hacía un par de horas que me había acostado, y me incorporé confusa. Estaba en mi vieja habitación, en casa de mis padres. Respondí con desgana sin consultar el número.

Homicidios, Madrid. Alguien se identificó al otro lado de la línea y soltó la bomba. Un contenedor de la calle Henao. Un cadáver, aún caliente, sin identificar. Con un tiro en la nuca. Estaba en Bilbao, ¿cierto? Me necesitaban en el lugar de los hechos. Ya.

Me desperecé maldiciendo mi suerte. Unas jornadas más tarde ya habría estado suspendida y habrían despertado a otro para cargarle el muerto. Me vestí a oscuras. Dejé una nota en la cocina y salí con sigilo.

Ertzaintza, Policía, los de la Científica. Un inmenso camión de la basura. La jueza no había llegado. Saludé a los compañeros de la Judicial y me acerqué a los basureros. Lo habían visto desde las cámaras de su cabina, parcialmente envuelto en bolsas de El Corte Inglés, y detuvieron la trituradora a tiempo. Me impulsé por la escalerilla herrumbrosa y me asomé a la boca del cráter. Sentí la bofetada de un tufo inmundo. El cadáver yacía inerte entre bolsas destripadas. Boca abajo, a pocos metros de los colmillos de acero que machacaban desechos. Era un hombre. Iba descalzo. No vi su rostro, pero reconocí el reloj: la misma correa de oro en la que había reparado hacía unas horas, ceñida a la muñeca de Ennio Rossi en su entrevista televisada.

Tomé unas fotos y saludé al forense. Revisamos la zona. Solicité grabaciones de las cámaras cercanas. A las cinco aún llovía y llegó la jueza. A las seis comenzó a amanecer y se levantó el cadáver. Los ojos de Rossi, azules y fríos como los de un pez, se clavaron en los míos. Lo imaginé unas horas antes, sonrosado y ufano. Vivo.

Herida de bala, orificio de entrada en el hueso occipital. No había orificio de salida, el proyectil se hallaba alojado en algún punto de su cerebro rosáceo. El asesino confeso de Alicia iría directo al depósito de cadáveres. Habría que esperar a la noche para revisar sus efectos personales, para recabar la información previa a la autopsia, de las cámaras y del teléfono.

Me despedí de los agentes y regresé a casa. Eran las ocho, ya de día, me di una ducha y desayuné con mis padres, que no cabían en sí de asombro. ¿El tipo de la tele? ¿Muerto? Después de los churros y del chocolate me sentí mejor, pero a modo preventivo tragué un comprimido de oxicodona. Aún olía a basura; segunda ducha del día. Álex, que tenía alma de gorrión y madrugaba por deporte, me había enviado un mensaje: «¿Damos un paseo?». No podría acompañarlo a Madrid, no ese domingo. Tendría que regresar solo.

Nos citamos a las once en el parque, había dejado de llover. El arbolado era denso y el oasis urbano estaba abarrotado. No me pasó inadvertido que evitara referirse al caso, a las pruebas que dijo haber encontrado donde su padre. Yo tampoco lo hice. Ambos sabíamos que yo iba a investigarlo, que lo haría en cuanto cumpliera mi sanción. Y estaba convencida de que él tampoco iba a quedarse de brazos cruzados.

Bilbao, con Álex, era diferente. Yo era diferente. Era extraño estar allí; con él. Recorrimos los senderos, entre hayas y robles, con el paraguas cerrado; abrazados, como si siempre hubiera sido así. Pero no había sido así siempre, y aún no daba crédito.

Hacía unas horas que había levantado un cadáver, pero él no estaba impresionado, se esperaba lo de Ennio. Néstor lo había anunciado y Néstor era escoria, pero estaba bien informado. Saqué a colación el *mail* de la noche anterior, en el que Alicia maltrataba a sus padres. Álex puso mala cara.

—¿También hoy hay que hablar de Alicia?

—Me impactó mucho el mensaje —repliqué.

—A mí no. Las personas agredidas suelen transformarse en agresoras.

Álex estaba en lo cierto, pero aquella progresión había sido demasiado brusca. Quise cambiar de tema, lo intenté con todas mis fuerzas, pero no pude.

—No es normal dar un giro tan drástico —añadí.

Álex tomó aire y respondió cortante, circunspecto:

—Asumes que el mensaje describa un episodio real. Puede que sea ficticio... Quizá jamás sucediera.

—¿Crees que sucedió? ¿Crees que les dio esa paliza a sus padres?

Álex soltó mi mano con un suspiro. Me miró.

—Creo que sucedió —admitió—, que Alicia perdió el norte.

—¿Sabías algo de eso?

—Esa faceta de Alicia me ha descolocado tanto como a ti. Nunca lo habría esperado. —Reflexionó antes de proseguir—: Pero esos mensajes solo persiguen un fin. Manejarnos a ti y a mí. No sé quién los escribe, pero apuesto a que es la misma persona que nos dejó el mechón de pelo. Tiene el diario de Alicia y juega con nosotros.

Por el sendero, justo a tiempo, una pareja con carricoche: Ane, Fran y la niña. Aún no había visitado al bebé, y hacía dos días de mi llegada a Bilbao.

Fran parecía cansado, y Ane, agobiada. Él nos saludó amable; ella, curiosa. ¿Lo había visto bien? ¿Íbamos abrazados? La niña era preciosa y Ane me invitó a tomarla en brazos. Sus pestañas eran largas, sus manos estrellitas, y me negué a soltarla. Había marejada, estaba claro. Según Fran, Ane se ahogaba en un vaso de agua. Según Ane, era ella quien cargaba con todo. Luego estaban las visitas, que se presentaban a cualquier hora, sin avisar.

—Me he tenido que largar de mi propio salón para darle el pecho a mi hija.

Apenas pudimos hablar porque la niña tenía hambre, y al alejarnos oímos sus berridos, ahogados por las recriminaciones que intercambiaban sus padres.

—La has abrigado demasiado, por eso llora.

—Pues haber soltado el mando de la tele y haberla vestido tú...

Retomamos el paseo en silencio. El encuentro tuvo algo bueno: no volvimos a hablar de Alicia. Y esperé a que Álex desembuchara, casi podía leerle la mente.

—¿Tú estás segura de que no quieres tener hijos? Se te veía encantada con ese bebé en brazos.

Sonreí, sabía que iba a preguntármelo.

—Los niños de hoy requieren dedicación. Los padres deben

ser expertos nutricionistas, taxistas, psicólogos... Todo es más complicado que antes. Y tendría que renunciar a tantas cosas que me encantan... Sería como convertirme en otra persona; quizá llenara un vacío, pero crearía muchos otros.

Álex rio a carcajadas.

—Cuánta demagogia. Con lo guapa que estabas con la niña en brazos...

—Sí, los bebés quedan bien en las fotos, pero, a la hora de la verdad, ser mujer es muy duro. Cada vez nos exigimos más, y es imposible abarcarlo todo.

—También lo es ser hombre. A nosotros tampoco nos lo ponen fácil.

Sin darnos cuenta, habíamos aparecido en el portal de mis padres. Eran las dos, la paella estaría en la mesa, y ellos andarían al acecho maquinando un nuevo interrogatorio al que someterme. Miré a Álex y sentí una punzada de culpa, tendría que regresar a Madrid solo. Y con el estómago vacío.

—¿Te gustaría comer con nosotros? —solté.

Álex leyó entre líneas, me conocía demasiado bien.

—Natalia... Estoy acostumbrado a estar solo. Y a veces lo necesito.

Agosto se estrenó con sol. Ocupé mi viejo despacho de Bilbao, aún vacío, y a las diez de la mañana llegaron los resultados de la autopsia de Ennio. Muerto de un solo disparo tan rápido como certero. Por el *rigor mortis* se dedujo la hora del fallecimiento, que se produjo después de las tres de la madrugada. Su cerebro estaba destrozado, y el proyectil, intacto, se encontraba en el laboratorio de Balística.

Néstor vaticinó aquel crimen con una precisión aterradora. Tomé el teléfono, tentada de llamar a la residencia de ancianos, pero no lo hice. A las doce llegaron los resultados de Balística, y empecé a inquietarme. Todas las armas legales que circulan por el país se hallan incluidas en un registro, el sistema IBIS. El inventario recoge cómo es la muesca imprimida en la bala por el tubo del cañón. Una sola bala revela el arma desde la que fue disparada, y el informe no dejaba lugar a dudas: el proyectil que acabó con la vida de Ennio procedía de una Compact de 9 milímetros, adquirida en

2013 por el Ministerio del Interior y adjudicada al inspector Brul, jefe de la Judicial de Bilbao.

Aún con el dosier en la mano salí del despacho y me acerqué al armero. Solicité las llaves y examiné el registro. La pistola de Álex fue depositada en el mueble el mismo día de su suspensión, el 31 de mayo. Su rúbrica, la del encargado del depósito; todo correcto, pero el arma no estaba allí. Regresé al despacho y descolgué el auricular. Me lo pensé dos veces, lo volví a plantar en su sitio y utilicé el móvil.

Lucía Moro, Homicidios. Le di los buenos días, me dio la enhorabuena.

—¿Enhorabuena? ¿Por el marrón que me estoy comiendo aquí, en Bilbao?

—Lo digo por lo de Brul. Sé que os habéis liado.

Claro, era lógico. Aún pinchaban sus llamadas.

—¿A quién se lo ha contado?

—A nadie, Natalia. Escuché vuestra conversación anoche.

Rio pícara. Vaya, tendría que ser más cauta.

—Lucía..., tengo un problema. El proyectil con que mataron a Ennio salió de la pistola de Brul, la que entregó cuando fue suspendido.

—¿Piensas que no la entregó?

—Según el registro, lo hizo. Puede que alguien se la llevara más tarde.

—Natalia... ¿Por qué me has llamado?

—¿Habló con Ennio Rossi ayer?

—¿Brul? No. Hacía semanas que no contactaban. ¿Sospechas de él?

—No.

—¿Eres su coartada?

—Tampoco. Me fui de su piso a las dos de la madrugada y a Ennio lo mataron a las tres.

—Pero eso no quiere decir que fuera él.

—Solo pensaba en voz alta. Después de la entrevista que dio Ennio, de los detalles que reveló, se lo pudo cargar cualquiera.

—Natalia... No te comas el coco. Sales del Cuerpo el viernes.

La bala, el cadáver, Andrés Brul y sus tentáculos. ¿Qué sentido tendría que Andrés intentara incriminar a su hijo?

La jornada fue larga, en el aire de Bilbao flotaba una luz pesada. Con la caída del sol, salí a pasear. En cuatro días podría desentenderme del caso, de los burócratas, de las pruebas y las balas. Tenía que intentarlo, debía desconectar.

Los tres kilómetros fueron demasiados. Regresé al barrio dejándome mecer por la atmósfera plácida de la tarde estival. A medio camino, mi pulso se alteró. Tomás, aproximándose, a unos cien metros. Sentí debilidad en las rodillas, una fuerte descarga en el pecho. Tarde para dar la vuelta. Me colé entre los coches aparcados junto al bordillo, crucé la calle, cambié de acera. Tomás alteró su rumbo, atravesó la calzada. El encuentro era inevitable, lo tenía frente a mí. Respiré nerviosa y agaché la vista de un modo instintivo. Pasaría junto a él como si nunca hubiera existido. Alguien a quien no conoces, a quien no has besado ni has querido. Pero no iba a ser tan fácil; nunca lo era en mi caso.

Cuando llegó a mi altura se detuvo, rozó mi brazo desnudo, me pidió que lo escuchara. Perseveré en mi trayecto mientras se colocaba a mi lado y se acoplaba a mi ritmo.

—Quiero pedirte disculpas. Necesito que me perdones, Natalia.

Lo ignoré, proseguí con la vista fija en las cenefas del enlosado. Rogué por que se esfumara.

—Siento lo que ocurrió. Fue un arrebato, perdí los papeles...

Saqué el teléfono del bolsillo del *short* y lo sostuve con pulso tembloroso mientras Tomás insistía en su letanía. 091. Policía.

—Buenas tardes. Un hombre me está acosando.

No terminé la frase. Tomás me arrancó el teléfono de la mano. Intenté forcejear, el móvil salió volando y se estrelló contra el poste de una farola. Entonces me detuve, lo miré, y me invadió un asco visceral que a duras penas cabía en mi cuerpo. No comprendía cómo, de qué modo se había convertido en aquello.

—No vuelvas a tocarme —murmuré.

—¿Estabas llamando a la Policía?

Me acerqué al teléfono ciega de rabia. Tomás intentó detenerme, le dio un puntapié al aparato suplicando que lo escuchara. Volvió a sujetarme por el antebrazo, a reiterar que lo sentía, y no pude soportarlo más. Uno debe apreciar un riesgo racionalmente grave antes de sacar un arma, de encañonar a alguien. Pero en aquel momento solo quería recuperar mi ritmo. Extraje la pistola y le apunté en la sien. Con el dedo en el gatillo, con la mirada en sus ojos y el cañón incrustado en su carne.

—No vuelvas a tocarme —repetí—. No voy a ser una de esas mujeres a las que asedia un tiparraco. Yo no sé vivir con miedo.

—Suerte que vas armada. Si no...

—Si no ¿qué?

Retiré el arma, la guardé en su funda, pegada a mi costado izquierdo. Me planté frente a Tomás, unos palmos más alto que yo, con los brazos en jarras. Desafiante.

—Si no ¿qué? —repetí—. ¿Me vas a soltar otra hostia? No hay nadie, estamos solos, he dejado la pistola. Hazlo. Ya no va a pillarme de sorpresa, esta vez no será tan rastrero.

Se apartó, se alejó como si aquello jamás hubiera sucedido. Lo vi marchar, recuperé el teléfono. Inspiré hondo y retomé el camino. Aún sentía el tacto del acero, la curva del gatillo, el peso del arma. Había perdido el norte. Uno no va por la vida encañonando a la gente.

Martes. A las seis tomaba un vuelo de vuelta a Madrid. El asunto se torció a las dos, cuando una llamada alertó de la presencia de un cuerpo en el Nervión, cerca del puente de Portugalete. Dieron coordenadas precisas y la Judicial envió unos buzos.

Había un cadáver al fondo de la ría, a seis metros de profundidad, amarrado a una bolsa cargada de piedras que impedía que el cuerpo flotara.

Tenía la maleta en el coche patrulla, organizada para un fin de semana que se prolongaba sin remedio. Necesitaba mi ropa, mi ducha y mi espacio. Añoraba la luz de Madrid, y quería ver a Álex.

Asistí a las maniobras de los buzos, de los agentes que peleaban por hacer emerger el cadáver. Quizá fueran restos de Alicia, su bolso había aparecido en la misma ría, y su cuerpo, lo que quedara de él, pudo estar esperando durante años; como una siniestra Bella Durmiente. Me crucé de brazos y contemplé el puente Colgante, el primero de su tipo en el mundo. Como todo lo cotidiano, para mí ya no era extraordinario.

Alguien gritó en la lancha. Habían enganchado el cadáver. El improvisado sistema de poleas arrastró una masa desnuda y la hizo levitar sobre el agua. Un torso masculino, pálido, trabajado en el gimnasio.

—Dios, no, no, no.

Sí. Una complexión familiar, una piel conocida. Tenía que ser un error, un engaño perceptivo. El grito de Arancha, los rostros de mis compañeros me sacaron de dudas.

—¿Saben quién es? —preguntó el juez de guardia a mi lado.

—Se llama Nico. Nico Puente. Es policía. Solo tiene veinticinco años...

Fui yo quien habló, quien detectó la anomalía. La gente de esa edad no debería estar muerta. Nico me había besado junto al portal de mi casa, y su cuerpo se había fundido con el mío. Ahora estaba frío y no volvería a charlar, ni a reír ni a besar a nadie más. Aparté la vista, me alejé unos pasos y vomité entre unas piedras junto a las aguas grisáceas. Lágrimas en los ojos de los agentes, incredulidad y rabia. Nico estaba muerto y ya no era Nico. Ahora no era nadie.

Empezó a llover. Aquel trabajo apestaba, uno no acaba en el fondo de un río cuando sirve cafés, cuando arregla cañerías o salva vidas en el hospital. Abrí el bolso en busca de oxicodona. Había cubierto la dosis habitual, que ya superaba la recomendada, y me pregunté qué ocurriría si por una sola vez batiera mi marca personal.

La confesión televisada de Rossi provocaría, con total probabilidad, el cierre del caso Alicia. Pero yo sabía demasiado, y no iba a desentenderme, porque me era imposible obviar las conexiones entre los nudos de aquel galimatías: Andrés Brul, Poza y Ruiz. Rossi, Néstor y Salas. Me habían suspendido y volaría a Japón; ellos bajarían la guardia, pero yo me mantendría alerta.

No me cabía duda, mi alusión velada a Nico durante el careo con Asuntos Internos había acabado con él. Y ahora yacía en el depósito. Descubrir qué se escondía tras la muerte de Alicia podía arrastrarme al mismo lugar. O al contrario: tal vez fuera lo único capaz de mantenerme con vida.

—

TERCERA PARTE

5 DE SEPTIEMBRE DE 2016 - 9 DE MAYO DE 2017

Todo en esta vida trata sobre el sexo.
Excepto el sexo; el sexo trata sobre el poder.

OSCAR WILDE

37

ÁLEX

Bilbao, 5 de septiembre, lunes

A primeros de agosto estuve unos días sin poder contactar con mi padre, no respondía a mis llamadas, y me planté en la residencia sin avisar. Aparecí por sorpresa, pero no estaba allí: había dejado su cuarto para irse de viaje. No pude interponer una queja porque él no estaba incapacitado, era libre para salir. En cualquier caso, se había informado a mi hermano. Aquello me hizo desconfiar, dar crédito al relato de Natalia, que empezaba a cobrar fundamento.

Andrés Brul, nonagenario, propietario de un inofensivo negocio anticuario en Bilbao. ¿Quién era en realidad? Esa mirada grave, sus sentencias lapidarias, la firmeza con que nos había manejado. Recordé la devoción que le había profesado la gente de su entorno; era temor. Toda mi infancia había sido una farsa.

La duda me consumía y, al final, nos largamos a Japón. No fueron vacaciones: se trataba de una huida. Homicidios, interrogatorios, las maquinaciones de Asuntos Internos. Los asesinatos de Rossi y de Nico, el caso Alicia..., todo quedó aparcado. Pero no pude olvidarme de mi padre, y un temor insidioso ganaba terreno en mi mente.

Leí mucho sobre el país en los días previos al viaje, pero nada me había dispuesto para el esplendor de los paisajes puros, el colorido de las ciudades... Fueron tres semanas; debió durar siempre.

Al quinto día le pedí a Natalia que se casara conmigo. Habíamos finalizado un tramo de la ruta de Kumano Kodo, y lo hice frente al santuario de Nachi Taisha, rodeado de cedros centenarios y riachuelos susurrantes. La culpa fue del *komorebi*, la luz tamizada por las ramas retorcidas de los árboles. Se lo pedí de corazón, y a ella le entró la risa. ¿Casarnos? Acababa de suspender una boda. ¿Estaba mal de la cabeza? Lo tomó a broma y respondió que no, que jamás se casaría, ni conmigo ni con nadie.

Durante tres noches nos alojamos en un *ryokan*. Nunca me sentí tan libre. Todo era fácil. La vida es sencilla cuando no suena el despertador, con dinero en el bolsillo y la persona a quien quieres a tu lado.

Nos movíamos a un ritmo anómalo, como si hubiéramos abandonado nuestros cuerpos y fluyéramos sin carcasa. Hacíamos el amor. Lo hacíamos cada día, dos veces al día, tres en ocasiones. En un *ryokan*, en un hotel. En la séptima jornada tomamos el tren bala rumbo a Tokio y cenamos contemplando su Skytree; miles de puntos luminosos salpicando la oscuridad. Planta 47 del Shinjuku Park Tower, el rascacielos en el que se filmó *Lost in translation*. El mundo fulminó mis ganas de trabajar como arquitecto, pero aún me apasionaban el acero y el hormigón... Las tres torres del hotel, coronadas por pirámides de vidrio, fueron la base de mi proyecto de fin de carrera; Kenzo Tange, el arquitecto, uno de mis referentes al iniciar los estudios.

Natalia en la piscina de la Torre C, al atardecer, bajo la bóveda acristalada que filtraba luz vespertina, como Scarlett en la película. Me harté de sacarle fotos.

—¿Aquí no te duele la cabeza?

No le dolía, pero tomaba varios comprimidos al día y no se preocupaba por disimularlo. Había normalizado algo que escapaba a la lógica. Descubrí un término para definirla: Natalia era *ramé*, algo caótico y hermoso a la vez.

—Murakami me deprime. *Tokio Blues* me hundió el ánimo.

—Murakami es un genio —zanjé. En eso opinaba como Néstor.

—Sus personajes son tristes. Están solos.

—Sus personajes saben adaptarse a la soledad.

—En sus obras hay demasiados suicidios.

El 1 de septiembre regresamos a Madrid. En el aeropuerto de Narita, minutos antes del despegue, Natalia me dio un baño de realidad:

—Fíjate en aquel tipo. Nos ha seguido por todo Japón. Lo noté en el jardín de Ginkaku en Kioto. Y más tarde coincidimos en la bahía de Yokohama.

Observé al hombre. Su rostro me era familiar, eso no iba a negarlo.

Veinte días con sus veinte noches. Lejos de sentirme agobiado por el tiempo compartido, me inundó un súbito vacío la mañana del 5 de septiembre cuando, ya en Madrid, Natalia acudió a la facultad a impartir una de sus ponencias. Me senté en la terraza del ático; del suyo, ahora vivíamos juntos. Sentí desazón. Quizá ella estuviera en lo cierto; los personajes de Murakami eran tristes, y la realidad, tozuda. Nos habíamos alejado de todo, pero ahora habíamos vuelto, y las muertes de Alicia y de Nico seguían impunes; aquello solo mostraba que nada se resuelve huyendo.

Mi infancia fue una farsa, y necesitaba hablar con mi padre.

Penal de El Dueso. Había tardado una semana en conseguir una reunión con mi hermano. ¿Dónde estaba el *aita*? Néstor parecía cansado y claudicó con desgana. Me dictó una dirección, unas coordenadas GPS en el valle de Liébana, y a las siete de la tarde de aquel martes de septiembre puse rumbo al ocaso. Tomé la A-8 bajo la lluvia triste. Anocheció una hora más tarde y recorrí los primeros kilómetros bordeando el Cantábrico, que parecía una plancha de acero. Mi padre esperaba mi enfado y sabía que, tarde o temprano, acabaría tomando esa ruta —Néstor nunca me habría dado esas señas sin su permiso—. Manejaba los hilos que dirigían mi voluntad, y lo hacía a su antojo.

Salí de la autopista y me alejé de la costa, adentrándome en un área boscosa colindante al río Deva. Había poco tráfico, y atravesé el desfiladero más rápido de lo debido; una hormiga de hierro en la grieta de roca. De pronto, en aquel paraje ignoto, creí a Natalia. Sin asomo de duda. Mi padre no era, ni de lejos, la persona que aparentaba.

Diez de la noche. Potes. Quedaba algún bar abierto. Las casas de piedra constreñían la carretera como si fueran a engullirla y la torre del Infantado, iluminada por los focos, refulgía junto al campanario. Entré en un bar. En la barra, los hombres veían un partido de la Champions. Pedí un café, había recuperado la cobertura y llamé a Natalia.

—Dame las coordenadas, Álex. Por si sucede algo.

Le dicté seis dígitos de memoria. Me recordó que viajaba desarmado.

—En realidad, tengo un arma. —No era tan vulnerable como ella creía.

Contuvo la respiración al otro lado de la línea mientras yo removía el café.

—¿No entregaste tu pistola?

—La deposité en el armero cuando me suspendieron. Pero unos días antes...

—Álex, tengo que dejarte.

¿Tengo que dejarte? ¿Qué le urgía tanto a aquellas horas? Apostaba a que estaba en el salón cenando, con los pies desnudos sobre el sofá y música en el aire.

—Ya me lo explicarás cuando vuelvas. Ve con cuidado.

Colgó sin más y me quedé mirando el teléfono como si fuera idiota. Se hizo un estruendo en el bar: los parroquianos celebraron el sexto gol del partido. El Barça vapuleaba al Celtic de Glasgow y de pronto lo comprendí. ¿Me habían pinchado el teléfono?

—Joder, Natalia...

Había solicitado una orden judicial, y estaban fiscalizando mis llamadas, mis correos, mis mensajes. Era lógico, ¿cómo no lo pensé antes? Sorbí el café mientras repasaba mis últimas conversaciones, los *mails* más recientes. ¿Cuánto hacía que me controlaban? Había bajado la guardia, mi relación con ella hizo de mí un alma cándida. Natalia estaba fuera del Cuerpo. Tras la confesión de Rossi, la investigación se habría cerrado. ¿Se me escapaba algo?

En todo caso, confesar por teléfono la procedencia de la pistola habría dado con mis huesos en el calabozo. Me había interrumpido a tiempo y pensé que le debía una, pero también me sentí decepcionado. Compartíamos un grado de intimidad muy alto, y debió haberme revelado antes algo de tanta importancia.

Salí del pueblo, seguí una ruta comarcal que se adentraba en el valle. La oscuridad era absoluta, y el GPS me condujo frente a los muros colosales de una finca aislada, bajo picos escarpados. Bajé del coche, me planté frente al portón, pulsé el timbre y alcé la vista. Unos cuatro metros de altura iluminados por potentes focos. Localicé cámaras de vídeo en varios sectores del perímetro, la finca era impenetrable. Aguardé bajo la lluvia mientras se inflamaba mi ira, y al percibir el chasquido de la apertura automática me adentré en la propiedad salpicada por puntos de luz. Robles, un magnolio, tres palmeras; el arbolado se mecía furioso sometido a embates de aire de un viento seco que silbaba funesto.

Las sombras acechaban, y al final del camino se alzaba un palacete de piedra con ventanales inmensos. Me detuve ensimismado. Había estado allí, no cabía duda, no era un *déjà vu*. Sabía que al acercarme bordearía una acequia profunda con un trampolín rojo. La piscina, el porche, la hiedra invasora. Mi madre riendo con un bañador de estrellas. Néstor conmigo, en el agua, enseñándome a bucear. Y mi padre en la leñera ojeando libros de arte. Paralizado, evoqué el recibidor: amplio, con su lámpara de araña y escaleras infinitas.

Alguien abrió la puerta. Una mujer uniformada me invitó a pasar y me ofreció una toalla. No había sido consciente de la tormenta, de los rayos feroces que ajaban el cielo negro. Estaba empapado. Atravesé el vestíbulo con paso decidido, entré al salón sin llamar y me topé con mi padre, en un sillón, frente a la chimenea encendida. Su vista clavada en las llamas. Nada era improvisado, había estado esperándome.

—He conducido durante horas. Al menos, podrías darme las buenas noches.

Retiró la mirada del fuego y la posó en la mía. Tomó impulso y se incorporó. Había sufrido un ictus hacía dos décadas, no había vuelto a andar, ningún médico nos dio esperanzas, y llevaba veinte años en una silla de ruedas. Yo mismo había cargado con él para acostarlo cada noche... Y ahora paseaba, merodeaba acariciándose el mentón en un gesto que yo mismo reproducía cuando buscaba términos para expresarme.

—Has conducido durante horas... ¿Sabes durante cuántos días caminé cuando hui de San Cristóbal? Iba descalzo. ¿Imaginas lo que hice por tomar un trago de agua turbia en el sur de Francia? Nos dispersamos en grupos, yo iba solo. Deambulaba por el monte, oía los disparos, nos abatían a tiros, como a alimañas; aquello fue una carnicería.

Lo contemplé anonadado, como si fuera un espectro.

—¿Qué habrías hecho *tú* para comer? —añadió.

Supuse que se trataba de una pregunta retórica, pero no lo era. Mi padre esperaba respuestas y lo hacía inmóvil, como una estatua de sal. Habría robado, me habría colado en un caserío, habría cogido unos huevos.

—¿Y si saliera un hombre? Con un rastrillo, o una escopeta.

—Me iría a robar a otra parte.

—Harías lo que hice yo. Matarías al hombre y a su familia para llenar el estómago, y lo harías las veces que fuera necesario.

Tomé asiento frente al fuego, mientras mi padre empuñaba el atizador y removía las brasas con fiereza. De pie. Sin ayuda.

—¿Por qué fingiste tu parálisis?

—Te lo habrá explicado Natalia, supongo.

Suponía bien, Natalia me relató una historia disparatada de la que yo me había mofado. Y ahora estaba allí, frente a un anciano de piedra que hacía alarde de una fuerza inusitada.

—No la creí.

—¿Y ahora la crees?

La mujer del vestíbulo apareció con una bandeja: chuletón, pimientos asados, vino y ensalada.

—Come algo —murmuró mi padre—, el hambre crea bestias.

Quería negarme, mostrarme incólume. Pero apenas había almorzado, el desayuno era historia. Tomé la bandeja y empecé a cenar.

—Pensé que vendrías con ella.

—No la habría traído aquí ni loco —sostuve.

—¿Traerla? Se lleva y se trae ella sola. ¿No te has dado cuenta?

Me había dado cuenta, y le rogué que la dejara al margen. Pero fue tajante.

—No puedo dejarla al margen. Necesito tu ayuda.

—No necesitas a nadie, tú te vales y te sobras. Acabas de manifestarlo, sobreviviste en el bosque durante meses y te dieron por muerto. Cambiaste de identidad, mataste con esas manos...

Jugueteó con el atizador mientras recorría el salón hundiendo sus zapatillas despedazadas en la alfombra.

—Te he mantenido alejado, y fue la decisión correcta, porque eres quien debes ser. Eres como yo.

—No soy como tú —objeté.

—Serías capaz de todo por lograr tus propósitos, pero no eres ambicioso. Aprecias los placeres sencillos y no haces ostentación. Sabes delegar. Esquivas los pleitos pobres, dosificas la energía. Y te enfrentas a los problemas.

—Supongo que intentas alimentar tus desvaríos, pero te has equivocado de hijo. Mejor prueba suerte con Néstor.

Mi padre resopló asqueado. Elevó el tono de voz.

—¿Desvaríos? Tengo en nómina hordas de inspectores de Hacienda. Poseo decenas de sicav. Mi dinero está en el extranjero. —Persistió en su relato, como si hablara solo—. Estoy bien informado, sé más de las cosas que la mayor parte de la gente —aseguró—. Aludes a Néstor. Tu hermano es un lastre, hace tiempo que Minska se escindió. De vez en cuando le pido un favor... Obedece, por la cuenta que le trae.

Abandoné los cubiertos sobre el plato. Me apuntó con el dedo.

—Te ha protegido como si fueras un pobre idiota. Si supiera lo que planeo...

—¿Qué me dices de Salas? Del resto de las personas de las fotografías.

—Te quiero a ti, eres el mejor.

Era todo surrealista, increíble. Enterré la cabeza entre las manos sin poder dar crédito a lo que estaba diciendo. ¿De qué hablaba? ¿Qué quería de mí?

—No te comprendo. Todo esto tiene que ser un montaje. Es tan disparatado...

—¿Un montaje? Llevo décadas levantando un imperio. Trabajando para darle cuerpo a este entramado, a esta organización. No es más que una empresa, una multinacional que opera en campos delicados. Y necesito un sucesor. Te necesito a ti.

—¿Cómo lo has hecho?

—Influencias, contactos, viajes. He investigado, me he movido. Fui creando pequeñas empresas, las fui conectando. Las ramas se iban expandiendo. He contratado a los mejores, a gente formada. Capital humano, infraestructuras, redes... Y buenos equipos de seguridad.

—Mercenarios. Una mafia.

—Un nicho de mercado. En los cuarenta era fácil: no había de nada y todo estaba por explorar. Tienes que ayudarme —reiteró.

—Jamás aceptaré.

—¿Y si ella lo hiciera?

—¿Natalia? ¿Bromeas? —Rompí en carcajadas.

—Nunca bromeo, Álex. En eso también nos parecemos.

—Natalia se rige por una escala de valores férrea —advertí.

—Lo sé. Mantuve una charla muy lúcida con ella. Su escala de valores era sólida, pero se ha topado con reveses y creo que duda. No tolerará por mucho tiempo el vasallaje que os exigen.

Lo estudié, consciente del poso de verdad en sus palabras; lo de Nico la había dejado fuera de juego, pero antes de referirme a él necesitaba aclarar algo que me consumía. Me puse en pie. Me planté frente a mi padre, a su altura.

—¿Dónde está el hombre que me crio? Es como si fueras otra persona.

—Me instalé en Bilbao como un ciudadano ordinario. Disfrutaba tratando con clientes, viendo crecer a mi hijo. Llevaba la vida que quería.

Inspiré hondo.

—Mi madre no murió en un accidente, ¿verdad?

Retiró la vista agitando la mano izquierda.

—Lo que le sucedió a tu madre fueron daños colaterales.

Sus párpados cayeron como si de pronto pesaran. Por primera y única vez, se permitió un gesto de debilidad que no me afectó en lo más mínimo.

—Fue muy doloroso —confesó casi humano—. Dejó un chaval de siete años...

—Yo era ese chaval. Y acabas de admitir que alguien la mató, y que lo hizo por tu causa. Para vengarse de ti, para saldar una ofensa... Para que tú pudieras llevar esa existencia de que presumes. Pero nos sacrificaste: a ella y a mí. He sido huérfano la mayor parte de mi vida.

Silencio. Rabia. Un nudo en mi pecho. Puños apretados. Mejor no seguir por ahí.

—Las cosas suceden. —Hizo una pausa—. La gente corriente tampoco duerme tranquila. Se tambalean al borde del abismo, así que habría ocurrido igualmente. Si tu madre hubiera sido una persona normal, se la habría llevado una enfermedad, o un accidente de tráfico.

—Estás mal de la cabeza.

—¿Sabes lo que te ofrezco? Lidera la organización y escoge el disfraz que prefieras. Tendrás que tomar decisiones, y a veces serán muy duras. ¿Crees que fue agradable meter a tu hermano en la cárcel?

—¿Fuiste tú?

—Me la quiso jugar... —Se acercó a una vitrina y me ofreció un whisky que rechacé asqueado. Volvió a sentarse y examinó las llamas—. Te conozco mejor que a mí mismo. Sé de lo que eres capaz.

—No soy un asesino.

Me analizó con interés. Como si esperara que acreditara esa sentencia.

—¿Podrías jurarme que jamás has matado a nadie? ¿Que jamás lo harías? ¿Eres capaz de asegurarme que una vida cualquiera tiene más valor que tu integridad? ¿Más que aquello que amas?

No respondí a eso. No estaba en condiciones de asegurar nada.

—Mataste a Nico Puente —solté.

Hizo girar el atizador. Volvió a empuñarlo como si fuera un cetro.

—He matado a mucha gente. ¿Quién era Nico Puente?

Ordenó el asesinato de un muchacho inocente, y ni siquiera sabía su nombre.

—Solo tenía veinticinco años —aclaré.

Negó imperturbable. Una máscara de piedra.

—En la guerra morían críos mientras mamaban del pecho de sus madres —repuso.

—¡Pero no estamos en la guerra! —estallé—. ¡La guerra acabó hace décadas!

—La guerra no acaba nunca.

Tomé aire y añadí algo más, esta vez sin mirarlo:

—¿También mataste a Alicia?

—No tuve que ver con eso.

—Pero la conociste.

—La conocí. Néstor me la presentó. Pero yo no la maté.

¿Qué hacían los objetos del bosque en su poder? ¿A quién estaba protegiendo? Hizo como si no me hubiera escuchado.

—Eres ingobernable —decretó—. Tienes agallas, vales demasiado para ser un esbirro del sistema.

Lo contemplé reflexivo.

—Lo siento, *aita*, no tenemos más que hablar. Yo no puedo tolerar esto.

—¿A dónde vas?

—A mi casa, a Madrid. Si salgo ahora llegaré a tiempo de desayunar delante del periódico mientras amanece. Es a eso a lo que aspiro.

—Siéntate, Alejandro.

Alejandro. Hacía años que no me llamaba Alejandro, y solo lo hacía cuando estaba enfadado; cuando me metía en líos.

—No tienes alternativa —anunció.

—¿No la tengo? ¿Qué ocurrirá si me marcho?

No respondió.

—¿Matarías a tu hijo?

No lo haría, pero la última palabra también era suya.

—¿Sabes por qué saqué a la inspectora del Cuerpo? ¿Por qué envié a Ruiz y a Poza? Fue lo menos malo que se me ocurrió para que dejara de husmear. La he estado protegiendo.

Era eso: sería Natalia quien pagara mi negativa. Me mantuvo la mirada sin inmutarse, como si pretendiera reducirme a cenizas.

—Refuerza su protección —susurré—. Cuida de ella, *aita*, cuida de Natalia como si lo hicieras de tu pellejo. Reza porque no le ocurra nada. Ni una caída, ni un accidente ni un resfriado... ¿Me estás escuchando? Porque, si le sucede algo, vendré a por ti. —Me acerqué a él un poco más—. Empuñaré ese atizador y te abriré la cabeza. Te reventaré el cráneo como si fuera una sandía. Tendré muy poco que perder.

Sonrió. Por primera vez en siglos lo vi sonreír.

—¿Ves, Alejandro? Debes ser tú, no cabe duda.

Di media vuelta y salí de allí.

38

NATALIA

Madrid, 7 de octubre, viernes

Me recibieron con un aplauso. La Brigada de Homicidios se puso en pie cuando regresé a comisaría después de la suspensión.

La jefa me convocó a su despacho. Me sentía descansada, tranquila, fuerte, pero albergaba la certeza de haber retomado un camino equivocado. Aludió a Asuntos Internos. Los detestaba, estaba harta de sus injerencias y celebraba mi vuelta. Tras la confesión de Rossi el caso Alicia se había cerrado, pero no sentí alivio, y mi jefa me pidió opinión. Nunca te fíes de un jefe que te pida opinar, mucho menos si acostumbras ser honesto.

—Hay algo gordo detrás de ese caso —dije.

Me contempló muy seria. Era una tía dura. Había sobrevivido a un cáncer, a dos recaídas, al divorcio. Era exactamente el tipo de mujer de vuelta de todo en que no quería convertirme. Aunque tenía muchas papeletas para ello.

—¿Sabes por qué te he llamado? —tanteó.

—Quieres que siga trabajando en ello. Tras los focos.

—Si ocurre algo, respondo por ti —manifestó.

Tenía que haberme reído. Cuando sucede algo, nadie responde por nadie. La gente se vuelve muda, y ciega. Le di las gracias y regresé a mi cubículo. Sentí asco, asco auténtico; me repugnó la mesa, la pantalla, mi americana impecable. Yo misma me aborrecía.

La mañana fue lenta. Salí a comer a las dos, Álex me esperaba y le describí mis impresiones sombrías. Convino que era normal, pero no lo era. Le expliqué lo del caso Alicia, la conversación con mi jefa.

—Natalia, deja ese asunto como está.

No lo dejaría como estaba, no era idiota. Álex viajaba a Bilbao, lo hacía con frecuencia y yo intuía el motivo. Recopilaba información acerca de la organización de su padre.

Asuntos Internos le había dado carpetazo al caso de Nico: elaboraron una bonita fábula en que el agente moría ajusticiado a manos de la mafia rusa. A ojos del mundo, Nico era un héroe, y tuvo un funeral con honores. Lo había perdido todo antes de cumplir los treinta, pero en pleno acto institucional me acerqué a saludar a sus padres, y en sus miradas percibí orgullo. No sé si adivinaron el rastro de culpa en la mía. De un modo muy parecido se finiquitó el asesinato de Rossi. Nadie salvo yo, que mantenía pinchada la línea telefónica de Álex, seguía dándole vueltas a la procedencia de la pistola, que había salido de la Judicial de Bilbao, de un armero custodiado bajo llave.

—Me intriga lo de tu arma.

—Natalia... Quien se llevara mi pistola del armero se la puede meter donde le quepa —zanjó Álex. Barrió el local con la vista antes de continuar en un tono más íntimo—: ¿Sabes lo que me intriga a mí? Saber si habrá mesa libre en el lugar donde quiero cenar el domingo contigo. Me intriga el final del libro que estoy leyendo, el color de las bragas que llevas, saber si esta tarde entrenaré más o menos de una hora.

Negué y aparté la mirada.

—Quiero vivir tranquilo —remató, aun sabiendo que no me bastaba.

Por eso, de vuelta al coche abrió la guantera y me mostró una pistola. La había sacado del armero de la Judicial, en Bilbao, días antes de entregar la suya. La tomé en las manos y consulté el número de serie. No era el arma de la discordia, la que acabó con Ennio Rossi.

—¿Dudabas de mí?

—Siempre dudo de ti.

—Sé que me pinchasteis el teléfono.

—Álex, podría detenerte. No deberías tener esa pistola. Ni siquiera está registrada.

Sonrió. Aposté a que me imaginó ajustándole las esposas, recitándole sus derechos.

—¿Lo harías? —retó—. ¿Serías capaz de enviarme al calabozo?

—Juegas con fuego y acabarás quemándote.

Le sostuve la mirada, y aguantó unos segundos. Luego suspiró y arrancó el motor.

Ane. Estaba en Madrid, acompañaba a Fran a un congreso, e hipaba angustiada, con el rostro congestionado y su hija en brazos. Cocinar, Fran, la niña... Pañales y biberones. Estaba agobiada y le sugerí que delegara, que intentara dedicarse tiempo a sí misma.

—Tú lo ves muy fácil —replicó—. Vives como una reina en tu ático. Mírate, con esa faldita y esa americana... —Cuando acabó de llorar hizo alusión a Tomás—. A Fran le gustaría que fuera el padrino de la niña.

Negué asqueada. Sin dar crédito.

—Busca un padrino mejor. Tomás no es trigo limpio.

—Pobre Tomás, si es un cacho de pan.

Exactamente, una hogaza de masa madre.

—Tu cacho de pan me soltó una hostia cuando rompimos.

—Tú no te ajustas al perfil de mujer maltratada. Puede que lo interpretaras mal.

Quise responder. En lugar de eso, me puse en pie y me largué; el ego de Ane se nutría de la miseria ajena, y ahora yo estaba creciendo. No volví a saber de ella.

Cena de gala contra el cáncer; aborrecía esa clase de eventos, más aún en un casino, pero era la primera fiesta organizada por Álex y se sentía incómodo.

Me planté el vestido de cóctel de la boda de Ane. Gris perla, palabra de honor, largo y recto. La abertura lateral mostraba el muslo al caminar. Insinuante y vaporoso. Me calcé unos tacones, me maquillé sin mucho artificio, labios rojos, pelo suelto. Un nueve. La percepción que tenemos de nosotros mismos define nuestra actitud en la mayor parte de las ocasiones.

Atravesé el control sin problema. Iba armada, pero discretamente mostré mi identificación policial.

—Brul nos pidió que le avisáramos al llegar. Puede esperarle en el bar.

El bar, como todo en El Principado, era ostentoso. Pretendía ser elegante pero resultaba hortera por exceso: paredes inmensas, columnas gruesas, techos infinitos. Olía a dinero en billetes de los gordos, de los que expulsa nuevecitos el cajero y crujen como el mimbre. Los suelos eran de mármol y brillaban con intensidad; casi tanto como la barra, trufada de espejos y puntos de luz led. Álex repetía que no se movía por dinero, pero lo puse en duda. El Álex al que creía conocer habría pasado su excedencia leyendo libros, haciendo pesas, viendo películas clásicas. El casino había formado parte de Minska, y si Álex accedió a dirigirlo, solo pudo ser a cambio de una suma obscena.

De pronto, sin saber por qué, vislumbré a Al Pacino. Evoqué una escena de *El Padrino*, ese fotograma en el que Michael Corleone, acomodado en una butaca, le ofrece al espectador una mirada muerta. Impávido, con semblante inexpresivo.

Recordé el sexto *mail*, al Álex frío, calculador, despiadado. La persona elegida por Andrés para liderar una organización criminal. Me había relatado la conversación que mantuvo con su padre, en Liébana, y desde entonces estaba extraño. Pensativo, taciturno; tomaba notas en silencio y negaba con cara de asombro.

—¿Cómo es posible, Natalia? He vivido con mi padre desde que era un crío, durante toda mi vida. Soy policía, y jamás habría imaginado algo así.

Aquello lo consumía, apenas pegaba ojo, y dejó de llamar a Néstor.

—Cuando hable con mi hermano quiero estar preparado; he de tener argumentos.

—¿Y qué harás con tu padre? ¿Vas a investigarlo?

Álex solo aspiraba a vivir tranquilo, no paraba de repetirlo, pero en mi fuero interno sabía que no iba a dejarlo pasar. No había tirado la toalla, no se había resignado... Se lamía las heridas para volver con más fuerza.

Sentada frente a la barra saqué mi espejo de mano y revisé la línea de ojos, el brillo de labios. Pedí un café solo largo, y un hombre captó mi atención. Tomaba un whisky con hielo y de tanto en tanto, sin disimulo, me observaba buscando el instante para iniciar una charla. Lo estudié y nuestras miradas se encontraron. Sienes plateadas, hombros anchos, ojos risueños de un impresionante azul eléctrico. Francamente atractivo, rondaba los cincuenta; quizá los hubiera cumplido.

Se acercó con su copa, me tendió la mano y estrechó la mía con fuerza.

—¿Me recuerdas?

Su rostro me sonaba, por supuesto, pero no era capaz de saber por qué, dónde lo había visto ni en qué ocasión.

—Asistí a tu ponencia la semana pasada, en la Complutense —aclaró.

Sus palabras me refrescaron la memoria, porque no era un tipo ordinario y había planteado un par de cuestiones inteligentes. Pidió permiso para acompañarme y aproximó su taburete al mío.

—Me impresionaron tus razonamientos —precisó—. El enfoque que ofreces de los actos delictivos. Trabajas en tu doctorado, ¿cierto?

Afirmé. Aunque ni loca habría revelado tantos detalles relativos a mi persona durante la exposición. Se justificó como si me hubiera leído el pensamiento:

—Acostumbro a informarme antes de acudir a las charlas. ¿Sobre qué versa tu tesis?

—Psicopatología criminal.

Le pareció interesante. Dominaba el tema, se había especializado en personalidad antisocial, e incidía en la influencia del estilo educativo autoritario en la evolución de la patología mental. Anoté los títulos a los que hizo referencia. El tema le apasionaba. Al cabo de un rato consultó el reloj, aún quedaba un rato para la cena.

—Es una lástima que no podamos prolongar la charla. —Extrajo una tarjeta del bolsillo del chaleco y me la tendió—. Llámame. Me gustaría compartir materiales.

Tomé la tarjeta y la ojeé mecánicamente: «Ibán Suárez Pesquera. Neurólogo, psiquiatra y terapeuta».

El impacto de su nombre me dejó perpleja. Yo había dirigido el caso Alicia, investigado a Suárez a raíz de lo de Salas; luego le puse vigilancia, ¿y no fui capaz de reconocerlo? No recordaba haberlo visto ni siquiera en fotos.

—Ibán..., nunca he creído en las casualidades. Ahora que ambos sabemos a quién tenemos delante me gustaría entender por qué estamos conversando en realidad.

Carraspeó.

—El inspector Brul contactó conmigo hace unos meses, en Donosti —murmuró—, y no he vuelto a dormir desde entonces. Me presionó para que le hablara de alguien a quien ni siquiera conocí.

Aparté la mirada y cerré los ojos fugazmente. El caso Alicia iba a acabar conmigo. Incluso allí, maquillada y vestida de gala, tenía que salir a colación.

—Tras la visita de Brul empecé a obsesionarme y quise saber quién era. Quién era Alicia, y el porqué de la obcecación del inspector. Aquel asunto me era ajeno, y sin embargo...

¿Sin embargo? Lo contemplé expectante.

—Alicia... Hacía meses que ese nombre me atormentaba.

Volvió a sentarse y pidió otro whisky con un gesto reflexivo. Se llevó la copa a los labios, pero fui yo quien sintió el calor en el esófago. Iba a arrancar a hablar, iba a hacerlo de nuevo, cuando algo lo detuvo.

Álex. Advertí su perfume antes de sentir sus manos alrededor de mi cintura. Me besó en los labios ante el semblante atónito de Suárez, y me preguntó cómo estaba antes de reparar en mi interlocutor. Cuando lo hizo, su rostro fue elocuente; no esperaba tamaña sorpresa, pero supo salir al paso.

—Buenas noches, Suárez.

—Brul, buenas noches.

Álex volvió a mirarme, como si Suárez se hubiera evaporado al saludarlo. Lo ignoró deliberadamente y me tendió una cartulina con la ubicación de mi mesa. La cena comenzaba en media hora, me esperaba dentro.

Estaba intrigado, y un poco molesto, pero por nada del mundo lo demostraría. Estudié su expresión seria, su atractivo rotundo. La camisa blanca abierta bajo la nuez. No se parecía a Michael Corleone. Al examinarlo más tiempo, su mirada podía adquirir la dureza de la de Al Pacino. Pero nunca si estaba clavada en la mía.

—Estás increíble, Natalia. —Volvió a besarme y se largó.

Lo vi marchar, incómoda, mientras Suárez hacía oscilar su bebida con la vista perdida. Me abaniqué con la tarjeta.

—Ya no es jefe en la Judicial —expliqué—. Ahora... dirige todo esto.

—Por eso he acudido a la cena, estábamos invitados por la Asociación, te localicé en la lista de asistentes y oí comentar que salías con el gerente del casino. Pero jamás imaginé que él fuera Brul...

¿Herreros y Brul? Aquello no cabía en una mente racional.

—¿Por qué me has buscado? —solté al fin.

Una sola palabra:

—Alicia.

—El caso se ha cerrado —zanjé.

—Imposible. No se ha resuelto.

Como si fuera el primer caso que se cerraba en falso... Negué jugueteando con la tarjeta mientras Suárez le daba otro trago a la copa, barriendo el bar con la mirada como si temiera ser escuchado.

—Brul se refirió a Alicia. —Se encogió de hombros enfatizando su desconcierto—. Y yo ya había oído ese nombre cientos de veces cada noche, durante centenares de noches. Mi mujer habla en sueños y repite ese nombre.

Su mujer, la elegante fémina de tacones afilados a la que Pinedo vigilaba. La que visitaba a Néstor en la cárcel. Ángela Vega.

—Yo tampoco creo en el azar. Y hay más: Ángela fue a tu ponencia. Ella no me vio, pero yo sí la vi a ella. Y luego está lo de los pagos de Néstor Brul. El inspector me preguntó por ello.

—Y declaraste que se trataba de desembolsos periódicos por tus servicios médicos.

—Esa cuenta está a mi nombre, pero es mi esposa quien la maneja. Me vi obligado a idear un embuste para justificar esas sumas.

—Ya te habían puesto sobre aviso, ¿verdad? Sabías que llegaría un policía preguntando por unas transferencias y un asesinato. Y te dictaron lo que debías responder.

—Ángela es galerista de arte y pensé que por culpa de Néstor se había metido en un lío. Temí por ella, así que solté aquello del tratamiento, del trauma de Néstor por la muerte de esa chica...

—Sabíamos que mentías. Que solicitaras semejantes cifras por tu terapia no se sostenía.

La conversación se interrumpió. Voces, risas en el salón principal.

—¿Qué puedes decirme de Néstor Brul? —apunté.

—Es amigo de mi mujer. Hemos coincidido en un par de ocasiones, y no creo que sea una buena influencia. Supongo que se acuestan juntos... Ella lo visita en el penal.

Así que él también estaba al tanto. Suárez susurraba, inquieto, dirigiendo la vista de hito en hito al corredor que comunicaba con la sala principal.

—Imagino que tendrás una hipótesis —añadí—. Todo esto: las pesadillas de tu mujer, la muerte de Alicia, los pagos de Néstor.

—Pienso que la mataron entre los dos. Se cubren mutuamente.

¿Néstor y Ángela? Traté de recapitular.

—¿Crees a Ángela Vega capaz de algo así? ¿De asesinar a una chica? ¿De descuartizarla y disolverla en ácido? ¿A tu propia mujer?

—Nos estamos separando. Ya es casi como si no la conociera.

—Eso no la convierte en una asesina. Podría estar chantajeando a Néstor.

Abandonamos la barra. Iba a pagar las consumiciones, pero el camarero anunció que estábamos invitados. Fuimos hacia el salón y consulté mi tarjeta. Mesa número dos. La de Suárez era la veintiocho. Agradeció mi tiempo; lamentaba llegar tan tarde, cuando el caso estaba cerrado. Me rogó que considerara lo que acababa de relatarme. Me dirigí hacia mi mesa bajo la cúpula inmensa. Sonaba Bach y los invitados iban ubicándose. La silla de Álex, frente a la mía, aún estaba vacía. Dos de los huecos estaban ocupados por un par de jóvenes; los sobrinos de Álex. Sofía y Paul compartían rasgos con su tío: la fuerza en su mirada, el gesto desenvuelto. Decidí que era el carisma.

Antes de acercarme a ellos, traté de localizar la mesa número veintiocho, en la otra punta de la sala. Divisé a Suárez. Frente a él, Ángela Vega, con un vestido rojo y el cabello recogido. Pese al barullo y la distancia, habría podido jurar que ella también me observaba.

39

ÁLEX

Madrid, 11 de octubre, martes

De: El asesino
Enviado: viernes, 7 de octubre de 2016, 23:12
Para: Alejandro Brul Briand
Asunto: Alicia - IX

Mientras se calzaba las Converse, Alicia dejó vagar la mirada por los vendajes de sus muñecas. Luego se incorporó, lanzó un último vistazo a la habitación de hospital y se fue con la mochila al hombro, sorteando camillas y sillas de ruedas. La planta de Psiquiatría era una jaula de grillos; allí nadie la juzgaba.

Iba camino de su barrio cuando lo percibió de manera vaga; alguien se movía a su lado. Alzó la vista. Era Álex. Hacía semanas que no lo veía, desde la ruptura que derrumbó sus cimientos. Ahora podía rozarlo, y sin alterar su ritmo, le preguntó qué quería. Él replicó al instante: necesitaba saber por qué había intentado quitarse la vida. Si algo se les daba bien eran los lances dialécticos. A ambos. «Por ti —respondió Alicia—. Quise quitarme la vida por ti, pero no volveré a hacerlo porque no mereces la pena.» Detuvieron sus pasos y se enzarzaron en una agria discusión. Él era colérico; ella, cáustica. Alicia se expresaba con un sosiego escalofriante, pronunciaba las palabras sin levantar la voz, las deslizaba con maestría, limpias, como el filo de un cuchillo. Él lo percibió, era evidente: algo había cambiado, aquella no era la chica maleable que se había arrodillado en el baño de la discoteca. Levantó la voz, se lo recordó de nuevo, a ella y a todo el que pasara por la calle: se acostaba con hombres por dinero. Con tipos asquerosos. Ella se lo echó en cara: también él lo hacía, se prostituía a su manera. Había iniciado una relación postiza con una mujer insulsa para lograr contactos. Lo culpó. Él era el responsable de lo que estaba ocurriendo. Álex no contestó. La contempló, y sin pensarlo dos veces le tendió el casco de su moto. Ella lo sostuvo, se lo caló sin mirarlo, y lo acompañó hasta el aparcamiento.

Minutos más tarde entraron en casa de Alicia, en su piso miserable. Al cruzar la puerta, él sintió una lástima unívoca que se reflejó en sus ojos. Paredes desconchadas, suelos gastados; la vida de ella. Cruda. Real. Su cuarto pareció conmoverlo: era el cuarto de una niña, con los libros organizados en un conato de orden, la promesa de algo mejor. Y Álex se disculpó. Lo hizo a su manera; no pronunció palabras, la acarició como si fuera un gato abandonado. La besó con los ojos cerrados, como si no quisiera asumirlo, como si no soportara saber que él pudo sacarla de allí. Pero era tarde. Ella lo intoxicaba, lo engullía, arrastrándolo a zonas oscuras que uno prefiere obviar. Ya no la quería, era evidente, solo le movía la compasión. Y la desnudó sin verla, sintiendo en los brazos la caricia de unos dedos suaves, el roce de los vendajes de las muñecas laceradas. Hicieron el amor. Fue lento y profundo. Probablemente él la imaginara en brazos de otros hombres y sintiera asco. Por eso al acabar, mientras se abrochaba la camisa, le preguntó si necesitaba algo. Dinero o ayuda de algún tipo. Ella negó. Ya no necesitaba nada, ganaba mucho más de lo que hubiera imaginado nunca. Él la miró; no habló con saña ni empleó un tono acusatorio. Le pidió que lo llamara en caso de verse en apuros. No volvería con ella, pero tampoco iba a dejarla tirada. Se lo repitió antes de irse. Siempre estaría ahí.

Asco y lástima; el ansia, la pasión, la obsesión por Alicia se acabaron convirtiendo en eso. Y más tarde llegó la culpa. Ahora, además, sentía hartazgo. Todo lo que tuviera que ver con ella me destrozaba los nervios.

Resoplé en el restaurante abarrotado. Banqueros, políticos, periodistas de relumbre... Allí se cerraban más negocios que en cualquier despacho de la Castellana. Tres de la tarde. Ni Néstor ni yo vestíamos traje. Sobre la barra, iluminado por el resplandor rojizo de unas burbujas de cristal, un pavo real exuberante y disecado deslizaba las plumas de su cola irisada hasta el suelo.

Néstor revolvía documentos. Le había entregado las cuentas del casino y las repasaba con ojos como platos, golpeando los dedos contra el mantel impecable.

—A qué sitios te traigo... —murmuró sin alzar la cabeza.

—Tampoco es para tanto. —La comida era buena, pero no mucho mejor que las hamburguesas que cenaba con Natalia por menos de la décima parte—. La mitad de esta gente ha venido a dejarse ver.

—¿Y a qué crees que he venido yo?

Néstor ya no era nadie, y fue consciente cuando un secretario de Estado, asiduo al casino, se acercó a la mesa a saludarme. A él lo ignoró.

—Detestas todo esto, ¿verdad?

—No sabes cuánto —admití.

Enroscó el capuchón de la pluma y le hizo un gesto al camarero. Le pidió un par de copas y se recostó en la silla acariciándose la barriga cervecera.

—¿Y qué tal por Japón?

El camarero regresó con la botella, sirvió la bebida frente a nosotros.

—Bien.

—¿Solo bien?

Sostuve el licor en el aire. Había mencionado Japón pero, en realidad, se refería a la inspectora Herreros.

—Demasiado bien. Le pedí a Natalia que se casara conmigo.

Soltó una sonora carcajada. Hizo bailar el whisky en su mano rolliza. Aparté la vista muy serio.

—Y respondió que no —resumió Néstor—. Se veía venir. No se fía de ti, no se fiará en la vida.

No se fiaba, y la notaba rara desde lo de Potes. Quizá se sintiera agobiada, nuestra relación era más física que nunca y podía morir de éxito. Sus migrañas se habían vuelto especialmente virulentas, y a veces se plantaba frente a la ventana, pensativa, con la mente en otra parte. Yo temía estar asfixiándola, así que me iba con cualquier excusa. Daba unas vueltas por Madrid, tomaba un café y regresaba.

Los *mails* del asesino se habían reanudado y me iban minando. Natalia no me había desvelado los pormenores de su charla con Suárez, y tampoco le pregunté por ello; no iba a darle esa satisfacción. Los había visto juntos y no me había gustado; eso era todo.

359

—Álex, me dais envidia.

Era curioso, hasta yo me daba envidia.

—¿Y ahora? ¿Qué vais a hacer? En diciembre vuelves a la Judicial.

Y Natalia quería que lo hiciera: que dejara el casino y regresara a Bilbao.

—Odio El Principado. El dinero se maneja de un modo obsceno.

—El dinero nunca es obsceno. Lo obsceno es tener que ganarlo.

—Prefiero la Policía. Es mi mundo, sé moverme...

—He visto cómo te ha saludado ese tipo, cómo gestionas las cuentas.

—Sé hacerlo —convine—, pero no es lo que quiero hacer.

—Si te mudas a Bilbao, Natalia seguirá aquí. Las relaciones a distancia son un fraude, bobito. Imagínala sola en la cama. Tiene frío, nadie le calienta los pies. Acaba durmiendo con otro. Uno de esos pájaros cuco que ocupan nidos ajenos.

El ático de Madrid se había convertido en una suerte de Utopía. Pero no podía continuar en el casino, no después de lo de mi padre.

—Confío en Natalia. Pero sé que me oculta cosas.

Néstor se acodó en el mantel y soltó una de sus frases:

—«El agua moja, el cielo es azul y las mujeres tienen secretos».

—¿Woody Allen?

—Bruce Willis, *El último boy scout*. Álex, si no te ocultara cosas, no sería una mujer. Sería como ese pájaro disecado de la barra, un fraude.

También yo le ocultaba cosas. Pero ella investigaba a mis espaldas: me había pinchado el teléfono, y estaba convencido de que mantenía contacto con Suárez desde que lo conoció el viernes en la cena.

Néstor terminó la copa y volvió a elogiar los resultados del casino, en crecimiento exponencial desde mi llegada. Entré a matar; tanta cháchara me saturaba y hacía semanas que el asunto de mi padre me estaba desquiciando. Había vivido engañado durante décadas, en un ambiente postizo que no era más que una farsa. No conocía a mi padre, no conocía a mi hermano y empezaba a dudar de mi propia identidad. Los *mails* del asesino me dejaban en tan mal lugar que ya apenas discernía si era cierto su relato.

—Abandonaste esas fotos a propósito, ¿verdad? —escupí—. Las de las cajas en la nieve. Hace unos meses, cuando cenamos en Bilbao.

Néstor levantó la vista de los documentos, me miró como si en vez de hablar yo, cantara un gallo, y sonrió con ojos de depredador.

—Sabías que iba a investigarlo —lo acusé—. Me utilizaste, Néstor.

—Es tu querido *aita* quien quiere utilizarte. Yo solo intento protegerte, bobito.

—Me dais asco. Los dos. Voy a hundiros.

Rio siniestro, iracundo. Le pidió al camarero otra copa y tomó aire.

—Padre acabó conmigo, me envió a prisión; maneja instrumentos, engrasa piezas que desecha más tarde. Debía hacer algo... Pero no te he utilizado, para mí eres como un hijo.

Me había hartado de escuchar lo mismo durante décadas. Tanta mentira.

—Querías colocarte al mando, ¿verdad, Néstor? Necesitabas hincarle el diente y requerías de un brazo ejecutor.

—¿Vas a hacerlo, Álex? Dime que no ocuparás el puesto de padre.

Me crucé de brazos y resoplé. Acumulaba noches en vela repasando escenas, evocando episodios de mi niñez. Buscando algo. Una señal, indicios que demostraran que me estaba equivocando, que aquello solo era una broma. Pero no lo era: todos mis recuerdos, del primero al último, habían sido fruto de un guion elaborado por la mente retorcida de Andrés Brul. Y Néstor había sido su técnico de luces.

Había recabado información. Algunos de los tiburones que comían allí estaban a sueldo de mi padre sin saberlo, sin conocerse entre ellos. Ocupaban las capas más bajas de la estructura, trabajando para un entramado que estaba fuera del sistema y se nutría de él.

Néstor apuró la copa, sacó un cigarro mientras murmuraba entre dientes. Dejó su asiento, salió a fumar ofuscado. Pagué la cuenta y fui tras él. Ya no podía más. Saludé a un par de conocidos antes de plantarme frente a mi hermano, en la calle.

—Me habéis empujado hasta aquí, Néstor. —Le apunté con el dedo—. Soy el resultado de vuestras maquinaciones. Sois un par de psicópatas.

—Siempre quise dejarte al margen. Desde que eras un crío.

Me rogó que evaluara su propuesta, la de quedarme en el casino; que pensara en Natalia. Pero negué sin caer en la trampa.

—Aún me debes un porcentaje de los beneficios y es una cifra escandalosa. Cuando te cuadre, nos vemos y me lo pagas. El 1 de diciembre regreso a Bilbao. No quiero saber nada más de ninguno de vosotros.

Di media vuelta y lo dejé con su cigarro, con su maletín y su cara de susto.

Llegué a casa una hora más tarde cargado con dos piernas de lechazo, un buen vino y dos tabletas de chocolate puro. Llevaba días torturándome, necesitaba desconectar. La luz pálida de la tarde inundaba en el salón a raudales, y lamenté tener que elegir. Entre ese Madrid y aquel Bilbao. Natalia estaba en casa; la puerta de la habitación, cerrada. Titubeé antes de entrar. Cuando lo hice la hallé en la cama, desnuda, con los párpados cerrados. Le acaricié la frente y abrió los ojos. Me observó en la penumbra y le pregunté qué ocurría. La cabeza. Sudores fríos, náuseas, calambres musculares. Un síndrome de abstinencia de manual.

—¿Cuántos comprimidos has tomado hoy?

—Ninguno.

—¿Ninguno? Tomas dos al día, ¿y hoy no has tomado ninguno?

Había decidido romper su relación con la oxicodona; y como todo en su caso, lo hacía por las bravas.

—¿Cuántos tomaste ayer?

—Hace quince días que lo dejé.

Sencillamente increíble. Me senté al borde de la cama y respiré hondo.

—¿Vas a sermonearme, Álex? Ya no eres mi jefe.

—Ahora soy algo más que tu jefe, y te sermonearé tanto como quiera. ¿Dónde guardas los comprimidos?

—Los he tirado.

Mentía. Le lancé un vistazo acusatorio y abandoné la habitación. Revolví los cajones de su cuarto de baño. Ni rastro de opioides. Nada en la cocina, nada en su armario. Tampoco ocultaba comprimidos de emergencia en la funda de la pistola. Era cierto, se había deshecho de ellos. Antes de regresar y soltarle un verdadero sermón, volví a su cuarto de baño y revisé el cubo de basura. Eureka. Allí estaba la caja. «Y las mujeres tienen secretos.» Vaya si los tenían. Lo que encontré allí me envió directo al salón, al sofá. Me hizo tomar asiento, abstraído. Disfruté del anochecer mientras mi mente vagaba. Me embargó una emoción ambigua; inesperada e indescriptible.

A las ocho de la tarde salpimenté el cordero. Aceite de oliva, ajo. Encendí el horno, lo introduje en la bandeja. Descorché el vino, me serví una copa, salí a la terraza. Esperé a Natalia oteando las luces de Madrid. La noche era templada, inusitadamente tranquila. El vino era excelente, y una hora más tarde la vi aparecer. Tenía buen aspecto y se acodó a mi lado, en la barandilla, oliendo a champú, con el cabello suelto y color en las mejillas. ¿Cómo estaba? «Mucho mejor», convino. Le ofrecí mi copa y la rechazó, así que la posé en la mesa y me abracé a ella sin poder evitarlo. La envolví con los brazos, sintiendo su calor, enterrando mi rostro en su cabello. Permanecimos así unos minutos, sin movernos ni articular palabra. Quería romper el silencio, pero no elegí bien los términos.

—No regresaré a Bilbao. Prorrogaré mi excedencia.

Se zafó y dio media vuelta hasta plantarse frente a mí.

—Tienes que incorporarte —estipuló tajante—. Sé que investigas la organización de tu padre.

—Y yo sé que estás embarazada —lo solté sin más.

En sus ojos asombro y luego terror. Desvió la vista derrotada y se cubrió el rostro con las manos.

—Encontré el test en la basura —maticé— cuando buscaba oxicodona... Por eso dejaste la medicación, ¿verdad?

No dijo nada.

—Quiero saber cómo estás.

Silencio absoluto.

Negué asombrado.

—Debimos tomar precauciones —sentenció—. No sé si voy a poder con esto.

40

NATALIA

Madrid, 10 de noviembre, jueves

Siete de la tarde, noche cerrada. En Madrid llueve distinto: es como si el agua se disparara desde el pavimento, acechando entre las juntas de las losas. En Madrid la lluvia es sucia, apenas fluye. Caminaba bajo el paraguas con el teléfono en la oreja. Cerraba un viaje, al fin me había decidido: visitaría a los padres de Alicia. Álex me preguntaría, querría saberlo. ¿A qué iba a Bilbao? Lo dejaría caer de modo casual, y yo lo admitiría: continuaba investigando. Entonces él negaría, suspiraría y hallaría alguna disculpa para salir un rato, para evitar discutir.

Tenía una cita en un lugar basto con barriles de cerveza y máquina tragaperras. Cerré el paraguas, me zafé del abrigo y atendí a mi reflejo. Vestido negro, ajustado, por encima de la rodilla, manga francesa. Un recogido despeinado. Recorrí el local con la vista y localicé junto a la barra a la única persona capaz de acudir a un encuentro antes que yo. Hacía quince meses que no veía a mi hermano, pero ahora Jon regresaba e iba a instalarse en Madrid. Tenerlo cerca supondría una fuente inagotable de risas, apoyo y charlas eternas. Había cambiado. Se había dejado barba y parecía mayor.

—Un maduro interesante —bromeé mientras nos abrazábamos.

Algunas personas encajan. Lo llaman «química», y los átomos, de puro pequeños, ocultan grandes misterios. Jon me sacaba dos años, y juntos quemamos tardes infinitas aprendiendo a montar en bicicleta, a patinar, a escalar árboles y a silbar. Además, sabía leer en mis ojos.

Pedí una botella de agua y le extrañó.

—He dejado el alcohol por un tiempo.

No era una mentira, tan solo media verdad. De pronto estaba inquieta. Era tanto lo que ansiaba contarle que no sabía cómo empezar. También quería preguntarle, descubrir lo que había ocurrido. ¿Y su empleo en Múnich? ¿Y Charity?

—Tú misma lo advertiste un día. Lo de Charity no duraría.

Una noche de San Juan, frente a una hoguera en la playa, lo expresó en voz alta: se había enamorado de un compañero de clase. Tenía quince años y no me hizo prometer discreción porque sabía que cuidaría el secreto. Al cumplir los veinte se mudó a Madrid. Yo lo visitaba, me escapaba algún viernes y tomábamos cerveza de lata en las plazas de Malasaña. Pese a todo, Jon no era feliz.

—¿Qué es ser feliz?

—Es estar tranquilo.

—Entonces solo son felices los muertos.

Pero estábamos vivos... Nuestra piel era más fina, un envoltorio poroso como papel de fumar. Éramos vulnerables. Fáciles de herir.

—Fue hace seis meses, Natalia —comenzó—, en Múnich. Salía a pasear al perro cerca del río Isar... —Jon gesticulaba, hablaba atropelladamente, como si temiera que lo dejara con la palabra en la boca.

Le rogué calma, y le hice una seña al camarero. Tomaríamos huevos con chorizo: cuidaba tanto mi alimentación que necesitaba un desahogo.

—Había un chico... —apuntó—. Me lo cruzaba cada día en el paseo, hasta que una tarde entablamos conversación. Fue un flechazo. Se llama Adrián. —Se llevó las manos al pecho para enfatizar su mensaje.

Adrián estaba soltero, acababa de cumplir cuarenta y no ocultaba sus inclinaciones sexuales. Jon sufría. Amaba a Charity, con ella había alcanzado algo similar a la felicidad que evocan los anuncios de coches, pero aquello era más fuerte. Lloraba a escondidas, estaba triste, no quería herir a su mujer.

—Pero tampoco podía engañarla, y al final se lo confesé. Fue un mazazo.

Jon consiguió el traslado a Madrid; iba a instalarse en el barrio de Salamanca.

Llegaron los platos y pedí más agua. Tomé un trozo de pan, lo introduje en la yema viscosa como si fuera un manjar; aposté a que en alguna web sería considerado un riesgo para el embarazo; como casi todo.

—¿Y qué vas a hacer con... papá y mamá? —le pregunté a Jon, que hacía bailar su copa de vino.

—Tendrán que asumir la verdad. —Clavó los codos en la mesa y volvió a sonreír—. ¿Y tú? ¿También te has enamorado? Al teléfono eres hermética.

Porque temía que me vigilaran... Le hablé de Álex y me ruboricé al hacerlo. Referirme a él aún me excitaba y, a pesar de momentos de duda, estaba muy ilusionada. Después de soltar un buen rollo, dejé el tenedor e inspiré. Necesitaba desahogarme.

—Jon... Estoy un poco preocupada. He estado sufriendo migrañas, migrañas muy fuertes, y he entrado en una espiral. Me he enganchado a los opioides.

—¿Has ido al médico? —preguntó tenso.

Afirmé.

—Lo estoy dejando. Hace semanas que no me medico, pero a finales de julio ocurrió algo... —Le hablé de un caso complicado, de una investigación dura. De Nico Puente y su cadáver emergiendo entre las aguas—. Esa tarde fue terrible. Y perdí la cuenta de las pastillas que tomé.

—¿Qué ocurrió?

—Estaba en comisaría y creo que luego fui a casa. Pero hay un buen rato en blanco. —El tema me irritaba, pero necesitaba hablarlo.

—¿Lo sabe Álex?

Negué. Tragué saliva y me mordí los labios, atenta a sus palabras. Él se puso la chaqueta, como si una corriente gélida danzara entre nosotros.

—Si has dejado los opioides no creo que vuelva a sucederte. Yo no le daría más vueltas.

Supe que tenía razón, y al ponerme en pie para ir al baño, me observó de un modo distinto.

—Siempre has tenido el vientre plano. ¿Eso es...?

—Estoy de catorce semanas.

Hacía más de tres meses que llevaba un ser vivo dentro. La sensación era extraña. Debió suceder en Japón, no es que tuviéramos mucho cuidado... Ni cuidado ni freno. Daría a luz en mayo. Álex insistía: aquello era lo mejor que nos había ocurrido jamás. «Un hijo nuestro, Natalia: tuyo y mío.» Los hijos son personas, y las personas no son de nadie. Estaba ilusionado, ilusionado de veras. Intentaba no agobiarme, pero una tarde de sábado, paseando por el centro, nos detuvimos frente a un escaparate y compramos un pijama de bebé. Minúsculo. «¿Azul o rosa? El color lo eliges tú.» Yo había escogido el azul, y ocupaba un cajón vacío en una cómoda restaurada. A veces lo contemplaba. Era algo inexplicable.

Jon se quedó sin palabras y me abrazó. Me preguntó si era buscado. No lo era. ¿Niño o niña? Una incógnita. ¿Lo sabía alguien? Nadie.

—Aún hago ejercicio. Le he dado un empujón a la tesis. Me disgusté mucho al principio, pero de pronto... no me parece tan mal.

—¿Por qué iba a parecerte mal?

—Porque yo nunca quise ser madre.

Una semana después, tomaba un tren bajo el diluvio. Seis y media de la mañana, aún era de noche cuando Álex me acercó a la estación. No le parecía bien lo que hacía, reiteró, «te hablo como policía». ¿No estaba el caso cerrado? Luego me previno sobre los padres de Alicia. Aludió a su barrio. No sería agradable.

—Ya conozco su barrio, interrogué a sus amigas —repliqué.

—Me revienta que sigas con esto. Pierde ese tren, Natalia. Vuelve conmigo a la cama —lo intentó de nuevo al llegar.

Salí a la cruda intemperie lamentando mi obcecación. Me abofeteó una ráfaga de aire, y corrí hasta la marquesina con el paraguas cerrado.

El viaje fue largo, duró cinco horas. Tras el vuelo a Japón, evitar los aviones fue una de las pocas obsesiones que me permití durante el embarazo. En el asiento, saqué mi cuaderno y revisé por enésima vez los detalles del caso. Tras los padres de Alicia, solo restaría un cabo suelto: Ángela Vega.

La mujer de Ibán Suárez me intrigaba, había vuelto a topármela en una de mis conferencias. La localicé al fondo, entre decenas de rostros vagos; con sus gafas de pasta, su cabello espeso y su porte altivo. Me escuchaba con atención y tomaba notas. Lucía y Gabriel ya habían rastreado su pasado: no hallaron sombras. No tenía antecedentes. Me había dejado caer por su galería de arte, en la zona del Retiro, pero su secretaria me dijo que estaba fuera de Madrid. Le di mi número de teléfono; era importante, tenía que hablar con ella. A las nueve empezó a amanecer. La luz era triste y el paisaje huía veloz, manchado tras los cristales. Leí un par de horas. Desconecté. Ochenta páginas, un sándwich de salmón ahumado y una mandarina más tarde, el tren se detuvo en Bilbao.

Allí también llovía. Le indiqué al taxista la dirección de los padres de Alicia y regresé a su barrio, a patear esas calles. Sucias, infames, más grises que en verano. Me apeé frente al portal pasadas las doce y me sentí capaz; capaz de sostener la mirada del matrimonio meses después de haberme hecho cargo del caso. Ahora que volvía a estar cerrado. Recordé aquella tarde de sur en que hallé el sobre en mi buzón. Pensé en la otra Natalia, en la del antes, la que activaba el piloto automático para tolerar cada minuto de su existencia. Esa tarde cerraría el círculo.

No había ascensor. Subí las escaleras hasta el tercero. Pensaba en Alicia y recorría sus pasos. No me gustaba hacerlo, la evoqué cada tarde cargando su mochila con ilusiones maltrechas.

El timbre estaba mudo y golpeé la puerta con los nudillos. Se abrió el cerrojo y vi a la madre, Carmen Torre, con un rostro enrojecido plagado de venas minúsculas. Cabello ralo, grasiento y pegado al cráneo como la capa de una cebolla. Ojos vidriosos, entrecerrados y escrutadores. Me invitó a pasar con voz ronca, haciéndose a un lado; iba en zapatillas, en bata. Imaginé un pijama gastado, un cuerpo enjuto, consumido por el alcohol. Me llamó inspectora y le faltó poco para hacer una reverencia. Le rogué que me tuteara, y atravesé el pasillo visualizándola en el suelo, pateada por una Alicia colérica. Olía a lejía. Habían limpiado a conciencia. La miseria no la borra una escoba, y supuraba tozuda. Mi ánimo se derrumbó. Jesús López, el padre de Alicia, nos esperaba en la sala frotándose las manos como si quisiera arrancarse la piel. Se mordía los labios mientras cabeceaba como una marioneta grotesca. No articuló palabra y pedí permiso para tomar asiento. No había sofá, solo cuatro sillas y una mesa atestada de ceniceros. Hacía un frío que pelaba, no había calefacción, y se me entumecieron los dedos, pero me deshice del abrigo y me lo eché sobre las rodillas. ¿En qué habrían invertido su mañana de no ser por mi visita?

Organicé mis ideas. Comencé. Reconstruí su primer alegato, el que firmaron el 13 de agosto, dos días después de la desaparición de su hija. Según sus propias palabras, Alicia salió a las ocho, regresó un rato más tarde y se encerró a estudiar. Hablaron de un rapto en el piso, pero luego se retractaron: en la segunda versión, Alicia salió a las ocho y no volvió nunca.

—¿Por qué alteraron su declaración?

—Mi mujer mintió. Aquel tipo nos pagó un dineral por hacerlo. —Jesús López había abierto la boca; su voz sonó quebrada, como un graznido.

—¿A qué tipo se refiere?

—A Néstor Brul —contestó Carmen inquieta.

Quién si no. Abundé en mi guion:

—Se marchó a las ocho —repetí—. Volvió al cabo de un rato... ¿Saben si iba sola?

—No la vimos, pero la oímos. Nos pidió que le preparásemos la cena.

Pudo llegar con Álex y acostarse con él allí mismo, de ahí el semen en la ropa interior.

—Pero no la oímos salir —repuso Jesús.

Y sin embargo, lo hizo. Decenas de testigos la situaron en Santoña a las once de la noche acompañada de Ennio Rossi. Al largarse de nuevo, Alicia pudo haber dado un sonoro portazo; pero si estaban borrachos, sus padres no habrían percibido el estallido de una bomba de hidrógeno.

—Esa madrugada salí a fumar al balcón —murmuró Carmen—. Y vi al novio de la niña abajo. Merodeando.

Solté el lápiz y la escruté.

—Cuando hablé con ustedes en el hospital aseguraban que Alicia salió a las ocho; que no volvió. Declararon que se comía los libros. Y ni siquiera sabían quién era Alejandro Brul. Ahora resulta que sí lo conocían...

—Se acostaba con la niña —se indignó Carmen—. Venía a casa y se iban a la cama.

Negué saturada. Rebobiné.

—¿Dice que vio a Brul esa noche? ¿Era él? ¿Está segura?

—Mi mujer está segura. Era muy tarde.

—Las cinco de la madrugada, o puede que las seis.

«Vieron a Brul de madrugada. Merodeando», escribí en el bloc. Aquello confirmaba el testimonio de Erika y Jennifer, las amigas de Alicia. Álex fue al barrio esa noche; todo el mundo oyó la moto. Y Carmen Torre, además, lo vio.

—¿Por qué me mintieron cuando hablamos en abril?

—Néstor Brul prometió pagarnos la clínica de desintoxicación.

Pero Néstor se cansó de soltar dinero, y ahora que se cerraba el caso ellos habían comenzado a largar. Era increíble. Iba a recordarles que mentirle a un policía es delito, pero supe que sería en balde.

—Un día me dio una paliza. Debí denunciarlo —recitó Jesús ignorándome.

—¿Quién le dio una paliza?

—El novio de Alicia, al empezar a salir. Yo estaba en el bar, tomando un café, y me partió la cara de una hostia.

—¿Por qué lo hizo?

—Porque estaba loco.

El temperamento de Álex se ajustaba perfectamente a aquel episodio; y no, no estaba loco, pero tal vez no se hubiera creído lo de las autolesiones de Alicia.

—¿Cuándo se percataron de la ausencia de su hija?

—El domingo por la mañana. A las nueve.

—¿Por qué no denunciaron hasta el lunes?

—Porque era habitual que se fuera durante días. Y nunca avisaba.

—¿Qué les hizo denunciar entonces? ¿Por qué lo hicieron?

Jesús se rascó la cabeza. Carmen agachó el rostro. Carraspeó.

—Su novio nos lo pidió. Se presentó el domingo, nos suplicó que fuéramos a comisaría, dijo que le había ocurrido algo a Alicia.

Eso era nuevo. Y sorprendente. El lápiz bailó entre mis dedos.

—¿Estaba alterado?

—Mucho. Repetía sin cesar que él no podía hacerlo.

Tomé notas. «Sábado: Álex llorando en la ducha. Frente al edificio de Alicia. Domingo: Álex rogando a sus padres que acudieran a la Policía.»

—¿Cómo era Alicia? Y esta vez no me mientan —advertí.

Carmen sollozó. Jesús se retorció en su silla, tieso como un boquerón.

—Iba con mala gente. Se volvió agresiva.

—¿Trataron con alguno de sus... amigos?

Negaron.

—¿Ustedes la maltrataron?

—Tuvimos un problema con el alcohol, estábamos enfermos. Ahora nos hemos rehabilitado.

Me mordí la lengua. Problemas. Todo el mundo los tiene. Y si no, los inventa.

—¿Y ella a ustedes? ¿Los agredió en alguna ocasión?

Carmen gimoteó. Ninguno de los dos respondió. Desviaron la vista, esquivando las preguntas. Sin embargo, enuncié una más:

—¿Le tenían miedo a Alicia?

Carmen asintió. Lo hizo enjugándose los ojos con un pañuelo mugriento, mientras Jesús se levantaba dándonos la espalda, avergonzado.

—¿Les importaría que viera su habitación?

Se activaron como resortes, me invitaron a acompañarlos. Avanzamos por el corredor hasta una puerta cerrada. Carmen manipuló una llave, me invitó a pasar y evitaron mirar. No se atrevían a hacerlo, carecían de valor para franquear la línea que separaba el espacio común del que perteneció a su hija. Terreno vedado.

Me interné en el santuario. Intacto. ¿Quién entraba a limpiar? Una cama de noventa, con la colcha azul celeste. Un escritorio viejo, blanco, barnizado. Un cuaderno cerrado. «Biología.» El flexo triste, el armario viejo. A diferencia del salón, había cortinas y alfombra. Los muebles eran baratos, pero Alicia se había esforzado. Tomé decenas de fotos. Sobre la mesilla, una instantánea. La observé sin tocarla. Álex, un poco más joven, más moreno; más ingenuo de lo que lo era ahora.

Abrí mi maletín, saqué el manojo de llaves que se halló en el monte Buciero, desaparecido de la Judicial y recuperado por Álex en casa de su padre. Introduje una de ellas en el cerrojo de la puerta. Bingo. Me acerqué al armario, con candado, forzado por la Policía en su primera batida. La sexta llave del manojo encajó a la perfección. Perchas blancas, idénticas. Colgando de ellas decenas de prendas. Fendi, Gucci, Prada, Chanel. En aquel agujero miserable se ocultaban miles de euros en trapos. Zapatos de Valentino, dos bolsos de Vuitton. Me agaché y saqué más fotos. Una caja fuerte. Empleé la séptima llave. Caja vacía, tal y como rezaba el informe policial del primer registro.

Me asaltaban dudas. Seis perchas desnudas. ¿Era casual? La caja de caudales vacía. ¿Solía vaciarla Alicia cuando salía de casa?

Volví a abrir el maletín, extraje unos guantes de látex y registré los bolsos. Me sentí fatal, como si hurgara en la intimidad de una amiga. Dentro del Loewe Amazona había un tique de compra. Junio de

2001, Bilbao. Pagado con tarjeta por Julio Salas. Fotografié la factura. No me gustó hacerlo, pero me senté en su cama, en la misma en que Alicia soñaba, en la que se acostaba con Álex. Allí murió su ilusión.

Pensé en sus padres. ¿Fueron capaces de aquello? ¿De atajar de raíz el problema? Alicia había cambiado, y la convivencia era infernal, pero el luminol no mentía y no se hallaron rastros de sangre en la vivienda. Volví a incorporarme y abrí unos cajones. Me retiré impresionada, tropecé con mi sombra.

Mechones de cabello como los del sobre en mi buzón. Unos más claros, otros oscuros; todos de pelo rubio, igual que el de Alicia. ¿Qué hacía allí? ¿Lo guardaba ella? Una funda transparente con sus dientes de leche. Un descubrimiento macabro.

¿Qué probabilidad había de que surgiera algo bueno de un lugar como aquel? Era muy baja, y la estadística es implacable. Mi vista se detuvo sobre un montón de papeles amontonados en una balda. Hice una foto y, aún con el guante puesto, tomé el fardo de cartas a nombre de Alicia López. Sin abrir. Dudé un instante. El informe del primer registro no aludía a facturas telefónicas. Las sostuve en la mano.

—¿Cuándo llegaron estas facturas?

Los padres de Alicia me esperaban junto a la puerta. Ansiosos. Querían que me fuera, estaban incómodos.

—Alicia tenía teléfono, pero no lo sabíamos. La Policía lo encontró en el río.

—¿Y ella no abría las cartas? ¿No consultaba sus gastos?

—Llegaron después, cuando murió. Hace años que recibimos la última.

Nadie canceló la línea. Las facturas se acumularon, como si esperaran que ella regresase, dispuesta a ocuparse de correspondencia atrasada. Observé el fajo en mi mano, lo introduje en el maletín.

—¿Dónde está su diario? He oído que escribía uno.

Se encogieron de hombros, no lo sabían. Les di las gracias y me franquearon el paso. Puede que al perderme de vista se precipitaran sobre sus botellas de vino, ocultas en algún agujero.

Atravesé el barrio, crucé las vías del tren por un polígono industrial y media hora más tarde me hallé frente a su instituto. ¿Qué habría hecho de haber sido ella? ¿De haberme visto en su situación? Nunca lo sabría. Miré a mi alrededor, la calle estaba vacía. Hacía un día de perros, pero me sentí observada.

Apenas oí el teléfono cuando empezó a sonar; estaba sepultado al fondo del bolso, y al consultar la pantalla vi un número desconocido. Respondí.

—¿Inspectora Herreros? —preguntaron al otro lado.

—Inspectora Natalia Herreros. ¿Con quién hablo?

—Soy Ángela Vega.

La mujer de Ibán Suárez. La amiguísima de Néstor. Tenía una voz aniñada, cantarina; y sonaba muy lejana, como si llegara desde otra dimensión. Aparté la vista de las verjas del instituto y retomé mi camino; sostenía el paraguas en una mano y el móvil, pegado a la oreja, en la otra.

—Mi secretaria me dijo que ha intentado localizarme —explicó—. Estoy fuera del país, no regresaré hasta el lunes. ¿Se trata de algo importante? ¿Debería preocuparme?

—No debe preocuparse; solo quería hacerle unas preguntas, aclarar ciertos aspectos...

—Esto tiene que ver con Alicia López, ¿verdad? —me interrumpió.

Me detuve en mitad de la acera sorprendida por su franqueza. Seguía lloviendo, pero cerré el paraguas.

—Sí —admití—, tiene que ver con ella. ¿La conoció?

—Nos conocimos. Contraté sus servicios en más de una ocasión.

—Entiendo.

—Ella era *escort*.

—Lo sé, Ángela. Quizá fuera mejor hablarlo en persona. ¿Qué le parece el martes? ¿Paso por su galería?

—Prefiero verla en otro sitio... ¿Conoce la cafetería del Museo del Romanticismo?

Uno de mis rincones favoritos de Madrid, a un centenar de metros de casa; un lugar poco adecuado a las circunstancias... Tenía la impresión de haber perdido el control de la conversación, de seguir una pauta trazada de antemano; y eso no solía ocurrirme. Nos citamos allí a las cinco de la tarde. Iba a colgar, pero ella añadió algo más.

—Aprovecho para felicitarla, inspectora; siempre que puedo acudo a sus conferencias. Admiro su trabajo en el campo de la psiquiatría.

La psicología y la psiquiatría no son lo mismo, pero no la corregí. Nos despedimos, aunque antes de seguir caminando, de volver a abrir el paraguas y lanzar el teléfono al bolso, introduje su número en la aplicación de wasap. Analicé su foto de perfil; una mujer morena, de cabello largo y rasgos contundentes. ¿Cuarenta años? Aparentaba esa edad, pero era más joven. Junto a ella, dos niños. Seis y ocho años, lo había comprobado. Morenos como su madre, ojos oscuros, bien repeinados. Ángela les leía un cuento de *Blancanieves,* la edición ilustrada de Benjamin Lacombe.

Ocho de la tarde. El traqueteo del tren de regreso a Madrid me agobiaba. Unas filas más atrás, alguien silbaba una melodía de Ennio Morricone. Me acerqué al vagón cafetería, tomé un vaso de leche y ojeé el periódico. Al otro lado de los cristales se adivinaba una negrura espesa. Quedaban dos horas de viaje, y recibí una llamada de comisaría. Se había aprobado mi petición: Rocío Prado y sus hijos contarían con protección policial. Después de la conversación de Álex con su padre, me había parecido lo más oportuno. Ahora solo tenía que convencerla a ella; ya lo había intentado en un par de ocasiones y pensé en telefonearla de nuevo, pero resolví dejarlo para otro momento.

De vuelta a mi asiento saqué el bloc. «¿Dónde está el reloj?», garabateé. El informe de Pinedo describía un Rolex ensangrentado, localizado en el aparcamiento del Buciero. Pertenecía a Alicia, pero había desaparecido. Taché una cuestión caligrafiada hacía meses: «¿Dónde solicito las facturas telefónicas?». Aquel asunto me había traído de cabeza. Era posible ubicar la posición de un teléfono móvil encendido, pero había un problema: las operadoras solo estaban obligadas a almacenar datos durante dos años; hacía quince de la desaparición de Alicia, y ninguna compañía pudo ayudarnos. Tomé el manojo de cartas. Los sobres estaban cerrados y pertenecían a un tiempo en que no existía factura electrónica. Tres facturas de una compañía. Una de otra distinta.

En aquellos años aún llevaban matasellos con la fecha, y las clasifiqué por orden de antigüedad. Septiembre, octubre, noviembre de 2001. Desgarré los sobres mientras escuchaba a Muse en los cascos.

Factura de noviembre. Sin llamadas. Alicia estaba muerta.

Factura de octubre. Más de lo mismo.

Factura de septiembre. A Alicia la mataron el 11 de agosto, y tenía que haber algo. Desplegué el papel crujiente y revisé el amplio listado. Más de cien llamadas en el breve periodo de facturación. ¿Clientes? Las últimas correspondían a la madrugada del 12 de agosto, ya domingo.

Repasé las cifras con el dedo. Identifiqué nueve dígitos familiares, los de alguien que mantiene sus costumbres y su número de teléfono durante años: Álex aparecía los días 4, 8, 11 y 12. Allí estaba. Era eso, lo que había buscado durante meses. Doblé el papel con manos temblorosas. Volví a desplegarlo y cogí mi móvil.

Le saqué una foto a la factura y, antes de arrepentirme, adjunté la instantánea a un *mail* para Lucía Moro. Volví a cerrar los ojos, apoyé la cabeza en el respaldo y contuve las ganas de gritar. Me arranqué los cascos. Necesitaba moverme, digerir aquello. Habría sido todo tan simple como haber comenzado por ahí; haber registrado su cuarto en primer lugar. Me habría ahorrado tanta incertidumbre... Era un error garrafal que nunca me perdonaría.

Mi teléfono vibró. Lucía Moro pedía instrucciones. «Llegaré a las diez. Dadme hasta las diez y media. Quiero hablar con él», respondí.

Ya nadie silbaba, pero la melodía de Morricone se había instalado en mi cabeza. Nueve de la noche. En una hora estaría en casa.

Había niebla en Madrid. Apenas quedaban pasajeros cuando abandoné mi asiento, cuando caminé hacia Álex. Me esperaba junto a las escaleras mecánicas con su abrigo largo y un paraguas. Sonrió al verme, y al llegar a su altura lo abracé, consciente de lo que iba a suceder. Aunque igualmente lo podría haber abofeteado. La lluvia caía sobre las vías, el frío era cáustico. Me besó antes de intuir en mis ojos que algo ocurría. Le mostré la factura. La analizó fijamente conteniendo la respiración.

—Tranquila —murmuró—, contaba con esto.

Lo estudié estupefacta. ¿Tranquila? No estaba tranquila, yo no manejaba aquello con su sangre fría.

Álex negó, tomó aire y volvió a negar.

—Esto es serio. Tienes que tomarme declaración, aunque el caso esté cerrado —razonó sin rastro de ironía.

—Sabes que no voy a hacerlo.

—Estás obligada. El artículo 492...

—Ya he avisado a Homicidios. Se ocuparán ellos.

Asintió pensativo. Y volvió a rogarme que no me preocupara.

—Sabía que iba a suceder —admitió—. La cuestión era cuándo.

No lo comprendía, estaba aturdida y ni siquiera se me ocurrió una réplica. Quería creer en él, pero cada vez hallaba menos motivos para hacerlo. Había vuelto a ocultarme datos vitales para el caso. El trayecto fue silencioso, Álex conducía reflexivo.

Aparcó en la calle y nos plantamos frente al portal, en mitad de la acera, bajo el paraguas. Posó su mirada en la mía y comenzó a hablar. Lo hacía en voz baja, con prisa; su detención era inminente y no quería dejar cabos sueltos.

—Estuve con ella esa tarde. Fui a su piso y nos acostamos. Llevaba semanas diciendo que iba a hacer algo terrible. Luego regresé a casa de María y me sentí culpable, así que volví a llamarla; a Alicia. Quería que recapacitara, que...

—Álex... Todo eso es obvio, hace tiempo que lo sé. Hay algo más grave... Ennio Rossi dejó el Buciero a las dos. Iba solo. Pero en esa factura aparecen llamadas tuyas. Hablaste con quien tuviera el móvil de Alicia a las dos y cinco, a las dos y media. ¡A las tres de la madrugada! Y la última conversación duró veinte minutos.

—No soy cómplice de Ennio, si es lo que estás pensando.

Sus ojos suplicaban que lo creyera. Iba a retomar sus justificaciones cuando un coche patrulla enfiló la calle. Entonces me susurró al oído:

—Abre mi caja fuerte. Dentro hay muchos papeles... Busca un documento amarillo, sabrás cuál es al verlo. Envíaselo a Aritz Montero, mi abogado.

Se lo iban a llevar esposado, y aludía a abogados y papeleos. El vehículo se detuvo, las puertas se abrieron. Apenas había comprendido lo que acababa de pedirme.

—Natalia —me hizo sostener el paraguas; buscó mi mirada—, yo no la maté. Solo van a interrogarme, deben esclarecer los hechos; como mucho, me retendrán setenta y dos horas.

Lucía Moro se aproximó a nosotros. La acompañaban dos policías, y ambos sabíamos lo que venía ahora. Los agentes esperaron respetuosos, bajo la lluvia, mientras nos besábamos por última vez. No quise verlo alejarse. Caminé hacia el portal y manipulé las llaves. El zumbido del motor se perdía; la atención de Álex, fija en mi espalda, casi era palpable. Entré en casa y me sentí sola; sola como antes, como la primera ocasión en que atravesé esa puerta.

Conocía la clave de su caja, el chasquido liberó el cerrojo y extraje tres sobres. El primero contenía dinero, demasiado para guardarlo en casa. Volví a dejarlo en su sitio. En el otro hallé fotografías, informes recientes, copias de certificados oficiales. El resultado de la investigación sobre la organización de su padre. Tercer sobre: documentos personales. Su expediente académico, nombramientos y ceses, papeleo administrativo. Al fin localicé el impreso: tres copias compulsadas. Lo leí apresurada y comprendí. Era calculador, el modo en que se anticipaba a los hechos resultaba escalofriante. Puse en marcha el escáner y le envié un *mail* a su abogado. Más tarde, como me había pedido, dejé una copia en mi archivador y le hice llegar a Lucía el resumen de las notas que había tomado esa tarde.

En el salón, la mesa preparada para una cena que no tendría lugar. Estaba cansada, pero no paraba de dar vueltas. Deshice el maletín y dejé los sobres en mi escritorio. Me esperaba una noche larga revisando documentos. Abrí los estores, contemplé la calle y exploré la terraza; el limonero abatido por ráfagas de aire, el macetero rodando sobre losas encharcadas.

Fue un error; no lo habría hecho cualquier otro día. Me calcé, sostuve el paraguas y salí a la intemperie. Supe que fue una estupidez cuando intenté enderezarlo y no pude. Los embates de aire voltearon el paraguas, enfurecidos, me despeinaron. Oí el teléfono en el salón y pensé en Álex. Me erguí apresurada con los pies empapados y resbalé. Caí de culo. El paraguas se perdió en la noche. Me incorporé, llevé las manos al abdomen y volví a inclinarme. Regresé al salón a gatas, temía caer de nuevo. Lamenté mis pocas luces, calada hasta los huesos, y me senté en la alfombra. Cerré la cristalera y volví a palparme el vientre. Me dolía la espalda, solo eso. ¿Lo habría sentido el bebé? ¿Y si le hubiera afectado? Desterré la idea y me enderecé cautelosa. Di unos pasos inciertos y confirmé que todo iba bien. Volví a cambiarme de ropa, tiritando, subí el termostato y me sequé el pelo. Comí algo y a las tres de la madrugada me fui a dormir; aparcaría la documentación del caso hasta el día siguiente.

A las cinco desperté. Sentía un pánico irracional, escalofríos y náuseas.

—¿Álex?

Estiré el brazo hacia su lado de la cama. Estaba detenido, lo recordé de pronto. Aparté las sábanas a oscuras, fui al baño y vomité. El dolor abdominal era tan intenso que no pude erguirme de nuevo y me tumbé de costado sobre baldosas heladas. Había sangre en mis muslos, manchaba el suelo. Intenté ponerme en pie, necesitaba el teléfono, pero la intensidad de las punzadas crecía y su frecuencia aumentaba. Acabé arrastrándome. Literalmente. Rompí a llorar pensando en un bebé que no había querido engendrar. En aquel momento habría vendido mi alma por ver su rostro algún día; me horrorizaba perderlo, era nuestro, mío y de Álex, y tenía que salvarlo.

Llegué hasta los pies de mi mesa. No avancé más. Había dejado de llover, y unas horas más tarde amaneció. Pero de eso yo ya no fui consciente.

41

ÁLEX

Madrid, 18 de noviembre, viernes

1905. Inazo Nitobe publica *El código ético del samurái*. Una de las siete virtudes que debe contemplar el guerrero es la justicia. Una justicia que distingue dos clases de acciones: blancas o negras. En todo aquel asunto mi actuación era gris. No había pruebas en mi contra, pero sí indicios. Cerré el libro, lo dejé en el camastro y me levanté estirando los brazos. Doce horas retenido, encerrado en un cubículo, leyendo a Nitobe.

Según el artículo 17 de la Constitución, la Policía tenía derecho a detenerme para esclarecer hechos y hacer averiguaciones. Se me había permitido contactar con mi abogado —Aritz Montero, un viejo amigo del colegio—, y pronto me molerían a preguntas; si no lograba convencerlos, pasaría a disposición judicial. No podrían encausarme, lo tenía todo atado. Según el código del samurái, no hay más juez que uno mismo. Y llevaba años juzgándome.

A las doce de la mañana apareció un agente. Me pidió que lo acompañara. La sala de interrogatorios me esperaba con sus falsos espejos. Vidrios blindados. ¿Espectadores? Un par de oficiales, puede que Natalia se encontrara entre ellos, era casi seguro; con el lápiz en la mano estudiando mi perfil. Preocupada. Suspiré incómodo. Eso era lo peor de todo, la incomprensión con que la había dejado. Frente a mí, dos sillas vacías. Hice mis cábalas. Al mando del interrogatorio estarían Moro o Alonso. ¿Ambos? Hoy no tenía bizcocho que ofrecerles. La táctica que empleaban era de manual. Dejarme allí un buen rato cociéndome a fuego lento. Conmigo lo tenían crudo.

Entraron media hora más tarde. Moro y Alonso, más serios

que de costumbre. No era fácil para ellos, la mitad de los métodos en que fueron instruidos eran fruto de mi cosecha. Y lo sabían. Tomaron asiento, extrajeron papeles que estudiaron circunspectos. Gabriel relató los hechos. Caso Alicia, 11 de agosto de 2001. El asesino confeso, Ennio Rossi, abandonó el escenario a las dos de la madrugada. Existía registro gráfico de las cámaras de El Dueso, iba solo. Horas antes había accedido al monte por la misma carretera, pero en su vehículo también iba Alicia López. Me crucé de brazos.

Lucía prosiguió, se refirió al bolso de Alicia, aparecido meses más tarde. En su interior se descubrió un teléfono, sin tarjeta SIM.

—Y en la jornada de ayer, la inspectora Herreros registró el cuarto de la chica y encontró unas facturas que no se hallaron en el primer examen, porque llegaron más tarde, por vía postal.

—En esas facturas —remarcó Gabriel— constan varias llamadas telefónicas realizadas por usted en la madrugada del 12 de agosto, después del crimen. Cuando el móvil estaba en manos del asesino. ¿Qué explicación tiene?

Sostuve su mirada. No había prisa.

—He analizado las grabaciones de El Dueso —comencé—. Lo hice durante horas. Las imágenes son borrosas, y esa mujer, la que acompaña a Rossi, podría ser cualquiera.

—Esa no es la cuestión... —repuso Moro.

—No existe una sola prueba de que Alicia estuviera en el bosque esa noche —zanjé.

Gabriel se revolvió inquieto. Lucía repasó sus notas.

—Sí la hay. Su sangre. Restos de sangre en el bosque y en una vivienda de la zona —replicó grave.

—Que detectaran sangre de la víctima no quiere decir que estuviera allí. Tampoco hay pruebas de que acudiera con Rossi. Pudieron tenderle una trampa.

—Él confesó su crimen —recapituló Gabriel.

—Lo hizo después de cumplir la pena, nunca antes. Lo proclamó en los medios a la fuerza. Y aun así se lo cargaron —maticé.

—Se lo cargaron con su arma, Brul.

—Un arma que deposité en custodia días antes de iniciar mi excedencia. Consulten el registro del armero.

Gabriel dejó sus papeles. Le sudaba la frente e hizo crujir las falanges.

—Le he planteado una pregunta directa y aún no ha respondido.

—Da por hecho que era el asesino quien manejaba el móvil de la víctima.

—¿No le gusta cómo nos expresamos? Corríjanos. —Lucía, dura e irónica, buena alumna de su maestra.

Por supuesto que iba a corregirla.

—Debió preguntarlo así —precisé—: «¿Con quién habló esa noche? ¿Quién respondió al teléfono de Alicia después de las dos de la madrugada?». Han transcurrido quince años, ¿a nadie se le ocurrió antes?

—¿Qué quiere decir? —intervino Alonso.

—Que nadie contactó con la compañía telefónica. Nadie revisó las llamadas de los sospechosos. ¿Qué hay de la triangulación de las antenas? Con una orden judicial habrían dado con la localización exacta del terminal de Alicia.

Habían descubierto mi juego, los estaba enredando, respondiendo a preguntas con preguntas, evitando la cuestión esencial: ¿por qué aparecía mi número en el registro de Alicia? Gabriel tomó la palabra:

—Según sus propias declaraciones, perdió el contacto con la víctima en la fecha de su ruptura, cuatro meses antes del asesinato. Sin embargo, constan numerosas llamadas en la primera quincena de agosto.

—La habían admitido en la facultad de Medicina y la felicité.

—¿La felicitó tres veces? ¿En dos días? Varios vecinos se lo cruzaron por su barrio. Iba con frecuencia tras finalizar la relación.

—Iba a pasear en moto, hice amigos por allí —improvisé.

—Ya... ¿Y la noche del crimen? La madre de Alicia lo merodeando, de madrugada.

Así que me habían visto... Reaccioné rápido, respondí sin dudar:

—Su madre bebía y ha modificado su discurso en varias ocasiones... No es de fiar.

—Y usted, Brul, ¿es de fiar?

—No sé si soy de fiar —contesté—. Pero hace quince años que mantengo mi postura. Supongo que dispondrán de un listado de clientes de Alicia —añadí—. Ningún juez me encausaría por tener relaciones con una mujer que se acostaba con medio Bilbao. ¿Han tirado de ese hilo?

Simularon no haberme escuchado. Pero insistí sin alterarme, serio y calmado.

—No era yo quien le compraba esos bolsos —recalqué—, ni los zapatos, ni fui yo quien le pagó las tasas universitarias. La han tomado conmigo y aún no lo comprendo.

—¿No lo comprende? —replicó Lucía—. Brul..., el domingo 12 de agosto usted fue a casa de los padres de la chica. Les rogó que denunciaran su desaparición.

El viaje de Natalia a Bilbao había resultado más fructífero de lo esperado.

—Mienten —solté.

—¿Mienten los padres de Alicia o miente usted?

—No fui a casa de sus padres. Denunciaron el lunes 13, y aún no entiendo por qué tardaron tanto en hacerlo.

—Es una pena, Brul —sostuvo Alonso—. Usted no entiende nada.

Consulté el reloj de pared. Una hora de interrogatorio y quedaba mi traca final. Conté los segundos antes de que repitieran la cuestión. Por tercera vez. ¿Con quién hablé aquella madrugada? ¿Quién tenía el teléfono de Alicia?

—No sé quién telefoneó a Alicia desde mi línea, ni sé quién le respondió. Hacía días que había perdido el móvil.

Lucía soltó una carcajada irónica.

—¿Nos toma por tontos?

—Ni mucho menos —afirmé.

—Ningún juez admitiría algo así.

—Denuncié el robo de mi teléfono.

Aquello no lo esperaban.

—¿Lo denunció? ¿Cuántos días después del crimen?

—El día anterior.

Lucía abrió el sobre que le señalé. Allí estaba, la copia de la denuncia. Presentada el 10 de agosto en la comisaría de la Ertzaintza de Getxo.

—¿Por qué conservó el comprobante? Nadie archiva cosas así... ¿Durante quince años?

—Mi padre solía guardar mis cartillas de vacunación, mis informes médicos, las calificaciones escolares... Perpetué la costumbre.

—Cuando se pierde un móvil, se cancela la línea —terció Gabriel.

—Pensé que podría aparecer. Esperé al lunes por si telefoneaba algún cliente. Ni siquiera sé cuándo se extravió, llevaba días buscándolo cuando resolví interponer la denuncia. Por lo visto, me lo robaron.

Negaron sin dar crédito. No cabían más argumentos.

Como intenté revelarle a Natalia, sin éxito por las prisas, segundos antes de mi detención, aquella lejana tarde de agosto había acudido a la Policía sospechando los planes de Alicia. Llevaba semanas repitiendo que iba a hacer algo sucio, ilegal, que ganaría mucho dinero; esperaba cualquier cosa, temía que rastrearan sus contactos y no quería que me relacionaran con las decenas de llamadas y mensajes que le había estado enviando. Aquel trámite fue lo mejor que se me ocurrió con veinticinco años. La denuncia era falsa, nadie me robó el teléfono. Días más tarde me deshice del móvil. Lo dejé caer a un encofrado y en menos de diez segundos quedó sepultado por toneladas de hormigón, bajo el edificio de oficinas que proyecté para el padre de María.

—Me gustaría aportar una sugerencia —apostillé.

Me contemplaron desencajados.

—No nos interesan sus sugerencias —sentenció Gabriel.

—Hace unos meses se produjo una llamada desde la cabina. Alguien telefoneó a la inspectora Herreros y le reveló el lugar en que, supuestamente, se hallaban los restos perdidos de Alicia.

Gracias a aquella información exhumamos dos cuerpos en Billano.

—Yo aún trabajaba en la Judicial —dije—, y localicé ese terminal. A7121. Está en Navalmoral de la Mata, un pueblo de Cáceres.

No encontré cámaras cerca de ese locutorio. Ni bancos ni gasolineras.

—¿Quiere que aplaudamos, Brul? También la inspectora Herreros ubicó esa llamada.

—Triangulen la zona. Delimiten los móviles que rondaban el área ese día.

—Daríamos con centenares de terminales —abundó Lucía—. ¿Cómo sabríamos cuál corresponde a quien telefoneó a Homicidios?

—Por descarte. No creo que fuera nadie del pueblo. Ni de la provincia.

Gabriel se cruzó de brazos. Me examinaba torvo.

—Usted, Brul, acaba de dejarlo claro. El teléfono y su dueño no tienen por qué ir juntos. —Recogió sus papeles, humillado, y se largó sin despedirse.

Lucía mostró más temple. Tendió la mano y le di las gracias. Estaba avergonzada, pero no lo habían hecho mal. La batalla, en realidad, la habían perdido hacía años.

A las tres de la tarde, de vuelta al cubículo, empecé a inquietarme. Me habían permitido hacer una llamada, y telefoneé a Natalia, pero no respondió. María nunca acudió a visitarme al penal de A Lama, pero Natalia no era así. No había bajado a verme, trabajaba allí mismo, y aquello no me encajaba.

Atendiendo a un impulso me dirigí al policía que custodiaba las celdas. Necesitaba contactar con la inspectora Herreros. El agente asintió y, minutos más tarde, Lucía Moro estaba frente a mí.

—¿Necesita añadir algo a su declaración?

—Quiero hablar con Natalia.

—Imposible. Ahora somos Alonso y yo quienes llevamos el caso.

—No es por el caso. —Vacilé—. Solo quiero saber si ella está... muy afectada. Por mi detención.

Lucía dio media vuelta. No iba a replicar, pero lo hizo antes de perderse en el corredor.

—Hoy no ha venido a trabajar.

Antes de percibir el chasquido de la cancela quemé mi último cartucho:

—¿Avisó de su falta? ¿Telefoneó esta mañana?

Sus pasos se detuvieron. Regresó lentamente.

—No —admitió.

—No me ha cogido el teléfono. Llámala, por favor, comprueba que está bien.

—Tendrá migraña...

—¿La llamarás? —insistí.

—Ahora mismo —suspiró—. Y si no responde, iré a su casa.

Lucía lanzó un último vistazo. Lo hizo con otros ojos, como si ya no fuera el mismo impresentable al que había interrogado en la sala.

Apenas comí. Reanudé la lectura de Nitobe, pero no me centraba. Me sentaba, volvía a levantarme, daba unos pasos y pensaba en mi padre. Quizá enviara un sicario para ocuparse de Natalia. A las nueve de la noche me aferré a los barrotes; con fuerza, como si quisiera doblarlos. Volví a reclamar al agente de guardia y exigí una entrevista con mi abogado. Era urgente, pero no llegó hasta las ocho de la mañana y pasé la madrugada en vela. Me faltó muy poco para liarme a cabezazos contra las paredes.

Cuando se hizo de día, estaba hundido. Anímicamente derrotado. Aritz Montero, mi abogado y amigo, ratificó que todo iba bien. Natalia se había tomado unos días de permiso; no quería inmiscuirse en el caso. Ni asaltos ni allanamientos. También nombró a María.

—Han detenido a tu ex. Está testificando ahora mismo en Bilbao.

Esperé una explicación, atónito. ¿María? ¿Detenida?

—En la factura de Alicia aparecen dos llamadas suyas. María telefoneó a su número en la madrugada del día 12. Contactó con quien tuviera ese móvil durante cuarenta segundos.

—¿Antes o después de las dos de la madrugada?

—Después. Es el último registro de la factura. Después de eso, el silencio.

María; una vez más, una caja de sorpresas. Me había oído llorar en la ducha, pero tardó quince años en soltarlo. Y ahora esto. ¿Qué más había?

A mediodía pasé a disposición judicial. Mantuve el temple, me ceñí a mi argumento; solté ante el juez toda la artillería. Solo cabía esperar, la libertad sin cargos llegaría pronto.

El nuevo día amaneció despejado, pero sin ventanas ni luz natural, no lo supe hasta las siete de la tarde, cuando el juez decretó mi salida, y entonces ya era de noche. Un par de horas antes, en el cénit de mi aura frenética, Lucía Moro volvió a aparecer. Había dejado de tratarme de usted y parecía preocupada.

—Brul... Tienes visita. Esto es extraoficial.

Lucía manipuló el cerrojo. Abrió la puerta y le franqueó el paso a Rocío, que parecía fatigada. Ojeras profundas, piel cetrina. Situó su silla a mi lado y me cogió la mano; la suya estaba helada.

—¿Qué haces aquí? —murmuré.

Me escrutó enigmática. Llevaba horas encerrado, pero evaluando el avance de su enfermedad debía considerarme el tío más afortunado del mundo.

—Tu abogado me telefoneó hace dos días —explicó en tono apático—. Me contó lo de tu detención. Y me comentó algo más

—añadió—. Algo que decidimos ocultarte; creímos que sería duro pronunciar tu alegato ante el juez sabiendo que...

—¿Qué le ha ocurrido a Natalia? —Sentí la violencia del pulso en las sienes, acelerado sin remedio.

—Ha sufrido una embolia. Está en la UCI.

Miré a Rocío sin verla. Negué.

—Dios... No puede ser cierto.

Enterré la cabeza entre las manos, sin comprender. Natalia. UCI. Debí preguntarle a Rocío cómo de grave era, y ella habló de un golpe, de un trauma abdominal que una vez entre un millón inunda los pulmones de líquido amniótico. De algún modo acababan encharcados. Disnea, cianosis, coma.

—Se encuentra en coma inducido. Ha perdido a la niña que esperabais.

Sentí como si el mundo cayera sobre mí.

—¿Va a morir? —logré articular.

—Está fuera de peligro. Todo ha mejorado después de la segunda transfusión.

De algún lugar de mi pecho surgió un lamento, hondo y pesado. Lo escuché impresionado, como si procediera de otro hombre, fruto de un dolor inédito.

—Necesito salir de aquí. Si hubiera estado con ella... —Me levanté, golpeé los barrotes con impotencia.

—Le habría ocurrido igualmente —concluyó Rocío—. Las cosas suceden. Y ya está.

Me senté junto a la cama de hospital, tomé su mano y empecé a hablarle. Le hablé de nosotros, de Japón. De lo que nos quedaba por vivir. Se lo narré como si ella me escuchara, convencido de que era así; quería darle motivos, una causa por la que volver. Llevaba una mascarilla de oxígeno, y me hacía sentir mucho miedo, su fragilidad era insoportable.

Las visitas eran restringidas. Antes de dejarla le prometí que estaría cerca. Al salir de la sala me crucé con un chico. Le suplicaba a la enfermera cinco minutos, solo cinco minutos, necesitaba ver a su hermana. Desde la puerta lo vi acercarse a Natalia. Él también le hablaba, susurraba a su lado como si estuviera consciente. Me presenté. Él era Jon; la inspectora Moro lo había avisado el viernes. En mis ojos enrojecidos debió intuir desesperación; agonía en mi voz temblorosa. Me aclaró algo. Lo hizo con firmeza, convencido:

—Natalia es una superviviente. No te tortures. Pronto estará como siempre.

Por algún motivo que ignoro, lo creí.

La Natalia de la UCI estaba lejos de parecerse a la muchacha que disparaba con pulso certero en las prácticas de tiro. Tampoco yo era yo. ¿Dónde quedó el jefe Brul? ¿Qué fue del hombre que detenía narcos en operaciones internacionales, convencido de su impunidad, creyendo en una suerte de justicia cósmica que otorga a cada quien lo que merece?

La trasladaron a una habitación y despertó lentamente, demasiado exhausta para salir del coma. Aún llevaba la máscara de oxígeno. Había vuelto. Su respiración se hizo grave. Quería decirme algo, intentaba comunicarse, pero le rogué que no hiciera esfuerzos. Antes de poder avisar a los médicos deslizó sus manos hasta el abdomen, y entonces lo entendí. Su vientre estaba plano, y volvió a mirarme alarmada, desconcertada.

—Sufriste un aborto, Natalia.

Apenas oí mi voz. Negó. Lo había comprendido.

Le supliqué que no llorara; pero yo también lo hacía. No hallé palabras de consuelo, así que la abracé. Sentí mucha lástima, pero también alivio porque estaba viva.

Más tarde, le expliqué lo que había ocurrido. La recuperación sería lenta, pero en unos meses podría restablecer su condición física. Apenas exhalaba un hilo de voz, su hermano trajo un cuaderno, y ella empezó a escribir. Su mano se deslizaba firme sobre la cuartilla.

«Necesito al otro Álex. No me ayuda verte así. Ve a casa; quiero que vuelvas oliendo a tu perfume, con una camisa planchada y la situación bajo control. Vacía el último cajón de mi escritorio. Deshazte de esos papeles.»

La casa olía a cerrado, y la alarma no estaba activada. Pensé en la Policía, en los servicios de emergencia. Sangre en las sábanas, en la cama revuelta; fluido oscuro, reseco. De haber estado allí, no habríamos perdido a la niña. La niña. Había omitido el sexo del bebé al enumerarle a Natalia las complicaciones. Sobre el parqué claro del salón me topé con un cerco endurecido: la huella de su mano tatuada en fluido reseco. Había intentado incorporarse. Negué, llené un cubo de agua. Agregué jabón, empuñé la fregona y froté con furia. Luego arranqué las sábanas y las tiré a la basura. Hice la cama con ropa limpia.

La ducha fue reconfortante. Me dirigí al cuarto y abrí su armario; su jersey favorito, vaqueros desgastados y camisones apropiados para la situación. No me lo había pedido, pero llevar sus prendas en el hospital le haría sentir mejor. Al pasar frente al salón descubrí el limonero volcado. Lo había derribado el viento. Salí a enderezarlo y encontré su reloj en el suelo, con la correa metálica desencajada. Lo comprendí de golpe. Trauma abdominal. Abandoné el limonero a su suerte.

Entonces recordé su encargo. Revisé el cajón de su escritorio. Documentación del caso Alicia: tres carpetas, varios CD, un lápiz USB. Lo metí todo en una caja. Luego reparé en las facturas sobre la mesa, el hallazgo de la discordia. Tres facturas y una carta cerrada a nombre de Alicia López. Era de otra compañía distinta, pero Natalia no llegó a abrirla. ¿Dos líneas telefónicas?

Desgarré el sobre precintado. Cuenta de agosto: mientras la repasaba, lo entendí. Saqué mi móvil, marqué tres números. Me detuve vacilante y volví a guardar el teléfono. Memoricé las nueve cifras mientras me ponía en pie. Lo guardé todo en la caja y enterré el alijo al fondo de mi armario, sin dejar de repetir los dígitos para mí.

Mientras bajaba en ascensor, supe que acababa de hallar un motivo para recuperar la jefatura en Bilbao.

42

NATALIA

Madrid, 26 de noviembre, sábado

Desperté de pronto. Lo hice con violencia. Me apoyé en los codos para enderezarme y al reconocer la cama sentí una vaga satisfacción. Estaba en casa. Hacía unas horas que me habían dado el alta en el hospital, y ya no olía a desinfectante. En mis muñecas no había agujas, ni se percibía el goteo incierto del sistema de ventilación mecánica. Intuí el aroma de mi perfume; del de Álex, que había madrugado. Olía a café, las sábanas estaban templadas y volví a recostarme. Eran las nueve de la mañana, y la hemorragia había cesado.

Aún me costaba respirar. Hablaba poco y sabía que tardaría en recuperarme. Oí ruido en la cocina, pero no me levanté. Pasé una hora más en la cama, llorando con el rostro contra la almohada para ahogar los sollozos. No fue fácil hallar un momento, siempre hubo alguien cerca en las semanas que pasé ingresada. A veces era mi hermano, otras Álex. Lucía Moro me visitó en varias ocasiones. Necesitaba estar sola, y al llegar a casa la tarde anterior, Álex se había negado a ir al casino, tratándome como si estuviera lisiada. No lo soportaba...

A las diez de la mañana me fui calmando y puse los pies en el suelo. Abrí los estores. El aire era frío, cortante, pero el cielo lucía un azul intenso. Ojalá hubiera llovido a cántaros. No me apetecía ese cielo ni ese día insolente. Busqué sangre en el suelo del baño, alguien lo había fregado. Deslicé los dedos por el abdomen completamente liso. Había sido una niña; Álex me lo había comentado la noche anterior, mientras cenábamos, como quien no quiere la cosa... Debía salir del baño, desayunar, pero estaba llorando de nuevo, y esta vez aferré la toalla. Enterré el rostro en el tejido tratando de ser positiva. Las cosas mejorarían.

Después de ducharme fui a la cocina. Álex leía el periódico. ¿Cómo podía estar triste cuando un hombre como aquel me hacía el desayuno? Lo abracé como si fuera el flotador de un bote salvavidas y dejé que me acariciara, que besara mi coronilla e hiciera inventario de los planes para aquel glorioso sábado de otoño. Pasearíamos por el barrio y luego comeríamos en casa. Estaba cocinando arroz con bogavante. Más tarde iríamos al cine. Fingí que me apetecía, pero mis piernas estaban cansadas y mi estómago cerrado; lo del cine era lo mejor, porque estaría a oscuras y dejaría vagar la mente sin tener que aparentar alegría, calma o alivio.

—Posponemos la cena que quería organizar tu hermano. Llamó hace un rato. Pensamos que aún estarías débil para salir por ahí de noche, así que vendrá aquí a verte.

Tomaban decisiones por mí, y no me hacía gracia.

—¿Cómo te encuentras?

Le aseguré que estaba bien. No me dolía nada, y eso era cierto.

—¿Hay algo que te apetezca hacer?

Claro que lo había, quería meterme en la cama.

—Lo que has planeado está bien.

—¿Te cuesta respirar?

—Para nada.

Se sentó frente a mí y analizó mi manejo del cuchillo al untar mermelada en la tostada. Luego estudió mi rostro.

—Si te sintieras mal, me lo dirías, ¿no?

Asentí sin mirarlo. Acarició mi mano como si esperara más, pero aguanté el tipo, me tragué las lágrimas y sorbí café. Álex dejó la cocina; aproveché para inhalar aire, y regresó a los pocos minutos con una hoja en DIN A3.

—He diseñado una rutina para ir recuperando tus pulmones. Ya oíste al médico, el ejercicio debe ser progresivo, pero constante.

¿Al médico? Hacía días que había desactivado las áreas cerebrales implicadas en la escucha activa. Álex seguía explayándose y desconecté. Literalmente.

Pude desahogarme un rato entre las seis y las nueve. Álex se fue al casino, y me recosté en la cama. Repasé lo que ocurrió aquella noche; el viento volcó el limonero, salí a la terraza. ¿Por qué lo hice? ¿Sufrió el bebé? ¿Agonizó mientras yo yacía en el suelo? Sollocé con fuerza liberando tensión. No había nadie en casa, así que prescindí de la almohada y di rienda suelta a mis emociones sin que se juzgara mi debilidad.

Luego comencé a arreglarme. No me apetecía hacerlo, pero recibir a Jon en camisón no era una opción. Pantalón negro ceñido, camisa blanca y tacones de vértigo. Me maquillé. Quería exhibir fortaleza.

Al llegar, Jon me abrazó encantado y se refirió a su piso recién estrenado. Comenzaba una vida nueva, y uno siempre fantasea después de tomar decisiones radicales. Pero la inercia es fuerte, y nuestros cambios drásticos apenas perturban el devenir. Sonaba jazz de fondo, me acomodé en el sofá y le rogué que me sirviera un whisky señalando el mueble.

—¿Puedes beber alcohol? ¿Con toda la medicación que te han prescrito?

—No creo que un dedo de whisky vaya a matarme.

Me sirvió un culín sin rebatirme y se sentó junto a mí con una copa de Hendricks.

Al sorber la bebida me sentí resucitar. El calor me recorrió el cuerpo, y le pregunté por Adrián. Tenía guardia en el hospital, nos lo presentaría otro día. Jon estaba raro, quería hablarme de algo, pero no acertaba a sacar el tema.

—Natalia... ¿Has vuelto a la oxicodona?

Nos contemplamos en silencio. Hacía unas horas que había tomado mi primer comprimido en meses.

—Solo ha sido uno, Jon. No volveré a hacerlo...

—Ten cuidado, Natalia.

—Papá y mamá no saben nada, ¿verdad? Nada de lo de mi embolia.

Me hizo frente resignado.

—No le hablaste a nadie de tu embarazo. Creen que has estado infiltrada en una red de tráfico de órganos.

Era todo surrealista. ¿Tráfico de órganos? Lo que me faltaba. Y entonces me contó que mis padres estaban arruinados. En la calle. Habían avalado a Aitor, y el banco los había embargado.

—El restaurante cerró la semana pasada.

Ruido en la cerradura. Era Álex, pero apenas pestañeé cuando Jon se incorporó para saludarlo. Aitor en la ruina, sin casa ni negocio. ¿Dónde iban a vivir? Álex se acomodó a mi lado y observó el whisky en mi mano, pero no hizo alusión a ello. Se contuvo y preguntó si me había maquillado. Asentí sin saber a qué, mientras Jon, en pie, proseguía:

—El último crédito que solicitó Aitor se lo concedió una de esas casas de préstamos que anuncian en la tele. Para ir a Eurodisney.

Aún no había encendido mi teléfono, me iba mentalizando para lo peor.

Volví a mirar a Álex, que era huérfano desde la infancia. Necesitaba otro whisky, pero no me lo iban a servir. Ni siquiera lo sugerí. Y de pronto me di cuenta de lo poco que me importaba lo que me estaba contando.

—La familia es una condena —sentenció Jon—. Te la endosan cuando naces, insisten en que eres libre, pero no es cierto.

—Dentro de poco no habrá kilómetros de vía férrea para todo el que necesite pasar página —apostilló Álex.

Días más tarde volví a leer un correo. Era de hacía semanas, de la noche del aborto; lo había tratado con Álex y decidí comentarlo con Lucía Moro; para ella no era nuevo.

> De: El asesino
> Enviado: jueves, 17 de noviembre de 2016, 23:45
> Para: Natalia Herreros González
> Asunto: Alicia - X

Andrés Brul estrechó la mano de Alicia y le pidió a Néstor que los dejara a solas. Néstor abandonó la estancia, y ella tomó asiento frente al anciano. Antes de hacerlo sacó el lápiz de memoria y se lo entregó a Andrés. Le relató cómo había accedido al disco duro de Salas. Andrés la escuchó impávido y preguntó qué quería a cambio. Ella replicó sin dudarlo: quería trabajar para él. Andrés no mostró sorpresa, simplemente la escuchó. Ella destacó su capacidad para rendir en condiciones de alto voltaje; presumió de su inteligencia, de haberse quedado una copia de la información y estar grabando esa conversación. Él contempló los Picos de Europa, y al fin se dignó a contestar. Alicia trabajaría para él, pero antes pasaría una prueba: tendría que matar a un hombre.

Lucía cedió. Yo estaba de baja médica, aquel era mi caso, y solo le estaba pidiendo algo de información.

—Aún no nos has pasado todas las facturas telefónicas de Alicia —replicó.

—Ya no las tengo. Cuando salí del coma le supliqué a Álex que lo destruyera todo.

Me lanzó una mirada reprobatoria. «Mal hecho», parecían decir sus ojos.

—¿Y lo hizo?

—Él estaba muy quemado, pero eran pruebas de un caso, y aunque esté oficialmente cerrado, lo más probable es que las conserve. Después de lo que ocurrió...

—Después de lo que ocurrió, deberías olvidar el asunto —ratificó—. Estuviste a punto de palmarla.

—Pero no fue por el caso. Resbalé en la terraza.

—¿Y por qué resbalaste? Sigues leyendo los *mails,* y estás de baja médica.

Lucía se detuvo frente a un cuadro de Durero, y lo estudié esperando a que claudicara. Me gustaba pasear por el Prado. A aquellas horas, en noviembre, era tranquilo y silencioso.

—Natalia, hicimos detener a María Ribero, la ex de Álex. Telefoneó a Alicia esa noche. Fue la última persona que contactó con quienquiera que tuviera ese móvil.

—Lo sé —confirmé—. Localicé su número en la factura.

—Pues ha manifestado que habló con Alicia.

—¿A las tres y media de la madrugada? Rossi dejó el monte a las dos, ya debía estar muerta.

—Llamó a Alicia porque Álex salió de casa. Estaba harta de la relación que mantenían y la telefoneó para aclararle las cosas. Perjura que Alicia le pedía auxilio, repetía que querían matarla.

Exactamente lo mismo que me había explicado Álex, la misma justificación que me había ofrecido al salir del hospital cuando le pregunté por aquellas llamadas a Alicia. Al menos, extraoficialmente, lo admitió: la denuncia por la pérdida de su móvil era falsa.

—¿Crees que María dice la verdad? Cuando ella llamó, Ennio Rossi ya no estaba allí...

Lucía se encogió de hombros.

—Fui a Bilbao a encargarme del asunto. Por poco no se mea de miedo en la sala de interrogatorios. —Sonreímos con malicia—. No sé qué vio Brul en ella —remató.

Nos detuvimos frente al *Carlos V* de Tiziano. Imponente a caballo, desafiante... Tiziano sabía lo que se hacía.

—Nos ha telefoneado Ángela Vega, la amiguita de Néstor. Dice que se citó contigo, que no te presentaste.

Cierto. Difícilmente hubiera logrado acudir estando en coma en la UCI.

—Y luego está lo de Rocío Prado, la cuñada de Brul.

—¿Qué sucede con Rocío? —pregunté.

Lucía apretó los labios. Quería ser discreta, pero no pudo contenerse.

—Fuimos a interrogarla, pero hace días que está en paradero desconocido. No damos con ella ni con sus hijos. Ignoramos si ha sido una marcha voluntaria.

Me detuve sorprendida.

—Decidimos tomarle declaración porque Brul nos dio una idea. Identificamos los terminales de telefonía cercanos a la cabina desde la que te avisaron de la presencia de los cadáveres de Billano. La compañía envió los datos: Rocío Prado estaba allí. Mejor dicho, su móvil estaba allí.

¿Había sido Rocío? ¿Realizó la llamada anónima que nos hizo iniciar el rastreo?

—Está muy enferma.

—Lo sé, Natalia. La conocí cuando sufriste la embolia.

Me detuve frente a *El aquelarre* de Goya. Estudié a las brujas, que contemplaban extasiadas al demonio oscuro, con el rostro oculto.

—El médico se niega a darme el alta —lamenté, esforzándome por cambiar de tema.

—Y Brul vuelve a la Judicial... ¿Qué vais a hacer?

Iría a Bilbao con Álex mientras durara mi baja médica. Luego, una vez recuperada, retomaría mi trabajo en Madrid.

—¿Él allí? ¿Tú aquí? ¿Y la distancia?

No quería pensarlo. Era otra cosa la que me inquietaba. En cuanto me despedí de Lucía, telefoneé a Álex.

—La llamada anónima de Billano la realizó Rocío. Y ahora han desaparecido; ella, Sofía y Paul. Insistí en ponerles protección, pero tras el aborto ni siquiera me acordé de ellos.

Un descuido garrafal. Otro más.

43

ÁLEX

Bilbao, 5 de diciembre, lunes

Por fin regresé a la Judicial de Bilbao. Días antes, había quedado libre de toda sospecha. Hice llegar cierta información privilegiada al juez, y Ruiz y Poza, de Asuntos Internos, fueron arrestados cuando huían a Panamá con tres millones de euros. La Guardia Civil registró sus viviendas y dio con mi pistola, la que acabó con Rossi.

Mi padre murió el día 11. Lo hallaron sin vida en la silla de ruedas, se lo llevó un infarto. La gente que nace en domingo ve crecer la hierba. Me pregunté qué ocurriría con quienes mueren ese día. Lo incineraron un martes, y el miércoles estalló la caza.

Había esperado, custodiando con celo toneladas de información. Presentía el desenlace, y acechando entre las hojas, como el tigre de Neruda, había postergado la caza. Andrés lideraba una organización criminal, pero era mi padre; su muerte levantó la veda. El USB que Alicia le robó a Salas, al que aludía el décimo *mail,* era el mismo que encontré en casa de mi padre; un auténtico filón. Con nosotros colaboraban la Guardia Civil, la Unidad de Delincuencia Económica y Fiscal, la Audiencia Nacional y la Interpol.

Cayeron un ministro, diez directores generales, expolicías —Pinedo entre ellos—, empresarios, banqueros... Dos agentes de paisano, armados hasta los dientes, custodiaban el edificio al que acabábamos de mudarnos, cerca del parque de Doña Casilda. Alquilé aquella vivienda en nuestro rincón favorito de Bilbao mientras Natalia seguía de baja.

Dos días antes de Nochebuena, un pelotón de agentes irrumpió en la oficina de Julio Salas. Fue detenido; su despacho, su domicilio y el de sus hijas, registrados a conciencia. En la mañana del día 24 lo interrogué en las dependencias de la Judicial. Pertenencia a banda armada, organización criminal, delitos contra la Hacienda y el Patrimonio. Con el fin de liderar el cártel y eliminar a su oponente en liza, me hizo descubrir los comprobantes de los pagos a Néstor.

El día de Año Nuevo, hallaron muerto a Pinedo: se suicidó en su celda. Había trabajado para mi padre durante décadas, le entregó las pruebas del caso Alicia, el informe que él mismo custodiaba. Más tarde, al ver llegar la guerra sucesoria, se alió con Salas y le facilitó a Natalia el informe original.

—¿Pretendía que te investigara? —preguntó Natalia cuando se lo conté.

—Intentaba eliminar a los rivales de Salas, y me consideró uno de ellos.

Quedaban cabos sueltos. Había un vínculo estrecho entre aquel entramado y el caso Alicia. Y lo verbalicé. Si Poza y Ruiz trabajaban para mi padre, y mi padre me quería al frente de su organización, ¿por qué habían utilizado mi pistola para cargarse a Ennio?

—No conocí demasiado a tu padre —apuntó Natalia—, pero no lo veo capaz de inculparte; a pesar de lo que ha sido. Él te quería. Ahí hay algo más.

—Yo soy su hijo, y estoy poniendo todo mi empeño en destruir su creación.

—Pero has esperado a que muriera para hacerlo... Creo que de modo implícito habíais establecido un pacto de no agresión. Era tu padre; no puedes obviar todo lo que ha significado para ti. Él te ha criado.

—He crecido en un engaño. Y ahora estoy haciendo lo que tenía que hacer.

—¿Y es fácil hacerlo?

No lo era. Pero quedarme de brazos cruzados habría sido aún peor.

Natalia se apoyó en mi hombro, acarició mi espalda. La estudié en silencio mientras sorbía el café. Le estaba costando recuperarse, y sabía que no estaba bien.

En Madrid organizaba planes, la hacía ponerse en marcha cada día. Ahora, en Bilbao, me iba a comisaría cada mañana, y ella me mentía. Describía jornadas ficticias, útiles y ajetreadas, pero solo se dedicaba a vagar por el parque, a rumiar lo que había ocurrido y a desesperarse abrazada a la almohada. Habría dado lo que fuera porque mejorara, por ayudarla a llenar el vacío.

Una tarde, al volver del trabajo, encontré su ropa; la del bebé que no nació. De algún modo, había pasado del cajón de mis camisetas a la basura.

Natalia me recibió animada, pero su tono sonó impostado. Subestimaba mi capacidad para calibrar su auténtico estado de ánimo, y le pedí que me acompañara a hacer unas compras a la superficie abarrotada de una popular multinacional sueca.

—¿Lámpara negra o blanca?

—Me da igual, Álex. Cualquiera de las dos va bien.

Lo cierto es que no me escuchaba. Estaba sumida en cavilaciones e ideas sombrías. La espera en caja fue una tortura. Al fin nos dirigimos al aparcamiento y llené el maletero de trastos mientras ella ocupaba el asiento del copiloto. Al sentarme al volante la contemplé en silencio. Sin arrancar.

—Natalia..., que me haga el tonto no quiere decir que lo sea.

No respondió. Su mutismo lo hizo todo más grave.

—¿No vas a decir nada?

—No sé a qué te refieres —musitó.

—Me refiero a cuánto te esfuerzas. Para hacerme creer que estás bien, que has superado lo que pasó.

Ella cerró los ojos, como si quisiera esfumarse.

—Sé que estás mal, muy mal. Sé cuándo has llorado, que ahora es casi siempre. Te conozco mejor de lo que creía —confirmé—. Finges, y lo haces bien, pero no tanto como para que no me dé cuenta.

—¿No es mejor que lo hablemos en casa?

—Podemos hablarlo aquí.

—¿Y si no quiero hablar?

Negué impotente.

—Si no eres capaz de sincerarte conmigo, tendrás que buscar ayuda.

—Soy fuerte —articuló vacilante.

Desvió la mirada y se cruzó de brazos como si quisiera protegerse de algo.

—Lo sé —concedí—. Pero te han sucedido cosas.

—También a ti. El hijo era de los dos.

—Yo no lo llevaba dentro. No fue a mí a quien se lo arrancaron, no es a mí a quien le cuesta respirar; quien pasa los días en blanco.

Había rabia en mis palabras. Y dolor en sus ojos.

—El bebé me da igual —remató.

—¿Por eso tiraste el pijama?

Esperé una respuesta, pero no llegaba, y puse el coche en marcha; ella contuvo las lágrimas durante todo el trayecto.

Ya en casa, desapareció. Supuse que estaría desahogándose en el rincón más oscuro del piso. Me metí en la ducha, agotado, y no fui consciente de su presencia hasta que sentí su piel pegada a la mía, desnuda, bajo el chorro de agua caliente. Di media vuelta y la envolví en mis brazos. Provocó mi excitación sin pretenderlo. Sexo para liberar tensiones.

Primero llegó el orgasmo. Violento, profundo. Luego los sollozos. Siempre era así, pero esta vez no huyó, se derrumbó contra mi pecho con la cabeza empapada. Se refirió a aspectos íntimos, a emociones que apenas era consciente de sentir.

—No puedo quitarme a esa niña de la cabeza.

Quería ayudarla. Pero no me dejaba en buen lugar que el único modo de hacerlo fuera aquel, follando a lo bestia en la ducha.

5 de enero. Seis de la mañana. Cuando sonó el teléfono ya había despertado, pero aún estaba en la cama abrazado a Natalia. Comisaría. Era importante. Salí de casa sin desayunar.

Rocío y mis sobrinos llevaban semanas en paradero desconocido. Pero recibimos un vídeo de extrema dureza, fechado a 6 de diciembre, en que un encapuchado torturaba a una mujer sin rostro.

—No se le ve la cara, quizá no sea ella.

Podía ser cualquiera, era pronto para precisar; sin embargo, la silla de ruedas de la víctima nos era familiar a todos.

44

NATALIA

Bilbao, 12 de enero de 2017, jueves

Seguía de baja médica. Contemplaba los magnolios desde el ventanal; sus hojas fuertes, aceradas, tan brillantes que parecían pulidas. A veces llovía y hacía viento, y los escoltas permanecían abajo, como parte del mobiliario urbano. Me preguntaron si iba armada y les mostré mi pistola en su funda. Continuaban las detenciones, los interrogatorios, los titulares en prensa. Registros realizados por agentes encapuchados.

—¿Qué pretendes demostrar? —le planteé una mañana a Álex.

—Que estamos por encima de nuestro destino —señaló—. Nada, ni siquiera nuestro origen, predetermina lo que hacemos con nuestra vida. Mi padre quiso que liderara la organización, y yo la estoy desmantelando.

Pero no era fácil. La cúpula aún no había caído.

El aborto no fue casual, tampoco la embolia. Pasamos por encima de todo: de Tomás, de María, de Nico... Nos dejamos arrastrar por el ansia de estar juntos. El sexo, las risas, el viaje a Japón; el estado de las cosas solo era el precio que acabas pagando.

—Esta mañana telefoneé a la inspectora Moro —comentó Álex mientras se ajustaba los guantes de boxeo.

—¿A Lucía? Sé que colabora con vosotros.

—He solicitado su traslado a Bilbao, a la Judicial. En comisión de servicios. Me gusta cómo trabaja.

Estudié a Álex mientras colgaba el saco en el gancho. Había más.

—Llegará en unos días. Ocupará tu despacho.

Fingí que no me importaba. Cerré el guante alrededor de la muñeca y pensé que me estaba perdiendo la mejor operación policial de los últimos tiempos. Que yo languidecía mientras todos ellos registraban, interrogaban, investigaban y encarcelaban a gente.

—¿Qué sabéis de Rocío?

Álex negó agotado. Lo de Rocío y sus sobrinos le había hecho polvo, y las últimas pesquisas habían resultado estériles. Rocío estuvo enamorada de Alicia. Rocío me reveló de forma anónima el lugar en que yacía la pareja de Billano. Rocío era la madre de Sofía y Paul, y alguien la había torturado porque yo no le puse escolta.

Salas y Pinedo a un lado.

Andrés Brul, Ruiz y Poza, al otro.

En medio estaba Néstor.

Ennio Rossi y Nico Puente, asesinados. Alicia descuartizada. Y dos cadáveres más: Lander Abad y Aurora García, sin encaje en el caso.

—Contigo en el Cuerpo iría todo más rápido —decidió Álex—, serías de gran ayuda.

Le di el primer golpe al saco y sentí estallar los pulmones. Álex era condescendiente; ya no me necesitaba.

Una semana más tarde. No quería ver a nadie; solo a veces, cuando tenía fuerzas, tomaba un café con Lucía Moro, recién instalada en la ciudad. Pero Álex supervisaba mi rutina física, y era constante y metódico, así que fui mejorando.

En su día libre, Lucía llegó cargada de bolsas y se sentó frente a mí bajo el toldo. Hacía frío, ninguna de las dos fumaba, pero tácitamente preferimos los arcos de piedra de la plaza Nueva al interior de un bar atestado.

Me preguntó cómo estaba.

—Hoy he logrado caminar diez kilómetros —respondí.

Como si caminar kilómetros fuera una proeza... Desvié la vista y a pocos metros descubrí a los policías de paisano tomando un café.

—No me acostumbro a llevar escolta —murmuré.

—Yo tampoco —admitió—. Pero nos hemos metido en un buen berenjenal. Y según Brul, aún no han caído los peces gordos.

Brul y Moro: un par de ingenuos. Los peces a los que se refería llevaban las espaldas cubiertas. Lucía sacó dos sobres gigantes, abrió el primero de ellos y me mostró un puñado de fotografías en color.

—Me las ha enviado Gabriel. Son del registro de la casa del

Buciero, las fotos que tomaste durante la prueba del luminol. Ampliadas.

Asentí. Decenas de imágenes de superficies azules.

—Las revisaré en casa —resolví.

—Y aquí está la transcripción del testimonio de María cuando la interrogamos.

Dejé los sobres en la mesa sin hacer demasiado caso, y le pregunté qué se había hecho en el pelo. Se había dado mechas, y me mostró los trapos que llevaba en las bolsas. Su tarjeta de crédito aún debía echar humo.

—Estoy con un chico —afirmó. Así que era eso. Muy típico, cambiar de peinado al cambiar de vida—. Nos presentaron en Madrid, pero él vive en Bilbao —aclaró—. Cuando Brul me ofreció el traslado me vino genial... —Titubeó antes de avanzar. Se ruborizó como una cría y agachó la mirada—. Tú lo conoces. Es Aritz Montero.

¿Aritz?

—¿El amigo de Álex? ¿Su abogado?

Asintió antes de dar un sorbo al café.

—Estuvo en el interrogatorio cuando detuvimos a Brul, y luego, cuando te encontramos en coma, lo llamé. Temía la reacción de Álex, y como él era su representante legal... —Se encogió de hombros.

—No sé qué decir, Lucía. ¿Sabes que está casado? Tiene dos hijos.

—Va a divorciarse. Está esperando por los niños, teme que su mujer se los quite.

Aritz ni siquiera se había esmerado en elaborar una disculpa original. Los niños: el mejor argumento para divorciarse o no hacerlo.

Nos interrumpió su teléfono y Lucía resopló al consultar la pantalla. Escuchó las instrucciones de Álex al otro lado del auricular mordiéndose las uñas de la mano libre. Además de darse mechas se había hecho la manicura, pero con esas ansias terminaría con los dedos en carne viva.

—Lo siento, Natalia, tengo que irme —anunció al colgar—. Hay unas grabaciones de Rocío en Francia. De días antes de las torturas.

Recogió sus bolsas, me plantó dos besos, prometió llamarme y se alejó bajo la llovizna. Uno de los policías de paisano salió tras ella. El otro formaba parte de mi escolta y se quedó.

Estaba oscureciendo y se encendieron las farolas. Abrí el sobre y esparcí las fotos sobre la mesa. Saqué mi lupa y las repasé. Las ampliaciones eran buenas, y de las más de cien reproducciones, seleccioné once. Las once instantáneas de la prueba del luminol que mostraban huellas de calzado. Cinco suelas diferentes, cinco individuos plasmando en sangre su pisada, aquella noche, en la casa del Buciero.

Las de las sandalias Gucci correspondían a Aurora García. Los Tanino Crisci pertenecían a su amante, Lander Abad. ¿Y las otras tres? Varias huellas de mujer, posiblemente de Alicia. Otras de dos hombres: varias señales de unas zapatillas Nike y una sola huella izquierda de una suela Abercrombie.

Recogí las fotos, pagué las consumiciones, abrí el paraguas y regresé a casa bordeando la ría, que fluía tranquila partiendo la ciudad. El frío quemaba y apuré el paso con la pistola en el pecho, los sobres bajo el brazo y la escolta a cierta distancia. Crucé el Nervión frente al edificio Iberdrola, iluminado en la noche, y cerca del portal, volví la vista hacia el parque. Entre las copas de los árboles se colaba luz de las farolas y vislumbré una figura. Un hombre encapuchado bajo la lluvia. Me detuve, se acercaba. Esa silueta, ese torso... Yo misma llevé su sudadera durante una mañana recorriendo el monte Buciero. Y evoqué la sangre, mi sangre brillante calando el algodón, cuando Tomás me partió el pómulo y abrí la maleta en la calle.

Al llegar a mi altura, Álex se retiró la capucha y me besó bajo el paraguas.

—Vuelvo a irme. Tenemos un buen lío en la brigada. Solo venía a avisarte de que llegaré muy tarde.

En mi mente bullía el germen de una idea. Charlamos a la intemperie, no más de un par de minutos. Álex se llevó mi paraguas, nos despedimos y subí a casa. Sin encender las luces me planté frente al ventanal avistando el parque desierto. Pensé en los que caminan en las noches de tormenta; con la cabeza cubierta... Me quité el abrigo y volví a abrir el sobre. Esta vez, de las más de cien fotos, me quedé solo con una. La de la huella de la suela Abercrombie. Apostaba a que eran unas deportivas del número 43. Y casi casi me habría atrevido a aventurar quién las había calzado aquella madrugada de agosto de 2001.

45

ÁLEX

Bilbao, 20 de enero, viernes

En la calle estaba helando y agradecí entrar en casa, más aún al descubrir a Natalia dormida en el sofá, abrazada a un cojín, con el pelo suelto y uno de mis pijamas de invierno. Tomé asiento frente a ella y contemplé con calma sus pestañas infinitas. Habría pagado dinero por parar ahí el tiempo. Justo ahí, en ese instante.

Habíamos tenido una noche de perros: unas grabaciones mostraban a Rocío; sacaba dinero de un cajero automático en Gante, acompañada por unas personas.

Mis sobrinos se hallaban en paradero desconocido. A Rocío la habían torturado. La conocía desde que era un crío, estaba enferma, y alguien encontró motivos para hacerla aullar de dolor. No podía soportarlo. ¿En qué clase de mundo vivía? Ni siquiera se lo había dicho a Néstor, aquello se hallaba bajo secreto de sumario.

Aparté la vista de Natalia y me puse en pie muy inquieto; mi padre fue un criminal, las investigaciones me estaban mostrando su verdadera cara y los cimientos de mi vida se iban derrumbando a cada escucha, con cada prueba pericial. Un terreno muy oscuro en que ya apenas sabía moverme.

Negué apesadumbrado, volví a acercarme a Natalia y decidí llevarla a la cama. Iba a rodearla con los brazos cuando algo captó mi atención: dos sobres sobre la mesa, abiertos. Fotos en tonos azules, pruebas de luminol. Me senté y la estudié sabiendo que jamás dejaría el caso, que retomaría la investigación en cuanto regresara al Cuerpo. ¿Por qué destapé aquello? ¿Por qué me empeñé en reabrirlo? Yo rompí con Alicia, y si las cosas hubieran seguido su curso, la habría olvidado pronto. El crimen hizo que idealizarla se convirtiera en una liturgia. En una costumbre vacía.

Suspiré. No iba a ser fácil enfocarlo, pero debía contárselo todo; hacerlo era un riesgo, pero debía confiar en Natalia de una vez por todas. La observé mientras dormía, despertó al filo del alba; al despuntar la luz nueva de esa mañana invernal.

—¿Hace mucho que has llegado? —Estaba somnolienta y se incorporó despeinada.

—Llevo aquí unas horas —respondí—. Y tengo que contarte algo.

Me froté los párpados y tomé impulso mientras ella me analizaba, curiosa.

—Cuando encontraste aquellas facturas telefónicas decidí explicártelo todo —aseguré—. Luego me detuvieron. Más tarde, tu embolia. Y ahora quiero que lo sepas.

Me pidió silencio, lo hizo con un gesto. Luego se calzó y se puso en pie. Mi pijama le quedaba grande, y hasta eso la hacía atractiva. Negó, se cruzó de brazos mientras se acercaba a la ventana.

—Es curioso que hayas elegido este momento.

—Este momento es tan bueno como cualquier otro.

—No, Álex, no lo es. Porque lo que vas a revelarme lo he confirmado hace un rato. Supongo que has visto esas ampliaciones —señaló los sobres de la mesa y, con rabia contenida, desplegó uno de ellos y me lanzó la foto—. Estuviste allí —atajó—. Aquella noche, en el Buciero. Estuviste en el escenario del crimen. Llegas tarde, Álex, lo sé todo.

No contesté, me incorporé sin apartar la vista de sus ojos cargados de ira.

—Solo me queda una duda. ¿Qué sentiste al ir desenterrando aquellos cuerpos en Billano? Cuando apareció el hombre y luego la sandalia de la mujer. Tú ya conocías a aquellas personas.

Asentí aturdido.

—Te las cruzaste en aquella casa del Buciero —continuó—. Quince años antes. ¿Vivas o muertas?

—Las vi muertas —murmuré—. Iba a explicártelo ahora...

—Yo te lo explicaré a ti. Tú eras el encapuchado del que hablaban los vecinos, el que llamaba a los timbres. Llevabas una sudadera. Quizá fuera la misma que me prestaste en el monte.

—Lo era —ratifiqué.

—Lo era... Buscabas a Alicia y cuando llegaste allí, solo hallaste sangre. Dos cadáveres y sangre. Dejaste una huella. Calzabas tus deportivas Abercrombie porque solo hacía unas semanas que habías regresado de Nueva York. Entonces era imposible adquirir prendas de esa marca en Europa.

Quería morirme. Cualquier cosa habría sido mejor que oírle relatar aquello. Con tanta calma, con esa rabia contenida.

—Una duda. ¿Los enterraste tú?

—No, Natalia.

—¿Estaba allí Alicia?

—No.

—Pero había sangre suya.

—Y su pulsera. Encontré una pulsera de hilo en el suelo. Me la llevé. Luego me deshice de ella. Temía que...

—¿Por qué fuiste a aquella casa? Eso también lo sé. Esa tarde te acostaste con Alicia. ¿Qué te dijo? Que le había salido un trabajo, algo muy sucio.

Asentí de nuevo, pero no me permitió intervenir.

—Te lo contó días antes. Tú no tenías un pelo de tonto y denunciaste el robo de tu móvil porque temías que te salpicara si algo salía mal.

Lo estaba clavando.

—Pero ella no se refirió al encargo de tu padre —remarcó—. Supongo que lo dedujiste más tarde, cuando recibimos el décimo *mail*. Ella solo dijo que era algo ilegal, y luego, en plena madrugada, te llamó asustada. Te reveló dónde estaba, herida. Saliste de casa y María lo oyó. Cogiste la moto, fuiste al Buciero, entraste por el pueblo para que no te captaran las cámaras del penal. Y la telefoneaste porque no dabas con ella. Rossi había abandonado el monte, las grabaciones recogieron su marcha, pero ella aún estaba allí.

—Un tipo intentaba matarla.

—¿Sabes quién era?

—No. Cuando llegó el último *mail* empecé a entenderlo. Alicia tenía que cargarse a Rossi. Él me lo confió hace unos meses, pero no lo creí. Discutieron antes de que ella lo hiciera, lo apuñaló en el muslo; él se largó, la dejó sola en el bosque. Supongo que mi padre...

—Tu padre la puso a prueba. La matarían si no remataba su tarea; quizá la hubieran matado en cualquier caso, sabía demasiado tras lo del USB de Salas. Diste vueltas con la linterna. Ibas con tus deportivas, con tu sudadera de niño pijo. Desesperado. Hablabais por teléfono, Alicia estaba histérica, herida, iban tras ella y no la encontrabas.

—Llegó a un área habitada, por San Martín, iba a pedir ayuda —murmuré—. Ella me dio indicaciones. Luego me quedé sin batería y cuando descubrí la casa era tarde.

—Siempre llegas tarde a todo. —Se acercó a mí, me miró como se mira un fraude—. Aún tuviste la sangre fría de volver a su barrio, a Bilbao. La madre de Alicia te vio. ¿Qué creías? ¿Que habría regresado a casa?

—Estaba frenético.

—Y al día siguiente le suplicaste a su familia que denunciara su ausencia. ¿Por qué no lo hiciste tú? ¿Por qué no acudiste a comisaría? Yo te lo diré: porque eres un cobarde.

Cerré los ojos.

—Es todo, Natalia.

—No es todo, Álex. Ahora viene la segunda parte, quince años después, cuando me convences para que reabra el caso. Para descubrir quién la mató, quién limpió la casa del Buciero cuando tú volviste a Bilbao con el rabo entre las piernas. Porque no fuiste tú, ¿verdad? Tú no enterraste aquellos cuerpos en Billano.

No había sido yo. Yo hui de aquel vestíbulo sangriento sin apenas pisarlo.

—En la segunda parte de la historia me ocultas información, que es tan malo como mentir. Te quedas ahí contemplando cómo me hundo.

—Al ver cómo avanzaba todo te rogué que lo dejaras. Mil veces, Natalia.

—Solicito un traslado y tomo oxicodona; luego encuentro unas facturas telefónicas y te detienen... ¿Aún piensas que no merecemos nada de lo que nos pasa?

—Lo uno no tiene que ver con lo otro.

—Todo tiene que ver con todo. Más tarde, cuando me veo fuera de juego, regresas al Cuerpo y abanderas la mayor operación policial de la historia. Me relegas a un rincón y te traes a Lucía Moro. Y para más inri la plantas en mi despacho. Y lo haces cuando estoy en mi peor momento. —Su voz se quebró.

—Natalia, si hubiera sabido que mi actitud, mi trabajo o la decisión de contar con Lucía iban a afectarte tanto, no lo habría hecho. ¿Por qué no me lo dijiste?

—Porque tú y yo solo nos sabemos comunicar en la cama. —Tomó aire. Aún había más: llegaba la tercera parte, y esta vez, le costó hallar los términos adecuados—. Regreso a Madrid. Saber que estuviste allí, en esa casa llena de sangre... Lo has callado todo este tiempo, Álex.

—Vamos a hablarlo...

—Es el final. —Sus ojos estaban húmedos, pero había determinación en sus palabras.

—Escúchame, Natalia...

—Si te escucho, volveré a caer. Otra vez. No me respetas, no respetas mi trabajo.

Salió del salón y se fue al cuarto. Tenía hecha la maleta, hablaba muy en serio. Contuvo las lágrimas y se tragó lo que fuera que sintiera por mí.

—No quiero verte más. Y bajo ningún concepto vuelvas a llamarme.

46

NATALIA

Madrid, 17 de febrero, viernes

El telediario de las tres abrió con las imágenes. El tiroteo se produjo a las nueve de la mañana. Lo había protagonizado, ahora lo contemplaba desde fuera acurrucada en el sofá, con el estómago vacío y el pulso acelerado. Dos figuras, dos agentes de paisano que salían de la sede de Homicidios en Madrid cargados de carpetas. Él es alto, delgado y con entradas; va charlando con la mujer, que parece una cría, cualquier cosa menos policía, y lo escucha mientras consulta la hora. Cabello negro, largo; demasiado largo, confirmé.

Gabriel Alonso y Natalia Herreros. Salíamos a testificar al juzgado. De pronto una sombra veloz. La moto irrumpía en escena, oscura al contraste con pequeños montículos de nieve sucia; en Madrid nunca cuajaba. Yo giraba la cabeza, lo hacía con rapidez, y los documentos salían volando porque extraía la pistola en una fracción de segundo y me abalanzaba sobre Gabriel para apartarlo de la trayectoria del primer proyectil. El hombre que iba de paquete volvía a detonar el arma, y yo lo abatía de un tiro. Dos, tres, cuatro descargas más sobre el vehículo en movimiento, sin apuntar al piloto.

El informativo emitió otra grabación desde un ángulo distinto. Joder, esa era yo, la que flexionaba las rodillas, la que empuñaba la pistola, haciendo volcar la moto; derribando al conductor, liquidando al pasajero. El vehículo dibujaba una cabriola imposible, descontrolada, y se estrellaba contra un utilitario. Tres bultos. Dos sobre el asfalto, otro en la acera. Mi figura se inclinaba sobre el cuerpo de Gabriel Alonso, herido en el hombro. De pronto más personas; seis o siete policías que salen en tromba del edificio blandiendo sus armas.

Cambié de canal. Misma escena, una y otra vez en una moviola incesante.

A esas horas podía estar muerta. Mi cadáver yacería en el depósito esperando a que Jon lo identificase. En todas las familias hay un pringado al que recurrir cuando surgen problemas, y en la mía, la china le tocó a él.

Calenté la comida mientras pensaba en Gabriel. Lo había acompañado al hospital en la ambulancia. «Creo que me has salvado la vida», había murmurado. Después de asistir al impactante inicio del telediario, yo también lo creía. No me reconocía a mí misma en la tiradora de las imágenes.

Comí, fregué los platos y regresé al sofá. Apagué la tele y me arrebujé bajo la manta, sintiendo el calorcito de unos tímidos rayos de sol en la coronilla. Nunca dormía la siesta, pero aquel fue un día extraño que marcó un punto de inflexión. Poco antes de las siete empezó a morir la claridad. Entonces me puse en pie, descalza, y me acerqué a la estantería. Busqué a Marsha Linehan: *Manual de tratamiento de los trastornos de personalidad límite*. Empecé a tomar notas.

Encendí el teléfono. Más de cincuenta llamadas. Las revisé minuciosamente y respondí a algunas de ellas. Ninguna era de Álex, pero tenía que haberse enterado del tiroteo; recibí mensajes de gente de su brigada. Aquello habría caído como una bomba en la Judicial. Fui yo quien le pidió que no me llamara. «Bajo ningún concepto», exigí. Y un tiroteo es un concepto tan válido como cualquier otro.

Una caja llena de prendas, las que olvidé en Bilbao; bien dobladas. La había recibido hacía dos días, sin una sola palabra por parte del remitente: Alejandro Brul Briand. Cuánto me había dolido... Entonces yo hice lo propio, quedaba ropa de Álex en su armario de Madrid y la despaché de igual modo. A punto de sumirme en el pozo, Jon me salvó. Percibí un chasquido en la cerradura y oí su voz en la entrada. Había desactivado el timbre, no contestaba al teléfono y estaba preocupado.

—He visto las noticias. —Se sentó a mi lado y me abrazó—. Joder, qué bien disparas. Estoy muy orgulloso. ¿Quién era esa gente?

No hacía falta ser adivino para intuir de qué iba aquello.

—¿Y qué has hecho esta tarde? Comerte la cabeza, ¿no? —Jon se aproximó a la cristalera y contempló la nieve que manchaba la terraza—. No puedes seguir así... Arréglate. Nos vamos a dar un paseo, a cenar.

—No tengo ganas —repuse.

—Me dan igual tus ganas. No ha sido una sugerencia.

Volvió a acercarse y me arrancó la manta. Dejó caer que había dos policías en el portal, que había tenido que identificarse al entrar. Volvía a llevar escolta. Me levanté resignada y estuve lista en media hora. Hacía frío en la calle, ya era de noche, y fuimos paseando del brazo, sorteando pequeños montones de nieve mugrienta. Jon propuso tomar una copa al otro lado de la Castellana, en su zona.

—Me gustabas más hace años —murmuré—, cuando bebíamos cerveza de lata en las plazas de Malasaña sentados en el suelo.

—Ya tenemos una edad, ¿no crees?

—Me revienta tanto pijoteo. Álex y yo lo hicimos un par de veces este verano. Le encantaba el plan.

—Seguro que sí, que se moría por estar tirado en la calle, donde mean los perros, bebiendo cerveza recalentada. Pero sabía manejarte bien...

—Demasiado bien —maticé—. Me manipulaba a su antojo, por eso lo dejé.

—¿Lo dejaste por eso? Yo creo que aún no sabes por qué lo has dejado.

No obtuvo respuesta. Quien calla otorga.

—El problema de Álex es que te tenía entre algodones.

—No me ha llamado para preguntar por el tiroteo —expliqué.

—Se lo recalqué esta mañana, «ni se te ocurra llamarla».

Me detuve y me encaré a Jon. Había hablado de más y se cruzó de brazos frente a mí, en mitad del paseo de Recoletos, indiferente.

—¿Álex te llamó esta mañana?

—Para interesarse por ti —admitió—. Recibieron la noticia a primera hora y los vídeos ya circulaban por la red. —Jon reanudó el paso y también yo lo hice—. No es la primera vez que hablamos —abundó—. Le preocupas... Voy a ser franco, Natalia. Bájate del burro. Cede.

—Me mintió —mantuve.

—Te ocultó la verdad. Y ahora reflexiona. ¿Tú nunca le ocultaste nada?

Inspiré derrotada. Jon negó serio, sin alterar el ritmo.

—Eres una arpía —concluyó con acritud.

—Joder, Jon... Hoy he matado a un hombre.

—No cambies de tema. El sábado organicé una cena, de esas que tanto te gustan. Acudió un montón de gente interesante y estuve a punto de avisarte, pero no lo hice.

—Y eso ¿por qué?

—Porque Álex estaba en Madrid. Vino por no sé qué del casino y preferí invitarlo a él. Tú no querías volver a verlo. ¿No fue lo que le dijiste?

Eso fue lo que le dije. Jon estaba bien informado.

—Le aseguré que tú no estarías y cenó en casa. La próxima vez lo sentaré junto a alguna de mis colegas de la banca —intentó provocarme—. Cuando viajo a Bilbao por trabajo suelo llamarlo. Soy inconstante con el ejercicio físico, y entrenamos juntos.

—¿Y te habla de mí?

—Tú no eres el centro del mundo.

Entramos en el local. Que Jon lo hubiera invitado a él y no a mí a una de sus fabulosas cenas era realmente ofensivo.

—Cervezas de lata tirados en el suelo —murmuraba Jon mientras estudiábamos la carta de coctelería—. Álex debió mandarte a hacer puñetas en el mismo instante en que lo propusiste.

Las tardes eran tristes, anochecía pronto y trabajaba sin descanso. Hacía unos días que había finiquitado mi tesis, se hallaba en proceso de revisión. Echaba de menos a Álex, eso era innegable. Pero también sentía rabia y en algunas ocasiones aplaudía mi decisión. Solicité formalmente la retirada de la escolta y tuve que vérmelas con mi jefa.

—Si pretenden liquidarme, lo harán de un modo u otro.

Había otro tema que tratar. El motivo del ataque aún era una incógnita, pero mi jefa no era imbécil.

—Llevas cinco investigaciones. ¿Con cuál de ellas relacionas el tiroteo? —Me sopesó con descaro acomodada en su silla, cruzada de brazos.

—Con el caso Alicia —repliqué sin dudarlo.

Asintió comprensiva. Con el caso número seis, el caso cerrado, al menos oficialmente.

—¿Quieres que te releve?

Negué.

—¿Sabes que van a otorgarte la medalla al mérito policial?

—La rechazaré. Detesto las ceremonias.

—Es un orgullo recibir esa condecoración. Parece mentira que hables así.

—Hace unos meses se me abrió un expediente —expliqué—. Me enfrenté a una suspensión de empleo. Entonces no hubo honores ni medallas.

—Esa suspensión quedó anulada. Tu expediente está limpio, se demostró quiénes eran Ruiz y Poza, por qué iban a por ti.

No se demostró solo, fue Brul quien lo hizo.

—Ni antes era tan mala ni ahora soy tan buena —concluí.

Para acabar, me comunicó que Gabriel Alonso estaría unos meses de baja.

—¿Sabes lo que eso implica?

—Que tendré que nombrar un nuevo enlace para Bilbao.

—No, Herreros. *Tú* serás ese enlace.

Sostuve su mirada, maldije en silencio; se encogió de hombros y volvió a sus papeles. Pensé en sugerirle que mantuviera la calma; pese a lo que pudiera temer, yo no albergaba intención de ocupar su silla. Me mordí la lengua, dejé el despacho y me largué a casa. Eran las once de la mañana y el día ya se había ido a pique. Bilbao, la Judicial. No podía regresar allí. Si lo hacía, tendría que empastillarme. Crucé mi agenda con la de Gabriel y comprobé que se había convocado un encuentro con Moro y Brul el lunes 27.

Bilbao. Domingo de paella familiar aprovechando la reunión del lunes. Mis padres, Aitor, su mujer, los niños... Jon largó a los inquilinos de su piso de Rekalde para que ellos lo ocuparan, y vivían como sardinas en lata. Aitor fumaba con indiferencia desmadejado en un sillón mientras veía anuncios en la tele. Mi padre, a su lado, se tragaba el humo y se refirió a los tipos de la moto a los que derribé en el tiroteo.

—Han dicho en las noticias que eran mafiosos rusos.

Jon llegó un rato más tarde. También se encontraba en Bilbao por trabajo y se sentó a mi lado. Me besó en la mejilla y suspiró impaciente. Alguien sacó a colación un chalé. Necesitaban más espacio y daban por hecho la financiación de Jon, que, como recalcó mi madre, ganaba un dineral. Jon se dirigió a Aitor con determinación:

—¿Buscas trabajo?

Aitor lanzó el tenedor sobre el mantel. Lo hizo con rabia, como si la palabra «trabajo» hubiera activado un mecanismo reptiliano en su córtex cerebral.

—No he venido a que me sangréis más —siguió Jon—, solo quería anunciaros que me he divorciado.

Mi madre vio a Dios, pero no tardó ni medio segundo en verbalizar sus temores: ¿no habría cambiado a Charity por una de esas separadas con hijos?

—Salgo con un chico. Se llama Adrián y nos casamos en junio.

El silencio barrió la mesa y tomé la mano de Jon, sobre el mantel, para darle ánimos.

—Qué familia de tarados —escupió Aitor—. Es lo que me faltaba... ¡Un hermano maricón!

Ni un gramo de oxicodona desde diciembre. Ni un *mail* del asesino tras la desaparición de Rocío. Me examiné en el espejo por enésima vez. No podía ir, no sabría cruzarme con sus ojos sin revivir cada minuto compartido. Tenía que llamar, inventar una excusa para evitar el encuentro, pero finalmente dejé el hotel y bordeé la ría hasta la Judicial de Bilbao. Tomé una tila en el bar y cuando me armé de valor para entrar, advertí que llegaba tarde. Treinta minutos de retraso.

Saludé a quien encontré a mi paso y me planté frente a la puerta de la sala de reuniones. Tragué saliva y entré. Cinco personas charlaban de pie entre sí. No me costó reconocer a Álex, de espaldas y, cómo no, con una camisa impecable. Al girarse me lanzó una mirada vacía que duró un instante. Pronunció un «buenos días» desmañado, frío, y se sentó revolviendo documentos. Lucía Moro me plantó dos besos y comenzó a parlotear. Los tres subinspectores se interesaron por Gabriel e intercambiamos unas frases mientras Álex esperaba sin ocultar su impaciencia, sus ansias por finiquitar aquello. La mesa era redonda; la única silla libre estaba frente a Brul, y sentí temblar los dedos al extraer informes del maletín.

Fue él quien tomó la palabra. No me miró. Hablaba para todos y para nadie, como si lo hiciera para sí mismo. Aquella reunión tenía un único sentido: localizar el nexo, la conexión entre su caso, el caso Andrés Brul, y mi caso, el caso Alicia. Pero yo no lo escuchaba, no comprendía lo que decía porque me golpeaba la sangre en las sienes. Pensé en una caja llena de ropa, la que me envió hacía semanas con las prendas que dejé en Bilbao. Tuve que bajar la vista, me centré en mis papeles y conté hasta diez, hasta veinte. Cuando al fin logré calmarme, comprendí de qué iba aquello.

El chalé de Andrés Brul en Liébana se había registrado a fondo.

—Recopilamos centenares de documentos relacionados con la organización. —Álex suspiró y se dirigió a mí directamente por primera vez—: Quiero que escuches esta grabación.

Era frecuente que Andrés vigilara a sus subalternos, a sus colaboradores cercanos. Pero también controlaba a su familia y se dedicó a investigar a Rocío. Álex activó el reproductor de audio. Agosto de 2001. Rocío Prado conversaba con un hombre; contrataba los servicios de un detective en Madrid, de un tal Mark Higgins. Le encomendaba que espiara a Néstor. Mañana, tarde y noche. Álex detuvo el equipo de sonido.

—A Mark Higgins lo asesinaron dos semanas más tarde en su oficina. Quienquiera que lo matara se hizo con algunos de sus archivos.

—¿Insinúas que Higgins dio con algo importante? —intervine—. ¿Relacionado con Néstor? ¿Que Andrés lo hizo desaparecer para evitar que trascendiera?

Álex asintió sin mirarme, demasiado ocupado con el mando del audio.

—Necesitamos saber qué descubrió ese detective.

—Tiraré de ese hilo —zanjé.

Tiraría del hilo, pero no hacía falta trabajar en la NASA para deducir cuál debía ser el siguiente paso.

—Te sugiero que vuelvas a interrogar a Néstor —subrayó Álex.

Los agentes nos contemplaban alternativamente, como si estuvieran asistiendo a una final de Roland Garros entre Nadal y Federer. Álex zanjó la reunión. Se puso en pie, pero antes de dejar la sala volvió a dirigirse a mí, que recogía fingiendo calma. Me pidió que pasara por su despacho en cuanto tuviera un momento.

—Es importante —aclaró.

Me despedí de todos y lo acompañé. Recorrimos el pasillo, y al llegar me cedió el paso y cerró la puerta a su espalda. Ni siquiera me invitó a tomar asiento. Yo estaba inquieta, con el maletín en la mano. Habíamos mantenido cientos de encuentros entre aquellas paredes, aún había caramelos en su mesa y sentí una punzada al evocar la foto que solía guardar en su cajón: la nuestra. Abrió la caja fuerte y extrajo un disco duro externo. Me lo tendió. Luego se cruzó de brazos, apoyado en el borde de su mesa.

—Lo encontré en el chalé de mi padre. A ti también te vigilaba. Contiene mil horas de escuchas. Desde principios del año pasado, cuando decidiste..., decidimos tu traslado a Homicidios. Son conversaciones privadas. Conmigo, con Tomás, con tus amigas...

Sostuve el objeto, incómoda.

—¿Lo escuchaste?

Negó.

—Lo hizo Lucía Moro. Yo..., bueno, no habría sido... ético.

Apartó la vista. Lo creí, estaba convencida de que no lo había escuchado, pero eso casi me hizo sentir peor. Rodeó la mesa hasta su silla, dando por finalizada la charla. Yo me dirigí a la puerta, pero antes de irme opté por ser justa.

—De haber escuchado estas grabaciones habrías comprobado que yo nunca te mentí. Pero también te oculté muchas cosas.

Alzó la mirada. Casi lo oí tragar saliva. Y supe que soltar aquello en ese momento no había sido justo, sino ruin.

—No me interesa, Natalia. Ya me da igual. Tengo mucho trabajo.

Me estaba echando de allí. Empuñé el picaporte, volvió a sus papeles.

—Cierra al salir, por favor —añadió—. Y si tienes algo más que decirme, prefiero que te lo calles. Como hiciste siempre.

Me temblaba el pulso. Fui al baño y vomité el desayuno. Me lavé la cara, me sequé los ojos, usé el cepillo de dientes y regresé a la oficina de Lucía. Me había hecho un hueco a su lado y estudió mi rostro mientras me preguntaba si me apetecía un café. No era cuestión de apetencia; lo necesitaba.

—Pinchamos la línea de Brul —comenzó, ya en el bar—. Yo he seguido vuestra relación, sé cuánto os queréis. Veros ahora me da mucha pena.

Soplé un café que ya estaba frío mientras Lucía intensificaba su campaña por Álex.

—Va a renunciar a la herencia de su padre —sostuvo—. Me lo contó Aritz.

—Aritz debería guardar el secreto profesional. Menudo abogado...

Lucía ignoró mi comentario. Había estado en Madrid hacía una semana y me había puesto al día de sus desventuras junto al adúltero.

—Natalia, el otro día hicimos un registro en un restaurante de Rekalde y había un mendigo en la puerta. ¿Sabes lo que comentó Brul?

—Que él acabaría así —obvié hastiada—. Siempre lo dice, Lucía... Álex está obsesionado con los mendigos, pero eso no tiene que ver con la ruptura.

—Todo tiene que ver con la ruptura —aseguró Lucía—. Está insoportable. —Se remangó y tomó aire como si fuera a levantar una tonelada de peso—. Arréglalo.

—Ahora hay un abismo entre nosotros.

—Eres muy valiente en el trabajo. Disparas y aciertas. Pero no lo eres tanto en la vida.

Sorbí el café gélido acribillándola, cerré los ojos y cambié de tema.

—No he querido alargar la reunión, Lucía, pero tengo los documentos de Higgins, el detective que siguió a Néstor —confirmé.

—¿De dónde los sacaste?

—Registramos el piso de Rocío hace unas semanas y dimos con el informe que Higgins elaboró para ella: es de 2001, debió de contratar sus servicios después de recibir aquellas fotos de Néstor con Alicia.

Abrí mi maletín y se lo mostré. Aún no había tenido ocasión de revisarlo.

—Sí que eres eficiente, sí —murmuró.

—He oído que en las altas esferas buscan sacar a Brul del caso. Andrés Brul era su padre, van a alegar conflicto de intereses.

—¿Podrían detenerlo por lo de la huella en la casa del Buciero?

—No he hecho trascender la información y esa prueba está invalidada. Hace quince años del asesinato. En ese tiempo, cualquiera pudo campar a sus anchas por el chalé.

Pensé en añadir algo más, pero me contuve. Antes de compartir datos quería contar con algo tangible; el poder de aquella gente había sido inmenso, y cualquier cosa que imaginara cabía dentro de lo posible. Pagamos los cafés y volví a mi viejo despacho. Lucía fue al baño y cuando regresó anunció que Brul se había largado a casa. No se encontraba bien.

47

ÁLEX

Bilbao, 3 de marzo, viernes

BORRADOR DE INFORME. Diligencias Previas. Jefatura Judicial de Bilbao

Hechos probados: La documentación del Anexo I muestra la existencia de un poderoso entramado que opera por encargo de empresas, Gobiernos y grupos terroristas.

Dicha organización establece redes de intereses e intermedia en el cierre de acuerdos —o los sabotea—, según el caso. Para ello, emplea métodos de negociación coercitiva: sobornos, *fake news*, extorsiones o espionaje. También queda probada su participación en la sustracción de patentes industriales —Anexo II.

La trama controla multinacionales —Anexo III—, a altos cargos de instituciones nacionales y extranjeras —Anexo IV— y medios de comunicación —Anexo V.

Su presencia en zonas de conflicto ha facilitado su expansión y despliegue en campos como el del tráfico de armas, personas o materias primas —África y Oriente Medio.

Parte de sus ramificaciones son legales y gestionan servicios públicos: autopistas, aduanas o seguridad civil —Anexo VI-A—. Estas concesiones se lograron a través de redes clientelares de comisiones o por chantaje a cargos públicos empleando información comprometida.

La parte legal de la estructura cuenta con servicios de seguridad, de logística, compañías militares privadas, medios de comunicación y entidades financieras, así como empresas de gestión medioambiental y centros tecnológicos de investigación militar —Anexo VI-B—. La estructura es accionista mayoritaria de numerosas compañías farmacéuticas, de extracción de metales, de distribución de gas y petróleo, y de ingeniería aeronáutica —Anexo VI-C.

En el Anexo VII se detalla su intervención en el estallido de numerosos conflictos armados y caída de Gobiernos desde el año 1939.

Alejandro Brul Briand. Inspector jefe.

Anexo VII: Intervención directa en conflictos armados y caída de Gobiernos.

Año 1939, la red asesora y colabora de modo activo con el Ejército Rojo en el bombardeo de Mainila, detonante del inicio de la llamada Guerra de Invierno entre Rusia y Finlandia.

Año 1982, participación en el estallido del gasoducto siberiano de Tobolsk, la mayor explosión no nuclear de la historia —detectada incluso desde el espacio.

Implicación en numerosos episodios de *botnet* —ataque cibernético por el que ordenadores privados de todo el mundo se conectan de modo instantáneo a un servidor empresarial o gubernamental hasta hacerlo colapsar—, como el de Estonia en 2007.

Dejé de escribir, consulté la hora y abandoné el despacho.

Me desplacé hasta la cárcel para interrogar a Ruiz y a Poza. Dos horas de careo. Estaban de mierda hasta el cuello, y una tras otra, fui presentando ante sus semblantes atónitos las pruebas recopiladas. Mi arma, sustraída de la Judicial y hallada en su poder. Doce pistolas más, desaparecidas en distintas comisarías del país. En sus viviendas se descubrieron informes pormenorizados sobre mandos policiales a los que extorsionaron durante décadas; entre ellos, el de la inspectora Herreros. Y el mío. Cintas de vídeo, de audio; horas y horas de escuchas ilegales en domicilios particulares. Les hice hablar, tirar de la manta.

Habían reclutado a Nico, que más tarde se arrepintió. Lo mataron.

También se habían cargado al asesino confeso de Alicia, Ennio Rossi. Le pagaron para que se proclamara culpable en los medios; luego lo liquidaron, por si alteraba su versión. Misma pistola, mismo pistolero.

—¿Quién dio la orden?

Andrés Brul. Desconocían la causa de su interés en el caso Alicia. Quiso parar las investigaciones, entorpecer a Natalia, pero no sabían por qué.

—¿Quién decidió hacerlo con mi pistola? ¿También fue idea de Andrés Brul?

Silencio.

Luis Bedia, jefe de Seguridad en el casino, también trabajaba para ellos y lo hizo por dinero. Los divorcios salen caros. Soltaron decenas de nombres, pero yo quería más; datos de arriba.

Planté tres fotos sobre la mesa. Las reuniones de la cúpula en Potes, que se volvieron clandestinas en los setenta, cuando la organización pasó a operar en terrenos más sórdidos. Años 2008, 2009, 2010. ¿Podían identificar a alguno de los asistentes? Obtuve tres nombres. Faltaban instantáneas: mayo de 2011 a 2016.

—¿Quién manda ahora?

—La misma persona que nos hizo emplear tu pistola. No sabemos quién es. Se mueve en la sombra.

¿Por qué tomaron esas fotos? ¿Era necesario delatarse de un modo tan burdo? Impunidad. Los corruptos conversan por teléfono sin temor a ser descubiertos, intercambian mensajes comprometedores y presumen de su astucia cerca de grabadoras ocultas. El motivo es simple: se creen inviolables y no pueden sustraerse al placer de alardear de sus logros.

Regresé a la Judicial y contacté con el juez instructor. No era fácil, necesitaba refuerzos. Homicidios investigaba la desaparición de Rocío, ligada al crimen de la pareja de Billano. El caso Alicia volvió a abrirse, esta vez por mandato judicial.

Aquello se me iba de las manos y no confiaba en nadie. Cualquier aliado aparente podía ser miembro del grupo. Redadas, interrogatorios, asaltos en plena noche; policías encapuchados derribando puertas a patadas. Participaba personalmente en cada registro, quería mantenerme ocupado. Trabajaba quince horas al día y aún eran pocas, porque me sobraban nueve y apenas dormía tres. Evocaba con inquietud el aplomo de Natalia al acabar con lo nuestro.

Había cogido el teléfono en varias ocasiones, había buscado su nombre. Solo tenía que llamarla, preguntarle cómo estaba. Pero nunca di el paso, porque yo no era Tomás; no era un arrastrado ni un chantajista emocional. Eso lo dejó claro: no debía llamarla bajo ningún concepto. Y no iba a hacerlo. Pero verla ese lunes, después de semanas vacías, había incendiado una herida que latía en carne viva.

Y ese viernes, Aritz me arrastró a un bar. Intenté evitar la bebida, pero llegué a la quinta copa y lo solté todo.

—¿Por qué no la llamas? —concluyó.

Aritz, como buen abogado, simplificó el asunto hasta el extremo, hasta cinco palabras confinadas entre signos de interrogación.

—Me pidió que no lo hiciera.

—Probablemente quiera que lo hagas.

—Dice que solo nos podemos comunicar en la cama.

—¿Y es cierto?

Quizá lo fuera, pero ella era la única persona con la que sentí una conexión profunda.

—Y si no la llamas, ¿qué vas a hacer?

—Vivir tranquilo.

—No pareces muy tranquilo, la verdad. ¿Por qué no intentas salir con alguien?

—No me interesa *alguien* —aclaré—. A mí no me sirve cualquiera. Soy como el chacal.

—¿El chacal? No me hagas reír...

Cuando iba a coger la bebida, Aritz la alejó de mi alcance.

—Deberías dejar ese caso de una puñetera vez —sugirió—. ¿Llevas el arma encima? Vas a cometer una estupidez, tendré que llevar tu defensa y acabarás haciéndome millonario.

Asentí. Intenté alcanzar la copa de nuevo, pero Aritz la arrastró más lejos.

—Nadie es imprescindible —murmuré—. Ni siquiera Natalia lo es.

No era la primera vez que pronunciaba aquellas palabras. Y en esta ocasión, al hacerlo, sentí un vacío turbio. Decidí despedirme, largarme a dormir la mona, pero se abrió la puerta del bar. Era una noche gélida de lluvia ingrata; no había mucha gente, pero la puta casualidad hizo que fuera entonces, justo ese día, cuando volviera a toparme con Tomás.

Cuando me vio ya era tarde y no pudo esquivar un derechazo que dio con sus huesos en el suelo. Me incliné sobre él. Sangraba, estaba aturdido, lo sostuve por las solapas para enderezarlo.

—Esto es por lo que le hiciste a Natalia —susurré.

Antes de derribarlo otra vez, cuando ya había preparado el puño, el imbécil de Aritz me sujetó por los hombros. Tomás aprovechó la coyuntura y me atestó un cabezazo en la frente. Perdí el conocimiento segundos más tarde. Pero antes aún tuve tiempo de partirle la nariz.

Aterricé en Reino Unido el día 9, un jueves lluvioso. Acudía a un curso de la Interpol, que estaba coordinando el desmantelamiento de las ramificaciones extranjeras de la trama. Me habría apuntado a un bombardeo con tal de mantenerme ocupado. Las clases comenzaban el viernes y disponía de unas horas para disfrutar de la capital, de modo que me zambullí en Waterstones, una de mis librerías favoritas, en Piccadilly. En la primera planta me hice con unas novelas de Cormac McCarthy y Dennis Lehane.

No recuerdo qué me agencié en la segunda, pero hasta la tercera no llegué en ascensor; tomé la escalinata de mármol. No iba pensando en nada cuando nos topamos y nos detuvimos, cada uno en su peldaño, sin entender muy bien por qué nos habíamos encontrado tan lejos, en aquel lugar y en aquel momento. Actuamos con naturalidad. Yo sostenía seis libros, y Natalia, que bajaba, ya había pagado su compra.

—¿Qué haces en Londres? —murmuró.

—He venido al curso de la Interpol. —«Como tú», pensé.

Ella parecía sorprendida, pero yo ya había consultado el listado de asistentes. Se ensimismó contemplando mi semblante, concentrado en analizar los títulos que había elegido. Llevaba novelas de Alfred Hayes, de Ford Madox Ford. Sacó de su bolsa *Middlemarch*.

—Los he leído todos —dije.

Le devolví sus libros y pregunté dónde se alojaba.

—Donde hace cinco años, en el mismo *bed and breakfast* de Belgravia.

—Yo también estoy allí.

Nos observamos brevemente, sin decir nada. Yo era el de siempre, pero en realidad era otro. Ninguno de los dos parecía dispuesto a despedirse, a retomar su camino. Me habría gustado saber qué pensaba mientras me estudiaba en silencio, y propuso dar un paseo. Llovía a mares, pero me pareció buena idea, de modo que pagué mi compra y salimos por Jermyn Street. Por primera vez en mucho tiempo no caminamos bajo el mismo paraguas, y sin darnos cuenta acabamos deambulando entre el arbolado de St. James Square. La tarde era gris, lúgubre, pero el verde de las hojas era tan potente que parecía irreal, efervescente.

La conversación, de pronto, se tornó extravagante. Avanzaba despacio, con frases breves, como picotazos.

—Me impresionaron mucho las imágenes del tiroteo —comenté—. Son como para proyectarlas en los cursos de formación.

—No fui consciente de lo que ocurría. Sucedió todo muy rápido.

—¿Sabéis quiénes fueron?

Negó. Pero yo presumía su origen tan bien como ella. Pasaron veinte segundos, treinta; retomé la palabra.

—¿Vas sin escolta?

—Solicité su retirada —aclaró.

—Yo también lo hice. No se puede vivir así...

—Rechacé la medalla al mérito policial —siguió.

La miré. Ralenticé el paso y nos detuvimos, cara a cara.

—Lo sé —respondí—. En tu lugar es posible que también hubiera rehusado. Nadie se acordó de nosotros cuando Asuntos Internos nos machacaba.

Sonrió: por lo visto, era el mismo argumento que ella había empleado ante su jefa.

Londres, 9 de marzo, jueves

Cada vez llovía más, oscurecía y Álex propuso ir a un pub. Atravesamos The Mall rumbo a Belgravia, porque el lugar perfecto estaba cerca del alojamiento.

Volví a escrutarlo cuando se acercó a la barra y pensé que nunca encontraría a nadie que me atrajera tanto como él. Pero lo sucedido entre nosotros no era trivial, y no se resolvería con dos pintas. Al regresar a la mesa me preguntó cómo estaba, si me había recuperado de lo que pasó.

«Lo que pasó» era la embolia, el aborto; era todo lo que había ocurrido.

—Me he recuperado —asentí—. A nivel físico. Y creo que mental también.

—¿Estás con alguien?

No esperaba esa cuestión, lanzada probablemente sin pensar. Negué.

—¿Tú?

—Tampoco.

No lo expresó, pero yo lo recordé, se lo había oído hacía tiempo: él era como un chacal, «capaz de ayunar hasta dar con lo que busca». La directora del Instituto Forense intentaba camelárselo, siempre lo había hecho, y, según Lucía Moro, nada había cambiado. Pero Álex estaba demasiado ocupado leyendo en inglés libros que ya había leído en castellano.

—No estoy con nadie porque no me conformo con menos —apostilló.

Buscó mi mirada y la encontró. Pude responder cualquier cosa, pero solo se me ocurrió subrayar que los que no se conforman acaban solos.

—¿Y eso me lo dices tú?

Yo, que tampoco me conformaba con menos, que no me conformaba con nada. Suspiró derrotado, y quise saber más, tantear ese terreno.

—Le he dado mil vueltas a lo que pasó —comenté— y aún no lo entiendo.

Se cruzó de brazos.

—Pues yo lo veo claro. Aquello nos sobrepasó. Ocurrieron demasiadas cosas; no estábamos preparados para digerirlas.

—Cuando estuve en Bilbao, el otro día...

—Fui muy frío —resumió Álex.

—Lo fuiste —constaté.

—¿Qué esperabas? Cuando rompiste con lo nuestro lo soltaste todo. Pero yo no pude articular palabra... —Se inclinó un poco y sorbió un trago de cerveza. Parecía hastiado.

—Pues me gustaría oírte, Álex. Saber qué es eso que te has guardado.

—Acabaríamos fatal —murmuró evitando mis ojos.

—No podríamos estar peor.

Eso tuvo que admitirlo.

—Aunque igual sí es mejor olvidarlo. No sé si merece la pena —concedí.

Tener tan cerca su piel me hizo evocar sensaciones; sobremesas de calor en Madrid, de galbana bajo la sombrilla. Leyendo, charlando, haciendo el amor. Allí fui feliz; y lo supe esa tarde gélida en aquel pub de Belgravia.

—No estabas recuperada —sostuvo—. No te sentías bien; ni conmigo ni contigo misma. Yo actué mal, asumo mi parte de culpa. Te oculté lo del Buciero, obvié lo importante que era para ti el trabajo. Desmontar la mafia mientras tú convalecías fue algo así como zamparse una tarta Sacher delante de un hambriento.

«Fue algo así», pensé. Hablaba a la defensiva.

—Creía que te ayudaba al forzarte a salir, a funcionar como siempre —precisó—. Y debí haber hecho lo contrario, debí dejarte descansar.

—Yo tampoco lo hice bien —acepté.

—Nada bien —remachó—. No confiaste en mí. Y eso aún me duele en el alma. Te lo tragabas todo tú sola, porque tenías que castigarte. Te sentías culpable del aborto, de la embolia, y no le debíamos nada a nadie. ¿Cometiste algún crimen? Dejaste a Tomás y yo a María, fuimos honestos, y eso no es malo.

—Me ocultaste lo del Buciero —insistí.

—Si te lo hubiera dicho, me habrías hecho detener. Conozco tu ética del trabajo.

Se estaba desahogando a gusto, y lo que oía me estaba doliendo. El relato de mi silencio y mi encierro voluntario.

—Escuchas a cualquiera que eche pestes de mí —reiteró—. Pero siempre me porté bien contigo.

—Aunque no con el resto del mundo.

Entonces me miró. Y vi rabia en sus ojos; impotencia, dolor y cansancio.

—Tú y yo somos una cosa, Natalia. El resto del mundo es otra.

—Eso no es así, Álex.

—No llegarás muy lejos cargando con el resto del mundo como si fueras una locomotora, arrastrando una cadena de vagones.

Había más, pero quizá él no tuviera claro si debía ir tan lejos. Hizo una pausa con la mirada perdida y debió decidir soltarlo, perfectamente consciente del peso de sus palabras, del impacto que iban a provocar:

—Natalia... Perdiste el bebé, pero es que ni siquiera querías tenerlo.

¿Por qué había desenterrado aquello? Cerré los ojos, respondí con un hilo de voz, con un nudo en la garganta:

—Eso no es cierto. Sí quería tenerlo; al final sí quería.

—Nunca lo expresaste. Nunca pronunciabas la palabra «embarazo». Era un tema tabú. —Su tono había subido, me miraba con dureza y había olvidado el temple.

—Álex..., no pareció importarte mucho la pérdida de ese bebé. Pasaste página tan rápido...

—Porque estuviste a punto de morir —dijo furioso—, y sentí tanto alivio cuando saliste del coma que, honestamente, el bebé era lo de menos. Cuando abriste los ojos me olvidé de lo demás.

—Y corriste a resolver casos —sinteticé.

—No habríamos arreglado mucho quedándonos los dos en casa llorando por las esquinas.

Dejó de hablar y negó, como si aquello ya no tuviera remedio; y supe que eso era todo, el final definitivo. Consulté la hora: eran las diez de la noche y el viernes habría que madrugar. Propuse ir yendo hacia el hotel, y Álex asintió sin entusiasmo. Nos sumimos en un mutismo tenso hasta alcanzar Ebury Street. Rumiando el dolor, inmersos en heridas particulares. Nos despedimos en el descansillo, con frialdad, sin apenas mirarnos. Y pasé la noche en vela. Esa conversación me hizo contemplar las cosas bajo otra óptica. Álex no tenía toda la razón, pero me había retratado con una crudeza brutal.

A la mañana siguiente coincidimos en el comedor; desayunamos juntos y compartimos un taxi hasta Lombard Street, en el distrito financiero. Asistimos a la primera jornada del curso como quien acude al primer día de escuela. Las ponencias se centraron en el tráfico de armas, y yo tomaba notas sin parar mientras Álex, a mi lado, escuchaba de brazos cruzados. Cuando finalizaban las exposiciones, machacaba a los ponentes a preguntas en un inglés impecable, y empecé a plantearme si Lucía Moro no estaría en lo cierto, si ese tiempo separados no le habría agriado aún más el carácter.

Al regresar al hotel hizo alusión a Kensington, al pub en que estuvimos hacía años. ¿Y si cenáramos allí? Lo estudié sorprendida; cenar juntos no era una buena idea. El domingo por la tarde regresaríamos a España. Él a Bilbao, yo a Madrid. Pero accedí, ya no tenía mucho que perder.

Tácitamente, decidimos comportarnos como personas normales que conversan. Con media pinta en la mano hicimos fluir las palabras, cordiales pero frías. Él citó a algunos compañeros de la brigada. Luego se refirió a Lucía. Su amigo Aritz, el ilustre abogado, no albergaba intención alguna de dejar a su mujer por ella.

—Pues Lucía se ha hecho ilusiones. Deberías prevenirla —apunté.

—Soy su jefe, no soy quién para inmiscuirme en su vida.

Ser mi jefe no le había impedido inmiscuirse en la mía.

—Dirijo una comisaría, Natalia; no soy psicólogo ni cura.

Agregó que un buen desengaño siempre ayuda a espabilar. Podía ser cruel cuando se lo proponía, y últimamente parecía ejercitar esa faceta. La seriedad, la cautela, dieron paso a las risas, a la charla fácil. Comprendí que mantenía una lucha; no quería ceder un milímetro de terreno.

En el taxi de vuelta me acerqué a él y lo besé. El beso fue corto y tímido, pero él correspondió con otro más largo, profundo y cálido. Cuando llegamos al hotel, ya no había vuelta atrás. Nos besábamos con pulsión fundidos en uno; su mano, de algún modo, acariciaba mi cintura bajo el abrigo, el jersey y la camiseta. Le lanzó un billete al taxista y no esperamos al cambio. Entramos en el edificio y Álex tiró de mí escaleras arriba. En su cuarto, nos desnudamos el uno al otro. Capas y capas de ropa, porque era invierno y helaba. Su torso quemaba en mis labios; sus dedos, hábiles, hicieron arder la piel de mis muslos mientras deslizaba las medias hacia abajo. Al encontrarnos en Waterstones establecimos un acuerdo tácito, un contrato no verbal por el que acordamos acabar así. Hicimos el amor. Su cuerpo era un lujo necesario, y me aferré a él deponiendo la realidad. Recorrió mi piel con su boca. Sabía hacerlo, consciente de las teclas que debía pulsar, cómo y en qué momento. La cama era pequeña, y enfrente había un espejo; quise dejarme llevar, que fuera él quien dirigiese una sinfonía que comenzó con brutalidad, con trazos de su saliva en mi cuello, en la zona más tierna de mis pechos, en la más sensible de mi pubis. La imagen de su cabeza entre mis muslos, su fuerza al sostener mis caderas, me hizo gemir de placer. Apenas podía moverme, tolerar el ritmo de su boca, que me hizo estremecer en tiempo récord. Se incorporó, me recogió el pelo con la mano, lo apartó mientras se introducía en mí, mientras me acariciaba. Busqué su mirada y no supe descifrarla. ¿Placer? ¿Rabia? ¿Sed? Aquella colisión visual, sincronizada con nuestra pugna, se produjo un instante antes de volver a estallar; una descarga en cada fibra de mi cuerpo. Y del suyo. Era capaz de sentirlo, olía su excitación, su voracidad se palpaba como si fuera materia.

A medida que pasó la noche, ralentizamos la cadencia. Sus últimas maniobras fueron tiernas, delicadas, caricias con la suavidad de quien afina las cuerdas de un arpa.

Dormimos pocas horas, abrazados, porque hacía frío y la cama era minúscula. Nos despertó la alarma del reloj. Nos duchamos, desayunamos, nos vestimos como si nada. Apenas hablamos. Acudimos al curso como el día anterior, sin tocarnos ni mirarnos, y por la tarde repetimos la jugada. Mismo barrio, mismo pub, mismo final. Hasta el taxi parecía el mismo. Esa noche, en la cama, asumí un rol más activo, sabía que le gustaba. Intrigada por la imagen del espejo, sin saber qué leía en sus ojos. Así hasta el domingo, en que decidí cambiar mi vuelo y regresar con él a Bilbao. Nos dimos una noche más, en su casa: volvería a Madrid el lunes.

No me atrevía a besarlo, a establecer contacto físico fuera de aquella cama. El viaje fue corto y silencioso.

El domingo por la noche, ya en Bilbao, me aposté junto al ventanal, frente a los magnolios del parque, en aquella vivienda hermosa compartida en los estertores de nuestra historia.

—¿Te trae malos recuerdos?

Negué. Diciembre fue duro, pero me había sentido en casa.

—Pues yo no la siento mi casa —murmuró—. Me encuentro fuera de lugar. —Se dejó caer a mi lado en el sofá. Había llegado la hora de afrontar la realidad—. Natalia, lo que ha ocurrido estos días...

—No tenemos voluntad.

Negó con contundencia.

—No es cuestión de voluntad. Es mucho más fuerte que eso. —Suspiró antes de seguir—: ¿Es razonable insistir en algo para llegar al mismo punto?

—Debemos intentarlo —sostuve.

—No sé si quiero pagar el precio de intentarlo, de fracasar de nuevo. Verte el otro día, en la Judicial, fue como una puñalada. Si acordamos volver, será para que funcione. Y si optamos por olvidar, será para siempre —advirtió—. Seré yo quien no quiera verte. Si nos topamos casualmente, como ocurrió en Londres, pasaré de largo. —Su dureza era cáustica y él lo sabía.

—¿Qué propones, Álex?

—Dejar de vernos hasta que resuelvas el caso. Fue lo que nos hundió.

Estábamos de acuerdo. Aquella investigación infame nos había minado desde el principio.

—¿Y cuando lo resuelva? —quise saber.

—Pondremos el contador a cero. Reanudaremos lo nuestro sin lastres. Aquí o en Madrid o en los dos sitios. —Se incorporó incómodo. Aún había más, algo le quemaba por dentro—. Tengo más datos sobre el caso —confirmó—. Pero no lo hablaremos ahora. Mezclar la vida personal con el trabajo fue nuestro pecado capital.

Y entonces lo supe: estaba agotado, llevaba semanas rumiando los motivos de nuestra caída a los infiernos.

—Mañana por la mañana iré a la Judicial. Agradeceré toda la información que me ofrezcas —concedí—. Tomo el tren de Madrid a las dos.

Se acercó al ventanal y me dio la espalda.

—No sabes cuánto me jode admitirlo: tenerte aquí de nuevo es una especie de salvoconducto. Y vuelvo a sentirme en casa.

Habíamos dormido juntos, pero aquella mañana del lunes, cuando me invitó a pasar a su despacho, nos tratamos como al principio, cuando solo éramos compañeros.

Álex me tendió un caramelo y empezó a compartir información:

—Después del aborto, cuando estabas hospitalizada, me pediste que destruyera la documentación del caso, pero no lo hice.

—Lo sé. Encontré esa caja hace semanas en tu armario, cuando iba a enviarte tu ropa. Me topé con la factura telefónica de Alicia, la que no llegué a abrir en su día... Pero tú sí la abriste.

—Y al estudiarla empecé a comprender. —Se cruzó de brazos escrutándome. Se preguntaba si habríamos llegado a la misma conclusión.

—Hay que detener a Ángela Vega —resumí.

Álex recorrió el despacho, como solía en los viejos tiempos.

—Me costó cuadrar las piezas del rompecabezas —admitió—. Lo logré hace unas semanas, pero los hechos no son tan contundentes como para retenerla durante más de setenta y dos horas... No quiero precipitarme, ponerla sobre aviso para que huya al extranjero o invalide pruebas. Necesitamos algo sólido antes de quemar ese cartucho.

—Me encargaré. Conseguiremos ese material. Hablé con ella, llegamos a citarnos, pero entonces sufrí la embolia y no acudí al encuentro. Volví a intentarlo más tarde, pero estaba en California...

A continuación le mostré el informe que el detective Higgins elaboró para Rocío en 2001. La vigilancia a Néstor Brul había arrojado luz sobre sus escarceos extramaritales; variados y numerosos. Pero había más. Pasé las páginas del dosier y señalé un párrafo:

> El GPS insertado en el teléfono de Néstor Brul mostró un extraño trayecto en la madrugada del 12 de agosto. Brul pasó la noche en su domicilio, en Plentzia, pero puso rumbo a la localidad cántabra de Santoña a las dos y media de la mañana. Tras un par de horas, regresó a su piso de Bilbao. Esa noche, la del domingo día 12, se dirigió al cabo Billano. Seis horas más tarde acudió al hospital a visitar a sus gemelos.

—Al leer esto, Rocío pensó que fue Néstor quien mató a Alicia; que enterró sus restos en Billano y le tendió una trampa a Ennio Rossi. Por eso me telefoneó años más tarde. Rocío nos envió a ese lugar, nos dio las coordenadas ignorando que exhumaríamos otros cuerpos.

Álex parecía sorprendido. Fue su hermano quien sepultó en cal viva los restos de Lander y Aurora, quien limpió la casa de Santoña.

—Cuando llegué estaban muertos —dictaminó aturdido—. Estuve a punto de cruzarme con Néstor...

—Quizá se ocultara al verte. Regresó *a posteriori;* limpió la casa, trasladó los cadáveres.

Álex examinó el informe. Fotografió el párrafo que le había mostrado.

—Desde la desaparición de Rocío, los *mails* del asesino han cesado —comentó—. ¿Era ella quien los enviaba?

Me encogí de hombros. Quedaban tantas incógnitas... ¿Quién acabó con Higgins? ¿Andrés Brul? ¿Protegía a Néstor?

—Hay más. Según este informe, en esa época tu hermano mantenía relaciones con una joven italiana. No imaginarías con quién...

—Aguardé unos segundos antes de rematar—: Néstor estaba liado con Marta Rossi, la hermana de Ennio.

—No jodas... —murmuró Álex expectante.

—Desapareció de la faz de la tierra allá por 2001. Nunca hallaron su cadáver. He solicitado ayuda a las autoridades italianas.

Reflexionamos en silencio frente a la mesa de su despacho. Consulté la hora en mi teléfono y me incorporé. Mi tren salía a las dos. Álex se puso el abrigo, agarró mi maleta, ajustó su pistola. Pensé que me acompañaría a la entrada, pero había resuelto acercarme a la estación. Sostuvo mi mano mientras conducía en silencio. Ignorábamos cuánto pasaría hasta volver a estar juntos. Solo tenía que zanjar el caso, parecía simple, pero podía tardar semanas. Nos abrazamos en el andén. Nos besamos.

—Tengo mucha fuerza de voluntad, pero cuando se trata de ti... Quizá queramos vernos antes de que cierres las investigaciones.

Lo noté preocupado. Negué. Habíamos llegado a un acuerdo e íbamos a cumplirlo.

Volvimos a besarnos y luego se alejó. Faltaban unos minutos para las dos de la tarde, pero arrastré la maleta y entré en el tren. Saqué un cuaderno, un lápiz del cero. Tomé asiento, cerré los ojos y sonó mi teléfono.

Justo cuando creíamos que no llegarían más *mails*: «Asunto: Alicia - XI».

Antes de leerlo, mis ojos se desviaron diez grados, quince. Un reloj, un Rolex de esfera azul. ¿Dónde lo había visto? Alcé la mirada. La mujer sentada a mi lado sonrió.

49

ÁLEX

Bilbao, 16 de marzo, jueves

De: El asesino
Enviado: lunes, 13 de marzo de 2017, 13:51
Para: Alejandro Brul Briand
Asunto: Alicia - XI

Abril de 2016, viento sur. El sol abrasaba el aparcamiento del penal de El Dueso y arrancaba destellos cegadores de las carrocerías de los coches. Un visitante salía. Un hombre joven, en la treintena. Hombros anchos, rostro simétrico y gesto serio. Pensativo, absorto; quizá preocupado. Los vigilantes le franquearon el paso y se despidió con el ademán informal de quien se conoce de sobra.

Esquivó los coches y se aproximó a su moto, al fondo. Un deportivo rojo entró en escena, de un tono que ofendía por lo intenso. Una mujer se apeó de él. Su cabello era oscuro, y calzaba botines de altura imposible. Llevaba gafas de sol y enfiló el aparcamiento con una determinación que rozaba la insolencia.

Apenas veinte metros separaban a los visitantes. A punto de encontrarse, ella ralentizó el paso y se quitó las gafas. Al cruzarse, él le lanzó una mirada. Fue un vistazo casual, breve. Apenas se fijó, la miró sin verla.

La mujer volvió la cabeza, se detuvo. Su corazón latía violento y estudió la espalda del joven sin rastro de disimulo. Lo escrutó mientras sacaba el casco, se lo calaba y arrancaba la moto.

Solo entonces, cuando Álex salió de su vista, Ángela volvió a ponerse las gafas, sobrecogida, y reanudó la marcha. En su rostro se leía la palidez de quien se topa con un fantasma.

Borré el mensaje, que confirmaba nuestras sospechas. Eran las siete de la mañana y aún no había amanecido, pero un resplandor azulado manchaba el cielo tras las copas del arbolado. Ya había boxeado un rato, había desayunado, y en unos minutos me plantaría en comisaría.

Mientras me abrochaba la camisa reparé en el camisón de Natalia colgado del picaporte. Se lo había olvidado el lunes antes de regresar a Madrid; quise creer que se trataba de un descuido deliberado, de un mensaje tajante: «Regresaré pronto».

Bilbao despertaba, y atravesé sus calles con las primeras luces del día. Me crucé con los policías del turno de noche; aún no eran las ocho, pero Lucía Moro ya estaba allí. Revisaba informes desmoronada en su silla, con los ojos enrojecidos. En esa comisaría la procesión iba por barrios. Todos salíamos escaldados antes o después, y mantener relaciones con un hombre casado le estaba pasando factura.

Le planté un café en la mesa, y me dio las gracias sin asomo de entusiasmo. En un par de horas salía a interrogar a Néstor.

Pasé la mañana estudiando la memoria USB de mi padre. El volumen de datos era ingente, tardaríamos siglos en deshacer el nudo. A la una telefoneé al juez instructor; le puse al día de los avances y le pedí tres comisiones rogatorias. A Belice, a Suiza y a Panamá. Vía libre. Lo matarían de un tiro treinta horas más tarde.

A punto de salir a comer, alguien llamó a la puerta. Un agente uniformado se refirió a una denuncia. Acababa de presentarse un matrimonio y solicitaban tratar un asunto; conmigo personalmente.

—Hablan de la desaparición de su hija.

«Los padres de Alicia», pensé. Le pedí al policía que los hiciera pasar y me incorporé. Eran dos alimañas, pero recibirlos apoltronado no me pareció correcto. Me pregunté si traerían más mechones de pelo, más fotografías; era probable que apestaran a vino, que fueran hostiles y perdieran las formas.

—Buenos días, inspector.

No eran los padres de Alicia. Los invité a sentarse, y la mujer se explicó atropellada:

—No es un asunto para tratar con cualquiera. Por eso pedimos hablar con usted. No estamos seguros, pero creemos que a nuestra hija le ha sucedido algo.

Había agentes dedicados a registrar denuncias, y aquello parecía competencia de la Ertzaintza, pero ya era tarde para hacer que se fueran y cogí mi cuaderno. Les rogué que expusieran lo ocurrido mientras anotaba fecha y hora.

—Bueno, no se lo hemos explicado, perdone, estamos un poco alterados. Nuestra hija es la inspectora Herreros.

Volví a mirarlos, sorprendido.

—Está en Madrid —repliqué inseguro—, se fue el lunes.

—No llegó a Madrid —repuso el hombre—. Pasamos allí el fin de semana, aprovechamos que estuvo en Londres. El lunes nos telefoneó desde Bilbao, avisó de su llegada en el tren de las siete, pero el tren llegó sin ella.

—¿Fueron a buscarla a la estación?

—Sí. Pensamos que lo habría perdido... Nuestro vuelo de vuelta salía esa noche, así que regresamos a Bilbao.

Me disculpé. Marqué el número de Natalia por primera vez en tiempo. Daba señal, pero nadie respondía.

—¿Han hablado con Jon?

—Lleva toda la semana en Zúrich. Ayer telefoneamos a su despacho en Madrid, y allí no saben de ella. Pensaron que se había tomado unos días libres.

¿Unos días libres? ¿Sin avisar? Después de aquel tiroteo en plena calle clamaba al cielo que nadie en Homicidios se hubiera alarmado.

Volví a disculparme y reclamé a la inspectora Moro. Apareció en un minuto.

—Estos son los padres de Natalia —resumí—. Creen que ha desaparecido.

Apenas sabía lo que estaba diciendo. Aturdido, intentaba dar con un motivo razonable, pero en aquel momento todo me parecía irreal. El matrimonio repitió su relato: habían telefoneado a las amigas de Natalia, a su director de tesis...

—¿Tienen el número de Tomás?

—Lo hemos llamado, pero no responde. Fue lo primero que pensamos.

En aquel instante no era él quien me preocupaba. Sin embargo, la madre de Natalia aportó algo más:

—Natalia llegó a casa nerviosa. Fue una tarde, este verano, cuando estuvo aquí en Bilbao... Me contó que Tomás la acosaba.

—¿Dio más detalles?

La mujer negó. Lucía me contemplaba paralizada. Volví a descolgar el auricular, convoqué a dos agentes y los envié al domicilio de Tomás tras recitarles la dirección de memoria.

—¿Cuándo hablaste con Natalia por última vez? —le pregunté a Lucía.

—Intenté localizarla el martes. Pero no respondió al teléfono. ¿Y tú?

—La acompañé a la estación el lunes a mediodía —sostuve.

—¿Esperaste a que subiera al tren?

—Sí.

—¿Viste arrancar el tren?

Negué. Aún entraba gente cuando abandoné el andén. Volví a tomar el auricular con el corazón en la boca y telefoneé a ADIF. Requerí las grabaciones de la estación, el listado de pasajeros.

—Muy urgente —recalqué—, lunes, catorce horas.

Colgué y marqué de nuevo. Compañía telefónica; solicité la triangulación de su terminal, había que localizar el teléfono. Dicté su número, consciente de pronto de que hacía tres días de su desaparición. Tres días con sus tres noches. Sus padres me sondeaban encogidos, esperando que yo obrara un milagro, mientras Lucía Moro recorría el despacho con inquietud; su semblante preocupado me hizo mirar a otra parte.

—Vamos a emitir una orden de busca internacional —decidí.

—¿No es muy precipitado, Brul?

—Intentaron pegarle un tiro hace menos de un mes. —No fue un comentario afortunado. Me disculpé al darme cuenta.

—¿Cree que está muerta? —preguntó la madre.

—Iba armada —me escuché decir.

Deliberé un momento antes de avanzar. Le había enviado varios mensajes después de la despedida. No había respondido, y lo atribuí a la estúpida tregua que habíamos pactado.

—Metro setenta —dicté—, treinta y cuatro años, complexión delgada, cabello oscuro, largo. Ojos... —Me callé aterrorizado.

—¿Pongo claros? —intervino Lucía—. A mí me parecen grises.

—Los ojos de Natalia son verdes —suscribió su madre.

No perdería tiempo en aquello. Obvié ese detalle.

—Iba armada —aprecié—. En el momento de la desaparición llevaba un vestido blanco, de punto, con unos botines de ante. Un abrigo largo, negro, de cachemira. —«Detalles», pensé. Las joyas, el reloj; esas cosas son importantes—. No llevaba reloj. Pendientes pequeños, dos diamantes. Arrastraba una maleta gris.

Era todo. Natalia no tenía tatuajes ni lunares, nada que la hiciera diferente. Y sin embargo, en su sencillez, era excepcional; poseía algo indescriptible que no podía plasmarse en la orden. Habría anotado que era preciosa.

—Habíamos pasado el fin de semana juntos, en Londres —quise aclarar.

Sus padres asintieron, como si eso hiciera comprensible la minuciosidad con que la había descrito. Le pedí a Lucía que seleccionara una foto para adjuntar a la orden.

—Necesito saber si ha habido movimientos en sus cuentas.

—No ha sido una marcha voluntaria —intervino el padre.

—Lo sé, pero, si la han forzado a retirar efectivo, obtendremos las grabaciones de las cámaras del cajero.

Me quedaban mil trámites por ejecutar, pero estaba a punto de bloquearme y no tenía sentido que sus padres permanecieran allí. Les sugerí que regresaran a casa, que me informaran de cualquier detalle.

—Siento mucho haberlos conocido en estas circunstancias.

—Lo sentimos tanto como usted.

No pude calibrar si eran conscientes de lo mal que pintaba aquello.

Cuando salieron del despacho me sentí peor. Me cubrí el rostro con las manos deseando volver atrás, regresar al lunes para impedir que tomara el tren. Me recompuse en diez segundos: no arreglaría nada lamentándome.

Convoqué a la brigada a una reunión de emergencia. Los informé de la situación y le di prioridad al asunto. Repartí órdenes claras. Le expuse el asunto al juez, y lanzamos una orden de detención contra Ángela Vega. Telefoneé a Homicidios, solicité apoyo y le envié un mensaje a Jon rogándole que contactara conmigo; necesitaba ayuda, pero no me fiaba de nadie de la UDEV. Me llamó un par de horas más tarde, recién aterrizado en Madrid.

—Hay que registrar el piso de tu hermana. Pero yo no puedo dejar Bilbao.

—¿Qué tengo que buscar?

—Cartas, facturas, mensajes... Quiero el ordenador de Natalia, que me lo traigas personalmente. Tiques en los bolsillos de su ropa... Te escoltarán dos policías. Los he enviado desde aquí, son de fiar.

El tiempo pasaba despacio, y alguien encargó unos sándwiches que no fui capaz de tragar. No había ningún movimiento en las cuentas de Natalia. Tampoco en el registro de llamadas. Requerí el permiso del director de El Dueso para trasladar a Néstor a comisaría. Ángela Vega lo visitaba en la cárcel, su testimonio era crucial.

A las cinco de la tarde recibí una llamada de Gabriel Alonso desde Madrid. Había solicitado el alta voluntaria, aún convaleciente del disparo en el hombro. Dejó claro que me detestaba tanto como apreciaba a Natalia, y la apreciaba mucho. Quería colaborar.

—Yo tampoco te soporto —repuse—, pero, si nos eres de ayuda, lo demás me da igual. Necesito que vayas al domicilio de Ibán Suárez en Madrid. Ruégale que te acompañe, quiero que preste declaración en Bilbao.

Hacía cuatro horas que sus padres soltaron la bomba y ya había medio centenar de policías trabajando en aquello. Tuvo que empezar a anochecer para que las maniobras de primera hora dieran sus frutos.

—Tomás tiene coartada —explicó Lucía—. El lunes estaba en Barcelona en una entrevista de trabajo.

A los pocos minutos llegaron las grabaciones de la estación. Convoqué otra reunión urgente, y nos plantamos frente al reproductor en mi despacho.

Me tembló el pulso al manejar el mando. Disponíamos de ocho filmaciones distintas en varios puntos del andén. Nos identifiqué en la sexta proyección. Dos menos cuarto de la tarde, lunes; la fecha y la hora parpadeaban. Un murmullo invadió la sala cuando irrumpimos en pantalla y nos detuvimos frente al tren. Natalia con su abrigo oscuro, yo arrastrando la maleta. Charlamos unos instantes. Un abrazo de veinte segundos. Un beso de doce. En su momento, no me parecieron tan largos. Mi figura abandonó la escena, y la de Natalia, con la maleta a rastras, entró en el vagón número 5. Aún no eran las dos y todavía entraban pasajeros. Esperamos inquietos. Pasó el tiempo. 14:00 en la esquina del televisor. Se cerraron las puertas y el tren arrancó.

—Viajó en ese tren. Tuvieron que sacarla en otra estación.

—Hay que revisar las ocho grabaciones. ¿Y si saliera por otro vagón?

Quedaban dos filmaciones por estudiar: las de los coches 3 y 7. Y repetimos el proceso. En la octava visualización ocurrió algo extraño. A las 13:56, una mancha blanca aparecía en la entrada al coche 3.

—Es ella. Está saliendo.

Mi corazón martilleaba cuando la vi dejar el tren con el abrigo bajo un brazo y la maleta en el otro. Iba sola. Nadie tras ella, nadie a su lado. En menos de diez segundos se perdió en el cuadro de la pantalla. Esperamos, pero no volvió a aparecer. A las 14:00 se cerraron las puertas y el tren se fue. Sin Natalia.

Lancé un suspiro profundo. ¿A dónde había ido?

—Quizá la telefoneara alguien...

—Hemos comprobado sus llamadas. Ninguna después de las once de la mañana.

Me escrutaban nueve pares de ojos. Los agentes esperaban el próximo paso, pero yo no sabía hacia dónde dirigirme. Quince años más tarde, me encontraba en la misma situación. Pero esta vez era peor porque Natalia no era Alicia, Natalia lo era todo. Me derrumbé en una silla, fuera de juego.

—Vuelve a poner el vídeo —sugirió Lucía.

Mismos fotogramas, mismo ritmo. Pero varias voces manifestaron que Natalia alzaba el rostro al pasar bajo la cámara; la observaba. Alguien me arrancó el mando de la mano y amplió las imágenes. Su semblante aparecía pixelado en diez aumentos, y era cierto. Sus ojos, de pronto, se clavaban en los nuestros. Como si nos analizara desde el otro lado.

—Ella sabía que examinaríamos este vídeo... Quería decirnos algo.

A las dos de la madrugada me fui a casa. Estaba exhausto, pero no tenía sueño. Recorrí el piso como una rata enjaulada, acechando tras las ventanas, ansiando que amaneciera para volver a arrancar. Desesperado, volví a marcar su número; ya no daba señal. Aquello no habría ocurrido ni en mi peor pesadilla. A las cuatro de la mañana volví a estudiar la grabación. Natalia salía del tren. ¿A dónde se dirigía? Sus ojos claros, llenos de luz, fijos en los míos; enrojecidos.

Dos horas más tarde ya daba vueltas por mi despacho. Me puse en contacto con la compañía telefónica y amenacé con una denuncia por obstrucción a la Justicia. Hacía más de medio día que solicitamos la triangulación del teléfono y aún no había respuesta.

—He repasado la lista de viajeros —enunció Lucía—, y no hay nada raro.

—Lo que haya ocurrido, sucedió dentro del tren. Pero no hay cámaras en el interior... Tenemos que interrogar al pasaje.

Lucía tomó notas en su cuaderno.

—También necesitamos grabaciones de las calles aledañas. Y hay otro asunto que me intriga. Recorrió dos vagones antes de dejar el convoy.

Jon aterrizó en Bilbao con el ordenador de Natalia y un montón de documentos. Los técnicos dedicaron la mañana a revisar el equipo informático, pero no dimos con nada relevante. Nada en su portátil, ni en las grabaciones de las calles adyacentes a la estación.

—Es como si se la hubiera tragado la tierra.

Pero la tierra no se traga a nadie.

Dos agentes escoltaron a mi hermano hasta la sala de interrogatorios. Ibán Suárez estaba en camino, dispuesto a cooperar y consternado por la desaparición de la inspectora.

—Puro teatro —murmuré.

Organicé un careo entre ellos. Néstor y Suárez.

—Brul, no puedes entrar solo, perderás las formas —dijo Lucía.

—Podéis acompañarme tantos policías como queráis —mantuve— o amarrarme a la silla. Pero el interrogatorio lo dirijo yo.

Sabía qué cuestiones plantear, cómo hacerlo. Ya no era el tipo indeciso del día anterior.

Una mesa cuadrada, tres sillas. Yo en el centro, Néstor y Suárez enfrentados entre sí. A mi espalda, ocho agentes uniformados. Lucía Moro y tres inspectores más al otro lado del cristal blindado. Néstor fue el primero en llegar, impecablemente vestido. Estudié sus facciones al otro lado del espejo mientras le soltaban las esposas. Esperó en silencio en la sala vacía; quince minutos más tarde ordené que entrara Suárez. No iba esposado, se había prestado a testificar voluntariamente, y no me pasó desapercibida la mirada fúnebre que intercambiaron.

Los hice aguardar media hora. Cabía la posibilidad de que hablaran entre ellos, pero no eran idiotas; sabían dónde estaban y por qué. Hice desfilar al pelotón de policías. Y al fin entré yo. Dejé el cuaderno sobre la mesa y me senté sin dar los buenos días, cruzándome de brazos ante dos hombres cabizbajos.

—La inspectora Herreros lleva noventa horas en paradero desconocido. Quiero saber dónde está.

Alzaron la vista. Ninguno de ellos replicó.

—Los dos comprendéis por qué estáis aquí y qué estoy diciendo.

Suárez tomó aire. Clavó sus ojos acerados en los míos, que eran duros y amenazadores.

—Sospechas de Ángela, ¿es eso? —intervino conciliador.

—Es más que una sospecha. ¿Dónde está tu mujer?

—Nos separamos en diciembre. No sé nada de ella desde entonces. Se ha desentendido de los niños, me cedió la custodia.

Desvié la atención hacia Néstor, que esperaba con la cabeza gacha.

—¿Néstor?

—Ignoro dónde está Ángela —murmuró sin mirarme.

Pensé en la teoría cuántica. No es posible deducir la ubicación exacta de los electrones de un átomo, pero sí la región en que la probabilidad de hallarlos es máxima.

—Me basta con una pista, Néstor, con un hilo del que tirar.

Alzó la vista. Algo cambió en sus ojos, consciente del dolor en los míos. Estaba a punto de derrumbarse; solo habría que golpear la viga maestra.

—Si lo supiera te lo diría —aseguró—. Sabes cuánto aprecio a la inspectora.

—¿Mencionaba Ángela a Natalia? Cuando acudía a visitarte al penal.

Mutismo absoluto. Tragó saliva temblando mientras Suárez, inquieto, se revolvía en su silla. Golpeé la mesa con el puño, elevé el tono de voz.

—Joder, Néstor, solo tienes que decirme qué pensaba ella de Natalia.

—La tenía en alta estima —rubricó Suárez captando mi atención.

Volví la cabeza. Suárez se pronunciaba atropelladamente, como si las palabras se hubieran apoderado de su voluntad y brotaran descontroladas.

—Ángela vigilaba a la inspectora, asistía a sus ponencias —precisó—. Tomaba notas y recopilaba artículos referidos a sus casos. Era demasiado; tuvimos una discusión y...

—Un momento —lo interrumpí—, ¿cuándo empezó todo eso?

—Hace un año. Aproximadamente.

—¿Dónde está ese material que recababa?

—Lo dejó todo en casa, en Madrid. Se fue sin ello.

Garabateé algo en un papel y se lo tendí a un agente. Había que registrar aquel piso del barrio de Salamanca. Era urgente. Me dirigí a Suárez de nuevo:

—No voy a perder tiempo intentando comprender por qué se obsesionó con Natalia... ¿Crees que le haría daño?

—La admiraba —replicó Suárez.

Centré la atención en mi hermano, aturdido y taciturno.

—¿Néstor? ¿Qué opinas? ¿Estás de acuerdo con eso?

—No lo estoy —aseguró—. Ángela admiraba a Natalia, pero era algo enfermizo.

Me crucé de brazos. Negué sin dar crédito.

—¿Por qué le ingresabas dinero, Néstor?

—Ella me vendía información. —Esta vez sí, confesó a desgana—. Lleva años haciéndolo.

—Tú intentabas tomar el mando de la estructura de Andrés Brul, y Ángela te ayudaba. ¿Sabes que es ella quien lidera el grupo ahora?

Néstor no respondió, pero aposté a que ya lo sabía, a que él mismo la había ayudado a encumbrar la cima.

—Acaban de llegar los informes de una comisión rogatoria a Singapur. Alguien hizo que Andrés cambiara la titularidad de sus cuentas días antes de morir. Cien millones de euros opacos al fisco, a nombre de una sociedad gestionada por Ángela Vega —expliqué.

—Pídele al juez que bloquee ese dinero.

—Ese dinero ha volado. Ángela Vega lo retiró.

Néstor se mantuvo impávido. Volví a golpear la mesa, le exigí que me mirara.

—Háblame de Alicia. De lo que ocurrió en el Buciero hace años.

Mi hermano apretó los puños, conteniendo las ganas de saltarme a la yugular.

—Mi mujer nombraba a Alicia —apostilló Suárez—, lo hacía en sueños. Fue Ángela quien la mató, ¿es eso? —tanteó.

Asentí.

—La mató, pero no del modo que piensas —advertí.

Néstor suspiró como si acabaran de apuñalarlo. Negó mientras Suárez me estudiaba inquisitivo.

—Alicia no murió en el monte. Desapareció y empezó una vida nueva. Néstor la ayudó a cambiar de identidad. Asesinó a los testigos de aquel desastre: un matrimonio ajeno al asunto. —Me encaré con mi hermano, lo increpé—: Alicia está viva, ¿no es así? Está viva —repetí—, y hace años que se hace llamar Ángela Vega.

Una hora de careo. Sudaba, tenía la camisa pegada a la espalda, pero no podía detenerme, recorría la sala sin parar, de una punta a otra. Me crucé de brazos frente a Néstor.

—Organizaste un festival de sangre. Mataste a aquellas personas y las enterraste en Billano. Sacaste a Alicia del monte... Herida. Con el rostro destrozado por el sicario de Andrés. —Cerré el cuaderno y tomé asiento—. Se hallaron restos humanos en la planta química de Rossi, y las pruebas de ADN certificaron que era Alicia. Pero todo fue una trampa, Ennio Rossi estaba en lo cierto; sois capaces de cualquier cosa. ¿De quién eran esos restos, Néstor?

No respondió.

—Herreros lleva semanas cuestionando esas pruebas de ADN. Pies y antebrazos disueltos en ácido. No pertenecían a Alicia, eran de Marta Rossi, la hermana de Ennio. Estabais liados y desapareció por las mismas fechas... Descuartizaste a tu propia amante. —Le apunté con el dedo—. Alicia ha estado viva todo este tiempo —machaqué—. Y solía visitarte en prisión, con su nueva identidad, hasta que un buen día se cruzó conmigo en el aparcamiento de El Dueso. Y no la reconocí. Empezó a vigilar a Natalia, ahí comenzó su obsesión.

Estudié a mi hermano. Pasaron unos segundos. No se oía una mosca.

—¿Por qué se ha llevado a Natalia, Néstor?

Negó sin mirarme.

—Siente por ella una atracción malsana —explicó—. Natalia vivía la vida que ella debió haber tenido. Intenté que os dejara en paz, pero lo repetía mil veces, sin parar: «Yo debí haber sido la inspectora Herreros».

50

NATALIA

Algún lugar del mundo, 17 de marzo, viernes

Alicia me escrutaba. No apartaba su mirada de mí. No me quedaba claro qué era lo que pretendía: escandalizarme, impresionarme o ponerme de su lado.

—¿No estás sorprendida, inspectora?

—Hace semanas que sabíamos quién eras. Intenté localizarte, pero ya estabas en el extranjero...

—¿Cómo descubriste que no había muerto?

No quise ofrecerle información que pudiera volverse en mi contra.

—En el *mail* número tres localicé una frase que se refería a Alicia en presente: «Cortés, educada y hermética en lo que *respecta* a su vida».

Aquello me generó sospechas; la certeza absoluta de su supervivencia llegó gracias a la factura de su segunda línea telefónica. Hubo un periodo de tiempo, entre los años 2000 y 2003, en que por diez mil pesetas —sesenta euros— la compañía Airtel permitía a sus usuarios elegir número de móvil. Alicia había escogido la fecha de nacimiento de Néstor y empleaba aquel terminal única y exclusivamente para contactar con él. En las horas que siguieron a su supuesto asesinato, hubo comunicación entre ellos. Se dio de baja al día siguiente, lo que no ocurrió con su primera línea, la que todo el mundo conocía.

Alicia estaba viva, no cabía duda. Y ahora se llamaba Ángela.

—¿Sabes que me crucé con el inspector Brul? Hace un año, en el aparcamiento de El Dueso. No me reconoció.

Agaché la vista. No quería mirarla ni escucharla.

—Quizá no te viera —sugerí.

—Me miró a la cara, a los ojos. No me reconoció —reiteró.

—E introdujiste un mechón de pelo en mi buzón. Una foto y un anónimo.

Sonrió, como si la travesura le divirtiera.

—A veces hay que imprimirles un pequeño impulso a las cosas —aseguró.

Quizá Álex no la hubiera identificado en el aparcamiento, pero algo se alteró en su subconsciente. Empezó a obsesionarse con el caso Alicia.

—¿Cómo te sentirías tú si te lo toparas en unos años y él pasara de largo?

—Mal.

—¿Y qué harías entonces? —machacó.

—Me disgustaría, y luego se me pasaría.

—¿Estás siendo irónica?

—¿A cuántas operaciones de cirugía te has sometido?

—Tendría que haberse conmovido. No te haces idea de lo que hubo entre nosotros...

—He leído los correos que nos enviabas. Sé lo que hubo entre vosotros.

—¿Y qué opinas, inspectora?

Me había quedado claro que lo que hubo entre ellos no habría sido tan potente de no ser por la desaparición de ella.

—Creo que tuviste una infancia penosa y supiste adaptarte. A tu modo, lo has superado.

—Nunca superaré estos años.

—¿Por eso me has secuestrado?

—No te he secuestrado. ¿Quieres irte? Hazlo —propuso.

—No creo que sea fácil...

Se cruzó de brazos y sonrió. Era una sonrisa tenebrosa, forzada.

—No quiero hacerte daño —manifestó.

A veces perdía el hilo, detenía su discurso como si atendiera a voces lejanas, a un aullido agudo que irrumpiera en su cabeza. Su mirada se vaciaba, sus pupilas se dilataban y en su rictus muerto se dibujaba una mueca amarga. Estaba medicada, y sin pretenderlo, establecí un diagnóstico.

—Después de ese encuentro en El Dueso me planté frente a la comisaría de Bilbao. Hacía siglos que no pensaba en Brul, ya me era indiferente, pero quería volver a verlo, saber cómo vivía. Eran

443

las dos de la tarde, y entonces salió de allí. Lo acompañaba una chica; una mujer increíble con pinta de chica. Eras tú. Sentí algo indescriptible...

—¿Por mí?

—Por ti. Entendí que él te observara como lo hacía —matizó—. Investigué un poco, supe quién eras. Me pareciste fascinante. Antes de tu traslado a Madrid me senté frente a ti una tarde en una cafetería del centro. Sé leer la tristeza en los ojos de la gente. También te vi así este invierno, cuando te recuperabas del aborto... Él te relegó a una esquina, te robó tu caso; porque nunca va a comprenderte como yo lo hago.

Negué abrumada, no podía dejarme arrastrar por su retórica fácil.

—Te envié aquellos correos para medir tus reacciones. Quería calar en ti, hacerte partícipe de mi dolor. Necesitaba entrar en tu vida, estar viva de nuevo. Pero yo era Ángela, y Ángela era vulgar... Tú resucitaste a Alicia, me hiciste volver. —Tomó aire jadeante, se aproximó algo más—. Cuánto me he divertido...

—Pensamos que alguien tenía tu diario.

—¿Mi diario? Pero qué idiotas sois. —Se rio—. Lo destruí hace siglos.

—¿Por qué «el asesino»?

—Puede decirse que he sido mi propia asesina. —Sonrió—. Tardaba días en escribir los mensajes, medía cada palabra, te imaginaba al leerlos, y eso te hacía más deseable.

Los correos habían cesado entre finales de julio y principios de octubre. También entre noviembre y marzo. ¿A qué respondía aquello?

—Lo aprendí de ti, inspectora, en una de aquellas charlas que impartías con tanta solvencia. —Sonrió de nuevo—. Reforzamiento intermitente.

Tenía razón: durante meses esperé la llegada de los *mails,* que entraban con regularidad aunque sin pauta. Y de pronto, parones inexplicables...

—Un estímulo impredecible mantiene la expectación y condiciona la dependencia con mucha más eficacia —murmuré para mí. Como el jugador que introduce monedas en la ranura de la tragaperras sin que vaya a salirle el premio.

—Supongo que os volví medio locos, medio adictos a mí...

Adictos a ella. Sí.

Quería alejarme de sus pupilas vitriólicas, de su rostro cosido cien veces, restaurado en mil quirófanos. Parecía una muñeca vieja, un pastiche grotesco. De la Alicia del pasado ya no quedaba nada.

—Yo te cuidaba, te miraba de lejos. Él antepuso su trabajo —machacó—. Te dejaba sola en casa y se dedicaba a hundir mi organización... No ha venido a sacarte de aquí.

«Vendrá», pensé.

—Él no te valora como yo, quiero que lo entiendas, que me elijas a mí. —Parpadeó muy rápido, volvió a sonreír, a susurrar—: Natalia, vas a quedarte conmigo.

Se puso en pie. Sufría una leve cojera, pero su cuerpo aún era espectacular. Metro ochenta, musculatura tonificada; su pecho estaba operado y volvía a ser rubia. Era Alicia de nuevo.

—En una ocasión hablamos por teléfono, ¿lo recuerdas? Ibas por Bilbao, venías de mi barrio. Contemplabas el patio del instituto y plegaste el paraguas; aunque lloviera. Así pude verte mejor.

—¿Estabas allí? ¿Mientras hablábamos? Dijiste que estabas en el extranjero.

—Te mentí. Me encontraba tan cerca que habría podido olerte mientras te escuchaba. Cuando respondiste a mi llamada casi me rebosa el corazón por la boca.

Suspiró, se acarició el antebrazo como si lo hubiera recorrido un escalofrío. Evoqué su voz, lejana. La foto en el perfil del WhatsApp, con sus hijos y el cuento de hadas.

—Los psiquiatras insisten en que me ponga en la piel de los demás —murmuró—. Nadie se envolvió en mi piel cuando salía a paliza diaria, en mi propia casa. —Arrastró las palabras con saña—. Tú vienes de otro mundo, princesita. No imaginas la ratonera en que se puede convertir la vida de una persona. —Se plantó frente a mí—. En realidad sois cómplices. Sí, Natalia. Profesores, médicos, policías. Preferís creer que no ocurre, pero los niños están solos.

Había amargura en sus palabras. También un poso de verdad.

—De vez en cuando lo sueltan en un telediario —estableció tajante—. La gente se escandaliza... Luego retomáis vuestra vida, olvidáis pronto. —Volvió a sentarse. Me contempló antes de abundar en su retahíla, canturreando, sin venir a cuento—. ¿Estás asustada, Natalia?

—No me das miedo —subrayé.

—Pasarán un par de años y él se olvidará de ti. Tardará un poco más, porque no eres una chica corriente. Él siempre sale a flote.

—¿Un par de años? ¿Durante cuántos vas a retenerme?

Se cruzó de brazos y dibujó un amago de sonrisa.

—Natalia..., no vas a regresar. —Soltó una carcajada. La cortó de golpe, volvió a susurrar—: No será la primera vez que una mujer desaparece. Y con el paso del tiempo, a nadie le importa.

Había dirigido el caso Alicia durante meses, y era cierto. La gente olvida rápido.

Bilbao, 17 de marzo, viernes

Me senté y enterré la cabeza entre las manos. Aquel estaba siendo el interrogatorio más largo de mi vida, el más duro y enfermizo. Sí, Alicia estaba viva, y era demencial, pero no era relevante, ya no. Hacía mucho que Alicia solo era un fantasma y no podía perder más tiempo. Apreté los puños, las mandíbulas, y volví a dirigirme a Néstor:

—Dime dónde está Natalia —exigí.

—Te ayudaría si pudiera. Aprecio a la inspectora.

Doblé el cuaderno, la ira empezaba a cegarme. Señalé al auditorio.

—Esos policías están ahí para protegerte —expliqué—, para controlarme. Pero van a salir ahora mismo. —A una señal mía, los agentes se retiraron y se llevaron a Suárez. Me puse en pie—. Apagad las cámaras —ordené.

Nadie se atrevió a contradecirme. Volví a tomar asiento, esta vez frente a Néstor. Me incliné hacia delante sintiendo bullir la cólera.

—Andrés Brul me legó varias propiedades. Pero hay más en el extranjero a nombre de Ángela Vega. Tardaré meses en dar con ellas. Habla.

Cerró los ojos, como un niño estúpido. Alcé la voz:

—¡Mírame, Néstor! ¡Y habla!

Se encogió tembloroso y negó frenético.

—Conozco a Alicia desde que era una cría —masculló—. No voy a traicionarla. Entre ella o Natalia, la elijo a ella.

—No estás eligiendo entre ella o Natalia —rumié entre dientes—. Estás eligiendo entre ella y tu hermano. Ese que para ti es como un hijo.

Despachó aquel asunto en dos palabras:

—Alicia. Siempre.

Golpeé la mesa, lo golpeé a él, volcó la silla. No opuso resistencia a mi embestida furiosa. Hicieron falta seis agentes para alejarme de aquel hombre que yacía en el suelo ocultando el rostro. Me sujetaron desde atrás, me sacaron de la sala, con la camisa empapada en la sangre de mi hermano.

Horas más tarde llegó el fax. El resultado de la triangulación de las antenas.

—La última localización del teléfono de Herreros fue a menos de quinientos metros. Lleva días en el Nervión.

Anochecía, y alguien repartió linternas. Lucía nos guiaba con el GPS en marcha.

La ciudad le ganó terreno a la ría, que en vez de fluir junto a una ribera, lamía las pilastras enmohecidas que cerraban los soportales bajo el paseo peatonal. Habíamos avisado a los buzos, llegarían con la zodiac, pero yo estaba impaciente, y ante la mirada atónita de mis compañeros me deshice de los zapatos, dejé mi teléfono, la pistola y me lancé a las aguas heladas. Seis metros de caída libre. El equipo me alumbraba desde la balaustrada, y Lucía indicaba hacia dónde debía nadar.

Braceé entre los pilares. Bajo aquel corredor siniestro la ciudad retumbaba grave. Olía a cloaca estancada, y en uno de los postes de hormigón localicé un objeto: una maleta con ruedines precintada con cinta aislante. Me hice con el bulto tirando con fuerza y salí de allí. Las linternas del equipo volvieron a apuntarme al ascender por la escalerilla de mano.

—Abridla vosotros —concedí sin aliento.

Esperé mientras se calaban los guantes y destripaban el hallazgo.

—Mira, Brul.

Me mostraban el móvil de Natalia. Ropa, cosméticos, una bolsa con los libros de Londres. Su cuaderno de anotaciones, tres lápices sujetos por una goma del pelo.

—La pistola... —apuntó Gabriel—, joder.

Me erguí sin acercarme a ellos. La HK USP Compact 9 mm de Natalia. En el cargador de trece cartuchos solo había doce balas.

—Falta una. ¿Se habrá disparado?

La pregunta murió en el aire.

—Hay que esperar a los buzos de la Guardia Civil. Necesitamos rastrear la ría.

Había algo más: un álbum del cuento de *Blancanieves;* la edición ilustrada de Benjamin Lacombe.

NATALIA

Algún lugar del mundo, 27 de marzo, lunes

—Si no hubieras dejado el vagón, los tipos del andén te habrían acribillado a balazos.

—Hay grabaciones —repuse—. Imágenes de la estación.

—Los tiradores estaban fuera del radio de las cámaras —explicó Alicia—. No aparezco en la lista de pasajeros, y salí del tren dos paradas más tarde.

Realizaba un recuento mental de los días que llevaba retenida en la finca. Estudiaba el entorno, las costumbres, a los hombres que custodiaban el terreno. Sabía cuántos eran, dónde estaban; había memorizado sus turnos. Registraba la salida del sol, cuándo se ponía. Averigüé dónde depositaban las armas, quién era importante, quién no. Tardé treinta horas en deducir el emplazamiento del lugar. Ese océano era el Atlántico: las temperaturas, la orografía de la costa... Nos encontrábamos en Punta del Este, en Uruguay. Semanas antes de ser abordada en el tren, ya había esbozado un listado de las fincas de Andrés. Aquella extensión de tres hectáreas era una de ellas.

En mi cautiverio disfrutaba de una libertad relativa. Podía utilizar la piscina, el gimnasio, la biblioteca y el proyector de cine. Disponía de un cuarto de baño, de un vestidor atestado de ropa y una cama de dos metros. Localicé cinco equipos informáticos fuertemente custodiados; se convirtieron en mi obsesión. Necesitaba comunicarme con el exterior.

Hombres armados, un helicóptero, yates. Alicia salía y entraba, se reunía con su cúpula.

—No eres nadie sin tu arma reglamentaria —proclamaba escrutando mi rostro—, la hemos usado para cargarnos al juez. En su lugar, colocaremos a uno de los nuestros. Y tu pistola terminó en la ría, con la maleta.

Era una bomba de relojería. Su supuesta buena voluntad duraría tanto como el efecto de los antisicóticos que ingería. Me movía con pies de plomo y me convertí en el francotirador que se mimetiza para no ser distinguido. Pero se había obsesionado conmigo. Sus ojos feroces me observaban sin descanso; me habría trepanado el cráneo para poder leer mis ideas.

—¿En qué piensas?

—Estaba contemplando el cielo.

En realidad, contemplaba uno de sus dos teléfonos envuelto en papel de aluminio, siempre con ella... Una jaula de Faraday para bloquear los campos electromagnéticos externos, un móvil blindado a las ondas, ilocalizable. Por Dios, era absurdo.

—¿Estabas pensando en Brul? Él ya te habrá olvidado.

Me agasajaba. Insistía sin descanso: «¿Qué te apetece cenar? ¿Necesitas algo? ¿Alguna prenda de ropa?». Me ofrecía rayas de coca, ella esnifaba sin control. Su verborrea rozaba el hostigamiento, y su ira, agazapada, asomaba la patita en ocasiones. Alicia no empuñaba armas, aseguraba no ser violenta, pero hizo castigar a uno de sus hombres por comerme con la vista; me quería solo para ella, Álex y aquellos tipos no eran más que sus rivales. Forzaba la sonrisa, gestos impostados, mirada muerta; dos rendijas en lugar de ojos, atroces y siniestros.

Claro que tenía miedo, estaba aterrorizada. Intentaba manejarla, pero era inteligente y se mantenía alerta.

Una mañana, al abrir los ojos, la vi frente a mí. Me escudriñaba como un bicho disecado con esquirlas en lugar de ojos. Me enderecé y le pregunté qué ocurría.

—Eres preciosa... —logró balbucir—. También cuando duermes.

Temí que no hubiera tomado su medicación; o que fingiera no haberlo hecho.

—¿Has desayunado? —pregunté.

Negó. Murmuró con facciones laxas que llevaba horas contemplándome.

—Me atraes mucho —musitó impávida.

—Alicia, ve a desayunar. Ahora mismo me reúno contigo. —Una orden firme, clara, directa.

Dio media vuelta. Más tarde salí a la terraza. Había recuperado el control de sus funciones. Di los buenos días, tomé asiento, comenté algo sobre el tiempo, la brisa o el calor...

—Perdona lo de antes, Natalia. Anoche olvidé mi medicación.

Apostaba a que no era cierto. Era astuta y me estaba calibrando.

—¿Con cuántas mujeres has estado? —añadió.

Me pilló desprevenida, no pude evitar mirarla directamente. Se puso en pie.

—Nunca me he sentido atraída por una mujer.

—Yo sí —constató.

—Lo sé.

—Te deseo. Pero no me atrevo a tocarte.

No respondí. Sorbí el café evitando el contacto visual.

—Natalia, eres distante conmigo. Esto no es como yo esperaba.

—¿Qué esperabas?

—Pensé que cooperarías. Pero eres difícil, y mi paciencia se agota.

Tragué saliva desconcertada.

—No sé si puedo ofrecerte lo que quieres...

—¿Por qué no me miras? ¿Te doy asco?

La miré. Mostraba esa sonrisa fúnebre, como un hachazo en la corteza de un árbol.

—Las mujeres no me gustan —aclaré firme—. A mí me gustan los hombres.

—Podrías pasar la noche con alguno de los vigilantes —propuso—. Yo os observaría.

Negué.

—No le debes nada a Brul —advirtió. Fue a coger su vaso de zumo, pero lo volcó y derramó el contenido. Luego retomó el hilo de la charla como si nada—: Natalia, soy más lista que tú. Eso que no se te olvide.

—Nunca he cuestionado tu inteligencia —mentí.

—Crees que podrás manejarme, pero no darás más charlas; no escribirás más artículos ni impartirás más clases.

—Juraste que no me harías daño.

—Te lo vas a hacer tú sola... —Disfrutaba de aquello, olía mi miedo y le fascinaba—. Me gustaría ser como tú. No pienso en otra cosa desde que te vi aquel mediodía.

Instintivamente empuñé el cuchillo del pan. Barajé clavárselo entre las costillas. Pero solo conseguiría que me pegaran un tiro.

—¿Por qué intentaste matarme? —pregunté.

—¿Matarte? ¿Yo a ti? ¡Nunca! Aquellos imbéciles de la moto recibieron la orden de herirte. Solo se trataba de un aviso, para que Brul dejara de husmear, de atacar mi organización.

Reparé en su reloj. El Rolex de esfera azul desaparecido del depósito de pruebas.

—¿Cómo recuperaste el reloj?

Dio media vuelta, recostada en los pilares de acero.

—Andrés me lo devolvió hace meses. —Volvió a sentarse, nada le gustaba más que referirse a sí misma—. Empecé a acostarme con hombres cuando Brul rompió conmigo. Una tarde extraje información del ordenador de un cliente... Así fue como supe de la organización de Andrés. No entendía demasiado de todo aquel material, pero sí lo suficiente para olerme algo gordo.

—El cliente era Julio Salas —intervine.

—Néstor me encargó que lo hiciera. Salas era su abogado, pero desconfiaba... Más tarde supe que ya veía en él a un futuro rival por la sucesión de Andrés. Hice copia de los datos y fui a hablar con el viejo.

Quiso trabajar para él, pero Andrés la sometió a una prueba: debía cargarse a Ennio Rossi «de un tiro». Eso ya lo sabía, pero me lo contó igualmente. Posó la vista en el agua de la piscina, tan potente como la luz en un cuadro de Hockney. De pronto, tras un clic imperceptible, Alicia volvió al relato:

—Néstor me previno. Andrés quería cargarse a Ennio, pero también a mí, porque sabía demasiado. Todo era una trampa: acabar conmigo e inculparlo a él. No saldría viva de aquella. Pero no le hice caso. —Soltó una carcajada malévola—. Me tiré a Ennio allí mismo, en el bosque. La cosa subió de tono, me ató, él llevaba un cuchillo, habíamos estado jugando, peleamos. Me hirió, y cuando pude liberarme, la cuerda me abrasó la piel. Él quería seguir, yo estaba frenética, me hice con su cuchillo, se lo clavé en el muslo. Me golpeó varias veces y se largó. Ni siquiera pude sacar la pistola. Me dejó sola, a oscuras, y me asusté mucho. —Alicia tomó aire—. ¿Me juzgas?

—Puede que en tu situación hubiera hecho lo mismo.

—No lo creo, inspectora.

Nos medimos con la mirada durante unos segundos. Ella llevaba las de ganar, pero le vencieron las ansias por avanzar en su historia:

—A tientas, cogí mi bolso en la maleza. Había luna, saqué mi linterna, iba armada. Alguien me acechaba, y hui en sentido contrario. —Sonrió enigmática—. No tenía cobertura y tropecé varias veces; de ahí esta cojera humillante... Cuando gané la cara sur, recuperé la señal telefónica y llamé a Brul. —Hizo otra pausa, como si haber pronunciado su nombre le hubiera lacerado las cuerdas vocales—. Le expliqué dónde estaba. El sicario de Andrés me alcanzó, me destrozó la cara y le disparé en la rodilla. Vi luces, llegué a unas casas. Me socorrió un matrimonio.

—Fue Néstor quien te sacó de allí —resumí.

—En efecto. Supongo que conoces el cuento de *Blancanieves*.

Recordé la foto de Ángela en su perfil de WhatsApp, con sus hijos, sosteniendo un ejemplar.

—En realidad, no es un cuento —siguió—. Es una historia terrorífica. Nadie ha inventado nada desde los cuentos de hadas. ¿Qué sabes de *Blancanieves*?

—Su madrastra quiso matarla —expliqué—. El cazador fue incapaz de llevar a término su cometido y por eso, en su lugar, sacrificó un ciervo. Corazón, hígado y pulmones. ¿Néstor es el cazador?

—No hizo falta telefonearlo, él sabía lo que iba a ocurrir, dónde y a qué hora. Había intentado disuadirme... Néstor me tenía geolocalizada, le ordenaron acabar conmigo. Llegó a apuntarme en la sien con la pistola. «Tú creaste el problema, tú lo resuelves», le había dicho su padre. Pero no llegó a disparar, lloraba como un crío. Siempre fue un impotente, nunca pudo tocarme, follarme; ni siquiera liquidarme.

La interrumpí:

—Pero Álex llegó al bosque. Lo hizo tarde, tú ya no estabas.

—El inspector Brul no es un modelo de conducta; pero a mí me ayudó hasta el final.

—¿Y se lo pagas así?

Se inclinó levemente y le hizo una seña a uno de los mercenarios. Sin darme tiempo a reaccionar, el tipo me propinó un culatazo en la sien.

—Natalia, lo que siento por ti está por encima de mis deudas con el inspector.

Fue como si me estallara la cabeza, y por un instante se me nubló la vista. El hombre volvió a largarse, y Alicia insistió en su narración, ignorando la sangre que me brotaba del cuero cabelludo:

—Néstor se cargó a los testigos, limpió la casa... Me llevó a su piso de Bilbao. Estaba vacío porque Rocío y él ya se habían mudado a Plentzia. Pasé allí unos días.

El piso junto al Nervión, en el que Álex y yo nos acostamos por primera vez... Taponé la herida con la servilleta. Mi pulso se había acelerado.

—Vino un médico. Nos fuimos al extranjero. Néstor era poderoso y financió mis operaciones de estética. Con lo guapa que yo era... —Volvió a mirarme, apenada por la belleza perdida—. Mató a aquella puta italiana, metió sus restos en ácido, compró pruebas de ADN, logró que inculparan a Ennio... Estás sangrando —masculló.

Y sentía unas ganas inmensas de abalanzarme sobre ella. Pero no me moví. Alicia sabía por qué sangraba, comprendía lo que acababa de ocurrir.

—Néstor abandonó mi ropa en el bosque —susurró—. Vació allí mi bolso, todo el contenido, salvo la pistola que me dio Andrés; más tarde lo lanzó al Nervión, con el teléfono dentro. Estrelló mi Rolex en el aparcamiento. Ennio iría a la cárcel. —Sonrió entornando la mirada mientras acariciaba el cuchillo del pan—. También se sospechó de Brul, pero su padre compró a Pinedo, y él se libró.

La observé en silencio.

—Su semen en mis bragas... Aquella tarde vino a verme antes de mi cita con Rossi. Me lo encontré por el barrio cuando salía de casa, frente a la parada del autobús. Y nos acostamos. —Volvió a sonreír—. Me jodió morir, renunciar a ser Alicia. —Tomó aire, negó—. Tras lo del Buciero, Néstor me llevó a Estados Unidos. Me matriculé en Medicina en Stanford. No obtuve el título, pero podría extraerte el corazón de la caja torácica sin que dejara de latir.

Mi corazón se encogía por momentos, palpitaba asustado; como el del cervatillo del cuento. Alicia se mordió los labios reflexiva, aún con el cuchillo en la mano.

—Estaba un poco traumatizada, así que empecé a visitar a un psiquiatra.

—Y te trató Ibán Suárez.

—Se enamoró de mi nuevo yo, de Ángela Vega, que no era más que una sombra descafeinada de Alicia. Nos casamos en menos de un año, parí dos bolas de carne que crecían y crecían..., los hijos son como sanguijuelas. —Negó con fuerza, como si quisiera alejar una imagen.

—¿Y Andrés? —pregunté.

—La madrastra del cuento... El plan le salió redondo: Ennio estaba en prisión, fuera de juego, y creyó que yo había muerto, que los restos de la italiana eran míos.

—Pero Andrés dio contigo hace años... Y castigó a Néstor.

—Hizo que acabara en la cárcel, por haberlo engañado, por dejar vivir a Blancanieves. Pero supo valorar mi audacia; todo lo que hicimos fue por supervivencia, como él en San Cristóbal. Me perdonó la vida y empecé a trabajar para él.

Alicia me tendió unas fotos: las reuniones anuales de la cúpula en Liébana, siempre en el mes de mayo, conmemorando la fuga del penal. Años 2015, 2016. Allí estaba ella: Ángela Vega.

Su zumo se había derramado, de modo que tomó mi vaso y se lo bebió de un trago. Luego se hizo dos rayas de coca que esnifó del tirón.

—Cuando te vi por primera vez... Estabas tan viva, Natalia; y Alicia quiso regresar. En mi cuento no hubo príncipe; solo tú. Yo nunca quise morir, yo tenía planes... Néstor lo truncó todo; incapaz de liquidarme, de enfrentarse a su padre. Me obligó a convertirme en Ángela, a vivir como las ratas, arrastrándome en las sombras. —Acarició su cabello, rubio de nuevo. Alicia había vuelto—. A Andrés le disgustó que hubiera seguido al inspector Brul, que os dejara aquel sobre con el pelo y la foto. Era peligroso remover el pasado. Envió a esa gente de Asuntos Internos para zanjar vuestras investigaciones. Os vigilaba, y a mí me sancionó un tiempo.

—¿Cómo lo hizo?

—Retirándome de mis cargos. Le quedaba poco, y me asocié con Néstor, que intentaba tomar el mando de la organización. Pero el viejo volvió a acudir a mí. Soy buena recabando datos y fingí estar de su lado. Fui escalando posiciones, acumulando material... Andrés pensó en el inspector Brul para relevarlo; se había convertido en un obstáculo para conseguirte y empezaba a interferir en mis planes... Así que hice que Ruiz y Poza lo vieran como a un rival. Los manipulé, mataron a Rossi con su pistola; pensé que así iría a la cárcel.

Tomé aire. Así que fue ella... Temía que Álex le quitara la silla y ordenó que se usara su arma para liquidar a Rossi. Pero no fue más lejos, pudo haber acabado con el propio Álex, y no lo hizo. Quizá, en el fondo, apreciara la ayuda que él quiso brindarle en sus últimas horas como Alicia.

—Al final, Andrés nombró un consejo para sucederlo; pero nos los fuimos cargando en cuanto murió. Hemos formado nuestra propia cúpula. Con la ayuda del inspector Brul, que, sin saberlo, ha ido enchironando a toda mi competencia.

Aposté a que era Néstor quien, en realidad, llevaba la batuta desde el penal.

—¿Por qué te vigilaba Pinedo?

—Néstor me ingresaba dinero cada mes, le vendí información durante años, y Salas estaba intrigado. —Alicia hizo una pausa. Como si esperara aplausos. Escrutaba mi rostro—. ¿Qué te parece, Natalia?

Lo que me pareciera aquello era asunto mío. Necesitaba más datos.

—Fuiste tú quien torturó a Rocío, ¿verdad?

Se cruzó de brazos.

—No te gustaría saber lo que les pasó a los niños. La culpa de aquello fue tuya; debiste ponerles escolta. Como policía, maniobraste fatal, y te las tendrás que apañar con tu conciencia.

Recibí un par de culatazos más. Una mujer de rasgos orientales acudía a mi habitación cada noche y suturaba las heridas sin articular palabra. Alicia era imprevisible, mi capacidad de resistencia se resentía. Pasaba horas encerrada en mi cuarto, pero ella aparecía de pronto e iniciaba conversaciones inquietantes. Mi moral decaía, mis aliados se hallaban a miles de kilómetros y resolví pasar a la acción. Ideé decenas de estrategias y puse una en marcha. La más arriesgada.

Esa tarde divisé a Alicia desde mi terraza, junto a la piscina, repasando documentación bajo la sombrilla. Bajé resuelta. Abandonó sus papeles cuando la saludé. Me estudió con interés. Deshice la lazada de la parte superior de mi bikini, el más escueto que había encontrado, y me tumbé a su lado boca arriba. Cerré los ojos. Cuando volví a abrirlos aún me observaba; toda ella evocaba lo que implica devorar a alguien con la mirada.

Me di la vuelta y le rogué que me aplicara protector solar. Titubeó. Enseguida sentí sus dedos en la espalda. Captaba su excitación; me tragué mi terror. La dejé hacer durante un rato, luego me incorporé. Se apartó sobresaltada, como si me temiera.

—¿Acabamos en tu habitación? —sugerí—. En la mía hay cámaras.

Su vista oscilaba entre mis pechos y mis ojos, de mis labios a sus dedos grasientos. Mi propuesta era ambigua. ¿Acabamos en tu habitación? ¿Haciendo el qué?

—Vamos —susurró.

Dejé la tumbona y tomé la iniciativa. Me siguió. Subí de dos en dos las escaleras que llevaban a su ala, descalza, prácticamente desnuda, sintiendo su respiración agitada. Sabía que jugaba con fuego. Esperé a que abriera con su llave y me invitase a pasar. Nada más atravesar la puerta localicé el equipo informático. Un poco más allá, tras un biombo, su cama inmensa. No había cámaras, ratifiqué. Cuentos de *Blancanieves* tapizando las paredes; versiones antiguas, modernas. Un retrato suyo, inmenso, mordiendo una manzana roja. Casi la oía crujir, como si aquel jugo ácido humedeciera mi lengua.

Me dejé caer boca abajo. Le rogué que lo hiciera, y esta vez no dudó. Comenzó por mi espalda, continuó con mis glúteos. Sentí tanto pánico que estuve a punto de erguirme, de largarme sin más, pero era tarde para eso. Tenía que encender su ordenador, enviar un mensaje. Y haría cualquier cosa para lograrlo.

—Date la vuelta —ordenó.

Lo hice sin oponerme. Cerré los ojos con fuerza, no quería verlo; deseé que fuera rápido, impersonal y aséptico. Sus manos en mi vientre, en la parte superior de mis muslos, acariciando mis pechos.

—¿Te excita?

—Sí —mentí.

Jamás en mi vida había estado más lejos de sentirme excitada. Rígida, con las mandíbulas tensas y la musculatura agarrotada. Sus dedos resbalaron hasta el borde del bikini; estaba a punto de deslizarlo. Me notó incómoda.

—Hoy no —le dije.

—Sabes que podría forzarte.

—Pero no lo harás...

—No lo haré contigo. Lo haré yo sola. Pero quiero que me observes.

Sacó un vibrador de algún sitio, se desnudó por completo, y atendí a la escena al borde del desmayo. No tardó mucho en lograr el clímax, y cuando lo hizo, quiso repetir. Luego se tumbó a mi lado y me acarició el pelo buscando mi mirada.

Se relajó acurrucada y supe que iba a dormirse. También supe que la próxima vez esperaría de mí algo más que ser testigo de su deseo. Llevaba semanas estudiándola, estaba medicada hasta el tuétano y el sexo la había calmado. Esperé. Pronto, su respiración se volvió uniforme. Dejé la cama con sigilo. ¿Qué pasaría si despertase? ¿Si me sorprendiera frente al equipo informático? Abrí el correo, su cuenta estaba activa.

Soy Natalia. Estoy en Punta del Este, Uruguay; en mis notas consta ubicación exacta. Alicia me retiene. He podido contenerla, pero se me va de las manos, es muy peligrosa. Sácame de aquí YA. Hay hombres armados, helipuerto y lanchas, patrullan día y noche a cien metros de la costa. Radares, autoridades locales sobornadas; hacen falta muchos efectivos. Vuestro nuevo juez trabaja para ellos. Contacta por mi correo, estaré preparada para coordinarnos. Para mí muy difícil acceso a Internet, pero lo intentaré. Pronto pondremos el contador a cero.

Enviar a Alejandro Brul. Doce del mediodía en Uruguay, siete de la mañana en España. Borré los rastros del equipo, memoria caché y demás. Reproduje escrupulosamente los protocolos de los cursos de informática. Mi corazón galopaba frenético, mi cuerpo estaba pegajoso, tumefacto, ungido en crema. ¿Qué ocurriría ahora? Ella querría más, habíamos cruzado la línea. Salvar la vida me saldría caro.

53

ÁLEX

Bilbao, 2 de abril, domingo

«Contador a cero.» Era una frase nuestra. Cualquier colectivo que se precie comparte una serie de elocuciones que lo definen. Aquel mensaje lo había escrito Natalia, no era una trampa.

Por primera vez, Gabriel Alonso y yo militamos en el mismo bando. La operación sería secreta, con un número limitado de efectivos.

—La mínima filtración sobre la existencia de este mensaje pondría en peligro a la inspectora —sentenció Gabriel.

Lucía negó malhumorada, elevando el tono de voz:

—Natalia ya está en peligro. ¿Leíste bien el *mail*? «Sácame de aquí YA.» —Clavó el dedo en el «ya». Su terror bullía entre renglones de tinta oscura.

—Debemos trabajar con discreción —mantuvo Gabriel—. Enviar agentes de incógnito armados hasta los dientes.

—¿Y cómo van a entrar en Uruguay esos superagentes de los que hablas?

Gabriel abrió su archivador. Extrajo un informe firmado por la inspectora Herreros días antes de su desaparición, cuando ya sabía quién era Alicia, quién enviaba los correos. Comenzó a leer en voz alta:

> Alicia López podría sufrir un trastorno de personalidad límite. Las entrevistas mantenidas con miembros de su círculo y los *mails* recibidos permiten identificar estos síntomas como base de la diagnosis:
>
> Emociones volubles, extremas, paso súbito de la ira a la tristeza. Relaciones afectivas anárquicas e intensas; temor al aban-

dono. Explosiones violentas, ausencia de autocontrol, intentos de suicidio. Sentimientos de profundo vacío.

Según Pretzer, quienes padecen este trastorno conciben el mundo como una fuente potencial de amenaza...

Gabriel volvió a dirigirse a Lucía:

—Herreros le cayó en gracia a Alicia. Esa emoción es efímera. Ignoramos cómo se las ingenió Natalia para escribir el mensaje.

Me crucé de brazos inquieto. Gabriel retomó la lectura sin esperar respuesta:

Los pacientes pueden reaccionar de modo virulento ante estímulos neutros...

Gabriel arrojó el dosier sobre la mesa. Aludió a Linehan y a Millon, los autores tomados como referencia. No llegué a comprender qué pretendía Natalia mediante aquel ejercicio de indagación psicológica.

—¿Qué opinas, Brul?

Suspiré y me dirigí a la inspectora Moro:

—Estoy con el inspector Alonso —resolví—. No podemos quemar el único cartucho de Natalia orquestando una macroperación internacional.

Las autoridades de Uruguay, los Cuerpos de Seguridad, los agentes de aduana..., todos a sueldo de la organización. Alicia se manejaba con impunidad. Informar a Interior sería arriesgado.

—Propongo atacar con discreción. Entrar de incógnito en el país.

—¿Y cómo pasaremos las armas?

—Las conseguiremos en Montevideo.

Lucía resopló de nuevo. Me puse en pie.

—Joder, ¿no habéis leído su mensaje? Hasta el juez está corrompido... —Me moví inquieto, consulté el reloj: hacía tres horas de la entrada del *mail*—. Hay otro problema —continué—. Mi cuenta de correo es vulnerable. Vosotros mismos la intervinisteis no hace mucho...

—Brul, te estás poniendo en lo peor.

Pensé en Uruguay, en el despliegue de medios que describía el mensaje; un texto precipitado, alarmante, tan fugaz como un silbido. Ya me lo sabía de memoria y repasé ese «he podido contenerla» al referirse a Alicia. Y como un clamor en mi conciencia, su exhortación: «Sácame de aquí ya».

La comisaría dejó de ser un lugar seguro, y nos reunimos en mi casa durante tres días. La operación se programó para el jueves. Nos desplazaríamos a Montevideo en turnos, para no levantar sospechas. Adquirimos billetes de avión a Johannesburgo, por si nos controlaran de algún modo. No íbamos a utilizarlos, volaríamos a Uruguay desde París. Conseguimos documentos falsos, porque uno debe tener amigos hasta en el infierno. Sobre todo en el infierno.

—¿Cómo diste con el falsificador?

—Compartimos celda en la cárcel —expliqué—. El tipo me debía favores...

Ser mi compañero de presidio le valió conservar el tabique nasal.

—¿Y los fusiles de asalto? ¿De dónde vamos a sacarlos?

—Hace unas semanas asistí a un curso de tráfico de armas en Londres. Sé exactamente lo que debemos hacer.

Todo estuvo organizado a última hora del martes. Faltaba medio día para el despegue del primer avión cuando nuestros planes se frustraron.

De: El asesino
Enviado: martes, 4 de abril de 2017, 23:11
Para: Alejandro Brul Briand
Asunto: Alicia - XII

La inspectora se pasó de lista. Sedujo a Alicia, la arrastró a su cuarto, cerraron la puerta y tuvieron sexo. La medicación de Alicia era fuerte, y se quedó dormida junto al cuerpo desnudo de Natalia, que en un alarde de astucia dejó la cama y usó el ordenador para enviarle un mensaje a Brul.

Alicia lo supo días más tarde, de modo que regresaron a su habitación. Allí había tres hombres, tres mercenarios sin escrúpulos armados con barras de hierro; recibieron órdenes precisas, disponían de dos minutos para golpearle a la inspectora la mano izquierda, para evitar que esos dedos volvieran a usar su teclado. Dejarían la derecha para alguna otra ocasión; Alicia sabía bien lo que era vivir con miedo.

Alicia aguardó fuera, percibió los alaridos; hondos y vibrantes. Vencido el tiempo estipulado, los hombres dejaron el cuarto. La inspectora se había defendido, uno de los mercenarios sangraba por la nariz, otro se palpaba la mandíbula. «Tuvimos que soltarle una hostia», explicó uno de ellos. Ignoraban que serían castigados por aprovechar la indefensión ajena. En el suelo yacía un cuerpo encogido. Alicia lo contempló durante horas. La inspectora estaba inmóvil, con los ojos abiertos, fijos en el vacío. Había sangre. Temblaba. Alicia dio la orden de desmantelar el asentamiento. Se llevaría a la inspectora. Y lo haría para siempre.

La noche de ese *mail* claudiqué. Mis compañeros se pasaron el móvil, leyeron aquello en silencio; algún suspiro, un sollozo, un golpe en la mesa. Mi dolor no era comparable al que habría sufrido Natalia. Rogué que me dejaran solo.

—Brul... ¿No irás a cometer una locura?

No tenía derecho a cometer locuras, a aporrear paredes o patear muebles. Habría sido lamentable, cobarde y absurdo.

Cuando se fueron me desahogué en silencio. Y luego hice lo único que se me ocurrió.

De: Alejandro Brul Briand
Enviado: martes, 4 de abril de 2017, 23:39
Para: El asesino
Asunto: Re: Alicia - XII

Alicia, ella no es culpable, solo hacía su trabajo. Es una gran persona, y tú eso lo sabes. Cometes un grave error al hacerle daño a Natalia.

De: El asesino
Enviado: martes, 4 de abril de 2017, 23:48
Para: Alejandro Brul Briand
Asunto: Re: Re: Alicia - XII

Nos ha engañado a ambos, Álex. Natalia es un lobo con piel de cordero.

Ocho días de silencio, de insomnio, atormentándome con imágenes, trabajando a destajo. Natalia podía estar muerta, pero también viva, y eso quizá fuera aún peor. Llegaron más mensajes, de pronto, y ofrecían un relato aterrador.

De: El asesino
Enviado: miércoles, 12 de abril de 2017, 10:19
Para: Alejandro Brul Briand
Asunto: Alicia - XIII

La mirada de Natalia había cambiado. Algo había muerto en su interior. El viaje fue largo, cruzaron el Atlántico en *jet* privado. Nada más aterrizar tomaron un helicóptero. Llegaron a su nuevo refugio junto al mar. La inspectora oteaba el océano sin articular palabra; hacía días que había enmudecido. Hematoma anaranjado en un pómulo, magulladura en la barbilla. La mano, vendada; huesos fracturados. Alicia se acercó a ella en el jardín de la casa. Le sugirió que contemplara el mar, que hiciera un esfuerzo por ser consciente de su inmensidad. «¿Has visto cosa más bella que la promesa de algo vacío? ¿Infinito?», preguntó. No obtuvo respuesta. Natalia exploraba el horizonte sin pestañear. Alicia le rogó que lo estudiara, que tratara de retenerlo en su memoria, porque nunca volvería a verlo; iba a encerrarla para siempre. A oscuras. Entraría en la casa y jamás saldría de allí. No iba a necesitar los ojos. «¿Para qué quiere ojos quien no puede ver?», reflexionó susurrando. Natalia la escuchaba imperturbable. Alicia elaboró un plan; lo expuso satisfecha. Pasaría meses en aquel sótano; años. Un habitáculo vacío, sin ventanas, inmenso. Le vendarían los ojos. Una cadena en su muñeca, unida a una inmensa argolla en la pared. Natalia encarnaba lo peor del ser humano; había sido condescendiente, hipócrita. Manipuló a la pobre Alicia para colgarse otra medalla.

Le ordenó que caminara hacia la casa, y la inspectora obedeció imperturbable. Lo hizo antes de inclinarse en el camino, de coger una piedra en su mano útil y abalanzarse sobre Alicia para estrellarla contra su cabeza. Alicia no movió un dedo por evitar la agresión. Natalia le golpeó el cráneo. Con una ira animal que la retrató como persona. Pero la inspectora llevaba las de perder y aquel arrebato iba a salirle caro.

De: El asesino
Enviado: lunes, 17 de abril de 2017, 13:54
Para: Alejandro Brul Briand
Asunto: Alicia - XIV

La presión del agua que brotaba de la manguera desplazó el cuerpo unos metros; lo hizo arrastrarse sobre la superficie alicatada de la sala oscura. Ya no era una persona. Ahora solo era un bulto en el suelo de un cuarto cerrado.

De: El asesino
Enviado: miércoles, 26 de abril de 2017, 21:44
Para: Alejandro Brul Briand
Asunto: Alicia - XV

Cuando recuperaba la consciencia la obligaban a comer. Pero ella quería morirse. «Mátame», susurró esa tarde al oír que alguien se acercaba. Alicia se acuclilló a su lado y le advirtió a la inspectora que pronto le extirparían los ojos. Habían dado con un médico dispuesto a hacerlo con garantías de mantenerla con vida. Le recordó que estaba sola, que aún restaban décadas de encierro. Nadie, nunca, hablaba ya de ella. «¿Cuántos días han pasado?», balbuceó Natalia. «Llevas aquí quince años», le aseguró Alicia. Natalia tenía fiebre. La obligaron a tragar antibióticos. Solo era un animal enfermo.

De: El asesino
Enviado: sábado, 29 de abril de 2017, 15:21
Para: Alejandro Brul Briand
Asunto: Alicia - XVI

La oscuridad era buena. El silencio no. Alicia hizo instalar altavoces. Su voz, sus palabras, debían invadir la sala, día y noche. Así aprenden las bestias. Altavoces, cadenas y oscuridad. «El techo húmedo del sótano será el cielo de tus días.»

De: El asesino
Enviado: viernes, 5 de mayo de 2017, 14:12
Para: Alejandro Brul Briand
Asunto: Alicia - XVII

El bulto solo acertaba a murmurar que lo mataran. Era lo único que articulaba cuando alguien se aproximaba, cuando le introducían comida en la boca. Alicia se sentó a su lado en el suelo gélido. «Me mentiste, me utilizaste; luego me estrellaste una piedra en la cabeza.» El bulto permanecía inmóvil, en silencio. «¿Me oyes? No estuvo bien lo que hiciste. Yo fui buena contigo.» El bulto murmuró algo. Alicia no comprendía y le rogó que hablara más alto. «Debieron matarte en el bosque», murmuró el bulto. Alicia se apartó asustada. «Debieron matarte en el bosque —repitió—. Matarte con una piedra», clamó hecho un ovillo en el suelo. Alicia aborrecía la violencia y aquellas palabras crueles la herían como puñales; se dirigió a la puerta y antes de salir respondió: «Reflexiona; eres muy mala persona, ni siquiera haces bien tu trabajo. A aquel policía joven que te follabas lo mataron por tu culpa; abortaste a propósito, enloqueciste al pobre Brul, nos sedujiste a los dos; y empujaste a Rocío a la muerte. Yo solo quiero encauzarte».

De: El asesino
Enviado: lunes, 8 de mayo de 2017, 18:56
Para: Alejandro Brul Briand
Asunto: Alicia - XVIII

«Mataste a Rocío», repetía Alicia. El bulto del suelo ya no respondía. Aquel día volvía a tener fiebre.

De: Alejandro Brul Briand
Enviado: lunes, 8 de mayo de 2017, 18:57
Para: El asesino
Asunto: Re: Alicia - XVIII

Ve asumiéndolo, Alicia: voy a encontrarte. Voy a matarte.

Le di a enviar. Lo hice con tanta fuerza que el teléfono salió volando.

—¡Mierda!

Fui consciente de ello, había actuado en caliente. Mi réplica empeoraría la situación, provocaría en la bestia un nuevo estallido de ira.

Mi tarjeta SIM no aparecía. Escudriñé bajo el sofá, introduje la palma de la mano. Arrastré unas pelusas y la pequeña placa pegada a los dedos. Al hacerlo, se me encendió la bombilla. Ese fogonazo efímero. La idea había llegado, pero lo hacía tarde. No estaba orgulloso de mi manejo de la situación. Convoqué a los inspectores.

—La segunda línea telefónica de Alicia. ¿Y si siguiera activa?

Gabriel se cruzó de brazos, sorprendido.

—¿Crees que la ha mantenido durante tantos años? ¿Por qué iba a arriesgarse a ello?

—Nadie estaba al tanto de su existencia. Solo Natalia y yo lo sabíamos. Su número aparece en esa factura. —Nueve dígitos. Los nueve que yo había repetido una y otra vez en el mes de noviembre, tras abrir aquel sobre en casa, en Madrid. Y sin intuir aún hacia dónde apuntaba en realidad—. Ella solo usaba ese terminal para comunicarse con mi hermano y contactó con él tras su desaparición... Luego lo dio de baja, pero aún llegó una factura a casa de sus padres.

La factura que encontró Natalia, la de agosto de 2001.

¿Por qué tanta prisa en cancelar la línea? Al fin y al cabo, solo la había empleado para hablar con Néstor. Acudimos a la compañía telefónica. Efectivamente, se dio de baja el 13 de agosto de 2001. Ese mismo día, el número volvió a activarse a nombre de Ángela Vega. Aquel no era un número cualquiera, ella misma lo había elegido, era la fecha de nacimiento de mi hermano, y para algunas personas esos detalles absurdos son importantes.

—¿Pero esta gente es imbécil? Ellos mismos han tejido el hilo del que tirar.

—Esta gente se cree impune. Los números se cancelan y se vuelven a asignar a otras personas distintas. Sucede cada día. Alicia López y Ángela Vega no tenían por qué guardar ninguna relación; solo eran nombres.

Ni Néstor ni Alicia debieron caer en que aún llegaría otra factura. Y aunque lo hubieran pensado, de haber salido a la luz, Néstor lo habría tapado.

Habían pasado quince años, la línea seguía activa y, según la compañía, el teléfono estaba apagado; casi siempre lo estaba. Pero nos dictaron las coordenadas de la ubicación del terminal la última vez que estuvo encendido.

Hacía tres días, durante cuarenta segundos. Trasvía, Cantabria.

—A dos horas de distancia —murmuró Gabriel.

Registro de la Propiedad Inmobiliaria. La finca en que se encontraba esa línea móvil pertenecía a una sociedad limitada ubicada en Panamá. Bulnia S. L. Una de las sociedades opacas de la organización de mi padre.

Podíamos estar allí antes de medianoche. Disponíamos de armamento, de efectivos y medios para emprender la operación. Descargamos imágenes aéreas. El feudo se alzaba a las afueras de un pueblo de doscientos habitantes, al borde de un acantilado.

Me retrotraje a mi etapa en Operaciones Especiales. Propuse trabajar de incógnito. Hacerlo ya. Nosotros tres; cuatro, cinco agentes a lo sumo. Nada de uniformes, aparcaríamos lejos, en la playa, y nos aproximaríamos a pie.

—Vamos a atravesar los muros por distintos puntos del perímetro.

Nombres en una cuartilla: policías de confianza con los que quería contar.

—Primera fase —procedí—: cortar las comunicaciones. Inhibidores de frecuencia para los teléfonos. Fuera electricidad.

—Entrar en la casa. Buscar ese sótano —dictó Gabriel.

—¿Y los obstáculos? —terció Lucía.

—Habrá que eliminarlos. ¿Hay silenciadores?

—Tenemos de todo —confirmó.

—¿Notificamos al comisario?

Negué. No cabían filtraciones.

—Asumo el mando, la responsabilidad. Y las sanciones.

Autopista A-8. Viajábamos en silencio. Íbamos juntos, pero cada uno lo hacía en solitario. Apenas había circulación, y mi vista se perdió entre luces dispersas en la noche. Iba repasando el plan en busca de cabos sueltos. No los hallé. Al llegar a Trasvía localizamos la finca. Distribuimos la carga, atacamos el muro por flancos distintos. A las dos de la madrugada estábamos dentro.

Tres bajas, ninguna nuestra.

Matar fue fácil. Pensé en mi padre, lo imaginé escapando de San Cristóbal, hacía casi ochenta años, y comprendí muchas cosas. La desesperación hace que la vida ajena pierda valor, uno ignora de lo que es capaz.

No nos esperaban. Pasamontañas, chalecos antibalas, fusiles de asalto. Ocho agentes en cuatro grupos. La operación fue rápida, limpia, discreta. Me hice con la recortada de uno de los vigilantes y pusimos en marcha la tercera fase. Había que entrar en la casa. Cada equipo lo hizo desde un punto. Nos repartimos entre las cuatro plantas, y me adjudiqué el sótano. Una vez dentro, solo entonces, solicitamos refuerzos.

Nos oyeron entrar, cometimos errores, se desencadenó un tiroteo ruidoso en la planta principal. El estruendo inició la carnicería, el fuego cruzado, las detonaciones y los cristales rotos. Fui herido en un brazo; una laceración superficial que escocía como un mordisco. Bloqueamos el acceso al sótano, disparábamos desde el rellano cubriendo el tramo de escaleras. Era allí abajo, con toda probabilidad, donde estaba Natalia.

—Escapan. Dos figuras abandonan la finca —escuché por radio.

—Detenedlos, que no salga nadie. Necesito más gente aquí abajo.

Cesaron los tiros. Un silencio pesado inundó el recibidor. Alguien al otro lado del transmisor:

—Aquí arriba no hay rastro de Alicia.

Crucé una mirada con Lucía; aun en la penumbra intuí su preocupación.

Última fase, el descenso. Nos precipitamos como maníacos, en fila india.

—Cubridme —susurré a mi espalda.

El sótano era gélido; un laberinto de pasillos húmedo y asfixiante. Estábamos sudando, pero en menos de un minuto sentí escalofríos. Volví a dirigirme a la radio:

—Esto es una ratonera. ¿Cómo vais por allá arriba?

—Todo limpio. Sin bajas. Han huido por las ventanas.

—¿Y los refuerzos?

—Llegando.

—Controlad el acceso a esta planta. Si nos acorralan aquí abajo, nos acribillan.

Corredores opresivos. Las linternas dibujaban sombras tenebrosas. Yo iba en cabeza abriendo las puertas que hallábamos a nuestro paso. Cuartos atiborrados de trastos, de cajas, documentos y provisiones. Una bodega. Una sala repleta de armas y explosivos, de machetes y cadenas.

—Va a ser el último hueco.

La puerta era metálica, de acero. Y estaba sellada. Era la única entrada bloqueada del subterráneo. Le asesté una patada. Dos, tres, cinco. Me aparté. Lo intentaron el resto de agentes. Era imposible.

—Se oye algo —murmuró Lucía.

Nos detuvimos jadeantes. Alguien hablaba allí adentro. Un tono gutural, intenso. Uno de los oficiales se desprendió de su mochila. Dos mazos, un hacha.

—Si no es suficiente, tenemos explosivos.

Negué. No sabíamos lo que había al otro lado de la puerta; quién estaba. Repartimos herramientas y destrozamos la cerradura con pulsión animal. La puerta estaba blindada, pero nada está tan blindado como para no poder ser violado; es cuestión de medios. Al fin la descerrajamos. La intensidad del sonido aumentó: era la voz de Alicia. Apunté con la pistola al espacio tenebroso. No había nada. Atravesé el umbral mientras paseaba el foco de luz por las paredes blancas. El sonido inundaba la estancia. Era una grabación, la reproducción en bucle de un discurso delirante. Hora tras hora. Me adelanté, los dejé atrás. ¿Ochenta metros cuadrados? ¿Cien? Alcé la linterna. Techos de altura imposible, altavoces por doquier.

Algo oscuro en una esquina. Un reproductor de audio. «Tienes que pagar por lo que hiciste...», machacaba la voz electrónica. Lo reventé de una patada furiosa. El cacharro salió volando y se estrelló contra el suelo. Avancé hasta el fondo de la estancia, había un recodo. Atisbé más espacio al girar. La linterna enfocó algo. Una hilera de vértebras marcadas bajo piel elástica, la de un humano encogido en el suelo.

—¡Está aquí! —grité. Corrí hacia ella, me derrumbé a su lado y solté la linterna en el suelo encharcado—. Natalia —murmuré—. ¿Me oyes?

No se movió. Busqué su pulso, débil y lejano. Una venda mugrienta le cubría los ojos, y solo alcancé a ver sus pómulos, sus labios azulados. No sabía qué hacer. Alterado, me desprendí del chaleco antibalas, de la sudadera oscura, y le cubrí la espalda. No me atrevía a moverla. Dedos en carne viva, un temblor inquietante.

—¡Una ambulancia! —me oí gritarle a la radio—. ¡Necesitamos un médico!

Lucía Moro estaba a mi lado. En pie, como si temiera aproximarse. Enfocó a Natalia con su linterna y me preguntó si estaba viva. Luego me sugirió que retirara la venda. Me incliné sobre ella y vi la cadena. Estaba encadenada a la pared: una argolla roñosa atenazaba su muñeca izquierda, que dibujaba un ángulo extraño.

—Una cizalla —pedí— y mantas. Había mantas en una mochila.

Hice girar su cuerpo, y Natalia gimió.

—Soy Álex —susurré—. Natalia, nos vamos a casa.

Ella murmuró algo. Hablé sin parar. Excitado, emocionado. Llegaron más agentes, más linternas; alguien sostenía un hacha, golpeaba la cadena. Aquello era real, estaba sucediendo.

Le anuncié a Natalia que no estaba sola. Respondió, decía algo: —Mátame...

Repetía que había perdido un brazo, que no tenía ojos, que no retiráramos la venda. Nuestra voz no era suficiente, aquella grabación terrorífica había penetrado en su conciencia como tinta en papel secante, y se dirigía a nosotros llamándonos Alicia.

—Brul se olvidó de mí... —concluyó.

Desenrollé la última vuelta del trapo; las yemas de mis dedos en sus mejillas, en sus párpados, en el puente de su nariz.

—Abre los ojos, Natalia.

—No tengo ojos.

Busqué la mirada de Lucía esperando ayuda. Se arrodilló a mi lado, tomó la muñeca de Natalia y manipuló la cizalla.

—Hay que soltarla —dijo—. Tenemos que salir de aquí.

Natalia volvió a acurrucarse, como si no estuviera allí, como si no quisiera estar. Cerró los párpados con fuerza mientras tratábamos de seccionar la argolla. Cubrió su rostro con la mano útil; estaba llorando en silencio.

Un hombre, dos, tres. Nos fuimos turnando, pero ni siquiera el oficial más fuerte pudo partir la cadena. ¿Y ese brazo? Amoratado, inerte.

—Se lo han aplastado —murmuró uno de los agentes.

Pasó media hora. Tres cuartos de hora. Una hora. Necesitábamos herramientas y percibimos una explosión cercana. Vibró el suelo, las paredes; la oscuridad tembló, y Natalia abrió los ojos que decía no tener. Luces. Percibió luces fugaces, voces familiares, pero Alicia era más fuerte en su cabeza. Estaba aterrada y nos evaluaba en silencio. Me estudiaba fijamente, sopesando qué sería real y qué imaginado.

Un aviso por radio:

—El recinto está sembrado de munición, y la están detonando desde un yate. Ha habido una deflagración en la casa. Hay que desalojar.

Nos contemplamos derrotados. La cizalla cayó al suelo.

—Largo. Todos —ordené.

—Brul...

—Es una orden. Yo estaba al mando. Os quiero a todos fuera; ya —reiteré.

—¿Qué pasará con Herreros?

—Herreros y yo saldremos pronto.

Nadie replicó. Me miraron como se mira a un loco, y me incorporé. Una explosión más, de mayor potencia, aún más próxima. La inspectora Moro abrazó a Natalia. Le susurró algo al oído. Luego se acercó a mí, me llevó a un lado.

—Solo hay un modo de resolver esto... Si no lo haces, moriréis los dos. Lo sabes, ¿verdad?

—Lo sé —admití.

Estudié aquel brazo gangrenado, iluminado por la luz sucia de las linternas del suelo. La arandela metálica ceñida alrededor de la muñeca.

—Gracias por todo, Lucía. Ha sido un lujo trabajar con vosotros.

Uno a uno me estrecharon la mano, me dejaron las linternas y se despidieron resignados. Luego se los tragó la negrura. Se perdieron sus voces, sus pasos, dejaron un vacío helado. Natalia aún me observaba y me incliné a su lado.

—Tápate los oídos. Con fuerza.

Lo hizo. Me acerqué al muro en que estaba incrustada la cadena, empuñé la recortada que le arrebaté al vigilante. La detoné con brutalidad, hice estallar los ladrillos, el hormigón, apreté los dientes mientras saltaban cascotes. Humo, pólvora, chispas anaranjadas. Agarré los eslabones, tiré del metal frío. Era imposible. Grité enloquecido.

Dejé caer el arma, recogí la linterna del suelo y volví a acercarme a Natalia. Me senté junto a ella y la abracé. Estiró su mano derecha y me acarició el rostro.

—Eres tú de verdad.

Asentí con un nudo en la garganta.

—No podéis romper la cadena.

—No podemos —suscribí desolado.

—Y hay explosivos. Por eso se han ido todos.

Volví a asentir.

—Si te pido que salgas de aquí, no lo harás —señaló.

Los grilletes me retenían tanto como a ella. Los dos lo sabíamos.

—Vidrio metálico —explicó con voz ronca—. Alicia asegura que es el material más duro que existe. Pero también es tenaz. La aleación contiene paladio, germanio... Ella repite que la cadena es irrompible. Pero no lo es. —Hizo una pausa antes de susurrar—: Las cadenas se quiebran por el eslabón más débil.

Ofreció su muñeca y cerré los ojos. Negué rechazando su insinuación velada.

—Hace tiempo que no siento la mano —reiteró—. Está muerta.

Volví a mirarla mientras me ponía en pie. Fría. Entera. Había dejado de temblar; lentamente había regresado de dondequiera que hubiese estado.

—La vida es más que una mano —convino.

Un aviso por radio. Dos explosiones consecutivas. Solo funcionaba una linterna; las baterías se agotaban, ya apenas veía sus ojos. Alguien pronunciaba mi nombre al otro lado del dispositivo electrónico: «Brul, salid. Rápido».

La luz parpadeó. Recogí la venda del suelo, y con una determinación insólita la ajusté a su antebrazo en un torniquete férreo por debajo del codo. Luego la miré.

—Lo siento mucho, Natalia. Esto no tenía que acabar así.

Cerró los ojos, enterró la cabeza en las mantas. Yo no podía hacerlo, aunque quisiera, no podía mirar a otro lado. Mi atención clavada en su muñeca.

Sostuve el hacha con la diestra, retuve su brazo con la izquierda. Tomé aire. Lo hice.

54

NATALIA

Trasvía, Cantabria, 9 de mayo, martes

Salimos entre los cascotes. Era de noche, estaba aturdida, me costaba caminar. Vestía un jersey de lana, un chaleco antibalas, calzaba unas botas. Ignoraba de dónde habían salido, cómo, cuándo me los había puesto, y desconocía qué día era. Brul me hizo llevar su pistola.

Lo vi empuñar un fusil. Me preguntó cómo estaba; le dije que estaba bien, pero sangraba. Me latían las sienes, los oídos. Aún oía a Alicia. Teníamos prisa, porque había explosivos sembrados por todas partes, y me pidió que caminara a su lado, que intentara acoplarme a su ritmo. Pero no podía hacerlo, y fue él quien ralentizó la marcha.

Cielo negro, claridad al este, trazando el perfil oscuro de unas montañas lejanas. Tiritaba, el calor huía de mi cuerpo, se escurría furtivo, y me pesaban los brazos, las piernas; amenazaban con desplomarme.

—¿Dónde estamos, Brul?

—Pronto estaremos en casa —aseguró.

Yo le hablaba y él respondía, pero no estaba allí, se hallaba a años luz de aquella madrugada gélida.

—¿Qué hora es? —susurré.

—Está a punto de amanecer.

—¿Cuánto tiempo llevo aquí?

—Cincuenta y siete días. —Suspiró. Negó con fuerza, como si agitara ideas en su cabeza intentando hacerlas desaparecer.

—Brul...

—No hables, Natalia. Te cansarás más. Tenemos que salir de esta finca.

—¿Ella aún está viva?

Él me miró; parecía triste. También intranquilo, pero sobre todo triste.

—No te preocupes por eso. Ya no va a hacerte daño.

—Ha escapado, ¿verdad?

—La cogeremos —garantizó. Estiró el brazo y me acarició el cuello sin alterar la marcha, buscando mis ojos.

Pero yo miraba al frente, aterida, adormecida por el murmullo sordo que me zumbaba en los oídos.

—Te envié un mensaje, Brul.

—Lo leí.

Se plantó en seco; como si una imagen acabara de asaltarlo. Me pidió la pistola y se la tendí. Desactivó la aleta de seguridad y la ajustó en la cinturilla de su pantalón. Seguimos caminando, me agarró la mano derecha, ahora libre, y al contacto con su piel, un latigazo cálido recorrió mis dedos.

—Alicia tiene topos en la Judicial —continué—. Le informaron de tus planes en Uruguay a los pocos días de que te escribiera.

Empezaba a amanecer y nos internamos en una arboleda. Álex manipulaba el transmisor y se dirigía a alguien. Comentaba algo de los explosivos, del peligro, de una ambulancia y una amputación.

—No podemos sentarnos a esperar a los servicios de emergencia. Nos acorralarían, tenemos que ir saliendo. Nos costará menos alcanzar la carretera por el sur. —Discutía con alguien. Nos pedían paciencia, que no nos moviéramos de allí—. De ocho a treinta minutos —murmuró reflexivo. Supe que era el tiempo que tarda un humano en desangrarse—. Pero le he hecho un torniquete fuerte. Apenas sangra —repetía.

Luego cortó la comunicación, y sin detenernos examinó mi chaleco antibalas, que cubría el brazo izquierdo doblado junto al pecho. Una mancha oscura del tamaño de una moneda. Era sangre.

—¿Te duele?

—No siento nada.

No hubo dolor. Cuando estrelló el filo del hacha solo noté un crujido, un calambre leve y un calor sofocante en el rostro. No grité, fue él quien lo hizo; soltó un bramido grave y tapó la herida. Empecé a recordar, Álex me puso el jersey, me lo metió por la cabeza rogando que no mirara, que no abriera los ojos hasta que él no hubiera acabado.

—Brul...

—¿Por qué me llamas Brul?

—No lo sé.

—Llámame Álex, por favor.

—¿Qué va a pasar cuando amanezca?

—¿Te hace daño la luz? ¿Necesitas parar?

—No me refiero a la luz —aclaré.

Me apretó la mano más fuerte.

—Sé a qué te refieres.

—Alicia está aquí adentro.

Lo solté y me apunté a la sien. Álex negó, volvió a agarrarme con habilidad.

—La vamos a sacar de ahí —terció contundente—. Cueste lo que cueste.

Los primeros rayos de luz se disparaban tras las copas del arbolado. Habíamos llegado a un claro y estaba extenuada. Álex repetía que quedaba poco, pero yo no veía el final. Volvimos a detenernos, y me tendió un botellín de agua. Bebí hasta saciarme, mientras él me contemplaba a punto de estallar. No pudo contenerse más.

—Te he fallado —resolvió de pronto con la voz al límite—. Cincuenta y siete días —lamentó—. Qué desastre.

Le devolví la botella, incapaz de recordar cuándo había bebido por última vez, cuándo había comido, plenamente consciente de dónde había estado y por qué. La culpa lo estaba matando.

—Tú no eres responsable de esto —balbucí.

—Yo he dirigido tu búsqueda. Cincuenta y siete días —insistió—. No es para estar orgulloso.

Sostuvo mi mano consternado. Volvió a dirigirse a la radio, imprimió fuerza a su voz rota, dio unas coordenadas. Retomamos la marcha, murmuré que tenía frío, mucho frío, y él aludió a la hemorragia, a la clausura, a la sed y al agotamiento. Luego aminoró el paso, lo adaptó al mío. Más despacio, más y más hasta detenernos.

Una figura estática, a cincuenta metros, frente a nosotros.

Alicia.

55

ÁLEX

Trasvía, Cantabria, 9 de mayo, martes

Facciones borrosas. En mitad del bosque. Irreal, con los brazos en alto. Quería dejar claro que no iba armada, que se rendía. Natalia agachó la vista, su respiración se aceleró. Le aterrorizaba, no podía mirar a Alicia. Le solté la mano y, sabiendo que era una trampa, le grité que se echara al suelo. Oí un chasquido y di media vuelta en una fracción de segundo. Un destello, un bulto oscuro entre las ramas de un árbol. Detoné el fusil y cayó un hombre, se precipitó al suelo antes de poder dispararnos. Luego apunté a la nada, di unos pasos escudriñando el claro. La zona estaba limpia. Ayudé a Natalia a ponerse en pie ante la mirada atenta de Alicia.

—No va armada —aclaré—. La hemos cogido. —Le tendí a Natalia mi pistola—. Voy a detenerla. Si crees que debes hacerlo, dispara.

Sujetó el arma como si pesara, temblaba entre sus dedos. Le ordené a Alicia que se colocara de espaldas con los brazos atrás. Me aproximé a ella y la esposé. No sentí nada: aquella ya no era la muchacha que conocí junto a una piscina; era la fiera que nos había destrozado. Di media vuelta. Natalia nos apuntaba con su mano útil, como si una fuerza de cien toneladas la clavara a la tierra húmeda.

Mientras regresaba a su lado, la miré fijamente. Aún no lo había entendido, quizá no quisiera hacerlo. Le quité la pistola, volví a tomar su mano y le ordené a Alicia que empezara a caminar. Fuimos tras ella a cierta distancia. Iniciamos una marcha mecánica. Natalia contenía las ganas de llorar, pude notarlo.

—Quería matarnos, pero ella ya no dispara, ella no agrede a nadie. Dice que no es violenta... —susurró Natalia—. ¿Irá a la cárcel?

—Tiene buenos abogados. Justificarán su actuación con alguna afección médica... Los pederastas, los asesinos, ninguno es responsable de sus actos, se los declara víctimas de un síndrome y salen limpios. A ese lado de la línea nadie paga peajes.

Yo percibía su miedo y Natalia sentía mi rabia.

—El peaje lo has pagado tú —zanjé.

Avanzamos unos metros más. Le exigí a Alicia que parara, y alguien se dirigió a mí por radio. Volví a estudiar el chaleco de Natalia, el cerco de sangre se había dilatado y ya era del tamaño de una galleta.

—¿Ha aparecido Alicia? —pregunté al transmisor.

Al otro lado negaron y corté la comunicación. Volví a zafarme de Natalia y le ordené a Alicia que se diera la vuelta. Ella lo hizo, y la odié. Ojos como grietas, sonrisa siniestra, casi burlona. Me medía desafiante, sabiéndose ganadora de aquel juego macabro. Disfrutaba, pero dejó de hacerlo cuando le apunté con el arma, cuando sostuve el fusil con dos manos y fruncí el ceño. Su sonrisa se heló, y en apenas un instante comprendió su error de cálculo. Había infravalorado a su oponente, yo ya no era aquel a quien ella había conocido.

Disparé.

Tras meses de intensa búsqueda, acababa de dar con el asesino de Alicia.

EPÍLOGO

—

NATALIA

Bilbao, 12 de septiembre, martes

Amnesia. No es más que un mecanismo de defensa articulado por el cerebro. Cuestión de higiene mental; hay que olvidar. Yo no tuve suerte, lo recordaba todo con una precisión milimétrica. Evocaba la posición de las manecillas sobre la esfera azul del Rolex de Alicia al abordarme en el tren. Aún me asfixiaba el aroma del perfume con que se rociaba de continuo. Su boca torcida. Mi pavor, mi terror paralizante, su voz en mi cabeza. Rememoraba las torturas, el dolor lacerante.

Algo de mí se perdió en aquel sótano, no fue solo esa mano, mutilada en parte. Logramos salir, pero nunca huimos del todo. No volví a estar a oscuras, ni siquiera cuando dormía. Necesitaba luz, y aun así, regresaba a la cripta cada noche al cerrar los ojos. La humedad picante, la venda tensa, la cadena pesada y su chirrido.

También revivía el disparo. Los tendones crispados de Álex al sostener el fusil apuntándole; le recorrían el brazo como meandros de un río. Determinación en su mirada de acero. ¿Qué sentí? Una mezcla de vergüenza, de decepción y hastío. Aquel hombre armado segando la vida de la muchacha de barrio con el peso de un mundo en contra. Pero secretamente, logró fascinarme; él fue capaz de hacerlo. Pese a todo. Él se impuso a su conciencia, a su pasado, a la carga moral y a la ley. Admiré a aquel extraño que saldó mi pesadilla. ¿Dónde se hallaba su límite?

Alicia cayó desplomada. Murió en el acto. Él le tomó el pulso con una frialdad turbadora, y yo seguí caminando, sola, tambaleante; sin volver la vista.

Cuando Álex me alcanzó eché a correr. No sé qué ocurrió después. Sufría una hemorragia y debí de perder la consciencia. Una ambulancia, un hospital, una cama aislada. Raudales de luz blanca, calor, desinfectante... Pasé días en la UCI, rechacé las visitas, y me trató un psiquiatra sin gafas, sin barba ni cuaderno; parecía el director de un banco, pero me escuchó.

—No quiero ver a nadie. No volveré a casa.

Ya ni siquiera sabía cuál era mi casa. Ingresé en una clínica psiquiátrica. Necesitaba expulsar su voz; quería dejar de verla, dirimir qué estaba bien, qué era justo y qué no lo era. Pero eso nunca lo supe. ¿Quién fue la víctima?

Fue aquel disparo. No fue la tortura ni la oscuridad. Tampoco el hachazo. Lo que me perturbó fue el final.

Los médicos aludieron a las falsas memorias. Se refirieron a Elizabeth Loftus, la investigadora que hizo que la información implantada a un paciente reemplazara al acontecimiento original.

—Se pueden insertar ideas engañosas en la mente de una persona —remarcaba el psiquiatra—. Agrediste a Alicia con una piedra, pero ello no implica que le hicieras lo mismo a Rocío. Has estado encerrada, has sufrido pesadillas... No es un recuerdo fiable.

Quizá no matara a Rocío con mis manos; pero había sido negligente, y puse en peligro su vida y la de sus hijos.

Paseaba, leía, hacía ejercicio. Miraba el mar y sufría pesadillas. A veces me aislaba, buscaba el silencio, con los ojos cerrados, sin pensar en nada. Concedí algunas visitas. A finales de mayo vinieron mis padres, mi hermano Jon. No lo hice por mí, no necesitaba verlos, solo quería respuestas.

En junio salí unas horas y pasé la tarde en Bilbao, en casa de Álex. Mis dudas me hicieron desenfocarlo, distorsionar lo que era para mí. Me encontré con el de siempre, con el de antes. Los dos nos emocionamos, nos besamos antes de poder articular palabra; y acabamos en la cama. Nunca aprendemos de los errores pasados.

Incomunicación, esa había sido nuestra lacra. Se lo expliqué todo desde el principio. Le relaté los episodios de mi encierro, el terror. Mencioné a Alicia, reproduje sus palabras. Y le describí el rechazo que me produjo el desenlace. Fue un asesinato. Violento, cobarde.

—Sabía que ocurriría, Natalia, que no compartirías mi punto de vista.

—También siento un poso de admiración —admití— y eso me avergüenza.

Sus ojos se detuvieron en el vendaje de mi antebrazo.

—Alicia era un monstruo —decidió Álex—. Yo no podía tolerar otro final.

¿Un monstruo? ¿Quién lo creó? Luego me referí a Rocío. Expuse mis remordimientos, y me escuchó con curiosidad. Confusión y pesadillas.

—Quizá yo también sea un monstruo —convine.

Y él negaba, convencido.

—En lo que respecta a Rocío, hiciste cuanto pudiste. Eso lo tengo claro. Insististe en lo de la escolta, y fue ella quien rehusó.

Culpa. Ambos éramos culpables, cómplices. Pero él no lo comprendía. Le cegaba la soberbia, seguía empachado de ego. Vagamente, recordé una frase de George Eliot. Venía a decir que la crueldad no precisa motivos para gestarse, solo oportunidad.

Al despedirme, sugirió vernos de nuevo cuando saliera de la clínica por unas horas.

—Te echo de menos, Natalia.

Accedí, sin saber muy bien cómo terminaría aquello. «¿También serías capaz de dispararme a mí?» Nunca se lo pregunté. Habría respondido lo que yo quería oír. Bajo mi punto de vista, Álex era capaz de hacer cualquier cosa; de justificarla y ponerla en valor.

El 12 de septiembre firmé el alta en el centro. Recuperé el peso, la fuerza, el color y el aplomo. Salí sola y aparecí en los juzgados a las diez de la mañana.

Esperé en una sala del Palacio de Justicia, con un traje de chaqueta blanco y el brazo en cabestrillo aún vendado hasta el codo. Pasó más de una hora antes de que llegara mi turno. Irrumpí sin atender a nadie. Oí murmullos y pronuncié el juramento. Allí estaría Álex, llamado a comparecer como investigado. Estarían Moro y Alonso, gente de la Judicial... También Ibán Suárez. Los técnicos ya habrían expuesto su dictamen, mis compañeros de brigada, los sanitarios que me atendieron.

El juez instructor me había citado en calidad de testigo. Tomé asiento frente a él, y proyectó una batería de preguntas sencillas:

«¿Cuántos policías bajaron al sótano? ¿Durante cuánto tiempo intentaron romper la cadena? ¿Cómo lo hicieron?». Respondí sin titubear. Nada complicado.

—¿Fue entonces cuando perdió el conocimiento?

—No perdí el conocimiento. El inspector Brul me practicó un torniquete bajo el codo, apenas sangraba.

—¿Y el dolor?

—Puede consultar mis informes médicos —sugerí—. Hacía semanas que había perdido la sensibilidad en el brazo. Aún la estoy recuperando. —Me centré en el juez, lo miré directamente.

—¿Sabe entonces por qué abandonaron la finca por la cara sur? ¿Por qué no huyeron por la entrada principal ni esperaron la llegada de los servicios de emergencia?

—Había explosivos. Nos comunicábamos por radio con los agentes del exterior. Intentábamos alcanzar la carretera, la finca era una ratonera, temíamos que nos acorralaran.

No esperaba tanta concisión.

—¿Cree que fue la decisión correcta?

—Lo creo —sostuve.

Rumor en la sala, un murmullo creciente. Alguien pidió silencio, y sobre una pequeña pantalla emergió la imagen de un arma.

—¿La había visto antes?

Claro que la había visto. Era la pistola que Álex me hizo sostener, la que ocultó en la cinturilla de su pantalón cuando me sujetó la mano.

—Veo muchas pistolas. Soy policía... —repliqué.

—¿No la recuerda?

Alguien nos interrumpió. Era Aritz Montero, el abogado de Álex. Se iba a hacer de oro a costa de su cliente estrella...

—La testigo estaba confusa —objetó—. Llevaba semanas encerrada, sin ventilación, a oscuras...

El juez instructor tomó notas y volvió a la carga:

—Según los informes médicos, usted sufría varias hemorragias... ¿En qué momento perdió la consciencia?

Tomé aire. Solo tenía que ratificar mi amnesia. Mi respuesta marcaría la diferencia de cara al futuro de Álex: entre un archivo de la causa o un escrito de acusación. El juez había resuelto practicar diligencias. Había observado indicios delictivos en los hechos del mes de mayo: la defensa propia debía ser proporcional al ataque y había puntos oscuros en el atestado policial.

—Me desvanecí al final. Lo recuerdo todo.

Una sentencia inesperada que provocó de nuevo el murmullo. Bajo ningún concepto podía mirarlos. Escudriñé las uñas de mi mano derecha, lacadas en rosa pálido. Mis sandalias nuevas. Esperé la próxima interpelación. Las voces se fueron disipando.

—¿Cuántas armas portaba el inspector Brul?

Dos, llevaba dos armas: el fusil y la pistola sin registrar.

—Una. Un fusil de asalto —mantuve.

—¿Solo un arma? ¿Está segura?

—Sí.

—¿Por qué disparó el inspector a Ángela Vega?

Porque no podía tolerar que yo saliera peor parada.

—Porque Alicia nos disparó primero. Intentó matarnos.

Ella iba desarmada. Tras accionar el fusil, Álex se acercó al cadáver, le tomó el pulso y retiró las esposas. Detonó la pistola un par de veces usando un silenciador, apuntando a la nada; luego la abandonó junto al cuerpo de Alicia después de limpiar nuestras huellas. «La víctima tiroteó a los inspectores empleando un arma sin registrar que obraba en su poder», rezaba el atestado. Mentira.

—Los informes aseguran que usted estaba desorientada... —Otra interrupción. De nuevo Aritz Montero.

—Sé lo que vi —aclaré contundente.

Más rumor. Aparté la vista, a la espera. Volví a estudiarme las uñas, respiré hondo.

—¿Cuántos disparos efectuó la víctima?

—¿La víctima?

—Ángela Vega.

—Ángela nunca ha existido —repuse—. Supongo que se refiere a Alicia. Nos disparó dos veces con una pistola. Puede que fuera la que usted ha mostrado. Y el inspector Brul detonó su fusil. Una sola vez. La derribó, y eso nos salvó la vida.

En esta ocasión no hubo murmullos. Solo un silencio plomizo que hizo mi mentira mucho más solemne.

—¿Cómo reaccionó usted, inspectora?

—Eché a correr.

Había mentido, pero mi conciencia estaba en paz, y caminé por Bilbao arrastrando la maleta mientras pensaba en esa tarde, en esa noche, en los días que me habían regalado cuando ya no lo esperaba. El Cuerpo me había concedido una excedencia indefinida. Supe por Lucía Moro que la organización de Andrés Brul estaba volviendo a rearmarse, sin Alicia. Que Salas ya estaba en la calle, libre. Todo el trabajo de Álex, sus maniobras para desmantelar el cártel, en balde.

Atravesé el parque y me senté bajo el magnolio, cerca del edificio de Álex. La mañana era soleada, y el suelo estaba cubierto por hojas siseantes. Me fijé en el vendaje. Anular y meñique. Álex seccionó dos dedos desde su nacimiento; de ese modo *estrechó* mi mano y se escurrió el grillete. Tendones, nervios, huesos cercenados; seguía sin recuperar la movilidad, pero salvé aquel miembro. Y habíamos salido del agujero.

La vista se prolongó. A eso de la una apareció Álex, a lo lejos, bordeando el estanque. Su presencia aún me alteraba, tanto o más que el primer día. Cuando alcanzó el banco se sentó a mi lado y reparó en mi equipaje.

—¿Te han dado el alta?

Asentí.

—Has cometido perjurio —señaló molesto.

—Lo sé.

—No lo entiendo, Natalia. No era necesario.

—Para mí sí lo era.

—No me debes nada.

—Me ocurre como a ti, yo tampoco podía tolerar otro final. —Me incorporé y agarré la maleta con la mano sana—. Supongo que el sumario será sobreseído... He venido a despedirme.

Se puso en pie y se cruzó de brazos, frente a mí.

—Sube a casa. Hablaremos.

—No, Álex.

—Quiero que leas algo. Serán unos minutos.

Mantuvimos el contacto visual hasta que él murmuró un «por favor». Caminé a su lado, sin pensar en lo que hacía. En silencio. Su mente funcionaba a destajo, buscaba el modo de hacer que me quedara, y sentí su mirada recorriéndome en el ascensor. Se hizo con mi maleta al salir al rellano, y al atravesar la puerta me invitó a pasar al salón. Me senté en el sofá, y me tendió una carpeta. Luego se disculpó.

—Si me necesitas, estaré en la biblioteca. Quiero que analices todo eso tranquila, que lo digieras sin interrupciones.

Me dejó sola, y contemplé el parque. Después me acomodé en el sofá, intrigada, y abrí el archivador. Mis cuatro meses en la clínica habían sido fructíferos. Dediqué el tiempo a recuperar la salud, y Álex indagó en algo que me concernía.

Dirigió una búsqueda, una ambiciosa batida en colaboración con la Policía francesa. La solución al enigma de lo ocurrido con Rocío se hallaba en Giethoorn, un pueblo perdido de Holanda. Nadie la había asesinado, se había ocultado junto a sus hijos, alertada por mi insistencia. No confiando más que en sí misma y temiendo que la escolta no fuera suficiente, se había refugiado en el extranjero junto a unos viejos amigos. ¿Llegó a averiguar que Alicia vivía? ¿Era a ella a quien temía?

Y si no se trataba de Rocío, ¿quién era aquella mujer del vídeo de las torturas? La secretaria de Andrés, una colaboradora fiel que sabía demasiado; su cadáver se halló enterrado en la finca de Uruguay.

Según el informe, Álex se había desplazado a Holanda hacía un par de semanas. El peligro había pasado, Alicia había muerto, pero Rocío se negaba a regresar; la organización aún era fuerte. Al final del dosier había un sobre. Mi nombre en tinta oscura, caligrafiado con dificultad: «Para Natalia». Lo abrí.

Gracias. Por hacerme asumir la magnitud del problema, por no abandonar. Por llegar al fondo y pelear sin descanso. Hoy, el mundo es un sitio mejor. Estamos en deuda contigo.

Rocío

Cuando acabé de leer, recosté la cabeza y sentí alivio.

Bilbao, el parque, esa estancia luminosa en un piso que fue mi casa. Mi casa. Negué confusa. Me puse en pie, busqué mi maleta y la encontré en la habitación de Álex, junto al armario abierto. Había hecho hueco para mi ropa: las baldas, las barras, todo estaba dispuesto.

Fui a la biblioteca, trabajaba en su mesa, y le di las gracias.

—Por todo.

Él tomó la palabra, se anticipó a lo que fuera a añadir:

—Quédate esta noche. Quédate unos días.

—Si me quedo, nunca me iré.

Se encogió de hombros.

—Pues no te vayas nunca.

—Pero quiero irme.

—No quieres irte.

—Mis cosas están en Madrid.

—Las traeremos aquí —resolvió sereno.

Suspiré. Él se cruzó de brazos.

—Álex... No puedo obviar lo que ocurrió. Te vi matarla a sangre fría.

—Volvería a hacerlo —admitió—. Los mensajes que me había enviado, saber cómo te torturaba, cómo te ibas apagando... Eliminarla no fue impulsivo, llevaba días pensándolo, y era nuestra única opción.

Debió haber sido la última opción. Y yo debí temerlo, rechazarlo, debí volverlo a ver como aquel amanecer, con el rostro crispado, pulsando el gatillo. Pero contemplaba a un hombre al que admiraba, por más que me pesara, a un hombre ajeno a aquella detonación; como si hubiera disparado otro, un desconocido, en un lugar tan lejano como el miedo que él desterró.

—Entiendo lo que sientes —aseguró—, la repulsa que te produjo. Y lo arreglaremos. Lo nuestro funciona.

—Funcionó unos meses, eso es todo. Y ya es pasado.

—Volvamos atrás, Natalia. Quiero el pasado.

—«Añorar el pasado es correr tras el viento» —murmuré—. Proverbio ruso.

Reflexionó unos segundos antes de retomar su argumento. De incorporarse y anotar que los rusos se equivocaban.

—Son los eternos perdedores.

—Pero hicieron caer Berlín —recordé.

Sonrió. Calibraba sus opciones, consciente de mis dudas.

—Correr tras el viento es mejor que correr en su contra —añadió encogiéndose de hombros.

Me desafió a continuar, a darle la réplica. Esperaba una palabra, un gesto, algo que confirmara la consecución de su fin; que yo me quedara era lo único a lo que aspiraba y no se molestó en disimularlo.

Lo miré por última vez antes de dejar la biblioteca. Regresé a su cuarto y abrí mi maleta. Empecé por los jerséis. Los coloqué en la balda de abajo.

Luego me acerqué a la ventana. Pronto sería otoño y el parque tras los cristales sería el lugar más bello del mundo.

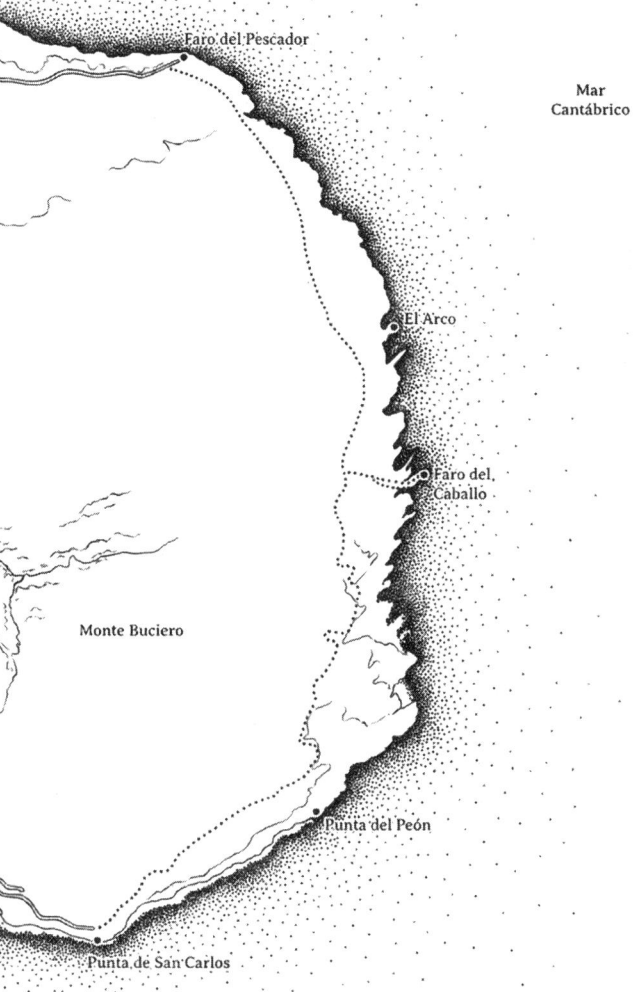

Mar
Cantábrico

Faro del Pescador

El Arco

Faro del
Caballo

Monte Buciero

Punta del Peón

Punta de San Carlos

Sendero ···········
Tráfico rodado ⊂⊃

AGRADECIMIENTOS

Tengo suerte, me rodean personas críticas y claras. Solo por eso este libro es lo que es.

Agradezco su paciencia y aportaciones a quienes leyeron la novela cuando ni siquiera tenía intención de publicarla. Algunos la fueron devorando a medida que la iba escribiendo; pidiendo más capítulos desde que acabé el primero.

A Rocío, que, por leer, dejó de echar la siesta tras años sin abrir un libro, y llenó un folio de anotaciones. Efectivamente, nadie se calza las botas antes de ponerse medias.

A Lorena, por su ojo crítico, por charlar de mis personajes como si fueran personas. Por sus aportaciones a los temas médicos. Por animarme a mantener un final políticamente incorrecto con ese mensaje de wasap: «No muevas ni una coma».

A Carol, por hacerme reducir ese capítulo tan pesado en que Néstor hablaba y hablaba... Por dejar de hacer otras cosas y leer con Cecilia en la cama cada noche.

A Isa, por nuestras charlas disparatadas y los cafés diarios cargados de comentarios sobre la novela que estaba escribiendo. Por leerla y soportarme.

A Óscar, que llenó una cuartilla de notas indescifrables y contó el exagerado número de duchas que se daban los personajes.

A Isa, por llevarse el «tocho» a la piscina y explicarme la diferencia entre coleóptero y díptero. Por esas charlas literarias que tanto me han motivado.

A Pablo, que tanto ha aportado al personaje de Álex. Por no coger un libro ni equivocado y leerse este en un tren. Por aguantarme cuando hablo de «mi libro». Por aguantarme en general.

A mi padre, que me enseñó a escribir las letras cuando tenía tres años sin parar de repetir «qué tozuda es esta niña». Por contarme aquella historia, la del tipo del camión que conoció haciendo autoestop al regresar de la mili.

A mi madre, que me enseñó a leer. «Tú una página, y yo otra». La más crítica entre las críticas, por rebuscar puntos, comas, erratas e incongruencias. Por sus historias increíbles que tanto me inspiran.

No doy sus apellidos, ellos saben quiénes son. También saben quién soy yo, y agradezco que me guarden el secreto.

A Justyna Rzewuska, por su profesionalidad, su eficiencia y su capacidad para hacer posible lo que yo creía imposible. Por responder a aquel *mail*, hacerme llegar aquí y ayudarme a verlo todo mucho menos complicado.

Al equipo de Planeta. No es fácil lanzar un autor, mucho menos con pseudónimo, sin promoción ni rostro; pero ellos pueden hacerlo porque son profesionales.

A Maya Granero, por trabajar tan bien, por ser tan metódica y clara.

A Emilio Albi, por percatarse de que muchos lectores podrían intuir el final en los primeros capítulos. Mil gracias.

A Zoa Caravaca, por comprender tan bien la psicología de los personajes, por captar así los detalles y hacerme sentir tan a gusto. Me contagia tu optimismo.

Y por último y sobre todo, a Raquel Gisbert, por no aceptar lo «muy bueno», por buscar lo «perfecto» y hacer todo esto posible. Porque, al igual que Álex, no se conforma con menos. Necesitamos gente así.

LICENCIAS LITERARIAS
—

Las tramas y los personajes de la novela —a excepción de los investigadores a los que se alude al tratar temas técnicos de psicología o criminalística— son inventados. Cualquier parecido con la realidad es mera coincidencia.

En las instalaciones de la Policía Judicial de Bilbao no hay gimnasio, ni mucho menos un saco de boxeo.

Un trauma, un golpe, puede provocar una embolia amniótica, pero lo más frecuente es que se produzca durante el parto y el posparto; se debe a una transferencia de líquido amniótico a la sangre de la madre. Pero es poco frecuente, la cifra aproximada es de una decena de casos entre 100.000 partos.

En el fuerte de San Cristóbal, evidentemente, no había ningún preso llamado Esteban Peral. Y no hay constancia de que alguno de los presos dados por muertos en la *cacería* sobreviviera y adquiriera una nueva identidad.

La nevada que cubrió de blanco Madrid en 2017 tuvo lugar el 23 de marzo, y no el 17 de febrero, como aparece en la novela.

No hay tienda Loewe en Bilbao, pero sí la había en el año 2001.

Ignoro cuántos casinos pueden encontrarse en la Castellana de Madrid, pero El Principado, el local de Néstor Brul, no existe; es fruto de la invención.

La Brigada de Homicidios y Desaparecidos de Madrid la dirige una mujer. Ignoro quién es, y cualquier parecido con el personaje de la trama, si lo hubiera, sería casual.